내가 뭣을 안다고

남재희 수필집

내가 뭘을 안다고

잊혀간 정계와 사회문화의 이면사

어느 해 가을 노오란 소국 꽃 방울방울이 문을 열어가니 짙은 향기가 정원을 휘감을 때 남재희 전 장관을 모시고 정원에 앉아 장관님이 즐기시던 선운사 복분자주를 마시면서 나누시는 말씀 중에 나는 남재희 전 장관님께 "장관님, 지식과 경륜은 장관님께서 모아둔 것이지만 가지고 가시면 도둑입니다. 몽땅 내려놓고 가세요."라고 한마디를 올렸다. 이에 장관님은 대뜸 "내가 뭘을 안다고." 하시며 빙그레 웃으셨다.

대양미디어

남재희 고문님의 랍비와도 같은 이야기

김 종 상
한국문협, 국제PEN 고문

내가 한국문협 강서지부 고문이신 남재희 전 노동부 장관님을 가까이 모시게 된 것은 근무지가 1985년 등촌동으로 옮기면서부터였는데, 몇 년 전까지는 주로 우장산역 앞 지현경 박사님의 호경빌딩 옥상정원에서 자주 만나 뵈었다. 별칭 '하늘공원'인 빌딩 옥상정원은 봄이면 진달래, 금낭화, 튤립 등이 만개하고, 여름에는 능소화, 원추리, 장미가 반기며 가을이면 감국, 구절초 외에 감을 비롯한 과일들이 풍성한 숲속이었다. 남 고문님과 만날 때면 주민들이 찾아왔다. 강서가 영등포에서 분구된 뒤 4선 국회의원을 지내며 지역발전에 많은 힘을 썼고, 노동부 장관으로 지내면서도 주민들과 고락을 함께해온 정을 모두가 잊지 못하고 있었다. 융단 같은 잔디 위에 탁상과 의자를 놓고 음식이 차려지면 비둘기와 까치들까지도 합석을 하는 것이었다. 지 박사님이 평소에 그것들을 사랑해서 아껴왔기 때문이었다. 서울이라고 하기에는 믿을 수 없을 만큼 아늑하고 평화로운 분위기였다.

남 고문님은 나를 좋아해서 공석에서 만나면 늘 곁에 나란히 앉았다. 우장산에 있는 강서구민회관에서 지현경 박사님 자서전 출판기념회가 있을 때였다. 조금 늦게 수행원들의 부축을 받으며 입장한 남 고문님이 "나, 김종상과 같이 앉으련다" 해서 앞 좌석 가운데 앉았던 하객들이 자리를 비켜주었다. 거기에 앉기가 미안하기도 했지만 남 고문님의 정을 더욱 실감했다. 남 고문님은 문학뿐만 아니라 영어, 일어 등 어학에도 능통해서 동대문 고본 서점 한구석에 폐지처럼 쌓여있어 아무도 거들 떠보지 않는 외국 서적을 뒤져서 희귀본을 찾아내어 그것을 사 와서 밤새워 읽기도 했다는 이야기는 모두에게 귀감이 될 일이라 내 스스로를 반성케 했다. 뿐만 아니라 정계에서 만났던 많은 사람의 알려지지 않은 뒷일들은 우리가 살아가는데 좌우명이 될 것이 많았다. 이 책에는 그런 이야기들이 정리되어 있는데 대부분 한국문협 강서지부 기관지 《강서문학》에 연재했던 것이라 다시 읽으니 감회가 더욱 새롭다. 그런 남 고문님이 건강이 여의치 못한 뒤로는 만나지 못하니 너무도 안타깝고 인생무상이란 말을 실감한다.

　이 책에는 남 고문님이 겪은 정계의 이면사며 인문학적인 다양한 이야기가 뷔페식처럼 차려져 있어 모든 독자에게 더없는 생활의 자양분이 되리라는 것을 확신한다.

　유대인들의 경전이라 할 탈무드는 훌륭한 율법 학자나 모두의 스승으로 존경을 받는 랍비들을 등장시켜 보여주는 교훈성 높은 생활 철학들이다. 그래서 탈무드에는 살면서 지켜야 할 도리, 생활 일상에서의 지혜, 사람으로서 갖춰야 할 품격 등을 아주 쉽고 재미있게 가르쳐주고 있다. 남재희 고문님은 그에 버금갈만한 이야기가 무궁무진해서 내가 존경하며 모셔온 선배 중에 랍비에 비견할 만큼 훌륭한 분이라는 생각이 들어 귀한 문집에 부족한 독필(禿筆)로 누를 끼치지나 않을는지 죄스럽기만 하다. 축하의 정과 함께 간절한 마음으로 건강을 기원한다.

축사

내가 뭣을 안다고

지 현 경 박사

전 강서구 구의원, 강서문인협회 자문위원

내가 책 제목을 『내가 뭣을 안다고』로 추천한 것은 이런 인연 때문이다.

어느 해 가을 노오란 소국 꽃 방울방울이 문을 열어가니 짙은 향기가 정원을 휘감을 때 강서문인협회 김종상 고문과 오동춘 박사, 김정오 박사, 김성열 고문이 함께모여 남재희 전 장관을 모시고 정원에 앉아 장관님이 즐기시던 선운사 복분자주를 마시면서 나누시는 말씀 중에 나는 남재희 전 장관님께 "장관님, 지식과 경륜은 장관님께서 모아둔 것이지만 가지고 가시면 도둑입니다. 몽땅 내려놓고 가세요."라고 한마디를 올렸다. 이에 장관님은 대뜸 "내가 뭣을 안다고." 하시며 빙그레 웃으셨다.

나와 장관님과의 인연은 1977년부터였다. 남재희 장관님이 기자 시절에 나는 등촌동 국군수도통합병원 입구에서 사업을 하고 있었다. 토박이 고 윤민 회장님이 소개하셔서 서로 인사를 나누고 보니 직장에서 내가 모셨던 조규택 회장님의 고향 후배였다. 그렇게 귀한 인연이 시작되었다.

장관님의 공화당 시절 나도 입당해서 민정당 시절에 탈당을 했다. 나는 17년간 모시면서 함께 당 활동을 해오다가 탈당하고 나와 강서호남향우연합회를 창립하였다. 그때 장관님은 나를 강서구 구의원과 시의원도 권하셨지만 거절을 하였다. 다음 해에는 민주당 김상현 당 대표 권한대행님께 나를 국회의원 공천에 추천하셨다. 나는 이마저도 거절하였다.

강서구는 1977년 9월 1일 영등포구에서 강서구로 나눠 16개 동이 신설되었다. 남재희 장관님은 1978년에 제10대 국회의원으로 강서구에서 처음으로 당선되셨다. 김영삼 정부 시절에는 노동부 장관을 역임하셨다. 장관님은 국회의원 4선을 역임하시는 동안에도 끊임없이 무려 30여 년 동안 《강서문학》지에 주옥같은 글을 남기셨다.

오랜 세월 남재희 전 장관님이 연재하신 귀한 옥고 수필을 모아 책으로 엮는다. 퇴임하시고 펜을 멈출까 걱정이 되어 그동안 연재하신 글을 모아 출판하게 되었다. 시대를 온몸으로 살고 쓴 격동사가 한국 문학 발전에 큰 빛이 되어주시리라 기대해본다.

차 례

제1부

세련된
상식과
순리

세련된 상식과 순리

'상식과 순리를 존중하는 사회를 만들자'라는 제목을 보고는 일반 독자들은 그 글을 읽으려 하지 않을 것이다. 너무나 당연한 말이어서 읽으나 마나 그 글의 내용을 짐작할 수 있기 때문이다. 공자님 말씀 같다고 생각하는 사람도 있을 것이고, 국민윤리 교과서 같은 내용이라고 외면하는 사람도 있을 것이며, '해는 동쪽에서 뜬다'고 비유하며 꼬집는 사람도 있을 것이다. 그렇다. 또 가만히 생각해 보면 그렇지도 않다. 우리의 사회생활에 있어서 상식과 순리만큼 존중되어야 할 것이 어디 있겠는가. 문제는 상식과 순리가 왜 존중되고 있지 않은가, 상식과 순리란 자명한 것인가, 또는 시대와 상황에 따라 다른 것인가 하는 등등의 일일 것이다.

대학교 때 어느 교수에게서 이런 이야기를 들은 일이 있다. 독일의 바이마르 공화국 때나 그 이전의 일일 것이다. 독일의 사회 민주당 대회가 어느 소도시에서 열렸다. 그런데 한 지역의 대표단이 늦게 참석하여 이미 있은 표결이 이상하게 되어 버렸다. 왜 늦었느냐고 물었더니 역의 출찰구에 집표원이 없어 그를 기다리느라고 그렇게 되었다는 대답이었단다. 참말인지 꾸민 이야기인지 모르겠다. 그러나 아무튼 이때 상식과 순리는 어떻게 되는 것인가. 한 번쯤은 생각하게 한다.

1963년 대통령 선거전이 시작되었을 무렵 윤보선 씨는 부산에서 기자들과 이런저런 이야기를 나누다가 다음과 같은 말을 한 것이 기억에 남는다.

"역에서 기차가 정시에 떠나려 하는데 저쪽에서 손님이 기차를 타려고 뛰어온다. 그때 정시를 지키기 위해 출발하는 게 옳은가, 1~2분 늦어지더라도 기다리는 게 옳은가? 나는 1~2분 늦더라도 기다리는 게 옳다고 본다. 나는 그런 자세로 정치를 하겠다."

이때 상식과 순리는 또 어떻게 되는가 생각하게 된다. 그리고 먼저 경우와는 달리 좀 당혹하게 된다. 정시 출발을 지켜야 한다고도 할 수 있을 것 같고 1~2분 기다려야 한다고 할 수 있을 것 같기도 하다.

한 가지만 더 예를 들어보자. 미국에서 미국 기자 서너 명과 어울려 여행을 하게 되었다. 한 도시에서 내가 한턱내겠다고 친구들을 데리고 술집으로 갔다. 그랬더니 모두 칵테일 한두 잔 마시고는 아무리 더 마시자고 하여도 호텔로 돌아가자고 막무가내이다. 호텔로 돌아오는 길에 한 친구가 길거리의 감자튀김을 샀다. 그리고 모두 자기 방으로 가자고 하더니 호텔에서 진과 토닉 워터를 시킨다. 기분 좋게 마시며 이야기를 했다. 다만 일어설 때 다른 친구가 살짝 비용 2달러씩을 내라고 할 때 선뜻 내기는 했으나 기분은 이상했다. 우리의 상식과 그들의 상식이 너무 다른 것이다. 그러면서도 두고두고 생각해 보면 가끔 그 미국 기자들이 한 일이 상식과 순리처럼 생각되는 것이다. 상식과 순리는 시대에 따라, 사회에 따라 다를 수가 있다. 계층에 따라, 성별에 따라, 연령에 따라서도 다를 수가 있다. 극단의 예를 들어 식인종에게는 사람을 잡아먹는 것이 상식과 순리일 것이다.

얼마 전 아주 친한 친구들끼리 술을 같이 하며 딸들의 장래 문제를 이야기한 적이 있다. 그때 사회적 지위가 아주 높은 친구는 여성은 대학 교육을 마쳤다 하더라도 취직 같은 것은 하지 말고 가정에 있어야 한다고 강조한다. 그에게는 그것이 상식이며 순리이다.

또 한 친구는 자기는 여성의 사회 진출을 절대 찬성한다고 말하며, 자기 딸이 시집가더라도 직장 생활이나 사회 활동을 했으면 한다고 반대 의견이다. 그에게는 그것 역시 상식이며 순리이다.

그와 같이 볼 때 상식이니 순리니 하는 것이 간단하거나 자명한 것이 아닌 것이다. 깊이 생각해 보고 철저히 따져 보아야 비로소 찾게 되는 것도 많다. 또 아무리 토론해 보아도 결론에 도달하기 어려운 경우도 드물지는 않은 것이다.

법학계에서 1백여 년을 두고 하는 논쟁이 있다. 영국에서 있었던 일인데 배가 항해 중 난파하여 보트에 많은 사람이 타고 표류하게 되었다. 너무 여러 날을 표류하다 보니 방법이라는 방법은 다 취해 보았으나 먹을 것이 없어 모두가 죽게 되었다. 그래서 할 수 없이 찬반양론은 있었으나 명이 경각에 달려 있는 소년으로 연명을 한 것이다. 이들은 며칠 후 구명되었고 처음에는 영웅처럼 환영을 받았다. 그러나 과연 그들이 취한 행동이 정의로운 것이냐, 상식과 순리에 맞는 것이냐는 지금도 법학계의 난제가 되어 있는 것이다.

상식과 순리가 존중되는 사회가 되기 위해서는 사람들이 우선 교육을 받고 교양을 갖추어 사람다워져야 하겠다. 상식과 순리를 존중할 수 있는 사람은 인간으로서 자율을 갖고 있는 사람이다. 모두가 인간으로서의 자율을 갖게 하는 데는 내재적, 외재적으로 여러 가지 조건이 필요하다. 그리고 그것은 정체성의 확립 또는 인간의 긍지와도 연결된다.

서양 사람들은 소피스티케이션(sophistication)이라는 표현을 즐겨 쓴다. 세련, 또는 세련도라고 번역할 수 있겠다. 상식과 순리의 문제를 생각함에 있어서도 이 세련이 문제가 된다. 세련된 상식이고 세련된 순리여야 함은 두말할 필요도 없다. 그리고 솔직한 고백이지만 우리 사회에 있어서는 이 세련이 아쉬운 것이다.

예를 들어 노사 관계를 생각해 보자. 노동조합의 발달과 그것을 통한 노사의 협력 관계가 우리가 배운 학문이고 우리가 생각하는 상식이며 순리이다. 그러나 이 문제를 놓고 우리 사회에서는 의견이 갈려 있다. 대부분의 기업가는 노동조합을 나쁜 것으로 본다. 그들은 일반과는 다른 상식과 순리를 갖고 있는 것이다. 또 그 밖의 일부 사람들도 노동조합이라고 하면 꺼리고 있는 형편이다. 우리 사회에 있어서 노동조합의 결성과 노동조합과의 협상을 통한 노사 관계가 상식이 되고 순리가 되기엔 아직 시일이 더 걸려야 할 것 같다. 그러한 문제로서 한·중 국교 수립 전에 있었던 아주 까다로웠던 일은 중국 여객기 납치 사건을 둘러싼 논란이다. 중국은 6·25 때 북괴를 도와 우리를 침략했던 적국이다. 그런데 왜 그리 중국 사람들에 대해 융숭하냐 하는 것이 한쪽의 반론이다. 그것은 우리의 상식과 순리에 입각해 있는 여론인 것이다. 그러나 다른 한편에서는 비록 그렇다고 하더라도 그때는 그때이고, 지금은 다극화된 국제 사회 속에서 우리는 비적대국과는 교류를 하려하고 있으며, 어떻게 하든 한반도의 긴장 완화를 도모하려 하는데 그럴 수밖에 없지 않느냐고 말한다. 옳은 말이다. 새로운 상식이며 순리인 것이다.

우리 사회는 30년 안팎에 몇 세기를 산 것처럼 달라져 가고 있다. 사회가 다양해져 가고 우리가 처음 경험하는 현상들이 일어나고 있다. 가족 관계, 남녀 관계, 직장 관계, 노사 관계… 모두가 달라졌다. 그리고 새로운 상식과 순리를 요구하고 있는 것이다. 대외적으로 비슷하다고 본다.

상식과 순리를 존중하는 사회를 만들어야겠다. 상식과 순리를 존중하는 사람을 만들기 위해 교육 수준도 높여져야 하겠으며 인간의 자율을 높이는 내재적, 외재적 조건도 갖추어져야 하겠다. 그리고 그 상식과 순리는 새로운 사회에 알맞게 끊임없이 세련되고 고도화되어야 하겠다.

(1994년 《강서문학》 창간호)

일상의 단상

세대 차와 에이모럴

수습사무관들 10여 명에게 점심을 사주면서 수습 기간도 끝나 가니 노동부에서 일해본 느낌 같은 것을 적어보라고 하였다. 모두 행정고시 출신의 엘리트들이어서 좋은 글이 나올 것으로 기대했다. 그랬더니 분량을 묻는다. 2백 자 원고지로 30장쯤은 써야 하지 않겠느냐고 하니 2백 자 원고지는 써본 적이 없고 워드프로세서의 A4용지로 어느 정도 분량이면 되겠느냐고 반문한다.

2백 자 원고지를 쓰지 않는 세대. 평생을 2백 자 원고지 칸을 메우며 살아온 사람으로서는 가벼운 쇼크가 아닐 수 없었다. '시대가 많이 변했구나. 나도 이제 구세대가 되어가는구나…' 어쩔 수 없이 감상에 젖어 드는 것이었다.

취임 초반의 일이다. 노동부 장관에 관하여 어느 기자가 3D 직종이라고 신문에 써댔다. '노동부 장관은 3D 직종?'이라는 컷까지 달았다.

다 알다시피 'dirty'(더러운), 'difficult'(어려운), 'dangerous'(위험한)의 머리
글자를 따서 3D라고 하는 것이다.

그랬더니 한 외신기자는 3D가 아니라 4D라고 하며 장황한 기사를
썼다. 또 하나 추가된 D는 '다이어'(dire=참담한)이다.

그 후 주간잡지 기자가 노동부 장관이 된 기분을 묻길래 "삼복더위
에 돼지고기 먹는 심정이랄까"라고 말했다. 노·사간의 대결이 있는 데
다 노·노 간의 대립마저 있어 골치가 아프기 때문이다. 주간잡지는 그
표현을 머리띠 같은 제목으로 뽑았다. 그 후 40대 이하인 직원들에게
"삼복더위에 돼지고기 먹는 것이 뭐냐"는 질문을 몇 번 받았다. 처음에
는 농으로 그렇게 묻는 줄 알았다. 그런데 정말로 묻는 게 아닌가.

'아차, 냉장고 세대니까 그 뜻을 모르는 것이 당연하지 않겠는가.' 곧
깨달을 수 있었다. 그러면서 이것도 세대 차구나 하고 세대 차 문제를
곰곰이 되씹고 있는 것이다.

전에 외국잡지에서 한 도서관에서 모든 책을 마이크로필름에 담으
려 하니까 반대론이 만만치 않다는 기사를 읽은 적이 있다. 책은 오래
두면 산성화되어 못쓰게 되니까도 그렇고 공간의 문제도 있고 하여 마
이크로필름화하는 것인데 활자 매체의 세대는 책의 보존에 엄청난 애
정을 갖고 고집하는 것이다. 그것도 세대 차다. 나도 활자 매체를 고집
하는 세대이다. 세대 차 문제로 결론을 내리려는 것은 아니다. 어느 대
학에서는 『명심보감』을 가르치겠단다. 활자 매체를 거쳐 오디오, 비디
오 매체를 지나 컴퓨터 네트워크로 발전하는 세대의 '에이모럴'(aimoral=
초도덕적)한 심성을 잡아줄 마음의 기둥은 무엇일까.

현대의 종교와 황포강

미국에서 나온 책을 읽다 보니 '현대의 종교는 관광'이라고 단언하는 주장이 나온다. 이집트의 피라미드, 파리의 에펠탑, 중국의 만리장성 같은 것은 현대 종교에 있어서 여러 신들이라는 것이다. 한 해에도 몇백만 명의 지구촌 사람들이 그 여러 신을 경배하기 위해 열성적으로 여행을 한다.

몇 년 내 우리나라에서도 일고 있는 관광 열기를 보면 그 주장이 비록 익살을 섞은 것이지만 그럴듯하게 여겨진다. 구미에서는 컬러사진을 잔뜩 넣은 관광잡지들이 붐을 일으키고 있다. 관광책자들도 다양하게 나온다. 그중에서도 『인사이트 가이드』 시리즈로 나오는 각 나라 소개 책자는 예술적이기까지 하다고 첨언하고 싶다.

항공사마다 내는 기내잡지도 볼 만하다. 우리 항공사들도 『모닝 캄』 『아시아나』 등을 내고 있고 한곳에서는 『길』이라는 높은 수준의 잡지도 내고 있지만 『에어 프랑스』 『루프트 한자』 『알이탈리아』 잡지도 일품이다. 최근에 중국민항의 기내잡지를 보니 그 나라의 형편없는 인쇄 수준과는 천양지차로 괜찮은 것이었다. 실제로 모든 나라를 다 가볼 수 없다면 관광잡지, 기내잡지, 관광 소개 책자, 풍물사진집 등으로 대행 경험을 하는 것도 좋다. 대행 경험을 충분히 하고 한두 곳을 가보면 정말 실감할 수 있을 것이다.

그 관광 종교의 열기를 타고 중국에 가본 일이 있다. 모든 관광객의 전례에 따라 북경에서는 자금성, 만리장성, 이화원, 천단 등을 상해에서는 임시정부청사, 홍구공원(지금은 노신공원), 예원 등을 신나게 돌아보았다. 순례자를 연상케 하는 행렬, 행렬이다.

그 후 이번에 중국 노동부 초청으로 중국에 다시 갔다. 정부초청이기도 하고 두 번째이기도 하니까 스케줄이 다를 수밖에 없다. 여가시간에 북경에서는 군사박물관, 국립미술관 등을, 상해에서는 역사박물관, 화폐박물관, 골동거리 등을 보았는데 이 문화관광이 좋았다. 특히 황포강을 따라 양자강 하구까지의 배를 탄 구경은 인상적이다. 좀 속도가 느렸지만 왕복 4시간의 연안은 모두가 항구요, 공업지대여서 지저분하지만 왕성한 경제적 활력을 느낄 수 있었다.

옛날에 박연암은 북경으로 가는 길에 말린 말똥을 산더미처럼 쌓아 놓은 것을 보고 그것이 정말 장관이라고 감탄했다 한다. 실학적 발상이다. 그 표현을 빌려 말하면 황포강 연안이야말로 정말 장관이다.

만약 다음에 중국에 또 갈 일이 있으면 이번에는 그곳 사람들의 삶을 밀접하게 보고 느끼고 싶다.

술 마시는 것도 문화다

나는 요즘 한 가지 자그마한 운동이라면 운동을 꼽고 있다. 술 마실 일이 있으면 가급적 빈대떡집으로 가는 운동이다. 광화문 근처에, 대학을 갓 나온 월급쟁이 초년 때부터 즐겨 다니던 빈대떡집 거리가 있다. 그 후로도 가끔 들려 빈대떡 맛을 즐겼는데 요즘은 부쩍 자주 가고 있다.

얼마 전에는 운정 선생(김종필 민자당 대표의 아호)을 모시고 가서 유쾌한 담소를 나눴으며, 그후 후농 선생(김상현 민주당 고문의 아호)과도 함께 가서 호쾌하게 시국담을 하였다. 계속 명사들과의 풍류놀이다.

빈대떡에 소주는 우선 싸서 좋다. 살롱에서 술을 마시려면 두당 20만 원 이상이 든다고 한다. 개혁의 시대가 아니라해도 이게 어디 말이될 법한 일인가. 너무나 어처구니없고 바보스럽다. 호화롭게 술을 마시는 것이 아마 부정부패 원인의 절반은 차지할 것으로 짐작된다.

빈대떡집은 서민적 운치가 있다. 모든 사람들이 큰 부담을 느끼지 않고 즐길 수 있는 곳이기에 허세가 없고 차분한 진실만을 엿볼 수 있는곳이다. 옛날 풍류객들도 그런 수준의 음주를 즐겼을 것이다.

그곳은 대화의 마당이기도 하다. 서로 부담이 없으니까 이야기도 느긋하기만 하다. 음식 자체도 또한 시끄럽지 않고 조용하다. 빈대떡집만큼 충분한 대화를 나눌 수 있는 곳도 드물다. 불고기집 주인들에게는대단히 미안한 이야기지만, 나는 불고기에 소주가 대화하고는 상극이라고 생각한다. 자칫하면 타기가 쉬운 불고기는 먹기가 매우 급하고 그러다보니 소주도 급속도로 마시게 되어 대화는 별로 나누지 못한 채 취해버리고 만다. 우리 민족이 세련도가 부족하다는 느낌인데, 이런 비(非)대화적 음주방법을 극복하지 않고는 민족의 세련도를 높이기란 요원할것만 같다.

또 2차, 3차의 술은 피해야겠다. '아직도…' 농담시리즈 중에 '아직도 술 드실 때 2차를 가십니까?'가 있다. 본래 우리 주법은 한 곳에서만 마시는 것이었는데 일본침략 때 대륙낭인들이 2차, 3차하는 못된 버릇을 전파했다는 그럴듯한 설명이 있다.

옛날에 마해송 선생과 술을 마셔본 일이 있다. 그분은 청주 한 그라스를 30분정도에 걸쳐 마신다. 입에 한 모금 넣고는 빙빙 굴려 그 향기를 음미하곤 하는 것이다. 바로 이런 것이 옳은 주법이 아닐까.

술 마시는 양식도 분명 문화이다. 그 음주문화의 세련 없이는 우리 사회의 성숙이나 세련도 쉽사리 이루어질 것 같지 않다.

투체 거북이의 패배

신문 종사자들에게는 송구스러운 이야기지만 근래 신문들은 모두 비슷비슷해서 기획기사 말고는 그 특성이 적다. 직업의 특성상 거의 모든 신문을 구독하고 있는데 그러다보니 오히려 한 신문도 제대로 읽지 못하는 결과를 초래한다.

비슷비슷한 것만 보는 권태에서 탈출하려는 노력으로 아침 식사 때는 AFKN을 틀어놓는다. 뉴스가 생생하다. 그런데 토요일에는 뉴스대신 어린이를 위한 만화시리즈가 나온다. 그 가운데서 신통하다고 생각되는 것이 '투체 거북이와 덤덤(개)'이다.

투체 거북이는 중근세 유럽의 기사모습이다. '삼총사'에 나오는 것처럼 멋진 모자를 썼는데 칼은 구부러져 재미있다. 덤덤은 덩치 큰 복슬강아지인데 마음씨는 착하지만 머리는 좋지 않은 편이다. 이도령에 방자, 돈키호테에 산초판자가 있듯이 투체 거북이에게는 덤덤이가 있어 서로 어울린다.

여기서 눈에 띄는 점은 우리의 기사 투체 거북이가 용맹하지만 항상 싸움에 실패한다는 것이다.

마음씨 나쁜 기사에 의해 성에 갇힌 공주를 구하려고 돌진하다가 얻어터져 납작하게 되거나 칼로 찌른다는 것이 문을 찔러 낭패를 당한다.

또 불을 뿜는 용과 맞서다가 화상을 입기도 한다. 충실하게 따라다니는 덤덤은 투체 거북이가 망신을 당하면 "내 그럴 줄 알았지" 하는 식으로 천연덕스럽게 말해 웃음을 머금게 한다.

어려서 '똘똘이의 모험' 이래 많은 어린이물을 보고 들어왔지만 우리 것은 거의 대부분 주인공이 결국 이기거나 성공하는 내용이다. 지거나 실패로 끝나버리는 경우는 별로 기억에 없다.

그런데 우리의 기사 투체 거북이는 계속해서 좌절한다. 그러면서도 용감하게 다시 일어나 공격한다. 져도 우아하게 진다. 아니 졌다고 해서 결코 실망하지 않고 다시 일어서기 때문에 우아하다.

패배(敗北)의 미학이라고 이름 지어보았다. 지는 데에도 아름다움이 있다. 그것이 스포츠의 정신이기도 한다. 페어플레이가 아니겠는가.

우리는 일상생활에서나, 사업에서나, 정치에서나 너무 악착같이 이기려고만 한다. 이기기 위해서는 반칙도 밥 먹듯이 한다. 반칙만 하는 것이 아니라 흉칙한 음모를 꾸미고 끔찍한 잔학행위도 서슴지 않는다.

사회가 건전해지고 성숙해지려면 구성원들이 패배의 미학을 체득할 필요가 있겠다. 미국에서 어린이들에게 '투체 거북이 와 덤덤'과 같은 만화를 보여주는 것도 그런 맥락에서라고 해석해본다.

(1995년 《강서문학》 제2호)

'열린 음악회'적 시민과 '소말리아'적 시민

요즘 대단히 인기 있는 프로로 KBS1-TV의 '열린 음악회'가 있다. 일요일마다 되도록 꼭 보려고 노력하고 있는데 그만큼 흐뭇한 프로다. 거기 나오는 대중가요 가수나 성악가들도 모두 일류이고, 사회자도 호감을 주며, 특히 장소를 옮겨가며 하는 음악회의 청중들도 밝고 명랑할 뿐만 아니라 수준이 높다. 모두 잘살고 있구나 하는 느낌이다. 우리나라의 알찬 중산층들이다. 그래서 그들을 '열린 음악회'적 民이라고 이름 붙여 주고 싶다. 그럴듯한 명명이 아닌가.

그 중산층이 요즘 온통 우리나라의 흐름을 주도하고 있는 것 같다. 사회문제에 관한 대화나 글에서 항상 주역으로 등장한다. 특히 정치에 있어서는 이른바 '중산층 끌어안기'가 대유행이다. 정치인들의 발언이나 정책 수립에 있어 모두가 중산층, 중산층… 하고 그들을 우상처럼 모신다.

우리나라의 수준이 그만큼 된 것은 기쁜 일이다. 그것이 실체와 일치하는 것이라면 얼마나 좋은 일이겠는가.

그런데 그렇게만 좋아할 수 없는 것이 또한 현실의 한 단면이다.

최근 한 지역에서 나온 『재미있고 감동적인 우리 동네 이야기』라는 작은 책의 글 구절을 인용해 보자.

"…마치 한 폭의 그림과도 같은 어느 잘 사는 외국도시의 일부분을 옮겨다 놓은 것 같은 착각을 일으키게 합니다. 그러나 멀리서 바라볼 때의 아름다운 겉모습과는 달리 그 안에서 힘들게 살아가는 주민들을 볼 때면 너무나 겉과 속이 다른 이중적인 모습에 꼭 누구에게 속은 것 같은 느낌을 떨쳐버릴 수가 없습니다."

……

동장 근무 며칠 후 첫 번째 가정 방문을 마치고 돌아오는 길에 동행했던 사회복지 담당 여직원이 힘없이 가라앉은 내 꼴이 안 돼 보였던지

"동장님, 저는요 첫날 가정 방문을 하고 나서 충격 때문에 하루는 병원, 하루는 집에서 이틀 동안이나 앓아누웠어요."

라고 경험담을 말해 주었을 때 너무 마음이 저려 그냥 고개만 끄덕일 수밖에 없었습니다.

7단지 주민들 스스로가 '우리는 소말리아 사람들'이라고 자조적으로 표현하는 동네… .

길게 인용을 할 수 없지만, 사실적인 묘사이다. '열린 음악회'적 民들과는 대조되는 '소말리아'적 民이다.

지난번 지방 선거 때 한 무소속 후보가 그 동네에 표를 얻으러 갔다가 주민들에게 쫓겨났다는 경험담을 들었다.

"이북에 쌀을 많이 갖다 준다는데 그 쌀을 우리에게 주시오. 표 이야

기는 말고 가서 그 쌀이나 갖고 오시오."

물론 북한에 쌀을 원조하는 것이 잘못되었다는 이야기는 아니다. 그들의 생활이 그럴 만큼 어렵다는 이야기일 뿐이다.

간단한 공식 통계를 보면 우리나라 생활보호대상자가 전체 인구의 3.9%이다. 그리고 1백만 원 미만의 임금 근로자가 3백만을 넘으며, 50만 원 미만만 보아도 1백만에 가깝다(그밖에 실업, 영세자영업 등도 있다).

그런데도 모두 중산층 타령이고 서민이나 서민 정책은 행방이 묘연하다. 흔히 사회계층 구성이 양파형이나 피라미드형이냐를 구분하여 말한다. 그렇게 볼 때 우리나라는 아직 피라미드형이라고 생각한다.

여론조사를 해보면 스스로를 중산층이라고 생각하는 사람들이 과반수를 넘는다고 언론들은 보도하고 있다. 여론조사 방법에 하자가 없다고 할 수는 없겠지만 그런 결과가 나올 수는 있겠다.

세 들어 사는 사람들이 대도시 인구의 반이기는 하지만 그들은 이제 의식주에 걱정이 없다. 그리고 주차 때문에 길의 교통이 어려울 정도로 자가용을 가진 사람들이 많다. 그래서 중산층 의식이 생겨난다.

그러나 삶의 질은 별개 문제이다. 의식주는 그렇다고 하나 교육 의료 문화 등에 있어서는 아직 거리가 먼 것이다. 더구나 개방화 추세로, 또 심해지는 국제경쟁 때문도 있겠지만 부의 집중이나, 대기업에의 경제력 집중은 점점 더해가고 있다. 크게는 공산권이 몰락한 때문도 있고 또한 경제도 많이 나아져 우리나라의 전반적인 보수화 경향이 나타난 지는 이미 오래다. 신문을 보면 모든 정당이 보수 정당이 되기 위한 경쟁을 하고 있는 것 같다. 개혁이다 진보다를 내세운 지가 불과 몇 년인 것 같은데 말이다.

미국의 전번 대통령 선거에 앞선 민주당의 전당대회에서 쿠오모 뉴욕지사는 대단한 명연설을 한 것으로 평가되었다. 기억을 더듬어 이야기해 보면 이렇다.

"서부로 가는 개척 이민 마차 행렬에서 노약자라고, 혹은 병이 났다고 우리는 그들을 버리고 갈 것인가. 우리 한 사람의 낙오도 없게 그들 모두 다 함께 위대한 미국을 향하여 전진해 나갑시다."

미국의 민주당은 전통적으로 서민층의 편을 드는 정당이다. 어느 주에서는 전에 농민—노동자—민주당이라는 표현을 쓰기도 했었다.

그런 미국의 민주당이 아니더라도 우리 정당들도 중산층만 외쳐대지 말고 서민층에 보다 관심을 가져야 할 것이다. 물론 서민층만 생각하라는 이야기는 아니다. 중산층 위주로 생각할 때와 서민층을 아끼며 생각할 때는 정책의 틀 자체가 많이 달라질 것이다.

친구인 언론인 한 사람도 비슷한 느낌이 들었던지 최근에 쓴 그의 칼럼을 다음과 같이 끝맺고 있다.

"여야를 막론하고 중산층을 끌어안는다는 전술도 마찬가지다. 중산층이 두껍게 형성되었으면 나라가 그만큼 발전한 것임에는 틀림없으나 두텁지도 않을뿐더러 그것은 불안한 중간지대에 지나지 않는다. 여론조사에 나타난 허위의 '중산층 의식'을 기초로 하여 정책 대안을 제시한다면 그것은 곧 모래 위에 성을 쌓는 격이다. 동서고금을 통해 주민을 바보로 만들면서 민주주의가 정착한 적은 없다."

중산층을 아끼고 보호하며 그들에게 안정감을 주어야 한다. 그러나 아직은 서민의 복지를 말할 때라고 본다.

(1996년 《강서문학》 제3호)

광주공항의 아이스크림

국회의원 네 번에 장관을 한 번 하고 갑자기 정치에서 은퇴한 것은 무슨 딴 계획이 있어서가 아니었다. 정치에 염증이 났었다. 엄청난 정치 부패가 잇달아 폭로되는 것을 보고 혐오감을 감당하기 어려웠다. 심신이, 그러니까 마음과 몸이 모두 피로하여 무작정 탈출을 감행한 것이다.

우리말에 '시원섭섭하다'는 참 적절한 표현이 있다. 정치에서 손을 떼니까 정말 시원섭섭하다. 영어에도 '비터 스위트'(Bitter Sweet)라고 '쓰면서 달다'는 표현이 있는데 얼마간 비슷하다 할 것이다.

그러나 좀 시간이 지나니까 '섭섭'의 비중이 점점 커지는 것도 같다.

금단(禁斷)현상이라고 이름 붙여 본다. 정치에 중독이 되었었으니까. 중독이 지나친 표현이라면 인이 박혀 있었으니까, 정치를 그만두고 나니 금단현상이 생기는 것이다. 담배 끊을 때의 금단현상보다 심한 것 같다. 아편은 피워보지 않았으니까 잘 모르겠지만 아마 그 정도까지의 금단현상이 아닐까 한다.

외로움을 느끼게 되고, 무력감에 빠지며, 서운한 일도 종종 당하게 된다. 서운한 일을 당하는 것이 아니라 내 쪽에서 그렇게 느끼는 것이라고 해야 맞을 것이다. 가끔 아쉬움을 느끼고 후회가 되기도 한다는 것이 솔직한 이야기일 것이다.

그렇지만 한편 나의 인생을 충실히 살아보겠다는 각오 같은 것도 있다. 정치를 했다고 해서 나의 인생에 충실하지 않은 것은 아니지만, 정치에 있어서는 남의 인생을 산 부분도 없지 않아 있다. 정치를 어디 자기 소신대로만 할 수 있는가. 더구나 정당이라는 조직의 구성원이 되고 보면 양보할 것과 타협할 것이 너무 많은 것이다. 양보와 타협은 오히려 밝은 면이고 권력정치에서 굴종을 강요당하는 것이 어찌 없겠는가.

이제 나는 자유인이다. 그렇게 마음속으로 말한다. 이제 나의 인생에 충실하자. 물론 나만의 나가 아니고 공공(公)의 나이며 그 공공 속의 나에 충실히 하는 것이 참으로 나에게 충실히 하는 것이다. 비록 작은 일이지만 그 공공 속의 나를 위해 열심히 노력하자. 작은 것이 아름답다고 하는 말이 있는데 정말, 작은 것이 소중한 게 아닌가 생각한다.

그러다가 문득 의식 못 한 사이에 나도 인생의 정년기(停年期)에 접어든 것을 느낀다. 청년인 줄 알았는데 갑작스레 초로(初老)를 느끼는 것이다. 언론들이 요란하게 떠들어 대는 명퇴(名退) 바람 때문인가.

나이 먹는다는 것을 생각하게 된다. 영어로 '에이쥐잉(Aging)'이라 하는데 그 단어가 실감이 난다. 노년학(老年學)이라는 것도 남의 이야기가 아니라 나의 이야기로 되어 가고 있다.

최근 텔레비전에서 박완서 원작을 드라마로 만든 '약속'이라는 프로를 보고 좋은 테마라고 여겼다. 옛날에 본 일본 영화에 구로자와 아끼라(黑澤明) 감독의 '삶(이끼라)'이라는 것이 있는데 매우 감동적이었다. 허무함을 느끼다가 결국 아주 작은 봉사를 통해 인생의 의미를 되찾는다는 줄거리인데 역시 명감독의 작품답다.

흔히 탑골공원의 노인들 이야기를 한다. 너무 잘 알려진 노인들의 풍속도이다. 또 상심이 되는 것은 내 나이 또래의 사람들이 매일 매일 모여 고스톱을 치며 소일하는 광경이다. 우리나라 사람들의 대부분은 책 읽는 것이 습관화되지 않아 고스톱 말고는 별달리 할 일이 없는 것 같다. 요즘 등산 붐이 대단한데 등산은 권장할 만하다.

그렇지만 내 주변에서도 정년기를 뜻있게 보내는 사람들도 많이 만난다. 그림에 열중하는 사람, 사진에 몰두하는 사람, 독서 생활에 충실한 사람… 언젠가 한 번 모두에게 널리 소개하고 싶은 사람들이다.

생각나는 감동적인 인물들이 있다. 십여 년 전에 서울에서 본 일인데 지방 도시의 민선시장을 지낸 분이 반장을 맡아 주민 뒷바라지를 하고, 또 장관을 한 사람이 통장을 맡아 동네를 돌아다니는 것이다. 그때도 그분들이 참 훌륭하다고 생각하고 존경했었다.

그런 나에게 친구가 대학에서 강의를 할 수 있도록 배려해 주었다. 시일이 지날수록 그 배려가 더욱 고맙게 느껴진다. 광주에 있는 대학이어서 비행기로 왕래하게 되고 비행기 삯을 절약하느라 하루 종일 압축 강의를 하게 되었다. 젊은 학생들과 만나게 되니 유쾌한 일이다. 한 동료 교수는 "젊은 학생들의 기(氣)를 받아 교수도 젊어진다" 고 무슨 과학적 발견처럼 이야기한다. 그 원리는 모르겠으나 강의 준비를 하고, 학생들에게 강의하고, 그들과 질문·답변을 하는 일들이 모두 활력 있는 일이 아닐 수 없다. 그러니 건강해지고, 어쩌면 젊어지게 될 수밖에.

광주의 음식도 우선 값이 싸고 맛도 괜찮다. 자리를 같이하게 되는 동료들에게 음식값이 엄청 싸다고 하니까 그것이 시골 사는 이점이 아니겠냐고 한다. 아파트도 엄청나게 저렴하다는 것이다. 나에게 농촌의 공가(空家)를 무료로 주선해 줄 터이니 별장처럼 와서 살라는 사람도 있다.

그런 즐거움도 있지만 하루 종일의 강의는 중노동일 수밖에 없다. 오전 강의가 끝나면 식사 후 커피를 즐기며 휴식을 갖는다. 대학촌 다방에서의 그 커피는 이제까지 잘 몰랐던 맛이고 즐거움이다. 그리고 오후 강의. 녹초가 된다(진짜 녹초가 되는 것은 그다음 날이다). 그리고 피곤한 몸을 이끌고 귀가를 위해 공항으로 간다. 비가 오는 날은 대학에서 택시를 잡을 수 없어 흠뻑 젖는다.

피로에 지쳐 도착한 광주공항. 거기서 먹는 천 원짜리 아이스크림, 그 맛이라니. 그리고 느긋한 휴식이라니. 나는 이 광주공항의 아이스크림을 요즘에 있어서의 가장 큰 낙으로 삼는다.

그리고 서울의 공항에서는 나의 자가용이라 할 지하철로 집으로 향한다. 지하철 예찬은 여러 가지일 것이다. 비 올 때나 짐이 있을 때 불편해서 그렇지 자가용 자동차 없이도 이제 편하게 살게 되었다.

이렇게 쓰고 보니 한쪽에서는 무슨 주책없는 넋두리냐고 할 것이고 다른 한쪽에서는 아직도 사치스러운 한담이냐고 할 것이다. 그러나 그런저런 생각들이 정년기에 처한 나의 인생관찰이라 할까, 인생체험인 것이다. 니체를 이야기하고 헤겔을 논하던 이른바 학구파가 도달한 결론이 그렇게 한심한 것이냐고 나무라더라도 어쩔 수 없는 일이다.

(1997년 《강서문학》 제4호)

외로우나 고집스런 혁신 진영의 기수

– 김철 선생에 얽힌 이야기들

영어에 Wishful thinking이라는 말이 있는데 사전에는 '희망적 관측'이라고 번역되어 있지만 '아전인수격인 희망적 생각' '그렇게 되었으면 하고 자기중심으로 하는 희망적 생각'이라고 풀어서 설명할 수 있겠다. 나는 우리나라 정치에 관하여 반평생이 Wishful thinking만 하며 살아온 결과가 되었다. 현실은 항상 빗나가고, 나는 비현실적인 이상주의자가 되고 말기가 십상이었다.

5·18 후 이른바 제5공화국 초기만 해도 그렇다. 나는 5·18 세력이 구성하는 정치세력에 윤길중, 김철 씨 등 옛 혁신진영 인사들을 추천하였다. 새로운 정치세력에 그들이 참여하여 정당의 스펙트럼을 넓혀도 바람직한 것이고, 또는 독자적으로 진보적 정당을 결성하여도 국내적으로나 국제적으로나 유익할 것으로 보았다.

그 무렵 동경에서 서울에 온 창정 이영근 씨와 서울서 꾸준히 민족운동을 해온 동주 박진목 씨와 만나서 그러한 문제로 이야기할 기회가 있었다. 나는 새로운 정치세력에 참여하는 것이 좋겠다는 쪽이고, 동주

선생은 독자창당론이었으며, 창정 선생은 동경에 있는 처지이기에 시종 듣는 입장이었던 것으로 기억한다.

5·18 세력에 전달한 나의 추천 때문이었던지 다른 길이 있었던지 어쨌든 청곡 윤길중 씨와 그의 측근 몇 사람은 민정당에 들어갔고, 김철 씨는 입법회의에 참여하였다.

청곡 윤길중 씨가 민정당에 들어간 것이 잘된 것인지 잘못된 것인지는 모르겠다. 혁신격 인사가 민정당에 들어가서 그 스펙트럼을 다양하게 하는 것이 집권여당인 민정당의 기반 강화를 위해서도 좋고, 또 우리나라 정치발전을 위해서도 풍화작용을 통해 도움이 될 것이라고 생각했던 것이다.

만약 청곡 선생에게 말하라고 가정하여 본다면, 그는 지난날의 탄압받던 진보당의 간사장이 국회부의장이 되고 여당인 민정당의 제2인자 자격인 대표위원이 된 것이 의미가 있는 것이 아니냐고 말할 것 같고, 또한 죽산 조봉암 선생의 신원 운동을 하여 3김을 포함한 보수거물정객 등 다수 국회의원이 그 신원을 건의하게 된 것이 비록 미완에 그쳤지만, 전진이 아니냐고 할 것만 같다(당시 현행법으로는 죽은 사람을 복권하는 조항이 없다 하여 국회 법사위원회에서 제동을 걸었다).

김철 씨의 경우는, 어찌 된 일인지 5·18 세력이 후원하는 진보정당은 고정훈 씨가 맡게 되는 것이 아닌가. 고 씨는 신정사회당을 조직하여 서울 강남구에서 5·18 세력에 의하여 제11대 국회의원으로 만들어졌다.

5·18 세력이 김철 씨가 아닌 고정훈 씨를 선택한 문제를 놓고 나 나름대로 생각해 보았다. 고 씨는 5·16 후 3년쯤 옥고를 치르고 나와 풍

운아답게 화려하게 사업을 하다가 망해 철원 근방의 농장에서 계속 칩거하고 있었다.

첫째로, 김철 씨는 SI(Socialist International) 회의에 참석하기 위해 여권을 낼 때 정보계통의 협조를 얻었으나(여권은 선진국에선 당연한 것인데 여권 내주는 것으로 큰 생색을 낸 우리의 경우가 잘못되어 있었다) 막상 SI 회의에 가서는 박정희 정권을 냅다('냅다'라는 표현이 적절할 것 같다. 그만큼 그는 유신체제와 싸웠다.) 비난하는 연설을 하여서 정보계통 사람들이 믿을 수 없다고 말하는 것을 들은 일이 있는데, 그때에도 마드리드에서 열린 SI 대회에 참석하여 5·18 세력을 비난하는 연설을 하였다 한다. 그래서 5·18 세력이 김철 씨를 단념했다는 것이다.

둘째는 김철 씨가 거절한 것. 그 후로도 가끔 김 선생을 만났으나 센시티브한 것이어서 나는 물어보지를 못했다.

셋째로 5·18 세력이 진보정당을 후원하는 것은 주요하게는 국제회의용인데 그렇다면 천하가 인정하는 여러 외국어의 달변가인 고정훈 씨가 효용이 있을 것이다. 나중의 이야기이지만 SI에서의 김철 씨의 영향력 때문에 고 씨는 별로 성과를 못 걷은 것으로 안다.

마지막으로 인맥을 생각해 보았다. 당시 그러한 문제를 결정하는데 핵심적 역할을 한 중앙정보부의 부장은 유학성 씨였다. 유 씨는 조선일보 주필이었던 선우휘 씨와 정훈장교 동기생, 또 선우 씨는 고정훈 씨와 같은 평안도 출신, 같은 조선일보 논설위원 등으로 절친한 사이이다. 그러니 유학성 씨가 고정훈 씨 쪽 손을 들었으리라고 추측되는 것이다.

이번에 그 문제가 궁금하여 김정례 여사(전 국회의원·보사부 장관)와 이야기를 해보았다. 통이 크고 활달하여 많은 정치인의 '누님'으로 통하는 김 여사는 김철 선생과는 오누이처럼 각별한 사이였다. 너무나 둘이 친밀하기에 혹시 애인 관계가 아닌가 하고 오해도 받았었다는 김 여사의 말이다. 지인이 많아 여러 방면의 정보에도 밝은 김정례 여사의 말은 선우휘 씨가 아니고 역시 입법회의에 참여했던 우인(雨仁) 송지영 씨가 유학성 부장에게 고 씨를 천거했다는 것이다. 그러고 보니 송 씨와 고 씨는 모두 평안도 출신이고 또 같은 조선일보의 논설위원 출신이다. 흔히 송 씨를 풍기 분으로 알고 있으나, 송 씨의 아버님이 정감록을 믿고 피난 간 곳이 풍기로 박용만·김계원 씨 등 집안과 함께 집단이주했다는 것이다.

10대 국회 시절 박준규 씨가 공화당의 당의장이 되었을 때의 일이다. 박 의장은 그때 정책연구실 차장으로 있던 나를 부르더니, 김철 씨와 내가 친한 것을 알고 있다고 말하며, 김철 통일사회당수한테 가서 그의 축하 화분을 교섭해 보라는 것이다. 박 의장은 처음에는 서울대학교 문리대의 강단에 섰던 학자 출신으로 매우 리버럴하고 정치적 폭이 넓다. 자기가 공화당 당의장이 되었는데 다른 당의 축하 화분도 좋지만, 특히 혁신정당서까지의 축하 화분을 더욱 의미가 있다고 생각한 것이다.

당시 통일사회당은 서울역에서 삼각지 쪽으로 약간 떨어진 갈월동의 어느 허름하고 작은 건물에 방을 빌려 있었다. 김 당수에게 박준규 씨의 뜻을 설명하니 둘 사이는 꽤나 친분이 있는 처지인데도 유신 시대 공화당의 당의장에 대한 일이니까 김철 씨는 한참 망설였다. 결국, 이름만 빌려준다는 식으로 마지못해 승낙하는 것이었다.

그 후 SI의 칼슨 사무총장이 방한하였을 때의 일이다. 명동에 있는 YWCA 앞의 식당에서 통사당이 주최하는 환영 만찬이 있었다. 김철 씨로서는 큰 행사였다. 김 씨는 SI에 대단한 집착과 기대를 갖고 있었다. 자주 SI 이야기를 하였고 서독의 브란트 수상과 스웨덴의 팔메 수상 이야기를 하였다. 실제로 그 둘과는 친한 사이인 것으로 알려졌다. 만찬에 공화당에서는 박준규 씨를 비롯하여 신형식 사무총장 등 대거 참석하였다. 당시 통사당이 처한 입장에서 생각할 때 박준규 씨가 호의를 보인 것에 틀림없다. 그런데 일이 어색하게 되었다. 재야 목사를 포함한 여러 사람에게 축하 인사의 기회를 주면서도 유독 여당의 서열 제2인자인 박준규 씨에게는 인사말을 할 기회를 주지 않는 것이 아닌가. 누군가가 김철 씨에게 박준규 씨에게도 기회를 주도록 말하였음에도 불구하고 김철 씨는 단호히 고집을 세웠다. 여측 인사들은 모두 김철 씨가 너무한다고 혀를 둘렀지만, 지금 생각해 보면 그의 태도는 유신에 대한 단호한 부정을 뜻하는 것이고 또한 그의 불굴의 의지를 말하는 것이 아니었나 한다.

제12대 국회 시절 김철 씨의 사회민주당은 종묘 근처에 당사를 갖고 있었다. 그때 서울대학교 임종철 경제학 교수(사회과학대학장도 지냄)가 열심히 참여하여 돕고 있었다. 물론 대학교수는 정당 참여가 허용되고 있다고 하지만 혁신정당에 적극 참여한다는 것은 용기 있는 일이고 대견스러운 것이다. 나는 그때 한 잡지에 친구인 임 교수의 사민당 참여(그는 정책 연구기구인 사회민주문화연구소의 소장도 맡았다)를 칭찬하는 글을 썼었다. 그러는 것이 우리 정치발전의 길이라고 보았다.

그즈음 당사 밑의 다방에서 사민당의 기금마련을 위한 모금전이 있었다. 가보았더니 작품이 그리 많지 않은 단출한 것이었다. 마침 우리 나라 기독교계의 거봉인 장공(長空) 김재준 목사가 계시기에 인사드릴 기회를 가졌다. 어떻게 도와줄까 하고 생각하다 장공의 세필(細筆) 붓글씨가 마음에 들어, 그때 국회의원으로 있던 친구 김종인 박사에게 장공의 글씨를 소장하라고 권고하였다. 김종인 박사는 독일에서 경제학을 공부한 학자로 독일 유학 시절에는 독일 사회민주당(SPD)에 관심을 가졌던 열혈청년이었다. 김철 선생과도 교분을 가지면서 혁신 운동에 이해를 표했었다. 여담이지만 얼마 후 장공 선생이 별세하였고, 나는 김종인 박사에게 그분의 글씨를 소장한 것이 대단히 뜻있는 일이라고 말하면서 소장을 권고한 일에 대해 생색을 내었다.

장공 선생 이야기가 나온 김에 생각나는 것은 김철 씨는 함경도 출신으로 그 지역 출신인 장공 선생을 비롯하여 여해(女海) 강원암 목사 등과 각별한 사이라는 것이다. 자연스러운 일로 별로 탓할 것이 없다. 다만 얼마간 신경이 쓰였던 것은 혁신계 안에는 평안도의 흐름과 함경도의 흐름 사이에 약간의 틈새가 있지 않았느냐 하는 것이다. 그러한 것이 김철 씨와 고정훈 씨의 라이벌 관계에 영향을 미치지 않았는가 한다.

김 씨와 고 씨가 라이벌이라고 표현했지만, 그것은 점잖은 편이고 오히려 숙적 관계라고 하는 것이 옳은 것이다. 혁신계에선 널리 알려진 이야기이다. 그러나 고정훈 씨가 강남성모병원에서 중태에 빠져 있을 때 김철 씨는 그를 문병하는 동지의식을 보이기도 하였다.

5·16 한참 후에 김철 씨가 통일사회당을 결성할 때의 일에 대해 혁신계 안에서는 얼마간의 구설이 있었다. 두산 이동화, 경심(耕心) 송남헌 씨 등 선배들이 엄연히 있는데도 그들을 제치고 스스로가 위원장이 되

었기 때문이다. 그럴 수가 있느냐는 것이다. 그 선배들 가운데서 당수를 모시고 자기는 부당수나 사무총장을 맡는 것이 법도에 맞지 않느냐는 것이다. 참고로 5·16 직전의 통사당 서열을 소개하면 동암(東庵) 서상일 씨가 고문, 두산(斗山) 이동화 씨가 정치위원장(黨首), 경심 송남헌 씨가 당무위원장, 청곡 윤길중 씨가 국회대책위원장이고 김철 씨는 그 아래 서열인 국제국장이었다.

신정사회당을 그만둔 고정훈 씨는 그 후 민주사회주의연구회의를 만들었는데 이동화 씨를 의장, 송남헌 씨를 부의장에 모시고 자기는 연구소장을 맡았다. 그래서 많이들 비교하여 말하는 것이다.

그러나 그 문제로는 나는 차라리 김철 씨를 변호하고 싶은 생각이다. 정당 운동에서 연령순으로 갈 수는 없는 것이다(공교롭게 선배들은 전부 아호를 갖고 있고 아호로 불리기를 좋아하는데, 김철 씨 세대부터는 아호를 안 쓴다). 또 일을 추진해 나가려면 역량 있는 젊은이가 나갈 수밖에 없는 것이다. 김철 씨였으니까 그래도 그 혹독한 상황 속에서 고생해가며 간판을 내걸고 지켜나갔던 것이 아니냐고 생각하게 된다.

죽산 조봉암 선생의 진보당으로 우리 정치에 큰 영향력을 갖는 혁신운동은 끝났다. 4·19 후 사회대중당→통일사회당으로 재규합을 시도했으나 군소정당으로 그치고 말았다.

5·16 후의 가혹한 시련. 그 후 겨우 움직인 것이 김철 씨의 통일사회당 SI에 참석하는 것이 큰일일 정도이고 국내 활동은 미미하였으나 그래도 대견스럽다고 하겠다. 마라톤 주자와 같은 힘들고 외로운 활동이다.

당시 지식인 사회에서는 그래도 혁신 운동에 관심을 갖고 성원을 보냈었다. 6·25의 전란 중에 서울문리대 정치학과의 공산(公山) 민병태 교수가 해럴드 라스키의 『정치학 강요』를 번역하는 등 영국의 페이비언 사회주의를 소개하여 학생사회에 많은 영향을 미쳤다. 또 같은 서울문리대 정치학과의 신도성 교수(후에 민주당대변인)가 학생들이 교재로 쓰던 정치학책에서 사회민주주의로 결론을 내려 설득력이 있었다.

당시 활동하던 혁신 정객들은 거의가 일본 사회주의운동의 영향을 받았다고 보아야 할 것이다. 이동화, 윤길중, 고정훈 씨 등 일본 유학파가 많았으며, 김철 씨도 재일거주민단의 사무국장(당시는 총장이라 하지 않았다)을 지냈고 일본 사회주의운동에 정통하였다.

마침 《사상계》 잡지(1966년 4월호)가 있어 보니 양호민, 신일철 두 교수가 '서구사회주의의 한국토착화문제'라는 제목으로 좌담한 것이 있다. 4·19 후 서상일, 최석채, 양호민, 김수한이라는 네임 밸류가 있는 인사들이 대구에서 일제히 출마하여 기세를 올린 일이 있다. 여론은 좋았으나 표로 연결되지 않아 모두 실패하였다. 그 양호민 씨이다.

그들은 그 좌담에서 혁신 운동의 의미를 첫째로 보수세력에 자극을 주는 역할을 하고, 둘째는 젊은 세대들에게 믿고 의지할 사상적 대안을 제공하는 일로 보았다. 그때로써는 수긍할만한 이야기이고 혁신 운동은 사실 그 정도였다.

독일 사회민주당 당수 슈마하는 사회주의(사회민주주의를 의미함)와 공산주의는 '카인과 아벨 같은 형제'라고 했지만, 남북분단하에 6·25까지 겪은 우리나라에서는 혁신계는 오해를 받기 일쑤였으며 디디고 설 땅이 없었다.

해방 후의 우리나라 혁신 운동은 혼성체이다. 해방공간이 지나고 제

1공화국 때부터의 혁신 운동은 특히 그렇다. 이른바 단독선거가 치러지면서 판이 둘로 갈라졌다. 또 이승만 박사의 준 독재체제가 강화되면서 이탈세력이 생겼다. 그 가운데 보수적인 맥은 한민당→민국당→민주당으로 이어졌고, 비이승만·비한민당세력들이 처음에는 막연하게 혁신계 운운으로 불리워지다 점점 혁신계로 이름이 굳어지게 되었다. 이름이 굳어졌다는 것이지 주의 주장이나 정치노선 측면이 굳어졌다는 것은 아니다. 막연한 혁신계에는 여운형 씨의 건준(建準)→근민당파(勤民黨派, 이동화 선생은 작고), 김구 씨의 한독당계(韓獨黨系, 지금도 신창균 옹이 90 객인데도 건재), 김규식 씨의 민자련계(송남헌 선생), 조봉암 씨의 진보당계(윤길중 씨), 이범석 장군의 족청계(族靑系, 김철 씨·김정례 여사) 등등이 참으로 잡다하리만큼의 가닥가닥으로 얽혀있는 것이다.

따라서 조직으로나, 이념상으로나 혁신계라고 동질적인 것으로 묶어서 말하기가 어려운 형편이라는 것이 실상이다. 그것이 4·19 이후 통일사회당(서상일·이동화)으로 일단 정리되고, 5·16 후는 김철 씨의 통일사회당으로 그 맥을 유지해 오다가 5·18 후는 고정훈·김철 가닥으로 나뉘었으며 그 후 김철 씨의 사회민주당이 외로이 버티게 되었다. 중간에 권두영·권대복 씨 등이 등장하나 그것은 한낱 에피소드에 불과하고, 의미가 있었던 것은 이우재 씨의 민중당이다. 김철 씨 이후의 혁신계의 기수였던 이우재 씨는 얼마 후 당을 해체하고 보수 여당인 자민당에 입당하여 국회의원이 되었다.

민중당 이후 조직기반을 확실히 갖고 처음으로 등장한 것이 권영길 씨의 '국민승리21'이다. 민주노총을 조직기반으로 대통령선거에 출마까지 했는데, 득표력은 적었지만, 지역대결의 선거구도임을 생각할 때,

큰 의의가 있는 일이었다 하겠다. 그리고 98년의 지방선거에서 특히 울산을 중심으로 확실한 진출을 보이고 있다.

이 세력이 현대적 의미의 혁신세력이 될 수 있을 것 같다. 권영길 씨 자신도 프랑스 생활에서 현대사조를 몸에 익힌 인물이다.

신문기자 생활을 하며 나는 혁신계 인사들과 교분을 맺을 기회가 많았다. 특히 4·19 후 통사당의 중견간부인 박권희 조직국장(당시 밀양 출신 국회의원), 고정훈 선전국장, 김철 국제국장과 친하게 되고 오래도록 사귈 수 있었다.

고정훈 씨는 어쨌든 신정사회당이란 혁신정당의 당수를 하고 고인이 되었다. 나는 정성껏 그의 추모문을 썼다. 김철 씨는 통일사회당→사회민주당의 외로운 기수를 하고 고인이 되었다. 나는 지금 그를 회상하는 글을 쓰고 있다. 박권희 씨는 마침 5·16 때 일본 체류 중이어서 옥고를 면했고 그 후 계속 일본에 머물면서 의사 생활을 하고 있다.

얼마 전 그 박권희 씨가 서울에 와서 사명대사기념사업을 하자기에 도와주었다. 그리고 어느 술자리에서 지난날을 이야기하다가 통사당의 세中간부 가운데 고정훈, 김철 씨는 모두 혁신정당의 기수를 하다가 갔는데 남은 한 사람인 박권희 씨는 무얼 하느냐고 주정 반으로 힐난하였다. 무언가 기여를 하여야 하지 않겠느냐는 추궁이었다. 그런데, 그들과 어울려왔고 그들의 생각에 공감했던 나는 무엇을 했느냐, 질문은 나 스스로에 돌려진다.

가까웠던 김철 선생을 회상하니 여러 가지 일들이 떠오른다.

당사 근처 낙원동에 농민운동을 하던 여성이 '농원'이라는 음식점을 경영했었는데, 호사가인 나는 동명이인인 김철 동아일보 정치부 기자

(15대 국회의원)를 데리고 가서 김철·김철 대작을 주선하고 즐거워하였다. '농원'의 여성농민운동가는 김 선생을 매우 존경하였다. 외롭고 고달픈 혁신 운동에도 그런 위안은 있는 것이다.

돈이 없이 궁하던 김철 씨는 나에게 답례하는 마음으로 해외여행의 귀로에 일본 청주를 갖고 와 그것을 아껴가며 둘이 들기도 하였다.

그리고 마침 반포에 새집을 지었던 나는 김철 씨와 외신기자들을 초청하여 술을 했는데 김철 씨의 영어 실력은 유창한 것은 아니지만 뜻을 충분히 통할 수 있는 합격선의 것이었다.

한번은 김철 씨가 런던에서 열렸던 SI 대회에 정보부가 여권을 안 내주어 갈 수 없었다. 그래서 마침 영국에 유학 중인 동화통신 기자 출신인 최상징 씨로 하여금 그의 연설문을 대독시켰는데, 그 최 씨는 나와 대학 동기동창 친구로 김철 씨와 계속 친분을 유지하였다.

정치인의 평가는 신념과 그 실천에 관련되어 나오며 그 신념과 실천을 얼마나 오래 지속하였느냐는 기간을 중요한 판단 기준으로 한다. 백범 김구 선생의 독립운동은 물론 그 성과도 큰 것이었지만, 반평생을 중국에서 고집스러이 독립운동을 하였다는 점에서 높이 평가된다. 김철 선생의 경우도 비슷한 말을 할 수 있다. 업적보다는 그 신념, 그 고집, 그 용기를 기리는 것이다. 지난 7월 31일엔 죽산(竹山)의 39주기 추모 행사가 있었다. 묘 입구에 새로 어록비가 세워져 있었다.

"우리가 독립운동을 돈이 준비되어 있어 했느냐, 곧 독립이 될 것이라고 생각하여 했느냐, 독립운동을 하는 길밖에 없어 한 것이 아니냐."

(1998년 《강서문학》 제5호)

시대를 온몸으로 살고 쓰고…

– 내가 아는 소설가 나림(那林) 이병주

신문들 문화면 기사의 표현을 빌리면 보수와 진보 측을 아우르는 기념사업회가 대규모로 발족되고, 전집이 발행되는 등 소설가 나림 이병주(1921~1992) 씨가 요즘 들어 새삼 관심을 끌고 있다.

이번 한길사가 펴낸 전집 30권에는 『관부연락선』, 『지리산』, 『산하』, 『그해 5월』, 『행복어 사전』, 『소설 알렉산드리아』 등이 포함되어 있는데 그의 그 많은 소설 가운데서 아마 3분의 1도 못 되는 분량일 것으로 짐작된다.

왕성한 작품 활동 시기의 나림의 일과는 오후 늦게 광화문께 조선일보사 근처에 있던 일식집 '신원'의 카운터에서 시작되는 듯했다. 밤새워 글을 쓰고 늦잠을 잔 그는 부스스한 얼굴로 나타나 대개 손세일, 이종구, 이종호 씨 등 재주 있는 신문사 후배를 하나쯤 불러내어 생선회와 청주로 시동을 건다. 그리고는 서린동이나 관철동의 맥줏집, 때로는 멕시코 반줄 같은 살롱으로 행차다. 지내놓고 생각하니 그때 담소하던 이야기들이 상당 부분 그에게는 소설에 담겨지는 대화의 선행 연습이었던 것 같다. 나는 취토록 마셨지만 그는 항상 적당히만 한다.

그가 문인들과 술을 드는 것을 거의 보지 못했다. 신문인이 대부분이고 고향 친구가 아니면 사귀는 미모의 여인들이다. 소설가 이병주에게 문단이란 의미가 없었다. 그 점 다른 문인들에 비해 특이했으며 그러기에 문단 끼리끼리가 관습인 듯했던 문학 평에서 푸대접을 받다시피 한지도 모르겠다. 그는 문단을 맴도는 화제성에서 훨씬 벗어나 거시적이라 할 시대의 문제를 다루었다. 스케일이 가장 큰 작가였다 할 것이다('작가 중 한 사람'이란 표현을 피하고 싶어진다).

60·70년대에 볼 수 있었던 우리 문단의 끈끈한 유대와 거기에 따르게 마련인 생각의 동종교배 현상은 다른 나라에서는 드물지 않나 생각된다.

문단의 교제가 얼마나 소원했나 하는 것은 서울대학병원 영안실에서 치러진 영결식에 문인들의 얼굴이 거의 안 보였고, 조사를 할 사람이 마땅치 않아 문인이 아닌 경찰 간부 출신인 학병동지회 친구 문학동씨와 역시 문인이 아닌 내가 그 역할을 맡은 데서도 짐작할 수 있을 것이다.

나는 준비된 원고도 없이 영구를 향해 그를 떠나보내는 아쉬운 심정을 토로했다.

이야기는 되돌아가, 맥줏집 같은 데서 재기 넘치는 시국담, 문학담의 꽃을 피우고 즐긴 그는 집에 가서는 새벽까지 원고지에 휘갈겨 쓴다는 이야기다. 그는 몽블랑 대형 만년필을 애용했다. 큼직해서 손이 덜 피로하고 또 명품답게 줄줄 속도감 있게 써진다. 한 평론가의 글에 의하면 한 달에 200자 원고지로 1천 장쯤 썼다는 추산이니 하루에 30장이 넘는 대단한 속도이다. 과연 글재주다.

글재주로 말하면 그의 동년배이고 친구인 소설가 선우휘 씨도 비슷했다. 신문 연재소설을 늑장 부리다가 마감 시간이 되어 급히 쓰면 옆에 서서 기다리던 사환이 원고지를 한 장 한 장 문선부로 나르는 것을 목격한 적이 있다. 휘갈겨 쓰면 작품이 되었다고 할 경지이다.

나림을 처음 만난 것은 조선일보 문화부장으로 있던 1965년이다. 시인 신동문 형이 찾아와 월간 《세대》에 이병주의 「소설 알렉산드리아」가 실렸는데 여하간 대단한 작품 같으니 관심을 가져달라는 것이다. 《세대》에도 그가 추천한 것 같다.

여기서 잠깐 신동문 시인을 말해야겠다.

지금은 세상에서 거의 잊히다시피 한 신 시인을 나는 대단히 좋아하고 특히 4·19 때의 그의 시 「아! 신화같이 다비데군(群)들―4·19의 한낮에」를 가장 대표적인 4·19 시로 보아 자주 인용했었다. 특히 대학 강의에서 4·19를 설명할 때다.

서울도/ 해솟는 곳/ 동쪽에서부터/ 이어서 서 남 북/ 거리거리 길마다/ 손아귀에/ 돌 벽돌알 부릅쥔채/ 떼 지어 나온 젊은 대열/ 아! 신화같이/ 나타난 다비데군群들

(중략)

빗살 치는/ 총알 총알/ 총알 총알 총알 앞에/ 돌돌/ 돌돌돌/주먹 맨주먹 주먹으로/ 피비린 정오의/ 포도(鋪道)를 포복하며/ 아! 신화같이/ 육박하는 다비데群들 (후략)

그는 무슨 까닭인지 시인으로서의 명성이 높아지던 중년에 갑자기 붓을 꺾고 시골로 은둔했다. 단양에서 포도밭을 관리하며 동네 사람들에게 그동안 익힌 침술로 무료봉사한다는 이야기가 들려온다. 다만 침술 봉사를 받은 사람에게는 꼭 노래를 한가락 하도록 하는 조건부라나. 아마 시의 여신 뮤즈가 그를 떠났다고 느껴 아등바등 무리해서 시를 쓰지 않고 아예 서울을, 문단을 떠나버린 것으로 추측된다. 그 처신이 또한 시인답다.

마침 작년에 솔출판사에서 그의 시집 『내 노동으로』와 산문집 『행동한다 그러므로 존재한다』가 달랑 두 권으로 그의 전집이라고 조용히 나왔다. 동향 후배인 소설가 김문수 씨가 수고를 했다. 부인 남기정 여사 등 가족은 지금 강서구 화곡본동에 30년쯤 살고 있다.

신동문 시인 이야기가 좀 길어진 느낌이다. 이병주 씨 만큼이나 신 시인을 좋아했기 때문이다.

나림 작품은 중편이기에 바로 읽어 보았더니 과연 드물게 보는 지성적 소설로, 스페인 내란 당시 프랑코에 대항하여 싸우던 공화파를 지원하여 참전한 어니스트 헤밍웨이, 앙드레 말로, 조지 오웰 등과 사상적 또는 심정적 맥을 같이하고 있다는 느낌이었다. 그런 소설을 '사상소설'이라고 하는 이도 있다.

그때 당시는 공주사대 교수로 있던 유명한 문학평론가 유종호 씨와 상의하니 흔쾌히 평을 써주겠다고 하여, 대담하게도 문화면의 반 이상을 차지하는 길이의 소설평을 실었다. 그 무렵의 조선일보 문화면으로서는 박경리 씨의 「시장과 전장」을 크게 다룬 다음으로 두 번째의 파격이었을 것이다. 그런 연유로 해서 《세대》의 편집장 이광훈 씨와 나는 나림과 아주 친한 사이가 된 것이다.

그 후 나림은 좋은 작품을 양산하기 시작했다. 빨치산 이야기인 대형소설 『지리산』을 비롯하여 『관부연락선』 『산하』 같은 것으로 명성을 얻었다. 나도 그의 소설에 빠져들어서, 연재되고 있던 『지리산』을 읽고는 역시 같은 무렵 연재되던 선우휘 씨의 『사도행전』과 비교하면서 어쭙잖은 평을 신아일보에 써주기도 했었다.

이병주 씨는 경상도에서 해방공간을 경험하고 서울로 올라오고, 선우휘 씨는 평안도에서 해방을 맞고 역시 서울로 내려온 나이도 비슷하고 또한 모두 지식수준이 높은 리버럴한 작가이다. 다만 나림은 약간 왼쪽이고, 선우 씨는 약간 오른쪽이라는 차이가 그때 이미 느껴졌었기에 출신 지역, 체험 등과 관련해서의 그 차이점이 나의 평의 포인트였다. 나는 그때 나림에게 '회의적인 지성인의 자세', '회색의 인간상' 같은 인상을 갖기도 했다.

요즘 말하는 식이라면 보수와 진보 모두를 발견할 수 있었다는 이야기다.

그리고 『쥘부채』를 낼 때 글을 써달라기에 아마추어 소설평을 써서 뒤쪽에 첨부하기도 했다. 그는 악법이라 말하여지는 사회안전법의 해당자이기에 거기에 묶여있는 울적한 심정을 「내 마음은 돌이 아니다」라는 단편에 푸념으로 썼었다. 일본에 같은 제목의 소설이 있다. 역시 일본 유학생이라 나림의 표현에는 일본 문학에 나오는 것과 유사한 것들이 자주 발견된다.

그 후 지켜보니 선우휘 씨는 급속히 극우라 불릴 정도로 우선회하여 월남파병에 찬가를 부르는 「물결은 메콩강까지」를 신문에 연재하기에 이르는 게 아닌가. 나를 포함하여 선우 씨를 아끼는 몇몇 사람들이 월남파병을 찬양하는 소설을 써서는 안 된다고 말렸지만 어쩔 수 없었다.

나림의 리버럴은 마르크시스트에 대하여서도 적용된다. 당시의 급진사상 청년들을 선우휘 씨는 만나기는 하면서도 경원했지만, 나림은 아주 친밀하게 사귀었다. 그러니까 마르크시즘에 대하여서도 문을 넓게 열어놓는 자세였다 할 것이다.

그렇다고 마르크시즘을 비판 안 하는 게 아니다. 아더 케슬리가 『정오의 암흑』에서 공산체제를 신랄하게 야유하듯, 그리고 『실패한 신』을 공저한 세계문화자유회의 소속 작가들을 중심한 서구의 지성들이 공산주의의 파산을 선언하듯, 나림도 공산주의를 수준 높게 비판하는 글을 썼고, 해가 갈수록 그 강도는 높아갔다.

"적을 타도하기 위한 조직으로선 공산당이 제 일등의 조직일지 모르지만 백성을 잘 다스리기 위한 조직으로선 위험하기 짝이 없는 조직이라고 단정할 수가 있어."

이 같은 말을 소설 속에 삽입한다.

그는 프랑스의 진보적 고급신문 《르몽드》도 읽는 등 항상 세계의 높은 수준에 안목을 맞추고 있었다. 그런 노력에 더하여 대단히 박학하기 때문에 그의 글은 수준도 높고 설득력도 대단하다. 70년대 초 동경에서 만나니 그때까지는 내가 전혀 몰랐던 미셸 푸코의 책을 사 모은다.

명성을 확보한 나림은 지나치게 다작이 되었다. 일본의 마쓰모토 세이쪼(松本淸張) 같은 작가는 문하생 그룹이 있어 작품을 대필케 한다 하여 factory system 운운의 이야기를 들었지만 나림에게도 비슷한 소문이 나돌았었다. 70년대 중반에 내가 그에게 외람되게 충고를 하기에 이르렀다. 다작보다는 몇 편을 쓰더라도 다듬고 다듬어 문학사에 남을만한 작품을 쓰라고, 황순원 씨의 경우 등을 예로 들었던 것 같다. 그럴 때의 답변은 "회갑을 지나면 그러마."였다. 그러나 웬걸, 다작은 계속되었고 나중에는 소설에, 시사평론에, 글을 지나치게 남발한다는 느낌마저 주게 되었다. 물론 대단한 글재주이기에 어느 정도의 수준은 유지하였지만 말이다.

나림은 프랑스 작가 오노레 드 발작을 모델로 하고 있다는 평이었다. 나도 발작 이야기를 하는 것을 직접 듣기도 하였다. 또한 에밀 졸라의 드레퓌스 사건과 관련해서 쓴 논설 「저큐스(나는 고발한다)」를 부러움을 갖고 말했었다. 그래서 신문에 잡지에 시사 문제에 관한 평론을 계속 기고한 것 같다. 미국의 흑인 여성 철학 교수 안젤라 데이비스가 흑인 극렬파를 옹호하다 구속되어 언론에 크게 보도된 적이 있다. 그녀가 유명한 마르크시스트 철학자 허버트 마르쿠제의 제자이기도 하고 또한 사제 간에 오고 간 서한이 언론에 보도되기도 하여 더욱 지성계의 관심을 끌었었다. 그때 그는 거기에 관한 글을 써서 신문사에 있던 나에게 갖고 와서 실어달란다.

마르크시스트인 안젤라 데이비스가 과격한 항의 행동을 한다 해도 그 여성 흑인 철학자는 그래도 미국에서 태어났음을 행복하게 생각해야 할 것이라는, 타이르는 내용인 것으로 기억한다.

그는 일본 작가 시바료다로(司馬遼太郎)를 부러워했다. 사까모토 료오마 (坂本龍馬)에 관한 『료오마는 간다』, 『언덕 위의 구름』 등으로 유명한 일본 의 대표적 인기작가다. 한국과 일본의 문단을 비교해볼 때 그래도 굳이 비교한다면 나림과 시바가 견줄만하다는 생각이 얼핏 들기는 한다.

발작은 수많은 여성 편력으로도 이름을 떨쳤다. 얼마 전 우리나라 텔 레비전서도 발작의 여성 행각을 중심 한 영화가 방영되었다. 발작을 역 할 모델로 한 나림은 그 방면에 있어서도 닮은 것 같다. 글로 쓰기에 미 안한 일이지만 이미 세상에 소문이 자자했던 만큼 약간 언급해도 양해 해 주리라 믿는다.

나림이 국제신보에 있을 때 도덕재무장운동(MRA)을 하는 서양 여성 대표들이 부산에 대회 참석차 와서 신문사를 예방했다. 비록 얼마간 일 본식 발음이지만 영어, 불어에 능한 그는 그날로 도덕 무장해제(MDA)에 성공했다는 자랑이다. Moral Rearmament(MRA)가 부산에서 Moral Disarmament(MDA) 되었다는 익살.

내가 신문사에 있을 때 맥줏집 사슴에서 나림에게 이렇게 말했다. "이 선생은 신문, 소설, 정치, 사업, 술, 그리고 여자의 여러 분야에서 단 연 발군의 두각을 나타내고 있는데 나는 신문에서나 겨우 따라가고 있 고 술에 있어서만 비슷할 뿐이니 한심하다는 생각이 든다."

신문이라 할 때 그가 국제신보의 편집국장과 주필을 지낸 이야기 다. 소설은 아는 일, 정치로는 그가 서울시장, 내무부 장관을 지낸 김현 옥 씨와 아주 밀착되어 있었으며, 청와대 비서실장, 중앙정보부장 경력 인 이후락 씨와도 보통 가까운 사이가 아니었던 것이다. 사업은 김현옥 씨가 뒤를 봐주어 용산역 뒤 하천복개 및 시장건축공사에 참여하는 등 돈도 벌고 또 실패도 하고 기복이 있었다. 술과 여자는 널리 소문이 난 일. 그러고 보면 인간의 모든 측면의 탐구랄 수도 있겠다.

여성 편력의 비결이 분명 있는 것 같다.

우선 빨간색이 들어있는 양말을 신는 등 몸치장이 사치스럽다. 술도 자주 코냑 등 고급으로 마신다. 막걸리나 소주를 가리지 않는 나와는 다르게 그가 막걸리, 소주를 마시는 것을 본 적이 없다. 귀족취미다. 70년대에 스웨덴제 볼보자동차는 귀했다. 그런 고급 차를 기사를 두고 타고 다니며 스피드를 냈다. 그 스피드에 의미가 있다는 것은 짐작할 것이다. 차 안에는 최고급 스테레오를 장치하고 베토벤 등 클래식만 주로 듣는다. 물론 심수봉 등 몇몇 한국 가수를 좋아하기는 했다. 그가 노래하는 것을 들은 일은 없지만 심수봉 노래를 허밍하는 것을 가끔 들었다. 그리고 마지막 이야기로, 화술이 그렇게 능할 수가 없다. 옮겨 쓰면 바로 소설의 명문장이다. 그러니 가히 백전백승(?)이랄 것이다.

우리나라 최고급 수준의 여교수가 가정파탄이 되다시피 되어 주변에서 걱정을 했다. 국회의 주영관 의원이 놀라서 전해주어 알았는데 그 여교수는 내가 문화부장 때 어느 회식 자리에서 나림에게 소개한 적이 있는 사연이 있다. 그의 부인이 둘 이상으로 많다는 것은 뒤집어 보면 그가 모질지 못하고 마음이 유했다는 말도 되지 않겠는가.

그의 고향에 대한 자부심은 유별나다. 하동 출신이니까 자연히 진주권이 활동무대가 된다. 그는 여러 번 이런 이야기를 했다.

"재벌 하면 럭키의 구인회 아닌가. 행정 하면 김현옥, 과학 하면 최형섭, 시 하면 설창주, 진주에는 그렇게 인물이 많은 거라."

내가 덧붙여 "소설 하면 이병주고…." 하면 그는 흐뭇할 것이지만 말로는 "오 마이, 자가스나!(너, 희화화하지 말라!)"고 일본말로 응수한다.

그가 너무 사치를 하고 방탕(?)을 하기에 한번은 내가 정색을 하고 질책을 겸해 물어보았다.

"형무소 생활 속에서 내가 출옥하면 사치하며 살겠다고 다짐했었다."는 것이 그의 답변이다. 부잣집 아들에게 2년여의 감옥은 엄청난 고통이었을 것이다.

"태양에 바래면 역사가 되고, 월광에 물들면 신화가 된다."

나림이 즐기는 구절이고 또한 많은 독자도 좋아하고 기억하고 있는 명문구다. 달빛과 신화를 연결한 구절은 서양의 글에서도 읽은 바 있어 나림의 독창은 아닌 것 같다. 그러나 거기에 햇볕과 역사를 관련시켜 그럴듯하게 만든 것은 나림일 것이다.

그의 소설을 읽으면 많은 좋은 문장을 만나게 된다. 그리고 일상의 대화에서도 가끔 서구적인 세련미가 있는 말솜씨를 접하게 된다. 내가 좋아하는 말은 "책을 쓰는 것은 독자만을 위한 것이 아니고 자신을 정리한다는 뜻에서 자기 자신을 위한 것이기도 하다." 같은 것이다. 또한 기지에 찬 것은 샹바르 주한프랑스대사에게 1년 국비 유학을 부탁했다가 왜 프랑스냐고 묻자 "그 유명한 세느강에 오줌을 한번 갈겨보는 쾌감을 위해…"라고 답변, 역시 고급 꽈배기 유머를 좋아하는 프랑스인인지라 샹바르 대사가 자기가 들은 것 가운데 가장 그럴듯한 이유라고 즉각 응낙했다는 이야기이다(물론 나림은 프랑스 여행을 이미 했었다). 그렇게 따낸 유학 케이스를 당초 속셈대로 조선일보의 이종호 부장에게 넘겼다. 이 부장의 조선일보 취직은 공교롭게 나림이 나를 통해 이룬 것이다.

이제 나림의 이력을 살펴보자.

그는 경남 하동의 양조장을 경영하는 부잣집의 아들이다. 전날의 시골 부자는 대지주거나 또는 양조장, 정미소 등을 경영하며 땅도 많이 소유한 사람들이다. 일제 말기에 조혼한 후 일본에 유학하여 메이지(明治)와 와세다(早稲田)의 두 대학에서 프랑스 문학을 공부했다. 관리가 되어 출세하려고 법학을 전공하는 일이 흔했던 당시에 출세와 별로 관계 없는 프랑스 문학이라니 그것만으로도 벌써 멋이 있다.

전쟁 말기에 학병으로 중국으로 끌려갔다. 가끔 "죠슈우(徐州) 죠슈우 군바가 이꾸소….(서주 서주 군마는 간다….)"는 그때의 군가 가사를 감상에 젖어 중얼거리는 것을 보면 중국 중부 전선에 참전한 것 같다. 학병 출신들은 해방 후 귀국하여 동지회를 만들었고 그 모임의 친구들이 더러 있다. 『현해탄은 알고 있다』로 유명한 방송 극작가 한운사와는 그런 인연으로 더욱 가까웠다.

해방 후 그는 진주에서 교편을 잡았다. 해인대학에 출강했다 한다. 그리고 6·25 때 인민군이 파죽지세로 진주까지 점령한 상황에서 '부역'을 한 것 같다. 그는 "6·25 때 인민군의 문화공작대가 되어 '살로메' 연극을 연출하기도 했지…." 하고 전란 중에 엉뚱하게 기독교 구약성서에 나오는 '살로메'를 끌어다 댄 것을 재미있어했다. 6·25 때의 아픈 상처는 서로 자세히 안 묻는 어떤 암묵의 예의 같은 것이 있었기에 더 캐묻지는 않았다. 그때 더 자세히 알아두었더라면 하고 약간 후회스럽다. 그는 진보사상을 갖고 있었더니 만큼 문화공작대가 되는데 큰 저항을 안 느꼈을지도 모른다고 나는 짐작한다. 오히려, 엉뚱하고 미안한 말이지만, 미지의 체제에 대하여 호기심을 느낄 수도 있었겠다 싶기도 하다.

그래서 그는 가까운 지리산 일대의 공산군의 활동에 관해 『지리산』

에서 보여주듯이 아는 것이 많다. 신문에 표절 시비가 나기도 했지만 이태의 지리산 빨치산부대 실록 「남부군」의 원고를 사전에 받아보고 그것을 참고로 삼기도 하였다. 그 점을 그는 기록에 남겼다. 공교롭게도 이태는 나의 중학 선배인 이우태 씨의 가명으로, 이우태 씨는 통신사의 기자를 하다가 6·25 때 부역을 하게 되고 지리산에 합류하게 된다. 빨치산에서 지인인 토벌대 간부의 도움으로 귀순한 후 야당 생활을 하다가 6대 국회 때 그가 보좌했던 정해영 의원의 도움으로 비례대표 국회의원이 되기까지 한다. 말년에는 김영삼 씨의 민주산악회에서 산행 대장으로 큰 역할을 했다. 그의 인생이 소설 감이다.

표절 시비를 설명하면, 이태는 『남부군』 책 머리말에서 "어떤 경위로 한 문인에 의해 기록의 일부가 소설 속에 표절되기도 했고…."라고 썼으며, 이병주 씨는 『지리산』 후기에서 "이 소설의 마지막 부분은 등장인물의 한 사람인 '이태'의 수기가 없었더라면 가능하지 못했을 것이다."고 밝히고 있다.

근래의 믿을만한 언론계 간부의 수소문에 의하면 나림이 전란에서 무사하게 된 데에는 김종삼 시인이 관련된다 한다. 나림의 부친이 김 시인에게 구명을 호소하여 해결되었다는 것이다. 김 시인의 형은 지리산 토벌을 맡던 김종문 사령관, 그럴듯한 이야기이다.

어느 신문에 최근 나림을 좋게 쓰는 가운데 그가 '빨치산'을 했다고 말하는 칼럼이 나왔다. 말은 하기에 달려있다. 지리산 일대의 일이기에 그렇다. 나는 지리산자락 출신 어느 정치인의 부친이 '빨치산' 운운하는 비방을 받기에 이런 해석을 들려준 적이 있다.

"서울에서 활동했다면 사상가로 불렸을 것이고, 여타지방에서면 빨갱이로 낙인찍혔을 것이며, 지리산록에 있었으면 빨치산으로 지칭되는 게 아닌가." 진보경제학자인 고 박현채 교수가 빨치산경력이 있다는 것은 본인도 밝힌 바 있는데 그것도 그가 지리산자락에서 태어나서 그런 것이고 다른 곳에서 자랐다면 그냥 좌익 했다고 알려졌을 것이다. 어감에서는 대단한 차이가 난다.

지리산에서 총 들고 싸우는 이미지인 빨치산 운운과 나림은 맞지를 않는다. 김종삼 시인의 주선으로 바로 구명이 된듯하고, 더구나 3대와 5대 국회의원 선거에서 두 번이나 고향인 하동에서 출마까지 할 정도가 아닌가. 아마도 가벼운 '부역' 정도로 처리되었기에 출마가 가능했던 일이라고 본다.

요즘 세대들은 '부역' 운운보다는 차라리 '빨치산' 운운하는 것을 명예롭게 생각하고 나림을 그렇게 분류하는 것이 그를 위한 일로 본다. 마지못해 한 일보다는 소신에 따라 한 일이 떳떳한 게 아니냐는 논리다. '부역' 운운으로 해석하려는 나를 구세대적이라고 한다. 'Olympic'을 '올림픽'이 아니고 '오림삐꾸'라고 발음하는 것이 아주 나이 든 세대들에 있는 일제의 잔영이었는데 그런 감각의 차이와 비슷하다고나 할까.

나림은 국회의원에 출마 낙선한 일을 한사코 숨기려 했다. 내가 어렴풋이 알고 운을 띄우면 질색을 하고 바로 화제를 바꾸어버린다.

하동에서 11대 국회의원을 지낸 이수종 의원의 말에 의하면 3대 때 나림이 무소속으로 출마했는데 경쟁자 측에서 꽹과리를 치고 다니며 "이병주는 빨갱이" 운운하는 전단을 왕창 뿌려 선거에 결정적인 타격을 입혔다는 것이다. 당선자 9,584표에 비해 3등인 나림은 5,836표를 얻었다.

5대 때는 참의원, 민의원으로 나뉘었었고, 그는 민의원으로 출마했다. 4·19 후의 격동의 사회 환경에서 그는 무소속이지만 진보노선을 표방하며 출마했는데 당선자의 1만2,935표에 비해 나림은 비록 3등이지만 8,434표라는 엄청난 득표를 했다. 선거를 해본 사람들은 짐작하겠지만 당선권이었다.

나는 최근 어느 정치학자들이 정당정치의 변화를 논하는 자리에 참석하여 5·16 이전 특히 자유당 때는 시골의 명망가들이 국회의원에 많이 출마했는데 명망가들의 다수는 지주 출신이거나 양조장, 정미소의 주인들이라며 재미있는 예로 양조장의 경우인 이병주 씨와 전남 강진에서 제헌국회 때 출마한 지주 집안인 시인 김영랑(본명 김윤식)의 예를 들었다. "모란이 피기까지는…."으로 누구나가 아는 유명한 시인 영랑이 국회의원에 출마했다 낙선했다는 것은 강진의 그의 생가를 탐방했을 때 처음 알았다. 집의 짜임새로 보아 천석꾼쯤의 지주였던 것 같다. 참고로 영랑 시인의 경우를 보면 한국민주당으로 출마했었는데 4등으로 7,405표를 얻었다.

영랑이나 나림이나 모두 부잣집이었으니 국회의원이란 명예에의 유혹을 느꼈을 것이고 또한 문학적 정열이 있었으니 정치적 정열 또한 있었던 것 같다. 인간의 정열은 어느 곳으로도 분출되는 화산의 용암 같은 것이 아닌가.

나림은 그 후 정치는 아예 단념했던 것 같다. 5·18 쿠데타로 신군부가 등장했을 때다. 관철동의 반줄에서 나와 술을 마시다가 나림은 갑자기 이런 말을 한다. "나보고 정당을 함께 하자더군. 그래 참신한 사람들이 하겠다는 정당에 나같이 참신하지 않는 사람이 끼면 되겠느냐고 했지."

자유당 정권 때부터 제2공화국 시절까지 나림은 국제신보에 관여하여 논설위원으로부터 주필이 되고, 때로는 편집국장을 겸임한다는 것은 대단한 수완이다. 그때 부산의 역시 큰 신문인 부산일보의 주필이 황용주 씨이고 부산에 있는 군수기지사령부의 사령관이 황 씨와 대구사범 동기인 박정희 소장이었다. 술을 좋아하던 이 셋이 어지간히 자주 만나 마셔댄 모양이다.

얼마 있어 5·16이 나고 나림은 혁신계로 몰려 2년여의 형무소 생활을 한다. 국제신보에 쓴 중립화에 기운 통일 관계의 글들이 특히 문제가 되었다는 이야기다. 그 무렵 그는 "우리에겐 조국이 없다. 다만 산하가 있을 뿐이다."라는 그럴듯한 함축의 멋진 이야기를 했었다. 옥중에서 구상한 것이 『소설 알렉산드리아』, 그전에 쓴 소설이 있기는 하지만 중앙문단에는 안 알려져 있어 그것이 데뷔작으로 간주된다.

박 대통령이 변을 당한 후 『그를 버린 여인』 같은 소설에서 박정희 씨를 아주 신랄하게 비판하고 있어 일부 사람들을 의아하게 하였다. 물론 그전에도 『그해 5월』에서 5·16의 부당함을 말했었지만 말이다. 아마 오래 참았던 원한이 터진 것 같다. 5·16 직후는 혁신계 일망타진이니 그렇다고 하더라도 술친구를 그만한 일로 그렇게 오래 감옥에 처박아둘 수가 있느냐 하는 앙심이 인간이라면 없을 수가 없었겠다.

나림은 점차 일반에게 타락한 모습으로 비치게 되었다. 그러면서 문학의 에스프리(정신)를 느끼기 어렵게 되었다. 예를 들어 『대통령들의 초상』에서 12·12를 옹호하는 입장을 보이더니, 전두환 전 대통령이 백담사로 피신할 때 낭독한 성명서가 나림의 글이라는 것이 신문에 나기도 했다. 그렇게 다작을 하여 원고료·인세 등이 많았어도 돈이 부족했었던 것 같다. 부인이 많고 그 밖의 여인 행각도 부지기수이니⋯. 말년에는 미국 뉴욕에 가서 장기간 체류하기도 했는데 일시 귀국 시 가끔 마주쳤을 때 보면 이미 생기를 느낄 수 없었다.

80년대 중반에 마침 프랑스 파리에 오래 체류하면서 라틴 쿼터의 팡테온 뒤편의 좀 후진, 그래서 우리에게는 오히려 친밀감이 느껴지는, 뒷골목의 어물요릿집(굴, 조개, 성게 같은 것을 중심한 곳으로 횟집과는 다르다)과 중국집 등을 자주 갔다. 거기서 정말 공교롭게 젊은 애인과 여행을 다니던 나림을 마주쳤다. 참, 역시 카사노바구나 하고 놀라기도 하고 그 풍류가 얼마간 부럽기도 했다. 그때는 중년에서 노년으로 넘어가는 멋과 생기가 흔히 볼 수 있는 서양의 유명 작가들의 초상과 겹쳐 느껴졌었는데⋯.

사상가 작가가 점차 헤도니스트(쾌락주의자)가 되어간 것 같다. 그가 좋아했던 언론계 후배들은 나림을 조롱하여 카사노바 또는 이나시스(이병주+오나시스)라고 부르기도 했다. 죽산 조봉암 선생의 참모로 있다가 일본에 망명하여 《통일일보》를 발행하던 이영근 씨는 나림이 일본여행 때 "국사(國師)와 같은 인물로서 교포들의 귀감이 되는 처신을 하지 않고 주색만 탐한다."고 아예 의절을 했다. 한번은 동경에서 만나니 일본의 이름있는 여류작가와 남성 우위적인 애정 관계다. 그리고 보면 그는 성에 관해 본격적으로 『에로스 문화탐사』라는 책을 쓰기까지 했다.

부잣집 도련님, 일본 유학, 프랑스 문학전공, 학병으로 종군, 6·25 때의 부역, 5·16 후의 형무소 생활−'데카탕' 또는 '데카당트'라 하는데 그런 탐미주의자, 쾌락주의자가 되어 술과 여자에 탐닉할 배경과 경력이 그에게는 골고루 있었던 것 같다 할 것이다.

다른 한편으론 나는 그에게 기존의 도덕을 들여대는 것은 맞지 않는다고 본다. 그는 Moral(도덕)이나 Immoral(부도덕)의 차원이 아닌 Amoral(초도덕 또는 무도덕)의 경지에서 산 것이고, 문인이나 예술가에게는 그런 파격이 얼마간 허용될 수도 있는 것이라고 나는 약간은 관대한 판단을 하고 싶다.

그가 세상을 하직한 지 얼마 후에 북한산록 양지바른 언덕에 그의 어록비가 세워졌다. 의정부 방면에서 올라가는 국립공원 초입에 위치하고 있는데 두뇌 회전이 잘되는 사람이 있어 기념비나 문학비가 아니고 어록비란 아이디어를 낸 것 같다. 그의 수필에 북한산에 관한 것이 있는데, 요즘 젊은이들이 말하는 '구라'를 엄청나게도 쳐서, 자기의 인생이 북한산을 알기 전과 알고 난 후가 달라질 정도로 북한산에 매료되었다는 찬미가이다. 그러니 국립공원공단에서 흔쾌히 어록비를 허락할 수밖에.

어록비의 제막식에 가보니 혁신 정객인 송남헌, 통일운동가로 알려진 박진목, 작가 한운사, 그리고 같은 동네 출신인 여배우 최지희 씨 등 단출했다. 그래도 자연석에 각자한 훌륭한 어록비여서 다행이다 싶었다. 나림의 행운이다.

여기서 생각나는 것은 나림이 접촉하는 거의 모든 사람의 경험담이 소설의 소재라는 것이다. 송남헌 씨는 해방공간에서 우사 김규식 박사의 비서로 활약한 인물로 『해방 3년사』라는 훌륭한 저서를 갖고 있을 뿐만 아니라 해방 정국의 자세한 움직임을 아는 데 있어 그 이상 없는 인물이다. 박진목 씨는 남로당의 경북도당 부장급을 지낸 사람으로 6·25 전란 와중에 전선을 넘어 북에 가서 각료급이었던 이승엽 씨를 만나고 돌아온, 그리고 그 때문에 옥살이로 고생을 한, 파란 많은 인물이다. 그러니 역시 이야깃거리가 풍부할 수밖에(그는 지금 양천구 신월동에 살고 있다. 고령이다). 최지희 씨는 "나를 모델로 소설을 쓰겠다고 했었는데…" 하고 못내 아쉬워하고 있었는데 영화를 떠난 후 살롱을 경영하며, 거물급 인사들과의 접촉도 많아 또한 화제의 보물창고가 아닐 수 없다.

내가 쓴 책 『언론·정치 풍속사─나의 문주 40년』에서 '당대의 여왕봉 전옥숙 회장'이라는 제목으로 묘사한바 있는 전 여사는 한문으로 全玉淑인데 역시 나림과 가까웠었던, 학생 때 좌익을 하는 등 파란이 적지 않았던 경력의 여성이다. 나림의 『소설 남로당』에 보면 그 전 여사 이야기를 金玉淑(아주 친한 사이이기에 여걸을 놀리려고 全에다 불알을 두 개 달아 金이라고 했다나)이라고 성만 살짝 바꾸어 패주하는 인민군을 따라 그녀가 의정부 방면으로 가고 있었다 운운하고 쓰고 있다. 내 이야기도 『그해 5월』인가에 "이때 남재희는 이승만 박사 양자인 이강석의 부정편입학에 반대하는 동맹휴학을 주도하고 있었다."고 실명으로 끼워 넣고 있다.

나림의 문학 세계에 대한 평가는 전문문학평론가에게 미룰 수밖에 없다. 그러나 그이만큼 독서의 폭과 체험의 양이 많은 작가, 그리고 우리가 산 격동의 시대를 몸으로 살고 또한 큰 스케일로 기록한 소설가를 나는 달리 알지 못한다. 발작을 거의 따라잡았다 할까, 그의 소설들이 우리의 비교적 균형 잡힌 시대사 같다. 한반도에 국한되지 않는 국제적 차원의 안목이고 맥락이다.

그리고 나는 알게 모르게 나림한테서 많은 영향을 받은 것 같다. 프랑스 문화의 영향을 많이 받은 그와의 교류를 통해 감각적인 면에 있어서 촌티를 좀 벗어났다고 할까. 지식의 양이나 글재주는 턱없이 모자라고 여자 문제는 그가 자주 쓰는 어법대로 "뿐도 없다."는 낙제점이지만.

나는 호남대에서 객원교수로 정치사를 강의하며 해방 전후와 6·25를 잘 모르는 학생들에게 그 시대를 실감 나게 이해하기 위해서는 약간 오른쪽 소설로는 『불꽃』 등의 선우휘, 약간 왼쪽으로는 『태백산맥』 등의 조정래, 그리고 비교적 중도로는 『지리산』 등의 이병주를 읽으라고 권고했었다.

아주 최근에는 나림의 소설 모두를 완독했다는 큰 신문사의 논설위원을 만나 나림의 영향력을 새삼 실감했다.

서울법대학장도 지낸 안경환 교수는 본격적인 문학평론가는 아니지만 그의 수준은 대단히 높아 『법과 문학 사이』라는 책도 펴냈다. 거기에는 그가 《소설과 사랑》 1993년 가을호의 특집 '가장 감동적인 한국소설'에 쓴 '다시 읽고 싶은 명작—이병주의 『소설 알렉산드리아』'라는 제목의 글을 수록하고 있다. 참고로 일부를 소개하면—.

"3·1운동 직후 탄생했기에 짧은 기간 동안에 엄청난 폭과 깊이의 체험을 할 수 있었던 축복받은(?) 세대에 속하는 그는, 개인적으로도 고관대작에서 깡패·작부에 이르기까지 각계각층의 '친구'를 가졌던 사람이다. 특히 사상범으로서의 그 자신의 옥중체험이 법 제도에 대한 본격적 성찰에 깊이와 폭을 더해주었음은 물론이다."

"그는 균형감각과 객관성을 스스로의 미덕으로 삼음으로써 새로운 세대의 회색의 군상을 이끌었었던 것이다."

(이 글은 《헌정》 잡지에 발표했던 것을 크게 보완하고 확대한 것이다.)

(2006년 《강서문학》 제13호)

제2부

文酒 40年

文酒 40년-시론試論

학술진흥재단의 이사장으로 있는 박석무 씨는 국회의원도 지냈지만 다산 정약용 연구가로 알려져 있다. 『다산기행(茶山紀行)』 등 저술도 갖고 있다. 눈이 부리부리하여 친숙해지기 전에는 사람이 좀 거칠겠다는 인상이나 그렇지가 않다. 참 착하다. 임수경 양의 아버지인 임판호 씨나 소설가 황석영 씨 등과도 가까워 함께 어울려 술 마실 기회도 여러 번 있었다.

박 씨는 시골 생활이 오래고 나는 서울 생활이 오래니 자연 내가 이런저런 명사들과 어울려 술 마신 이야기를 하는 기회가 많았다. 언론 20년, 정치 17년, 교수 3년의 40년이니 재미있는 화제가 많을 수밖에 없다. 또 술자리에서는 술 마신 이야기를 하는 것도 어울린다. 그랬더니 박석무 씨는 나더러 그 이야기들을 모아 한 권의 책으로 쓰란다. 아예 제목까지도 『문주(文酒) 40年』이라고 주는 게 아닌가.

수주 변영로(樹州 卞榮魯)의 『명정 40년』이 유명하지만 술 마신 이야기를 쓴 책은 많다. 그런대로 생활 풍습의 중요한 단면을 보여주는 것이어서 재미도 있으려니와 자료로서 의의도 있는 것이다. 그러나 나의 나이 아직 67세. 옛날 같으면 몰라도 요즘으로서는 아직 회고담을 책으로 쓰기엔 젊다. 그래서 '문주 40년─시론'을 슬쩍 뽑아 적어보는 것이다.

'서두현령(鼠頭懸鈴)'의 청곡(靑谷) 윤길중

올해 1999년이 죽산 조봉암(竹山 曺奉岩) 선생의 탄신 1백 주년이자 사법살인(司法殺人─法殺이라 한다) 40주년이다. 얼마 전 그 기념행사에서 만난 청곡 윤길중(靑谷 尹吉重) 선생은 그 장사 같던 건강은 어디 가고 병색이 짙다. 진보당 사건이 났을 때 그 간사장이던 청곡은 그러니까 45세가 채 안 된 홍안의 미청년이었다. 진보당 간사장을 한 데 대해 자기는 죽산 선생을 좋아하여 따른 것이지 스스로는 '털이 난 보수'(박경석 전 동아일보 정치부장. 국회의원의 전언)라 말했다는 것이다. 하기는 일본 강점기에 고문(高文)을 합격하여 여러 군의 군수를 지내지 않았는가.

홍안의 미청년 소리를 들을 만했다. 어떤 언론인은 청곡을 여진(女眞)의 후예라고 판단했다. 몸이 다부지고, 얼굴이 각이 지고, 황인종이라기보다는 아메리칸 인디언처럼 불그레한 색깔이고… 그런 것이 여진족의 특색인데 청곡은 어느 쪽이냐 하면 그쪽에 가깝다는 것이다. 사실 청곡의 고향은 기록상 원주군 문막이지만 그는 어렸을 때 북청(北靑)에서 그리로 이사했다. 구한말까지 여진족이 취락을 이룬 곳이 더러 있던 지방 출신인 것이다. 청곡은 그 이야기가 나오면 대범하게 "그럴지도 모르지…" 하고 마는 것이다.

여하간 청곡은 불그레하니 몸이 장사였다. 단전호흡으로 배와 허벅지가 쇳덩어리 같아 사람들에게 자주 쳐보라고 자랑하기도 한다. 그러니 술 실력도 대단할 수밖에. 국회부의장으로 있을 때는 서울서 첫손가락에 꼽히는 유명한 살롱 마담에게 드러내놓고 호감을 보여 후배들이 슬슬 놀리기도 하였다.

후배들에게 가끔 술도 샀다. 한정식집에서이다. 한번은 붙임성이 대단한 후농 김상현(後農 金相賢) 의원 등과 어울렸다. 다재다능하고 잡기에도 능한 김 의원은 아호를 후농이라고 했는데 그것은 그가 존경하고 형님으로 모시는 김대중 선생의 아호가 후광(後廣)이니 거기서 한자를 빌린 것으로 보아야 하겠다.

어려서 신동 소리도 들었음 직한 청곡은 한학에도 수준 높은 학자급이다. 술이 거나하게 들어가자 후배들을 지도하기 위해 "자네들, 서두현령(鼠頭懸鈴)을 아는가" 하고 나온다. 묘두현령(猫頭懸鈴)은 '고양이 목에 방울 달기'로 알지만 '쥐 목에 방울 달기'를 어찌 알겠는가. 이야기인즉, 몇백 년이 지나도록 해결 못 한 묘두현령의 난사를 어린 쥐가 자기 목에 방울을 달고 큰 고양이에게 잡아 먹혀 그 방울이 고양이 배 속에서 소리 나게 함으로써 해결했다는 것이다. 청곡은 그런 식의 수준 높은 이야기로 후배들에게 교훈을 준다.

청곡에서 딴 것인지 북청에서 딴 것인지 모르나 청곡 좋아하는 모임인 청우회(靑友會)라는 게 있다. 가끔 선생을 모시고 술대접을 하는데 술이 알맞게 돌면 선생을 지필묵을 준비해 둔 옆방으로 모셔 일필휘지를 부탁한다. 청곡의 붓글씨와 문인화는 높은 경지이다. 청곡은 자기의 붓글씨와 그림을 지인들에게 아낌없이 나눠 주는 방식으로 많은 덕을 쌓

앉다. 드물지만 서예전을 열어 거금을 마련하기도 하는데, 청곡이 민정당인 여당에 들어가고부터는 글씨 값이 반 이상 뚝 떨어졌다. 역시 붓글씨는 글씨와 인격이 함께 가는 것이다. 화곡동의 유지인 박시언 씨는 북청 출신인데 그가 마련한 청우회 모임에서 나도 '서두현령'을 써 달래서 갖고 있는데, 선생의 유명한 진달래꽃 문인화는 염치가 없어 얻지를 못하고 있다.

구름에 달가듯 하는 우인 송지영(雨人 宋志英)

언론인·소설가이자 독립운동을 했던 우인 송지영 씨는 수호지에 나오는 급시우 송강을 연상케 하는 선비다. 아마 우인이라는 그의 아호도 급시우에서 한자 땄을 것임에 틀림없다.

우인의 고향은 본래 평안도인데 선친이 정감록파여서 박용만 의원, 김계원 육군 대장 등의 집안과 함께 집단으로 영주군의 풍기로 이주하였다 한다. 그는 신식 학문을 생략한 채 한학 공부에 열을 쏟아 대단한 수준이 되었으며 한때 동아일보에 관계하다가 중국으로 건너가 대학공부도 하고 독립운동을 하였다.

해방되던 때 우인은 일본의 형무소에서 지금도 연변에서 활약하고 있는 유명한 소설가 김학철 씨와 함께 나와 같은 배로 귀국하였다. 전설처럼 전하는 이야기로는 함께 우인의 고향인 풍기에 먼저 들렸는데 우인은 김학철 씨가 북의 집으로 떠날 때까지 사랑채에서 같이 기거를 했다는 것이다. 그렇게 오래도록 기다렸던 부인이 안채에 있는데도…

지금 사람들이 보면 구식이라 할 유교적 선비의 모습이다.

우인은 후배를 아껴 술 사는 것을 취미로 삼다시피 하였으며 술집 아가씨들도 몹시 귀여워해 주었다. 백발에 신선처럼 생긴 선비인 그에게 여자들은 경계심 전혀 없이 따랐다. 예를 들어 영화배우 윤정희 씨도 그와 함께 맥줏집을 다녔으며, 다른 사람들이 혹시라도 관계를 오해할까 하는 걱정은 전혀 안 했다. 나도 우인 덕에 윤정희 씨와 어울려 맥주를 마셨고, 한번은 윤정희 씨 부모님이 계시는 여의도 아파트에 우인과 저녁 식사 초대를 받기도 하였다.

그 우인, 술을 한 집에서 오래 마시는 타입이 아니다. 잠깐씩 하룻저녁에 서너 집을 순례하여야만 끝난다. 나도 방자처럼 따라다녔는데 술값보다도 팁이 많이 나가는 것 같았다. 그는 한학이 높고 서예 등의 감식안이 전문가 수준이어서 가끔 서화의 감정을 해주기도 하고 소개도 하여 부수입이 많았다.

우인을 따르던 많은 술집 아가씨들이 돈을 모으면 술집을 따로 차린다. 그러면 술집 이름은 거의 반드시라고 할 정도로 우인에게 작명 부탁이 간다. 70년대에 유명했던 '사슴', '아람', '해바라기', '바나실'(바늘과 실을 옛날에는 합성어로 바나실이라 했다), '하향'(안개의 고향이란 뜻), '가을' 등등 품위와 운치가 있는 옥호들이다.

독립운동, 형무소살이, 신문사 편집국장, 정치 활동(해방 후 철기 이범석 장군의 연설문을 써 주었다), 형무소살이, 또 신문사 간부, 형무소살이…. 그런 인생이기에 그는 도가 통해 있다. 아등바등하지 않고, 마치 박목월 시에 나오는 것처럼 구름에 달 가듯이 살아간다.

말년에는 국회의원, 문예진흥원장, KBS 이사장 등 관복도 있었는데 그런 것이 우인에게는 무어 대단했으랴. 술집 스탠드에서 조용히 담소하며 마시는 양주 칵테일에서 오히려 인생의 진미를 느꼈던 게 아닌가 싶다.

볼보, 코냑, 르몽드의 나림 이병주(那林 李炳注)

『소설 알렉산드리아』, 『지리산』, 『관부연락선』, 『쥘부채』 등 비교적 진지한 작품에서 시작하여 헤아릴 수 없이 많은 소설을 대량 생산한 나림 이병주. 요즘 그를 잘 알던 사람들과 회고담을 나누게 될 때 나는 그를 '잡놈'이라고 표현한다. 결코 나쁜 뜻이 아니다. 도덕, 무도덕, 비도덕, 부도덕의 모든 차원을 넘나들며 만물상과 같은 모습을 갖고 살아온 인물이기에 친밀감 가는 뜻으로 '잡놈'이라 명명하는 것이다.

간단히 그의 이력을 보면 하동의 소지주 집안에서 태어났다. 부모가 억지로 중매결혼 시켰다. 일본에 건너가 두 대학에서 불문학 공부를 하다 학도병으로 끌려가 중국에서 해방을 맞았다. 귀국하여 해인대학(지금의 경남대학)에서 강의를 하다 부산에 있는 국제신보에서 기자 생활을 했으며 편집국장, 주필 등으로 문명을 날렸다. 중간에 6·25 때 인민군에 끌려가 문예공작반으로 특히 '살로메'를 연출하기도 하였다고 자랑한다. 또 그가 숨기는 것은 4·19 후 혁신계로 고향 하동에서 국회의원에 출마했다 낙선한 일.

그 나림이 혁신계라고 5·16 후 2년여 형무소살이를 하였다. 거기서 구상하여 출옥 후 발표해 주목을 끈 것이 중편 「소설 알렉산드리아」이다. 나는 당시 조선일보 문화부장으로 있었기에 그 소설을 지면에 크게 소개할 수 있었다. 그래서 맺어진 것이 나림과 나와의 술과 잡설의 인연. 어지간히 어울려 다니며 마시고 떠들었다.

나림은 글 쓴 수입으로 한껏 사치를 했다. 옷도 고급. 빨간색 계통의 넥타이에다 양말. 스웨덴제 볼보 차를 타고 다니며 고급 스테레오로 베토벤을 듣는다. 화식집에서 회에 청주를 마시고는 2·3차는 카페에서 주로 코냑. 물론 맥주홀도 가지만 말이다.

그래서 나는 은근히 놀라서 그 까닭을 물었다. 그랬더니 2년여 형무소 생활을 하면서 출옥하면 마음껏 사치를 하겠다고 작심했다는 것. 하동 소지주 집안의 도련님 같은 발상이다.

박정희 대통령이 살아있을 때는 그에 대한 감정을 숨기기만 한 것 같다. 오히려 김현옥 서울시장, 이후락 중앙정보부장 등과 밀착하였고, 때로는 박 대통령을 만나기도 했었다.

그런 그가 박 대통령이 죽은 후에는 예를 들어 소설 「그를 버린 여인」에서처럼 박 대통령을 신랄하게 비판하는 것이다. 그도 그럴 것이다. 나림이 국제신보 주필로 있을 때 부산일보 주필은 박 대통령과 대구사범 동기인 황용주 씨였고, 마침 박 대통령은 부산 군수기지사령관이어서 셋은 죽이 맞는 술친구가 되었던 것이다. 그런데도 형무소에 2년여 처박아 넣다니… 절치부심했을 것이다.

관철동에 있는 '사슴'도 자주 갔는데 나림의 진주 자랑은 대단하다. 재계에 구인회(具仁會), 관계에 김현옥, 과학계에 최형섭, 시단에 설창수 씨 등 진주가 제일이라는 것이다. 그러면 내가 "소설에는 이병주가 있고…" 하고 받는다. 그때 그는 "놀리지마!" 하지만 싫지는 않았을 것이다.

나는 나림에게 "나림은 언론, 소설, 술, 여자, 사업, 정치 등 발군의 실력을 보이고 있는데 나는 겨우 언론과 술 정도만 따라가고 있으니 한심하다"고 탄식 겸 익살로 말하기도 했었다.

여자. 그 문제는 자세히 말할 수 없지만 그야말로 추종을 불허하는 인물이다. 그중 탈이 적은 한 가지 에피소드만.

조덕송 씨는 나보다 열 살 가까이 위지만 같은 조선일보 논설위원으로 계속 함께 몰려다니던 술친구다. 그 조덕성, 별명이 조대감인데, 그 조대감이 3·1빌딩 뒤 인삼 찻집으로 나를 안내한다. 세금 때문에 찻집이라 하지만 밤에는 어엿한 양주집이다. 중년 마담의 미모나 품위가 수준급이어서 나는 조대감을 격려했다. 그랬더니 얼마 후 조대감은 맥주를 기울이며 "이병주, 그럴 수가 있어" 하고 원망을 한다. 사연인즉, 조대감, 천려의 일실로 그 찻집에 나림을 데리고 술을 마시러 갔다는 것이다. 그다음 날 나림, 빨간 장미꽃 한 송이와 함께 홀로 나타났고 그가 익살로 말했던 대로 '도덕재무장'이 아니고 '도덕 무장 해제'. 끝이다.

한번은 각각 해외여행을 하다가 동경 제국호텔에서 함께 묵은 일이 있다. 함께 투숙했대야 아침 식사를 함께할 정도이지 그 후는 밤중까지 각각 바빴다. 나림과 아침 식사를 함께하고 호텔 매점에 들렀다. 우선 아사히신문, 인터내셔널헤럴드트리뷴까지는 각자가 집어 드는데 나림이 한 발 더 나간다. 그가 르 몽드까지 집어 드는데 나는 프랑스어가 턱없이 모자라 따라갈 수가 없는 것이다. 얼마나 부러웠던지. 그뿐만이 아니다. 그는 일본 서점에서 미셸 푸코의 책을 여러 권 샀다. 나는 처음 듣는 이름이어서 푸코가 누군가 했다. 그리고 10여 년이 지난 후에야 그가 그렇게 유명한 프랑스 철학자인 것을 알 수 있었다.

일본에서 대학 시절 프랑스 문학을 전공했으며 프랑스 여행도 했던 나림은 로제 상바르 한국 주재 프랑스대사와 요정 교제를 하던 중 프랑스 국비로 유학을 갈 수 없겠느냐고 말을 건넸다. 상바르 대사는 새삼 프랑스 유학이냐고 의아해한다. 나림, "아름답다는 세느강에 한번 오줌을 갈기는 쾌감을 위해서…"라고 재치로 대답한다. 상바르 대사도 역시 프랑스 사람다운 약간 비꼬인 익살로 "내가 들은 제일 그럴듯한 유학 이유"라고 프랑스 공부를 주선해 주었다. 나림은 자기가 아끼는 국제신보 때부터 후배인 이종호 조선일보 부장을 유학길에 떠나보냈다.

프랑스 이야기에 생각나는 게 있다. 내가 미국 하버드대학에서 한 학년 유학하고 5백 권쯤의 책을 사와 그에게 구경시키면서 한 권만 선물로 주겠다고 하니 그중 아주 얇은 책인 새뮤얼 베케트의 『고도를 기다리며』를 집는다. 반년쯤 후 그 책으로 베케트는 노벨 문학상을 받는다. 나림의 그 안목이여!

그렇게 나림과 술과 잡설로 어울린 인연으로 나는 나림이 70세에 병사했을 때 그를 위한 추도사를 했다. 유명한 소설가인데도 그는 문단 교제가 거의 없었던 것이다. 나는 자주 그에게 소설을 너무 대량 생산하지 말고 정성을 들여 문학성 높은 작품을 쓰라고 충고했었다. 환갑이 지나면 그러마 하고 했다. 그런데도 여러 집 살림과 호화생활습관 때문에 원고료를 위해 글을 양산해야 했다. 정성을 쏟았더라면 그가 원했던 대로 한국의 시바료따로(司馬遼太郎)에 가까이 갈 수 있었을 텐데…. 그만한 체험과 양과 해박한 지식을 가진 소설가를 나는 아직 발견 못했다.

그 후 북한산 기슭에 그의 어록비를 세웠다. 그가 좋아했던 북한산에 관한 수필 구절을 따서 각자 했다. 송남헌, 박진목, 한운사 씨 등과 함께 술을 따랐는데 특히 한 동네 출신인 여배우 최지희 씨가 애석해했다. "나를 모델로 소설을 쓰겠다고 했었는데…"

청운각에서 마시고 대폿집 가는 조덕송(趙德松)

언론계에서 조대감이라는 별명으로 통하는 조덕송 씨는 6·25전의 이른바 해방공간에 신문기자 생활을 시작하였다. 타고난 사회부 기자라 할 만큼 연파(軟派) 기사로 필명을 날렸다. 백범 김구 선생이 암살되었을 때는, 특히 그 장례식 기사로 사람들의 심금을 울린 듯, 그 이야기가 가끔 입에 오른다. 여러 회사의 사회부장을 거쳐 조선일보에 정착해서는 사회부장, 논설위원 등으로 정년퇴직까지 오랫동안 있었다.

되글을 배워 말글로 쓰는 사람. 조대감은 요새씩으로는 고등학교가 최종 학력인데 대졸 뺨치는 지식과 필력을 갖고 있어 사람들이 더욱 감탄했다. 많은 기자의 모범이었기에 나는 그와 친해지고서는 "신문기자의 모범은 조대감이며, 만약 정치를 한다면, 정치인의 모범은 송남헌 씨"라고 내놓고 이야기했었다. 또 공교롭게 송·조 두 사람은 매우 가까워 조대감은 송남헌 씨를 스승처럼 모시는 처지이다. 경심(耕心) 송남헌 씨는 해방 후 우사 김규식 선생의 비서실장도 한 바 있고 4·19 후에는 통일사회당의 당무위원장을 하는 등 혁신계의 중신으로 활약했는데 학처럼 깨끗한 인품을 갖고 있다. 최근에 『해방 3년사』 1·2권의 저술로 심산 김창숙(心山 金昌淑) 선생을 기념하는 심산상을 타기도 하였다.

명 사회부 기자답게 조대감의 술 실력도 대단하다. 술의 종류를 가리지 않는데 특히 막걸리 소주 등 대폿집 술을 좋아한다. 그와 어지간히 술자리를 자주 한 셈인데 그는 안주파가 아닌 비안주파다. 심한 주당은 소금만 좀 먹는다고 하는데 그도 거의 그런 급으로 술을 많이 마시지만 안주는 무나 김치 몇 조각이다.

신문기자 초년 시절에 어울려 보니 주당 선배 중에 몇은 냉면 대접에 청주 큰 병 한 병을 모두 부어 넣고, 소독저를 걸친 후에, 그것을 몇 번에 걸쳐 꿀꺽꿀꺽 다마시는 게 아닌가. 이른바 경음(鯨飮)이다. 고래가 마시듯 하는 것이다.

조대감은 술이 강한 특이체질인 것 같다. 그렇게 마시고도 50이 넘어 종합진찰을 하니 간이 말짱하다는 것이다. 키가 크고 목이 길어, 미안한 이야기지만, 그레이하운드를 연상시키는 체구이다.

신문사 간부 때는 요정 초청도 많이 받았다. 지금은 없어졌지만 그때는 청운각 같은 곳을 좋은 요정으로 꼽았다. 그런데 말이다. 조대감은 고관의 초청으로 청운각 기생파티에 참석하고서도 나와서는 꼭 허름한 대폿집에서 소주나 막걸리를 마시는 것이다. 그리고 하는 말이 "아이고 이제 술을 마시는 것 같군."

조대감과 조선일보 논설위원실에 합류한 나는 김성두(金成斗) 위원과 트리오를 이루어 거의 매일 함께 돌아다녔다. 우리들의 합창곡은 일본 군가인 '동기의 벚꽃'이다.

"너와 나는 동기의 벚꽃/ 같은 항공대의 뜰에서 핀다/ 그토록 서로 맹서한/ 그날을 기다리지 못하고/ 너는 왜 저버렸느냐/ 너는 왜 죽어갔느냐."

군가라지만 어찌 보면 염전(厭戰) 또는 반전(反戰)의 애조면 노래로 일본 군가이지만 마음의 거리낌 없이 소리 높이 불렀던 것이다.

그리고 마지막에 나는 '세월이 가면'을 부른다. 이른바 18번이다.

"지금 그 사람 이름은 잊었지만/ 그 눈동자 입술은 내 가슴에 있네/ 바람이 불고 비가 올 때면/ 나는 저 유리창 밖 가로등 그늘에 밤을 잊지 못하네/ 사랑은 가고 추억은 남는 것/ 그 옛날의 호수가 가을의 공원/ 그 벤치 위에 나뭇잎은 떨어지고 나뭇잎은 흙이 되고/ 나뭇잎에 덮여서 우리들 사랑이 사라진다 해도/ 내 싸늘한 가슴에 있네"

모더니스트 시인 박인환이 6·25 직후 폐허인 서울 명동에서 문화인들이 모이던 '은성' 대폿집(탤런트 최불암 자당이 경영)에서 술이 거나해지자 담뱃갑 뒷면에 쓴 즉흥시를, 방송인 이진섭이 샹송 비슷이 곡을 붙였고, 배우이자 가수인 나애심이 처음 부른 것이다.

오랜 후 나애심 자매가 충무로에서 '뚜리바'라는 카페를 경영하고 있었는데 송지영 선생을 따라가면, 송 선생 인격 때문일 것이지만, 막판에 나애심 씨가 이 '세월이 가면'을 불러주었다. 자주 가서 그 노래를 익혔다.

한번은 청와대에서 주흥을 못 이겨 의원들이 출신 지역을 대표하는 노래를 불렀다. 부산은 '돌아와요 부산항', 전남은 '목포의 눈물' 그런 식이다. 서울 차례가 왔는데 '서울 찬가'를 부르는 것도 분위기에 어울리지 않고 하여 서울 출신답게 샹송 조의 '세월이 가면'을 한 곡 했다. 그랬더니 두말할 것 없이 장내의 감탄, 감탄, 명동에서 탄생하였으니 서울의 노래로 하여도 좋을 듯하다. 박인환 시인은 그 얼마 후 사고로 세상을 떠나 그 시가 마지막 시가 되었다.

술자리는 내 노래 다음에 조대감의 '부용산'으로 끝난다.

"부용산 오리길에/ 잔디만 푸르러 푸르러/ 솔밭 사이 사이로/ 회오리바람 타고/ 간다는 말 한마디 없이/ 너는 가고 말았구나/ 피어나지 못한 채/ 병든 장미는 시들어지고/ 부용산 봉우리에/ 하늘만 푸르러 푸르러"

그 '부용산'이 작년부터 언론에 화제가 되고 리바이벌이다. 얼마 전에는 여배우 손숙(환경부 장관 잠깐) 씨의 남편 김성옥 씨가 주도하여 목포에서 '부용산'을 위한 음악회도 열었고 남도에는 그 노래비도 세워졌단다. 그만큼 유명해진 노래인데 조대감이 부를 때에는 잘 몰랐다. 조대감의 성량이 그렇게 좋아 나는 자주 그에게 '부용산'을 청하였다. 나도 '부용산'의 애창자가 되어 버렸다.

술에 그렇게 강한 조대감도 여자 문제에는 허하여 그럴듯한 일이 없었다. 한번은 미모의 여교수가 접근하기에 흥분하여 나에게까지 경과보고를 하기도 하였으나 종당에는 참담한 꼴이 되어 버렸다. 사랑이 아니고, 조대감을 출셋길에 교묘히 이용하려 했던 것.

5·18 사태 후에 사회 각계 간부들이 한국정신문화연구원에서 1주일씩 합숙 교육을 받은 일이 있었다(연찬이라 했다). 조대감과 내가 함께 갔더니 정호영 당시 육군참모차장 등 신군부의 실세도 많이 들어와 있었다. 마지막 밤 모두 모여 송별파티를 흥겹게 가졌다. 나는 멋도 모르고 조대감에게 예의 '부용산'을 간곡히 청하였다. 그는 끝내 거절, 그 파티에서 함구로 일관했다. 광주의 비극을 일으킨 신군부 앞에서 노래를 부를 수 없다는 그 심정을 나는 뒤늦게 깨달았던 것이다.

조대감의 고향은 순천이다. 처음부터 그는 지역색을 전혀 보이지 않을뿐더러 그런 데는 신경도 쓰지 않았다. "한국에서 농토가 제일 넓은 곳이 호남, 그러니 대지주제가 발달하였고 그것은 또 소작인이 가장 많다는 뜻도 되지. 그 대지주와 가난한 소작인 사이에서 이른바 호남기질을 운운하는 게 생겨난 게 아니겠어." 객관적이고 과학적이다.

남북적십자회담이 시작되자 조대감은 남쪽 자문위원으로 활약했으며, 그 해박한 지식과 호감 주는 목소리로 하여 일약 텔레비전의 스타가 되었다. 그러다 보니 박 대통령을 만날 기회도 있었다. 그때 언론계에는 조대감이 박 대통령과 기분 좋게 술 마시던 끝에 2차를 가자고 의기가 투합하여 돈암동 쪽 밀주 집, 이른바 '석굴암'에 같이 갔다는 소문이 퍼졌었다. 본인은 "뭘" 하고만 말할 뿐 시인도 부인도 안 하는데 두 사람의 술 마시는 방식이 비슷한 것으로 미뤄 보아 같이 간 것이 사실인 것 같다. 둘 다 생태적인 막걸리 타입이 아닌가.

한 달에 한 번은 통음(痛飮)한 선우휘(鮮于煇)

역시 소설가는 글이나 말에서나 재치가 있다. 그리고 선우휘는 어느 좌석에서나 거침없이 재치있는 말들을 내뱉는다.

"에베레스트산이 왜 높은지 아슈?" 무슨 말인가 해서 생각에 빠지면 "히말라야산맥에 있으니까 높은 것 아니여. 평지 돌출이란 없는 거지."

음미해 볼 만한 이치가 담겨있는 재담이다. 전체의 수준이 높은 사회에서 세계적으로 뚜렷한 인물이 나오는 것이지 아무 데서나 위대한 인물이 나오는 게 아니다. 소설도 그렇고, 과학도 그렇고….

"독립운동을 위해 중국에 간 우리들의 지사들에게 중국 사람들이 무어라고 충고하였는지 알아요? 어서 고국에 돌아가서 아이나 많이 낳으라고 했대요." "화장실에 들어갔으면 뒤나 보아라." 제 할 일만 하지 딴

짓하지 말라는 이야기이다.

"사실 땅 위에 본래부터 길이 있는 것은 아니다. 다니는 사람이 많아지면 곧 길이 되는 것이다." 노신(魯迅)의 「고향」이란 단편에 나오는 구절인데 선우 선생은 그것이 마음에 들어 "길이 따로 있나, 사람이 다니면 길이지"란 말을 자주 한다.

선우 선생은 소설가이면서도 조선일보 논설위원, 편집국장, 주필 등 언론 경력도 화려하기 때문에 어느 쪽으로 분류해야 할지 망설여진다.

그에게는 한 가지 고집이라 할지 신념이라 할지 또는 습벽인지가 있다. 한 달에 한 번쯤은 인사불성이 될 정도로 술을 통음(痛飮)하는 것이다. 그래야만 그때까지의 머릿속 찌꺼기를 씻어내고 새로운 출발을 할 수 있다는 것이다. 통음 후에 그는 활발해지는 것이다. 자기는 머릿속 대청소를 통해 발상의 전환으로 신선해졌다고 생각하는 것이다. 그리고 그 통음의 의식에 자주 내가 상대가 되었던 것이다.

한번은 도염동에 과일주 담근 집이 좋다고 하여 둘이 가서 마셨다. 선우 선생은 나보다 열 살쯤 위이다. 그날따라 나는 괜찮은데 그는 의식을 잃고 큰길 위에 누워 버렸다. 공중전화에 가서 조선일보사에 연락을 해야 했기에 나는 그동안 혹시나 하여 그의 시계, 지갑 등을 모두 챙기고 갔다. 체격 좋은 기자를 차에 태워 보내라고 했는데, 온 것은 역시 장대한 박범진 정치부 기자였다. 그는 지금 재선의 국회의원이다. 선우 선생을 태워 정릉까지 갔는데 골목이 헷갈렸다. 그래서 둘은 골목을 나누어 선우 선생 집을 찾기로 했으며, 선우 선생은 술을 안 마신 박 기자가 맡았다. 약속 장소에 다시 오니 박 기자가 집을 찾아 모셨다는 것이고, 우리는 시간이 매우 늦어 집으로 향했다.

다음날 회사에 출근하니 떠들썩했다. 만취하고도 일찍 나온 선우 선생이 간밤에 술에 취해 노상강도를 당했다고 회사 안을 떠들고 다닌 것이다.

술 먹는 코스는 우선 배를 채울 수 있는 빈대떡집이거나 고깃집이고, 그다음이 스탠드바이다. 요즘은 카페나 룸살롱으로 바뀌었지만 그때는 여급의 서비스를 받으며 맥주를 마시는 스탠드바가 인기가 있었다. 통금이 있던 때라 더 마시고 싶으면 그다음이 문제였다. 그때 회현동에 유엔센터라고 밤새도록 하는 고급 술집이 있었다. 늦으면 그리 갈 수밖에. 한번은 돈이 떨어져 선우 선생의 IPI(국제언론인협회) 신분증을 맡기고 술을 마셨다. "평생 IPI 신분증을 처음 써보는군." 그의 우스개다.

그는 언론인으로서도 기억될 만한 일을 많이 했다. 김대중 씨가 일본서 납치되었을 때는 주필인 그가 범인은 숨지 말고 나오라는 사설을 시내판에 기습적으로 바꿔치기로 실어 그 용감함이 큰 화제가 되기도 하였다.

평안도 정주가 고향인 그는 일찍이 기독교가 유입된 수준 높은 사회 환경에서 자랐으며 경성사범(서울사대의 전신)으로 나온 후 조선일보 기자를 잠깐 하다가 정훈장교가 되었다. 그때 어찌나 술을 좋아하고 규율을 안 지켰던지 '막걸리 대령'으로 통했다는 것이다. 그는 가끔 말한다. "내가 대령으로 끝났기에 소설을 쓸 수 있었지 별을 달았으면 못 썼을 것이다." 맞는 이야기 같다.

선우 선생도 이병주 씨만큼 다작은 아니지만 그래도 소설을 많이 쓴 편이다. 나는 그 가운데서 『깃발 없는 기수』, 『불꽃』, 『사도행전』 등 초기 작품을 특히 좋아했다.

지금은 없어진 신아일보에서 나에게 선우휘, 이병주에 관한 글을 하나 써 달라고 했다. 그래서 평생에 한 번 어쭙잖은 문학평론을 해보았다. 그 글은 문학평론 목록에 올라 있다.

이병주, 선우휘는 동년배로 둘 다 대학교육을 받았다. 하나는 경상도 남쪽에서 서울로 왔고, 다른 하나는 평안도 북쪽에서 서울로 왔기에 둘 다 리버럴(자유주의자)이지만 전자는 그 좌파이며, 후자는 그 우파이다. 그래서 이병주의 『지리산』, 선우휘의 『사도행전』을 대비하여 글을 써 본 것이다.

요즘 대학에서 한국 정치에 관한 강의를 하는데 해방 후 3년간의 이른바 해방공간을 설명할 때에는 그때를 다룬 소설을 읽어보라고 권고한다.

사상의 스펙트럼에 따라 나누어 보면, 조정래의 『태백산맥』은 진보파, 이병주의 『지리산』은 리버럴 좌파, 선우휘의 『불꽃』, 『깃발 없는 기수』는 리버럴 우파, 이문열의 『영웅시대』는 보수파 등. 이병주의 리버럴 좌파는 헤밍웨이의 『누구를 위하여 종을 울리나』와 같이 스페인 내전 당시의 공화파를 동정하던 그런 맥락이었다. 나중에는 변했다.

선우 선생과 엄청 술을 마시고 재담을 하였는데 그것도 끝나게 되었다. 그가 중앙일보에 「물결은 메콩강까지」라는 월남파병을 예찬하는 소설을 쓰게 되었기 때문이다. 경제적 실리는 취할지 모르겠으나 도덕적 명분은 없는 파병으로, 오늘날에 와서는 우리가 그 일을 사과하고 있지 않는가. 나중에 한겨레신문 부사장이 된 임재경 씨와 함께 장시간 술을 마셔가며 간곡하게 말렸다. 그런데도 선우 선생은 우 편향의 길을 가고 말았다.

호통치는 유교(儒敎) 선비 언론인 후석 천관우(後石 千寬宇)

나는 언론인들의 수명과 관련하여 나 나름대로 공식을 만들었다. 석간(夕刊)신문 기자들은 조간(朝刊)신문 기자들에 비해 단명하기가 쉽다라는 것이다. 지금은 거의 모든 신문이 조간으로 되었지만 몇 년 전까지만 해도 조간과 석간이 비슷했다. 석간신문 기자들은 신문을 내고 나서 점심을 먹으러 간다. 그다음에 기사를 추가하고 바꾸는 일은 있으나 오후 1시 전에 석간이 나오고 나면 그날의 일은 사실상 끝난 셈인 것이다. 그래서 점심에 대개 반주를 곁들이게 되는데, 한국일보, 동아일보에서 필명을 날린 현대 감각파 홍승면 씨는 대개 소주 2병이고, 천관우 씨는 2병이 보통이나 초과하는 경우도 있다. 그와 같이 석간 기자들 가운데 많이는 점심 반주를 하는 것이기에 저녁 술로 이어지는 것은 자연스럽다. 그러니 과음하는 경우가 많고 수명이 단축되기 십상인 것이다. 거기에 비하여 조간신문 기자는 낮에 술을 마실 수가 없다. 조간이 나오고 나면 대개 저녁 7, 8시부터 술을 시작한다. 나도 언론계에선 주당(酒黨) 당수급으로 손꼽혔는데 아직도 건재한 것은 주로 조간신문에서 일한 덕이 아닌가 한다. 지금도 낮술은 거의 안 하는 조간의 습성이 남아 있다.

공교롭게 천 선생이 나의 고교 9년 선배여서 나는 자주 그와 술을 했다. 낮에는 설렁탕에 소주 2병쯤, 저녁에는 허름한 대중음식점에서 소주 4, 5병, 대중음식점이면 되었지 어느 것이냐는 까다롭지 않다. 소주도 마시는 게 아니라 입안에 한 번에 털어 넣는다.

거구인 그에게 소주 한 잔은 코끼리 비스켓인 것이다. 너무나 조숙하게 35세쯤부터 성주(成主)가 된 것 같다. 성주가 되었다는 이야기는 집에 버티고 있으면 사람들이 많이 찾아온다는 것이다. 명절 때는 인산인해를 이룬다. 명절 때 천 선생 댁에 가는 것이 언론계의 풍속도였다. 설에 그는 일석 이희승(一石 李熙昇), 각천 최두선(覺泉 崔斗善) 선생 정도만 잠깐 세배 갔다 와서 성주로서 집에 버티고 있다. 그의 아호는 후석(後石)인데 일석에서 한 자 빌린 것이 틀림없다. 집에서의 손님과의 주량은 셈을 할 수가 없다. 손님이 갈 때까지, 또는 더 이상 마실 수 없을 때까지다. 아마 상한선은 소주 10병쯤 되지 않을까.

한번은 설날 선우휘 씨와 언론계 세배를 돌다가 헤어지려 하니 다음은 어디에 갈 것이냐고 물었다. 천 선생 집이라고 했더니 그도 동행하겠다 한다. 정중하게 맞세배를 하고 이런저런 이야기를 하다, 나이 이야기가 나오니 선우 선생이 몇 살 위인 것이 밝혀졌다. 선우 선생의 그 쑥스러워함이여. 천 선생은 성주고 선우 선생은 낭인(浪人) 같았다.

천 선생은 제천군 청풍의 부잣집 출신이다. 해방 직후 당시 경성대 예과에 들어가서 국사를 전공하겠다고 하니 현상윤 선생님이 "국사를 하려면 오래 걸려서 집이 먹고살 만해야 하는데…" 하고 물었다고, 회고하는 것을 들은 일이 있는데 흥미롭다.

마침 외삼촌 댁이 청풍에 있이 한번 갔더니 천 선생은 미국 유학 중이어서 만날 기회가 없었지만, 그가 신동으로 소문이 자자했으며, 그런 촌에서 미국 유학생이 나왔다고 초등학교 악대까지 동원되는 행사가 있었다는 이야기들이다. 그가 그때 쓴 그랜드캐넌 기행문은 대단한 명문으로 중학교 교과서에 실리기도 했다.

천 선생은 한국일보, 조선일보, 동아일보 등에서 편집국장, 주필까지 지낸 일급 언론인이자 재야 국사학자이다. 특히 그의 실학(實學) 연구는 알찬 것이고, 반계 유형원(磻溪 柳馨遠) 연구는 대단한 업적으로 치부되고 있다.

그는 한학에도 조예가 깊은 유교적 선비의 전형이다. 그 강직함은 소문이 나 있다. 동아일보의 언론 자유 투쟁을 시발점으로 그는 재야 반유신 투쟁의 지도자가 된다. 민주회복국민회의의 공동대표도 맡았다. 단재 신채호 선생을 연상케 하는 강직하고 당당한 투쟁이었다.

그런 강직함이 주석에서는 가끔 호통으로 나타났다. 한번은 이름 있는 칼럼니스트 수탑 심연섭(須塔 沈鍊燮, 수탑은 영어의 스톱을 한자화 한 것이다) 씨가 어느 자리에서 "천방지축마골피(千方池丑馬骨皮)라는데 천관우 씨도 양반이 아닐 것이다"고 말했다는 이야기를 전해 들은 천 선생은 심 씨를 술집으로 유인한 끝에 자기 집으로 데려갔다. 그리고는 벼슬을 한 조상들이 적지 않은 족보를 보여주었다. 그다음 "이놈, 네가 나를 능멸했겠다" 하고 한 방 날렸다. 그런 호통친 이야기는 엄청나게 많다. 언론계에서 대개 알고 있는 일이다.

그 강직한 선비 천 선생이 전두환 대통령의 간고한 설득에 그만 넘어가 버렸다. 통일문제는 여야가 없는 민족적 과업이라는 명분에 넘어가 민족통일중앙협의회 의장 자리를 맡은 것이다. 그런데 현실 사회에 있어서 통일문제에도 여야는 있는 것이어서 그 후 인산인해를 이루던 재야의 방문객들은 발을 뚝 끊었고 그는 외로운 말년을 마치게 된 것이라 아깝다.

양은 양동이에서 진토닉 퍼마시는 민기식(閔機植)

문주(文酒) 이야기를 하는데 폭탄주를 들며 "위하여" 하고 외치는 '무주(武酒)' 이야기면 몰라도 어떻게 민기식 육군 대장이 거론되느냐고 의아해할지 모르겠다. 그러나 민 대장의 인간사에 대한 접근, 세상을 보는 눈 등은 가히 천재적이라고 찬탄할 만한 것이어서 여기서 다뤄보려는 것이다.

한번은 육군사관학교에서 민 장군을 초청하여 지휘관과의 대화시간을 가졌단다. 그때 민 장군, 학생들이 왜 군인이 되었느냐고 묻자 이와 같이 솔직히 말했다. "만주서 건국대학(만주 최고의 대학이다)을 다니다 학도병을 갔다 해방으로 귀국하니 아무리 생각하여도 할 일이 마땅하지 않더군. 그래서 국방경비대에 들어가게 된 거야."

그때 밑에서 쪽지가 올라왔다. "장군님, 학생들 앞에서 그렇게 말씀하시면 어떻게 합니까." 맞는 말이다. 국가 방위의 사명감을 갖고 애국적 정열에서…. 운운했어야만 하지 않을까.

민 장군 다음과 같이 이었다.

"여러분들은 나와는 달라. 나는 부모님들이 애써 돈을 대주어 대학공부를 했지만, 여러분들은 전적으로 국가가 먹이고 입히면서 대학과정인 육사 공부를 시키는 게 아니겠어. 그러니 여러분은 국가의 고마움을 알고 나라를 위해 신명을 바쳐야지."

얼마 전 국방부 장관을 지낸 최영희 예비역 육군 대장과 점심을 같이 하는 자리에서 민 장군에 대한 회고가 나오니 최 장군은 이런 이야기를 들려준다.

"6·25 때 민 장군과 나는 인접 사단의 사단장으로 있었지. 그래서 잘 아는데, 그때 민 장군 사단에서 특공대를 조직하여 민 장군이 그들을 환송하게 되었어. 적진에 죽으러 가는 것과 마찬가지. 민 장군은 도열한 특공대원 앞에 서서 모두에게 골타리를 까라는 게 아니겠어. 그리고는 한 사람 한 사람 불알을 만져 보고는 됐다고 끝내는 거야. 일리 있는 일이지. 죽을지도 모르는 길에 겁이 났으면 바싹 오그라들었을 테고 겁이 안 났으면 늘어졌을 것이니까 그것을 알아본 거야."

그 민 장군의 술 마시는 법도 걸작이어서 신당동 집의 지하실 홀에서의 파티에서는 으레 양은 양동이에 가득 진토닉을 만들고 국자로 떠서 컵에 권한다. 호걸스러운 음주다.

박정희 대통령이 핵과 미사일을 개발하고 있지 않느냐고 국제적으로 주목을 받고 있을 때이다. 예의 지하실 파티에는 공화당 의원 몇, 고위관료 몇, 그리고 일본 특파원 4, 5명이 참석했었다. 민 장군의 건국대 동기생이 그때 동경신문의 주필이어서 그런 연줄로 일본 특파원들에게 가끔 술을 내게 된 것이다. 술이 어지간히 취하자 일본 기자들은 민 장군에게 집요하게 핵 문제를 취재하려 한다. 육군참모총장, 국회 국방위원장 등을 지냈고 박 대통령과 아주 가까운 사이이니 그럴 일이다.

민 장군은 끝까지 질문을 피하기만 하였다. 그러다 마지막 판에 이렇게 일본 기자들을 놀라게 하였다.

"그래, 우리가 핵과 미사일을 개발했다고 하자. 그러면 그게 어디로 향하고 있겠느냐. 북경하고 동경이야. 우리가 미쳤다고 동족을 향해 핵을 겨누어."

마침 내가 고교 10년 후배여서 술자리에 자주 끼었다.

또 한 번은 비슷한 자리로 유신 말기인데, 술에 취한 민 장군은 일본 기자들 앞에서 "박 대통령 나빠. 왜 자기 혼자 평생 대통령 하려 해. 개헌하라는 김영삼 씨 이야기가 맞아." 하는 게 아닌가. 그때는 개헌 소리만 하여도 끌려갈 때다. 더구나 그는 공화당 의원이 아닌가. 마침 나도 언론계이고 특파원들도 안면이 있었던 터라 나는 "여러분들 너구리 중에도 노회한 묵은 너구리인 민 장군이 여러분 마음 떠보느라고 그러는 것이니 기사화는 하지 마시오."라고 하여 넘겼다.

그러나 며칠 후 다른 장소에서 똑같은 이야기를 하여 중앙정보부에 연행되고 철야 조사를 받았다는 것이다. 전직 육군참모총장 덕에 구속은 면하고, 취중의 일로 치고 앞으로는 다시는 술을 안마시겠다는 서약서를 박 대통령 앞으로 쓰고 풀려났다 한다.

민 장군은 천재에 가까운 기재(奇才)라 할 것이다. 청주고교 3 천재론을 자가 발전한 것도 기발하다. 자기를 제1 천재로 먼저 꼽는다. 그리고 제2 천재로 천관우, 제3 천재는 가끔 바뀌지만, 대개는 남재희라고 말한다. 자기 피알의 그 이상 없는 선전술이다.

내가 이른바 국방위 회식 사건이라고 유명해진 사건에서 육군의 하나회 장성들과 술잔을 던지며 다툰 일이 있다. 그때 책임을 지고 좌천당한 한 장군이 일선을 시찰간 민 장군에게 "국회의원과 육군 소장과 어느 쪽이 더 높습니까" 하고 물었단다. "야 사람아, 사과와 배를 놓고 어느 쪽이 더 좋은 과일인가 묻는 것과 같지. 그게 무슨 질문인가" 민 장군의 답변은 재치가 번쩍인다.

특히 나나 사업하는 오능균 사장 등 동문 후배들과 어울리면 죽이 맞아 끝날 줄 모르고 마셔댄다. 가끔 위를 버려서 쉬기도 하지만 양주 마시는 것을 단념할 수가 없는 모양이다.

아주 오래전에 그를 고등학교의 서울 동문회장에 추대하였다. 그랬더니 그 첫인사가 모든 동문을 실망시켰다. 나는 감동하였지만 말이다.

"여러분, 동문회는 너무 잘 되어도 안 됩니다. 내가 일찍이 일본으로 만주로 많이 돌아다녀 보았는데, 우리나라는 손바닥만 한 나라예요. 거기서 무슨 무슨 학교다 하여 동창끼리 똘똘 뭉치면 우리나라는 망해요. 동창회란 명부나 발행해서 동창들이 어디 있겠거니 하고 알 정도면 충분한 거예요."

전설이 된 '추악한 일본인' 요시오까 다다오(吉岡忠雄) 특파원

일본 마이니치(每日) 신문의 특파원으로 요시오까 다다오(吉岡忠雄) 씨가 부임한 것은 한일협정이 체결된 직후였다. 마침 조선일보의 방우영 상무(현 회장)가 간부들을 집에 초청하는 기회에 조선일보와 제휴 관계에 있던 마이니치의 요시오까 특파원도 함께 불렀다. 벤 자동차에 여럿이 타고 가는데 조덕송 논설위원이 요시오까를 처음 보고 "거, 원숭이처럼 생겼는데…." 한다. 정치부 차장이던 나는 요시오까가 한국말을 배우고 왔으니 조심하라고 조대감의 옆구리를 찔렀다. 술자리가 거나해진 다음 요시오까는 조대감을 향하여 "논설위원이라는 것은 신문기자의 파장 같은 종착역"이라고 슬며시 반격을 했다.

요시오까는 유명한 언론인 신상초 씨와 일본 동경제국대학의 엇비슷한 연배인 학생으로 있다가 학도병으로 중국에 갔고, 전쟁이 끝날 때는 해병대 장교로 해남도까지 가 있었다 한다. 거기서 일본 농촌 출신의 무학력의 한 병사가 옷 속을 온통 그동안 저축한 돈으로 누벼 입고, 귀국하면 조그마한 농토라도 장만하겠다고 희망에 들뜬 모습을 보았다 한다. 장교이기에 패전이 임박했음을 안 요시오까는 "무엇보다도 몸을 소중하게 여기십시오." 하고 말할 수밖에 없었다.

그 요시오까를 나는 '추악한 일본인'이라는 별명으로 사람들에 소개했다. 유진 버딕이 쓴 『추악한 미국인』이라는 소설을 보면 동남아의 풍습에 빠져들어 그들과 똑같이 생활하는 미국인을 반어법으로 '추악한 미국인'이라고 말하고 있다.

요시오까는 한국 음식만 먹었다. 고추장, 된장은 말할 것 없고 맵기로 유명한 서린동의 낙지볶음도 땀을 뻘뻘 흘려가며 좋다고 먹으러 다녔다. 술은 주로 대폿집으로 사직동에 있던 명월네집, 세종로 귀퉁이 골목에 있던 도라지 위스키 시음장 등을 즐겨 찾았다.

도라지 위스키 시음장은 해방 전의 판을 유성기에 트는 것을 특색으로 하였다. 낡아지자 판에 금이 가서 어떤 때는 "돌아, 돌아, 돌아, 돌아" 하다가 손으로 건드려 주면 "간다"고 넘어가기도 하였다. 조그만 잔으로 한 잔 홀짝 하면 박가분(朴家粉)을 바른 듯한 여자가 성냥개비 하나를 셈에 보탠다. 그는 그 집을 그렇게 좋아했다. 명동의 뒷골목을 뒤져 해방 전 판을 사다가 주기도 하면서….

서울 특파원 다음에는 뉴델리, 모스크바의 특파원도 했는데, 모스크바에 있을 때는 한국 라면을 영국에서 사 가지고 타시켄트의 고려인 콜호즈를 찾아가기도 했다. 그들과 어울려 노래를 부를 때 고려인들은 "노방초신세…"라는 노래를 부르며 그것이 조선 고유의 노래며 곡이라

고 고집을 부렸단다. "나는 이 세상의 마른 갈대다. 똑같이 너도 마른 갈대다."로 시작되는 '도네가와 노 우다'(利根川の唄)라고 해도 고집을 꺾을 수가 없었다고. 그쪽에 사는 카레스키 이야기를 거의 처음 국내에 전한 것이 요시오까가 아닌가 한다.

그 중간에 잠깐 서울에 들렀을 때 장관이 된 언론계 친구가 그를 요정에 초대했다. 그러나 그는 명월네 집을 고집하여 끝내 양보하지 않았다.

본사로 돌아간 그는 마이니치가 경영난에 빠지자 퇴직 순서가 아닌데도 후배를 위해 자퇴하고, 다시 한국에 와 연세대에서 한국어를 더 공부하였다. 그 후 부산에 있는 전문대의 일어 선생을 오래 했고 『부산유정(釜山有情)』이라는 수필집도 냈다.

대폿집 아주머니 이야기, "모닥불 피워 놓고⋯."를 함께 부르며 어울리던 한국 학생들의 애환, 골목 시장의 풍경 같은 것은 왕년의 민완 사회부 기자다운 묘사이다. '전원일기', '대추나무 사랑 걸렸네'를 연상시키는 분위기다.

그는 모스크바 생활을 마치며 환송 파티에 모인 러시아 친구들에게 이런 고별의 말을 했다 한다.

"내가 어렸을 때 이런 이야기를 배웠다. 행복이 어디 있느냐고 하니 강 건너, 산 넘어 그 저쪽에 있다 한다. 강 건너 산 넘어 가보니 다시 강 건너 산 넘어 그 저쪽에 있다 하더라. 인생이란 본래 그런 게 아니겠는가. 여러분, 우리 다 함께 인내하며 살아갑시다."

70년대 초의 모스크바는 그때 이미 답답하고 희망을 갖기 어려운 분위기였다.

모스크바 특파원을 하기 전까지 그는 일본 사회당 후보에 투표했다 한다. 그러나 러시아의 경험은 그를 사회당에서 떠나게 하였다.

그런데 여기 한 가지 생각나는 것은 미국이라는 나라가 대단히 치밀하다는 것이다. 요시오까가 뉴델리를 마치고 모스크바로 갈 때 미국 국무성은 그를 한 달쯤 미국에 초청을 한 것이다. 그는 그때 마침 니만 언론연구원으로 하버드대학에 있던 나를 찾아왔었다.

요시오까 특파원은 당시의 한국 언론인들 사이에서는 전설이었다. 살아서 전설의 인물이 된다는 것은 보통 일이 아니다.

역시 그는 끝내 전설이었다. 몇 년 전 서울의 친구들은 일본으로부터 편지를 받았다. 요시오까 씨가 별세하고 장례를 잘 치렀다는 부인의 편지와 함께, 죽기 전에 요시오까 씨가 모든 정들었던 친구들을 향해 쓴 세상을 하직하는 인사장이 동봉되어 있었다.

통렬한 독설의 정치평론가 신상초(申相楚)

주당(酒黨) 당수 가운데 당수는 누구일까? 50년대부터 80년대 전반까지의 언론계에서라면 나는 격(格)도 고려에 넣어 당시 일급의 독설가며 정치평론가였던 신상초 씨를 꼽고 싶다.

전하여지는 이야기로는 5·16 쿠데타를 한 박정희 소장은 역시 소탈한 술꾼이기에 측근에게 구정치인 가운데 쓸 만한 술꾼을 추천하라고 했다 한다. 그리하여 잘 알려진 대중적 음식점 용금옥(湧金屋)에서 우선 김수한 씨(나중에 국회의장)와 대작, 김 씨가 떨어져 나가고, 송원영 씨(민주당 대변인으로 유명)가 바통을 이었으나 역시 중도 탈락. 마지막으로 신상초 씨가 등장하여 끝까지 죽이 맞아 마셔댔다는 것이다. 정확한 것인지 확인은 안 됐으나 대충 비슷한 이야기일 것이다.

신상초 씨에게는 아주 파격적인 면이 있다. 돌아간 분에게 좀 어떨까 하지만 선우휘 씨에게 들은 것으로 신상초 씨의 인간을 이해하는 데 도움이 될 것 같아 소개한다.

술에 만취한 신 씨는 택시를 타고 고급 적선 지대인 묵정동으로 가자고 했다. 도착하고 보니 택시비가 좀 모자랐다. 기사가 화를 내며 소리를 지른다. 그때 한 멀끔한 청년이 개입하여 기사를 타이른다. 그리고 깨끗한 집으로 안내하고 주인에게 귀한 손님이니 잘 모시라고 당부한다. 막 자려 하니까 노크 소리가 나 문을 여니 그 청년이 "편히 주무십시오." 하고 인사를 한다. "요즘 세상에 참 훌륭한 청년도 있군." 하고 혼잣말을 했다. 다음 날 아침 다시 노크를 하며 "선생님. 편히 주무셨습니까." 하고 물러갔다. 나올 때 시계를 맡기며 셈을 하니 계산이 갑절이다. "선생님, 그 젊은 사람이 먼저 가면서 셈을 선생님이 하신다고 하던데요." 사기를 당하기는 당했는데 신상초 씨는 결코 기분이 상하지는 않았다는 것이다.

동경제국대학을 다녔으니 천재인지는 몰라도 수재는 틀림없다. 학도병으로 끌려가 중국에 있었으며, 전쟁이 끝나자 대담하게 연안(延安)에 갔다. 귀국하여 주로 동아일보 논설위원으로 당시의 정치평론을 주름잡았으며, 성균관대 교수도 지냈다. 민주당 대변인, 국회의원(유정회), 반공연맹 이사장 등을 지냈는데 그런 이력은 그에게 중요하지 않다. 통렬한 독설의 정치평론가와 당대의 주호(酒豪)가 그의 본령이다.

그는 정당의 당(黨)가는 집안에 흑심을 품은 자들이 들어앉은 것이라고 파자 풀이를 하며 정치인들을 매도한다. 또 한 번은 한 학자 출신 정치인을 양심(良心)이 아니라 양심(兩心)을 가진 사람이라고 비판했다.

서울대학교 문리대 정치과 학생회에서 중앙일보 신상초, 동아일보 송건호, 조선일보 남재희의 세 논설위원을 연사로 부른 일이 있다. 첫 등장은 신 선생. "한강의 기적이 정인숙 사건이더냐, 조국의 근대화가 와우아파트더냐." 완전히 대중집회의 선동 연설이다. 대학에서 저런 연설을 해서 되나 하고 기가 막혔다. 그러더니 연설을 마치면서 그는 이렇게 말했다.

"내 나이 내년으로 50이 됩니다. 대개 50이 고비입니다. 50이 되면 나도 내가 어떻게 변할지 모르겠습니다."

솔직하고 심약한 심정 토로가 마음에 들었다. 둘은 부치미 집으로 가서 술을 통음하였다.

무교동에 '자자'라는 조그마한 맥줏집이 있었다. 주인은 국문과 대졸의 젊은 이혼녀. 근처의 조선, 동아, 한국, 중앙의 논설위원들의 집합소가 되다시피 하였다. 거기서 약 10년 선배인 신 선생과 각각 소속사를 대표하여 일대 논쟁이 벌어졌다. 내가 감히 신 선생의 적수가 되지는 못하였지만, 그날은 공교롭게 내가 완승을 거두었다. 그는 화장실에 간다며 내빼버렸다. 그것도 애교다.

그 후 그는 나를 특별히 맥줏집에 초대하였다. 맥주를 마시며 선배 언론인으로 후배에게 이런저런 조언을 하였다.

"글을 쓸 때나 강연을 할 때는 우선 북의 김일성 체제를 매섭게 비판해요. 그리고 나서 박 정권이 이리저리 잘 못 한다고, 시정하라고 비판하는 거요. 그래야 탈이 없어요. 당신은 그렇게 않더군요."

짚신 장사 아버지가 아들에게 죽을 때까지 좋은 짚신 만드는 비결을 안 가르쳐 주다가 마지막에 숨을 헐떡이며 "털, 탈" 하고 가르쳐 주었다는 옛이야기가 있다. 털을 깨끗이 제거하여 말끔히 보이게 하라는 비법이다. 그런데 나는 신 선생의 비법을 받아들이지 않았다. 그래서 여러 번 정보기관에 끌려다니었는지도 모른다.

내가 만난 주선(酒仙) 석천(昔泉) 오종식 선생

술 마시는 일을 도(道)의 경지로 끌어 올리려고 노력한 사람이 언론인 석천 오종식 선생이었다. 그에게 있어서 술 마시는 것은 하나의 도와 같았다고나 할까. 만약에 주객(酒客)에도 주선(酒仙)이 있다면, 그리고 또 내가 주선을 만날 수 있었다고 가정한다면, 그 주선은 틀림없이 석천 선생이었을 것이다.

석천은 일본 유학에서 동양철학을 전공했고, 한때는 건국 초 전진한 장관 밑에서 사회부 차관으로 관에도 잠깐 몸담은 바 있지만, 해방 후 우리의 언론 제1세대 중에서 가장 해박한 지식을 갖고 논설을 써온 상징적 인물이다. 홍박(洪博)으로 통하던 홍종인 씨와 동년배며 라이벌이나 석천의 학문이 윗길이다. 『연북만필』, 『원숭이와 문명』 등 철학적 깊이 있는 평론집도 남겼다.

나는 석천의 노년에 그의 귀여움을 받아 마치 수행비서처럼 술자리에 낄 수 있었다.

석천은 우선 술집부터 이리저리 몹시 가린다. 대폿집이라도 전시한 음식의 배열 솜씨를 보고 주모(酒母)의 품위를 살펴본다.

술은 종류를 따지지 않는다. 서양식으로 가급적 칵테일을 해서 마신다. 청주는 빼고, 여럿이 단체여행을 할 때 석천이 법주에 맥주를 약간 섞어 마셨는데 그것에 석천주라는 이름이 붙었었다. 비율은 1대 1이다. 전에 파라다이스가 흔했을 때는 거기에도 3대 1로 진을 넣어 '진파라'라고 즐거워했다.

양주는 대개 스카치여서 얼음하고 물이나 소다를 쓰기에 다르지만, 우리 술의 경우 적절한 온도에도 신경을 쓴다. 청주의 경우는 특히 그렇다. 예부터 술에는 거냉(去冷) 한다는 말이 있었는데 그런 이치이다.

안주가 호화스러울 필요는 없다. 꽁치구이도 좋다. 다만 석천은 주모에게 꽁치에 기름을 살짝 발라 자주 뒤집으면서 구워 달라는 식으로 주문이 까다롭다.

술 마시는 데는 속도가 중요하다. 너무 빨리 마시는 것은 주도가 아니다. 석천은 천천히 술맛을 혀로 음미하면서 마신다. 전에 수필로 유명한 마해송 씨가 마시는 것을 보니 데운 청주 한 글라스를 한 시간 가까이에 걸쳐서 혀로 핥듯이 마시던데, 석천은 그보다는 약간 빨랐다. 연세가 드셔서였겠지만 작은 청주 잔으로 한 잔을 7~8분 또는 10분 걸려 마신다.

제일 중요한 것은 대화이다. 술을 마시며 청담(淸談)을 하는 것이 술 마시는 재미다. 그 청담에 석천의 주도는 빛을 발한다. 그렇게 박학하고 구수할 수가 있을까. 모두 거기에 반하여 빨려 들어간다.

"서울 사람이 옛날에는 다섯 분류가 있었지. 재조(在朝) 양반이 살던 북촌 사람. 고려대 영문학 교수던 조용만 씨 같은 사람이다. 재야 양반이 살던 남촌 사람. 남산 딸깍발이라던 이희승 교수 있지 않나. 어물이 들어오던 마포권 사람. 소설가 박종화 씨가 거기에 속하는데 어물은 신선도가 중요하니 감각이 발달했지. 그리고 한강 위쪽 말죽거리까지의 사람들. 그곳은 삼남으로부터 오는 곡물의 루트야. 그래서 거기 사람들은 계량에 밝지. 부총리를 했던 장기영 씨가 거기지. 마지막으로 서울 한가운데 살던 중인들. 이들이 시골 사람들에게 자기가 권세가와 줄이 닿는다고 아주 능변으로 떠들어대면서 그들의 혼을 빼던 사람이야. 서울깍쟁이라 불리는…. 말이 청산유수이던 언론인 조풍연 씨가 거기에 들어가지.”

이런 류의 이야기가 술좌석마다 계속된다.

석천의 주도에 있어서 중요한 것은 술집 주모를 어떻게 대하느냐 하는 것이다. 주모를 깍듯이 대하면 그대로 되돌아와 그 분위기는 예의 바르고 정중한 것이 된다. 주모를 함부로 대하면 반대로 거칠고 상스러운 분위기가 된다. 요즘 사람들에게 특히 이야기하고 싶은 항목이다.

전에 설악산에 함께 간 적이 있었다. 초입의 아담한 음식점에서 석천은 중년의 주모를 깍듯한 예로 대하였다. 그리고는 술을 마시던 도중 “이 정도의 범절이 있는 집이면 특별한 가양주가 있을 법한 데…” 하고 넌지시 말해 보았다. 잣술이 은주전자에 나와 잘 마셨음은 물론 그것은 무료였다. 주모는 “점잖은 손님인데 가양주에 어떻게 돈을 받겠습니까” 하고 사양했다. 나오면서 석천, “이럴 때 계산 얼마요 하는 게 아니야. 사례는 어떻게 할까요. 하는 것이지.” 사례란 말이 무료가 된 것 같다.

동경에 여행을 갔을 때 한국 특파원들이 요쓰야(四谷)에 있는 됫박 술집으로 안내했다. 삼나무 뒷박에 큰 삼나무 나무통에 든 청주를 따라 마시는데 삼나무 향기가 섞여 향기롭다. 단골에게는 고유 뒷박을 주는데, 초행이지만 석천에게도 뒷박 하나가 지정되었다.

석천, 주인에게 붓과 먹물을 부탁하더니 그 하얀 뒷박에 일필휘지하는 게 아닌가. "말랐어도 다시 샘솟는 석천이런가." 옛 샘이라는 석천 아호의 일본 하이꾸(俳句)를 본뜬 풀이인 것이다. 일본어로는 참 멋이 있는 시구이다.

내가 조선일보에서 정부 신문인 서울신문에 옮겼을 때 술집 스탠드로 데리고 가서 이렇게 말한다.

"자네, 원고와 피고에 모두 변호사가 있어 법적 다툼을 통해 진실에 접근하게 되는 이치를 아나. 정부 신문은 말하자면 정부 측 변호사야. 잘 해보게. 나라의 발전에는 양쪽이 모두 필요한 거야."

한번은 속리산에 세미나가 있어 갔다. 캡, 레인코트에 스틱을 든 은근한 멋쟁이인 그는 거기서도 농촌 동네의 대폿집을 찾아 나섰다. 그리고 비 개인 후의 산을 바라보더니 불쑥 "자네, 아호 있나. 없으면 청강(晴岡)이 좋은데 어떤가" 한다. 미술가 아호 같아 싫다고 되돌리며 석천 같은 운치 있는 아호를 지어달라고 부탁했다. 그러자 "그러면 나중에 내 호를 쓰게" 하고 허락한다. 그래서 여러 증인이 있는 가운데 내가 석천 아호를 승계하기로 공인이 된 것이다.

석천은 지사적 언론인이라고 하기는 어렵다. 비록 신채호나 장지연 선생 같은 지사 언론인까지는 아니더라도 비교적 올바르게 살며 곧은 논지를 펴나가기 위해 애쓴 논객이라 할 수 있다.

4·19 전야 마산에서 소요가 났을 때 당시 한국일보 주필이던 석천은

1면 편집자인 내 앞에서 장기영 사장에게 '마산에 의거(義擧)'라고 제목을 붙여야 한다는 객기를 보이기도 하였다.

문장에 관하여 몹시 까다로웠다. 특히 단어는 정확하게 써야만 했다. 각종 큰 사전을 옆에 두고 노년에도 사전을 펼친다. 그리고 할애(割愛)가 "아까운 지면을 내어준다."고 흔히 쓰는 게 틀렸고, "아깝지만 지면을 내어 넣어 줄 수가 없다."는 정반대의 뜻이라고 후배를 교육한다.

젊은 층인 장기표 · 권영길 씨와의 술

사람들은 나에게 선배 운이 좋다고 말한다. 그동안 훌륭한 선배들을 만나 총애를 받고 술을 함께 하면서 교훈이 되는 이야기도 많이 들었다. 이제 그런 선배들은 몇 분 남고는 거의 고인이 되었다. 이제 내가 후배들을 아낄 차례이다. 내 식으로 값싼 대폿집에서 술 마시는 것이 고작이지만 말이다. 그 가운데 장기표 후배와 권영길 후배를 더욱 아낀다.

장 후배는 서울법대 후배일뿐더러 거기서 유명한 동아리인 사회법학회(社會法學會)의 같은 멤버이다. 학생운동으로, 노동운동으로, 정치운동으로 이제 50줄에 들어선 지금까지 평생을 엄청난 어려움 속에서의 신념 운동이다. 전태일 사업에 앞장섰으며, 민중당 정책위의장을 했고, 동작에서 국회의원에 두 번 고배를 마시기도 하였다. 내가 5선 도전에 낙선하였을 때 몇몇 잡지에서 낙선기를 써달라기에 나는 내가 낙선한 것은 그렇다 치고 장기표 씨 같은 혁신계가 하나쯤 국회에 진출했으면 좋았을 것이라고 썼다. 그랬다가 같은 선거구 출신 의원으로부터 핏대를 세우는 반격을 받았다. 장 후배는 요즘은 신문명정책연구원의 원장으로 정보화 시대의 정치사회 원리를 홍보하는 데 열을 올리고 있다.

같이 민중당을 하던 이우재 당수와 이재오 사무총장은 한나라당으로 가서 모두 국회의원이 되었다.

철저한 운동권이고 혁신계이지만, 그동안 대우 재벌의 김우중 회장과 함께 세계 일주를 하는 등 많이 변모했다. 얼마 전에 술을 했더니 아주 작은 규모의 기업을 경영하는 경험을 쌓고 싶다고 간절하게 말하였다. 진보 정치인으로서는 아주 좋은 착상이라고 본다. 역시 경제를, 기업이 돌아가는 것을 알아야만, 진보 정치도 땅에 발을 딛고 말할 수 있는 것이다.

장 후배와 대폿집에 자리를 함께하고 앉으면 끊임없이 그의 말이 계속된다. 오랫동안 정치를 한 내가 오히려 듣는 입장이다. 주로 이제 정보화 사회가 되었으니 모든 것이 달라져야 하겠다는 것이다. 노동운동도, 진보정치도 모두 모두 말이다. 깽 마른 용모에 정열적으로 열변을 토하는 그를 나는 물끄러미 바라보며 역시 저런 정열이 있어야 진보 정치도 하고 사회도 개혁할 수 있겠구나 했다.

그런 장 후배가 요즘은 더욱 성숙해진 것 같다. 최근에 빈대떡집에서 자리를 같이하니 "내가 원래 감투를 좋아한다 아닙니까. 그래서 원장 감투를 하나 쓴 것이지요."(그는 밀양 출신이다)

자기를 객관화하고 자기를 조롱할 줄 아는 것이 인간적 성숙이 아닌가. 그런 정치인은 큰 과오를 범하지 않는다.

장 후배와 비슷한 연배인 권영길 후배는 1997년 대통령 선거에 국민승리21의 대통령 후보로 나선 여하튼 걸물이다. 내가 1972년에 서울신문 편집국장으로 옮겨가 보니 그는 사회부 기자로 있었다. 편집국장이 하는 일 가운데 중요한 것 하나는 돌려가며 술을 사주는 일이다. 기자들의 사기도 올려주고 의견도 친밀히 듣고…. 그때 30명쯤 되는 사회부 기자와 술을 마시면 끝까지 따라붙어 "국장, 2차 사시오" 하는 것이 권영길 기자다. 술이 장사였다. 산청 출신으로 서울농대를 나왔다.

그는 그 후 파리 특파원을 거쳐 노동운동에 참여하고 언론노동조합 연맹의 위원장을 거쳐 민주노총의 위원장이 되었다.

내가 노동부 장관일 때 그가 민노총 위원장이어서 그때 정부의 입장은 희극적이게도 실세인 민노총을 법적으로 인정하지는 않는 것이었지만 나는 그와 빈번히 만나 술을 마셨다. 민노총을 인정하지 않는 것은 마치 사막의 타조가 모래 속에 머리를 처박고 "없다" 하며, 있는 것을 인정하지 않으려는 것과 같다. 그런 것이 김영삼 정권까지의 민주화의 한계였다.

그 후로도 권 후배와 술을 자주 한다. 임수경 씨의 부친 임판호 씨(언론계 때 사회부장)와 함께 하는 때가 많다. 인사동에 있는 혜림이네 집으로 알려진 '평화만들기'나 종로의 '감촌순두부'가 잘 가는 곳이다. 권 후배는 지금도 술이 세다. 마치 두꺼비 파리 잡아먹듯 한다. 그런데 특이한 것은 듣기만 하지 영 말을 하려 하지 않는다는 것이다. 그 과묵은 생각해 보면 이해할 만하다.

그 쟁쟁한 신문 기자들의 운동체인 언노련이 아닌가. 또 진보를 표방하는 억센 노동운동가들의 다양한 세력의 집합체인 민주노총이 아닌가. 진보정치 그룹인 국민승리21도 그 다양성은 두말할 것 없다. 그리고 요즘 진보세력이 모두 모여 진보신당을 만드는 작업을 하고 있는데,

동서양의 역사로 볼 때 진보정당만큼 이념적인 분파 싸움이 심한 곳은 없는 것이다.

그러니까 그 지도급 인사는 되도록 과묵할 수밖에 없다. 말을 다 듣고 마지막에 종합을 잘해야 하는 것이다. 그런 것이 그에게 습성화된 것 같다. 괜찮다.

아끼는 후배들에게 싼 술만 사주며 이야기를 할 뿐 물질적 도움을 못 주는 것이 안타깝지만 나름대로 원칙을 지키며 살아왔다고 자부하는 터에 돈이 별로 없으니 어쩌겠는가.

(1999년《강서문학》제6호)

현대의 황진이들

《강서문학》 제6호에 '文酒 40年—試論'을 기고했더니 반응이 괜찮은 듯 속편을 써달란다. 그때는 남성사회를 중심으로 썼으니까 이번에는 여성을 주인공으로 하여 이야기해 보는 것도 뜻이 있을 것 같다. 인생이나 사회의 선명한 단면들을 엿볼 수 있는 기회일 것이다. 여성과 술에 얽힌 이야기이니 대개는 서민 생활과는 유리된 얼마간 고급술집 풍경이 많이 나오게 되어 송구스러운 느낌이다. 그러나 대폿집 이야기도 있으니 양해해 주기를 바란다.

나는 속편 이야기를 하면서 현대판 황진이 이야기가 될 것 같다고 했다. 황진이가 옛날에만 있는 게 아니다. 요즘 사회에도 제2의, 제3의 황진이가 숱하게 있어 빛을 발하고 있는 것이다. 술을 뒷받침하는 수준 높은 교양과 재치라 할까. 물론 미모와 품위도 갖추고서다.

내가 가장 운치가 있다고 생각하는 것은 제주도 서귀포의 깊은 바다 물속에 우뚝 솟은 외돌괴를 바라보면서 소주 한 병을 마시는 것인데…

살롱 계의 여왕으로 군림한 김봉숙 여사

60년대서 80년대에 걸쳐 서울의 살롱 계에서 가장 뛰어난 마담이 누구냐고 한다면 정치계·언론계 사람들은 만장일치로 김봉숙 여사를 들 것이다. 본명은 김성애. 본명을 아는 사람은 극히 드물다.

80년대 초 국회에서 좀 난폭하기로 이름난 L 의원과 관철동의 '낭만'에서 맥주를 마시다가 2차로 한남동에 있는 '인형의 집'으로 옮겼다. 그때 새롭게 등장한 이른바 오픈 살롱이라고 방이 없이 약간의 차단물을 둔 홀뿐인 살롱이다. 그 집 주인이 나하고는 오랜 구면인 김봉숙 여사. 나는 김 마담이라고 하지 않고 반드시 김봉숙 여사. 김 여사로 호칭하여 존경한다는 뜻을 표하곤 하였다. 그만한 여걸이다.

이 자리 저 자리 옮기며 인사도 하고 재치있는 이야기도 하는 김 여사가 우리 자리로 오자 나는 "김 여사, 이분이 국회에서 그 유명한 L 의원인데 인사하세요" 하였다. 그랬더니 김 여사 L 의원을 한참 멀거니 바라보더니 나에게 이러는 게 아닌가. "남 의원님, 어디 술 마실 분이 없어서 이런 분하고 어울려 다니세요!" 김 여사가 겉으로 표는 전혀 나지 않았지만 약간의 취기가 있었으리라는 짐작이다. L 의원, 얼굴이 붉으락푸르락해지면서 폭발 일보 직전으로 흥분하는 게 아닌가. 나는 김 여사를 쫓아 보내고 L 의원을 술 공격으로 달래었다.

그러다 저만치 보니 문교부 산하 한 기구의 책임자로 있는 P 교수가 여자를 앞히고 혼자 술을 마시고 있는 게 아닌가. 잘 아는 처지이기에 사람을 보내어 우리와 합석하자고 하였다. 그랬더니 뻣뻣한 P 교수 오히려 우리 둘 보고 자기 자리로 오라는 게 아닌가. 나는 말렸지만, L 의원은 무슨 의도인지 P 교수 자리로 갔다. 그리고 한참 후에 돌아와서는 "됐어! 여자가 이 집 호스테스가 아니고 다른 술집의 주인 마담이라는 군." 한다.

며칠 후 국정감사에서 L 의원은 "주지육림에서 사는 P 교수"라며 공격하여 위기일발이었는데 내가 정회를 요청하고 둘 사이를 조정하여 무사히 끝났다.

나는 현장에 없었지만 이런 두 가지 이야기를 믿을만한 사람으로부터 들었다.

정계의 최고급 인사가 80년대 초 계엄령이 삼엄하던 때 나타났다. 정치활동이 금지되었을 때다. 김봉숙 여사 그 명사에게 이렇게 말했다는 것이다. "○○님, 지금이 어느 때인데 이런 데를 오십니까. 만약 여자하고 어울리고 싶다면 저에게 전화를 하실 것이지…"

또 누구나 아는 한때의 실력자가 나타나서 위세를 부렸다. 그러자 김 여사가 면박. "○○ 선생님, 아직도 그 자리에 있는 것으로 착각하세요?"

이야기는 더 신랄하였는데 약간 누그러트렸다. 참 담대한, 아마도 발칙하다고 상대가 생각할 화법이다. 그 구전되는 이야기를 나는 L 의원에 대한 태도를 직접 목격하였기에 모두 사실일 것으로 믿는다. 그리고 김 여사가 보통 여성이 아니구나, 현대판 황진이라고 해도 손색이 없구나 하고 경의를 표하는 것이다.

김봉숙 씨를 처음 만난 것은 68년. 을지로 입구 옛 미 대사관 뒤에 있던 오픈 살롱 '발렌타인'에서이다. 조선일보 논설위원이었던 나는 우연히 갔다가 김 여사의 미모와 세련됨에 놀랐다. 손님도 박정희 대통령 말고는 모두 들렸다는 이야기가 날 정도여서 정일권, 장기영, 김종필, 김택수 씨 등등 … 대한민국 명사록에 나오는 면면들이다.

공화당의 중진 K 의원은 김 여사가 더 젊었을 때 처음 보고는 한국에 이런 미인이 있느냐 하고 놀랐다고 우리에게 이야기를 털어놓았다. 한복을 입은 모습이 아마 경회루와 그 연못에 어울렸을 것이다.

『죽으면 살리라』의 저자인 독립운동가 안이숙 여사의 남동생인 안신규 씨는 민족일보 감사를 지냈다고 옥살이를 했는데, 김 여사는 그 안신규 씨를 오라버니라고 부르며 가끔 초청하여 대접했다. 혁신계 인사인 박진목, 송지영, 윤길중 씨 등도 단골이었는데 특히 청곡 윤길중 씨는 드러내놓고 김 여사에게 구애하였다. 국회부의장 때는 김 여사가 강남에 '황실'을 개점하자 엄청나게 큰 화분에 큰 글자로 '국회부의장 윤길중'이란 띠를 매어서 보냈다. 모두에게 당당히 알리려는 것이다.

김 여사가 더욱 장안의 화제가 된 것은 문학평론가로 이름을 날리는 H 씨가 주간지에 '나의 가출 선언'이라고 기고를 하며 사랑 고백을 하여서이다. 둘은 간통죄로 쇠고랑을 찼고 그 후 결혼을 했으며 1년쯤 후 이혼을 했다는 것은 알만한 사람은 다 아는 이야기다. 그것도 하나의 단편소설 같은 사랑 이야기다.

술집은, 특히 살롱은, 그 가운데서도 오픈 살롱은 주인 마담의 미모, 품위, 재치 등이 중요하다. 마담의 분위기가 그 집 분위기가 되는 것이며, 그 분위기에 끌려 손님들이 모이는 것이다.

미모를 놓고도 여러 가지 표현을 할 수 있다. 우리는 미인이다. 이쁘다. 애교가 있다. 청초하다 등으로 표현하지만, 예를 들어 영어에는 그 표현 방법이 훨씬 많은 것 같다.

김봉숙 여사는 Pretty보다는 Beautiful에 가까운데 보조개가 하나 있어 Charming 하기도 하다 할까. 고향은 진남포 근처라니 여기에도 남남북녀가 해당되는 것일까.

90년대 초 그 김 여사가 행방을 감추었다. '황제' 이후 안 보이는 것이다. 단골 주당들이 궁금해하고 가끔 그녀의 행방을 수소문하는 이야기들을 했다. 살롱의 여왕 소리는 들었지만 돈은 벌지 못한 것으로 알려졌다. 통이 크고 마음씨 좋아 일본어 표현으로 '기마에'가 있다고 하였다. 그래서 돈을 벌었지만 좋아하는 남성의 사업에 꼬라박곤 하였다는 것이다.

행방불명된 지 5년여 지났을까, 드디어 소식이 전해졌다. 소스는 강신옥 변호사. 전부터 법률문제가 있으면 강 변호사에 상의하고 의뢰하고 하였다는데 그때 아마 작은 법률문제가 있었나 보다.

살롱의 여왕은 그동안 신학 공부를 하고 지금은 어엿한 전도사로서 중국 길림성에서 조선족 사회를 상대로 선교사업에 헌신하고 있다 한다. 중국당국이 금지하고 있으나 종교적 열성으로 금압을 무릅쓰고서의 선교다.

가끔 일시 귀국해서는 강 변호사와 친했던 교수를 연락하여 식사 기회를 마련하였다. 그러나 술은 절대 입에 대지 않는다. 기독교윤리에 철저하다.

김 여사에게 돈은 없어도 다른 위안은 있다. 아들이 지금 젊은이들 사이에 한창 뜨고 있는 록가수이다. TV에서는 아직 못 보았으나 대학가 주변에서 K 가수의 포스터를 가끔 본다.

살롱 계의 입지전적 여걸 정복순

관철동 삼일빌딩 뒤쪽에 '반줄'이라는 곳이 있다. 지하는 젊은이를 위한 장소고, 1층은 중년 이상을 위한 양주 대폿집, 2층은 양식부, 3·4층은 고급살롱이라는 완전히 복합적 사교장이다. 그 주인이 정복순 씨, 집 자체의 소유권까지 모든 것의 주인이다. 옥호를 무엇으로 정할까 궁리하다가 다트를 아프리카 지도에 던져보았단다. 그랬더니 다트가 꽂힌 곳이 감비아의 수도 반줄, 그래서 '반줄'이라는 설명이다. 아프리카의 외교 사절들도 이 집을 선호하여 덤도 붙는 셈이다.

내가 살롱이라고 처음 간 곳은 북창동에 있던 '멕시코'다. 60년대 중반, 그다음이 옛날 미 대사관 뒤에 있던 '발렌타인'. 소설가 이병주 씨에 끌려 '멕시코'에 갔었는데 그 집이 살롱으로는 서울서 처음이 아닌가 하는 생각이 든다. 그 주인이 정복순 씨. 빈손으로 출발, 고생 끝에 '살롱' 경영에 이른 입지전적 여걸이라는 소문은 그때부터 있었다.

나는 특히 '반줄' 1층을 즐겨 찾았다. 양주 대폿집 형식이지만 계수남 씨의 생음악도 들려주어 오픈 살롱이라 해도 된다. 왕년의 노 가수가 피아노를 치며 노래를 들려주어 오히려 매우 격조가 높은 집이라 할 수 있다.

정치활동을 못하던 시절의 JP도 애용하였다. 오면 보드카가 순수하다고 보드카만 찾는다. 요즘 김종필 씨의 정치 행태는 마음에 안 든다. 그러나 양주 대폿집, 소주 대폿집에도 나타나는 그의 소탈함에는 정이 간다. 옛날의 박정희 씨는 몰라도 그 후의 거물 정치인 가운데 당당히 대폿집에 가는 또는 갈 수 있는 정치인이 몇이나 있는가 말이다.

한번은 문공부의 정통관료인 박종국 선배와 둘이서 반줄 1층에서 술을 마시고 있는데 현대그룹 총수 정주영 회장이 혼자 와서 계수남 씨의 피아노 대에 앉아 술을 마시며 흥이 나면 마이크를 잡고 대중가요를 부르는 게 아닌가. 1980년대 초엽의 이야기다. 그와 안면이 있어 그를 우리 자리로 초대하였다가 노래자랑을 하기로 합의, 각각 두 곡을 불렀다. 나는 "한국 제일의 재벌 회장이 이런 데를 혼자 올 수 있느냐, 더구나 수행원도 없이…" 하고 의아해했다. 그는 "가끔 오지, 그리고 나가다가 이 앞에 포장마차에서 가락국수에 고춧가루를 풀어서 먹기도 하지." 하며 당연하다는 듯 말한다.

막노동판에서 일했던 그다운 이야기인데 기회를 놓칠세라 나는 이런 충고를 하였다. "전번에도 한 번 말씀드렸지만, 현대그룹도 노동조합을 잘 육성하십시오. 그렇지 않으니 노사분규가 났다 하면 폭동에 가깝지 않습니까." "노동자요? 내가 바로 노동자요. 우리 밖에 나가 누가 쌀가마를 더 잘 지나 시합할까요?" 그의 대답이다.

정복순 마담은 동양 기준으로 복스럽다 할 용모이지 서양 기준의 미인이라 하기는 어렵다. 이름 그대로 복순하다. 그리고 말을 대단히 아낀다. 미소를 지으며 한두 마디씩 거드는데 그러는 것이 오히려 분위기에 맞지 않을까 한다. 그는 사업적으로 대단히 성공하였다. 그와 비견되는, 오히려 더 화제가 되었던 김봉숙 여사와는 좋은 대비가 된다.

일본에서 날린 영화배우 출신 최지희 씨

나림(那林) 이병주 소설가를 좋아하는 사람들이 머리를 잘 써서 북한산 도봉산 입구에 나림의 어록비를 세우는 데 성공하였다. 나림의 기념물인데 북한산 국립공원이기 때문에 불가능한 일이었지만 나림의 글 가운데 북한산 예찬론이 있어 그 어록비를 세운다는 명분으로 돌을 놓은 것이다. 북한산 예찬론은 북한산을 알기 전과 북한산을 안 후의 자기 인생이 달라졌다는 얼마간 과장이 심한 글이다.

제막식에 친했던 송남헌, 박진목 씨와 소설가 한운사 씨가 먼 길을 찾아왔었는데 의외로 최지희 씨가 나타나는 게 아닌가. 하기는 최지희 씨는 서울대학병원 영안실에서 있은 나림의 영결식에도 참석했었다. 경남 하동군의 한 동네 출신이라는 것이다. 그리고 작고하기 전에 나림이 최지희 씨를 모델로 소설을 쓰겠다고 이야기 해왔는데 소설을 보지 못한 게 몹시 서운한 모양, 그 이야기를 아쉬운 표정으로 했다.

1966년부터 1년 반 동안 내가 조선일보 문화부장으로 있을 때 최지희 씨는 '말띠 여대생' 등 영화에 출연한 신진 여배우였다. 영화평 담당 정영일 기자 이야기로는 영화감독이나 제작진이 최 씨를 '고꼬로'라고 별명을 지었다는 것이다. '고꼬로'는 마음(心)의 일본어인데 아마 지킬 것 잘 안 지켜 제작진의 속을 썩인 것 같다. 속이 탈 때마다 "아이고, 고꼬로"라고 했을 듯하다.

70년대 초 일본을 자주 드나들었을 때 아까사까 미쓰께(赤坂見付)에 있는 '지희 살롱'에 많이 들렀다. 대부분의 한국 정치인·언론인들은 긴자(銀座)에 있던바 '센(千)'과 '지희 살롱'이 단골이었던 것이다. '센' 바는 지난날의 재무장관 천병규 씨가 한국은행의 동경지점장으로 있을 때 신세를 진 여성이 감사의 뜻으로 '센'이라는 이름을 붙였다는 것이다.

2층에 있던 '지희 살롱'에 들어가면 스크린에 젊은 날의 최지희 씨가 큼직하게 나타난다. 눈도 크고, 코도 크고, 몸도 크고. … 모든 게 시원시원하게 큼직한 미인이다. 특히 코는 약간 스키코랄 만큼 높다. '고꼬로' 이야기 등 배우 시절 이야기를 했더니 서로가 바로 구면처럼 되었다.

한번은 조총련의 쟁쟁한 간부가 우리가 일본 언론 간부와 술을 마시는 데 따라붙어 애를 먹었다. '센'에서 따라붙는 것 같아 '지희 살롱'으로 옮기니 즉각 이동해 온다.

자주 가다 보니 최지희 씨가 다른 가게에 가서 한잔 사겠단다. 서울신문 사장을 지낸 이우세, 일본에 있는 통일일보 사장을 지낸 이승목 씨 등 일행이 5명쯤이었는데 나에게 바가지 쓰려 하지 말라고 말하며 하나씩 모두 꽁무니를 뺐다. 나는 영화관에서 최지희 씨가 '기마에'(일본 말로 통이 크다는 뜻) 좋기로 유명하다는 것을 알고 있었기에 괜찮다고 해도 막무가내다. 결국 최지희 씨 일행 여성 5명과 나만 달랑 록본기(六番木)에 있는 한국 여성 경성 살롱에 가서 늦게까지 마셨다.

그다음에는 멀리 가지 말고 가까이 있는 역시 한국 여성 경영 '살롱'에서 한턱내겠단다. 이번에는 아무도 내빼지 않아 흥겹게 술을 마실 수 있었다. 자기 가게가 아닌 다른 가게에 가니 최지희 씨는 참 신나게 놀아댄다. 과장을 섞어 말하면 영화에서 리타 하이워드가 춤을 추는 모습을 눈앞에 다시 보는 것 같았다.

서울에 돌아온 최지희 씨는 신문에도 가끔 기삿거리가 되었다. 자니윤과 염문도 뿌리고 다녔다. 그리고 서울서도 '지희 살롱'을 경영해서 몇 번 가 보았으나 그 후로는 주머니 사정도 그렇고 하여 자주 못 갔다.

지희 씨는 엑조틱한 서양적인 미인형이다. 마침 '말띠 여대생'에 출연하기도 하였지만 몸매가 커서 한국 사람들 일반 기준으로는 팔자가 드세다는 소리를 들을 수 있겠다.

그러나 그녀는, '고꼬로'는, '기마에' 있는 화끈한 여성이다.

'낭만'과 '사슴'의 상징 미스 리

서울에서 지식산업에 종사하는 샐러리맨 치고 맥주 홀 '낭만'이나, '사슴'을 모른다면 좀 뒤떨어졌다 할 만 했다. 농협 서울지부 건너편의 뒷골목(그러니까 서린동일 것이다)에서 '낭만'이 번창할 때 언론인, 문인, 예술인, 교수, 법조인, 정치인들이 항상 가득 메웠었다. 독일 뮌헨의 맥주 축제 기사를 읽을 일이 있는데 '낭만'은 항상 소규모의 맥주 축제 같았다. 더구나 2층까지 있어 2층에서 아래를 내려다보면 시끌시끌한 장관이다. 절대 앉지를 않고 서서만 심부름하는 아가씨들도 젊고 청초한 용모를 기준으로 선발한 듯 신선한 느낌이었다. 그 가운데서 단연 뛰어난 여성이 누구나 그렇게만 부르는 미스 리. 나중에 알았지만 본명은 이인숙이다.

문학 출판사 '민음사'도 근처에 있어 박맹호 사장은 고은 시인, 신경림 시인, 유종호 교수 등 문단의 패거리들과 거의 매일 진을 치다시피 하였다.

이어령 교수는 박맹호 사장과 서울문리대 동기. 하기는 따지자면 나도 문리대 의예과로 문리대 동기인 셈. 여하간 그렇게 서넛이 어울려서 맥주를 마시는 데 이어령 교수가 미스 리를 한참 바라보더니 '고향을 생각하게 하는 여인'이라고 타이틀을 주는 게 아닌가. 이 교수의 재치나 조어 능력(造語能力)이 뛰어나다는 것은 세상이 다 아는 일. '미로의 비너스'가 아니라 이 '고향을 생각하게 하는 여인'이란 일종의 작품명 부여에 우리는 모두 수긍을 했다. 청초하고 조용한 한국적 미인, 그러면서도 소박한 느낌도 있어 고향에 두고 온 처녀를 연상시킨다.

그것이 계기가 되어 미스 리의 고향을 묻게 되었는데 이게 웬일인가. 이어령 교수와 같은 충남 아산이 아닌가. 감각적인 느낌과 지리적인 사실이 일치한 데 우리는 또다시 놀라고, 이어령 교수의 신통력(?)을 찬탄하였다.

그 무렵이 최인호의 소설 '별들의 고향'이 히트를 칠 때이다. 곧 영화로도 되었지만 그 소설은 구식표현으로 공전(空前)의 베스트셀러, 또는 낙양의 지가를 올린 소설이었다. 다 아는 바와 같이 맥줏집 아가씨(요즘은 언니라고 호칭한다)들에 관한 이야기.

사법 파동 때의 일이다. 그 주역이라 할 홍성우 판사를 나의 고교동창인 김덕주 부장판사(나중에 대법원장)가 데리고 와 여러 가지로 이야기를 나눈다. 나도 다 아는 처지기에 합류했는데 감정이 격해진 홍 판사가 술에 인사불성으로 만취, 몇 사람이 떼메다시피 하여 차에 태웠다.

우리나라에서 간암에 관한 한 첫손가락에 꼽히는 간 박사 김정용 씨도 대단한 단골이다. 술이 간에 해롭지 않다는 것을 시위(?)라도 하려는 듯하다. 의예과 1년 선배인 나에게는 "위스키. 소주, 아니면 맥주를 마시지 오래 저장하는 청주 등 다른 술에는 방부제가 많아 간에 해로우니 마시지 말라."고 충고한다.

'낭만'에는 미스 리를 선두로 미스 최, 미스 고의 트리오가 있었는데 이 트리오가 딴 가게를 차렸다. 민음사 박맹호 사장의 호의로 그의 건물 1층에 '사슴'을 분가한 것(옥호는 송지영 씨의 작명이다). '낭만'은 그 업(옛날 표현)이 빠진 셈이다. '낭만'의 생명력이나 정신은 미스 리에 있던 것이 아닌가. 그 후 '낭만'엔 가지 않았지만 시들해진 것으로 전해진다.

'사슴'의 내부 장식을 하는데 일주일쯤 공백이 있어 단골들이 트리오를 접대하였다. 나도 술을 사주었는데 미스 리는 시골에서 고생을 하다 서울에 왔고, 서울서도 살림을 책임지고 있어 어깨가 무겁다는 것을 알았다. 윤정모 소설가가 어디에 쓴 것을 보니까 그녀도 초년에 한때 맥주홀에 나갔는데 틈틈이 상 위에 있는 땅콩을 요령껏 집어 먹었다고 털어놓고 있다. 미스 리는 술도 세서 휴무일 때는 배갈 다섯 도꾸리(일본말)를 한꺼번에 시켜놓고 모두 마신다나. 나보다 강하면 강했지 약하지 않은 것 같다.

'사슴'에서의 단골 제1호는 서울대학의 이수성 교수(나중에 서울대 총장, 국무총리). 동성동본이라고 오빠 동생 하면서 거의 개근이다시피 한다. 이 교수가 교수들이 선출하는 총장이 된 것도 그런 정지작업이 있어서일 것이다.

나는 원로 소설가 장덕조 여사와 친해서 그분을 모시고 한두 번 같이 간 적이 있다. 장 여사도 멋쟁이여서 술이 들어가면 '아! 으악새 슬피 우니…'를 되풀이 되풀이 부르신다.

그 무렵 멋쟁이 소설가 이병주 씨가 중진 여배우 최은희 씨와 나타나 코냑을 시켜놓고 마시는 영화 같은 장면도 있었다. 이 씨의 소설 「낙엽」을 최은희 씨가 무대에 올리는 타합이었다는데 한두 주일 후 최 씨는 홍콩에서 잠적하고, 이 씨는 그 이야기도 기민하게 작품화했다.

'그리고,'의 미스 동은 미스 리가 눈, 코, 입, 귀 하나하나 뜯어보면 잘생기지 않았는데 모두를 종합하여 전체로 보면 우아한 모습이라고 여인다운 평을 한다. 그리고 미스 리는 달변이 아니다. 필요한 이야기만 순박하게 한다. 그런데도 분위기는 백 점 만점이다. 이 분위기를 만드는 재주, 대단한 게 아닌가. 분위기는 실내 장식, 음식, 술값, 언니들의 선발, 말하는 태도, 손님의 품질관리 등등 여러 가지가 종합되어 만들어진다. 그러니 맥줏집이나 살롱 등에서 성공한 마담들은 유능한 경영인이라 할 수 있다.

'사슴' 시대가 5년쯤 갔을까, 그다음은 충무로 끝편에서 '벤허'라는 지하 맥주 홀을 경영하였다. 분위기 좋은 술집 잘 찾기로 이름난 중앙일보의 손기상 문화부장 등이 개근파였다.

그러나 전하는 바로는 남편의 사업이 실패하여 미스 리도 그 피해를 입고 맥주 홀 전성시대도 한 15년 만에 막을 내렸다.

그때 모여들었던 김학준 교수, 이만익 화가, 박현채 교수 추종자들, 서울의대 이영우 교수 등등 지금은 어디를 제2의 '낭만' '사슴'으로 삼고 있는지 궁금하다.

미스 리 트리오에 끼지는 못했지만 낭만 시대 언니 미스 동 이야기를 덧붙여야겠다. 미스 동, 그러니까 동 마담은 지금 인사동 신라약국 옆에서 카페 '그리고,'를 경영하고 있다. 현화랑이 전업한 것인데 '그리고,'의 그 콤마(,)가 재미있단다.

이른바 63세대의 집합 장소이기도 하다. 김도현, 유광언 패들을 자주 만난다. 민주노동당수 권영길 패도 얼굴을 내밀고 63세대의 대표는 김중태였다. 그런데 이 김중태가 약간 빗나가 『원효요결』이라는 예언서를 썼고 출판기념회를 세종홀에서 하고는 63세대끼리의 뒤풀이를 '그리고,'에서 계속했다. 나와는 '그리고,' 에서 마주쳤다. 나도 잘 알지만, 예언서라는데 마음이 안 들어 세종홀에는 안 갔던 것이다.

63세대 말고 '그리고,'에는 6·25전란 중 평양에 가서 북한 각료인 이승엽을 만나기도 했던 박진목, 우사(尤史) 김규식 박사의 민자련(民族自主聯盟)의 비서처장을 했던 송남헌 씨 등 노장들도 출입한다. 송지영 씨가 미스 동이 서예 감식도 한다고 귀여워한 후 별세하고 나니 한 살쯤 아래인 박진목 씨가 대를 이어(?) 동 마담을 귀여워한다. 풍류가 있다 할 것이다.

놀라운 것은 '그리고,'에 방용구 전 국제대학장이 가끔 나타난다는 일이다. 사건이다. 영문학자인 방 선생은 나보다 고등학교 20년 선배이다. 그러니 구제 중학교가 5년제인 것을 고려에 넣어 아무리 줄잡는다 해도 86세는 넘었을 것이다. 그런데 카페 출입을 한다니 복도 많은 분이다. 내가 술을 마시고 있었더니 칸막이 뒤에서 목소리를 알아듣고 동 마담을 통해 나를 호출한다. 하기는 송남헌, 박진목 씨도 80대 중반이다.

'낭만' 전성기 이후 30년이 지나서까지 이어지는 이야기들이다.

논설위원들을 잘 다룬 최경자 씨

무교동의 체육회관 옆 골목을 지나다 보니 조그마한 맥줏집이 새로

문을 열었다. 이름하여 재미있게도 '자자'. 카운터와 간이테이블 둘을 포함하여 10명쯤이면 꽉 찰 그런 미니 비어홀이다. 주인은 숙명여대 국문과를 졸업하고 결혼생활 1, 2년에 이혼한 최경자 씨. 무료한 시간도 보낼 겸 잘하면 마땅한 남편감도 만날 겸 그래서 시작한 맥줏집 같다. 전남편은 상당한 부잣집 아들로 대학 때 만났다는 이야기.

당장 같은 조선일보 논설위원인 조석송, 김성두 씨를 데리고 갔다. 그런데 기하급수적이라는 것이 그런 걸까. 며칠 안에 자자는 조선일보, 동아일보, 한국일보, 중앙일보 논설위원들의 소굴이 되었다. 동아일보는 김성두 씨가 이갑섭 씨를 끈 것 같고 그래서 홍승면 씨도 손님이 되었다. 중앙일보는 조덕송 씨가 신상초 씨를, 한국일보는 김성두 씨가 김정태 씨를 각각 소개하여 박동운 씨 등이 따라오게 되었다.

그리고 나와는 전혀 관계없이 헌법학자인 갈봉근 교수가 새끼를 치기 시작하여 한태연 씨 등 학자들이 줄을 잇게 되었다. 결국 '자자'에는 나의 산맥과 갈 교수 산맥이란 양대 산맥이 있게 되었으며 최경자 씨는 둘을 각각 회장이라고 호칭하였다.

거기에 별동대로 사상계의 편집장이던 황활원 씨가 끼고. 아마 그 연줄 같은데 중앙정보부 정홍진 국장이 나타나게 되었다.

좁은 자자는 항상 이들로 활기를 띠었다. 부산 출신인 최경자 씨는 "그랬다 아닙니까" "그렇다 아이가" 등 사투리를 써가면서 이들 먹물들을 잘 다루었다. 통통하니 이쁘장한 최 씨의 애교에 모두 흡족해했다. 값도 대단히 헐했으니 더욱 출입이 잦게 되었다.

최 씨는 국문과 출신답게 시조나 시의 구절을 적절히 활용한다.

"청산리 벽계수야 쉬이 감을 자랑 말라" "가노라 삼각산아 다시 보자

한강수야" "그렇다 아닙니꺼." "구름에 달가듯이 가는 나그네" "하늘을 우러러 한 점 부끄러움 없이" "파도여 어쩌란 말이냐, 파도여 어쩌란 말이냐" "그렇다는 것 아이가" 그런 식의 대화를 가끔 끼워 넣어 분위기를 이끌어간다.

달변인 조덕송 씨도, 독설가인 신상초 씨도, 짓궂은 김정태 씨도 모두 얌전한 손님이 되어 맥주를 팔아주는 것이다. 아마 각사 논설위원들의 더할 데 없는 집합 장소였을 것이다.

한번은 최석채 주필이 조선일보 논설위원실의 야유회를 정하고 누군가가 비호적주의(非戶籍主義)를 주장하여 관철시켰다. 조덕송, 김성두 둘 중 한 사람이었을 것이다. 야유회 날 혼자 터덜터덜 나타났더니 나의 파트너로 최경자 씨가 와 있는 게 아닌가. 비호적주의이니까 회장님은 자기가 모셔야 한다는 논리인데 아마 조, 김 두 사람이 강권했을 것이다.

그렇게 유쾌하게 1년 이상을 출입하였다. 하루는 친구들이 많이 있는 가운데 약간 주기가 오른 최경자 씨가 "진남포 왔는교" 하고 나를 놀려댄다. 모두 깔깔댄다. 나중에 설명을 들으니 진짜로 남 선생은 임포라는 뜻으로 줄여서 진남포 했다는 것이다.

정홍진 씨는 이후락 중앙정보부장의 평양방문 선발대로 북한에 갔던 북한 전문가다. 공석이든 사석이든 그를 만나면 "어이, 임포!"라고 하여 나를 호명해서 애먹인다. 그래서 나도 그를 보기만 하면 "어이, 임포!" 해버린다. 해명할 책임은 그렇게 불림을 당한 쪽이기에 먼저 말한 쪽이 이기는 게임인 것이다. 30년 가까이 지난 요즘 정 씨를 만나면 서로 그때가 재미있었다고 회고하곤 한다. 정 씨는 요즘 강서케이블 텔레비전사무실에 나온다.

'자자' 2년쯤에 최경자 씨는 소원성취하여 결혼을 했다. 서강대학의 이상우 교수는 나의 대학 후배인데 모처럼 만나니 최경자 씨를 아느냐고 한다. 그의 친구가 결혼하여 집에 초청받고 가 보니 신부가 내 이야기를 하더란다. 신랑 앞에서 말이다. 중요한 회장님이었으니 그럴 법도 하다.

옛날이야기는 대개 "그 후 그들은 아들딸 낳고 잘 살았다는 거야"로 끝난다. 최경자 씨의 경우도 그렇다. 얼마 전 아들의 결혼 청첩장을 보내왔다. 꼭 가 보아야 하는데 부득이한 일로 못 갔다. 미안 미안하다고 말을 전하고 싶다.

대학물에 총명했던 채기정 여사

대학'물'을 먹었다고 한다. 이 '물'을 먹었다는 말이 새삼 뜻있게 생각된다. 대학을 다녔다는 것은 거기서 공부하였다는 뜻만 아니다. 대학에서 동료들과 어울렸고 그 분위기를 맛보았다는 것도 중요하다. 사람의 성장에 있어서 이 동료 또는 친구(peer)와의 어울림을 사회학자들은 매우 중요시한다.

내가 쓰는 '현대판 황진이'에 있어서 채기정 여사는 이화여자대학 교육학과를 다녔다는 점에서 대학물을 먹은 드문 경우이다. 몇 년 동안을 다녔는지는 굳이 물어보지 않았는데 다닌 것만은 틀림없어 그런 분위기가 물씬하다. 매우 똑똑하다. 이지적이고 세련되어 있다. 가냘픈 편으로 평균의 미모를 약간 웃도는 정도이나 한복보다는 양장이 어울리는 서구화된 여성상이다.

처음 만난 것은 그가 경영하는 무교동의 다방 '그린필드'에서이다. 마침 내가 다니던 서울신문에서 가까워 점심을 동료들과 함께하고는 들리곤 하였다. 그러면 으레 가까이 있는 동아일보 패들과 만나게 된다. 동아일보에서는 권오기 주필을 비롯하여 대거 모여들어 서울신문의 세가 항상 눌리었다. 채 여사는 이들 신문 기자들 사이에서 재치있는 대화와 이지적인 표정으로 인기를 끌었다. 요즘 린다 김의 안경이 신문에 화제가 되기도 하였지만 채 여사도 영화배우들에 어울리는 안경을 선택해 멋지게 쓸 줄 알았다.

따지고 보면 이른바 장사에 종사하는 사람들은 그것이 물장사이든 영화배우든 모두 자기의 미를 상품화한다고 할 수 있다. 미모를 그냥 썩히기는 아깝고 어떻게 하면 최대의 효과를 얻을 것인가를 생각하여 때로는 배우가 되고, 때로는 로비스트가 되고, 때로는 물장사를 하고 하는 것이다. 남자도 마찬가지. 결국 자기의 재능을 상품화 또는 상업화하는 게 아닌가.

채 여사는 '그린필드' 후에 관철동에서 '청윤(靑輪)'이라는 비어홀을 열었다. 청윤이 아니고 청륜이라고 해야 한다고들 하여도 고유명사니까 관계없다며 굳이 '청윤'을 고집하였다. 불교 냄새가 난다고 생각할 것이다. 그렇다. 그는 대학 때까지 기독교였으나 나이가 들면서 불교로 개종하여 비교적 열심히 절을 다니고 있으며 청윤의 륜자도 불교서 딴듯했다.

채기정이라는 이름도 그런 관계인 것 같은데 기정(箕井)이라는 글자가 기자의 우물이라는 뜻도 되어 외우기가 쉬운 것이다. 그 비어홀에 역시 동아일보 식구들이 주된 손님이었다. 권오기 씨 등 편집국 패들은 물론이고 백인수 화백 등과 가끔은 김병관 당시 전무(지금은 회장)도 왔다. 김병관 씨는 용모가 나와 비슷한 모양이어서 가끔 술집 여자들이 혼동하는 경우가 있다. 그래서 그런 뜻에서 술이나 한잔하자고 한 적도 있다. 하기야 문교부 장관을 지낸 문홍주 씨도 마찬가지. 술집에서 형제간이냐는 이야기를 많이 들었다. 동아일보 편집국장과 주필을 지낸 홍승면 씨는 맛 기행을 연재하기도 하는 식도락가인데 채 여사가 함경도 출신인 것을 알자 바로 가자미식해를 부탁한다. 동아일보 이야기가 난 김에 더 이야기하면 채 여사가 여러 가지로 너무 세련되어 있어 일민(一民) 김상만 회장이 집에서 큰 파티를 할 때는 호스테스의 총감독으로 채 여사를 초청해 가기도 했다는 것이다.

대학물을 먹어서 똑똑한 데다가 손님들이 쟁쟁한 신문사 사람들(때로는 박필수 장관 등 관계 인물도 왔다)이니까 거기서 보고 듣는 것이 모두 산교육이 되어 더욱 총명해지는 것이다.

이런 식이다. 한번은 겨울에 술을 마시고 있는데 눈이 엄청 많이 쏟아졌다. 그랬더니 그는 "이럴 때는 통금시간을 늦추는 게 순리인데…" 하는 게 아닌가. 과연 좀 있다 방송에서 통금을 늦춘다는 발표가 나왔다.

비어홀을 하던 채 여사는 살롱으로 발전하였다. 오장동에 같은 '청윤'이라는 이름으로 문을 열었는데 역시 동아일보 사람들이 주력이고 나는 김종인 박사와 자주 갔다. 민음사 박맹호 사장과도 어울렸다. 살롱을 하니 주인 마담도 손님의 청을 받아 노래를 부르지 않을 수 없다. 그럴 때면 그는 '눈이 나리네'를 특히 좋아했고 '어쩌다 생각이 나겠지'를 잘 불렀다. 그렁저렁 수준급이었다.

채 여사는 그 후 장사가 잘 안되어 강남의 살롱에 동업 마담으로 전전하다가 결국은 미국이민을 떠나고 말았는데, 그래도 끝까지 손님으로 따라다닌 것은 신문 기자들이었다. 역시 말 상대가 되어서이다. 세상 물정이나 시사 문제에 탁 틔어 어떤 화제가 나와도 자연스레 어울릴 수 있었다.

술 실력도 만만치 않았다. 작심하고 마실 때는 양주를 고집하는데 한 병쯤에는 취한 기색도 보이지 않는다. 눈이 애교가 있고 또 스스로 자기는 "눈으로 말한다"고 자주 말해왔었는데 서울의 나이 든 언론인들 많이는 지금도 비어홀 같은 데서 채 여사를 보기 원할 것이다.

월전(月田) 그림의 여인 같은 신수정 씨

종로구청 앞에, 그러니까 전날의 수송국민학교 앞에, '장원'이라는 유명한 한정식집이 있었다. 마침 위치도 중앙청과 가깝고(과천 청사가 생기기 전이다) 국회(조선일보 옆에 있었다)나 신문사들과도 가까워 질이 좋은 손님들이 많이 모였다. 한옥을 잇대어 사들여 연결했기에 방도 많았다.

거기에다가 한국에서는 가장 솜씨 좋다는 전남 음식이다. 광주를 중심한 전남 음식이 팔도에서 가장 맛이 있다고 단언할 수 있다. 그것은 대지주 생활의 유산이다. 전국에서 논이 제일 넓은 곳은 전남이고, 따라서 대지주 제도가 가장 굳건히 자리 잡았다. 반면 소작인도 가장 많아 빈부격차가 심했지만 말이다. 그 대지주들이 차려 먹은 음식들이 지금의 전남 음식으로 남아 있는 것이다. 그다음이 역시 논이 넓어 지주 제도가 발달한 전북. 전주 음식을 쳐준다.

다른 곳의 음식은 떨어진다. 내 고향 충청도는 특색이 없고, 경상도는 대지주는 별로 없고 자영 농민만 많았기에 음식 사치가 없이 더운 지방이니까 맵고 짜기만 하고, 이북은 본래 척박한 지방이니까 평안도의 냉면과 빈대떡, 함경도의 가자미식해와 순대를 내세울 수 있을 정도다.

장원의 음식은 그 전남 음식의 모범이니까 맛이 있을 수밖에 없고 게다가 더하여 주인인 주 여사가 대단한 인물이다. 독실한 기독교도여서 일요일은 꼭 주일이라고 영업을 쉴 뿐만 아니라(아마 권사일 것이다) 50명쯤은 충분히 될 아가씨들(20대 초 처녀들로 요즘은 언니라고 부르는 게 유행이다)의 행동거지 단속에도 철저하여 '엠피'(MP=헌병)라고 불리고 있다. 엠피 마담으로 통한다.

주 여사는 일제 말에 광주에서 정통 기생으로 있었다 한다. 그때의 기생은 노래, 악기, 춤, 법도 등 모두를 특별히 배운 말하자면 예인(藝人)이다. 일본에서는 게이샤(藝者)라고 하는데 부합되는 호칭이다. 그 당시 일본 고등문관시험에 합격하여 전남의 강진군수 등을 지낸 청곡(靑谷) 윤길중 씨가 주 여사를 그때 이미 알고 지냈다고 한다.

그때의 한국인 군수는 20대 초반도 많았다. 전에 홍익대 총장을 지낸 이항녕 씨가 고문(高文)을 합격하여 약관의 군수가 되어 부임하니 역에 마중 나와 있던 기관장들이 "아버님은 어디 계시니" 하고 묻더라는 유명한 에피소드도 있다. 그러나 그것은 식민정책의 간판이고 한국인 군수 뒤에는 진짜 실력자인 일본인 경찰서장이 있었다.

주 여사는 참 훌륭한 분이다. 종업원 아가씨들을 엄선하여 뽑았겠지만, 풍기단속도 엄하게 하고 적당한 시기가 되면 하나씩 한정식집을 분가를 시켜준다. '목련'은 신정로 파출소 뒤에 있었고, '늘 만나'는 조계사 옆에 있었고… 그렇게 독립을 시켜준 여성이 열 명이 넘는다는 것이다.

주 여사는 다른 사정으로 장원을 팔고 사직공원 옆 필운동 쪽에서 '향원'이라는 한정식집을 다시 문 열었다(사직공원 앞에 '장원'이라는 밥집이 있는데 소문으로는 주 여사에게 명의사용을 허락받고 한다고 한다). 거기서 만난 여인이 신수정 씨다. 유명한 피아니스트 신수정 씨는 나와 같은 청주 출신으로 특별히 관심을 갖고 있는데 같은 이름인 신수정이니 화제가 될 수밖에.

신수정 씨는 영업규칙대로 물론 항상 한복이지만 한복이 어울린다. 키는 약간 작은듯한데 인상은 월전(月田) 장우성 화백의 그림에 나오는 여인과 같다. 미인이라면 과찬이 되겠고 전형적 한국 여성의 용모로 분위기가 회화적이다.

향원은 얼마 후 근처로 이사했다. 사직공원에서 가깝지만 거기서 신문로 파출소 쪽으로 뚫린 언덕길의 사직공원 쪽이다. 지금은 성곡(省谷) 기념관이 된 김성곤 씨 집 아래라는 설명이 나이 든 사람들에게는 쉬울 것이다. 지금도 서울에서 손꼽는 한정식집으로 소문이 나 있다.

신수정 씨는 그리로 옮긴 지 얼마 안 있어 독립하게 된다. 주 여사는 "얘가 새로 밥집을 내니 많이 팔아 주시오. 이제 마지막이요." 한정식집 분가 마지막이라는 이야기이다. 그래서 서울교육위원회 건너편 골목 아래에 있는 '수정'을 열심히 다녔다. 그러던 중 향원에 갔더니 주 여사가 "내가 팔아주라고 했다고 그 집만 가면 쓰간" 한다.

새로 시작한 '수정'은 금방 향원과 비견되는 명소가 되었다. 특히 정치인들이 선호하였다. 아마 그 전남 음식의 맛 때문일 것이다. 장원이

나 향원과 마찬가지 이치에서다. 그리고 신수정 씨가 만들어 내는 동양
화적 안정된 분위기 때문도 있을 것이다.

신수정 씨는 목포 출신이다. 그래서 신안 출신의 강서 대기업가 우경
선 씨를 일부러 안내하기도 하였다. 그러던 중 목포 출신의 야당 당수

우경선 신안건설산업주식회사 대표님께서는 남재희 전 장관님을 꾸준히 도와주셨다.(지현경
박사 · 우경선 회장 · 남재희 전 장관-강서구 강서로 287번지 호경빌딩 옥상 하늘정원 2022.10. 18)

김대중 씨가 그 집을 단골로 삼게 되었다. 한번은 김상현, 이종찬 등 정
치인들과 1층에서 술을 마시고 있으니 2층에 후광(後廣 · 김대중 씨 아호) 선
생이 왔단다. 김상현 씨는 당수에 대한 예의상 인사 간다고 하며 갔다
가 바로 돌아왔다. 그리고 이종찬 씨가 불려 올라갔다. 그때 아마 한 시
간 이상 있었을 것이다. 대통령 선거 과정 때부터의 중용을 짐작케 하
는 일이다.

향원이나 수정이나에 공통된 전남 음식 가운데 내가 좋아하는 것은
전라도의 돌김과 이른바 삼합이다. 그리고 전라도의 유명한 젓갈들이
다. 돌김은 양식 김이 아니고 바위에 붙은 자연 김. 삼합은 홍어 작은
토막을 돼지고기와 긴 배추김치와 합쳐서 먹는 것으로 셋을 합쳤다 해

서 삼합이다. 맛이 괜찮다. 특히 긴 배추김치를 찢어서 합치는 것이 중요하다.

내가 잘 가는 빈대떡집에 교보빌딩 뒤의 '경원집'이 있다. 빈대떡도 좋지만, 알이 작은 어리굴젓과 잔 조개로 끓인 국이 일품이다. 거기서 나는 내식대로 삼합을 먹는다. 빈대떡에 어리굴젓과 간장에 살짝 담갔던 양파의 삼합인데 맛이 기막히다. 비결은 어리굴젓이 크면 안 되고 잘아야만 되는 것이다. 김종필 씨와 함께 가서 안 사실이지만 경원집이 부여사람이니 충청도 삼합이라 해둘까.

김대중 씨가 대통령에 당선되니 신수정 씨와 수정은 매스미디어의 각광을 받게 되었다. 신수정 씨는 텔레비전 인터뷰의 대상이 되었다. 한번은 우연히 TV를 보니 신수정 씨가 김 대통령이 수정에 다니던 이야기, 영국에 가 있을 때 포를 포함한 마른안주 등을 보내준 이야기들을 한다.

나는 정치를 그만둔 후 수정을 거의 못 갔다. 후원회비도 없는 터에 그 비용을 감당할 수가 없어서이다. 요정이 아닌 밥집이지만 그래도 나에게는 부담이 크다. 한번은 친구 초청으로 모처럼 갔더니 토하젓하고 누룽지를 선물로 준다. 토하젓은 전남의 민물서 나는 거무스름한 작은 새우의 젓갈. 흙토자, 새우 하자해서 토하이다. 밥을 비벼 먹으면 좋다. 누룽지는 담양 죽세공 바구니에 담은 것으로 별미로 눋은밥으로 먹으라는 것.

요즘 들으니 신수정 씨가 정치인들과 골프장에도 자주 나가고 실력도 대단하여 최고급인 싱글이라는 것이다. 장사가 잘된다는 이야기이다. 김대중 씨의 후광이 있으니 더욱 그럴 것이다.

그런데, 그런데, 그림이 잘 맞지 않는다. 월전 장우성 화백 그림에 나오는 여인 같다 하지 않았는가. 그 여인이 양장을 하고 골프채를 휘두른다…. 성춘향이 양장하고 골프장에서 골프채를 휘두르는 모습을 상상해 보라. 나는 평생 골프를 친 적이 없다. 골프 반대가 아니다. 어떻든 바빠서이다. 신수정 씨의 동양화 이미지가 언제 어떻게 다시 조화될 것인지는 알 수가 없다.

장래가 기대되는 '천년'의 이기와 시인

《강서문학》에서 이기와 시인의 시를 읽을 때마다 약간씩 놀란다. 예를 들어 「오래된 골목의 내력」을 보자.

"찢어진 주머니 같은 사내의 입에서
침이 튈 때마다 잇따르는 처절한 여인의 울음
으아악 으악, 으아악 으악
후덥지근한 저녁 한때,
더부룩한 뱃속의 포만함을 깨우는,
냅다 발길질 당한 음료수 캔처럼
요란하게 굴러다니는 골목의 비명소리
……
…… 산 9번지 허름한 골목
지난날 내 할머니와 내 어머니가

혼신을 다해 삶을 내둘렀던 마당
그렇게 화려하게 피멍 든 격정의 무대에 올라
신명 나게 난투의 춤을 추고 있는
저 한 쌍의 고삐 풀린 새파란 몸뚱이들
......"

야수파 그림을 보는 것처럼, 현대의 원시 화풍 그림을 대하는 것처럼
이 시인의 시를 읽을 때마다 놀라움이 있다.

강서문인협회 이은승 회장의 안내로 이 시인이 경영하고 있는 화곡
1동 복개천의 민속 술집에 갔다. '천년 묵은 고독' 얼핏 마르께쓰의 『백
년 묵은 고독』에서 딴 것이 아닌가 생각되었다. 입구에 있는 「어머니와
광주리」라는 시화.

"넝마 같은 바람이
휘몰아치는 날에도
어머니 광주리 가득
......
그때마다 광주리 한 귀퉁이에
나도 얹혀 내다 팔리고 싶었다.
정녕 그렇게라도 해
어머니 머리에 인 가장 큰 짐을
덜어 드리고 싶었다"

너무 강렬하다. 거기에 못 박힌 채 대여섯 번 계속해 읽었다. 그림도 이 시인이 그린 것이라나.

그리고 내려가면 「천년 묵은 고독」이란 시의 한 구절이 적혀 있어 옥호의 내력을 설명한다.

"어느 날 잠에서 문득 깨 백 년, 천 년 전
고독과 함께 우두커니 앉아 있는 게…
그때마다 까닭 없이 무너지는 게…
당신만은 아니에요."

나는 시에는 문외한이다. 따라서 이 시인의 시를 평가하고 싶지는 않다. 다만 일본의 시인 이시가와 다꾸보꾸(石川啄木)가 생각나 이시가와의 시집을 이 시인에게 선물했다. "일을 해도 일을 해도 내 살림 편할 날 없네. 한참 동안 말없이 손을 바라본다." "어리광으로 어머니를 등에 업고 그 너무 가벼움에 눈물이 앞서 세 발을 못 띠어 놓으네" 등 그런 가난한 서민 생활의 묘사이다.

이 시인은 지금 대학원에 다니고 있다. 일하며 공부하며 바쁜 생활이다. 앞으로 문인으로 크게 대성할 것으로 기대한다. 대성해야만 하리라고 생각한다.

강서에서도 좋은 대폿집을 발견하여 요즘 이은승 회장, 서서울신문 박성철 사장 등과 자주 간다. 그러면 지역유지 유인만 사장, 이 시인 고교 은사인 이정환 선생 등 좋은 분들도 만날 수 있고 가끔이지만 유명한 조각가 김경화 교수도 마주치게 된다.

요즘 『로마인 이야기』로 베스트셀러가 된 시오노 나나미(塩野七生)의 『나의 친구 마키아벨리』를 양성우 시인이 추천하여 읽어보니 관직을 중도에 퇴직당한 마키아벨리는 동네 사람이 모이는 곳에 하루 한 번씩 가서 잡담도 하고 가벼운 노름도 하며 시간을 보냈다고 한다. 그러는 것이 "머릿속에 곰팡이가 슬지 않게" 하기 위함이었다. 말하자면 치매 방지란 이야기인데 요즘 신문에 보니 적당히 술을 마시는 게 치매 방지에 좋다는 연구 결과가 나왔다는 것이다.

이 시인도 격려할 겸 술도 마실 겸 '천년'은 나의 단골이다.

당대의 여왕봉 전옥숙 회장

한때 마르크시즘을 갖고 고민했던, 그리고 벗어난 사람들이 인간의 깊이가 있고 인생의 멋이 있는 것 같다. 그런 사람이 많다는 것이다. 그렇다고 그렇지 않은 사람은 깊이나 멋이 없다는 이야기는 전혀 아니다. 내가 잘 아는 주변의 인물들 가운데 이영근 씨와 이병주 씨를 꼽을 수 있다. 창정(蒼丁) 이영근 씨는 해방 무렵 여운형 씨를 따랐고 그 후 조봉암 초대 농림부 장관의 사실상의 비서실장을 했으며 일본에 망명해서는 통일일보를 중심으로 통일운동을 집요하게 전개하다 꿈을 이루지 못하고 아깝게 타계한 분이다. 대단히 근엄하고 도덕성이 강하다. 나림(那林) 이병주 씨는 우리가 잘 아는 『지리산』 『관부연락선』 등의 소설가. 6·25 때 인민군 문화공작대원이 되어 '살로메'를 공연한 것을 내세우기도 한다. 도덕적으로는 도덕·부도덕을 벗어나 있는 인물이었다. 여하튼 그 두 분과 친했으며 각각 다른 차원으로 존경하는 것이다.

여성으로서 내가 잘 아는 사람 가운데 인간의 깊이나 인생의 멋에 있어서 존경스러운 이로는 단연 전옥숙 여사를 손꼽겠다.

전 회장과는 그렇게 친하게 지내면서도 아픈 데를 새삼 건드리기 싫어 과거를 물어본 적이 없다. 다만 주변의 이야기로는 해방 후 여고 때 좌익활동에 관계했다가 고생을 했다 한다. 해방 후는 모든 정당이 합법이었고 거의 반반으로 세가 갈라져 있었으니 그 과거가 특기할만한 것은 아니다.

먼저 말해둘 것은 경남 통영 출신인 전 회장은 대단한 미모라는 것이다. 가냘픈 몸매, 약긴 긴 얼굴, 오똑한 코, 절세의 미인까지는 아니더라도 당대의 미인이라고는 할 수 있겠다.

일본의 후지(富士) 텔레비전의 서울지국장을 지냈다는데 30여 년 전 내가 처음 만났을 때는 계간인 한일문예(韓日文藝)를 발행하고 있었다. 그후 시네텔(Cinetel)이라는 텔레비전에의 프로그램 제작·공급회사의 회장으로 활동했는데 시네텔은 시네마와 텔레비전의 합성어이다.

작년에 오구라 가즈오(小倉和夫) 주한일본대사 환송 만찬에서 전 회장, 임권택 감독 등과 한테이블에 앉게 되었었다. 내가 35년쯤 전에 조선일보 문화부장 때 임 감독 작업현장에 가서 술을 먹은 일이 있다고 하니까 임 감독은 "아! 바로 그때 그 영화의 제작자가 전 회장이 아닙니까" 한다.

시네텔의 회장으로 전 회장은 직접 취재도 했다. 킬링필드로 악명 높은 캄보디아에 그 후 한국 사람으로는 처음 입국하여 수상을 인터뷰하는 등 취재하여 그 프로그램이 우리 텔레비전으로 방영되는 것을 나도 보았다.

한국 남성 가운데 일본통이라면 어쨌든 김종필 씨나 박태준 씨를 손꼽아야겠다. 여성 가운데에서는? 망설여질 것이다. 그리고 한참 생각을 굴리다가 결국 전옥숙 회장으로 낙찰될 것이다.

오래전 이야기인데 일본의 세 가지 정신적 지주는 동경대학, 아사히(朝日)신문, 이와나미(岩波) 출판사라고 말해진 적이 있다. 이와나미에서는 좌파 자유주의적인 세까이(世界)라는 월간지를 내고 있는데 그 책임자는 일본 지성계의 거두 야스에(安江良介)이다. 야스에는 나중에 이와나미 전체의 사장이 되기도 하였다. 그 야스에는 한국이 민주화되기 전까지는 한국 사람을 거의 상대하지 않았다. 손꼽는 몇몇 말고는. 그 몇몇 가운데 전 회장이 상 순위에 낀다. 아사히신문 간부들과도 사통팔달. 아사히의 역대 주한 특파원은 전 회장을 신주 모시듯 모신다. NHK도 비슷하다. 그러니 결국은 전 회장은 일본 지성계와의 굵은 파이프라인이랄 것이다.

YS가 야당의 총재일 때의 일이다. 전 회장은 전직 장관, 일본 특파원 등과 아담한 음식점에서 술을 하다가 즉석에서 YS에 전화를 걸어 합류하자고 초청한다. 그리고 YS가 오자 한참 환담 끝에 YS를 대통령으로 만드는 모임으로 전환하자고 제의하여 당시 여당 소속이던 나를 약간 당혹케 하기도 하였다.

YS와 절친한 것은 사실인데 DJ와는 어떠냐고 물어보았다. 그랬더니 DJ가 일본에 망명했을 때는 친하게 지냈다는 답변이다.

전 여사 덕에 호화스런 술자리를 많이 가 보았지만, 그 가운데 특기할 것은 강남의 어느 살롱에서 있던 패티킴과 이탈리아인 남편, 최지희

씨와 그의 연인 자니윤 씨 등등과 합석한 술자리이다. 나로선 최고의
술자리였다.

나도 이갑용 민주노총 위원장이나 권영길 민주노동당 위원장과의
술자리에 전 회장과 춤꾼인 인간문화재 이애주 서울대 교수를 초청하
는데 전 회장의 수준은 그들을 웃도는 듯하였다. 그 화제의 풍부함이
여…. 술이 진행되어 노래 순서가 되면 나는 전 회장에게 '한 많은 미아
리고개'를 간청한다. 전 회장의 '한 많은 미아리고개'는 눈시울이 뜨거
워지는 비극적인 절창이다. 아마 자기의 지난 인생을 그 노래에 담아
부르는 게 아닌지 모르겠다.

빠트릴 수 없는 이야기가 전 회장의 망년회, 십 년 이상 매년 성대한
망년회를 연다. 근래에는 홍대 앞 '동촌(東村)'에서 자주 모였다. 정치인
손세일 씨와 내가 단골손님이고 김지하, 박범신 등 문인, 장일순 선비
(원주의 재야 세력의 중심인물로 별세했다). 김석원 쌍용 회장, 김진균 서울대 교수
등 1백여 명 선이 참석한다. 작년에는 미리 좌정해 있으니 김근태 씨가
들어온다. 나는 "차세대 지도자가 오시는군." 하였다. 그러자 손학규 씨
가 왔다. "두 번째 차세대 지도자가 오시고…." 이어 내일신문의 장명국
씨가 나타났다. "드디어 세 번째 차세대 지도자가 오셨군." 나의 알맹이
있는 익살이다. 공교롭게 모두 경기고 출신이다.

추가하여 한 가지. '돼지가 우물에 빠진 날' '강원도의 힘' '오! 수정'
등으로 요즘 한창 뜨는 예술감독 홍상수 교수가 전 회장의 아드님이다.

(2000년 《강서문학》 제7호)

정치 일탈逸脫편

'야총(夜總)' 소리 듣던 호쾌한 주당(酒黨) 곽정출 의원

민정당 시절 국회의원들 가운데 술이 가장 강한 사람은 곽정출(부산 출신)·고원준(울산 출신)의 두 사람으로 둘은 막상막하의 실력이라는 것이 출입 기자들의 평이었다. 주당 K·K다. 곽 의원과 가끔 술을 마셔보았는데 과연 그의 술 실력과 호기는 대단하여 판을 휩쓸었었다. 그래서 얻은 별명이 야간 총무, 줄여서 야총이다.

삼성그룹 출신으로 이병철 씨의 귀여움을 받았었다는 주변의 이야기인데 그는 단순한 주당이나 주호가 아니라 협기(俠氣)도 있는 남아 대장부의 면모도 보였다. 술만 잘 마신 데서야 될 말인가. 역시 술을 잘 마실 때는 남자다운 기개도 보여야 하는 것이다. 영웅호걸은 주색을 좋아한다는 말이 예부터 있어왔는데, 영웅호걸인 체하느라고 먼저 주색에만 빠져서는 큰일이다. 역(逆)은 반드시 진리가 아니라는 논리학의 이야기가 있지 않은가.

전두환 대통령이 5년 단임이기 때문에 후임이 누가 될 것인가로 신경이 쓰였었다. 민정당의 서울 출신 의원들은 자주 모였고, 유권자들 앞에서는 서로 입을 맞추어 모인 지역 출신 의원을 추켜올리곤 하였다. 특히 이종찬 의원의 선거구에 가서는 이 의원이 차세대 지도자감이라고 칭찬하였다. 내가 서울지부장을 3 연임했으니까 대개 추켜올리는 발언을 내가 먼저 시작한다. 그러면 통 큰 누님으로 불리는 김정례 의원이 매우 웅변조로 뒷받침을 하곤 했다. 선거구 행사에서는 하나의 관례였다.

그런데 타지역 출신 의원 한 사람이 서울의 행사에 와보고는 놀란 듯했다. 아니 얼마간 착각을 한 모양이다. 서울 출신들이 이종찬 의원을 차세대 지도자로 옹립하기로 마음을 굳힌 것으로 말이다. 하기는 이 의원의 그 후의 행적을 볼 때, 주변의 칭찬이 그가 큰 뜻을 갖게 일조하였을 수도 있는 일이었다.

후계자 지명 시기가 가까워 올 무렵 나는 장세동 중앙정보부장이 만나자기에 정보부로 가서 이종찬 의원을 단념하라는 간곡한 부탁을 받았다. 나는 선거구 행사에서의 관행이 그렇게 칭찬하는 것인데 착각들 한 것 같다고 설명하였다. 그 후 얼마 있다가 전 대통령에게 불려가 같은 설득을 당하였다. 나는 그때 이종찬 씨를 문교부 장관을 시키면 학생 설득에 효과가 있을 것이라고 엉뚱한 역론의 제안을 하기도 하였다.

나중에 서울의원들이 이야기를 나누다 보니 나 말고는 김정례 의원이 설득을 당한 것이 밝혀졌다. 그럴법하다. 김 의원은 안현태 청와대 경호실장과 전 대통령의 순서였다.

여하튼 그런 상황에서 노태우 민정당 대표가 후계자로 내정이 되었다는 통고를 받았다. 그리고 종로구청 앞 한정식집 장원에서 시도지부 장들의 회식이 있게 되었다. 노 대표가 오기 전인데 곽정출 부산지부장 이 무언가 볼멘소리를 늘어놓는다. 무얼 투덜대나 하고 귀를 기울이니 "왜 군인끼리 대통령을 해 먹느냐 말이야. 설혹 그렇다 할 때도 왜 동기 끼리냐 말이야."라고 대담한 불만을 말하는 게 아닌가. 참 용기 있는 사 람이라고 생각되었다.

그러자 노 대표가 오고 술자리가 시작되었다. 기분이 좋을 수밖에 없 는 노 대표는 한 사람 한 사람에게 술잔을 권하며 잘 부탁한다는 뜻을 표한다. 술잔을 비우고는 가까이 있는 사람은 두 손으로 반 배를 하였 고, 먼데 있는 사람은 가까이 가서 허리를 굽혀 반 배를 하였다. 그런데 계속 떫은 표정이던 곽 의원은 반 배를 하지 않는 것 같다. 아마 옆 사 람과 볼멘소리를 계속한 지 모르겠다. 또 앉았다, 모두가 일어서서 축 배를 들 때도 일어서지 않았다. 갑자기 노 대표의 술잔(작은 잔이었다)이 곽 의원에게 날아가 모두 깜짝 놀랐다. 술잔은 옆에 있던 고건 전북지부장 의 어깨를 스치고 떨어졌고, 모두는 모르는 척했고, 흥이 식은 채 술자 리는 잠시 계속되다 끝났다. 곽 의원의 무슨 사과 발언 같은 것은 물론 없었다.

만약에 곽 의원의 주장이 공론화되었다면 결과는 달라지지 않았겠 지만 상당한 파문이 있었을 것이다. 나는 민정당 창당 때 정책위의장으 로 외신기자들과의 인터뷰가 많았다. 그때 나는 민정당은 군과 민의 동 반자 관계인데 처음은 군이 상위 동반자, 민이 하위 동반자로 시작하지 만 나중에는 민이 상위 동반자, 군이 하위 동반자가 되는 변화와 함께 정치가 발전할 것이라고 설명했었다. 그런 이야기가 미국의 크리스천 사이엔스 모니터와 로스앤젤레스 타임즈에 매우 크게 보도되어 민정당 안 군 출신 강경파의 눈총을 받기도 했었다. 그런 생각을 가졌던 나도 미처 곽 의원과 같이 민으로 옮기던지, 군의 후배기로 내려가든지 하여야 한다는 생각은 못 했었다.

나는 그 후로 곽 의원을 만나면 항상 찬사를 보냈으며 부산사람들을 마주치면 부산에 인물 났다고 선전을 해왔다. 그 후 곽 의원은 공천에 불이익을 당해 국회에 진출할 수 없었다. 그럼에서도 14대 선거에 내가 낙선하니 위로 술을 사준다. 곽 의원은 법대의 후배인데, 육법전서만 왼다고 하는 법대에서 그런 협객이 나온 것은 특기할 일이 아닐 수 없다. 앞으론 국회의원 열전(列傳)에 올라야 할 인물이다.

곽 의원의 용기를 두고두고 생각해본다. 물론 본인의 성격이 제일 첫째다. 그것 말고 정치를 하기 전 곽 의원이 삼성그룹에 있을 때 설립자의 총애를 받았었다는 것이고 보면 그로 하여 배짱도 두둑해졌을 것이다. 곽 의원의 출신선거구가 부산이라는 것도 관계가 있을 것 같다. 부산은 한국 제2의 항구도시, 항구 사람들은 통이 크다고들 말한다. 또 무역업·해운업·어업 등 돈 버는 방식도 내륙지방과는 달리 손이 커서 정치인들에의 자금후원도 두둑하다. 그러기에 그런 곳 출신 의원들은 상대적으로 볼 때 통이 클 수밖에 없는 것이다. 끝으로 곽 의원의 호쾌한 음주도 여러 사람의 속마음을 파악하는데, 그러니까 여론수집에 도움이 되었을 것이다. 부러운 상상이다.

윤주영 씨의 집요한 술 공세

간단히 윤주영 씨를 소개하면 경기도 장단의 부잣집 출신으로 중앙대 교수를 하다가 매우 젊은 나이에 조선일보 편집국장이 된 이례적 경력의 언론인으로, 공화당 창당대변인, 무임소장관, 칠레대사, 청와대 대변인, 문공부장관, 국회의원 등을 거친 화려한 관운의 소유자이다.

성격이 솔직·담백·성실하고 추진력이 대단하다. 한번 마음만 먹으면 기필코 밀어붙이는 성격이다. 내가 근무하던 민국일보가 자진 폐간한 후 출신사인 한국일보로 되돌아갈까 아니면 조선일보로 갈까 망설이던 때에 조선일보의 지하다방에서 그를 만났다. 잠깐 만나 몇 마디 나눠보고서는 정치부로 보낸다는 조건부로 나를 즉각 외신부에 채용한 그였다. 마음만 정하면 그게 곧 실천이다.

내가 조선일보 논설위원으로 있을 때 윤주영 씨는 청와대 대변인으로 내정되었다. 곧 나를 저녁에 만나잔다. 일차로 을지로3가의 불고깃집에서 둘이 호기있게 소주를 마셔댔다. 그리고 당시에 유명해진, 한국일보 뒤에 있는 아람 살롱에서 2차를 했다. 헤어질 때 "자! 이제 청와대 부대변인으로 오는 거야" 하고 다짐을 받으려 했다. "아니, 신문사에 있겠습니다." "그러면 내일 저녁 다시 만나."

다음 날 불고기에 소주를 실컷 마시고 다시 아람에 가서 기분 좋게 2차를 했다. "결심했어." "아닙니다. 언론계에 더 있겠습니다." "내 힘들 줄 알았지. 내일 다시 만나."

3일째도 순서는 같았다. 여하간 술은 서로 엄청나게 마셔댔다. "그래 결심했어." "역시 아무래도 언론계 남아야 할 것 같습니다." "여보, 당신은 인생이 원고지 칸으로만 보여요. 부대변인으로 있다가 도백으로 나가면 국회에 진출이 쉬울 것인데…"

그 무렵 월간《현대문학》에서 수필 청탁을 받았다. 나는 그때의 심정을 썼다. 제목은 「원고지칸 인생」이다.

윤주영 씨는 그 후 문공부 장관이 되었고 얼마 후 나를 만나자더니 주일 공보관장(주일공사로 승격)을 맡아 달란다. 이번에는 조용히 술을 마시고 다시 내가 완곡하게 거절하니까 고집을 꺾을 수 없다며 한 번의 술자리로 단념한다.

여담이지만 그가 스카우트해갔던 다른 두 언론인은 종당에는 장관까지에 이르게 된다. 나는 언론 생활을 주필 자리에 이르기까지 훨씬 더하게 되고.

윤주영 씨는 박 정권의 종막과 함께 정계를 은퇴하고 지금까지 사진작가로 그 정열 그대로 정진하고 있다. 사진전도 몇 번 가졌고 사진첩도 서너 권 나왔으며 일본에서 매우 권위 있는 사진상도 수상하는 영광을 가졌다. 모든 일에 마음만 먹으면 철저한 성격은 변함이 없다.

젊은 나이에 미련 없이 정치를 떠난 그를, 그리고 또 다른 인생에 정열을 불태우는 그를 나는 부럽게 바라본다.

말과 행동이 구수한 박진목 씨

동주(東洲) 박진목 씨는 나와 아주 친하게 되었다. 아마 창정(蒼丁) 이영근 씨와의 연줄에서일 것이다. 창정이 동경서 발행하는 통일일보의 서울주재 부사장을 동주가 맡고 있었으니 말이다. 거의 명목뿐인 것이지만 부사장은 부사장이다.

동주는 참 기구한 운명의 소유자다. 운명은 기구한데 본인은 유머를 잃지 않고 항상 명랑하니 그것도 신기하다.

경북 출신이고 형님은 독립투사. 나이 어릴 때 형님을 만나러 중국에도 갔었다니 그런 맥락에서 사상운동에 투신하게 된 것 같다. 해방 후는 남로당의 경북도당 부장급. 역시 경북은 정치 1번지여서 그런 연줄로도 인맥이 풍성하다.

남로당 문제는 어찌 해결된 것 같고, 6·25 전란 중에 북의 이승엽을 잘 아는데 북에 가서 이승엽을 만나 전쟁을 휴전하게 하고 싶다고 여러 군데 말을 하고 다녔다. 30대 초반의 민족적인 정열에서다. 그것을 미국 정보기관이 감지하였단다. 손해날 것 없는 일이다. 결과가 없더라도 북을 보고 온 이야기만 디브리핑(debriefing) 받아도 큰 소득이 아니냐는 판단이었을 듯하다. 아무튼 미군의 도움으로 전선을 넘어갈 수 있었고 상당기간 감금되었다가 이승엽의 방문을 받을 수 있었다. "박 동지, 오랜만이요. 이야기는 들었소. 그러면 남쪽 당국의 신임장은 갖고 왔겠지요." "신임장은 무슨 신임장이오." "박 동지, 남쪽 당국의 신임장이 없으면 어쩔 수 없소. 협상을 하자는 것 아니었소."

이승엽하고 친한 사이이기에 북은 동주를 안전하게 전선을 넘겨주었다. 그러나 미군에게 잡히지 않고 국군에게 잡혔으니 고생이 막심할수밖에. 뒤늦게 미군이 알고 신병을 인수해가 또 조사. 여하간 기구한 운명인데 그 이야기가 그의 자서전 『내 조국 내 산하』에 자세하게 그리고 흥미진진하게 적혀있다.

일본의 마쓰모토 세이쪼(松本淸張)가 쓴 임화에 관한 소설 『북의 시인』을 읽어보니 거기에 박헌영 등 남로당계에 대한 판결문의 일부가 인용되어 있는데, 박진목 씨의 이름도 나온다. 그가 이승엽을 만났으니 남로당계가 미제스파이와 접전했다고 주장할 수가 있게 된 것이다.

아무튼 박진목 씨는 국내에서 통일운동가로 유명해졌고 애국애족하는 인물로 대체적인 평을 받게 되었다. 그는 한국일보 뒤에 중원(中苑)이라는 밥집을 갖고 있었는데 자주 독립운동·통일운동의 노 선배들을 초청하여 융숭하게 대접하곤 했다. 그는 대학교육은 받지 않았다. 그래서 교양이 없다는 것은 아니다. 쓰는 말씨가 대단히 평범하고 토속적인 우리 말씨다. 유식한 개념은 전혀 쓰지 않는다. 구수한 순수 우리 서민의 말이다. 그리고 말재간도 대단하여 말하다 보면 어느덧 친근하게 빨려들곤 한다.

나는 호사가라고 할 수 있다. 6·25 후에 임진강을 헤엄쳐 북에 가서 통일을 호소하다 온 김낙중 씨는 대학 때 친구다. 또 납북된 아버님을 만나기 위해 70년대 초 일본대학의 교수 신분으로 북에 갔다 온 김영작 교수는 민정당 국회의원 때 동료의원이다. 이북에 갔다 온 통일운동 3대를 내가 같이 만나게 한 것이다. 술자리에 합석해 보니 마치 오랜만에 만난 형제들처럼 죽이 맞는다. 그들끼리만도 가끔 만나고 거기에 월남해 온 허헌 씨의 딸 허근욱 씨도 때로는 초청하여 합류한다. 허근욱 씨는 50년대에 월남하여 내 고향이기도 한 청주에 오래 살았으며 『내가 설 땅은 어데냐』라는 자전적 책을 내기도 하였다. 그러니 나와는 공통의 청주 친구가 많아 쉬이 친밀해질 수 있었다.

최근에는 『민족변호사 허헌』이라는 선친의 전기를 냈다. 조선호텔에서 출판기념회를 가졌는데 김학준·김동길·강원용·전숙희 씨 등이 축사를 했다. 세상이 달라진 것을 새삼 느끼게 한다.

김병로·이인·허헌 씨는 일제 때 독립운동가들의 변호를 맡았던 민족변호사 3인으로 알려져 있다. 내 술친구 김종인 박사는 김병로 씨의 손자인데 허근욱 씨와 안면이 없어 이 행사를 모르고 있었다. 그래서 내가 김종인 박사를 불러내어 허근욱 씨에 소개했다. 의미 있는 일이다. 그 자리에 파리에 있는 이인 씨의 아들 이옥 박사만 왔더라면…(그는 그 후 별세).

"우리 한번 푸짐하게 놀아 봅시다." 박진목 씨가 술자리 서두에 자주 하는 말이다. 맞다. 술자리는 노는 자리다. 이성인간(理性人間)이 유희 인간(遊戲人間)이 되는 것이다. 그는 놀 줄을 안다. 그리고 구수한 말이 이어진다. "우리 옛말하고 살날이 있을 껍니다." "너무 좋으면 죽는 수가 있어. 백제 그리 좋아하지 말래이" "보고 지고 보고 지고 내 얼마나 보고 졌는지 아나." "이 사람 뭐라카노, 나라를 사랑한다는데 귀천이 어디 있노." 모두가 쉬운 말로 가식 없는, 따라서 정확한, 말들이다. 정명(正名)이라는 게 그런 것일 것도 같다.

박 씨 주변에는 그가 자주 술을 받아주는 사람이 많다. 이기택·김상현·이우재·윤식 씨 등등이다.

남북정상회담이 이루어지고 남북관계가 진전되어 그의 간절한 소망이 풀리게 된 듯한 근래에 그는 강신옥·김도현 씨와 나를 밥집으로 초대한다. 강신옥 씨는 김재규 장군 사건에 변호를 맡아 유명한 인권변호사, 김도현 씨는 이른바 6·3세대 대표로 언론에서 김중태·김도현·현승일 씨 등 트리오를 꼽는데 그 가운데 한 명, 그러고 보니 나도 자유당 때 부정편입한 이 대통령의 양자 이강석 군을 서울법대에서 축출한 동맹 휴학 사건의 주모자. 네 사람 모두 역사의 각주(脚注)에는 나올 수도 있는 사람들이다.

그 자리에서 그는 이런 이야기를 했다. "진짜 애국을 하려고 반공을 하는 사람이 있다. 또 진짜 애국을 하려고 공산을 하는 사람도 있고. 그러한 진짜 애국을 하려는 사람들이 만나 이야기를 해야 평화도 오고 통일이 되는 게 아니겠어."

무언가 생각게 하는 이야기다.

요란하게 술을 마시는 오유방 의원

오유방 의원은 나의 중학 7년 후배다. 대학도 같고 집안끼리 한 동네의 세교(世交)가 있는 사이이다. 10대 국회 때 박정희 대통령이 김재규 중앙정보부장의 손에 갔을 때 갑자기 오 의원이 나에게 공화당의 정풍(整風)운동을 하잔다. 박찬종 의원 등 10여 의원이 동조하고 있다는 것이다. 그때 나는 초선, 오 의원은 재선이다. 나는 정풍운동의 뜻이 좋고 오 의원과는 특별한 사이이기에 자세하게 물어보지 않고 우선 동참을 승낙하였다.

신문에 그 운동이 크게 나니 여러 가지로 추측이 분분하다. 그래서 자세히 이야기를 들어보려고 오 의원을 조선일보 근처의 맥줏집 브론디에서 만났다. 그때는 서로 술 실력이 대단할 때다. 나의 궁금증은 세 가지로 집약되었다. 첫째로, 마침 그 당시에는 일본의 자민당에서 고노

요헤이(河野洋平) 등 젊은 그룹이 이탈하여 신자유(新自由) 클럽을 만들고 기세를 올리던 때라, 혹시 정풍 그룹이 그런 것을 모방하려는 것은 아닌가 하는 것. 둘째는, 12·12 군부 하극상을 한 이른바 신군부와 맥이 통해 있는 것은 아니냐는 것. 셋째로는, 정풍 대상이 우선은 이후락·김진만 씨 등등인 것으로 알려졌지만 마지막에는 김종필 씨를 표적으로 하고 있는 것은 아니냐는 것. 셋째는 둘째와도 연관되고 박찬종 의원의 야망과도 관련된다.

오 의원은 "그렇지 않습니다. 첫째로…" 하고 맥주병을 시멘트 바닥에 박살을 내며 "이렇게 아니라는 것을 맹세합니다" 하였다. 나도 뒤질세라 맥주잔을 바닥에 던지며 "그 맹세 확인하지" 하였다. 오 의원의 맥주병을 깨서의 맹세와 나의 맥주잔 깨기 방식의 확인은 두 번째 문제, 세 번째 문제에 계속되었다. 브론디가 시끄러웠다.

그 후로 오유방·홍성우·윤덕노 의원 등과의 술자리가 많아지고, 제5공화국에 들어서는 오·홍 두 의원에 이종찬 의원이 끼어 네 의원의 주석은 매우 빈번해졌다. 넷이 북한산을 오르기도 하였는데 그럴 때면 거의 모든 사람이 네 명 중 한 명에게는 인사를 하여 산을 오르기가 힘들 정도였다.

오유방 의원의 술 마시는 법은 대단히 요란하고 공격적이다. 항상 목소리는 왜 그리 크게 내는지. 혹시 체구가 약간 홀쭉하여 그것을 보완하느라고 목청껏 떠드는 습관을 갖게 된 것이라는 심리학적 분석이 가능할지 모르겠다.

민자당 때에 YS를 지지할 것이냐 여부로 나와 심한 논쟁을 한 일이 있다. 그 후 그는 얼마간 우회하여 결국 DJ에게 갔는데, 그 후에 있은 술자리에서는 당파성까지 가미가 되어 더욱 시끄럽고 공격적이 되었다. 선후배 간이 무색할 정도다.

한번은 홍성우 의원이 하림각에 자리를 마련하였다. 이종찬·오유방 의원이 오고 나까지 네 명이 마셨다. 그렇게 넷이는 구기동에 있는 카페 베이스캠프에 자주 갔다. 홍 의원의 말은 넷이 정말 친한 사이인데 나를 제외하고는 모두 DJ 캠프에 가 있으니 나도 합류하라는 것이다. 도원결의는 아니지만 그런 유사한 분위기에서의 설득이다. 나는 YS 캠프에 있었지만 YS는 5년 단임으로 끝났으니까 DJ를 지지하는 마음이 되어있었다. 그러나 옮겨 다니는 것을 꺼리는 유교적(?) 심리에서 끝내 합류는 거절하고 말았다.

오 의원은 16대 공천을 앞두고 술자리에서 민주당 간부들과 고성으로 한바탕하였다고 신문에 크게 났다. 목청껏 공격적으로 떠드는 그 습관은 예나 지금이나 같다. 요즘 정치적으로 불운해졌는데, 다시 재기해서 정계에서 호통치는 인물로 큰 역할을 하기를 기대한다.

노정객(老政客) 진산(珍山)의 술자리 법도

「진산 선생이 비 오는 일요일 오후 조용히 갔다.

"진산은 앞에서 보면 빈틈없이 꽉 짜여 있는데 뒷모습을 보면 허하다"는 전 기자협회 사무국장 은종관 씨의 인상평이 시각화되어 떠오른다.

허전해 보이는 진산의 뒷모습이 빗속을 사라져 간다. 스핑크스처럼.

진상은 스핑크스. 그를 가리켜 마피아 두목이라고 욕할 사람도 있을 것이고, 현실주의적인 타협 정객이라고 긍정적으로 평할 사람도 있을 것이다. 그렇지만 거의 대부분의 사람들은 진산이 던지는 수수께끼를 풀지 못한 채 다만 지나친 찬사만을 자제하고 있을 줄 안다.

적어도 야당 진영 안에 있어서는 진산은 항상 승리한다는 신화가 계속되어 왔다. 그의 단결력 있는 행동부대 때문에 모두 진산과는 대결하기를 꺼렸다. 대결에 앞서 심리적으로 위압되어 있었다. 그러기에 진산은 존경보다는 두려움을 갖게 한 것 같다….」

1974년 4월에 유진산 씨가 별세하였을 때 나는 위에 인용한 내용으로 시작되는 추모의 글을 신문에 발표하였다. 진산(본명은 유영필이고, 진산은 아호인데 진산이 본명처럼 되었다)은 그만한 거물이었으며, 타계 후에 시일이 지날수록 그가 부정축재는 안 했다는 심증을 갖게 되어 평가가 더욱 높아지는 것이다. 일본의 자민당 구세대 보수 정객들은 대개는 검소한 생활을 한 것으로 알려졌는데 우리의 구세대 보수 정객도 비교적 그러했다. 지금은 완전히 다르다.

위로 김도연·유진오·박순천 등 당수를 모시고 이인자일 때도 그는 항상 야당 진영의 절대적 실력자로 군림했었다. 요즘에는 그런 예를 찾기 어려울 정도인데, 민주당으로 말하면 권노갑·한화갑에 당 외에 있는 김상현 씨 등을 모두 합친 정도라고 할까.

진산 선생을 회상하니 생시에 더욱 접촉하여 많이 알아둘 것을 잘못했다는 생각이 든다.

내가 조선일보의 야당 출입 기자일 때다. 항상 등거리(等距離) 취재를 원칙으로 삼아온 나는 진산에 대하여서도 자주 비판적이었다. 그런 비판적인 일개 기자를 진산이 어떻게 다루었나 하는 것이 재미있다.

하루는 당주동에 있는 요정 '유성장'에서 만나잔다. 갔더니 진산이 김 상흠 의원과 둘이서 나 한 사람만을 접대하려 기다리고 있는 게 아닌 가. 한 시간쯤 술을 들며 이야기하던 끝에 진산은 "나이 많은 사람이 있 으면 술 마시기 거북할 터이니 젊은 사람끼리 자유롭게 마시게" 하고 자리를 뜬다. 십여 일 후 같은 '유성장'에서 유치송 의원이 대타로 나왔 을 뿐 같은 형식의 술자리다. 그리고 또 한 시간쯤 후 진산은 같은 말을 하며 자리를 뜬다.

천하의 야당 실력자가 평기자 딱 한 사람을 요정에 초청하여 대접하 는 그 치밀하고도 겸손한 포용술. 꼭 젊은 의원 한 사람을 대동하고 왔 다가 한 시간쯤 후 자리를 비켜주는 배려. 모범 교본으로 배울 만하다.

63년 대통령선거를 앞두고 진산은 출입 기자들을 초청하여 상도동 자기 집 정원에서 가든파티를 가졌다. 전깃불을 나무에 내걸고 그 아래 서 마시고 담소하는 것은 정취가 있었다. 진산도 여름 한복으로 느긋하 였다. 그러다가 야당의 대통령 후보 문제에 "여론조사 결과를 존중할 수밖에 없지 않느냐"고 슬쩍 한마디 한다.

나는 조선일보에 '진산, 후보에 윤보선 씨 지지'라고 단독으로 보도하 였다. 그 보도로 김도연 씨의 후보사무실은 문을 닫았다는 것이다. 여 하간 윤보선 씨가 후보가 되었는데, 나중에 들은 이야기로는 진산이 그 때 허정 씨를 의중에 두고 한 이야기 같다는 것이다.

진산이 별세하기 1년 전쯤 신범식 씨가 마련한 술자리에 끼일 수 있 게 되어 이야기를 나누었다. 그 당시 김대중 씨가 한반도의 4대국 안전 보장안을 내놓아 히트를 치고 있었는데, 내가 그 4대국보장안의 창안

자는 진산이 아니었더냐라고 말을 던지자 그는 아연 활기를 띠고 정열적으로 시국관을 쏟아 놓는다.

흔히 진산은 비전이 없는 것으로 격하하지만 그렇지는 않았다.

5·16 쿠데타 후에 만난 진산은 이렇게 말하였다. "군인들이 시퍼런 칼을 들고 나섰으니, 우리는 광목을 몇 필이고 풀어 그 시퍼런 칼을 둘둘 감아 무디게 해야 되지." 그것도 한 가지 지혜임이 분명하다.

박정권 실세 트리오와의 술

1966년 내가 조선일보 정치부장이던 때는 중앙일보는 갓 태어난 처지였고 유력 3개지하면 조선하고 동아일보·한국일보를 꼽았다.

당시 박정권의 실세는 이후락 청와대 비서실장, 김형욱 중앙정보부장, 김성곤 공화당 재정위원장.

이후락 실장은 머리 좋기로 소문나 있었다. 그는 약간 말을 더듬는데 박 대통령이 짓궂게 "이 실장 왜 그렇게 말을 더듬어" 하니까 "가— 가— 각하, 혀보다 머리가 빨리 돌아 그런 게 아닙니까"라고 했다는 출입기자의 이야기다.

김성곤 씨는 쌍용그룹의 창업자. 그는 흔히 2등 주의자로 소문이 나 있다. 1등 할 생각 말고 2등이면 족하다는 현명한 처세술이다. 항상 "요즘 사업이 힘드네" 하고 엄살이다. 그에 대비되는 인물이 한국일보의 장기영 씨인데 그는 항상 "잘 되고 있습니다" 하고 자랑을 하기도 하고 또는 허세를 부리기도 하였다. 김형욱 부장은 5·16주도기인 육사

8기생. 당시 신문은 김홍길이라는 조어(造語)를 쓰기도 했었는데 그것은 같은 육사 8기인 김형욱·홍종철·길재호의 콤비를 뜻했다.

이들 셋이 3개 유력지의 정치부장을 청운각으로 초대한다. 당시 유명한 요정으로 청운각과 선운각을 손꼽았고 그다음으로 대학 오진암들을 들먹였다.

권력 측의 이후락 씨 등 3인과 언론의 이웅희(동아) 정성관(한국) 그리고 나의 3인이 대좌하였다. 언론엔 서열이 없지만 권력 측은 서열이 있는 것 같아 중앙에 이후락, 마주 보고 왼쪽에 김형욱, 오른쪽에 김성곤 씨가 앉았던 것으로 기억한다.

모두 두주불사의 실력. 그 당시는 죠니 워커 블랙이 인기였던 것 같아 급템포로 죠니 블랙 술잔이 오고 갔다. 어지간히 주기가 돌 무렵, 김성곤 씨가 제의를 했다. "이 자리의 정부 쪽은 김 부장이 술이 제일 센 것 같고 언론 쪽은 남 부장이 세다는 소문인데 둘이 한번 술 시합을 하면 어떻겠소." 그러면서 맥주잔에 죠니 블랙을 그득그득 따른다. 분명 그때의 맥주잔이 지금의 맥주잔보다 더 큰 것으로 여겨진다. 누가 한번 조사해 볼 일이다. 맥주잔이 알게 모르게 얼마간 작아진 게 아닌가 한다.

맥주잔에 그득한 적갈색 선명한 양주, 수영 잘 못 하는 사람 물에 빠져 덜컹 겁이 나듯 겁이 나는 존재이다. 생각이 스쳤다. 김성곤 씨는 조선일보 사주 방일영 씨와 친숙하여 호형호제하는 사이. 그러니 조선일보 정치부장과 정보부 사이가 껄끄럽다는 것은 들어서 알고 있을 것이다. 참고로 말하지만 그 당시는 그런대로 언론자유를 누리던 때이다. 그래서 조선일보를 도와주는 뜻에서 둘 사이의 술 시합과 그것을 통한 친숙해짐을 의도했을 것이다.

나는 "좋습니다" 하고 응했다. 그랬더니 김 부장은 잔을 들더니 한 번도 쉬지 않고 마치 맥주를 마시듯 쉽게 끝내는 게 아닌가. 약간 기가 죽었다. 그러나 나도 양주 킹사이즈로 한 병 실력. 들어서 죽 들이키는데 중간에 잠깐 숨을 쉬고 다시 마실 수밖에 없었다.

다시 그득그득 한 잔씩. 동까쓰(그때 김 부장에게 붙인 언론계의 별명이다. 찐빵과 비슷한 의미이다)는 용기 있게 다시 잔을 들려는 게 아닌가. 나는 "잠깐, 술 마시는 모습을 보면 술 실력을 알 수 있는데 나는 김 부장님에 비해 족탈불급인 것 같습니다. 졌습니다." 그렇게 말하고는 패배의 인사를 하였다. 김 부장은 부전승을 거두었다고 정말 어린이처럼 기뻐하며 떠들어댔다. 나도 두 잔째를 못 마실 게 아니다. 그러다가는 몸에 해가 될 것은 분명하다. 아무리 김 부장과 친밀해지는 것은 좋으나 몸을 망칠 수야 없지 않은가.

그다음 날 출근하여 정보부에서 신문사를 담당하여 나오는 이른바 '출입 기자'에게 김 부장의 소문난 술 실력을 물으니 보통 양주 2병이란다. 5·16 군부들은 거의 모두 술이 강하다. 홍종철 씨가 재떨이를 닦아내고 양주를 따라 권하는 것을 언론계 사람들은 많이 경험했을 것이다. "살롸주! 살롸주!" 하며 말이다. 잘 보아달라는 뜻이다.

잡놈성(性)인 거물급 후농(後農) 김상현

김상현 전 의원을 잡놈성이라 한다면 아마 그는 명예훼손이라고 펄펄 뛸 것이다. 그러면서도 만면에 웃음을 띄우며 그래도 좋다고 할 것이다.

내가 가장 친밀감을 느끼는, 그러니까 접촉도 많이 했던, 소설가 이병주 씨와 김상현 의원을 '잡놈'이라는 호칭을 쓰지 않고는 넘어갈 수가 없다. 술도 잘하고 말도 유창하며 잡기에도 능한, 그러면서도 통도 크고 너무나도 인간적인 이병주 씨와 김상현 의원이다. 고은 시인은 김상현 의원을 "감동이 있는 사람"이라고 시인답게 압축해 말했는데 나는 상상력의 부족으로 "잡놈"으로 친밀감을 나타낸다.

그가 형님이라 부르는 김대중 씨가 미국에 본의 아닌 망명 생활을 하고 있을 때에 후농(後農)은 그의 대리인처럼 부지런히 움직였다(김상현 의원은 고은 시인이 후농이란 아호를 지어 주었다고만 말하는데 내 짐작으로는 김대중 씨의 아호가 후광(後廣)이니까 그를 존경하는 뜻으로 거기서 한자를 따서 후농이라고 자기 아호를 지은 것 같다). 그중 하나로 언론인 공작을 한 것이다. 조용중·정종식·이웅희 씨 등 각사의 언론인 10명쯤을 대상으로 한두 달에 한 번꼴로 밥집에서 술을 사며 유대를 굳혔다. 어떤 때는 조상현·안숙선 씨 등 일급 국악인도 초청하여 국악 감상의 시간도 가졌다.

그때 후농은 그렇게 돈의 여유가 없을 때였다. 그런데도 재주 좋게 돈을 마련하여 많은 활동을 할 뿐만 아니라 언론인들에게 포석도 하는 것이다. 술좌석을 즐겁게 하기 위해 그는 판소리도 하고(역시 전남 출신이기에 수준급이다) 재담도 하고, 말하자면 광대처럼 노력하는 것이다. 남도 소리꾼이 소리 중간중간 재담으로 익살을 떠는 방식을 그는 익히고 있다. 판소리에다 살짝 에로티시즘을 섞어서 하면 참 재미있다. 후농은 그런 애로 판소리에도 능한 것이다. 그래서 나는 이미 그때에 "후농 같은 사람 다섯쯤만 있으면 정권을 도모할 수 있겠다"고 나중에는 적중하게 되는 예언 아닌 예언을 하기도 하였다. 정권이 바뀌는 것은 민심이 밑동서부터 움직이면 이루어지는 것이고 정치인은 그 물꼬를 트거나 계기를 만들면 되는 것이다.

그 술자리 모임이 오래 계속된 후 그는 슬쩍 모임의 이름을 '한의 모임'으로 하자고 제안하였으며 그렇게 통하게 되었다. 결국 김대중 씨와 관련된 모임처럼 되어버린 것이다.

'한의 모임'은 90년대까지도 간헐적으로 계속되었는데 이종찬·박종율 등 정치인이나 버그하르트 주한미국공사도 게스트로 초대되기도 하였다.

박 대통령이 저격되었을 때의 일이다. 나는 공화당 의원으로 정해진 순서에 따라 청와대 빈소를 지키고 있었는데 홀연히 후농이 나타나 나에게 다가오는 게 아닌가. 그때의 삼엄했던 분위기로 미루어보아 후농의 청와대 출현은 '홀연히'란 느낌이다. 그는 나에게 "김대중 선생이 조문을 하겠다고 하니 계엄 당국에 건의하여 가택연금을 풀어 청와대로 올 수 있게 해달라. 지난날의 최대정적이 고인이 된 이 마당에 김대중 씨가 조문을 한다는 것은 역사의 한 장을 닫는 것으로 미담이 될 수 있지 않겠는가." 하고 교섭을 제의하는 것이다. 유혁인 정무수석과 유족 측인 장덕진 전 장관에게 그 뜻을 전하고 노력해 달라고 부탁했다. 그때의 결정권은 계엄 당국이 갖고 있었다. 답은 부정적이었고 후농이 청와대를 다녀간 후 그에게 통고가 되었다 한다.

세월이 지난 후 후농과 그 이야기를 하니 그는 그 아이디어는 자기 것으로 김대중 씨와 상의 없이 한 제안이며 만약에 계엄 당국이 허락하면 김대중 씨를 설득하여 그렇게 밀어붙이려 했다는 것이다. 만약에 그 일이 성사되었더라면 권력 측과 김대중 씨 간의 관계에 전향적인 큰 변화가 있지 않았겠느냐는 생각이다.

《다리》 잡지 필화사건이라는 게 있다. 30여 년 전에 후농이 그 잡지를 창간하였는데 김대중계로 몰려 필화사건으로 걸렸으나 결국 무죄가 선고된 일이다. 그때의 판사가 목요상 의원, 피고인이 필자 임중빈, 편집인 윤형두 현 범우사 사장, 돈줄인 후농이고 변호사는 한승헌 전 감사원장, 그리고 피고 측 감정증인은 나였다. 이들이 매년 한 번씩 윤형두 사장의 주선으로 기념모임을 갖고 술을 나누며 그때를 회상한다. 감개가 무량하다는 표현이 맞을 것이다.

그러한 후농이 후광에 의해 공천에서 젖혀지고 지금 빈 들판에서 서성거리고 있는 정치 무상이다.

격이 있게 술에 임하는 애국지사 이영근 씨

술자리가 벌어질 때는 "우리 한 번 즐겁게 놀아 봅시다" 하고 놀이를 강조하는 박진목 씨와는 대조적으로 이영근 씨는 술 마시는 것이 한 의식인 것처럼 근엄하다. 그렇다고 유머가 없는 것이 아니지만 유머는 주제를 보완하는 자극제 정도이지 항상 술과 그리고 사명감을 가진 주제는 분리되지를 않는다. 일본의 다도(茶道)는 엄숙한 의식인데, 본래가 그런가 일본에 오래 살아 그런가, 그의 주도(酒道)도 다도와 비슷하다.

그가 일본에서 별세한 후 그에 대한 이야기가 나오면 내가 가장 잘 아는 사람으로 간주된다. 그의 장남인 이경섭 씨는 한양대학의 금속공학과 교수인데 얼마 전 한 언론기관이 그의 선친에 관하여 문의하자 나에게 물어보라고 소개했다 한다.

간단히 이 씨를 소개해야겠다. 그는 충북 청원군의 지주집안(형님이 한민당 소속 제헌의원 李萬根 씨)에서 태어나 청주고·경복고를 거쳐 연희전문을 나와 몽양(夢陽) 여운형 씨를 따랐으며, 해방 후는 건준(建國準備委員會)의 보안대 창설에 브레인으로 활약하였다. 그 후 죽산(竹山) 조봉암 씨가 농림부 장관일 때는 사실상의 비서실장으로 일했고, 진보당 사건이 나자 일본으로 망명하여 중립계로 조국통일운동에 진력하였다. 일간지 통일일보를 어려운 가운데 꾸준히 내어 통일운동에 앞장선 것도 큰 업적. 특기할 것은 박 대통령 말기에 마침 김재규 씨의 동서인 주일공사를 통해 김재규 중앙정보부장—박 대통령에 다리를 놓아 외치(外治)와 내치(內治)를 나누는 내각책임제 개헌 운동을 추진하다가 실패한 일(그때 나는 정경연구(政經研究)라는 월간잡지에 그의 이름은 가린 채 그의 주장을 소개했었다).

조선일보 논설위원 때에 송지영 씨의 소개로 동경에서 이 선생을 만났더니 청주의 후배라고 대단히 반긴다. 함께 하꼬네(箱根)의 온천에 가기도 하였다. 자동차로 후지산 밑에 있는 큰 호숫가로 가서 기선을 타고 호수를 횡단하며 경관을 즐긴다. 계곡에 있는 고풍스런 모텔로 갔는데 겉은 전원풍이지만 안은 현대식이다. 방마다 탕이 있지만 온천은 대중탕이 좋다고 넓은 공통탕을 간다. 그리고 유까다(浴衣)만을 걸치고 각각으로 된 일본식 술상을 받고 청주를 기울인다. 유까다만 입었기에 서로의 중요한 부분은 언듯언듯 보인다. 그렇게 조용한 가운데 청주를 기울이며 밤늦도록 국내의 정치개혁을 말하고 민족의 통일문제를 논한다. 그 분위기는 마치 이른바 해방공간이라고 하는, 해방 직후의 정부

수립 전야의 그것과 비슷하다. 이 선생은 그 시대의 추억 속에 살고 있다고도 하겠다.

하꼬네 말고는 아따미(熱海)의 온천에도 갔었는데 아따미는 동경에서 교통이 더 편리하여 사람이 몰려들고 여러 가지로 하꼬네만은 못하다.

동경에서는 교(京)요리라고 하는 경도(京都)요릿집에 자주 갔다. 술 마시는 법도 같다. 천천히 청주를 마시며 끊임없이 민족 문제에 열을 올린다. 거기서는 스미에(墨枝)라는 웨이트리스가 단골이었는데 이 선생은 한국의 지사(志士)의 기풍으로 웨이트리스도 깍듯이 대우한다. 천천히 그러나 매우 정확하게 일본어를 구사하여 한국인의 금도를 보여준다.

한번은 신문을 내느라 어려운 가운데도 국내의 독립운동의 선배 10여 분(유석현·김재활·송남창 씨 등)을 일본에 초청하여 융숭히 대접한 일이 있다.

그런 이 선생이니 소설가 이병주 씨를 배척할 수밖에 없다. 처음에 창정(蒼丁·이영근 씨 아호)과 나림(那林·이병주 씨 아호)은 나이도 얼추 같고 아주 친하게 지냈다. 그러나 나림이 동경에 와서 술을 무절제하게 마시고 여자들과만 사귀고 돌아다니니 그럴 수가 있느냐고 갈라서게 된 것이다. 나림쯤 되면 민족의 사표(師表)가 될 만한 사람인데 그런 사람이 일본에 와서 교포들에게 조국에 대한 신념을 심어주기는커녕 주지육림의 생활이니…. 작풍(作風—그는 작풍이란 표현을 자주 썼다)이 틀렸다는 것이다. 나는 나림을 도덕·부도덕을 초월하였거나 벗어난 사람이라고 표현했었다. 소설가가 아닌가. 고은 시인이 나림은 이데올로기를 멜로드라마화한다고 비꼰 것을 읽은 일이 있는데, 나는 거꾸로 그러기에 나림에 친밀감을 느끼는 것이다. 창정과 나림의 화해를 위해 애써도 보았으나 허사였다.

이 선생이 김재규 부장을 만나러 몇 번 서울에 왔었으나 서울의 술집에 모시지 못한 것이 후회스럽다. 윤길중 씨 등과 호텔 방에서 약간 마셨을 뿐이다.

슈퍼거물급들과의 삽화들

전부터 "국회의원이 되려면 논두렁 정기라도 타고나야 한다"고 하였다. 농경 위주 시대의 이야기일 터이고 요즘 같은 산업화·도시화 시대에는 "아스팔트 정기라도"라고 바꿔야 할 것 같다. 국회의원이 그렇게 훌륭하다는 이야기는 물론 아니고 국회의원 되기가 매우 어렵다는 뜻일 게다.

국회의원이 그러하다면 한 나라의 대통령이나 그 급(예를 들어 내각제의 총리)이 되기는 얼마나 어렵겠는가. 그러기에 흔히들 "하늘에서 타고나야" 운운한다. 그러한 슈퍼거물급들과 술을 마신다는 것은 자주 있을 일이 아니다. 더구나 여럿이 하는 회식이 아니고 독대를 하거나 몇 명이만 술을 마신다는 것은 오래도록 기억해야 할 만한 일이다.

박정희 대통령과 사위 한병기 씨

8대 국회 때라고 말하는 것이 이해에 편리할 것이다. 유신 전이 된다. 그때 박 대통령은 언론계를 포함한 각계 인사들을 부지런히 접촉하였다. 유신 후는 달라졌지만 말이다.

그런 맥락에서일 것이다. 박 대통령은 대여섯 신문사의 정치담당 논설위원을 청와대 본관의 한 방에 초대하여 푸짐하게 술을 냈다. 나는 조선일보 정치담당 논설위원으로 참석하였다. 동아일보의 유명한 송건호 씨도 포함되어 있었다. 중국 음식에 아마 시바스 리갈이었을 것 같은 양주였고, 박 대통령이 계속 술잔을 돌려서 모두 취해버렸다. 박 대통령은 담배도 뽑아 권하며 라이터 불도 켜주는 파격적인 친절을 베풀었다. 대통령과 논설위원 사이라는 벽이 거의 무너졌었다.

나중에 당시의 김종신 공보비서관에게 들은 이야기이다. 송건호 씨가 소피를 보러 화장실에 갔을 때 박 대통령도 거의 동시에 화장실에 가게 되어 나란히 생리현상을 해결하였다. 그때가 방광의 압박을 풀었기에 기분이 좋은 때라고들 한다. 박 대통령은 송건호 씨를 좋게 평가하고 있었기 때문에 이런 말을 했다. "송 선생, 내가 송 선생을 무언가 꼭 한 가지 도와주고 싶은데 원하는 게 있으면 말씀해 보세요." "각하, 요즘 지방에 공장들이 엄청 세워졌다 하는데 저는 아직 가보지 못했습니다. 한번 보고 싶습니다." 너무나도 놀라운, 욕심 없고도 순진한 부탁이다.

그 덕(?)에 송건호 씨는 나중에 산업시찰단에 포함되었지만 지금 생각해도 어처구니없다. 세계 여러 나라의 발전과정을 연구하고 싶다면 세계 일주를 했을 것이고, 근대화전략을 연구하고 싶다면 연구자금을 두둑이 탔을 것이다. 사실 그 모임에도 참석했던 경향신문의 이명영 씨는 김일성이 여럿이었다는 것을 연구하겠다고 하여 두둑한 연구자금을 타냈으며 후에 『김일성 열전』을 저술하기도 하였다.

송건호 씨는 그러한 대쪽같은 선비였다. 그 후 동아일보 편집국장을 거쳐, 한겨레 신문 창간 사장을 지내는 등 언론계의 거목으로 존경받고 있다. 지금은 식물인간으로 와병중이다.

이야기는 다시 술자리로 돌아가서 모두에게 취토록 술을 마시게 한 박 대통령은 마침내 본론으로 들어갔다.

"내가 그동안 많은 사람의 이야기를 들어보았는데 모두 속 시원히 말들을 하지 않는 것 같아. 그래서 내가 여러분들과 이런 흉허물없는 자리를 마련한 거야. 기탄없는 이야기를 들어보려고 말이요. 그러니 나에게 하고 싶었던 이야기들을 아무 거리낌 없이 말들을 해보세요."

첫 번째 논설위원이 여자관계를 꺼냈다. 아차, 실수다 싶었다. 국정의 중요한 문제를 이야기해야지 남자들의 벨트밑 이야기를 이런 자리서 먼저 거론하여 판을 이상하게 만들다니! 아니나 다를까 분위기가 약간 경화되었고, 두 번째부터의 이야기가 별로 기억할만한 것이 없게 되었다.

네 번째인가, 아무튼 후반이 되었다. 박 대통령이 나를 바라본다. "각하께서 솔직히 말해보라고 하셔서 말씀드리겠습니다만, 지금 국회에 각하의 집안이 다섯 명이나 있습니다. 지금 다양화된 사회에서 여러 분야가 있는데도 불구하고 왜 몽땅 국회에만 진출시킵니까. 김일성체제가 근친 등용을 많이 하는데 이래가지고는 우리가 어떻게 그들을 비난할 수 있습니까. 분산시키시기 바랍니다."

그때 국회의원으로 박 대통령의 집안은 조카사위인 김종필, 그의 친형인 김종익, 박 대통령 처남인 육인수, 처조카사위인 장덕진, 대외적으로는 일체 밝히고 있지 않았지만 박 대통령과 본부인 사이의 딸의 남편인 한병기 의원 등 다섯 명이 있었다.

"내 사위를 말하는 것이지." 박 대통령의 언성이 약간 높아졌다. 민감한 곳을 건드린 것 같다. 육 여사만 공식으로 내세울 뿐 전부인 이야기는 쉬쉬하던 때다. 그러니 멀뚱멀뚱 살아있는 딸이나 그 사위에게 얼마나 미안한 생각을 갖고 있었겠는가. "속초에서 그 애 아니면 마땅한 사람이 없다고 하던데…" "대통령 사위니까 그런 것이지요. 사위가 아니면 다를 것입니다." 아마 나의 얼마간 급한 성격을 아는 사람들은 이렇게 되받았을 것으로 짐작을 할 것이다. 사실 그 말이 목구멍까지 나오고 있었으나 꾹 참았다. 예의를 생각해서다. 술자리는 그렁저렁 끝 났다.

그런데 박 대통령은 대단한 분이다. 그 자리에서는 그렇게 언성을 높였지만 그 말을 기억하고 단계적으로 시정해 나갔다.

9대 국회에서는 사위인 한병기 씨와 처조카사위인 장덕진 씨가 제외되었다. 나중에 한 씨는 대사가 되고 장 씨는 농림부 장관이 된다.

이어 10대 국회에서는 김종필 씨 형인 김종익 씨가 제외되고, 결국 돌아가시기 전까지는 5명을 2명으로까지 줄였다. 마지막까지 남은 사람들이 김종필·육인수 씨다.

그 후에 내가 낙하산으로 국회의원 공천을 받게 된 것은 분명 그때 일 때문인 것으로 추측한다.

대통령 이야기가 나온 김에 몇몇 대통령을 비교한 이야기를 해보겠다. 나는 특히 외국 기자들과 이야기할 때 박 대통령은 검도, 전두환 대통령은 축구의 주장, 노태우 대통령은 테니스라고 각각의 상징적 징표를 말한다.

박 대통령은 일본 육사를 나와 일본 사무라이의 무사도에 영향을 많이 받았다. 특히 명치유신 때의 지사들을 존경하고, 니노미야 긴지로(二宮金次郎)라고 근검절약·입신양명의 상징 인물을 좋아했던 것 같다. 또 일본 총독부의 아다라시이 무라 쓰꾸리(새로운 마을 만들기) 정책과 새마을 운동의 유사성도 있다. 루트 베네딕트는 일본을『국화꽃과 칼』이라는 책 제목으로 압축하여 말하였는데 여하간 그런 것들을 종합하여 박 대통령을 검도라고 압축하여 말한 것이다. 그것도 진검승부이다.

전두환 대통령은 축구의 주장답게 박력도 있으며, 동료나 부하를 통솔하는 보스기질도 유명하다. 거기에 비하면 노 대통령은 개인기인 테니스의 미기(美技)에만 신경 쓰는 듯한 그런 타입이었다 할 것이다.

전두환 대통령과 김지하 시인

전두환 대통령과 술자리에서 있던 이야기는 내가 전에 다른 곳에 쓴 적도 있고 또한 신문에도 난 적이 있지만, 한곳에 모은다는 뜻으로 재탕을 하여 보겠다.

민주정의당을 발기하던 때의 이야기다. 각 시도당의 조직책들은 청와대 옆에 있는 이른바 안가에서 전 대통령과 상견례를 겸해서의 술자리를 갖게 되었다. 마침 나는 서울특별시의 조직책이어서 순서상 전 대통령과 마주 보고 앉게 되었다. 초면이라 처음엔 긴장하였으나 술이 들어감에 따라 분위기가 부드럽게 되고 이런저런 이야기들을 서슴없이 주고받게 되었다. 전 대통령의 호방한 보스기질이 그렇게 유도했다고도 할 수 있다.

전 대통령과 마주 앉았기에 자연 나도 많은 말을 하지 않을 수 없게 되었는데, 그러다가 분위기에는 좀 엉뚱하게 "각하, 김지하 시인을 석방해주십시오"라고 불쑥 청을 하였다. 나는 조선일보 문화부장 시절 소설가 박경리 여사의 「신 교수의 부인」이라는 소설을 연재하였기에 박경리 여사를 알고 지내는 사이이다. 김지하 시인은 박 여사 무남독녀 외동딸의 남편, 그 며칠 전 신문에 보니 박 여사의 수필이 실렸는데, 그런 사위가 옥중에서 고생하고 있으니 자연 비장한 내용일 수밖에 없었다. 그래서 좋은 분위기를 틈타 좀 뜻밖이라 생각될 요청을 한 것이다.

"김지하 시인, 김지하 시인이라…"

"아, 『토지』라는 소설로 지금 인기를 끌고 있는 박경리 여사의 무남독녀 외딸의 남편입니다. 최근 신문에 보니 박 여사가 비감한 내용의 수필을 썼던데 마음이 안되었습니다."

"『토지』 말이요. 우리 애들도 읽고 있던데….(주변을 보며) 석방하도록 하시오. 그리고 그전에 박 여사를 한번 나도 뵙고 싶은데 그렇게 해 보세요."

그러자 군 출신으로 정당에 참여한 실세가 "각하, 우리도 검토해 보았는데 아직은 이릅니다. 어려울 것 같습니다."고 비틀어 버린다.

"석방하라면 해. 박 여사도 만나게 하고…" 역시 전 대통령은 듣던 대로 화끈하고 시원하다. 정치적 판단은 별개로 하고 성격만은 그렇다는 것이다.

그 일이 있고 얼마 후 김지하 시인은 석방되었다. 물론 가까운 시일 안에 석방될 것이었지만 그 술자리에서의 청으로 석방이 당겨진 것은 틀림없다.

그 후 몇 번 김지하 시인을 여럿이 모인 술자리에서 만났지만 나도 그런 이야기는 안 했고 김 시인도 별말이 없었다. 저항의 시인이 혹시 그 일을 알았다 한들 무어라 말하겠는가.

상당히 오랜 후에 그 일이 신문의 5공 시절 회고 기획기사에 나왔다. 그리고 한국일보 김성우 고문의 출판기념회에서 박경리 여사를 마주쳤더니 "내가 남 선생에게 인사도 못 하고 이제까지 지내왔어요."하고 조용하게 말씀하신다.

조그만 뱃심으로 화제가 될 일을 남긴 것이다.

한 가지 더 정치연구에 참고가 될 일화를 덧붙이면…. 호방한 전 대통령은 술자리에서 대단히 솔직하게 이야기를 털어놓는다. 한번은 청와대 상춘원에서의 몇몇 당 간부와의 술자리에서 이런 요지의 말을 한다.

"박 대통령 시대 후에 김종필 씨의 공화당과 유정회가 최규하 대통령을 굳게 뒷받침했으면 군이 거사를 했겠습니까. 공화당과 유정회 따로, 최 대통령 따로, 따로따로 논게 아니요. 그러니…. 그런 때에는 대통령을 뒷받침했어야지요."

여하튼 정치역학상은 맞는 말이다.

김영삼 대통령과 이돈명 변호사 이야기

YS의 대통령선거 캠프에 참여했고, 각료도 지냈기 때문에 여럿이 모인 술자리에서 YS와 술을 같이 할 기회는 많았지만 독대하여 술을 마실 기회는 딱 한 번 있었다. YS가 대통령에 당선된 후 대통령 당선인으로서 선거에 수고했다고 패시픽 호텔 화식부에서 나 하나만 불러 저녁을 낸 것이다(글쎄, YS 대통령 당선의 공신을 20명쯤 뽑으라면 나도 들어갈 수 있을 것도 같다).

YS는 개신교의 장로이기도 하기 때문에 대개의 경우 마주앙(포도주)을 마신다. 기독교도는 술을 마시지 말라는 법은 없는 것이고 가톨릭 신자는 자유로이 술을 마시는데 우리나라 개신교에서는 무슨 금기처럼 되어있다. 백여 년 전 개신교가 들어올 때 우리나라 사람들이 술·담배를 지나치게 하기 때문에 금지시킨 우리나라만의 현상일 것이다. 개신교에서도 기독교장로회 측은 비교적 술에 자유롭다. 기타의 개신교 측에서는 술을 마실 경우 되도록 포도주로 한다. 예수도 마셨으니까 말이다. 지난날 김옥길 씨 집에 초대받아가 빈대떡과 냉면 대접을 받았는데 굳이 술을 내라고 압력을 넣었더니 예외적이라며 포도주를 내놓는다.

YS는 주량을 나도 잘 모르지만 즐기는 편이라고 소문이 나 있다. 그날도 나는 취기가 돌 정도로 많이 마셨고 YS도 어지간히 마신 것 같다.

여러 가지 이야기 끝에 YS는 새 정부의 사람을 천거하란다. 나는 총리에 이돈명 변호사를 추천하고 두 사람을 다른 자리에 말하였다. YS가 경상도 출신이기에 총리는 전라도에서 내는 게 정석이다(역대 정권을 보면 대개 그랬고 가끔은 이북 출신을 선택한다). 거기다가 이 변호사는 민주화운동 인사일 뿐만 아니라 조선대학교의 첫 민선 총장을 지냈기 때문에 전라도를 대표한다는 상징성도 크다.

그 후 이틀쯤 신문에 총리에 이돈명 변호사 물망이라는 기사가 나왔다. 신문에 흘려서 여론을 떠본다는 것이 YS 참모들이 애용하는 수법이다. 이돈명 총리는 성사되지 않았지만 내가 천거한 나머지 두 명 중 한 명은 매우 중용되었는데 내 천거 때문이 아니라 그 사람이 매우 훌류했기 때문일 것이다.

오랜 후 YS 정권이 끝난 뒤 우연히 이돈명 변호사를 만나 슬쩍 그 이야기를 했다. 그랬더니 그제사 의문이 풀렸단다. 그리고 얼마 후에 한겨레의 곽병찬 부장 등을 포함하여 이 변호사가 화식집에서 술을 냈다. 총리는 안 되었어도 여하간 관심을 가져줘 고맙다는 것이었다.

여기에도 YS와 DJ 성격론을 덧붙이겠다. 동아일보의 논설위원이었던 최시중 씨가 쓴 글이 크게 참고가 된다. 최 씨가 언젠가 DJ에게 YS를 평해보라고 하니까 DJ 말하기를 "그는 어려운 일을 너무 쉽고 간단하게 말해." 이번에는 그 후 YS에게 DJ를 평해보라니까 "그는 쉬운 일도 괜히 어렵게만 말해."

YS는 한마디로 말한다면 일본말로 '앗싸리'하다. 맺고 끊는 게 분명하다는 이야기이다. 정치적 해설을 하자면 경상도이기에 타고난 다수파이고 평생을 행운아로 살았기에 너그러운 보수이다.

DJ는 끈질긴 노력가다. 정치적으로는 전라도이기에 타고난 소수파고 간고의 세월을 살아왔기에 개혁적이다. 전라도는 지역 문제도 있지만 상대적으로 많이는 빈곤하다는 면도 겹쳐 '언더도그'로서의 진보성과 개혁성을 갖게 되었다 할 수 있겠다.

김대중 대통령과 빌리 브란트

나는 김대중 대통령을 60년대부터 높이 평가했었지만 그 계보가 아니기 때문에 자주 자리를 같이할 수 없었다. 그러나 신문기자란 역시 사람을 만나는 운은 좋은 것이어서 기자로서 두 번 독대하여 식사할 기회가 있었다.

첫 번은 4·19 후 장면 내각 때, 그는 국회의원이 아니면서도 집권 민주당의 대변인으로 있었다. 원외인사면서 집권당의 대변인을 맡을 수 있었다니…. 그것 하나로 그의 역량을 알 수 있다. 나는 4·19 후 제호를 바꾸어 새로 탄생한 민국일보의 정치부 기자였다. 외국어대학 교수로 있는 언론학자 정진석 씨의 한국언론사를 보니까 제5공화국 시대의 대표적 언론으로 민국일보를 상세히 기술하고 있다. 민주당의 조세형 고문, MBC의 김중배 사장, 소설가 최일남 씨 등도 같이 일했었다.

회사에서 통일정책 특집기획이 있어 김대중 대변인에게 좀 긴 시간의 인터뷰를 요청했다. 그랬더니 시청 옆의 로스구이 집 '이학'에서 저녁을 하며 이야기하잖다. 약 세 시간쯤 걸렸을까. 나는 술도 곁들였지만, 그는 술은 거의 입에 대지 않은 것 같다. 김대중 씨가 술을 즐긴다는 이야기를 들어본 적이 없다. 오히려 그 반대의 이야기들이다.

인터뷰가 끝나고 일어서려니 흰 봉투 하나를 내밀며 술값이나 하란다. 나는 사양하며 나도 여유가 있다고 하였다. 물리적 시간은 1, 2분이지만 정신적 시간은 10여 분은 되었을 것이다. 그의 표정이 굳어 갔다. 나 나름대로는 원외 대변인이라고 내가 봉투를 거절하는 것이라고 그가 서운하게 생각하는 것으로 해석이 되었다. 그래서 받아 넣었다.

세월이 30여 년 흘렀다. 나와 함께 조선일보에서 일했던 채영석 의원이 90년대 초 친상을 당해 서울대 병원 영안실에 갔다. 김대중 씨도 왔었는데 같은 당원이라 그런지 예상보다 오래 머물렀다. 대여섯 명이 소주잔을 함께 하고 있었다. 물론 DJ는 소주를 입에 대지 않았다. 주당인 나는 적당히 듣고, 그러자 DJ, "옛날에 내가 촌지를 주었어도 안 받은 사람이 남 의원이지" 하고 옛날 옛적 이야기를 한다. 컴퓨터 같다. 그 기억력이여! 오히려 두터운 느낌이다.

두 번째 독대는 60년대 후반 내가 조선일보 정치부에 있을 때다. 그때 창간된 월간《지성》잡지에 나는 YS는 보수파, DJ는 진보파라며 여러 가지 분석하는 글을 썼었다. 그랬더니 DJ는 주한일본특파원단과의 만남에서 그 글 이야기를 하더니 얼마 후 나를 만나잔다. 지금의 프레스센터 뒤의 한정식집에서 단둘이 만나 점심을 했는데 나는 반주를 마신 것으로 기억하나 DJ는 술에 입도 대지 않는 것으로 알고 있다.

그 만남의 마지막에 나는 중요한 말을 했다. DJ가 기억하는지 모르겠다.

"김 의원은 한국의 빌리 브란트가 되십시오."

나는 DJ에 잘 보일 이유가 없다. 그러나 YS에서 DJ에의 이행은 문제는 있지만 역사의 일보전진이라는 확신을 갖고 있다.

노태우 대통령과 대폿집 불발

노 대통령과는 여럿이 술 마신 적은 많아도 조촐하게 마신 적은 없다. 그가 체육부 장관일 때 나는 국회 문공위원으로 있었다. 위원회가 정회하였을 때 한가하게 이런저런 이야기를 하다가 서린동 대폿집 이야기를 하였다. 재개발 전의 서린동에는 대폿집이 많았고, 그중 한 집은 드럼통 위에 끓이는 조그만 뚝배기로 유명하였다. 그 당시는 막걸리였고 북어포를 고추장에 찍어 먹었다. 광주 출신으로 국회부의장을 지 낸 정성태 의원은 특히 그 집을 좋아하며 함께 막걸리를 즐겼다. 그 이 야기를 했더니 노장관 꼭 한번 같이 가잔다. 약속을 한 셈이다.

그 후 무소식. 나도 잊어버렸다. 그런데 노 대통령의 임기가 끝난 후 어느 날 마주쳤더니 "참, 내가 남 의원과 약속 안 지킨 것 있어요. 서린 동 대폿집…" 하고 말한다. 약속은 안 지켰지만 대단한 기억력이고, 그 것도 성의이다.

대폿집을 갈 줄 아는 정치지도자. 나는 그런 지도자를 바란다.

(2001년 《강서문학》 제8호)

술이 유죄有罪런가

팬암 빌딩 방뇨테러 사건

조선일보 편집부 국장으로 운이 좋게 공짜로 유학을 하고 있을 때인 1968년 초봄의 일이다. 미국 하버드대학의 니만 언론연수 과정에는 미국인 10여 명을 중심으로 하여 영국, 캐나다, 남아공, 일본, 필리핀, 한국에서 각 1명씩을 포함 17, 8명의 언론인이 있었는데 이들이 한 학년의 과정을 마치고 뉴욕으로 단체연수를 하기로 하였다. 뉴욕 타임스 방문이 가장 중요한 것이고, 당시 뉴욕 주지사인 넬슨 록펠러 인터뷰,《아틀랜틱》과 쌍벽을 이루는 고급월간지《하퍼즈》잡지사 방문 같은 것이 있었다. 유엔본부 방문에는 마침 일행에 일본 언론인이 있어 유엔주재 일본대사가 리셉션을 열어주었다. 일본 언론인은 동경신문의 지바 아쓰꼬(千葉敦子)라는 여류인데 그 후 그녀의 암 투병기가 일본서 인기를 끌고 한국어로 번역되었다. 여성은 2명이었는데 다른 한 명은 캐더린 매킨이라는, NBC TV서 백악관을 출입했던 금발의 미국인이다. 뒷날 모두 유방암으로 저세상 사람이 되었는데 모두 미혼이었음이 관련이 있는 것 같다.

유엔 리셉션이 끝나면 모두 브로드웨이의 연극을 보러 가기로 되어 있었다. 연극을 보는데 예약이 필요했던 듯 캠브리지에서 미리 예약을 받았는데 그 일을 맡았던 친구가 "라만차를 본다"고 했을 때 나는 어리둥절했다. 무식이 들통날 뻔했다. '라만차의 돈키호테'인데 말이다.

처음 하버드대학에 도착했을 때 도서관 순회가 있었다. 엄청난 규모인 와이드너 도서관에는 하버드 출신인, '천사여, 고향을 돌아보라'의 토마스 울프의 특별실이 있다. 미국 친구는 내가 모르리라 짐작한 듯 혹시 그를 아느냐 한다. 다행히도 학생 때 그의 소설 『시간과 강』을 영문으로 읽은 일이 있어 자신 있게 설명하여 체면을 세울 수 있었다.

브로드웨이의 연극을 보는 것은 대단한 경험이다. 그런데 주당인 나는 그것을 포기하고(표까지 갖고 있었는데) 술 마시는 일을 택한 것이다. 리셉션에서 만난 일본 공동통신 특파원이 기분이 통할 듯하여 그에게 음주 순례를 제의, 그날 밤새도록 다섯 군데 술집을 훑은 것이다.

35년 가까이 된 일이니 그 고마운 친구의 이름을 까먹었다. 공동통신의 야스오 요시스케(安尾芳典) 서울지국장을 만난 김에 상황을 설명하고 부탁을 했다. 그래서 다시 알아낸 이름이 호리가와 도시오(堀川敏雄). 유엔 특파원 등을 마친 후 본사에서 국제국장을 지냈고 그 후 1980년에 정년, 척식(拓殖)대학 교수로 갔다가 94년에 은퇴했다는 이야기이다. 그는 나보다 연상인데 그때 일이 하도 고마워 국제국장 시절에 예방하여 식사를 같이한 기억이 난다.

리셉션이 끝났을 때는 아마 밤 8시 가까웠을 것이다. 나는 그에게 까놓고 주머니에 백 달러가 있는데 그 범위 안에서 술을 마시자고 하였다.

그랬더니 그도 마침 백 달러쯤 갖고 있으니 합치잔다. 다만 염치가 전혀 없게 된 것은 그의 차를 타고 다녔으니 나만 술을 즐겼을 뿐 그는 가이 드 역할만 한 셈이다. 정말 미안한 일이다. 꼭 신세를 갚아야 할 텐데….

첫 번째로 간 곳은 저먼 타운이다. 독일 사람들 밀집 지역의 맥줏집 으로, 입장할 때 최소한 얼마 이상은 마시라고 표를 사란다. 일 인당 3달 러였나. 그 안은 젊은이의 천국이었다. 맥주를 즐겁게 마시며 음악에 맞추어 남녀가 춤을 추며 즐겼다. 족히 백 명은 넘는 것 같다. 술맛 나는 곳이다.

두 번째, 호리가와 씨는 리셉션에서 좀 먹었지만 배를 채워야겠단 다. 그래서 간 곳이 고층빌딩을 한참 엘리베이터로 올라가서의 일본음 식점. 시가지가 내다보이는 고층에 미니 일본 정원도 있는 아담한 집이 다. 그 장사의 품격이라니. 거기서 스시를 몇 개씩 들었다.

세 번째, 처음이라 잘 모르지만 아마 디스코(disco), 전에는 디스코텍 (discotheque)이라고 하던 데일 것이다. 약간 높은 단 위에서 늘씬한 미녀 들이 춤을 춘다. 조명은 반쯤이다. 그 앞에서 손님들은 몸매를 감상하 며 술을 마신다. 춤추는 사람들도 있던 것 같다. 눈요기 집이라 할까.

네 번째, 자, 이제 일본사람들이 모여 즐기는 곳으로 가잔다. 작은 홀 가운데 피아노가 있고 둘레에 술좌석들이 있으며 사람들은 30명쯤 들 어갈 수 있을까. 마이크는 돌고 손님들은 피아노 반주에 맞추어 일본노 래들을 신나게 부른다. 그러니까 뉴욕에 근무하는 일본 샐러리맨들의 일과 후 휴식처다. 요즘 서울에도 비슷한 데가 있지만 술은 적당히 마 시면서 노래하고 담소하는 참 좋은 곳이다. 거기서 나도 한국노래를 한 곡했다. 그랬더니 한 청년이 인사를 청한다. 당시로써는 유명한 대기업의 2세였다. 여하간 반가웠다.

그쯤 되니 아마 새벽 3시는 지났을 것이다. 마지막으로 한곳이 있단다. 다섯 번째는 24시간 문을 여는 중국집으로 옥수수죽을 먹은 것으로 기억한다.

나 혼자 진탕 마시고 즐거워한 셈이다. 뉴욕의 이른바 나이트 라이프를 그만큼 즐길 수가 없다. 훗날에 뉴욕에 들러 동아일보 출신 유명 언론인 김진현(나중에 과기처 장관) 씨의 소개로 《사상계》 사장 장준하 씨의 동생 창하 씨를 만나게 되고 그의 초대로 플레이 보이 클럽에 가서 토끼처럼 차려입은 그 유명한 버니의 접대를 받으며 술을 한 일이 있는데 그렇게 해서 나이트 라이프의 보충 관광도 한 셈이다. 장창하 씨말로는 클럽의 멤버가 되어놓으면 막상 돈도 그렇게 많이 안 들고 손님을 만족스럽게 대접할 수 있어 실리적이라는 것이다. 그럴 것 같다. 우리나라와 달라 그렇게 진탕 마시지 않고 적당히 몇 잔만 하는 게 미국인들의 음주 행태가 아닌가.

뉴욕 밤 순회를 마치고 호리가와 씨는 나를 타임스퀘어 부근에 있는 하버드대학 합숙소에 내려주었다. 하버드대학은 큰 대학이라 몇몇 중요도시에 합숙소를 싼값에 운영하고 있는데 호텔식이 아니고 기숙사 같은 곳이다.

아마 새벽 4시쯤, 아무리 벨을 눌러도 문을 열어주지 않는다. 그렇지 않겠는가. 절대 취침시간일 것이다. 그것은 이해하겠는데 내 방광이 터질 지경이어서 문제다. 어슬렁어슬렁 마땅한 곳을 찾아 걸었으나 영 신통치 않다. 참는 데도 한계가 있다. 마침 웬만큼 유명한 팬암 빌딩이 인적 없는 가운데 기념물처럼 서 있다. 할 수 없다. 실례를 무릅쓰고 미국 최대도시의 그것도 중심부에서 방뇨. 인적만 보이면 달아나고 싶은데 오줌은 왜 그리 오래 나오나. 팬암의 경사진 바닥에 오줌이 5m, 10m… 흘러가고. 큰일이다. 얼른 삼십육계 줄행랑을 쳤다.

30여 년이 지난 후 오사마 빈 라덴은 뉴욕의 쌍둥이 세계무역센터에 비행기 테러를 감행했다.

나는 30여 년 전에 뉴욕의 팬암 빌딩에 오줌 세례를 한 셈이다. 방뇨 테러인가. 지금 와서는 부끄럽기만 하지만 나는 그 에피소드를 한참 동안 친한 미국인들에게 무슨 재미있는 일이라고 떠들어댔었다.

내가 존경하고 또 두려워하는 헨리 키신저 박사는 후진국 사람들은 자신들의 정체성 확립을 위하여 반미를 하는 경우도 있다고 하였다. 방뇨 사건으로 떠들던 것도 계속 미국에 기가 죽어지내다가 나의 정체성 확립의 한 방법으로 무의식중에 일어난 일이라 할 수 있을까. 억지로 의미를 부여한다면 말이다.

조선일보 사주(社主)에게 오해 산 두 사건

조선일보 정치부 차장으로 있을 때 권력 측에 밉보여 피해가다시피 옮겨간 곳이 문화부장 자리다. 나는 '야만부장'이라 자처하며 1년 반 동안 문화부 일을 열심히 하였다.

첫째, 車마빈과의 시비로 몸싸움
그때 방일영 사장의 동생인 방우영 전무가 차태진 씨와 술을 같이 하잔다. 차 씨는 용모가 미국 배우 리 마빈과 비슷한 데가 있어 차마빈이란 별명으로 통하는 영화 제작자로 신성일 엄앵란 콤비의 청춘물 등으로 당시 한창 뜨고 있었다. 좋은 요정에서 잘 마셨다. 그러던 중 한국일보 영화담당인 이명원 기자 이야기가 나오자 차마빈이 혹독하게 악평을 하는 게 아닌가. 그게 나와 시빗거리가 되고 취중에 몸싸움에까지 근접하게 되었다. 세상살이에 '참을 인(忍)'자가 그렇게 중요한 것인데도 나는 성격이 너무 급하고 도꾸가와 이에야스(德川家康)나 유비와 같은 정치인에 필요한 인내심은 전혀 없었다.

이명원 기자는 나와는 가까운 사이였다. 1954년 부산에서 서울로 환도하여 대학에 2학년 2학기 등록을 하게 되었는데 돈을 들고 서울대 문리대 창구에 줄을 서고 보니 내 앞의 학생이 이지적으로 생겼는데 일본어로 된 아인슈타인의 『나의 세계관』인가를 들고 있다. 나는 의예과였고 그는 정치과였다. 서로 인사를 하고 이야기를 나누게 되었는데 종교문제 이야기에 이르자 그는 "미국 유학 갈 기회가 있을까 하여 교회에 나간다"고 털어놓는 게 아닌가. 그 솔직함에 끌려 아주 친하게 되었다.

그가 나보다 앞서 한국일보에 입사하게 되었는데 한번은 자기 숙소에 가잔다. 따라가 보니 가톨릭 신학대학 뒤의 낙산 밑에 텐트를 쳐 놓고 집이라고 하지 않은가. 하숙비도 절약하고 밤에는 하늘의 별을 바라보며 사색도 하고…. 얼마 못 가 대학 측한테 쫓겨나고 말았다.

이화대학의 메이퀸이 입사하여 문화부에 배치되니 남성들 사이의 경쟁이 불을 뿜었다. 이명원 기자도 출전하여 어설픈 경쟁을 했는데 중간중간의 경과보고가 참 재미있었다. 그때는 나도 한국일보의 편집부 기자였다.

그런 사이인 이 기자를 영화 제작자가 신문사 사주 앞에서 악평을 하니 아무리 신문사는 다르다고 하여도 내가 방어에 나서지 않을 수 없었다. 몸싸움이 험악해지려 하자 방 전무는 떼어놓으려 나만 때리는 게 아닌가. 하기는 차마빈은 알아주는 주먹이란 소문이었으니 그렇게 안 했어도 차마빈이 화가 폭발했으면 내가 당했을 것이다.

홧김에 이명원 기자를 만나 경위 설명하고 은근히 차마빈에 반격하라고 했다. 그런데 들리는 소식은 둘이 계속 우호적이기만 하다고… 이 기자를 그 후로 '앙팡테리블'이라고 불렀다.

방 전무는 사장도 되고 회장이 되었지만 나를 아껴주었다. 내가 정치부장 시절에 장정호라는 유명한 언론인이 찾아와 조선일보에 입사하고 싶은데 방일영 사장은 괜찮은데 방 전무가 반대하여 성사가 안 되니 설득하여 달라는 부탁이다. 장형은 부산 거주의 유명한 소설가 김정한 씨의 사위로 그때 자유신문 사회부장이었다가 신문사가 문을 닫아 유랑하고 있었다. 신문기자답게 취재를 해보니 방 전무를 설득할 수 있는 사람은 남 부장밖에 없다는 결론이 났다고 했다.

즉각 방 전무에게 달려가 부탁을 했다. "이봐 조선일보 사람들을 키워야지, 외부에서 부장급을 데려오면 어쩌나, 안될 말이지." 방 전무의 입장은 분명하고 그럴듯했다. 나는 소진 장의처럼 되었다.

"전무님 말씀이 지당합니다만 달리 한번 생각하면 조선일보 편집국에 이질적 요소를 집어넣어야 서로 경쟁을 치열히 하게 되고 신문이 발전하는 것이 아닐까요. 동종교배(同種交配)만 하면 종이 퇴화하는 것이고 이종교배를 해야 하는 것이지요. 그 이종교배에 장정호 씨는 다이아몬드와 같다 할까요."

철옹성 같던 방 전무의 반대 입장이 순간에 무너졌다. 역시 나를 믿어서일 것이다. 장정호 씨는 입사한 후 나를 앞질러 조선일보의 편집국장이, 그것도 명 편집국장이 되었다. 다만 안타까운 것은 서울 장안에 소문난, 세련되고 아름다운 살롱 마담에 빠져 수명을 단축했다는 추측이 신뢰할 만하다는 것이다.

둘째, 요정 백양에서 접시를 날린 일

조선일보 논설위원이 된 것은 신문사 입사 10년 만이니 약간 파격이다. 방일영 사장이 국장급 이상을 술자리에 불렀는데 논설위원도 그런 대우를 받아 끼게 되었다. 효자동 쪽에 있던 조금은 이름 있던 요정 백양. 제2공화국 때 박정희 소장이 쿠데타를 할지도 모른다는 정보를 방미 시에 미국 측으로부터 들은 장면 정권의 제2인자 격인 김영선 재무부 장관이 박 소장을 불러 술을 나눈 곳이 그 백양. 김영선 씨의 그 후의 말로는 만나보니 조그마하니 생겨 일을 저지를 것 같지 않았다는 것. 도둑을 맞으려면 개도 안 짖는다는데 개는 짖었는데도 묵살한 꼴이다.

나는 10여 명의 자리에서 가장 나이가 아랫니고 하여 입구 쪽에 자리를 잡았다. 기생이 한 명씩 앉게 되었는데 내 옆에 온 기생은 매우 이쁘게 생겨 기분이 좋았다. 그런데 조금 있다가 주인 마담이 그 기생을 불러낸다. 내 자리 건너편에 두 자리쯤 떨어져 업무 담당 임 전무가 앉아있었는데 나에게 배당되었던 기생이 웃옷을 갈아입고 그 옆에 가서 앉는 것을 신문기자 눈치가 놓칠 리가 없다. 그런데 이게 웬일인가. 내 옆에 새로 온 기생이 더한 미인이 아닌가. 흐뭇해졌다. 여색을 탐한다고 소문이 났던 임 전무, 주인 마담에게 눈짓하더니 두 번째의 바꿔치기를 철면피하게도 감행하는 게 아닌가.

나는 주인 마담에게 바꿔치기는 이야기하지 않고 "당신 잘못을 당신 알렸다. 지금부터 세어보시오" 하고는 접시를 하나, 둘, 셋 하며 밖으로 던졌다. 장내는 긴장하였고 흥이 깨져 버렸다. 술도 몇 잔 안 했는데 내가 주사를 부린 것처럼 되었다.

자리가 파할 때 방 사장은 나에게 쿠폰(당시는 수표 아닌 쿠폰이 있었다)을 주며 가서 2차를 더하란다. 방일영 씨는 관후장자라 할 것이다. 사주 앞에서 그런 불경(?)을 저지르고 목이 성한 직장이 요즘 있겠는가. 그런데 오히려 후하게 술값을 주기까지 하니….

술 동료 조덕송 논설위원과 명동 바 '갈리레오'로 진출하여 밑도 없이 마셔댔다. '갈리레오'는 명동에서 비교적 품위가 있는 곳이어서 김상협, 이건호 교수 등이 드나들었다.

차마빈과의 사건, 그리고 요정 백양사건으로 나는 방 사장·방 전무 형제에게 술버릇이 나쁜 것으로 치부되었을 것이다. 그렇다고 나이가 훨씬 위의 선배인 임 전무의 못된 버릇을 까발려 이야기할 수도 없는 일이다.

세월이 20년 흐른 뒤에 흑석동 방일영 씨 댁에서의 세배 자리에서 한담하던 중 내가 입을 열어 진상을 말했다. 임 전무가 그때는 살아있을 때였다. 그때 공개 안 했으면 기회를 놓칠 뻔했다. 임 전무 사후면 신빙성이 약한 게 아닌가.

백양사건의 원인을 밝히지 않은 20년 동안도 방일영 씨는 나를 대단히 아껴주었다. 방 씨의 도량이 큼은 소문이 나 있다. 부하에게 뭉턱뭉턱 용돈을 준다. 다만 운 좋게 옆에 있던 사람이 불균형하게 횡재를 하는 게 아닌가 하는 생각도 들지만 말이다.

방일영 씨가 김성곤 쌍용그룹창업자와 일본에서 스시를 먹은 이야기는 유명하다. 동경서 최고급인 스시집에서 대식가인 둘이 식사를 했는데 계산을 하려니 주인이 들어와서 큰절을 하더란다. "우리 가게 생긴 역사 이래 가장 많이 스시를 드신 분이기에 영광으로 여기고 값을 받지 않겠습니다."

한국의 통 큰 유명인사들이 가만있을 수 없다. 그에 해당하는 돈을 모두 종업원들 팁으로 주었다.

방 사주 일화를 하나 더 보태면….

민기식 소장이 부산 군수기지사령관으로 있었을 때 자유당의 부정선거에 협력하지 않아 자유당 경남도당 압력으로 국방부가 민 소장의 예편을 경무대에 상신하였다. 그 정보를 심복으로부터 귀띔받은 그는 지프로 서울로 달려와 방 사주에게 구명을 호소하였다. 통 크게 교제를 많이 하는 방 사주를 믿어서이다. 방 사주는 유명한 경무대의 곽영주 경무관에게 부탁하고, 곽 경무관은 국방부 서류를 자기 서랍에 장기 보관해버렸다. 그래서 민기식 육군 참모총장까지가 있게 된 것이다. 나는 양쪽 모두에게서 정확하게 확인취재를 했다.

시인 박봉우와의 씁쓸한 마지막

전혀 시와는 인연이 없어 시라고 하면 유치진 씨의 한 희곡 대사에 나오는 "시루떡 말이요"만 생각나고 또 짓궂게 그 구절을 이용하여 익살을 떨곤 하였다. 특히 영문으로 된 시는 전혀 감흥이 없다. 영문도 산문은 그렁저렁 이해되지만 말이다.

그렇지만 내가 직접 대면하여 사귀었던 시인들은 좀 다르다. 느낌이 온다. 신동문이나 신경림이 그랬고 김춘수와 박성룡이 그렇고 강서, 양천에선 양성우와 이기와가 그렇다. 박성룡은 최근 작고했는데 신문들이 거의 무관심해 서운했다.

가끔 한국 시집을 들척인다. 박노해나 김남주에 특히 주목하게 되는 것은 내가 노동문제에 관심이 많아 그럴 것이다. 그리고 암울했던 지난 시대의 상황에 비추어 와 닿는 데가 있다.

요즘 《시와 시학》을 살펴보다가 신경림의 시집 『농무』에 수록된 「그날」이 조봉암 씨의 사법살인을 애통해해서 쓴 시인 것을 뒤늦게 알았고 그것으로 정치칼럼을 하나 써서 발표하였다. '신경림의 시 「그날」과 죽산과 민주노동당'이라 제하여서이다.

《시와 시학》은 훌륭한 잡지로 거기서 또 하나의 반가운 발견을 하였다. 친구라면 옛 친구였던 박봉우 시인을 추모하는, 기인(奇人)으로 유명했던 천상병 시인의 시다.

《시와 시학》 1992년 가을호의 천상병 씨의 시를 소개하면,

고 박봉우를 추억하며

카페 '귀천'에 와서
옆에 있는 사진을 보니
박봉우의 사진이 있었다.

살아생전에

그렇게도 다정다감했던 봉우

그렇게도 말 잘하던 봉우.

생각느니

천국에 갔으리라 믿는다.

천국에서 다복(多福)을 누리리라….

1960년대 중반 나는 우연히 박봉우 시인을 알게 되었다. 혹시 고은 시인을 통해서가 아닌지 모르겠다. 민음사의 박맹호 사장의 소개일 수도 있고, 모두 비슷한 연배였기에 소개가 없더라도 어울렸을 것이다.

술을 몇 번 마셔보니 박 시인도 기인(奇人)으로 느껴졌다. 당시는 얼어붙은 냉전 상황인데도 전혀 구애됨이 없이 자유자재로 활달하다. 아마 그래서 필화나 설화 걸린 것으로도 기억한다.

술만 마시며 지냈으면 괜찮은데 화근은 통행 금지시간이 되어 내가 근무처인 조선일보의 지프로 그를 집에 데려다준 데에 있다. 주당인 박 시인은 고랑망태가 되게 술을 마시고, 그러다 보니 통금에 걸리고, 생각나는 것이 편리한 조선일보 지프고, 마치 자가용처럼 이용하려 하였다. 대개 술 마시는 영역이 청진동·서린동·다동이었으니 조선일보 위치가 아주 편리하다.

그것도 몇 번이지 회를 거듭하니 짜증이 났다. 우선 박 시인을 먼저 데려다주고 내 집으로 가던 순서를 바꾸어 내 집에 먼저 가서 내리고 기사에게 박 시인을 바래다주라고 하였다. 그게 또다시 화근이 될 줄이야.

박 시인은 갈 생각은 안 하고 내 집에 쳐들어와서 술을 내린다. 양주를 내놓으니 시간은 영어식으로 '작은 시간'이 되는데 그의 사설은 계속되기만 한다. 집 식구에게 말이 아니다. 통사정하여 내보냈다. 그랬더니 동네 길을 왔다 갔다 하며 고성으로 외쳐대는 게 아닌가. "나 박봉우가 김일성을 만나러 평양으로 가려 하는데…. 나 박봉우가 평양 간단 말이야." 아마 10분 이상 떠들어 동네 사람들 잠을 다 깨웠을 것이며, 그들은 아마 '웬, 빨갱이가 나타났나…' 하고 간담이 서늘했을 것이다. 1960년 중반이다. 말이 난 김에 따져보면 흔히 시인에게 특권을 인정해야 한다고 하지만 그것은 문학세계에서의 일이고, 일상생활에 있어서는 자제가 있어야 한다고 본다.

그 후 지프는 박절하게 사절이고 그러다 보니 그와 술도 마실 기회가 없게 되고 아주 헤어지게 된 것이다. 풍문이나 신문으로 그가 고향 전주에 내려갔고, 거기서 친구들 알선으로 일자리를 얻었고, 얼마 있어 병으로 저세상 사람이 되었다는 것을 들었다. 그리고 그렇게 헤어진 것이 쓸쓸하게 느껴졌다. 그래도 재간 있는 시인이었는데….

「신경림의 시인을 찾아서」를 보니 "직업이 조국인, 그래서 세 자녀의 이름도 각각 하나, 나라, 겨레로 지은 박봉우 시인"이라면서 그가 정신병원을 거쳐 전주로 내려갔다고 적고 있다.

박 시인 이야기를 하다 보니 고은 시인 이야기도 잠깐 언급해야겠다. 고 시인은 너무나 거물이니 잠깐 언급하는 것이 실례가 될 것이지만 양해 바란다.

1960년대 중반에 박맹호 형이 청진동에 마치 복덕방 비슷한 출판사를 차렸다. 거기에 스님에서 환속하여 제주도에 있다가 상경한 고 시인이 사랑방처럼 들렀다. 그때만 해도 고 시인은 별로 이름이 없었고 또

할 일도 없어 박 사장 사무실에 들렀다가 때 되면 짜장면을 시켜다 먹었다. 정말 그때는 짜장면 시대다.

박 사장은 나와 청주 고교동기로 서울대 문리대 불문과를 나왔는데 집안이 충북 보은에서 제일가는 부자이지만 집안 신세 전혀 안 지고 약사인 부인의 조력만 받아 자력갱생하려고 발버둥 치고 있던 때이다. 물론 그도 문학지망이어서 초기엔 맥파로(麥波路)라는 주인공을 내세운 정치풍자 소설로 현상모집에 당선된 바도 있지만 아버님의 정치를 돕느라 문학의 길을 포기할 수밖에 없었다. 나중에는 한국서 손꼽는 유명 출판사로 대기업이 되었고 그래서 나도 정치한답시고 신세를 듬뿍 졌지만, 그때는 겨우 '요가' 같은 책만 출판하고 초라했다.

거기서 고 시인, 내가 자주 그렇게 부르는 고선사(禪師)를 만났다. 그리고 가끔은 술도 같이 했는데 그때의 그는 다듬어지지 않아 행동이 거칠었고 그런 가운데 천재적인 요기(妖氣)가 얼핏얼핏 보였다. 요기라고 한다고 화내지 말길 바란다. 나는 어느 시 전문 잡지에 수필을 써서 한용운 선생을 북한산에 비교할 수 있다면 고은 시인은 남산 정도의 크기로 말할 수 있는 민족정신의 맥을 잇고 있다고 칭찬한 일이 있으니 말이다.

술자리도 얼마간 거칠었다. 그런 그가 대학교수와 결혼한 후는 몰라보게 달라져 의젓한 지사 시인으로 변모하는 게 아닌가. 내가 정치를 할 때는 선거구 안에 있는 화곡동에 살고 있으면서 정보기관의 감시를 늘 받으며 살았다는데 이야기는 듣고 있으면서 나는 당시 여당에 적을 두고 있어 민주투사인 고 시인을 찾아보지 못했다.

요즘 가끔 마주치면 고 시인, 박 사장, 나, 모두 닭띠 동갑이고 같이 늙어가게 되니 정겹게 느껴진다.

공항까지 따라온 일본 호스티스

술 좋아하는 사람은 외국 여행에서 그 나라 특색이 있는 술집을 찾는 것을 낙으로 삼는다. 마치 골프를 즐기는 사람이 여행지에서 꼭 골프장을 가보고 싶어 하는 이치와 같다.

자주 여행했던 일본에서도 그러했다. 우리 대폿집에 해당하는 것이 '이사까야(居酒屋)'고 좀 고급인 것이 '갓뽀우(割烹)'이다. 술집은 주머닛돈에 맞게 층층이 있어 편리한데 '스시(壽司)'집은 대단히 비싼 곳이 많다. 한국 사람들은 일본에 가서도 한국인이 경영하는 술집을 주로 애용한다. 동경에서는, 살롱이나 카페에 해당하는 것이 '센(千)', '지희네 집' 같은 곳이고, 밥집으로는 '쿠사노이에(草の家)', 고급요정으로는 '이화원' 등이 이름이 나 있었다.

오사까(大阪)에 가서 한국 술집 덕수원(德壽園)을 찾으니 노년의 김정구 씨가 고정으로 노래를 부르고 있어 반가웠다.

술에 취해 망신을 당한 적도 있다. 조선일보 시절 동경에서 1차, 2차, 3차를 즐긴 후에 기모노(일본 옷)를 입은 미인이 눈짓을 하기에 친구와 함께 근처 호텔 방으로 들어갔는데, 아뿔싸, 그들이 여장 남자인 이른바 '오까마'가 아닌가. 처음 당한 일이라 혹시 망신을 할까 봐 팁을 두둑이 주고 도망치다시피 나왔다.

동경에서의 압권은 '미카도(Mikado—황궁·천황의 뜻도 있다)'란 술집에서 있은 일이다. 미카도는 극장 크기만 한 술집으로 음악 공연도 있고 춤도 출 수 있으며 주로 맥주를 마시는 곳이다. 그런데 놀라운 것은 호스티스의 수가 3, 4백 명이 넘을 것이라는 사실이다. 1970년대의 일인데도 그때 미카도라면 주당 가운데 모를 사람이 없을 정도로 동경의 명소였다.

여행길 친구 몇 명이 호기심에서 들려서 마음껏 마셨다. 내 옆의 호스티스가 보통 명함의 3분의 1쯤 될 작은 명함을 주며 다음에 오면 찾아달라고 한다. 주당은 술 마실 기회를 여러 가지 구실을 대며 만들어나간다. 당시 조선일보 특파원으로 있던 이종식(나중에 국회의원) 형과 차석특파원인 허문도(나중에 통일원장관) 형 등을 포함한 몇몇이 미카도로 가서 먼젓번의 그 호스티스를 찾고 모든 일을 그녀에게 맡겼다. 여자와 술, 안주 같은 것 말이다.

열두 시쯤까지 마셨을까, 떠나려고 하니 일행 가운데 일본통이 내 담당 호스티스에게 밖에 나가 한잔 더 하자고 말한다. 영업 규칙상 2시까지는 나갈 수 없다는 것. 그러나 바로 앞의 스시집에 가서 스시나 몇 개 들자고 설득, 데리고 나오는 데 성공했다.

일행은 한국대사관이 있는 지역의 단골 술집으로 차를 몰았다. 그리고 유쾌하게 떠들며 술을 마셨는데 한패의 일본인 손님들이 노래를 부르자 우리도 한국노래로 화답하는 화기애애한 분위기가 새벽 3시쯤까지 계속되었다. 술집에서는 다투는 게 아니라 그렇게 모두가 친구가 되어야 하는 것이다.

술집을 나오니 특파원들이, 나와 호스티스가 택시에 타자 문을 닫고 떠나보낸다. 의미 있는 배려다. 내가 호스티스를 집까지 바래다주겠다고 하니 그녀는 여행자를 바래다주는 게 예의라며 나를 일본 궁성 옆의 파레스사이드 호텔에 내려주었다. 밤샘으로 술을 마신 것이 미안하여 차비라며 두둑이 건네고 낮 12시에 호텔 로비서 만나 점심 식사나 하자고 약속하였다.

호스티스 소개를 빠뜨렸는데 그녀는 시골서 단과대학을 나오고 문학 지망생이라 했다. 키는 좀 큰 편이고 용모는 수준을 얼마간 웃도는 호감 가는 인상이다.

호텔 방에서 곯아떨어졌다. 인사불성이다. 갑자기 깨우는 소리. 눈을 뜨니 당시의 주일대사 이후락 씨가 우리 일행과 관저에서 점심을 하려 한다니 서두르라는 이야기다. 이후락 씨가 누구인가. 당대의 실력자가 아닌가. 신문기자라면 뉴스원으로 놓칠 수 없는 존재이다. 서둘러 준비를 하고 대사관저에 갔는데 가서는 호스티스와의 약속을 상기하고 아차차 하였다.

점심을 마치고 호텔에 돌아오니 이게 웬일인가. 2시 반쯤 되었는데 그녀가 로비에 단정히 앉아 기다리고 있는 게 아닌가. 고급 넥타이 선물을 갖고서 부랴부랴 지하 아케이드로 가서 아는 게 샤넬밖에 없으니, 샤넬 중형 크기를 하나 사서 답례 겸 사과를 하였다.

그러는 사이 일행은 하네다공항으로 떠나 버리고 나만 쳐지게 된 것이다. 대사관에서 차를 내주어 뒤따르게 되었는데 그녀가 굳이 공항까지 배웅하겠단다. 짧은 동경 여행에 일본 미녀가 하네다공항까지 배웅이라… 어떤 애정 영화의 한 장면 같지 않은가.

하네다에 도착하니 일행과 우리 특파원들이 밖에서 기다리고 있다가 드디어 나타났다고 환호성을 올린다. 그것도 일본 미녀를 거느리고서, 그들이 얼마나 놀랍고 부러웠겠는가.

하네다에서의 그녀의 자상한 배려와 친절은 접어두자. 귀국 후 얼마 지나 이종식 특파원이 일시 귀국하였을 때 둘 사이에 중대한 의견대립이 생겼다.

나는 아전인수로 그녀가 나에게 호감을 가졌다고 뽐내는 말투였다. 그런데 이형이 그 핑크빛 상념을 깨버리는 게 아닌가. 이형의 해석인즉슨…. 마카도는 동경에서 가장 큰 술집으로 호스티스도 가장 수가 많다. 그러니 그 경영기법이 철저히 점수제다. 손님에게 지명받지 않은 채 불려갔으면 A점, 지명받고 불려갔으면 A+B점, 그녀로 인해 손님이 몇 명 더 왔으면 A+B+(C×몇 명)점, 매상이 오른 액수에 따른 퍼센티지점… 그런 식으로 철저히 점수화된다는 것이다. 그러니 내가 서너 명 데리고 가서 그녀를 지명하고 모든 것을 맡기고 엄청 마셔댔으니 점수가 얼마나 올랐겠느냐 하는 것이다. 그런 손님 몇 명만 확보하면 보너스는 물론 월급 승급도 보장되지 않겠는가. 이형의 설명을 들으니 그럴 듯하다. 아마 맞는 말일 것이다.

그러나 나는 아직도 설마 그렇기만 할까, 그날의 분위기에 그녀가 호감을 갖게 된 것이 틀림없다고 믿고 싶은 것이다. 아니 믿고 있다. 여자를 잘 이해 못 하는 어리석은 자의 집착이다.

하여튼 일본 접객업소의 그 친절하고 부드러운 서비스 정신은 무뚝뚝하다 할 우리 종업원들이 꼭 본받을 일이다.

24시간 술을 마셔댄 손세일·임재경과…

사회를 사는 지혜로 무엇보다 친구를 잘 사귀어야 한다고들 말한다. 술친구가 그 가운데 으뜸일 것이다. 그리고 보면 술 마시는데 돈과 시간을 많이 낭비했지만 나도 술친구를 많이 두었다고 하겠다. 그러나 친구 사귀는데 맹목이었다. 계산속이 전혀 없이 우연히 만나서, 또는 기분이 통해서 마셔댄 것이다. 나이가 든 지금 옛 어른들 말처럼 친구를 어느 정도 가려서 사귈 것을 그랬다 싶다. 술도 절도 있게 마시고…. 아무튼 가까웠던 술친구들 이야기. 김대중 정권하의 민주당 원내총무를 지냈고 『이승만과 김구』라는 좋은 책을 쓴 손세일 형과 한겨레신문 창간 부사장이었던 임재경 형은 나와 함께 조선일보서 일한 적이 있다. 손형은 서울문리대 정치과 출신이고 임형은 같은 대학 영문과 출신. 연령도 크게 차가 안 나고 또 생각들도 비슷비슷해서 술 마시는 명콤비가 되었다. 굳이 탓하자면 손형은 오만한 자세이고, 임형은 가끔 짓궂은 것이라 할까. 형평에 맞게 나를 평한다면 무어라 할까, 성질 급하고 고집통이고….

손형은 《사상계》의 편집장을 지냈고 거기서 동료인 동아일보사장 심강 고재욱 씨의 따님과 결혼을 했다.

일본에서 TBS 브리태니커에 오래 근무하기도 하여 일본통이라 할만하다.

임형은 문리대의 문학 패거리들과 어울린 문예 청년으로 프랑스와 독일에 유학하기도 한 유럽통이자 사상가 냄새를 짙게 풍기는 언론 운동권이다.

셋이 어지간히 어울렸다. 그때 임형이 경제기획원 출입으로 촌지도 생겨 술값은 그가 많이 부담했다. 셋 중 처음 미국국무부 초청을 받아 떠나는 손형을 환송한답시고 마지막에는 종로2가의 속칭 '나이아가라'까지 가서 밤새도록 술을 마셔 손형의 여행에 타격을 준 적도 있다.

그중 압권은 24시간 이상 함께 술을 마신 일이다. 최근에 손형과 그때를 회고하다가 보니 술집을 간 순서를 놓고 서로 이견이 있었다. 30년도 넘었으니 어찌 순서까지 정확하겠는가.

토요일 오후 6시 반쯤 광화문 빈대떡집에서 시작하는 것이 순서였다. 처음에는 돈을 아낄 생각을 한다. 그러나 발동이 걸린다고 하는데 술이 얼큰해지면 용기가 생긴다. 다음이 명동에 있는 바 거리로의 진출이다. 그때는 살롱이 아니고 바의 시대였다. 바에는 밀실이 없고 고정으로 앉는 호스티스도 없고 원래는 잠깐 2, 3차로 한잔하고 가는 곳이다.

명동 바에서 11시가 넘으면 통금이 있던 때라 그다음 궁리를 하게 된다. 그리고 대개 가는 곳이 밤새 영업하는 회현동 유엔 센터. 그날도 그렇게 진행되었다. 다음날이 일요일이니 마음 놓고 마셔댔다. 새벽 4시 통금이 해제되면 취객들 가운데 많이는 청진동 해장국 거리로 가서 해장국에 막걸리 한 대접을 하는 것이 코스.

거기서 끝났으면 가끔 있을 수 있는 일이었다. 그런데 예외가 생겨버렸다. 손·임의 악당이 내 집에 가자고 요구하고 나는 우둔하게도 응해버렸다. 누상동 집에 도착한 것은 5시쯤 되었을까, 엄처의 박대 속에 양주 한두 잔씩하고 쫓겨나듯 나왔다.

손형이 자기 집으로 가자 하여 녹번동으로 갔다. 7시쯤일 것이다. 대단히 미안한 일이었다. 취해서 그런 것이다. 그런데 이게 웬일인가. 손형의 부인이 우선 꿀물을 타내고 북엇국, 콩나물국을 끓여내고 취객들에게 극진하다.

거기서 또 마셨다. 옷도 벗지 않은 채 눈을 붙이기도 하다가 또 깨어서 마셨다. 그사이 임형이 달아났다. 나는 손형과 점심을 먹고 떠들고 지내다가 저녁이 된 후 근처에 사는 채현국 형 집으로 가기로 했다. 서울대 문리대 철학과 출신인 채 형은 '가두의 철학자'라고 내가 별명으로 부르는데 당대의 기인이라 할 것이다. 옷도 막 입고 말도 막 하고 술도 막 마시고…. 집안에 돈이 있어서 그렇지, 없었으면 천상병 시인과 비슷해졌을 것이다. 그러면 실례가 될까. 채 형의 선친은 사업가로 제2차세계대전이 끝날 때 상해에 있었는데 학병으로 갔던 우리 학도들이 배를 기다리느라고 상해서 우왕좌왕할 때 그들에게 무료로 숙식을 제공해서 유명해졌다. 그 학병 가운데 이병주 소설가도 포함되어 있다.

아무튼, 그 채 형 집에 가니 임형이 자기 집에 들렀다가 어느새 거기에 와서 술을 마시고 있는 게 아닌가. 셋은 또 합류하여 술을 10시쯤까지 마셔댔으니 구제할 수 없는 사람들이다. 술하고 원수졌나.

그때 경험에서 하나 터득한 것은 술을 좋아하는 아버님 밑에서 지낸 딸과 술을 별로 안 하는 아버님 밑에서 성장한 딸은 취객들 시중하는데 완연히 다르다는 것이다. 손형의 장인 심강 선생이 누구인가. 그 집안에서 술 시중의 법도를 익혔으니 손형의 부인은 거의 완벽했던 것이다. 요즘 그 일로 칭찬을 했더니 손형은 더 우쭐해지고 더 오만해졌지만 말이다. 나의 경우는 그렇지가 못했다. 장인어른이 술을 못 하신 것이다. 그래서 나는 그날 일을 나의 실수로만 생각하고 있다.

기자의 청와대 초소 몸싸움 사건

술을 좋아하는 사람은 술에 따른 잘못에 대하여서도 너그럽다. 술 좋아하는 사람 치고 나쁜 사람 없다고 흔히 말하는 그런 이야기와 관련이 있다.

서울신문사 편집국장으로 있던 때다. 아마 1974년쯤일 게다. 사회부의 김건 기자가 사고를 쳤다. 청와대 뒷산 밑 경비초소 책임자인 장교와 취중에 몸싸움을 해서 수도경비사 헌병대 영창에 수감되었다는 것이다.

이야기인즉, 김 기자는 붙임성이 있어 평소에 집 근처 경비초소에 먹을 것, 마실 것을 자주 갖다 주며 통행 금지시간이 지나 귀가하는 것을 눈감아 달랬단다. 사회부 기자니까 업무상도 늦을 수가 있고, 또 술을 좋아하다 보니 통금을 넘길 수가 있었다. 그런데 그날따라 책임자인 장교가 바뀐 것을 몰랐다. 초소 측에서 엄하게 나오니까 술김에 너무한다고 대들고 약간의 몸싸움에 이른 것 같다.

사장실에서 해당 간부들의 모임이 열렸다. 감사인 김종민 씨는 육군 준장 출신인데 불경스럽게도 청와대를 경호하는 군인들과 술 마시고 시비를 벌렸으니 박 대통령에 대한 도리상 김 기자를 해임해야 한다고 강경하였다. 김 감사에 관하여는 설명이 필요하다.

그는 군에서는 유명한 인물로 본명은 김종평이다. 막강한 육군의 정보국장 겸 특무부대장을 지냈고, 그 후에 특무부대장이 된 악명높은 김창룡 장군에게 모함을 받아 육군형무소 살이도 한 기구한 운명이 되었다. 박 대통령이 육영수 여사와 결혼했을 때 그 기념사진에 10여 명의 친구가 나오는데 거기에 김 감사가 나올 정도로 박 대통령과도 가까웠다. 그래서인 듯 여러 가지로 박 대통령의 배려를 받고 있는 듯했다.

그런 김 감사이니 청와대가 관련된 사건에 민감할 수밖에 없을 것이다. 당시 전무는 윤일균 예비역 공군 준장인데 윤 전무는 김종필 씨 밑에서 중앙정보부 차장보를 지낸 정보통으로 예의 바르기로 유명한 사람이다. 김 감사가 군의 선배이니 윤 전무는 의견이 있어도 함구할 수밖에 없었을 것이다.

나는 해임은 절대 안 된다고 하였다. 서울신문은 정부 기관지로 사장이 수시로 바뀌니 회사에 굳건한 중심이 없어 사풍이 해이해지기 쉬우므로 나는 편집국에서 엄하게 기강을 세워 왔었는데 그런 국장이 부하기자 하나도 보호하지 못한다면 어떻게 앞으로 통솔을 할 수 있겠느냐는 논리에서다. 우선 김 기자의 석방에 힘쓰고 그의 진술을 들은 다음에 징계문제를 매듭짓자는 주장이다.

윤 전무에 관해 재미있는 이야기를 소개해야겠다. 그는 자기의 하루하루의 모든 일을 메모한다. 사람들과 대면하며 이야기하면서도 메모다. 아마 하루에 10페이지는 할 것이다. 그리고 5색 볼펜으로 내용을 구별해 놓는다. 급한 것은 빨간 줄일 게다. 그의 몇 개의 캐비닛은 메모를 한 다이어리 노트북으로 꽉 차 있다. 한번은 정치모략에 걸려 정보부의 조사를 받은 적이 있단다. 그때 그 메모로 위기를 탈출했다. 소설가 이병주 씨는 카프카 소설에 대조되는 이야기를 하나 쓸 수 있겠다고 재미있어했다.

사장인 김종규 씨는 누구나가 수긍하는 신사이고 모범적인 신문경영인이다. 연대 상과 출신으로 한국은행을 거쳐 신문사에 들어와 한국일보 사장도 지냈으며 월남 부대사, 호놀룰루 총영사, 이란 대사 등 외교경력도 쌓았다. 그러니 그 세련도와 국제수준의 양식은 굳이 설명할 필요가 없다. 별명이 맥아더 원수일 정도로 잘 생겼다. 그 김 사장은 오랜 시간 난색을 보이며 침묵했다.

꼭 소개해야 할 김 사장의 일화 하나. 나중에 5·18 쿠데타가 있었을 때에 서울신문 주필인 이진희 씨는 신군부의 집권 당위성을 주장한 논객으로 유명해졌는데 하루는 이 주필이 신군부의 정권장악이 당연하다는 내용의 사설을 써와 김 사장에게 보이더란다. 지금 생각해 보아도 당시의 삼엄한 분위기에서, 더구나 정부 기관지인 처지에서, 김 사장은 입장이 난처했을 것이다. 역시 심사숙고하였을 김 사장은 "사설은 안 되고 내려면 주필 개인의 이름을 넣은 칼럼으로 발표하시오." 언론계 사람들은 그 조치를 그 당시의 상황에서는 그래도 사려 깊은 것이었다고 할 것이다.

25년이 더 넘은 그때를 회상해보면 김 감사가 그렇게 외고집만은 아니고 많은 고초를 겪은 사람으로 삶의 지혜도 터득하고 있던 분 같다. 김 감사는 나에게 수경사로 사과 가잔다. 당시 수경사는 필동 남산 밑에 있었다. 우선 헌병단장 김만기 대령부터 찾아 예의를 갖추었다. 참모장은 그 후로 12·12 하극상을 용감하게 진압하러 나서서 대단히 유명해진 장태완 준장인데 그에게도 미안하다고 말하였다. 그리고 육사 8기인 사령관 진종채 소장. 김 감사가 군의 역시 유명한 대선배이기에 방문은 스므드했다. 나는 거기에 덧붙여 주월사 헌병부장을 지낸 헌병 중령 출신인 고교동기 허재송 형을 다리로 하여 김만기 대령을 술자리에 초청하였다. 김 대령은 예의 바른 모범적 군인이었다. 나중에 소장으로 예편하여 감사원 사무총장이 되는 등 관운이 따랐다.

이제 김 기자 해임 건을 처리할 단계. 김 사장은 매우 난처한 표정으로 국장이 감사에게 지는 것이 좋겠다며 결국 결제를 하였다. 나는 그만한 일로 기자를 파면하고서는 도저히 국장일을 할 수 없다면서 사표를 제출하고 짐을 쌌다.

참으로 오랜 격무 끝에 신문사를 떠나니 우선은 홀가분했다. 회사에서 주던 전용차도 없기에 걷는 습관도 기를 겸 신교동 집에서 을지로4가의 국도극장까지 걸어가서 오랜만에 영화를 보았다. 돌아오는 길에 을지로3가 교차로에서 신호가 막혀 서 있었더니 지프가 서며 거기서 김 기자가 내려 석방됐다고 인사하는 게 아닌가.

우연이다. 그런데 마음이 언짢은 것은 그 김 기자가 "국장이 몸이 달아서 수경사로 통하는 을지로3가에서 기다리고 섰더라"고 소문을 낸 것이 내게까지 전해진 것이다.

집으로 계속 사장이 보낸 사람들이 왔다. 한 번쯤은 사장을 만나는 것도 예의일 것 같아 만났더니 3개월만 여유를 주면 김 기자를 복직시키겠다는 약속이다.

그래서 모든 일은 해결이 되었는데 나는 지금 김 감사도 이해하고, 김 사장의 조치도 그래도 원만했다고 생각하는 것이다. 김 감사는 청와대나 수경사 측이 문제시하기 전에 말하자면 선제방어를 주장한 셈이다. 선제공격이 있다면 선제방어도 성립될 게 아닌가. 서양식이 아닌 한국식의 인사처리 방식이라 하겠다.

김 감사는 신심이 깊어져 노년에 목사가 되었고, 윤 전무는 그 후 중앙정보부 해외 담당 차장이 되었다가 김재규 부장의 궁정동사건 후에 잠시 부장서리를 맡기도 했다. 김 사장은 현대그룹의 사장이 되고 인생의 거친 들판을 살아오며 지혜를 터득한 백전노장들과 함께 한 직장생활이었다. 모두 정답게 회상된다.

정사(正史)가 되어버린 국방위 회식 사건

서점에서 우연하게 윤하선 인하대학 교수의 학술논문집 『한국 민주주의와 마르크스주의』를 발견하여 샀다. 정년기념이다. 윤 교수는 외무부 차관을 지낸 윤하정 씨의 형님으로 신범식 전 문공 장관이 1950년대 중반에 하던 사회문제연구소의 이사로 있었고 나도 그 연구소에 관계하여 안면이 있기 때문에, 30여 년이 흐른 후 어떠한 학문적 성취를 했나 알아보기 위해서다.

그 책의 맺는말은 1986년 4월에 집필하였다고 적어 놓았는데 「한국의 민주화와 통일을 향하여—정책요령고」라는 논문의 끝부분은 나로서는 의외의 발견이었다.

"1986년 3월 국방위원회 의원과 10여 명의 군 장성 간담회 석상에서 국회 사령탑인 여야총무와 몇몇 국회의원이 군 장성에 의해서 구타된 충격적인 사건이 발생하였는데 군벌의 권력 핵이 기타 권력 핵보다 우세하다는 것을 우리에게 가르쳐준 일화였다 하겠다. 이 사건처리 여하에 따라서 군벌의 힘의 귀추가 결정될 것이다."

이른바 국방위 회식 사건은 여하간 대단히 중요한 사건이었다. 그러나 그 진상이 소상하게는 밝혀진 일이 없다. 나도 그 사건의 중요당사자이지만 약간 늦게 그 자리에 참석하였고 하여 전모를 완전하게는 알지 못한다. 또 김동영 의원 말고는 관련자가 모두 생존해있는데 아직까지는 아무튼 그 진상을 밝히는 발언을 했다는 이야기를 못 들었다. 따라서 나도 어느 누가 거론을 하기 전에는 발언을 삼가는 것이 좋지 않을까 하는 판단을 갖고 있다. 사건 후 어쨌든 화햇술을 마셨으니 그 일에 대해 함구하는 것이 주도(酒道)일 것도 같고….

다만 그 사건을 취재한 기자의 매우 훌륭한 기사는 있다. 동아일보의 김재홍 씨는 국방부 출입 기자로 군사전문이 되어 하나회를 폭로하는 일 등으로 명성을 날렸었는데 그가 신문에 연재한 글을 종합하여 『군(軍)』1부·2부로 책을 냈다. 1994년에 동아일보사에서 펴냈다. 그 책의 제1장이 국방위 회식 사건인 것이다. 그만큼 무게 있게 다루었다.

김재홍 씨는 그 후 정치부 차장, 논설위원이 되었고, 기자 때에 신군부에 의해 신문사에서 쫓겨난 기간을 선용하여 서울대학에서 정치학 박사학위를 하였기에, 지금은 경기대학의 교수로 그리고 칼럼니스트로 활약하고 있다.

그 제1장을 대폭 단축하여, 그러나 원문을 그대로 살려 소개한다. 중요한 한 대목에 이견이 있지만—.

* * * * *

제1장
금배지와 별, 누가 센가 국방위 회식 사건

1986년 3월 21일 저녁 7시, 서울 회현동에 위치한 요정 '회림', 20여 명이 모인 한판 술자리가 벌어졌다.

육군 참모총장 등 군 고위장성 8명과 여야 국회의원 10여 명이 모인 자리였다.

맞은편 줄에는 8명의 육군 수뇌들이 자리했다. 참모총장인 박희도(육사 12기) 대장, 참모차장 정동호(육사 13기) 중장, 인사참모부장 이대희(육사

15기) 소장, 총장 비서실장 구창회(육사 18기) 준장 등 육군의 노른자위들이었다.

오후 7시 반 조금 넘어 지역구가 지방인 김동영 신민당 총무가 약속시각에 대지 못했음에도 여유만만한 태도로 들어섰다.

"허, 힘 있는 거물은 안 오고 똥별들만 먼저 모였구먼…."

순간 분위기는 묘하게 변했다. 김 총무가 내뱉은 첫 '인사'는 돌출적이라기보다는 정국의 풍향을 반영했다는 느낌을 주었다.

이날은 제129회 임시국회가 개최된 날이었다. 게다가 3월 초에는 안양시 교외의 박달 예비군 훈련장에서 개헌 시비로 인한 폭행치사 사건까지 일어났다. 발단은 교관이 정신교육시간에 야권의 개헌론을 비난하자 이를 한 예비군이 야유한 데서 비롯된 것이다.

맞은 뒤 군 수사 기관을 거쳐 안기부로 넘겨졌는데 나중에 장 파열로 숨지고 말았다.

45도짜리 국산 양주 10여 잔을 거푸 마셔 취기가 진해진 김동영 신민당 총무가 이날 술자리를 마련한 박희도 육군 참모총장에게 소리쳤다.

"여보 박 총장, 여당 총무는 안 오기로 했나, 어떻게 된 거야. 이세기를 불러와."

배짱 있는 야당 투사로 이름 높았던 김 총무도 이날 모인 별들이 전두환계의 선봉장임을 익히 알고 있었다. 게다가 박 총장은 육사 12기의 하나회 중심인물로 지난 79년 12·12사건 때 실 병력을 움직여 무력행사를 벌였던 장본인.

한편 회식현장의 또 다른 실력자 정동호 육참 차장도 육사 13기의 하나회 핵심. 그는 5공 초기 현역소장으로 청와대 경호실장을 지낼 만큼 전두환 대통령으로부터 신임이 두터웠으며 정치권에도 널리 알려진 장성이었다.

또 전방 노태우 장군의 9사단에서 연대병력을 끌고 서울로 들어온 9사단 참모장이 이날 술자리의 막내 장성인 총장 비서실장 구창회 준장이었다.

이날 술자리에서 사회를 본 육군 인사참모부장 이대희 소장은 12·12와 직접 관련은 없다. 그러나 그도 정통 TK에다가 하나회의 핵심. 이른바 '하나회 성골(聖骨)'들만 거친다는 수경사 30단장, 33단장을 역임한 뒤 승승장구해가는 장성이었다.

이 총무는 그로부터 한 시간쯤 뒤에 술자리에 나타났다. 그는 술이 얼큰해 있었다. 지역구 행사와 문상을 다니며 두어 잔씩 마셨으나 평소 주량이 세지 못한 그는 제법 취한 상태였다.

김동영 신민당 총무가 넓은 방의 한쪽 소파 위에 누워있는 모습이 눈에 들어왔다. 김 총무는 군 장성들로부터 집중적으로 술잔 공격을 받아 취할 대로 취한 상태였다.

이 총무를 보자 정동호 차장이 약간 휘청거리며 일어섰다.

"이세끼 총무, 뭐 이렇게 늦게 오고 그래, 그러니까 야당 측에서 우릴 보고 똥별이라고 하지 않나 말이야…"

정 차장은 이 총무의 팔을 덥석 잡았다.

이 총무가 잡힌 팔을 빼려 하자 정동호 육참 차장은 손아귀에 더 힘을 주어 붙들고 "후래자가 3배는 해야지"라며 얼음물을 담아놓던 컵에 양주를 부어 내밀었다.

"나는 술을 잘 못 하는데 이미 지역구에서 3차나 했으니 노래로 벌을 대신하지."

이 총무는 사회를 보고 있던 육본 인사참모부장 이대희 소장에게서 마이크를 빼앗아 들었다.

노래를 한 곡 끝내고 자진 앙코르로 들어가려 하자 장성 둘이 나와 그를 떼밀다시피 해 정 차장 곁에 앉혔다.

"술도 한잔하셔야지, 노래만 하면 됩니까?"

총장 비서실장으로 여흥을 책임진 구창회 준장이 술 한잔을 따라 이 총무의 손에 쥐여주었다. 이에 이 총무는 짜증을 내며 술잔을 내려놓았다.

"왜들 이렇게 취했어. 마셔도 정신들은 좀 남겨놓아야지."

천영성 위원장이 육군장성 출신이기만 했어도 뭐라고 끼어들었을지 모른다. 그는 공사 1기 출신의 예비역 공군 소장. 육군장성들에게 해·공군 출신의 선배 노릇은 안 통한다. 천 위원장은 이날 덜 취했으나 분위기를 추스를 만한 무게를 갖지 못했다.

이 총무가 마지못해 한 잔을 비우자 정 차장은 그를 끌고 소파에 누워있는 김 신민당 총무 옆으로 다가갔다.

"자, 여당 총무 왔는데 정치 좀 잘해야지. 둘이서 손잡고 잘할 수 있잖아. 정치를 잘 해줘야 바깥에서도 안 떠들 거 아닌가?"

정 차장은 이 민정 총무의 손을 끌어다 김 신민 총무의 손 위에 얹었다.

이때 이 총무는 겸연쩍음을 느꼈다. 군 장성이 정치 얘기를 꺼내며 '여야총무의 제휴'를 주선하려는 듯한 몸짓을 한다는데 거부감도 느껴졌다.

"이거 놓아, 왜 이래. 이렇게 인사불성인데…."

그는 손을 뿌리쳤다. 그는 다시 마이크를 잡고 "우리 노래나 합시다"며 분위기를 바꾸려 했다.

그러자 정 차장이 뒤따라가더니 이 총무의 목덜미 근처 셔츠를 움켜쥐었다. 정 차장의 취중의식은 여야총무의 제휴가 중요하지, 노래는 문제가 아니었다. 그는 이 총무를 김 신민 총무 쪽으로 끌었다.

이 총무는 목이 죄어짐을 느껴 "아야 얏" 하고 소리쳤다.

그런데 이 소리가 마이크를 통해 방안에 크게 울려 퍼졌다. 참석자들은 깜짝 놀랐다.

그때 한쪽에서 유리컵이 날아 벽에 부딪혀 박살 났다.

"뭣 하는 짓들이야. 이게."

민정당의 남재희 의원이 유리잔을 내던지며 소리를 질렀다.

남 의원은 이날 약속보다 1시간가량 늦게 왔다. 그러니까 김 신민 총무의 '똥별 발언'을 모르는 상태.

그런데 보고 있자니 육군 중장이 국회의원을, 그것도 여당 의원의 대표인 총무를 구슬리는 모양새가 몹시 불경스러웠다. 그는 신문사에서 정치부장, 편집국장 등을 거친 언론인 출신이다. 자신이 알고 있는 상식으로는 이날 군 장성들이 국회의원에게 대하는 행동거지를 도저히 묵과할 수 없었다.

이 자리에서는 자신이 질서 없는 분위기를 잡을 수 있는 중진이라고 생각했다. 또 이 자리의 주관자 박 총장은 오래전부터 잘 아는 사이. 지난 78년 그가 10대 의원일 때 박 총장은 그의 선거구에 있는 1공수여단장의 단장이었다.

술기가 오르기도 한 남 의원은 군 장성들에게 무언가 뻐대 있는 모습을 보여줘야겠다는 생각이 들었다. 그는 연거푸 유리컵 2개를 맞은편 벽에 냅다 던졌다.

"손님으로 초대해 놓고 이따위 짓들이야."

그러자 그쪽에 앉아있던 이대희 소장이 "어, 이게 뭐야" 하더니 벌떡 일어섰다. 왼쪽 눈두덩에서 피가 흘러 하얀 와이셔츠에 떨어지고 있었다. 유리잔 파편이 튀어 눈꺼풀 위를 스쳤던 것.

순간 양말 바람인 이 소장의 발길이 남 의원의 안면에 날았다.

"술을 먹으려면 제대로 먹어!"

피를 본 이 소장은 흥분했다.

앉은자리에서 뒤로 벌렁 나자빠진 남 의원의 왼쪽 입술 안쪽에서 피가 흘러나왔다.

피로 물든 셔츠를 내려다보며 이대희 소장은 씩씩거렸다. 태권도 4단인 이 소장의 반사행동에 얻어맞은 남재희 의원은 한동안 정신을 차리지 못했다. 얼굴은 금세 부어올랐다.

다른 쪽에서는 이세기 민정당 총무를 정동호 육참 차장 등이 우격다짐으로 쥐어 잡았다. 이 총무가 남 의원 쪽으로 가려 하자 장성들이 그를 움직이지 못하게 제압 조치하면서 몸싸움이 벌어졌다.

박희도 총장과 김용채 국민당 총무가 일어나서 소리쳤다.

"이러지들 마, 다 술에 취했는데 정신들 좀 차려!"

그때까지 말없이 지켜보던 박 총장은 사태가 점점 심각하게 돌아간다고 느끼기 시작했다. 수습해야겠다고 생각한 그는 우선 장성들에게 조용히 자리에 앉을 것을 지시했다.

이런 소동 속에서도 술에 만취한 김동영 신민당 총무는 술상으로부터 좀 떨어진 소파에 누워 코까지 골며 자고 있었다.

이 민정 총무와 박 총장은 남 의원의 양옆으로 가 상처 부위를 살폈다. 이는 부러지지 않았으나 입술이 안쪽에서 찢어졌다. 발로 차거나 얼굴을 맞은 양쪽이 모두 취한 상태였기 때문에 상처가 그리 크지는 않았다.

김 신 총무가 종업원의 등에 업혀 나간 뒤 박 총장은 먼저 남 의원에게 사죄했다.

"이거 죄송합니다. 다 제가 부덕한 소치입니다. 용서하십시오."

남 의원은 잠시 눈만 껌벅이며 손수건을 꺼내 입가를 눌렀다. 술기가 도는 데다 머리가 멍멍했으나 정신은 좀 들었다. 그는 어떻게 해야 할지 판단이 잘 안 섰다. 그러나 군 장성들과 어울려 술을 마시다가 얻어맞은 것이 얼굴 깎이는 일임이 틀림없다는 생각이 들었다.

이 민정 총무도 남 의원 손을 잡으며 넙죽 엎드리듯 빌었다.

"아이쿠 남 선배, 이거 완전히 제 잘못입니다. 이렇게 모셔가지고 어떡하나."

이때 박 총장이 남 의원을 가격한 이 소장에게 눈짓을 했다. 빨리 빌어서 위기를 모면하라는 뜻이다.

이 소장은 남 의원 옆으로 가지 않고 술상 맞은편에 앉아 허리를 굽혔다.

"순간적으로 제가 좀 격해져서 그만… 죄송합니다."

김 국민 총무가 큰 소리로 분위기를 잡았다.

"자 술자리에서 일어난 일인데 화해하고 없었던 일로 하지."

모두들 한마디씩 거들었다.

"그래, 나라는 시끄럽고 우리가 잘 해보자고 한잔하다가 이렇게 됐는데 없었던 일로 칩시다."

남 의원과 이 소장은 악수를 했다.

"우리가 이대로 헤어질 수 있나. 화햇술로 2차를 합시다."

이들은 당초 자리했던 2층 방에서 아래층 방으로 자리를 옮겼다.

이때 천영성 국방위원장과 박 총장 등은 공식 회식 행사의 종료를 선언하고 귀가했다. 화해 술자리에는 이날 활극의 직접 당사자들을 포함해 6, 7명만이 참석했다.

"우리 손수건을 기념으로 교환합시다."

두 사람은 피 묻은 손수건을 서로 바꾸었다.

이날의 사건은 이렇게 현장에서 화해로 끝났다. 그리고 이 일이 바깥에 알려지지 않도록 함구하기로 약속했다.

그런데 문제는 다음 날 국회에서 일어났다. 모이기로 예정된 여야총무들이 제시간에 아무도 나타나지 않은 것이다.

국방위 회식 사건이 일어난 다음 날인 86년 3월 22일 낮 12시 반 국회 본회의장, 이재형 국회의장이 개의를 선포하며 뼈 있게 한마디 했다.

"원내 교섭단체 간의 의사 일정 합의가 돼야 하는데… 그게 안 돼서… 의장이 직권으로 개의합니다."

이날 신민당 의원들은 '회식 사건의 진상규명이 없는 한 회의에 참석할 수 없다'는 당 확대간부회의의 결정에 따라 전원 본회의에 불참했다.

22일은 토요일. 김동영 신민당 총무는 주말 이틀간 주독(酒毒)을 풀고 월요일인 24일 국회 내 야당 총무 집무실에 출근했다.

"21일 밤 회식 자리에서 사건이 벌어졌을 때 나는 집에 가고 없었어. 민정당 사람들하고 군 장성, 저(저희)끼리 치고받고 한 긴데 멀 우리가 나서서 대리전 할 필요가 있나?"

김 총무는 신민당 의원들이 이날부터 본회의에 참석할 것이라고 밝혔다. 그런데 그의 얼굴은 무언가 부딪힌 듯 멍든 자국이 남아 있었다.

"아, 이건 말이지, 그날 밤 만취해서 난 어떻게 집에 왔는지 모르겠는데, 밤에 화장실 가다가 문에 받힌 기다. 내가 누구한테 얻어맞겠나."

그는 당 간부와 기자들에게 폭행당한 사실이 없다고 거듭 강조했다. 활극현장에서 인사불성으로 소파에 누워 잠들어 있었기 때문에 어떤 일이 벌어졌는지 전혀 모르겠다고 말했다.

이날 오후 본회의에 앞서 열린 국방위원 간담회.

천영성 국방위원장은 회식 사건으로 인한 불똥을 빨리 꺼야 한다고 역설했다.

"사석인 술자리에서 일어난 일입니다. 그런데 더 이상 거론돼 좋을 게 없습니다. 우리가 동료의원들을 설득해야겠습니다."

이어 이기백(육사 11기) 국방부 장관이 곤혹스러운 표정으로 답변 대에 섰다. 그는 우선 머리부터 조아렸다.

"앞으로 이런 일이 다시는 일어나지 않도록 각별히 유념하겠습니다. 군 간부들의 불미스런 행동으로 물의가 빚어진 데 대해 깊이 사과합니다."

사건 당일 군 장성에게 얻어맞은 남재희 의원도 당사자들끼리 일단락된 일이라고 주장했다.

"술좌석의 일입니다. 즉석에서 화해했으니 더 이상 거론하지 맙시다."

그러나 신민당 의원들은 그 정도 사과에 양해할 수 없었다. 회식에 참석하지 않았던 의원들이 더 흥분했다.

"그런 자리는 결코 사석(私席)일 수가 없어요. 더구나 초청받은 사람을 쥐어팬다는 게 있을 수 있는 일입니까?"

"낱낱이 진상을 밝혀야 돼요. 육군의 누가 국회의원 누구를 깠는지…."

신민당은 이날 오후 긴급 의원총회를 열어 국방위 회식 사건을 정치 문제화하기로 공식 당론을 전했다. 이로 인해 4월 1일과 4일 국방위는 국방부와 육군본부의 업무보고 때 이 사건을 놓고 일대 논란을 벌인다. '12·12' 이후 위세 높던 군 수뇌가 국회에 불려와 곤욕을 치른 것은 이때가 처음이었다.

4월 1일 오후 3시 국방위 회의실.

천 국방위원장이 개의선포와 함께 이 국방부 장관의 보고를 듣겠다고 의사 일정을 밝혔다. 그러자 야당 의석에서 이의를 표시하는 "위원장!" 소리가 합창처럼 터져 나왔다.

허경구 의원(신민) 이 장관이 불편하더라도 회식 폭행문제에 대한 경위를 소상히 밝히고 국민들이 납득할 수 있도록 해명해야 합니다.

천 위원장 이 문제는 이중재 의원 외 89명의 이름으로 국회에 진상조사 요청이 있었고 운영위에 계류 중입니다. 장관이라 할지라도 그 진상은 얘기하기가 어려운 것 아닙니까?

김동영 의원 그날 회식에 참가했던 사람으로 뒤에 '그 광경'은 보지 못했습니다…. 내가 군의 총에 맞아 심지어는 죽었다, 또는 귀 아래로 스쳐 갔다더라는 전화가 우리 가족들한테 온 것만도 30통이 넘습니다…. 군인 일부가 정치에 관여해서 지탄받는데, 군과 국민의 대표인 국회의원 사이에 충돌사건이 있었다는 데서 유언비어도 많이 돌아다니고….

이날 회의는 제대로 진행될 수 없었다. 국방위는 결국 4일 다시 회의를 갖기로 하고 어렵사리 산회됐다.

그러나 4일 속개된 회의에서도 이 장관의 보고는 신민당 측 제지로 중단됐다.

이 장관 취중에 우발적으로 유감스런 일이 발생했습니다. 그러나 감정이나 의도성이 없었기 때문에 바로 화해하고 없었던 일로 했던 것입니다.

김동영 의원 국민의 대표인 국회의원들에게 폭력을 행사했다면 그것은 국민들에게 폭력을 가한 것이나 마찬가지입니다. 참모총장이 그 자리를 주재했으니 총장이 이야기해주세요.

그래서 국방위 개의 때 인사만 하고 돌아갔던 박희도 총장이 다시 불려왔다.

박 총장 이 문제는 당사자들의 개인적인 문제로 이해해 주시기 바랍니다. 그러나 결과적으로 의원님과 국민 여러분에게 심려를 끼쳐 죄송하며 앞으로 이런 일이 없도록 각별히 유의하겠습니다. 그 자리는 개인적으로 대화하다가 우발사건이 터졌기 때문에 사석으로 보아야 합니다.

박종률 의원(신민) 손님이 주법(酒法)을 무시하고 실수했다고 해도 손님에게 그럴 수가 있느냐는 인간교육의 문제라고 생각합니다. 항간에는 또 대통령에게 보고를 했는데 대통령이 뭐라고 했다더라는 말들이 나돌고 있어요. 이런 것도 듣기 거북스런 얘기들입니다.

유근환 의원(민정) 그때 술 마시는 수준이 안 맞아 나는 도중에 일찍 돌아갔어요. 그러나 동양의 미덕상 술 취해서 주정한 것을 나중에 따지는 일은 없었지 않습니까?

이기택 의원(신민) 아마 정부에 있는 사람들보다는 국회의원들이 많은 국민을 접촉하고 국민이 이 사건을 어떻게 생각하느냐에 대해 더 잘 알 겁니다. 지금 정부나 여당 입장에서는 이 사건을 마치 집안 문제처럼 생각하기 쉽습니다. 그러나 문제를 알고 짚어야 한다고 봅니다… 아무것도 없었던 것으로 하자고 하니까 정치인들이 겁을 내 할 말도 못 하는 것 아니냐는 얘기까지 나오고 있는 형편입니다. 국회가 정부의 시녀라는 모욕적인 얘기도 들립니다.

박 총장 이번 일은 사석에서 일어난 것이므로 청와대에 보고하지 않았습니다. 사석에서 취중에 일어난 일이기는 하나 국민과 의원들에게 심려를 끼쳐 죄송합니다. 장관께서도 보고한 바와 같이 육군에서 응분의 조치를 취하도록 하겠습니다.

박종률 의원 국방위의 장소를 식당으로 옮기고 음식이 나온 것만 다르지 그것도 국방위 간담회와 똑같지 않습니까? 사석이 아니지요.

이기택 의원 회식 사건의 주 당사자라고 할 수 있는 남재희 의원이 상황을 직접 설명해주면 이해가 잘 되겠습니다. 그리고 다시 한 번 국방부와 육군본부의 답변을 들었으면 합니다.

국회는 신민당 측의 주도로 이 장관과 박 총장의 사과를 받고 그날의 폭행 장성에 대한 응분의 조치를 요구하는 선에서 끝났다.

육군은 결국 정동호 참모차장을 전역시키고 이대희 소장은 전방부대로 좌천시켰다.

80년 5월 광주 시민항쟁의 무력진압에 이어 또 한 차례 민군(民軍) 관계의 얼룩으로 남은 국방위 회식 사건은 결국 그 정도 선에서 마무리됐다.

* * * * *

윤하선 교수는 국방위 회식 사건처리 여하가 대단히 중대한 영향을 끼칠 것이라 하였는데, 책에서도 언급된 대로 정동호 참모차장은 바로 예편되었고, 이대희 소장은 한직으로 좌천되었다. 전두환 대통령은 이와 같이 신속하게 대처하였는데 나는 그 조치에 대해 전 대통령이 공정했다고 평가하는 글도 썼고 발언도 했었다. 나에게는 전혀 아무런 불이익이 없었다는 것을 꼭 첨부해서 말해두어야 하겠다.

대학강의 같은 이야기를 좀 해야겠다. 까다로운 이론이지만 민주화와 자유화는 비슷한 것 같고 또 항용 혼용되지만, 엄밀히 따져 다른 것이다. 민주화는 쉽게 이야기하여 3권분립과 선거제도 문제다. 정치 발전에 있어서 민주화와 자유화가 병진하기도 하지만, 민주화는 되는데 자유화가 안 되는 경우, 자유화는 되는데 민주화가 안 되는 경우가 있는 것이다.

지금의 중국은 약간 자유화는 되는 것 같지만 민주화는 요지부동으로 안 한다. 1956년 헝가리 의거가 있은 헝가리는 동유럽에서는 가장 많이 자유화되었었다. 그러나 민주화는 공산권 몰락을 기다릴 수밖에 없었다. 우리나라는 1987년 6월항쟁과 6·29선언 후 민주화는 성큼성큼 되었다. 그러나 노태우 정권 때 자유화는 지지부진했으며 김영삼 정권, 김대중 정권에서도 자유화는 아직 미숙한 상태다. 국가보안법의 남용 같은 게 그 대표적 예이다.

윤하선 교수가 국방위 회식 사건처리의 귀추가 매우 중요하다고 했을 때 그가 민주화 문제까지를 염두에 두지는 않았을 것이다. 민주화는 안 되더라도 권위주의가 보다 강화되는 방향으로 나가느냐, 조금은 부드러워져 약간이나마 자유화의 낌새를 느낄 수 있겠느냐는 이야기였을 것이다.

(2002년 《강서문학》 제9호)

그래도 잘 마셨다

"술이란 항상 그 유혹에서 빠져나오기 힘든 승화의 대상이다. 모호한 어법은 이상과 현실을 다정하게 만들어 준다."
— 프랑스 작가·철학자 쟝 그르니에 「술」에서

사이공 위기일발 - 007 아닌 술 때문에

2002년 여름에 단체로 캄보디아의 앙코르와트에 가는 길에 사이공(지금은 胡志明市로 개명)에 들렸다. 1970년 월남전이 한창일 때 방문하고 30여 년만, 감회가 새롭다는 말 그대로다. 특히 전쟁증적(証跡) 박물관 관람과 쿠치 터널(古芝地道라 한다) 방문은 숙연해지게 했다. 쿠치 터널은 사이공 서북방 쿠치 지역에 거미줄처럼 광범하게 두더지 굴을 판 것인데 그 안에 병원, 무기수리공장 등 베트콩의 간이시설이 있었다. 총연장 250㎞. 이 지방의 토질은 특이하여 일단 마르면 딱딱해져 터널이 견고

해진다. 앙코르와트에서도 그곳의 진흙은 벽돌로 만들어 말리면 굽지 않아도 견고해진다는 설명이었다.

30여 년간 초보적인 무기를 갖고 현대적 첨단무기로 무장한 강대국들과 맞선 월남인들의 의지력에 감탄하며 존경한다. 기념으로 다른 것은 안 사고 최근에 나온 호지명 추모 책자를 꼭 읽겠다고 사 왔다.

그런 엄숙한 사이공인데, 이 무슨 타락한 꼬락서니인가, 나의 술 마신 이야기를 하게 되다니. 우리 군의 월남 파병도 실리 차원이 아닌 도덕적으로는 잘못이지만 그곳에서 그때 유흥가에 가서 술이나 마신 것도 도덕적으로 가책받을 일이다. 그 당시 나는《청맥》이라는 잡지에 파병 반대론을 기명으로 쓴 일이 있다.

서울뿐만 아니라 지방을 포함하는 신문사의 정치담당 논설위원 동아일보의 송건호, 중앙일보의 양흥모, 한국일보의 임방현, 경향신문의 이명영 씨 등등 15명쯤이 동남아를 일주하는 길에 사이공에 들러 낮에는 주월사의 전제현 정보참모(그 후로도 친하게 지냈는데 사단장을 거쳐 오산고교 교장이 됨)의 안내로 전선을 시찰하고, 밤 구경을 나섰다. 큰 회사는 특파원을 두고 있었기에 그들이 안내하였으나 작은 회사, 특히 지방사 사람들의 많이는 안내할 사람이 없어 당혹스러웠다. 나는 조선일보 소속이라 특파원에게 부탁하여 그들 모두인 5~6명을 데리고 술 마시러 나섰다.

주월사령부(당시 이세호 사령관)도 있고 대기업도 많이 진출하고 하여 한국인들이 경영하는 술집도 줄지어 있었다. '마린'이란 술집으로 기억한다. 많이 팔아 주었다. 특파원인 정원열 형이 특별히 교섭하여 호텔서 2차를 마시기로 하고 여급을 데리고 나올 수 있었다. 프랑스 혼혈여성, 월남 여성, 화교 여성 등 다양하다. 숙소는 엠버시 호텔, 말하자면 내가 인솔자격이라 10여 명을 택시에 분승시켜 호텔로 떠나게 하였다. 그러다 보니 어쩌다 타지 못하고 뒤처진 게 나 한 사람. 여간해 택시가 오지를 않는다.

그때 오토바이를 탄 월남 청년이 다가오더니 자기가 호텔까지 태워다 준다기에 뒤에 올라탔다. 그리고 기세 좋게 달렸다. 그런데 어렵소, 점점 번화가를 벗어나는 게 아닌가. 저녁나절이지만 어둡지는 않았다. 겁이 덜컹 났다. 아차, 베트콩에 납치되는구나. 내가 너무 방심했지, 전쟁이 치열한, 전선과 후방이 구별 안 되는 월남에 와서 이 무슨 낭패냐, 죽을 수도 있겠구나!

월남 청년이 더듬더듬 영어로 실은 엠버시 호텔이 어디인지 모른다고 했다. 나는 무술을 배우지 않았지만 어떻게 하겠는가, 뒤에 탔으니 그 청년 목에 팔을 감았다. 그리고 그보다는 유창한 영어로 협박조로 이야기했다. 만약에 이상한 반응을 보이면 죽기 살기로 목을 조이고 한탕 싸워볼 계획이었다. 허사라도 말이다. 월남사람들은 무더위 때문에 유전자가 적응했는지 거의 모두 체구가 작다. 거기에 비하면 나는 체격이 큰 편이다. 그 체격과 쏟아져 나오는 험한 영어 때문인지 아니면 다행히 베트콩이 아니어서인지, 그는 고분고분했다.

공포에 질린 나는 계속 경계를 늦추지 않으며 출발했던 곳으로 다시 가라고 명령했다. 적지에서 무슨 명령이라고 할 수 있겠는가만 말이다. 정말 다행하게 그는 술집 동네로 오토바이를 몰았다. 007 위기일발과 같은 과장된 표현도 가능하겠다.

출발점에 돌아가니 호텔에 갔던 친구들이 걱정이 되어서 전원 되돌아와 기다리고 있었다. 모두 안도의 빛이고 다행이라는 인사말이다.

월남 민족은 치열하게 독립전쟁을 하는데, 6·25의 참화를 겪은 비슷한 처지였던 한국 사람이 사이공에서 술과 여자이니 벌을 받아 마땅하다.

그때도 골똘하게 반성했다. 그리고 2차 방문에서도 가슴에 와 닿는 절실한 느낌을 받고 많은 생각을 하였다. 사이공에서는 로버트 맥나마라 당시 미 국방부 장관의 『회상-베트남의 비극과 교훈』이란 책을 행상들이 전쟁증적 박물관 부근에서 외국 관람객들에게 팔고 있었다. 월남 개입을 후회하고 반성하는 내용이기 때문이다.

그 유명한 인류문화유산 앙코르와트가 장렬한 현대역사의 현장 사이공에서 빛을 잃었다.

정치부 기자의 양 거두(巨頭), 조세형·조용중

정치인으로서보다는 언론인으로서 나는 선배 복을 가졌던 것 같다. 선배로 모셨던 분을 연대순으로 들면 오종식, 조동건, 천관우, 조세형, 김경환, 윤주영, 조용중, 선우휘, 이병주, 최석채, 신범식, 김종규 씨 등이 있는데 모두 언론계에선 뚜렷한 자취를 남긴 사람들이다.

그 가운데서 정치부 기자 때 모셨던 조세형·조용중 두 선배 이야기를 하지 않을 수 없다.

한국일보의 편집부에 있다가 4·19를 맞고, 정치부로 옮겨달라 해도 안 된다기에, 정치부로 옮겨준다는 조건부로 민국일보로 갔다. 세계일보라고 하던 것을 천관우 씨를 중심으로 한 각 사의 쟁쟁한 기자들 20

여 명이 집단으로 옮기면서 민국일보로 이름을 바꾸었는데, 제2공화국 시대에 새로이 떠오른 신문으로 높게 평가되고 있다.

그때 정치부 차장이 조세형 씨였는데 곧 부장이 되었으며 나는 그 밑에서 국회와 정당, 정당 가운데서 혁신정당을 취재했었다. 4·19 1주년 때 조 부장의 특별배려로 '4월의 유산'이라는 기획시리즈를 1면에 9회에 걸쳐 연재한 것을 잊을 수가 없다. 그때 '야당도시의 기질'이라고 하여 한 회는 사과뿐만 아니라 데모의 명산지이자 혁신세력의 총본산이 되다시피 한 대구를 다루었다. 4·19 1주년 특집에 왜 그런 항목을 내가 넣었는지 지금 생각해도 엉뚱한 일이기도 하려니와, 곧 5·16이 나고 TK(대구·경북)가 주도 세력이 되고 보니 귀신에 씌어 예감한 지도 모르겠다. 그때, 여하튼 제2공화국 시대의 변화 기미를 대구가 압축하여 반영하고 있는 것 같다는 느낌으로 기사를 쓴 것이다. 당시의 민국일보가 예상외로 종로도서관에 잘 보관되어 있는 것을 찾아내어 다시금 읽어 보았다.

조 부장은 우선 키가 훤칠한 호남(好男)이다. 코도 우뚝하여 처음엔 '크라크 장군'이라는 별명을 얻었다가 곧 '조 코'로 통했다. 정계에 입문하여 DJ 당의 총재권한대행을 하고 있을 때, 어느 여성 국회의원이 코가 무척 큰 조홍래 YS 정무수석을 보더니 "아이고, 우리 총재대행이 코가 크다고 생각했더니 조 수석은 더 크네요." 하고 감탄하여 주변 의원들의 묘한 연상작용을 일으키게 하였다고 한다.

조 부장은 명필에 속필이고 기사도 잘 쓸 뿐만 아니라 성품도 서글서글하다. 찬사가 모두 나올 지경이다. 일과가 끝나면 자주 부원들을 거느리고 명동의 판문점이라는 도라무통(드럼을 일본식으로 그렇게 발음했다) 양구이집으로 향한다. 민국일보는 남대문 바로 옆이라 슬슬 걸어가면 된다. 거기서 양 곱창에 소주로 1차를 한다. 그리고 같은 명동의, 당시에 유명했던바 갈리레오로 가서 맥주를 마신다. 입가심이라 했다. 소주로 취했으니 맥주는 많이 안 마시기에 돈이 절약된다. 아마 조 부장의 주머니 사정이 그리 넉넉하지는 않았던 것 같다. 거의 항상 그런 순서였으니 말이다.

요즘은 바바리코트를 많이 입지만 그때는 스프링코트라고 가벼운 코트를 봄가을에 주로 입었었다. 조 부장도 큰 키에 스프링을 잘 걸쳤었는데 편집국의 난로에 너무 가까이 가서 눌어버린, 그래서 갈색으로 눌은 표가 나는, 스프링을 그는 거리낌 없이 입고 다닌 기억이 난다. 용모와는 달리 수더분하다.

5·16 후 얼마 있어 민국일보가 자진 폐간하여 나는 조선일보로 가서 정치부의 조용중 부장 밑에서 일하게 되었다. 조선의 조 부장도 민국의 조 부장과 비슷하다. 키가 크고, 명필에 속필이고, 기사도 잘 쓰고, 성품도 트였고, 다만 한 가지 다르다면 독설이 유명하다는 것이다. 그가 "이 자가…" "저 자가…" 하고 퍼붓기 시작하면 신랄하다.

그 독설을 두고 근래에 조크가 하나 생겼다. 이억순 전 세계일보 주필이 박석무 전 의원 등과 술을 하는 자리에서, 이형이 "이 자가 … 저 자가…" 하다가 박형과 말다툼이 생겼다. 초면에 예의에 벗어났다. 그래서 내가 "이형, 요즘 조용중 씨와 자주 술을 했지?" 했더니 이형, 놀라며 어떻게 아느냐다. "이 자가 … 저 자가 …"는 전염성이 있다. 이형이 명색이 세계일보 주필이니 그 말이 세계에 사스처럼 전염되어 부시 미국 대통령이 김대중 대통령에게도 "this man"이라 하지 않았는가.

조 부장은 기자들을 점심에 잘 데리고 나갔다. 설렁탕의 미선옥, 선짓국의 부민옥, 추어탕의 용금옥, 곰탕의 하동관 … 다동을 중심으로 한 유명한 집들로 지금도 많이는 남아 있다.

저녁에 술은 민국의 조 부장과 코스가 비슷하다. 불고깃집에서 소주를 마시고 바에 가서 맥주로 이른바 입가심이다. 아마 정치부 기자들끼리 어울리다 보니 술 마시는, 요즘 유행어로 로드맵(roadmap)이 비슷해진 것 같다. 조선의 조 부장은 거기에 추가하여 가끔은 방석집에도 끌고 갔다. 제2공화국 때와 공화당 정권 때와 수준이 달라졌기 때문이리라.

그래도 외상도 많이 했다. 월급날이면 명동 바 갈리레오의 청년이 편집국에 나타나 정치부원들을 바라보고 미소지으며 눈만 껌벅껌벅하던 유머러스한 모습이 지금도 떠오른다. 물론 사직동의 유명한 명월네 집의 아저씨는 수첩을 들고 광화문 일대의 편집국들을 누비며 수금을 했고 말이다.

지금 돌이켜 생각해보니 이들은 술을 폭음은 하지 않고 적당히 마신 것 같다. 절제 있는 생활. 그래서 모두 70을 훨씬 넘어선 지금까지 아주 건강하게 활동하고 있는 것이다. 그런데 그들 밑에서 술을 마셨으면서 나는 왜 폭음을 자주 하게 되었을까? 성격 탓인가? 미련했다 할 것이다.

두 조 부장은 모두 언론인으로 명성을 날렸으며 편집국장을 지냈다.

조세형 씨는 나와 동시에 10대 국회에 서울에서 시작하여 국회의원을 여러 번 했고, DJ 당의 총재권한대행으로 TV의 각광을 많이 받았으며 주일대사가 되었다. 또 60대 말에 할아버지, 아버지에 이어 집안에서 설립한 고향교회의 3대 장로가 된 것을 자랑하였다.

조용중 씨는 경향신문 전무, 연합통신 사장, 고려대학 석좌교수를 지냈다. 모두가 화려하다.

둘 다 수난도 비슷하다. 조세형 씨는 10대 국회에 진출한 후 전두환 정권의 이른바 정치정화에 걸려 고생을 했으며, 조용중 씨도 같은 전 정권의 사실상의 해직 기자로 수난을 당했다.

이 언론계, 특히 정치부 기자사회의 양 거두를 말함에 있어서 빼놓을 수 없는 것은 둘이 모두 조선일보의 정치부 기자로 있던 자유당 정권 시절에 조세형 씨는 민주당의 신파(장면 박사파)를 담당하고, 조용중 씨는 민주당의 구파(조병옥 박사파)를 맡은 것이 운명적이었던 것 같다는 이야기다. 당시 자유당 정권 때이지만 자유당 출입 기자는 맥을 못 추었고, 민주당 출입 기자들이 지면을 좌지우지했다. 각 사에 신파 출입, 구파 출입이 따로 있고, 말하자면 전문화되다시피 하였다.

출입을 하다 보면 출입처와 출입 기자가 얼마간 닮아가는 것 같다. 조세형 씨는 정치에 입문하면서 이철승·김대중 씨라는 신파의 라인을 계속 걸었다. 조용중 씨는 정치입문을 안 했지만 어느 쪽이냐 하면 신파의 계보 쪽에 비판적인 성향인 것 같다. 조세형 씨는 전북 출신이고, 조용중 씨는 충남 출신이라는 고향의 제1차 집단적 인연이 영향을 주었다고 생각하면 그들에 대한 실례가 될 것 같다. 그리고 보면 나는 제2공화국 때 혁신정당들을 맡았었는데 나도 혁신정당에 친밀감을 느끼게 되는 영향을 받은 것도 같다.

고정훈 씨 파티서 미국인에 큰 실례

고정훈 씨와 친하게 된 것은 제2공화국 때 혁신정당의 취재를 맡으며 당시 통일사회당의 선전국장으로 있던 그와 접촉하게 되면서이다(그때 일본에서 의사로 있는 박권희 씨는 밀양 출신 국회의원으로서 조직국장, 탤런트 최명길 씨의 남편인 김한길 전 장관의 선친 김철 씨는 국제국장이었다). 자유당 정권 후기에 고 씨는 조선일보 논설위원으로 있었는데 그가 'K생'이라는 서명을 넣어 집필하는 국제관계 해설은 특히 학생사회에서 공부에 크게 참고가 되었다.

그는 4·19가 나고 학생데모대가 태평로에 있던 국회의사당 앞으로 몰려올 때 마침 그 옆에 위치했던 조선일보 사옥(현 코리아나호텔 자리)의 2층 발코니에 나타나 학생들을 선동하는 연설을 하기도 하였다. 이어 조선일보를 사퇴하고 구국청년당을 만들어 정치에 뛰어들며 현란한 성명전으로 화제가 되었었다. 프랑스나 러시아혁명 때의 선동가들을 연상시키는 돌출행위였다.

고 씨는 일본의 유명한 아오야마(青山)학원에서 어학 공부를 해 여러 나라 언어에 대단한 실력을 발휘하였다. 해방 후 소련군의 통역을 하다가 월남하여 남한의 대북공작부대 일을 했는데 모두 그를 '커늘 고'라고 부른 것을 보면 영관급의 대우를 받은 것 같다. 여하간 정계에 투신한 후는 결국 혁신계에 합류하고 통일사회당의 대변인으로서 눈에 띄는 활동을 보였다.

나는 그를 혁신계의 JP라고 부르고 싶다. 집권층에 진짜 JP가 있다면 혁신진영에서는 고 씨가 JP에 비견할만한 능력과 화려함을 갖춘 풍운

아다. 술자리에서 러시아어로 부르는 '카츄사의 노래'는 일품이다. 여자 편력도 다채로워 아마 소설가 이병주 씨와 겨룬다면 난형난제였을 것이다. 술도 좋아하여 요정급만 돌아다니고 대폿집은 아예 외면하였으니 그가 혁신정당에 몸담은 것이 신기한 느낌이다. 하기는 혁신 정객이라고 풍류를 모르라는 법은 없다. 진보당의 죽산 조봉암 씨도 기생파티를 즐겼다는 것은 많은 사람이 알고 있는 이야기고 그것이 흠이 아니다. 혁신 정객과 보수 정객이 똑같은 사람들인데 구별 짓는 게 오히려 이상하다.

그런 고 씨가 5·16 세력이 혁신계를 때려잡을 때 서대문에 들어가 4년여의 옥고를 치렀다. 옥에서 나와서는 다시 필력을 발휘하여 『토하고 싶은 이야기들』 『군』을 비롯하여 책도 내고 언론에 글도 많이 썼다. 또 가히 홍길동이라 할 만하여 정일권 국무총리와의 인연을 이용해서 무역회사도 차려 돈벌이에도 나섰다.

한번은 청진동의 요정으로 오라기에 갔더니 제제다사의 모임이다. 소설가·언론인 선우휘, 교수·언론인 양호민 씨는 잘 알지만 에드워드 와그너, 스티브 브레드너 씨는 초면이다.

와그너 씨는 하버드대학의 한국학 책임자로 우리의 족보를 연구하여 조선시대의 사회계층변동을 설명한 유명한 학자이다. 한국일보 특파원으로 금문도 사태를 취재하러 갔다가 실종한 코리아 타임스 편집국장 최병우 씨의 미망인 김남희 여사와 재혼하여 한국 사람에게 더 친밀한 느낌을 주었다. 김 여사는 일본의 대학을 나온 인텔리로 하버드의 한국어 강사를 했다.

브레드너 씨는 미국 동부의 명문 출신으로 예일대학을 나와 한국에 머물며 4·19 등 학생운동을 연구하였는데, 그 후부터 지금까지 미군 정보기관의 문관요원으로 일하고 있다. 4·19 직후에는 명동의 대폿집에서 대학생들과 술을 마시던 그를 본 것도 같다. 그러니까 한국에서의 군 정보요원 생활이 40여 년쯤이나 된다는 이야기이다. 미국의 힘의 저력을 느낀다. 그리고 우리의 전설적인 농구슈퍼스타 박신자 씨와 결혼하여 한국 사회에도 유명하게 되었다. 덕수궁 옆 성공회 대성당에서 있은 결혼식에 갔더니 오색의 실패 세트를 선물로 손님에게 주는 것이 좋아 보였다. 2001년인가 장군 대우로 승진하여 용산관사에서 자축파티를 한다고 초대해 왔는데 어쩌다가 못 가보았다. 합동통신의 간부로 있던 박석기 씨는 브레드너 씨와 가장 친한 한국 사람인데 「문주 40년」이 연재되는 것을 읽고는 "왜 고정훈 씨와 술 마시며 반미노래한 이야기는 안 쓰느냐"고 재촉이다.

사람들 설명이 길어졌다. 여하튼 그런 명사들과 어울려 술을 마셨는데 나는 그때 아마 조선일보 정치부 차장이었을 것이다. 혈기방장하고 건방끼도 있을 때였다. 술이 많이 들어간 후 노래순서가 되어 내 차례가 되었다. 나는 미국 사람들도 있고 하여 그 당시 학생사회에서 부르던 미국을 한 방 먹이는 속된 노래 패러디를 불러댔다. "양키 X만 X이냐 코리안 X도 X이다…" 그런 노래가 있었다. 기억할 남성들이 많을 것이다. 그때나 지금이나 젊은 세대 사이에는 반미 풍조가 있는 게 아닌가.

그 후 세월이 흘러 와그너 교수나 브레드너 씨는 이미 설명한 대로 모두 한국 여성과 결혼하였다. 지금 회상하면 나의 경박함에 식은땀이 날 지경이다. 기계에 모래를 뿌린 사람의 심정이다.

고정훈 씨는 그 후 사업에 실패하여 요정의 외상값도 왕창 실례했다 한다. 사업보다는 주지육림이랄 사치였으니 어디 돈이 모아졌겠는가. 그 후 줄곧 시골농장에 잠복해 있다가 5·18 후에 말하자면 관제 혁신정당으로 국회의원 노릇을 한 번 하고 별세하였다. 나는 그에 대한 추모문을 한 잡지에 썼는데 아마 그 글이 그 풍운아에 대한 유일한 헌사가 되지 않았나 한다. 혁신계 안에서는 그가 혹시나 기관의 첩자가 아닌가 하는 의심이 계속 나돌았는데 그의 말년은 그래도 민주사회주의자로 성실했다 할 것이다. 우리나라에서는 그런 경향의 정치사상을 대표하는 인물이라 할 수 있는 두산 이동화, 경심 송남헌 씨들을 떠받들고 최후까지 일관되게 노력하였다. 물론 성취 면에서는 별거 없지만 말이다. 나는 혁신계 사람들에게 줄곧 그렇게 증언하고 있다.

조선일보 언론자유 투쟁과 커튼론

1975년 3월 언론자유를 위한 투쟁이 전 언론계를 휩쓸고, 조선일보에서도 32명의 해고란 희생자가 날 때이다(동아일보는 동아방송과 합하여 1백 30여 명의 희생자를 내어 가장 많았다). 나는 조선일보 10년 근무 후 고교선배인 신범식 서울신문사장의 간청으로, 그리고 방일영, 방우영 조선일보 사주 형제의 권고도 있고 하여, 서울신문 편집국장으로 옮겨 앉아 있었지만 조선일보의 움직임에 관심이 없을 수 없었다. 또 공교롭게도 언론자유 투쟁에 나선 기자들이 거의 모두 나와 가까웠던 사이이기도 했다.

정치부에서 같이 일했던, 해직당한 박범진 기자를 술집으로 불러냈다. 다동에 있는 '오륙도'란 숯불 고깃집으로 부산 출신의 친한 국회의원이 경영하던 데다. 국회의원이 출마 전·낙선 후 음식점을 운영하는 경우는 많다. 포장마차에서 라면 장사를 한 것을 자랑으로 내세우는 의원도 있고, 장어집을 한 의원도 있다. 제일 널리 소문이 난 곳은 야당의 소장의원 몇몇이 낙선 후 '하로동선(夏爐冬扇)'이란 불고깃집을 합동으로 운영한 것이다. 여름의 난로에 겨울의 부채라, 참 익살스럽고 멋도 있는 옥호다. 노무현 대통령도 그때의 운영멤버이다.

유신정권의 언론통제에 항의하여 투쟁하는 기자들의 결의도 단호하고, 회사의 기강을 잡으려는 경영 측의 의지도 확고하여 결국 많은 희생자가 나게 되었었다. 서울신문에서도 언론자유 선언이 있었지만 나는 사장에게 젊은 혈기를 이해하여 불문에 부치자고 건의해서 그렇게 조용히 수습이 되었다. 돌이켜보면 참 다행스러운 일이다. 그때 언론자유 선언의 선봉에 섰던 기자 가운데 한 사람인 이상철 기자는 그 후 조선일보로 옮겨 정치부장을 거쳐 경영기획실장이 되었으며 지금 관훈클럽 총무로 있다. 얼마 전 광화문 근처 일식집에서 서울신문 사회부장이던, 임수경 씨 아버지 임판호 씨 등 여럿과 술을 마시고 있자 이상철 씨가 왔다가 술값을 내고 갔다. 거액인데 말이다.

다시 본래 이야기로 돌아가서, 박범진 씨는 정치부 기자 나름의 감각으로 사태를 분석하며, 수습의 길이 전혀 막힌 것은 아니라고 비쳤다. 혈기방장한 젊은 기자들이 투쟁에 나섰는데, 무조건 굽히고 들어오라는 회사 측 주장은 말이 안 되고 젊은이들이 다시 일에 복귀할 수 있는 어떤 명분은 있어야 하지 않겠느냐는 것이다.

말하자면 중간의 어느 지점에서 타협할 수도 있다는 이야기인데, 나는 이것이로구나 하고 크게 끄덕였다. 방법은 여러 가지가 있을 수 있다. 지금으로서는 필요 없는 상상이지만, 투쟁 기자들을 어떤 기구로 묶어 기를 살려 줄 수도 있고, 또는 연구 기구 같은 것을 둘 수도 있고, 타협할 생각이라면 방안이 궁할 리가 없다. 나는 그것을 커튼론이라고 스스로 명명했다. 이 커튼을 어떻게 잘 치느냐가 협상의 기술이며 묘미이다. 요즘의 이른바 북핵 문제 협상에도 해당된다 할 것이다.

박 기자와 실컷 먹고 마시고 헤어진 뒤 나는 취중임을 무릅쓰고 사직동 방우영 사장 댁을 방문하였다. 심야의 의외 방문이다. 거기서는 회사 측에 약간 유리하게 말하였다. 그래야 타협이 될 것이 아닌가. "사장님, 젊은 기자들이 굽히고 들어올 기미가 보입니다. 그러니 그 기자들에게 작은 명분이라도 세워주십시오. 명분이 얼마간이라도 없으면 그 기자들이 항복하려도 어떻게 항복하겠습니까. 젊은이 아닙니까. 또 그렇게 해서 항복하고 들어온다면 그런 기백도 없는 기자들을 조선일보는 어떻게 쓰겠습니까. 그들의 기도 살려주어야 합니다. 발가벗고 들어오게 하지 말고 커튼을 쳐주십시오. 커튼으로 가려달라는 이야깁니다. 그게 얼마간의 명분을 세워주는 일입니다."

오랜 세월이 흘렀지만 당시 나의 심정은 너무나 절박하고 간절한 것이어서 지금도 호소의 요지를 생생히 기억하고 있다. 방 사장에 대한 인간적 신뢰가 있어 심야에 무례를 저질렀을 것이다.

다음날 회사에 출근하니 조선일보 편집 담당 전무 류건호 씨로부터 전화가 왔다. "조선일보를 떠났으면 지금 있는 신문사 일이나 신경 쓸 것이지 왜 남의 회사 일에 참견이요." 그런 요지의 몹시 심기가 사나운 말투의 반격이다. 나는 모두 조선일보를 위한 일이 아니냐고 답변하였다.

지금 생각해도 나의 판단이 옳았던 것 같다. 다만 방 사장에 대한 나의 설득력이 약했던 것이 아닌가 한다.

박범진 씨는 나중에 민정당에서 그에게 공천을 준다기에 내가 나서서 내 선거구였던 양천 갑구에 끌어다 놓았다. 거기서 그는 두 번 국회의원에 당선되었다.

잇따른 딸들의 구속에 폭음도 잇따르고

그렇지 않아도 애주가로 소문난 나는 딸들이 잇따라 구속되는 일을 당하자 애주가 폭주가 되는 횟수가 잦아졌다.

첫째딸은 서울대 국사학과 4학년 때 광주항쟁 1주년을 맞아, 5~6명의 여학생과 함께 신군부를 규탄하고 학생들의 궐기를 호소하는 격문을 다량으로 찍어 대학캠퍼스에 뿌렸다. 그 아지트가 나의 선거구인 신정 2동 판자촌에 있었는데 수상히 여긴 주민이 신고하여 강서경찰에 의해 모두 체포되었다. 당시의 뚝방 밑이라는 빈민촌은 소문이 사통팔달로 나는 곳인데 여학생들이 그것을 모르고 거기서 방을 얻고 일을 꾸몄다.

나는 그때 민정당 소속의 국회의원. 전두환 정권 들어서고는 자녀 반정부운동의 첫 케이스였다. 나는 미련 없이 모든 자리의 사퇴서를 내고, 또 미안하게 되었다는 인사를 하였다. 그런데 전 대통령은 박정희 대통령과는 달랐다. 박 대통령 때는 그런 경우 부모는 공직에서 해직되고, 의원은 공천에서 배제되었었다. 나도 그렇게 되리라 생각했다. 모든 것 훨훨 털어버리고 대포나 마시자고 하던 때에, 전 대통령이 "선거에 바빠서 자녀를 잘 챙겼겠느냐, 모든 것을 없던 일로 하겠으니 앞으로 더욱 열심히 노력하라."는 전갈과 함께 사표들을 반려해 왔다.

어떤 메커니즘을 통해 그렇게 결정되었는지 모른다. 전 대통령이 통이 크다는 이야기는 들어 왔지만 그래도 나는 어리둥절했다.

첫째딸 일은 그렇게 흘러가 버렸는데, 1년 반쯤 후에 고려대 경제학과 3학년인 둘째딸이 학생데모를 배후에서 조종했다는 혐의로 성북경찰서에 체포되었다. 모든 것을 체념했다. 사표고, 사과 인사고 모두 실없는 일이라고 단념했다. 그렇게 있을 때 백방으로 뛴 서울 법대 출신인 아내가 아무리 검토해 보아도 억울하다고 불만이다. 차근차근 알아보니 딸이 운동권은 운동권인데 언니 사건을 생각하여 기술적으로 약게 처신해서 법 적용의 경계지대에 있는 사건 같았다. 쉽게 말하여 구속하여 엄히 다스릴 수도 있고, 따귀를 때려 훈방하며 부모에게 경고할 수도 있는, 그런 법 적용의 애매모호한 경계지대 말이다.

딸이 영장이 떨어져 정식 구속되던 날, 마침 미리 서울 출신 민정당 의원들의 술자리가 이종찬 원내총무에 의해 마련되어 있었다. 한남동의 살롱. 내가 어찌 경음(鯨飲)을 안 하겠는가. 호걸스럽게 술을 퍼마신 다음 민정당 정권의 실세인 이 총무에게 폭언을 퍼부었다. 애매한 경우라 따귀나 때려 훈방해도 될 것을 내가 미운가, 구속한 이유가 무어냐, 미우면 한마디만 하면 나는 의원이고 나발이고 미련 없이 안 할 텐데 말이다. 나쁜 사람들이라고… 뭐 그런 요지의 항의인데 매우 험하게 내뱉었다(그래도 민정당에서는 가장 양질인 이 총무에겐 미안하게 되었다). 그렇게 폭음하고 폭언을 하니 눈물이 핑 돌기도 하였다. 그때 김정례 의원은 우리 사이에 누님으로 통하고, 또 '통 큰 누님'이라고 불리며 존경을 받았었다. 그 누님이 나를 태우고 우리 집까지 와서 아내와 나를 위로해주었다.

여러 가지 일들이 얽히고 조여들 때는 우격다짐도 통할 수도 있듯이, 어떤 복잡한 사태의 현상돌파에는 술 취한 파격적 행동이 유효할 수도 있다. 그렇다고 권고하는 것은 아니지만 말이다.

거창하게 김구 선생의 『백범일지』에 나오는 격언을 떠올리기도 한다. "가지를 잡고 오르는 것은 누구나 할 수 있는 것이되, 벼랑에서 잡은 가지마저 놓을 수 있는 사람이 가히 장부로다(得樹攀枝無足奇, 懸崖撒手丈夫兒)." 상황이 같다는 것은 아니다. 내 심정은 그랬다는 것이다.

나는 다음 날 청와대, 민정당, 안기부, 검찰 등 모든 관계기관에 강한 항의문을 보냈다. 끝내는 법정투쟁이라도 하여보자는 결의였다. 그러자 경찰의 정보책임자가 만나자더니 이리 이리하면 문제가 풀리기 쉽다고 훈수를 하는 게 아닌가. 나는 그 훈수를 무시했다. 싸워보자는데 무슨 요령인가. 그런데 다음에 이 총무를 만나니 내가 이리 이리하였느냐고 묻는다. 놀랐다. 훈수를 그대로 들었다가는 함정에 빠져 정보기관에 놀아날 뻔했다.

이 총무가 애를 썼다. 수사기록을 직접 챙겨보니 굳이 구속할 일도 아니라는 판단이 서서 그렇게 건의했다는 것이다. 아무튼 10여 일 후 딸은 검찰에 내가 가서 인계를 받아 왔다.

당시 동료의원인 이춘구 씨는 내무차관으로 정권의 역시 실세였는데 딸이 풀려난 후 국회 로비에서 마주치니 이 청렴결백하고 냉혈이라 할 정도로 원리원칙인 이 차관은 나의 폭언을 전문해 들었다는 표정으로 "이제 화가 풀렸느냐."고 빙그레 웃는다.

이야기는 계속된다. 얼마 후 둘째딸이 김대중 씨의 비서실장 운운하고 신문에 오르내리던 예춘호 씨의 아들과 결혼하겠단다. 그때가 어느 때인가. 김대중 씨는 자의 타의 반반으로 미국에 망명 중이고 험하던 때가 아닌가. 딸이 둘씩이나 구속되고 이번에는 재야핵심과 사돈이 된다니…. 꼭 작심하고 그러는 것이라 오해를 받을 만하다. 오랜 술친구 김종인 의원을 통하여 당시 정무수석이던 정순덕 씨에게 오해 없기를 바란다는 이야기를 전했다. 그랬더니 전 대통령 "정치와 결혼이 무슨 상관이 있나. 전혀 별개가 아닌가. 혼사를 진심으로 축하한다."는 전갈과 함께 최창윤 비서관을 통해 두둑한 축의금을 전해 왔다.

참 대단한 리더쉽이다. 국방위 회식사건의 처리 등 모든 것을 합쳐 판단할 때, 그는 나에게 큰 통을 보여주었다 할 것이다. 아무런 사적인 끈이 없었는데 말이다. 이 이야기는 광주의 일이나 그 후의 부패와는 전혀 다른 이야기이다.

오랜 세월이 지난 후 광주광역시 호남대학에서 같이 교수 일을 하게 된 하나회 출신의 독일통인 인텔리 군인 이상선 장군과 친하게 되어 이런저런 이야기를 하다 보니, 그 당시 군에서는 내가 전 대통령의 각별한 우대를 받고 있다는 소문이 돌았다는 것이다.

나와 동년배이고 60년 중반부터 사귀어온 고은 시인은 창비전작시 『만인보』 제11권에 '남재희' 편을 실었는데 그 전반은 다음과 같다.

"의식은 야에 있으나/ 현실은 여에 있었다./

꿈은 진보에 있으나/ 체질은 보수에 있었다.//

시대는 이런 사람에게 술을 주었다./

술 취해 집에 돌아가면/ 3만 권의 책이 있었다./

법과 대학 동기인/ 아내와/ 데모하는 딸의 빈방이 있었다."

친구들은 내가 서울법대 때 이승만 대통령 양아들 이강석 군의 부정
입학을 반대하는 동맹휴학을 주도한 것을 알고 있기에 '부전자전'이라
고 한다. 그러나 딸 때는 군사정부 때이며 딸들이 훨씬 용감했다 하겠
다. '승어부(勝於父)'인가.

3당 합당 전야의 '진실의 순간'이라 할 술

민정당(노태우), 민주당(김영삼), 공화당(김종필)의 3당이 통합하기로 기습
적으로 발표된 날 밤 인사동 골목의 한정식집 '향정'에서 의미가 클뻔
한 술자리가 열렸다. 김상현, 이기택, 이종찬, 김정례, 남재희 등 여야의
중진의원들이 모였으니 얼핏 보면 무슨 중대한 정치협상 모임 같았을
것이다. 그러나 실은 3당 합당 이야기는 전혀 짐작도 못 한 채 '통 큰 아
줌마'로 통하는 김정례 의원이 미리부터 주선했던 여야의 친목 모임이
었다.

대부분이 3당 통합이 놀랍다는 반응이었고, 주로 나온 이야기가 통
합이 나쁠 것은 없지만 왜 하필이면 호남당만 고립시키고(호남당을 포위하
여서) 다른 3당이 통합했느냐는 것이다. 가뜩이나 지역감정이 우려되고
지역 간의 대립이 심한데 3당 통합으로 그 골이 더 깊어지게 되었다고
모두 걱정이 태산 같았다. 술좌석은 그런 걱정으로 시종하였다.

참고로 참석했던 사람들을 간략히 소개할 필요가 있을 것 같다.

김상현 씨는 전남 출신으로 소년 시절 서울에 올라와 자기 말로는 구두 닦기 등 안 해본 것이 없다고 할 정도로 고생 끝에 대학의 정규교육을 받음이 없이 젊은 나이에 서대문에서 국회에 진출하고, 파란 많은 과정을 거쳐 6선을 기록하고 있다. 김대중 씨를 필마단기로 처음부터 따라다닌, 춘향전에 나오는 이 도령에 방자 같은 심복으로, 그리고 DJ 망명 중에는 민추(民推)에서 대리인으로 줄곧 일관되게 활약했으나, 인생무상이 아닌 정치무상, 후에는 둘 사이가 벌어지고 말았다. 다재다능, 붙임성 있고, 언변 좋고, 지모도 많아, 한마디로 말하여 정치력이 뛰어나다 하겠다.

이기택 씨는 고려대학 4·19 사자의 대표 격으로 일찍 정계에 진출하여 7선을 기록하며 작은 당의 당수도 하면서 정치의 풍랑을 겪어왔다. 부산이 정치기반인데 그때까지만 해도 김영삼 씨의 원내총무를 하고 있었다. 기린아라는 구식표현이 있는데 가히 정계의 기린아라 할 수 있으나 운은 그렇게 따르지 않았다.

이종찬 씨는 한국 제일가는 독립운동 집안 출신이다. 할아버지부터 독립운동을 하던 중국에서 태어나 자랐다. 경기고·육군사관학교의 엘리트 코스를 거쳐 중앙정보부에서 경력을 쌓고 5·18 후 민정당에서 장기간의 원내총무를 지내 실세 중의 한 사람이 되었는데 영국에서 오래 근무한 영향도 있는 듯 대단히 합리적이고 국제감각도 갖고 있다. 집안은 서울 토박이.

김정례 여사는 전남 출신으로 대학 정규교육을 받지 않았지만 대단한, 정말 대단한 여걸이다. 해방 후 초대 국무총리를 지낸 철기(鐵驥) 이범석 장군이 이끌던 민족청년단의 간부가 되어 철기의 귀여움을 받았다. 여성 유권자연맹 위원장을 오래 맡아 여성운동, 재야운동의 지도자가 되었다. 윤보선·김대중 씨 내외 모두와도 각별한 사이. 전두환 대통령의 신임을 받아 보사부 장관을 오래 했다. 정계에 사통팔달하는 가히 마당발이었다. '통 큰 아줌마'에 손색없게 씀씀이도 인색하지 않다. 참고로 나는 충청북도 출신이다.

그런 사람들이 공교롭게 중대한 시기에 모였으니 무언가 일이 벌어질 만도 했다. 정치를 오래 하면서 느끼는 것은 정치를 하는 데는 대의명분이 중요하고, 그 대의명분을 포착할 기회는 그렇게 자주 있는 게 아니라는 것이다. 정당을 선택할 때가 물론 가장 중요할 것이다. 대개 처음으로 정당에 입당할 때는 그런대로 명분을 세우는데, 그 후 정당을 옮겨 다니는 것을 보면 명분이 거의 없는 경우가 많다. 그래서 사람들이 철새라고 폄하여 말한다.

그날 밤 술자리에서 나는 아주 드물게 대의명분을 포착할 기회임을 느꼈다. 호남당을 고립시키거나 포위하는 3당 합당에 어찌 지역대립을 우려하는 정치인으로 가만히 있을 수 있겠느냐는 것이다. 다른 사람들도 그렇게 느꼈을 것이다. 술자리는 이 호남당 포위 걱정이 계속되었다. 어떻게 할 것인가 하는 정치인으로서의 책임감을 느끼는 큰 걱정이다.

이기택 씨는 술자리가 끝나기 전에 4·19의 동지들이 기다리고 있으니 가서 상의하겠다고 자리를 떴다(4·19 동지들과 만나고 나서 이기택 씨는 김영삼 씨와 갈라서게 되었고 3당 합당에 합류하지 않았다). 정치인으로서 여하간 그때가 결단의 순간이었던 것이다. 나머지 사람인 김상현, 이종찬 그리고 나는 가까이 있는 '이화'라는 맥줏집으로 옮겼다. 이 집은 장을병, 임재경 씨 등 당시의 이른바 재야 패들이 단골이고, 젊은 여주인이 센스가 있어 관람했던 영화의 이야기를 재미있게 설명해 주기도 하였다. 그 당시는 '해리가 샐리를 만났을 때'가 화제였다. 거기서 우리는 또 밤 12시를 넘겨가며 3당 합당, 호남당 고립, 우리 정치의 앞날 등등을 골똘하게 논의했다. 참 드물게 진지했다. 영어 표현에 '진실의 순간'이라는 게 있는데 그때가 '진실의 순간'이었다.

그때 어떤 결론을 내렸더라면 하고 되돌아본다. 호남당 고립을 방지할 어떤 노력 같은 것 말이다. 그때는 대의명분을 손에 잡을 수 있었다. 우리 국민도 공감하여 이해하고 정치사에도 그런 노력으로 기록될 것이었다. 성공 여부는 모르겠다. 실패확률이 높았을 것이다.

그러나 그때 모였던 의기가 통했던 5명이 결속해서 일을 벌였더라면 하고 자꾸 생각이 떠오른다. 이종찬, 김정례 그리고 나는 결단을 내릴 수 있는 위치가 아니었던가. 우선 성명을 낼 수 있다. 각각 소속당에서 이탈하여 비록 작더라도 독자 모임을 만들 수도 있다. 그리고 김대중 당이나 3당 통합당에 영향을 주어 우리 정치의 코스를 조금이라도 옳게 잡아갈 수 있었을 것이다.

백일몽이었나?

이회창 씨와 폭탄주와 북핵 문제

두 번이나 대통령 후보로 출마하여 많지 않은 표 차로 떨어진, 말하자면 대통령이 될뻔한 사람 이회창 씨 이야기.

이 씨와 나와는 인연이 있는 셈이다. 그의 선친이 검사여서 전근을 다니니 아들인 그는 청주중학교에도 오게 되었다. 해방 후 어린 학생들 사이에는 세 사람의 영웅이 있었다. 첫손가락이 베를린 마라톤에서 금메달을 딴 손기정 선수, 오래된 일이지만 왜정 때는 화제가 덜 되다가 해방이 되니 이야기꽃을 피운 것이다. 둘째손가락이 씨 없는 수박을 만들었다는 우장춘 박사. 근래에 와서 그가 개발한 게 아니고 일본에서 다른 사람이 성공한 것을 한국에 전파한 것이라고 말하여지지만, 그 당시의 우 박사 인기는 대단했다. 마지막이 이태규 박사. 미국 유타대학 교수(마침내 첫딸이 최근 그 대학의 교수가 되었다)인데 일본 교토(京都)대학에서 연구할 때부터 소립자(素粒子)로 이름을 얻어 한국인이 노벨상을 받는다면 아마 이 박사가 최초가 될 것이라고 학생들이 떠들어댔다.

그 이태규 박사의 친조카가 청주 중학에 왔단다. 폭발적 화제였다. 3학년인 나는 2학년인 이회창 학생을 구경하러 가 본 기억이 있다. 그후 나는 서울대 의예과 2년을 거쳐 서울대 법대에 신규입학하고 보니 그가 역전하여 1년 선배로 있는 게 아닌가. 청중 1년 후배들이 그와 친하게 지내니 나도 계속 그의 소식을 들어왔으나 특별한 접촉은 없었다.

1993년 이회창 총리와 함께 나도 노동장관으로 새 내각에 들어갔다. 반가웠다. 놀라운 것은 첫 국무회의에서 그가 용감한 돌출발언을 한 것이다. "언론에서 내각에 실세가 있다고들 보도를 하고 있는데 실세가 어데 있고 비실세가 어데 있습니까. 모두 실세라고 생각하고 일들 하세요." 내무장관으로 같이 출발한 최형우 씨를 지목하는 발언이란 것은 누구나 아는 일. 그리고 말을 이었다. "내가 평소에 존경하는 남재희 장관이 노동부를 맡아 마음 든든하게 생각합니다." 이게 웬 말인가. 딱 나 한 사람만 거명하다니…. 그때부터 이분이 대단한 용기와 정치성이 있구나 하고 생각했다. 그리고 그 느낌은 적중한 셈이다.

대법원 판사까지 말하자면 육법전서 하고만 씨름을 하며 생활해와 무미건조하고 딱딱할 거라고 짐작한 것은 잘못이었다. 몇 번인가 각료들을 대원각 불고기 파티에 초대했는데 얼마간 시간이 지나면 "우리 시작해볼까요" 하고 폭탄주를 만들어 마시고 돌린다. 폭탄주 실력도 수준급이다. 분위기는 금세 부드러워지고 이야기의 꽃이 핀다. 참 정치적이구나 하고 또다시 느꼈다.

우리와는 기분 좋게 폭탄주를 마셨지만 기자들과의 술자리에서 폭탄주 끝에 이회창 씨가 심한 표현의 이야기도 했다는 것은 정계나 언론계에는 널리 퍼져있는 소문이다. 술에 먹힌 모양이다.

폭탄주 이야기를 좀 하면, 폭탄주는 서양에서도 마신다. 돈이 부족할 때 돈 덜 들이고 빨리 취하기 위해 큰 맥주잔에 적은 양의 위스키를 넣어 마신다. 실제로 캐나다 국회의원들이 한국에 왔길래 폭탄주를 소개했더니 잘 안다면서 "데프스 촤지(depth charge)"라고 소리치며 만들어 마신다. 구축함이 바닷속의 잠수함을 폭뢰로 공격하는 것을 데프스 촤지라고 하는데 맥주잔에 위스키 잔을 넣는 것이 그 모습을 닮았다.

가령 자기가 10명쯤의 사람에게 술을 낸다고 생각해보자. 보통 같으면 10명 모두에게 술잔이 갔다 와야 한다. 그러면 10잔이 된다. 그런 식이라면 몸을 버리기 쉽다. 폭탄주는 만드는 사람이 먼저 마시고 모두에게 골고루 권한다. 잔은 하나뿐이니까 한 번 돌면 전원이 똑같이 폭탄주 한 잔씩 마신 셈이 된다. 얼마나 공평하냐. 그리고 내는 사람에게도 부담이 적었다. 그래서 우리나라에서는 군대에서 지휘관들이 선호하여 퍼지기 시작했으며, 그다음 검찰, 그리고 일반 사회로 유행한 것이다. 위스키 대신 소주로도 만든다.

1994년 북한의 핵폭탄 개발, 그러니까 북핵 문제가 한창 뉴스의 초점이 되던 때다. 그때 국무회의에서 이 총리가 전보다 훨씬 신속하게 상정된 안건을 모두 처리하고는 "자, 이제 우리 이야기나 해봅시다." 하고 돌아본다. 처음 있는 일이고, 결과적으로는 마지막 있던 일이다.

그리고 느닷없이, 정말 느닷없이. "요즘 북핵 문제가 심각한데 그 방면에 조예가 깊은 남 장관이 한번 말씀해보시지요." 한다. 내가 어찌 그 문제에 조예가 깊을까. 그리고 그 문제라면 국방부 장관, 외무장관, 통일원장관 등 업무 관련 장관이 줄줄이 있는 게 아닌가. 그런데 왜 내가 일 번 순서인가.

내 순발력도 자화자찬으로 대단했다. 지체없이 다음과 같이 술술 이야기를 해나갔다.

"요즘 북핵 문제에 대응하는 것을 보고, 제가 혼미스럽게 느껴집니다. 국무위원인 제가 혼미스럽게 느낄 때 국민은 어떻겠습니까. 우선 신문에 보니 북핵 문제에 대한 정부의 창구를 외무장관으로 단일화한다고 났습니다. 그럴법하다고 생각했습니다. 미국과의 관계가 매우 중요하니까요. 그런데 다음에 보니깐 청와대 비서실장이 주재하는 회의에서 그 문제를 다룬다고 신문에 났습니다. 이상한 일로 생각합니다.

외무장관으로 부족하면, 통일원 장관이 있지 않습니까. 왜 통일원 장관을 부총리로 했습니까. 여러 장관을 조정하란 뜻 아닙니까. 그리고 부총리인 통일원 장관으로도 어려우면 헌법에 있는 대로 국가안전보장회의를 열어야 합니다. 국가안보회의가 왜 헌법에 규정되어 있습니까. 그런 거 다루라는 게 아니에요? 그런데 난데없이 청와대 비서실장입니까?"

역시 신문사 논설위원으로의 훈련 덕분일 게다. 청산유수로 말이 나왔다.

그때, 이 총리, "자! 오늘 회의는 이것으로 마치겠습니다." 방망이를 쾅쾅 치고 일어선다. 나 하나의 발언으로 끝이다.

그 후 함께 점심을 하자고 총리의 연락이 왔다. 둘이서 식사를 하며 이야기를 나누었는데 요는 그렇게 중요한 북핵 문제에 총리인 자기를 제쳐두고 청와대 비서실장으로 하여금 주도하게 하는 것은 법리에도 어긋나고 정치책임상도 불가하다는 것이다. 나의 기습을 받다시피 한 발언이 어떻게 그렇게 이 총리의 생각과 일치했을까. 나는 대통령이 그렇게 한 것이니 YS와 맞붙지 말고 간접적 방법을 택하라고 걱정하는 말을 했다. 그러나 YS의 용맹스런 저돌성과 이 총리의 법대로의 고집불통은 곧바로 정면충돌, 이 총리의 해임사태를 가져온 것이다.

그 후 노동부도 담당하는 청와대의 경제수석을 만났더니 각의에서의 나의 발언으로 청와대에서의 나의 평판이 아주 나쁘다고 말한다. 그래서 "내가 자진해서 한 말입니까? 총리가 물으니 내가 바른대로 말할 수밖에 없지요." "총리가 먼저 물었습니까?" "국무회의에는 기록이 있으니 알아보시지요."

세월이 많이 흐른 2002년 5월 17일 동아일보 기획기사에선 그때의 일을 다음과 같이 적고 있다. "총리직 사퇴 파동도 이 후보의 원칙이 빚은 YS와의 충돌 때문이었다. 이 총리는 1994년 4월 '통일안보정책회의에 회부된 안건이라도 총리의 사전 승인을 받아 시행해야 한다'고 주장했고, YS는 이를 대통령 권위에 대한 도전으로 받아들였다. 그러나 사퇴냐 해임이냐에 대해서는 지금도 설이 엇갈린다."

선거에 이기든 지든 이것 하나만 아니었으면 달랐을 것 하는 것이 열 가지쯤 거론된다. 이회창 씨의 경우, 아들 병역문제만 아니었으면, 미군이 여학생 치사사건의 언도 재판만 대선 후로 미루었더라면… 역시 열 손가락 꼽히는 가운데 하나만 달랐어도 혹 몰랐을 것이다.

이회창 씨는 대통령이 될만한 훌륭한 자질을 갖추었다고 나는 생각한다. 다만 시대정신이라고 뭉뚱그려 이야기할 수 있는 그런 무엇과의 괴리 때문에 실패한 게 아닐까. 비록 선거 때 돕지는 않았지만 둘 사이의 특별한 정을 느낀다.

"텐트 안이면 오줌을 밖으로 눌 것"

김종필 씨와의 술 인연은 참 오래되었고 정이 많이 담긴 것이었다. 신문사의 정치부 시절부터 시작되어 신문사 간부 때로 이어지면서 자주 있었고, 대개가 의미 있는 자리였다. 끈끈한 유대도 생겨났다. JP는 매력 있는 사나이였으니까 말이다. 신문사 친구 이명원 한국일보 문화부 부장은 서울대 정치학과 출신으로 정치감각도 있는데 그는 70년대 전반에 "전기를 꼭 쓰고 싶은 세 사람이 있는데, 첫째가 JP고, 둘째는 살롱계의 유명 마담 김봉숙 씨며, 셋째는 한국일보의 장기영 사장"이라고 말하였었다. 그때 나도 화제성에서는 완전히 같다는 느낌이었다.

나의 정치입문의 첫발도 공교롭게도 JP와 시작되었다. 서울신문 주필로 있다가 불시에 낙하산 공천을 받고 잘 모르던 서울 강서구에 낯을 익히러 갔더니 윤주영 선배로부터 전화가 와서 당장 JP와 술을 하러 시내로 오란다. 순천향병원 앞에 있는 살롱에서 늦게까지 진탕 마시며 정치에 관한 이런저런 조언도 듣고 또 어쭙잖은 기염도 토했다. 일어나면서 공천서 선거 날까지 꼭 1백일인데 하루 손해났다고 했더니, JP "손해가 아닐 꺼야."라고 어깨를 두드린다.

궁정동 총소리 이후 JP가 공화당 총재가 되어 대권 경쟁을 준비할 때다. 대한극장 앞에 있는 대림정이란 큰 불고깃집에 충청도 출신 노조 간부들 2백여 명을 초대하여 단합대회를 했다. 마침 나는 국회의 보건사회위원회 소속이고 그때는 노동청이 보사부 산하였기에 유관 의원으로 참석하게 되었다. 거기에 더하여 나도 충청북도 출신이 아닌가. 노조 간부에 아는 사람도 많고 하여 여러 사람과 술잔을 주고받으며 분위기를 살려 나갔다.

공화당 간부의 연설도 있었고 노조 간부의 지지 발언도 이어졌다. 그런데 한 유명 노조 간부가 "JP가 충청도니까 충청도 노조 간부는 단결하여 밀어주자"는 요지의 연설을 하는 게 아닌가. 술을 많이 마셨지만 정신이 번쩍 들었다. 나는 앞쪽으로 가서 마이크를 얻어 그 간부를 나무라는 연설을 하였다. "여러분 JP가 충청도니까 JP를 밀어주자는 말은 안 됩니다. JP가 이 나라에 필요한 인물이고 또 우리 노동자들도 걱정해 주고 권익도 신장해 줄 정치인이니까 JP를 밀어주자, 이렇게 이야기해야 합니다. 어떻게 충청도끼리 뭉치자는 말을 합니까." 찬물을 뿌린 셈이다. JP가 그때 어떻게 느꼈을까, 그 후에도 계속 궁금했던 일의 하나다.

세월이 흘러 YS에 의해 노동부장관으로 임명되었을 때 나는 당혹스러웠다. YS는 내가 전에 입각을 사양한 적이 있었기에 "이번에는 들어와 일을 해야겠어."라고만 전화를 해왔지 어떤 자리인지는 말이 없었다. 노동부장관이라는 것은 라디오를 듣고 알았다. 당시 노동문제에는 큰 난제가 있었다. 노조세력이 둘로 크게 나뉘어있는데 정부는 한쪽인 한국노총만 인정하고, 다른 한쪽인 민주노총(그때는 이름이 달랐다)은 인정하지 않을 뿐만 아니라 얼마간 압박을 하고 있었다. 그런데 나의 철학(?)은 정부의 것과 달랐다. 당시 조선, 자동차 등 중요 대기업 노조는 거의 모두 민주노총 산하이고 분규의 대부분은 거기서 일어나는데 그 민주노총을 인정 않는다면 마치 타조가 사막에 머리만 박고 잘 숨었다고 하는 것과 같은 꼴이다. 그러니 당혹스러웠던 것이다. 임명된 각료들 가운데 언론과의 인터뷰를 안 한 유일한 각료가 되었다. 나는 언론을 피하고 있었는데 마침 방일영 조선일보 사주의 초청이 있고 하여 그분과 함께 늦게까지 술을 마시며 고민하였다. KBS에서도 집으로 유일하게 인터뷰에 응하지 않는다고 싫은 소리를 해 왔단다.

당시 JP가 집권당인 민자당의 대표위원이다. 한번은 당사로 와서 노동정책을 설명해 달란다. 가장 신임하는 박길상 과장을 데리고 가서 JP를 비롯한 중요 당직자들에게 당면 문제를 설명하였다. 당연히 민주노총문제가 안 나올 수 없었고, 민주노총 합법화의 불가피성에 이르지 않을 수가 없었다. 그러자 YS계열의 거물급 간부가 민주노총은 색깔이 불그레하지 않느냐고 제동을 건다. 나는 "그 가운데 그런 사람이 없다고 단언할 수 없다. 그러나 민주노총 자체를 그런 식으로 판단하면 대세를 그르칠 것이다."고 반론을 폈다. 그리고는 JP를 향해 이렇게 비유적으로 말했다. "미국의 존슨 대통령이 말썽이 많은 한 사람을 입각시키려니까 측근 참모가 그 사람은 문제꺼리 아니냐고 이의를 제기했데요. 그랬더니 존슨 하는 이야기가 '그 말썽꾼을 텐트 안에 넣으면 오줌 눌 때 텐트 밖으로 눌 것 아니야. 밖에 놓아두면 텐트 안으로 오줌을 갈겨댈 꺼고.' 하더랍니다." 그때의 박 과장은 지금 노동부차관으로 승진했는데 나를 만나 이야기할 때는 자주 그 존슨의 일화가 일품이었다고 감탄한다.

JP는 역시 거물이다. 얼마 후 한국노총간부 10여명쯤과 용산에 있는 용호정에서 술자리를 마련했다. 용호정은 국방부와 가까운 거리에 있어, 익살로 정호용 국방장관의 이름을 뒤집은 것이 아니냐는 이야기도 한다. JP는 고급양주를 갖고와서 성의를 보였다. 즐겁게 마셨다. JP는 "이봐, 한국노총 좀 잘 봐주어." 그 한 마디뿐이다.

한국노총의 이상한 간부가 나에 대한 색깔공세를 펴 이회창 총리와 뒤이은 이영덕 총리의 귀까지 이르렀다. 이회창 씨는 나에게 "고약한 소리를 하는 모양이더군." 하고 가당찮다는 태도였다. 그는 법원에서 노동관계도 다루고 하여 그 분야에도 상당한 이해가 있었다. 민주노총의 합법화는 유엔산하 국제노동기구(ILO)(묘하게 내 둘째딸이 제네바에 있는 본부에 근무하게 된다)의 요청에도 맞고 합리적인 이야기가 아닌가. 얼마 후 나는 국회노동위에 출석하여 기업단위 노조는 단수로 놔두고 상위 노조는 복수화, 그러니깐 한국노총에 더하여 민주노총을 복수로 합법화할 방침이라는 것을 공식으로 밝혀 버렸다.

당시 YS는 그 문제에 가타부타 태도를 밝히지 않고 계속 신중한 검토만 당부했었다. 나중에 나 다음으로 강서 을구 지구당을 맡은 이신범

의원과 이야기를 나누다 들으니 YS가 통일민주당의 총재로 있을 때 이 의원도 정책수립에 관여하여 단위기업은 단수노조, 상위는 복수노조로 당론을 정한바 있었다고 한다. YS가 검토만 당부하는 신중론을 펼 때 그 사실을 들어 설득하였으면 좋았을 것이란 때늦은 이야기를 하였다.

YS는 임기말에 가서야 민주노총의 합법화를 허용했는데 정부안이 여당에 넘어온 후 이상한 몇몇 의원이 장난을 쳐서 민주노총합법화에 유예기간을 두기로 개정하여 그런 저런 사정이 합쳐져 전국적인 유례 없이 대규모인 노동파업, 이른바 노동대란이 일어났다. YS가 큰 망신을 당한 셈이다.

JP의 대범한 태도는 훌륭하다. 그 후 교보빌딩 뒤의 빈대떡집에 소주를 마시러 가자고 초청하니 서슴없이 따라왔다. '경원집'에서 빈대떡에 족발에 푸짐하게 들고 소주도 2병 이상 마신다. 대단하다. 국무총리를 지낸 여당의 대표가 그렇게 서민적인 데를 마다 않고 가다니…. 그와 지위가 비슷한 다른 사람들은 어림 반푼어치도 없는 일이다.

한번은 "이봐, 당신 선거구에 맛있는 집 없어?" 하고 대란다. 옛 통합병원 근처의 '소나무집'의 양고기가 좋다고 했더니 한번 와보고는 아예 단골이 되어 버렸다. 여의도에서 가까운 거리이기 때문도 있다. 계산을 할 때 갑절로 주인에게 지불하고는 내가 다음에 오면 돈을 받지 말란다.

그런 JP인데…. 같이 정치하자는 요청을 못 받아들여 미안한 느낌이다. 정분(情分)으론 따뜻하게 끌리는데 명분(名分)은 어쩐지 내친다.

얼마 전 부여관광을 갔더니 백마강에서 낙화암을 바라보며, 가이드의 말이 부여의 주산인 부소산이 얼굴을 돌리고 앉아있어 부여에서는 큰 인물이 안 난단다. 왜, JP는 큰 인물이 아닌가. 나이 많은 가이드는 JP가 대권을 못 잡은 것을 슬며시 엉뚱한 풍수설에 핑계를 대보는 것이 아니겠는가. 내가 미처 못 보았지만 그는 눈을 꿈뻑하였을 것이다.

나이 들어 젊은 사람들과 추억담 속 만취

40대 말까지의 주량은 엄청났다. 그때 선거에 출마해서는 회식이다, 초상집이다 하고 돌아다니며 하루에 2홉들이 소주 4~5병씩을 매일 마셨다. 백일쯤 그렇게 마시니 아침에 일어나면 얼굴이 좀 부은 듯하다가 저녁이면 가라앉고 다시 술이 들어간다.

그렇게 마셔댄 선거전 백일이 몸에 금을 가게 했다. 술 실력이 2~3병쯤으로 줄었다. 그리고 70이 가까워지면서 1병이 적정량이 되고, 간혹 1병반을 무리하는 경우도 있게 되었다.

그러다가 마음 맞는 젊은 패들을 만나면 기분이 좋아 자제를 잃고 2병이나 또는 그보다 약간 더 마시고 만취하여 다음날 후회막급이게 된다.

주간지 《진보정치》의 이광호 편집위원장 조준상 씨 등과 술을 할 때 아슬아슬한 고비까지 간다. 인터넷 뉴스 '프레시안'의 이근성·박인규 씨 등 간부와 만나면 으레 내가 기분이 들떠 과음하게 된다.

그들은 언론계 선배인 나의 삶과 생각에 관심이 많다. 그래서 내가 이야기를 하는 쪽이 되어버려 다음 날 듣는 입장이 되었었더라면 하고 후회하게 된다. 나이 들면 회고적이 된다. 한 이야기를 되풀이하기가 일쑤다. 그래서 "죽으면 늙어야지" 하고 익살을 떨어가며 이야기한다. "늙으면 죽어야지"가 어법에 맞는 것이지만 요즘 그것을 뒤집어 코믹하게 "죽으면 늙어야지"라고 말하는 사람이 더러 있다.

6·25때와 5·16 당시의 내 이야기는 아찔하고, 잘 엮으면 단편소설 같은 느낌을 줄만 하다. 그러니 회고담을 하다보면 나도 자주 감정이 앙등하고 그럴 때마다 술잔도 계속 무리하게 기울이게 된다. 그 후 이은승 강서문인협회 회장의 곁부축을 받아 귀가하는 추태를 보이기도 하였다.

참고로 간단히 회고담을 소개하면….

전쟁이 났을 때 중학 5학년(당시는 중학 6년제). 청주의 북방 50십리쯤 인민군이 왔을 때, 그리고 포격소리가 멀리 들릴 때 소개령이 내려 시민들은 남쪽으로 남쪽으로 긴 피난행렬을 이루었다. 반농·반수공업 중의 중 정도인 우리집 식구들도 덩달아 구루마(수레의 일본말)에 짐을 싣고 걸어서 나섰다. 50리쯤 가서 산촌 농가에 며칠 묵었는데 꽁보리밥·열무김치·멀건 고추장의 비빔밥이 맛이 있었다는 기억이 지금도 생생하다.

아마 인민군이 앞질러 진격했을 것이다. 우리는 청주 교외 10리쯤의 고향 농촌으로 가서 거기서 난을 피하기로 하였다. 백호 정도의 동네가 같은 씨족 집성촌이고 타성은 몇 집 안 되었다. 나는 순탄한 피난 생활을 했다. 청주시내가 혹시 폭격당할까봐 농촌을 택한 것이지 굳이 숨어지낸다는 생각도 없었다. 공교롭게 작은 지파(支派)의 종손이기 때문에 의용군 문제에서 암묵리에 보호받았던 것 같다.

그러던 중 난데없이 학교선생이 농촌 집으로 들이닥쳤다. 생물을 가르치던 경 선생이다. 모두 등교하는데 왜 학교에 안 나오느냐고 학교로 가잔다. 10리가 채 안 되는 길을 선생과 함께 걸어서 학교로 갔는데, 선생이 복도에 기다리라며 교무실로 들어가면서 문을 닫는다. 그러나 우연히 엿들은 말이 "한 놈 잡아왔습니다."

느긋하던 나는 긴장이 되었다. 곧 충북도청 앞에 있는 공무원 관사로 인도되었는데 거기는 대기소인 듯 10여명의 젊은이들이 묵고 있었다. 마침 그곳의 책임자가 깨떡이라는 별명인 송형이 아닌가. 그는 나와 청주상업학교를 2년간 같이 다녔는데 그때부터 공산학생으로 활약했다. 나는 의과대학에 진학할 요량으로 청주중학교로 전학하였지만, 아마 그 송형은 사상적으로는 무색무추하고 공부만 열심히 하는 학생으로 나를 기억했을 것이다.

어두워졌다. 나는 송형에게 자연스럽게 "송형, 우리 집이 시내인거 알지. 불편하게 여기서 자지 않고 집에 가서 자고 새벽에 올게." 하였다. 참 친구가 좋았다. 그는 "그래" 라고 서슴없이 이야기하는 게 아닌가. 관사를 나온 나는 호구를 탈출한 듯 걸음을 서둘러 그야말로 꽁꽁 숨었다. 그래서 의용군에 끌려가지 않고 살아남을 수 있었다(이렇게 말하며 혼자 감정이 파도쳐 연거푸 술잔을 털어 넣었다). 그 후 그 고마운 깨떡 송형 소식은 아무도 모른다.

그 다음 5·16 때. 민국일보 정치부 기자인 나는 군부세력이 혁신계를 때려잡으리라 예측하고 혁신계 친구들이 상의해오면 숨으라고 충고했었다. 당시 민국일보는 민족일보 다음으로 진보적인 신문이었고, 나는 국회출입을 하면서 혁신정당들을 담당하였으며 그 동네에선 꽤나 명성이 있었다. 오죽하면 민족일보의 조용수 사장이 한턱내며 스카우트하려 했어도 나중에 보자고 거절했을까.

그런 내가 내 문제에는 무심하여 태연하게 남대문 옆에 있던 민국일보사에의 출근을 계속했다. 5월 18일이다. 버스에서 내려 회사로 향하니 골목에서 회사의 운전기사가 나타나며 빨리 도망치란다. 정보기관에서 나를 잡으러 회사에 나타났는데 조동건 국장이 직원들을 팔방으로 풀어 나에게 귀띔하게 했다는 것이다. 조 국장은 연전(延專) 출신의 선비형 언론인으로 나를 각별히 아껴주었다. 4·19 후 제2공화국의 초대총리가 누가 되느냐로 장면, 김도연을 놓고 나와 단둘이 술내기를 하였다가 나에게 져서 한턱 쓰기도 하였다. 줄행랑을 치고 완전 잠적, 반년쯤 후에 잡혔는데 쿠데타의 분위기가 가시고나니 아무것도 아니다. 조사 후 불문에 붙인단다. 그래서 예로부터 계(計) 중에서 36계 줄행랑이 최선이라고 하지 않았는가(이렇게 말하다 보니 마치 그때가 재현된 듯 격해져서 술잔을 연거푸 비운다. 그래서 폭음이 되고 만취가 되어 버렸다).

사실 5·16후 혁신계를 때려잡은 것은 박정희 씨가 미국으로부터 좌익으로 의심을 받고 있으니 혁신계를 엄벌하면 그것을 푸는데 도움이 되지 않겠는가 하는 계산이 있던 것 같다. 그런 내용을 믿을만한 쿠데타 주역의 증언도 기록으로 남아있다. 혁신계 정치인들도 억울한 터에 그들의 정치활동을 사실보도한 정치부 기자가 무슨 죄가 되겠는가. 물론 아무리 사실보도라 하더라도 시대를 총체적으로 보는 안목에서의 균형감각은 필요하지만 말이다.

나의 주도(酒道) 10개조
- 잡설을 끝내며 반성하는 뜻으로

요즘 술을 삼가자는 말이 많이 나온다. 내가 속했던 언론쪽이 술을 심하게 하기로 소문이 나있는데, 한국기자협회의 회보에도 '건전 음주 10계명'이라는 것이 나와있다.

언론과 쌍벽을 이루는 술로 유명한 문단에서도 바카스의 신을 놓고 논란이 일었다. 원로인 고은 시인이 "이제 시인들 가운데 술꾼이 현저하게 줄어들었다."며 "술꾼 시인이 줄어들어 가슴속에서 터져 나오는 시를 만나기가 쉽지 않다."고 '시인 애주 당위론'을 편 것이 불을 질렀다. 중견인 정세훈 시인은 "주벽의 시인들을 비판한다."며 "시객들은 시를 짓겠다는 미명하에 지나치게 술꾼들이 되어서는 안 된다. 술꾼 대신 삶의 진정성을 끊임없이 찾아가는 삶꾼이 되어야 한다."고 맞섰다.

『알코올과 예술가』라는 번역서의 서평을 보니 프랑스의 최상급 시인 샤를 보들레르가 다음과 같이 말했다고 되어 있다.

"나는 주말에 쉰 적도 없고 휴가를 간 적도 없다네. 단지 두 가지 일로 시간을 보냈지. 하나는 글을 쓰는 일, 다른 하나는 술을 마시는 일."

근래에 술을 점차 덜 마시게 된 것이 분명하다. 여러 가지 까닭이 있겠는데 얼핏 한번 생각해 보면—

① 자동차 자가운전이 급격히 증가한 것

② 여권이 신장되고 예를 들어 봉급이 온라인으로 직장에서 집으로 직접 송금되게 된 점

③ 생활에 여유가 생기니까 절망적 폭음이 거의 없어진 것은 물론이

고 건강에 신경을 쓰게 된 점

④ 한국의 음주문화에 못된 일본의 낭인(浪人) 음주문화가 섞여들어
왔었는데 이제 점차 서양의 음주문화가 퍼지기 시작한 점

이제 술에 있어서의 야만과 광기의 시대에 종지부를 찍어야겠다. 지
난 5월 박희태, 정대철, 김종필 씨 등 3당 대표가 고급살롱에서 발렌타
인 17년산과 카프리 맥주로 폭탄주를 만들어 마시고 10명에 7백만 원
을 썼다는 보도가 나와 빈축을 샀는데, 해도 너무했다. 나도 정치할 때
초청받아 몇 번 그 집에 간 것 같지만 말이다. 술은 비싸게 마신다고 좋
은 게 아닌데…. 그것도 야만과 광기의 시대에 드는 게 아닐까.

그동안 「문주 40년」이라고 잡설을 써왔는데 이제 나의 반성문을 쓸
때가 되었다. 그래서 '주도 10개조'라는 것을 생각해 보았다. 정리를
하다 보니 마해송, 오종식, 조덕송, 이병주, 이영근 씨들의 얼굴이 떠
오른다.

① 술은 아주 천천히 마셔라. 입안에서 혀로 굴리며 향과 맛을 음미하
라. 남북정상이 만났을 때 보니 김정일 위원장은 "원샷" 운운하던
데 그것은 좋지 않다. 마셨다 하면 두, 세 시간 여유를 갖고 즐겨라.

② 낮술은 절대 금물이다. 낮술은 활동할 수 있는 때에 시간낭비일
뿐만 아니라, 낮에 얼굴에 주기가 있으면 다른 사람에게 불쾌감을
준다. 언론계에서 석간신문에서 일하던 사람들은 석간이 나온 후
점심식사에 반주를 하다가 자주 저녁에까지 계속되어 술을 많이
마시게 되었고, 조간신문 사람들에 비하여 일찍 사망한 확률이 높
았다.

③ 안주를 즐겨라. 아주 싼 것이라도 각기 맛이 독특하니 그 독특함

을 음미하고 거기에 뜻을 부여해 보라. 요즘 화초와 야생초와 잡초 모두에 가치를 두는 것과 같다.

④ 술집의 품위를 살펴서 선택하라. 싸고 비싸고에 관계가 없다. 주모의 품위가 정갈하냐 아니냐에 관계된다. 주모와의 인정미의 교류도 중요하다. 단골이 되면 거기서 인간사 이야기가 꽃을 피우게 되고 하나의 세상이 열린다. 단골이 다섯 곳이면 다섯 개의 세상이 있다. 되도록 현찰로 하고 팁은 꼭 주도록 하라.

⑤ 주머니 사정에 따라 술집을 골라라. 우리나라 사람들은 기분이라고 통 크게 돈사정 생각하지 않고 마신다. 서양사람들은 더치페이(dutchpay)라고 공동부담을 잘한다. 이웃 일본사람들 사이에서도 '와리깡'이라고 공동부담은 일상적이다. 그렇다고 꼭 공동부담하라는 것은 아니다.

⑥ "벗이 있어 먼 곳에서 찾아오니 또한 즐겁지 아니한가"라는 말처럼 벗과 더불어 술을 나누는 것은 더욱 즐겁다. 술로 기분 좋은 상태가 되어 서로 의식이 확장되고 교류가 밀접하게 되는 것이다. 술벗은 둘보다는 셋이 좋고, 넷은 셋과 비슷하고 다섯 이상은 너무 많다. 술벗의 선택은 자기운명의 선택과 연결된다. 그 선택에 숙고가 필요하다. 느낌이라는 컴퓨터가 있다. 벗과의 음주도 사회체험 다음가는 자기교육이다.

⑦ 술은 하루 한 집에서 그쳐라. 두 집, 세 집 가는 것은 우리 식이 아니라 일본의 대륙낭인(大陸浪人)이 남긴 악습이란다. 옮길수록 마시는 방법이 거칠어진다.

⑧ 술과 담배를 함께 하지 말라. 알코올과 니코틴은 맛을 상승작용케

하여 좋은 것이지만 다음 날 머리가 때리는 것은 오히려 담배 때문이란다. 담배가 술보다 훨씬 해롭다.

⑨ 술은 이성과의 대화에서 중요한 매개체이기도 하다. 한국의 카사노바 이병주 소설가가 권위자인데 그 미학을 전수받지 못하고 그가 미리 작고하여 실기를 했다. 그러나 명작소설이나 명작 영화를 통해 터득할 수 있을 것이다. 최근 김정환 시인이 프로이트의 『서한집』에 대한 서평을 쓴 것을 보니 "정신은 술과 섹스가 그렇듯 의학과 문학의 접점 속에 존재한다."나.

⑩ 난처한 이야기인데 한국은 술을 더 개발해야겠다. 너무 종류도 모자라고 질도 문제다. 요즘은 두 가지 술을 섞어 마시는 경우가 자주 있는데, 있는 술 갖고 칵테일을 잘하는 일도 연구해 볼 만하다. 흔하고 싼 소주를 기본으로 하고 거기에 다른 것을 섞는 방법도 좋다.

"하나님은 물을 만들고, 프랑스인은 포도주를 만들었다."고 프랑스인들은 자만인데 우리도 무엇을 하나 만들어야 하겠다.

(2003년《강서문학》제10호)

제3부

관찰과 회상의
이중여행

은퇴 언론인들 시베리아 여행 심리기상

지난 늦은 여름 내가 속해 있는 언론클럽의 간부들이 일주일쯤 시베리아 여행을 하였다.

우리나라의 운명을 결정하는데 결정적 계기가 되었던 러·일 전쟁 1백 주년이 되는 해이어서 러시아에서 세미나도 하고 관광도 하기 위해서다. 현지에서는 버스 2대를 나누어 타고 다녔는데 그중 한 대에는 퇴직 언론인들, 그러니까 나이 지긋한 사람들이 주로 타고 있어 다른 한 대는 현역들. 언론 출신과 노장년이란 두 요소가 합쳐진 재미있는 집단 심리의 기상도를 보여주었다. 분위기는 70대 초반을 조금 지난 통신사 사장을 역임한 조 씨와 역시 비슷한 나이인 국회의원과 큰 나라 대사를 지낸 조 씨의 두 사람이 이끌었으며, 70을 갓 넘긴 나는 마치 춘향전의 방자처럼 그들의 담소에 장단을 맞추어 주었다 할 것이다. 동물 형태학의 표현을 빌려 말하면 '모이 쪼는 서열'(Pecking order)이라는 것이 있고, '싸움 서열'(Hiring order)이라는 것이 있는데, 그 전자의 서열에서는 단연 조 사장이 좌장격이었다. 좀 알기 쉽게 설명하면, 가령 닭장에 있는 닭들에게 모이를 줄 때 반드시 먼저 모이를 쪼는 닭이 있고, 그다음에 다른 닭들이 모이를 먹는다고 한다. 그런데 그 닭장에 족제비가 침입했다면 용감히 맞서서 싸우는 닭이 있게 되는데 그 닭은 모이를 먼저 쪼아 먹던 닭이 아닌 경우가 많다는 것이다. 두 서열이 별개라는 이야기다.

전날에는 모임에서 가장 원로 되는 사람에게 만세삼창을 부탁하는 일이 많았다. 그래서 '만세삼창'이란 말이 '원로'라는 말과 동의어로 익살 삼아 쓰이기도 했다. 요즘은 회식 자리에서 건배 순서가 많아졌다. 그것도 대개 연장자나 고위직이 맡는다. 그런 것을 '모이 쪼는 서열'의 일종이라고 해도 과히 틀린 말은 아닐 것이다.

조 씨 두 사람의 재담은 도를 통한 경지에 달해 있어 감탄할 만하다. 나는 신문에 좋은 칼럼을 자주 쓰는 안 교수에게 메모를 해두었다가 연구도 해 보고 칼럼에 인용해 보라고 권고했었다.

조 사장은 여행 내내 학생들이 짊어지는 것과 같은 큰 백을 메고 다녔는데 스스로도 겸연쩍었던지 "집문서, 땅문서를 모두 넣어가지고 다니느라고 이 안에 족보, 그것도 대동보도 들어 있어" 한다. 조 대사는 오랜 친구인 조 사장을 놀리느라고 "평소에 부인에게 얼마나 죄를 지었기에, 호텔 옆방에서 들으니 밤새도록 잘못했다고 빌고 있더군." 횟수는 적었지만 제대로 된 일격을 가한다.

그런데 전과는 달리 이번 여행에서 이변이 생겼다. 70을 갓 넘긴 작은 나라 대사를 지낸 류 씨가 아연 발언에 활기를 띤 것이다. 전에는 조용하기만 했던 그였다. 버스 속에서 가이드에게 "블라디보스토크에서 하바로프스크가 몇 ㎞냐" "포장이 잘 되었느냐" "차로 달리면 얼마나 걸리느냐" 한번 질문을 시작하면 열 가지 가까이 물어 댄다. 여기서 일행의 어떤 암묵의 질서에 이상이 생긴 것을 감지한 사람은 매우 드물었을 것이다.

바이칼호수 가의 민속박물관은 숲속에 멀리 펴져 있다. 토착 소수민족과 러시아 초기 이주민들의 생활풍습을 볼 수 있고 샤머니즘의 흔적도 찾을 수 있다. 거기서 류 대사가 혼자서 사진찍기에 열중하다가 행방불명이 되었다. 버스를 타고 류 대사를 찾으려 숲길을 달리며 약간 불안한 생각이 들었다. 중국보다도 영어가 거의 안 통하는 시베리아가 아닌가. 누군가가 "아, 있다"고 소리쳐 모두 반가워하였다. 그런데 그것은 모기 잡기였다. 여름에는 높을 때 40도까지 오르는 더위고 자작나무와 소나무의 밀림(타이거로 한다)이 우거져 모기도 극성인 것 같다. 곧이어 류 대사도 나타났다.

러시아 전통 사우나인 '반야'로 여독을 풀었다. 유원지의 통나무 사우나에는 대여섯 명씩 들어가게 되어 있어 조 사장, 조 대사, 류 대사 그리고 나를 포함한 몇몇이 한 조였다. 땀을 빼고(이상하게 머리에서는 땀이 안 나서 말짱하다) 자작나무 잎으로 등을 두드리고 적당한 때에 그 앞에 있는 앙가라강의 샛강에 반신을 담가 몸을 식히는 순서다. 그렇게 5, 6차를 왕복한다. 그런데 류 대사가 아예 강물에 뛰어들어 수영을 하는 게 아닌가. 방송인으로도 이름난 B 씨는 "저러다가 심장마비가 되면 뛰어들 사람은 나밖에 없는데…"

사우나를 마치고 나온 조 사장은 류 대사에게 "원, 자기 팬티는 놓아두고 왜 남의 팬티는 입어…" 하고 핀잔이며, 조 대사는 "팬티 하나쯤 주면 어째서 입은 것을 벗으라고 하는가" 하고 익살이다. 사우나를 시작할 때 류 대사는 자기 팬티는 벽에 걸어놓고 끝난 후 옆에 있는 조 사장의 비슷한 팬티를 입어 벌어진 촌극이었다.

그 팬티촌극 이야기가 많게는 다섯 번쯤 되풀이된 것 같다. 사우나 시설 옆에서 화롯불을 둘러싸고 친교의 시간을 가졌을 때도 또 나왔다. 그러자 류 대사, 마이크를 잡고 30여 년 전 신문사 시절의 이야기까지 설명하며 사실상 "조 사장 X새끼" 운운까지 발전했다. 사회를 본 B 씨도 근래에 더욱 독기가 입에 오른 듯 누구나 X새끼 호칭이다. 회원은 물론 초고위 인사까지도. 그러나 그의 평소 말버릇을 알기에 모두 웃어 넘겼다. 귀국 후 좀 깐깐한 프리랜서 임 씨가 어떤 칼럼에서 험구가 된 요즘의 세대와 함께 그때 일을 개탄하며 이름은 거명하지 않고 쓰기는 했다.

전직 총재, 전직 국회의장 등 이른바 원로라는 사람들이 대거 포함한 사실상 반노적인 시국선언문을 발표하기 훨씬 전에 미리 읽어보았더니 일행인 정 교수의 이름도 포함되어 있다. 그에게 슬쩍 말을 건넸더니 "류 대사가 서명을 받으러 다닌다면서 서명하라고 권고하기에 동의했다"는 이야기다.

아하! 류 대사가 요즘 아연 발언에 활기를 띠게 되는 까닭을 짐작할 수 있을 것 같았다. 그는 영어로 'quite excited' 되어 있는 것이다. 또한 '모이 쪼는 서열'에 흔들림의 기미를 은연중 느낀 조 사장이 견제하는 조치를 무의식중에라도 취한 것이 아닌가 하는 심리분석도 해 본다. 야구에서 견제구라고 하는 게 있지 않은가. 묵은 감정이 없을 것이고, 있다 해도 그렇게 오랠 수는 없는 것이고….

귀로에 블라디보스토크에 다시 들렸다.

이제 인천공항에 가면 뿔뿔이 헤어진다. 류 대사는 조 사장에게 "잘

못 하는 보드카를 과음해서 실수를 한 것 같다"고 사과하고(한국에서는 사과할 때 편리하게 술 평계를 곧잘 댄다), 조 사장은 "무얼, 그런 것 같고…." 하고 받아들인다. 그런데 그 블라디보스토크에서 또 해프닝이 있었다. 나에게만은 의미가 있는 사건이다.

조 사장과 조 대사는 한국회사 현지 지사의 호의로 하루 더 묵기로 하여 우리와 헤어지게 되었다. 조 대사는 여행 내내 장단을 맞추어온 나에게 다가오더니 보이스카우트 지도 선생이 쓰는 것 같은 모자를 약간 들어 올리며 "이곳의 양로시설 등을 시찰하기 위해 하루 더 머물다 갑니다"고 농을 섞어 인사를 한다(여행의 실무책임자 김 씨는 그 말을 은퇴할 때가 되었음을 암시하는 이야기가 아니냐고 해석했다). 그런데 조 사장은 깜짝할 사이에 말 그대로 바람과 같이 사라져버렸다. 방자에게 간다 온다 말도 없이. 섭섭한 생각이 들었다.

이야기를 전해 들은 현역 논객인 '안동 양반' 이 씨, "조 대사는 국회의원 출마도 여러 번 해보고했으니까 인사를 하고 갔지만, 조 사장은 그저 미안한 생각에 그냥 사라져버린 게 아니겠어…." 그럴 것 같다.

이런 이야기들이 서울 언론계의 퇴역들 사이에 짝 퍼졌다. 그 이야기가 유포되어도 정보통이란 별명이 붙은 일행이 아니었을 이 씨의 취재에 의해 그 네트워크를 통해 전파된 것으로 추측된다.

유포의 발설원은 으레 유리한 쪽이기 마련인데 표면상 유리하게 보이고, 또한 이 씨와 친한 조 사장이 아닌가 하고 짚어본다(정치하는 사람들 가운데 무언가를 폭로하고 불리하면 "아니면 말고…." 한다는데 나도 "아니면 말고…."를 써먹어 볼까).

이번 여행에서는 세미나도 대단히 좋았고, 또한 이르쿠츠크에서 데

카브리스트하고 갑신정변을 일으킨 우리나라의 개화파 청년들에 비견되는 거사파들의 유배 생활 기념관을 가본 것도 감명 깊었는데 다른 지면에 쓴 바 있기에 여기서는 언론 출신 노장년층의 심리묘사를 한번 시도해 보는 것이다.

(2004년 《강서문학》 제11호)

40여 년의 설레임 끝에 간 돈황敦煌

실크로드는 일반론으로는 서쪽으로는 로마로부터, 동쪽으로는 일본의 나라(奈良)까지 연결되는 '문명의 교통로'라 하지만, 역시 실감이 나는 것은 서안(西安)으로부터 중국의 서역을 벗어나는 곳까지이다.

그리고 그 어느 경우나 돈황(敦煌:중국 발음 둔황)이 항상 그 중심에서 상징성을 갖는다.

일본 소설가 이노우에 야스시(井上靖)의 유명해진 소설『돈황』을 읽고부터 돈황을 한번 꼭 가보고 싶은 동경의 대상이 되었다. 소설『돈황』은 일본서 영화화되어 우리나라에 수입이 되었다. 일본 NHK는 실크로드 다큐멘터리로 히트를 쳤으며 그것 역시 우리 KBS에서 방영하였다.

일본에서 실크로드와 돈황의 열기를 불러일으키는 데는 소설『돈황』과 NHK 다큐멘터리가 기폭제 구실을 했다고 한다. 하여간 일본 사람들은 실크로드와 돈황에 심취하였고 들떠 있다. 실크로드의 끝자락에 매달려 있는 일본이기에 인류 문명의 본류와의 인연 맺음이, 심리적으로 간절하여 그렇기도 할 것이다. 많은 책과 잡지 기사, 비디오 등이 쏟아져나왔다.

이노우에 야스시는, "사막의 폐허 속에는 우리 마음을 매료시키는 시가 있다"며 실크로드를 '역사가 다닌 길'이라 했다. 일본 민족이 대륙의 기마민족이 이주하여 주류가 된데 유래했다는 이른바 기마민족설로 유명한 에가미 나미오(江上波夫) 교수는 "실크로드만큼 사람의 여심(旅心)을 건드리고, 그것을 만족시키는 곳은 달리 없을 듯하다"며 "장대한 구도의 인간 행진이 산 넘고, 계곡 건너고, 사막을 횡단하고, 오아시스에서 쉬고, 가는 곳마다 여러 문화를 합성하고 혁신하며, 종교성이 짙은 일대악곡(一大樂曲)을 창조했다"고 '구도의 길' '인간의 길'이라고 감탄한다.

40여 년 동안 마음이 들뜨다시피 간직했던 돈황 여행의 소원을 이번 여름에 이루었다. 언론인 친목 연구단체인 관훈클럽이 주최하는 '실크로드와 한국 문화' 세미나가 돈황서 열린 것이다. 세미나 주제 발표와 현지 해설은 돈황학 박사인 서용 교수가 맡았는데 문화유적 답사에는 해설자가 누구인가 하는 것이 대단히 중요하다. 서 박사는 돈황에 홀려 그곳에서 7년 동안이나 체류한 서울미대 출신의 화가이기도 하다. 모든 설명이 국제적 시야의 감각으로 균형 잡힌 것이 흡족했다.

서안은 본래 장안(長安)이었으나 북경이 수도가 된 후 수도의 이미지를 지닌 장안을 깎아내려 서안이라고 개명하였다. 우리가 책이 잘 팔리는 것을 전에는 '장안의 지가를 올린다'고 표현했는데 그 장안이 바로 그곳이다. 가본 사람이 많이 있을 것인 서안에서 비행기로 두 시간 남짓을 거의 사막으로 된 지대를 날면 돈황에 닿는다. 사막은 '모래밭'의 뜻보다 '버려진 땅'의 뜻으로 쓰이는 말로, 산도 있고 바위도 있고 모래밭도 있으나 푸르름이 거의 없는 메마른 지대를 말한다. 이런 곳에서 어떻게 사람이 살 수 있겠는가. 더구나 거기에서 어떻게 찬란한 불교 문화의 꽃이 피어났겠는가 하는 의문이 계속 머릿속을 맴돌았다.

북위 40도쯤에 있는 돈황은 기련산맥의 눈이 녹아 당하(堂河)가 흘러 이룩된 오아시스(중국 표현은 綠州) 도시로 도시 7만, 농촌 8만의 15만 인구로, 그래도 사람이 견딜만한 곳이다.

돈황의 뜻은 크게 성한다는 것이란다. 공항에서 시내로 가다가 당하의 다리를 건너며 보니 물의 흐름은 없고 강 가운데 물이 적셔진 흔적만이 보인다. 연간 강우량은 불과 37㎜, 이 지역에서는 설산의 물을 기나긴 지하 수로로 끌어다 쓴다고 책에 쓰여 있는데 이번 여행에서 이 끈질긴 인간 노력의 결정을 견학하지 못했다.

목화와 옥수수, 야채, 포도 등을 생산하고 있는데 목화는 섬유가 길어 좋다고. 밤에 야시장 구경을 가보니 길가에 좌판이 쫙 깔려 있고 장사꾼과 손님이 붐벼 가난하지만 사람 사는 곳 같았다.

거기서 많은 사람이 그러하듯이 우리도 양고기 꼬치구이에 깡통맥주를 마셨다. 말하자면 노점인 대폿집이다. 나의 취미엔 딱 맞았다. 화장실을 물으니 그 집의 꼬마가 안내하는데 1백m쯤 가서 꺾어진 골목에 공측(公厠:공중변소)이 있었다. 사용료가 5각(角)이라기에 5원(円)을 내밀고 거스름돈을 귀엽고 애처롭고 한 꼬마에게 주었다. 그래 보았자 5~6백 원의 돈이다.

여기서 서울서부터 안고 온 의문이 풀려 들었다. 가령 천여 년 전에는 이곳이 지금과 같은 사막 지대는 아니었을 것이라는 가설이다. 아프리카의 사하라 사막이 점점 확대되어가고 있듯이 이곳의 사막화도 계속 진행된 것이 아니냐는 것이다. 서 박사는 태곳적은 이곳이 바다였으며, 또 옛날에는 농사도 잘되어 군량미 창고도 있었다고 설명한다. 그렇다. 석굴들이 모두 사력암(砂礫岩)에 판 것이고 보면 이해가 간다. 사력암은 진흙과 자갈이 쌓여 바위로 굳어진 것이다. 그렇다면 이곳에 수량이 많았어야 맞다.

또한 근처에 있는 고창고성(高昌古城)을 생각해 봐도 그렇다. 현장법사가 천축에 갈 때 고창국(高昌國)의 왕이 환대했다는 것인데 그 고창국이 당에 망하고 지금은 진흙 벽돌로 된 고창고성의 폐허만이 황무지이다시피 한 지대에 남아 있다. 그런 여러 가지로 미루어보면 지금보다는 사막화가 덜 된 지역이었음을 추리할 수 있다.

그래야만 한(漢)민족을 계속 위협하고 때로는 지배했던 여러 소수민족의 경제적 기반을 설명할 수도 있을 게 아닌가. 여담이지만 한(漢)민족은 계속 번창하고 그들이 오랑캐라고 격하하여 부르는 소수민족들은 계속 줄어들었다. 아시아대륙(인도아대륙 빼고)에서 계속 번창하고 있는 민족은 그 많은 민족 가운데 단 셋뿐인데 그것은 한족(韓族), 한족(漢族)(漢族측에선 東夷라 하여 역시 오랑캐로 분류하였지만), 대화족(大和族 : 야마도족은 일본족을 말한다)이라 하지 않는가.

돈황 시내서 얼마간 떨어진 곳에 있는 막고굴(莫高窟)은 유네스코 세계문화유산으로 등록되어 있는데, 불교미술의 역사적인 대화랑(大畵廊)이라고 생각하면 이해가 쉽다. 인도에서 전래되는 불교의 교리와 미술이 티베트를 거치며 변화하고, 돈황에 이르러 대폭 중국화 되는 것을 전문가의 눈으로는 식별할 수 있다. 사막의 높은 곳에 있는 굴이라는 뜻으로 막고굴이라고 했다는 말도 있는데 속설일 뿐일 것이다. 사력 암벽 동서 1천6백m에 걸쳐 뚫린 크고 작은 석굴이 492개, 조각상이 2천

4백여 개, 벽화의 총면
적이 4만5천㎡(몇 번 확인
했다)이니 가히 그 놀라
운 규모를 짐작해볼 수
있을 것이다. 처음 굴
을 파기 시작한 것은 전
진국(前秦國)이 지배하던
기록이다. 그 후 북량(北

막고굴의 외경(9층탑)

凉)·북위(北魏)·서위(西魏)·북주(北周)·수(隋)·당(唐)·오대(五代)·송(宋)·서하
(西夏)·원(元) 등 10왕조에 걸쳐 지어지고 다듬어졌다.

　막고굴 말고도 석굴이 서천불동(西千佛洞) 유림굴(楡林窟)이라고 규모는
작지만 두 곳이 더 있다. 이곳에 석굴이 생긴 유래는 물론 실크로드 때
문이라고 말해야겠다. 돈황은 중국 쪽에서 볼 때 서역에의 출발점이며
반면 서역 쪽에서 보면 중국에 들어가는 관문이다. 거기에 당시 천축(天
竺:인도)에서 동쪽으로 전파되던 불교가 합쳐진다. 서역으로 가는 낙타
카라반(隊商)들은 이곳에서 안전한 여행과 성공적인 교역을 부처님께 빌
며 아울러 시주를 한다. 서역에서 들어오는 카라반 대상 역시 비슷한
이유에서 시주를 한다. 그 시주의 경제적 바탕 위에서 석굴이 파지고
불상이 빚어지고 벽화가 그려진 것이다. 시주한 사람을 공양주라 하는
데 큰돈을 낸 사람들의 벽화는 아주 크게 그려져 남아 있다. 마침 사력
암벽이 편리하여 석굴을 판 것이지만 석굴이 절을 짓는 것보다 아주 오
래 견딘다는 장점이 있는 것이다.

　사력암을 뚫어 석굴을 만들기는 그렇게 힘들지는 않았을 것이다. 이

일대가 건조한 지대이니만큼 현란하게 채색된 불상, 벽화의 보존에는 알맞다. 더하여 석굴 속에는 적당한 습기도 있어 그림이 트는 것도 방지된다.

불상은 이곳에 석재가 마땅치 않아 진흙으로 빚어졌다(그리스·로마에서는 대리석이고, 우리나라에서는 화강암이다). 나무 받침을 세우고, 물가에 자생하는 갈대로 형태를 만들고, 기기에 모래 산 밑에서 나는 질이 좋은 진흙으로 조각하는 것이다. 아주 섬세한 부분은 진흙에 계란 흰자위나 찹쌀 흰죽을 섞어 튼튼하게 하였단다. 서천불동(西千佛洞)이라고 막고굴에서 떨어진 곳에 있는 석굴에 가보았더니 불상이 깨진 부분에서 나무 받침과 갈대 묶음을 볼 수 있었다.

교역이 첫 번째이고 그다음이 불교 승려의 왕래이다. 천축의 승려들도 왔겠지만, 우리가 중시하는 것은 천축으로 불교를 배우고 불경을 가지러 간 구도승들이다.

천축에 갔다고 입축(入竺僧)이라 하는데 여행기를 남긴 구도승은 다음과 같다.

법현(法顯 · 337~416)－法顯傳

혜생(惠生 · 516~523)－宋雲紀行

현장(玄裝 · 628~645)－慈恩傳, 大唐西域記(12권)

의정(義淨 · 671~694)－大唐西域求法高僧傳

혜초(慧超 · ?~727)－往伍天竺國傳

오공(悟空 · 751~789)－十力經序

여기서 고선지(高仙芝) 장군 등의 이야기는 생략하겠다.

그동안 역사의 기복 속에서 오랫동안 잊혀진 채 방치되었던 막고굴이 20세기 초에 외국 탐험가들에 의해 사실상 약탈됨으로써 세상에 다시 주목을 받게 되었다. 영국의 오렐 스타인(Ourel Stein：중국명 斯坦因)이 처음이고 뒤이어 프랑스의 폴 페리오(Pole Pelliot：중국명 伯希和)가 와서 문화재를 대량 갖고 갔다. 뒤늦게 온 미국의 랜드 워너는 아예 벽화를 특수 처리해서 떼어가는 야만을 저질렀다. 일본의 오타니 고스이(丈谷光瑞)도 훨씬 늦게 달려와 문화재를 가져갔는데 그 일부를 한국에도 분산시켜 놓아 지금 우리 국립박물관에 돈황 유물들이 있게 된 것이다. 외국인들에 의한 이러한 문화재 약탈을 보고한 중국 학자는 "敦煌者吾國學術傷心史也"(돈황은 우리나라 학술의 상심의 역사로다)라고 탄식한 것이 전해진다. 그리고 잊지 말자고 큰 바위에 새겨 놓았다. 중국인들의 강한 민족적 자존심을 느낀다. 돈황은 신라 혜초 스님의 왕오천축국전으로 우리와 친근하다. 막고굴의 장경동(臧經洞：중국 사람은 library carce라고 영역)에서 프랑스의 페리오가 갖고 간 문화재 가운데 그것이 있었고 지금 프랑스의 국립도서 보관서에 페리오 항목으로 분류되어 있다는 것이다.

실크로드에는 일본 사람들이 열광하고 있다고 했는데 돈황학도 일본에서 매우 발달하고 있다. 혜초의 『왕오천축국전』에 대해서도 경도대학의 교수 여러 명이 팀을 이루어 몇 년 동안 공동 연구를 한 끝에 훌륭한 연구서를 낸 게 있다. 우리 학계의 연구가 궁금하다.

혜초는 중국서 해로로 인도에 도착하여 북부 인도를 순방하고 쿠차를 거쳐 돈황에서 머물다가 장안에 갔으며 그곳에서 눈을 감았다. 고승은 거의 모두 범어(梵語)라는 산스크리트와 한문에 능하여 인도에서는 산스크리트로, 중국에서는 한문으로 필답하며 여행했을 것으로 짐작하는데 여하간 말로 이루다 표현하기 어려운 만큼의 고생이었을 것이다.

굳건한 믿음의 힘이 없이는 불가능한 일이다.

혜초는 "마침 나는 남천축의 여로에 있다. 감개를 오언(五言)으로 정리한다"는 요지의 설명을 붙여 시를 써서 남겼다.

月夜膽鄕路　달밤에 고향을 향한 길을 바라보면

浮雲颯久歸　하늘에 뜬 구름도 바람 타고 돌아가누나

緘書添去便　편지를 그 구름에 맡기고 싶지만

風急不聽廻　바람이 세어서 돌아오지 않는다

我國天岸北　우리나라는 하늘 저편의 머나먼 북녘

他邦地角西　이 나라는 땅끝의 더 서쪽에 있다

日南無有雁　이 남쪽 나라에는 기러기도 없으니

誰爲向林飛　아무도 (고향의) 숲에 (편지를) 가져다주지 않는다

이 시를 읽으며 혜초 스님의 외롭고 처량한 심정을 가슴 아프게 느낀다. 다만 일본 학자들은 문장력은 높은 것이 아니라고 평하고 있으니 어느 수준인지는 모르겠다.

『왕오천축국전』은 책의 앞뒤가 일실 되어 있다. 따라서 책 이름도 없다. 다만 혜초의 동문 후배인 혜림(慧琳)의 『일체경음의(一切經音義)』에 나오는 『왕오천축국전』이 그 책 이름이 아닌가 하고 페리오가 판단한 것이다. 혜초가 돈황에 체류하는 동안에 쓴 초고인 듯한데 혜초 자신의 글씨는 아니고 사본인 듯하다는 것이다. 아무튼 현장의 『대당서역기』를 보완하는 의미가 있다는 평가이다.

막고굴을 가보기 전의 두 번째 의문은 조명 문제였다. 전기는 물론 없는 시대고, 촛불을 쓰면 매연에 그림이 망쳐졌을 것이라고 하는 등의

생각에서다. 그런데 가보니 동굴이 모두 동향이고 그리 깊지 않아 자연 광선을 이용할 수 있었다. 또 그림을 그릴 때는 처음에는 동경으로 반사해서, 그다음은 거울로 반사해서 조명을 한 것으로 알려졌다. 바닥에 반사되는 광선도 무시할 수 없다고 한다. 일본의 한 유명한 사진작가는 자연광 속에서 더 신비롭게 느껴지며 감정의 일치가 있고 속삭이는 듯한 대화가 가능한데, 밝은 조명으로 보니 느낌이 전혀 다르다고 쓰고 있다. 소설가 이병주가 자주 썼듯이, '달빛에 물들면 신화가 되고, 햇빛에 바래면 역사가 된다'인가 관람객에게는 손전등 사용만 허가되고 있다. 채색이 바랠까 하여 특별 허가가 아니면 강한 조명은 금지하는 것이다.

일행이 일치하다시피 마음에 든다고 한 것은 제148 굴과 제158 굴의 와불이다.

제148 굴은 두본(吐蕃·티베트)이 돈황을 침공하기 직전에 이룩된 굴인데 "정쟁의 불길이 교차하는 시대에 이만큼 평온하게 누워 있는 와불을 만든 사람들의 그 생각을 보는 듯하다"는 평을 받고 있다. 와불 길이 14.4m로 성당(盛唐) 때의 것.

158굴의 석가 열반상은 중당(中唐) 때 것인데 '매우 자연스럽고 평안한 표정이다. 석가가 생애를 밀치고 입적한다는 감이 조금도 없이 여행에서 돌아와 잠시 쉬는 듯하다'는 평이다. 길이 15.5m로 내 머릿속에 상상하던 부처의 인자하고 평온한 모습을 보는 듯했다. 일행이 대부분 이 와불들을 제일 좋다 하며 경주 석굴암의 본존불을 거론했다. 그러고 보니 석굴로는, 예를 들어 아프가니스탄 바미안의 대불(탈레반이 야만스럽게 포격으로 파괴했다)로 유명한 석굴로부터 중국의 3대 석굴인 막고굴,

용문(龍門) 석굴, 운강(雲岡) 석굴이 있으나 무어니 무어니 해도 석굴의 완결판은 경주의 석굴암이다. 한국 학자들의 일치된 의견이다. 외국 학자들 이야기는 잘 모르겠으나, 한 미국의 아마추어 미술학자는 『한국인은 희랍인이다』라는 황당한 소책자를 내어 희랍인이 한반도에 와서 석굴암을 조각한 것이 아니면 그렇게 수준 높은 예술품이 나올 수 없다고 쓰기도 하였다. 경주 석굴암도 유네스코 세계문화유산이지만 여하간 화강암을 그렇게 부드럽게 다룬 것은 놀랍다.

막고굴 벽화에서 한국 사람들이 관심을 갖는 것은 조우관(鳥羽冠)을 쓴 인물상이다. 벽화의 세 군데쯤인가에서 나오는데 모자에 깃털을 꽂은 사람은 한반도의 삼한인(三韓人)일 것이라는 이야기다. 그래서 삼한인이 장안에 갔었다, 또는 돈황까지 왔었다 운운하고 막고굴의 '관광 가치'가 높아졌단다.

서용 박사의 설명이 합리적이다. 깃털만 갖고 삼한인이라고 말할 수 없고 복식까지 함께 보아야 한다. 그리고 벽화에 삼한인이 나타났다 해도 삼한인이 돈황까지 왔었다고 할 수는 없고, 벽화에는 밑그림이 있느니만큼 장안까지 온 삼국인을 밑그림에 그려 돈황으로 갖고 왔다고도 볼 수 있다는 것이다. 또한 벽화에는 우리나라의 악기 장고와 비슷한 것이 많이 나와 관심을 끈다.

비파를 타는 모습도 많이 나오는데 머리 뒤

사막 속의 거대한 연못 월아천(月牙泉)

로 돌려 비파를 타는 멋을 낸 것은 재미있다. 요즘도 기타를 타다 흥이 나면 머리 뒤로 기타를 돌려 신나게 연주하는 경우가 있지 않은가. 이 비파를 뒤로 돌려 연주하는 모습이 돈황의 상징이 되어 중심가에 커다란 돌 조각상이 되어 서 있다.

'돈황'의 영화에서 월아천(月牙泉)이 인상적이었다. 모래의 산 명사산(鳴沙山)에 둘러싸인 분지의 한가운데에 초생달 같은 큰 못이 있고 거기에 물고기가 노니는 모습—그 영화 장면을 기억하는 사람이 있을 것이다. 사막 속의 큰 못이기에 인상적이다. 길이 100m, 폭 25m 정도, 돈황 시내에 인접해 있다.

실제로 가본 월아천은 사진으로 본 것만큼 미학적은 아니다. 항상 사진 등 영상이 실제를 미화하는 마술을 부린다.

그렇다고 해도 그 오랜 세월 마르지 않고 사막 속에 버티고 있는 것이 신기하다. 이곳은 바람도 거세다. 그런데 바람이 불면 명사산의 모래는 소리를 내며(그래서 운다고 명사산이다) 산 위로 쓸어 올려 산 위로 갈수록 모래가 곱고 부드러워진다. 놀랍게도 그 바람이 모래를 월천 쪽으로는 보내지 않는단다. 분지의 회오리 현상 때문일 것이다. 명사산에서는 모래 썰매를 타는 사람이 많았다. 또 사막의 분위기를 살리려고 입구에서 월아천까지 가까운 거리지만 낙타를 타고 가기도 한다. 나는 전동식 카트를 탔다.

반년 전쯤 국내 신문에 돈황 지방이 개발되어 지하수를 많이 빼 쓰게 되어서 그런지 월아천의 수위가 낮아진다는, 그래서 시 당국이 관광의 주 종목 중 하나인 월아천의 수량을 유지하기 위해 고심한다는 기사가 있었다. 우리 제주도의 백록담도 비슷한 처지에 있는 게 아닌가.

특히 감동을 준 것은 양관(陽關) 방문이었다. 돈황에서 서역으로의 관문은 서북쪽 90㎞에 있는 옥문관(玉門關)과 서남쪽 70㎞에 있는 양관의 둘이 있다. 이 관문들을 나서면 실크로드가 세 가닥으로 된다. 천산북로, 천산중로, 천산남로. 훨씬 나중에 북쪽의 새로운 길이 개척되었다.

옥문관은 서역의 옥이 들어온대서 붙인 이름이고 양관은 음양의 조화를 생각하며 작명한 것이라 한다. 각각에 유명한 시구가 있다. 당의 왕지환의 시에, '春光不渡玉門關'이라는 구절이 있는데 봄기운이 옥문관을 넘지 않는다는 것은 서역 지방 사람이 살 곳이 못 되는 황량한 사막이란 말이다. 같은 당의 왕유는, '西出陽關無故人'이라는 시 구절을 남겼다.

서쪽 저 멀리 양관을 벗어나면 옛친구를 다시 못 보게 된다는 뜻으로 이 관문이 문명 세계의 끝인 것처럼 표현하고 있다.

그 양관에 봉화대의 흔적만 남아 있고 문루와 성벽은 새로 지은 것이다. 뜰에는 한 무제 때 서역을 원정한 장건 장수의 기마상이 우람하게 서 있다. 서양 사람에 질소냐 하고 그를 '아시아의 콜럼버스'라고 부르기도 하는 모양이다.

여기서 마케도니아의 알렉산더 대왕이 아프가니스탄까지 원정을 해 서쪽에서 동쪽으로의 길을 연 것도 말해 두어야 하겠다. 그래서 헬레니즘의 영향 아래 형성된 간다라 미술은 불교미술이 바탕이 된 것이다. 불교 초기에는 불상이 없었다. 간다라 미술의 영향 아래 점차 불상의 모습이 요즘처럼 형성된 것이다.

그 양관의 문루에서 서역을 바라보며 왕유의 시구를 음미하니 마치 세상의 끝에 온 것과 같이 착각이 되어 묘한 감동에 사로잡히게 된다.

보이느니 지평선 끝까지 사막 버려진 땅이다. 단순한 풍경이지만 한 번 경험 삼아 가보기를 권하고 싶다. 이는 우에 야스시의 말처럼 그 황량함에 오히려 시심이 떠오를 것이다.

실크로드에는 육로와 해로의 두 가지가 있다. 당초 중국 문명은 황하 유역에서 발전했다. 그리고 교역품 가운데 제일 중요한 것은 비단이었다. 그래서 19세기 중엽에 독일의 지리학자 리히트 호펜(Richt Hofen)은 비단길이라고 Seide strasse으로 명명했는데 그것이 영어로 Silk Road로 번역된 것이다. 교역품은 중국의 비단을 필두로 하여 곤륜의 옥, 로마의 유리그릇, 이란의 은그릇, 간다라의 불상들이었다 한다.

그러던 가운데 중국의 경제권이 황하 유역에서 장강 유역으로 점차 남하하게 되었다(우리는 양자강이라고 하지만 중국에서는 중국이 천하이고 보면 그 천하에서 가장 긴 강이니 그냥 장강이라고만 말한다. 만리장성도 그냥 장성이다). 그리고 교역품도 도자기가 중요 품목이 되었다. 중국과 동의어가 되다시피 한 China이다. 그 도자기를 낙타에 실어 서양으로 갖고 갈 수는 없는 노릇이다. 자연히 뱃길이 이용되고 그러는 과정에서 육로 실크로드는 점차 내리막길에 들어서게 된 것이다.

동·서양을 잇는 실크로드의 관문 양관(陽關)

돈황의 관광 상품은 야광배(夜光杯)다. 철분이 많이 섞여 검은색의 광석을 갖고 각종 제품을 만드는 데 아주 얇게 깎은 글라스잔 모양의 술잔은 포도주를 넣어 달빛에 비추면 아름다운 색채를 보여준다 하여 야광배다. 이곳이 포도 산지이기에, '맛있는 포도주, 야광의 술잔'이라고 선전한다. 돈황에 가고 오며 10여 년 만에 시안을 두 번째로 다시 둘러보았다. 흔히 병마용 진시황릉. 화청지(그동안 양귀비의 조각상을 세워 놓았는데 가슴을 드러낸 반라의 육감적 모습이 중국의 개방 정도를 말해 주는 듯했다), 비림… 하고 말하는데 이번에 시내 중앙에 있는 종루와 그리고 대안탑을 보며 장대함에 새삼 경탄했다. 서양에 로마 제국이 있다면 동양에는 거기에 전혀 뒤지지 않는 대당(大唐)이 있었지 아니한가.

그리고 요즘의 중국은 비약적으로 발전하고 있음은 물론 2008년의 북경 올림픽을 앞두고 환경 미화에도 적극 서두르고 있음을 볼 수 있었다. 중국이 잘되는데 왜 기분이 좋을까. 관훈클럽은 해외의 매우 여러 곳을 단체 여행했다. 앙코르 와트·사이공·이르쿠츠크·바이칼호·소주·항주·상해·대마도 등. 그 가운데 이번의 돈황 여행이 가장 교육적이었다고 생각된다. 40여 년의 설레임이 역시 근거가 있었던 것이다.

(2005년 《강서문학》 제12호)

관찰과 회상의 이중 여행

– 일본역사기행

히로시마 원폭 투하 평화공원의 위령비. 당게 겐조 작품의 건조물을 뒤쪽에서 본 모습. 앞쪽 사진은 흔하지만 뒤쪽 전경은 처음 보는 모습일 듯하다.(사진작가 曺千勇 촬영)

"반드시 병화(兵禍)가 있을 것이다."

"그러한 정황은 보이지 않으니 걱정 없다."

선조대왕이 도요토미 히데요시(豊臣秀吉)의 용모에 관해 하문하니 정사 황윤길은 "그 눈에 광채가 있고 담력이 있어 보였다"고 덧붙였다. 그러나 부사 김성일은 "그 눈이 쥐와 같아 두려울 것이 없다"고 반대되는 말을 했다. 임진왜란 전에 통신사로 일본에 갔던 두 사람의 보고가 서로 달랐음은 유명한 역사의 이야기다. 황윤길은 서인이고 김성일은 동인이고 보니 당파싸움의 비극적 악취가 감돈다.

사물이나 현상을 관찰하고 판단하기란 단순하지가 않기도 하다. 더구나 식민지의 경험이 있는 사람이 일본을 여행하며 생각에 잠긴다면 더욱 그렇다. 나와 나이도 비슷하고 얼마간 지면도 있는 법정 스님은 생각이 깊고 글솜씨도 빼어난데, 그가 이렇게 쓴 것을 읽었다. '나그넷 길이란 자기 자신에 대한 반성과 성찰의 계기이고 자기탐구의 길이다.'

이번에 언론인들의 연구·친목 단체인 관훈클럽에서 기획한 일본역사기행도 그런 계기였다. 지난 8월 23일부터 27일까지 4박 5일의 짧은 일정이었지만 참 짜임새 있고 알찬 행사였다.

마침, 떠나던 바로 그날에 오시마 쇼타로(大島正太郎) 주한일본대사가 이임 인사를 위한 리셉션을 연다고 초청해왔는데 공교롭게도 못 가게 되었다. 나는 친일은 아니고 일본을 비판하는 쪽인데, 그럼에도 불구하고 한일 친선은 꼭 필요하다는 생각에 한일친선협회(회장 김수한 전 국회의장)에 이름을 올려놓고 있다.

오시마 대사 이야기가 나오니 떠오르는 재미있는 일화가 있다. 나와 무척 가까운 김상현 전 의원이 일본대사를 초청하고 한국 정치인들을 많이 부른 저녁 자리를 마련했다. 김지하 시인이 운영하는 돈화문 옆의 '마고'에서였는데 국악 감상도 겸했었다. 그 무렵 위안부 문제 등 한일 관계가 얼마간 떨떠름할 때라 김 의원이 인사말을 어떻게 하는지가 관심이었다.

"내가 들은 옛이야기에 이런 게 있다. 일본의 일류 검객 쓰카하라 보쿠덴(塚原卜傳)이 여행을 하는데 어떤 검객이 도전을 해왔다. 쓰카하라는 도전에 응하면서 배 위에서 승부를 겨루자고 조건을 달았다. 배는 무인도를 향해 저어졌다. 도전자는 무인도에서 붙게 되는 것으로 짐작하고 섬으로 날쌔게 뛰어 올라서서 자세를 잡았다. 그런데 쓰카하라는 갑자기 배를 돌리라고 명하여 되돌아가는 게 아닌가. 결국 진검승부는 아무런 희생도 없이 끝났다는 것이다. 나는 한일 간에 설혹 난제가 있다고 하더라도, 비유가 적절한지 모르겠지만, 그런 식으로 원만하게 해결되기를 바란다."

김 의원의 인사말은 대강 그런 것인데, 구두닦이 고학생에서 큰 정치인이 된 성공담의 주인공이기도 한 그의 화법이 그런대로 재치 있었다고 여긴다.

내가 처음으로 일본여행을 한 것은 1966년이었다. 단체로 후쿠오카(福岡)에서 시작하여 삿포로(札幌)까지 대충대충 전역을 돌아본 셈이다. 그 후로 일본을 목적지로, 또는 경유지로 자주 들렀는데, 40년이 지난 이번 여행에는 색다른 의미를 부여하고 싶었다. 몸은 앞으로 나가지만 마음은 뒤로 지난날을 회상하고 되씹어보는 그런 중층적(重層的) 여로 말이다.

제1일

첫 도착지는 히로시마(廣島)현 시모가마 가리지마(下蒲刈島). 조선통신사들이 경유한 곳인데 그 일을 관광 상품화하여 아담한 자료관을 만들어 놓았다. 약간의 근거라도 있으면 관광 상품화하는 것은 지방자치가 완전히 실시된 후의 우리나라 풍조와 같다고 할까. 마침 올해가 첫 통신사가 간 지 4백 주년이 되는 해다. 조선통신사를 잘 대접하라는 바쿠후

(幕府, 막부)의 지시가 있었기에 문자 그대로 칙사 대접을 받았다. 7·5·3의 상차림이라고 일곱 가지, 다섯 가지, 세 가지 요리가 차례로 나오는 호화판으로 그 가운데서 골라 먹게 했다. 그 상들의 모형이 전시되어 있었다. 일본에서는 잘 먹는 것을 '고지소오'라고 하는데 그래서 그 건물의 이름이 '고지소오 이찌반간(御馳走一番館)'이다.

조선통신사는 왜란 이후 사명당(송운대사라고도 함)이 탐적사(探賊使)라는 이름으로 일본에 파견되어 교토(京都)의 후시미(伏見)성에서 도쿠가와 이에야스(德川家康)와 대좌한 이후 길이 트였다. 규모는 5백 명가량으로 12회에 걸쳐 갔었다. 일본으로서는 조선의 문물을 흡수하는 기회이기도 했다.

그런데 아쉽게도 우리가 일본에서 배워온 게 별로 없었던 것 같다. 서울대 총장을 지낸 고병익 교수가 쓴 논문을 보면, 우리 사절의 관찰이 신통치가 못했다. 물론 두 번이나 왜란을 겪어 증오심이 앞섰을 것이다. 그러나 형이 죽으면 동생이 형수를 취하는 등 그들이 주자가례(朱子家禮)를 안 따른다고 금수만도 못하다, 운운하고 폄하하는 기록이 주이고 보면 아쉽다. 일본에는 유학(儒學)은 있되 유교(儒敎)는 없다고 말한다. 학문으로서의 유학은 있으나 그것을 생활화하여 유교로 하지는 않았다는 이야기이다.

나중에는 일본은 대단히 청결하고, 도량형이 통일되어 있어, 예를 들어 다다미(일본식 돗자리)가 전국적으로 균일하여 편리하다는 등의 칭찬도 나온다. 그러나 그들의 산업이나 군사가 어떠한가, 하는 등의 실용적인 관찰이 턱없이 부족했던 것이다.

두 번째로 간 곳이 군항으로 유명한 구레(吳). 내 주변에서도 일제 때

구레에 해군징용으로 갔다 왔다는 사람들이 더러 있었다. 거기서 군사박물관인 야마토(大和) 뮤지엄과 '강철 고래'라고 내걸고 있는 잠수함 전시장을 둘러보았다. 군함 야모토는 제2차 대전 말엽에 일본에서, 아니 세계에서 가장 큰 전함으로 만들어졌지만 곧 격침당하는 비운을 맞았다. 그 전설적인 야마토 전함이 10분의 1 축소모형(길이 26.3m)으로 전시되어 있다. 거함거포(巨艦巨砲)주의가 좋은 줄만 알고, 전함이고 대포고 크게 만들었는데 항공모함이 위력을 발휘하게 되자 거기에 탑재된 비행기 앞에 밥이 될 수밖에 없었다. 말하자면 공룡이나 매머드 신세가 된 것이다. 박물관 앞에 전시된 군함 무쓰(陸奧)의 주포였다는, 구경 41㎝ 포의 크기에 압도되고 말았다. 그렇게 큰 대포를 배에 실을 수 있었다니….

제2일

원폭이 처음 투하된 히로시마현. 평화기념자료관과 평화공원의 위령비를 보았다. 위령비는 세계적으로 이름이 난 당게 겐조(丹下健三, 5년 전 작고)의 작품인데 비의 밑에는 희생자들의 기록들이 수장(收藏)되어 있다 한다. 비문에는 '편안하게 주무십시오. 과오는 되풀이하지 않겠습니다'라고 쓰여 있다. 위령비는 흔히 사진에 아치형으로만 보인다. 그 아치는 일본의 고분에 있던 토기 하니와(埴輪)의 둥글게 된 부분을 모방했다는 것인데, 그 뒤에는 장방형의 큰 풀(pool)이 있고 끝에는 아치의 역모양인 건조물이 있어 하나의 건축 작품이다. 당게의 건축물엔 으레 풀이 따르는데 우리가 연못을 두는 것과 같다. 돌아보면서 현지 여행의 중요함을 느꼈다.

아베(阿倍晉三) 때의 구마 후미오(久間章生) 방위성 장관이 "원폭이 떨어져 비참한 날을 맞았지만 그것으로 전쟁이 끝났다는 것을 염두에 두면 어쩔 수 없었다고 생각한다"고 입바른 말을 하여 결국 사퇴하는 일이 생겼었는데, 원폭이 아니었더라면 일본 땅에서 백병전을 치러 더 많은 희생자가 났을 거라는 게 정설이다. 그러나 "황색인종이니까 그랬지 설마 백인종이었더라면…" 하는 인종차별적 관점이 없는 것은 아니다. 그런 주장에 대해서는 독일 드레스덴의 대 폭격과 처참한 파괴를 상기시키는 측도 있다.

미야지마(宮島)에 있는 이쓰쿠시마(嚴島)신사는 붉은색의 대단히 큰 도리이(鳥居)가 바닷물 속에 우뚝 솟아있는 사진으로 아는 사람이 많을 것이다. 이쓰쿠시마는 미야지마와 같은 곳을 말하는데 숭배하는 뜻을 담아 '嚴'이란 한자를 썼다 한다. 도리이는 절로 말하면 일주문과 비견되는 것. 센다이(仙台) 근처 해안에 있는 마쓰시마(松島), 교오토 근처에 있는 아마노 하시다데(天の橋立)란 솔밭 백사장과 함께 이쓰쿠시마 신사를 일본의 삼경(三景)이라 한단다.

바닷물 속에 솟아있는 도리이를 보고 있으면 몇 년 전에 가본 쓰시마(對馬島) 북단의 초기형태의 신사가 생각난다. 거기서도 도리이가 바닷속 멀찍이 있는데 그 방향이 한반도를 바라보고 있는 것이어서 신이, 그러니까 사람들이, 한반도에서 도래해온 것을 뜻하는 것으로 해석하기도 한다.

일본은 신도(神道)의 나라다. 신도 다음이 불교로, 불교는 신도와 함께 일상생활에 깊이 침투해 있어 생활불교라 할만하다. 기독교는 거의 무시할 만큼 세력이 미미하다. 한국의 기독교와는 완전 대조적이다. 그것도 연구감이다.

신이 무수히 많다는 뜻으로 야오요로즈노 가미(八百萬神)이라고 말하는 것처럼 일본에는 어느 곳에나 신사가 있고 거의 모든 것이 신이 될 수 있다. 동물도 사람도. 애니미즘(animism)이라고 말하는 그런 상태다.

내가 얻어들은 바로는, 라틴아메리카에 기독교가 쉽게 전파된 것은 토착 인디언들이 스페인인들이 선교하는 예수를 그들 신 가운데 하나로 받아들여서 그렇게 된 것이라 한다. 그래, 너도 좋다, 넣어주마… 하는 식이다.

말하자면 일본도 그런 다신교의 나라다. 신이 무수히 많다. 그게 결과적으로 사회발전에 순기능을 한단다. 요즘 화제가 되고 있는 '알카에다'와 같은 지독한 근본주의나 미국 일부 개신교의 위험한 근본주의와는 다르게 도그마에 집착하지 않고 모든 것을 포용하는 신축성을 발휘하기 때문이다.

철통같이 완벽한 논리 구조는 위험할 수밖에 없다. 인간의 능력에 한계가 있기에 그렇다. 공산주의의 논리 구조도 그런 완전무결 고집 때문에 실패했다고 해석하기도 한다. 논리 구조에 인간 능력의 한계를 인정하는 여백이 있어야 한다. 다신교는 결과적으로 그런 여백을 마련해준다고 할 수도 있다.

우리는 조선조 때 주자학의 도그마에 집착하여 생각이 얼마나 경직되었던가. 그리고 사문난적(斯文亂賊)이다. 위정척사(衛正斥邪)다, 운운하고 세계로의 개방마저 한사코 막아 망국의 길에 들어서지 않았던가.

연세대의 조혜정 교수가 그의 책에서 인용하는 조선 선비의 다음과 같은 말이 그때의 분위기를 해학적으로 보여준다.

"명나라가 망했어도 우리 조선은 영원합니다. 성현의 뜻을 한 치의 어김없이 받들어 갑시다. 자랑스러운 순수 혈통을 이어갑시다."

그날 저녁 이쓰쿠시마 신사의 붉은 도리이가 멀리 바라보여 전망이 좋은 해안에 있는 아키그랜드 호텔에서 일본이 자랑스럽게 내세우는 가이세키(懷石) 요리를 먹었다. 본래의 뜻은 따뜻한 돌을 배에 품어 배를 뜨뜻하게 함으로써 시장기를 가시게 한다는 뜻이라는데 그것이 변하여 우리나라의 전라남도 한정식처럼 푸짐하게 되었다.

여행일정표의 설명에 나온 요리의 종류는 이러하다. '식전 매실주, 두부, 국물 요리, 대구회, 새우야채 반찬, 나베 요리, 생선구이, 찐 요리, 무화과 튀김 외 2종류의 튀김, 오색 소면, 밥, 미부 차즈케, 디저트.' 여하간 대단하다. 즉석에서 불로 끓이는 것도 있다. 그리고 일본의 전통 의상인 기모노로 정장한 여인들이 작은 음식상 앞에 무릎을 꿇고 앉아 봉사를 하는 품위도 갖추었다.

그런데 이상한 게 보였다. 가이세키 요리가 처음이 아닌데 못 보던 게 나왔다. 색깔이 황갈색인 야채무침. 물어보았더니 여행사가 한국에서 가지고 온 김치를 살짝 익혀냈다나…. 이런 법이 있나. 일본이 내세우는 정식 요리에 기모노 정장의 여인이 서비스까지 하는 격식을 갖춘 것인데 거기에 김치를 추가하다니…. '가이세키 요리와 김치'. 앞으로 웃지 못할 한 편의 수필이 되겠다고 하였다.

나는 그런 일을 전에도 겪었다. 국회의원들이 독일서 베를린을 방문했을 때 그쪽 시의회 간부들이 고급호텔에서 성대한 만찬을 베풀었다. 그런 식사는 일종의 의식. 그런데 우리 측 한 의원이 주머니에서 맛김을 꺼내어 부스럭부스럭 테이블에 벌려놓더니 자기도 먹고 동료들에게

도 먹으라고 소리를 내어 권한다. 어찌나 민망했던지…. 그것은 '고급양
식 디너와 맛김'이다.

제3일

우리가 익히 아는 시모노세키(下關)가 있으면 '下'자에 대비되는 '上'자
도 있을법한데 그동안 몰랐었다. 과연 야마구치(山口)현의 내해(세도나이가
이瀬戸内海)에 가미노세키(上關)가 있었고, 우리 통신사가 12번 가운데 11
번을 기착하여 유숙했다 한다. 반쇼(番所)가 있고 차야(茶屋)도 있었으며
그 유적이 아직 약간 남아있다. 반쇼는 해관(海關) 같은 곳이고, 차야는
음식을 들고 숙박도 하는 시설인데 규모가 꽤나 컸던 것 같다. 그곳의
향토사학자 부부가 통신사 이야기를 정성으로 설명해 주었다.

그다음 야마구치시에 있는 유리고우지(琉璃光寺)의 임진왜란 훨씬 전
에 세워진 5중 탑을 보았는데 일본 국보로 3대 명탑 중의 하나. 높이
32.1m. 지붕을 전부 회나무 껍질로 씌웠기에 건물 자체가 아주 날씬하
고 경쾌해 보였다. 이제까지 보아온, 기와를 인 5중 탑이 남성적이라면
여성적이라고 표현해볼까. 그 아래 연못이 있어 밤에 조명이 비추면 더
욱 볼품이 있다.

우리의 여행이 단순한 관광이 아니고 연구도 겸한 것이기에 오후에
는 동경대학의 다나까 아키히코(田中明彦) 교수의 '일본 헌법 60년과 동아
시아 신질서'라는 발표를 듣고 토론을 진행하였다. 다나까 교수는 일본
자민당의 헌법개정 관계 자문위원회의 위원이기도 하여 아주 스마트하
게 논리를 전개하였다. 헌법 제9조의 국제분쟁 해결을 위한 무력 포기
라는 제1항은 그대로 놔두고, 육해공군을 보유할 수 없도록 한 제2항

만 개정하자는 것인데 그렇게 되어야 다른 나라들과 같아진다는 것이다. 그는 그 다른 나라로 설득력 있게 스웨덴 등을 열거하였다.

발표와 토론 내용은 《관훈저널》에 모두 수록되었다. 많은 회원이 반론도 제기하고 문제점도 지적하였다. 나는 다나까 교수의 주장에 이해를 표시하면서도 "일본이 미국과 결혼이 아닌 연애를 하듯 때로는 견제도 하며 밸런스를 잡아주는 조정역할을 해야지 부시 정권의 패권적 일방주의에 그대로 따라다녀서는 동북아 평화유지에 기여하겠는가?"라는 요지의 주문을 하였다.

헌법이라는 그릇의 보통국가화 문제보다는 그 그릇에 담길 정책이 과연 동북아평화에 이바지하겠는가 하는 측면이다. 우리나라에서 오래 전에 김종필 씨가 제2항 개정은 이해할 수도 있다고 말한 바 있음을 기억한다.

귀국 후 고대 교수로, 주일대사를 지낸 일본통인 최상용 박사의 정년을 맞이한 인터뷰를 보니 이렇게 말하고 있다. "(일본이) 가능한 한 빨리 점령헌법 민주헌법 평화헌법으로 불리는 현행헌법을 바꾸려 하고 있습니다. 이들 움직임의 저류에는 국가주의적 지향이 깔려있습니다. 대륙의 중국도 대국 민족주의의 모습을 갖추고 있습니다. 한반도는 경제적으로뿐만 아니라 대국 민족주의의 사이에서 샌드위치의 입장에 놓여 있습니다." 일대 각성이 필요하다는 강조이다.

참고로 한 가지 설명할 것은, 다나까 교수가 정보환(情報環) 교수라고 소개되어 있어 고개를 갸우뚱한 일이다. 우리나라에서도 이화여대의 최재천 교수가 통섭(統攝)이라는 신개념으로 융합학과를 시도하다가 어려움을 겪고 있다는 신문 보도가 있었는데, '정보환'이란 커뮤니케이션

이론이라는 사회과학에 컴퓨터, 로봇학을 통합하여 가르치는 것이다. 그러니까 '환(環)'이란 사회과학과 공학을 고리로 연결한다는 의미이다. 일본이 학문의 융합에 있어서 우리보다 한발 앞선 것 같다.

제4일

드디어 여행의 하이라이트인 '명치유신의 고향'이라고 일컬어지는 하기(萩)시로 갔다. 화투에 '흑싸리·홍싸리' 하는 그 싸리가 일본어로 '하기'다. 명치유신 이전 이곳에는 죠슈(長州)번(藩)의 번주인 모리(毛利) 집안이 자리 잡고 있었는데, 개화 이후에는 인구가 산업도시로 이동하여 4, 5만의 소도시가 되었다.

여기서 미리 설명해두어야 할 것이 있다. 도요토미 히데요시 사망 후에 도요토미 유족 패와 도꾸가와 이에야스 패가 세키가하라(關ヶ原)라는 곳에서 역사를 가르는 일대 결전을 했고 도꾸가와의 승리로 끝났다. 그때 히로시마에 자리 잡고 있던 다이묘(大名)인 모리 데루모토(毛利輝元)가 줄을 잘못 서서 하기의 작은 봉토(封土)로 몰려나고 만 것이다. 그때 충직한 신하들이 모두 따라와 부득이 녹봉을 대폭 낮출 수밖에 없었고 모두 어려운 생활을 견디었다 한다. 그러니 죠슈번에서는 은연중 막부(幕府)에 대해 불만하는 분위기가 있을 수밖에….

마쓰시다 손주꾸(松下村塾)는 글자 그대로 소나무 아래 있는 시골 서당이란 뜻이다. 그 앞에는 큰 자연석에 '明治維新 胎動之地'라고 새겨져 있다. 잘해야 30명쯤 수용할 듯한 서당이다. 거기서 요시다 쇼인(吉田松陰)이 2년 반 동안 하급 무사들에게 그의 사상을 열성적으로 집어넣었다. 외국에 개방을 하고, 막부를 타도하며, 천황을 중심으로 뭉친다(開國, 尊

皇)가 그 사상이다. 그 문하에서 다까스기 신사꾸(高杉晋作), 기도 다카요시 (木戸孝允, 일명 桂小五郎), 이토 히로부미(伊藤博文) 등 명치유신의 지사(志士)들이 나왔다.

우리의 유대치가 김옥균, 박영효 등 개화파 젊은이들을 길러낸 것과 그렇게도 비슷하다. 김옥균 등은 명치유신을 모델로 했다고 볼 수 있다.

요시다는 난학(蘭學)이라고 일본에 처음 들어온 포르투갈과 홀랜드의 문물에 영향을 받았다. 그리고 여러 번 해외에 나가려고 했으나 계속 실패했다. 거기다가 막부 타도의 주장자이니 29세의 나이에 사형에 처해지는 불운을 맞았다.

하기시는 우리의 울산시와 바다 건너 마주 보고 있어 자매도시를 맺었다. 야마구찌현은 일본 혼슈(本州)에서 가장 한반도에 가깝고 규수(九州)에 인접해있다. 그런 위치로 하여 규슈의 나가사끼(長崎)에 먼저 들어온 포르투갈과 홀랜드 문명이 미친 것 같다.

하기는 죠슈번이다. 규슈 남단의 사쓰마(薩摩)번과 함께 삿쵸(薩長)연합이라고 협력하여 명치유신을 성사시켰는데 사쓰마번이 중간에 반란을 일으켜 그 후의 일본은 죠슈번의 독무대가 되다시피 된 것이다. 최근의 아베 신죠(阿部晋三) 총리까지 이토 히로부미, 기시 노부스케(岸信介), 사토 에이사꾸(佐藤榮作) 등 8명의 총리가 죠슈번, 그러니까 야마구치현에서 나왔다 해서 입에 오르내린다. 우리나라의 TK(대구·경북)와 어느 정도 비슷한 데가 있다.

요시다의 문하생은 성공했는데, 우리의 유대치의 문하생은 왜 실패했는가. 역시 우리는 청나라의 속방이었고, 열강이 우리 강토에서 치열하게 무력대치하였으며 일본은 섬나라로 홀랜드, 영국, 미국이 들어왔다 하나 그 세력이 극히 미미했다는 점을 들을 수 있겠다. 청국과 일본의 서울에서의 무력 대결에 김옥균 등 개화파인들 어찌해 볼 도리가 있었겠는가.

요시다 쇼인과 다카스기 신사쿠의 묘가 가까이 있다 하여 가보았다. 일반 서민과 같은 평범한 묘여서 친근한 마음이 들었다. 그리고 한편 우리의 유대치와 김옥균 등의 묘가 어디에 있는지 알지도 못하고 찾아보지도 못한 처지에 일본까지 와서 그들의 묘를 방문하는 것이 얼마간 마음에 걸리기도 하였다.

몇 년 전 시베리아의 이르쿠츠크에 갔을 때 데카브리스트 거사에 실패하여 유배 온 귀족들이 살았던 집을 방문했었다. 제정 러시아를 뒤엎고 개화하려는 비슷한 목적이었다. 그때 푸시킨은 유배되어 있어 거사에 참여 못 했었는데, 거사에 참여한 친구들을 위해 시를 바쳤다. 「시베리아에서의 전언」이란 제목의 시는, '멀고 먼 시베리아의 광산에서/ 자랑스럽게 견디어 주오/ 처절한 그대의 인고여/ 결코 헛됨이 없으리.…' 하고 시작된다. 김옥균 등에도 헌시가 있었더라면….

이 지역에서는 이미 말한 대로 이토 히로부미가 나왔지만 구한말에 우리나라에서 못된 짓을 한 이노우에 가오루(井上馨), 미우라 고로(三浦梧樓) 등도 배출했다. 일본을 위해서는 지사들이지만 우리로 보면 침략자들이다. 그들만이 아니다. 일본의 선각자 후쿠자와 유키치(福澤諭吉), 요시노 사쿠조(吉野作造) 등도 한국으로 보면 별로 반갑지 않은 인물들이다. 최근에 안 것이지만 문호 나츠메 소세키(夏目漱石)도 한국을 몹시 경멸했었다는 것 아닌가.

하기시를 뒤로 하고 같은 야마구치현에 있는 시모노세키로 갔다. 관부연락선으로 우리에게 애환이 얽힌 그 시모노세키. 이병주의 장편소설 『관부연락선』이 떠오른다. 많은 한국인과 일본인이 이 연락선을 타고 오갔다. 유학생도 있고, 징용된 노무자도 있고… 문득 현해탄에 몸을 던진 윤심덕이 생각난다. 요즘 비행기로 오가는 사람들에게는 실감이 덜 날 것이다.

감회어린 마음으로 바라보니 혼슈(本州)와 규슈(九州) 사이에 있는 관문(關門·下關—門司) 해협은 매우 좁고 군청색으로 찬란하게 빛나고 있었다. 보스포러스 해협의 폭과 어떨지 모르겠다.

그 해협을 내려다보는 시모노세키 쪽에 춘범루(春帆樓)가 자리 잡고 있다. 봄 바다의 범선을 마음에 떠올리며 이토 히로부미가 작명을 했고 액자를 썼다 한다. 우리에게는 악연만 있었지만 일본의 거인인 그는 글씨도 잘 썼고 시정(詩情)도 있었던 것 같다.

춘범루는 지금 고급 복요리집이다. 그 별채에서 청일 전쟁을 마무리 짓는 회담이 열렸고 이른바 시모노세키 조약(馬關條約이라고 중국 측에서는 말한다)이 체결되었다. 지금도 그 장소가 기념관으로 잘 보전되어 있다. 테이블과 의자 모두 그대로이다. 방에 들어섰을 때 한 세기 전으로 거슬러 오른 듯한 착각이 들었다. 기분이 착잡했다.

일본 측 수석대표는 이토 히로부미 총리대신, 청 측 수석은 이홍장(李鴻章) 북양대신, 그 조약의 제1조에 조선의 자주독립국임을 확인한다(完全無缺之獨立自主)는 내용이 들어있다. 그런데 그 자주독립 운운이 마치 고양이가 쥐를 아끼듯 일본이 조선 침략에 앞서 우선 조선을 청나라의 속국 위치에서 떼어내는 수순일 뿐이었으니…. 우리는 '대한제국' 운운하고 허세만 부렸고….

그 무렵 조선은 대외관계에 있어서 딜레마에 처했었다. 청나라의 속국인데, 일본이나 미국과 수교 협상을 하자니 자주를 내세우지 않을 수 없고. 그때까지 우리나라에는 '독립'이라는 용어가 없었다. 청의 속국이니 그럴 수밖에 없었다. 그래서 일본이나 미국과의 외교 협상을 생각하여 청에는 속방이나 일본·미국 등에 대하여는 자주라는 이상한 이론을 생각해냈다. 김윤식은 그것을 양편론(兩便論)이라 했고, 유길준은 양절체제(兩截體制)라 했다. 김윤식은 이홍장이 속방 조항 협상안에 대한 의견을 묻자, "명분이 바르고 말이 순리에 맞아 사리가 양편(兩便)하니 매우 좋을 것 같다"고 답변하였다 한다.

내가 그때 살았었더라면, 하고 가상해 본다. 역시 김윤식이나 유길준 같은 어색한 외교 이론이었을 것이다. 내가 그때 김옥균 같은 개화파였다고 가상해 본다. 청나라와 일본의 총칼 앞에 다른 도리가 없었을 듯싶다. 그리고 보면 명치유신의 지사들은 어려운 일을 하기는 했지만 그래도 국제적 조건이 좋았다고 할 것이다.

춘범루 바로 옆에 아카마(赤間) 신궁이 있다. 시모노세키의 옛날 이름이 아카마세키(赤間關)이다. 신궁은 겐지(源)와 헤이케(平家)의 마지막 싸움에서 헤이케를 따라다니다가 물에 빠져 죽은 어린 왕을 추모하기 위해 건조되었단다.

제5일

역시 이번 여행의 중요 목적이었던 나고야(名護屋)성으로 향했다. 규슈의 사가(佐賀)현에 가라츠(唐津)라는 곳이 있다. 우리나라 충남에도 당진이 있는데, 당나라와 무역을 한 나루터라는 뜻의 같은 역사적 연원에서의 이름이다. 거기서 작은 반도의 끝부분에 가면 나고야성이 있다. 도요토미 히데요시가 조선을 침략하기 위해 축조한 전초 기지인 성곽이며 그 주변의 거주지, 혼슈의 중간쯤에 나고야(名古屋)라는 큰 도시가 있는데 발음은 똑같고 글자 하나가 다르다.

나고야 성터 아래 박물관이 있는데 배열한 것을 보니 어느 정도 균형감각을 보여 충무공의 초상, 거북선의 모형 등도 갖추어 놓고 있다. 야트막한 산 위에 있는 성터에 오르니 그 위에서 이끼(壹岐)섬이 뚜렷이 보이고 쓰시마(對馬島)섬이 가물가물 보인다. 쓰시마에서는 부산이 희미하게 바라보이니, 이들은 여기서 육안으로 섬들을 바라보며 일직선으로 항해하여 조선을 침략할 수 있도록 되어 있다. 연안 항해밖에 안 해본 그들에게 별다른 항해술이 필요 없었을 것이다. 그리고 성 앞에 만(灣)이 방파제처럼 되어 있어 수많은 배가 정박할 수 있는 좋은 조건이다.

규슈 지방의 다이묘들에게 명하여 반년도 안 걸려 축조한, 역사상 유례가 드물게 급조된 성이며 주변 도시이다. 당시 조선에서도 황윤길, 김성일의 각각 상이한 보고에서 알 수 있듯이 일본의 침략 가능성이 운위(云謂)되던 때다. 그런데도 약 20만 명을 수용하는 성곽과 주변 거주지를 건조하는 대공사를 우리는 까마득히 모르고 있었다. 조선 침략에 32만 명쯤의 병력이 동원되었다면 16만 명씩 교대하였으므로 나고야 성에는 16만 명의 병력이 주둔하였고 그 뒷바라지 인원과 군수물자를 조달하는 상인 등을 합쳐 다시 4만 명쯤이 있어 약 20만 명이 북적거렸다는 계산이란다.

광해군 시대 역사를 읽어보면 광해군은 북쪽의 여진 지역에 세작(細作, 간첩)을 보내 그곳의 동태를 파악했었고 거기에 현명하게 임기응변으로 대처했다고 되어있다. 그런데 바로 앞의 임금인 선조 때는 무엇을 했는지 모르겠다. 바다가 가로막혔다고 하나 일의대수(一衣帶水)란 말이 있을 정도로 그리 넓은 폭이 아니다. 그리고 조선과 일본은 불교라는 공통의 종교를 갖고 있다. 승려끼리는 잘 통한다. 양국에서 모두 중국으로 구도(求道)여행을 했다. 왜란 때도 양국의 승려들이 주로 통역 역할을 했다. 구한말의 개화승 이동인은 일본에서 많은 활약을 했다. 그래서 상상해본다. 승려들을 활용했더라면 일본의 움직임을 알아차릴 수 있었지 않았을까 하고…. 또한 끊임없이 해안에 출몰했던 왜구를 포섭하여 정보를 얻을 수도 있었을 것이다. 마음만 먹었다면 길은 많다. 옛 성터에서 일행들은 모두 착잡한 느낌이었을 것이다.

마지막으로 후쿠오카에서 가까운 고도시 다자이후(太宰府)로 향했다. 옛날에 '멀리 떨어진 조정(朝廷)'으로도 불리며 서부 일본 일대를 총괄하던 지방 행정의 중심지로 중국 조선반도와의 교섭에 창구 역할도 했던 곳이다. 그곳에는 백제 패망 후 많은 유민이 건너와 정착했고, 백제의 귀족들이 혹시라도 신라의 추격군이 있을까 하여 산 위에 성까지 쌓았다. 일본의 역사서가 그 축성 이야기를 기록하고 있다는 설명이다.

거기에 있는 박물관에 가보고 옹관(큰 옹기그릇으로 된 관)이 대단히 많이 진열된 데에 놀랐다. 광주에 있는 박물관에도 비슷한 옹관이 엄청 많이 진열되어 있는데 같은 계통임을 바로 알 수 있었다. 백제와 규슈는 직결되었던 것이다. 물론 백제와 일본의 관계는 많은 역사적 자료가 입증하고 있지만 말이다.

박물관 간부와 이야기를 나누다가 일본의 백제 지원군이 나당연합군에 격파당한 '백강(白江)'이 백마강이 아니고 그 위쪽 충남의 해안을 의

미한다는 학설이 한국에서 발표되었다고 하니 자기도 들어서 알고 있
단다.

이것저것 볼 것도 많고 여러 가지 생각에 잠기기도 하며 역사기행을
마치고 후쿠오카에서 인천공항으로 돌아오는 비행기에 올랐다. 갈 때
는 인천공항에서 히로시마로의 항로였다.

기내에서 우연히 그날(8월 27일)의 일본 아사히(朝日)신문을 읽었다. 눈
이 번쩍 뜨였다. 2페이지에 걸쳐 '역사는 살아있다—동아시아의 150년'
이란 특집을 연재하고 있는데, 그날은 '제3장 일로전쟁과 조선의 식민
지화(상)'가 실려 있었다. 내가 생각을 굴리고 있는 테마이며 또한 이번
여행의 초점이 바로 그런 것인데 우연치고는 놀라워 감동적이 아닐 수
없었다.

한 페이지는 기자가 서술하고 다른 한 페이지는 일본, 중국, 한국, 대
만 등의 시각을 골고루 전달하는 방식의 균형 잡힌 것이어서 호감이 갔
다. 거기에 중국의 한 대학원생의 말이라 하여 이런 인용이 있다. '일본
에 배우고 싶은 마음과 경계심. 일본을 보는 눈은 별로 바뀌지 않았다.'

지난날 일본을 대표하는 지적(知的) 제도로 동경대학, 아사히신문, 이
와나미(岩波)서점의 셋이 있다고 말하는 것을 들은 기억이 있다. 리버럴
한 지적 전통을 의미하는 것일 게다. 덧붙여 현대의 대표적인 인물로
자주 손꼽히는 3명도 말해둔다면 정치사상가 마루야마 마사오(丸山眞男),
영화감독 구로자와 아키라(黑澤明), 소설가 시바 료타로(司馬遼太郎).

확실히 아사히신문은 양식이 있는 신문이다. 한일 간의 여러 문제에
도, 신문으로서는 거의 유일하다 할 수 있을 정도로, 균형을 유지하려
애쓰고 있는 신문이다. 일본의 아사히신문, 미국의 뉴욕타임스… 한국

에는? 나는 대답을 망설인다. 한국에도 그런 양식이 있고 균형 잡힌 신문이 있다고 자신 있게 말할 수 없다는 것이 괴롭다.

돌아온 지 얼마 안 되어, 중앙일보 9월 22일 자 여론조사에 일본이 가장 싫어하는 나라(38%)와 가장 본받아야 할 나라(27%), 두 항목에서 모두 1위라고 나와 있다. 싫어하지만 본받아야 한다는 패러독스다. 앞서 인용한 중국 대학원생의 말과 통한다. 아시아에서 일본이 가장 먼저 근대화되었고 아시아 거의 모든 나라를 침략한 전력이 있으니 그럴 것이다.

'싫어하지만 본받아야 할 나라' 일본을 어떻게 보고 대응해야 할지… 계속 생각에 생각을 거듭할 수밖에 없다.

옛날에 『해동제국기(海東諸國記)』를 편찬한 신숙주는 임종 시 '조선이 일본과 실화(失和)하지 않기를 원한다'고 했다.

그리고 쓰시마번의 진문역(眞文役)이란 일종의 외교관으로 한일 간에 '성신(誠信)한 외교'를 주장하며 힘쓴 것으로 유명한 아메노모리 호슈(雨林芳洲)는 다음과 같이 말했다. "성신한 외교라는 것은 많은 사람이 말하는 것이지만 그 대부분은 문자의 의미를 확실히 이해하고 있지 않습니다. 성신이란 것은 진실한 마음이라는 것이며, 상호간에 속이지 않고 다투지 않고 진실을 가지고 교제하는 것을 성신이라고 하는 것입니다."

동경대학에서 유명한 사카모토 요시가스(坂本義和) 교수 밑에서 학위를 받았고 평생을 한일관계 연구에 전념한 김영작 교수가 위 두 사람의 글을 본받을 말로 인용하며 한일 간의 앞날을 전망하는 논문을 쓴 것을 읽은 적이 있다.

한일관계가 살벌하여 주한 일본대사관 난입 사건이 일어나기도 했던 1974년 나는 「지속적인 한일 긴장 상태의 필요」(서울신문 1974.9.23)라는 글에서 이렇게 썼다.

'반일의 흐름을 일시에 홍수 지게 하지 말고 댐을 쌓고 발전기를 놓고 하여 전기화하자는 이야기다. 한국과 일본과의 관계는 지속적인 긴장 상태에 있을 때 비로소 장기적으로 상호 간에 이익이 되는 정상적인 것이 될 것으로 믿는다.'

일본의 아사히신문에서 짧은 글의 기고를 요청해왔을 때 「일본을 스킵하고 싶은 심정」이라는 제목으로 다음과 같이 글의 서두를 시작하였다(1991.1.9). '나는 근래 와서는 구미 등지로 여행을 할 때에 되도록 일본을 경유하지 않는다. 마음속에 일본을 스킵(skip)하고 싶은 심리가 있는지 모르겠다. 스킵한다기보다 잊고 싶은 것은 아닐까. 오늘날 한국의 문화는 그 상층에 있어서 일본을 스킵하고 있다. 하층에 있어서는 무분별한 모방이 있지만….'

그리고 이렇게 끝맺었다.

'우리는 북한 주민의 생활향상을 도와야 하는 것이다. 일본과 북한의 교섭이 그러한 열매를 거두길 바란다. 한국과 일본의 관계가 미국과 라틴 아메리카 제국과의 관계처럼 되리라는 일부의 예상은 빗나갔다. 미국과 캐나다와의 관계처럼, 또는 영국과 독일의 관계처럼 되기를 바라는 것이다. 일본의 일급 선진 국가다운 금도(襟度)에 기대한다.'

10월 들어 시게이에 도시노리(重家俊範) 신임 주한일본대사의 리셉션에 예의상 가보았더니 대사는 인사말에서 연간 4백 50만 명이 왕래하

는 한일 간의 유대강화를 말하며 "한국에 와서 '폭탄주 드시겠습니까?'
에 어떻게 대응해야할지 곤혹스럽다"고 살짝 재치 있게 던진다. 그러
고 보니 이 폭탄주는 일본에는 없는 한국적인 것(서양엔 비슷한 게 있다)으로
우악스럽다고나 할까. 그리고 대사는 부인을 소개하며 "고노 모노(物)가
에미고(英美子)데스"라고 하지 않는가. 영어론 "This is…"인 셈인데 그렇
다 해도 직역하면 "이 물건은…"이 되어 일본 사람들의 전통적인 남존
여비를 알 수 있을 것 같다. 우리나라보다 더하다. 가령 어머니도 '후꾸
로(주머니)'가 아닌가.

이제 지금의 심정을 이렇게 정리해 볼 수 있을 것 같다.('같다'가 무슨 표현
방법인가. 기면 기고 아니면 아니지. 그러나 썩 자신이 없어 '같다'이다.)

독일과 비교하여 보면 일본의 지난날의 죄악에 대한 반성은 턱없이
모자란다. 그러나 세상은 유럽연합(EU)에서 보는 바와 같이 공동체를
형성해가는 방향으로 나가고 있다. 우리도 내키지는 않는 일이지만 일
본을 포함하는 동북아공동체라는 목표를 먼 앞날에 설정하고 일본을
보다 더 알고, 보다 더 이해하기 위해 노력을 해야 하리라고 본다. 물론
한반도 분단 극복이라는 장애를 넘어서….

오랜 동안의 생각치고는 평범한 이야기로 결론이 되었다. 세상사란
본래 그렇게 상식에서 크게 벗어나지 않는 게 아닌가.

(2007년《강서문학》제14호)

그 칭기즈칸의 몽골

– 책에서, 현지에서의 탐구 기행

초원의 언덕 위에 우뚝한 백동으로 된 칭기즈칸의 기마상. 5달러를 내면 말 뒷다리를 통해 말 위로 올라갈 수 있는데 거기서 보면 아래 사람들이 작게 보인다고.(사진작가 曺千勇 촬영)

'아는 만큼 보인다.' 이번 관훈클럽에서 몽골을 여행하기에 앞서 그 이치에 따라 여러 가지 책이나 자료를 살펴보았다. 몽골, 우리가 몽고라고 흔히 알아 오던 명칭은 중국 쪽에서 폄하의 뜻으로 사용해온 것 같아 이번 여행을 계기로 앞으로 사용 않기로 했다. 몽골이라고 하거나, 영어로 몽골리아(Mongolia)라고 한다.

대학 때 오웬 라티모어(Owen Lattimore)가 쓴 일본 번역 문고판『중국』

을 읽고 새로운 안목을 갖게 되었다. 라티모어는 미국의 매카시 선풍 때 많은 중국 전문가들과 함께 수난을 당했다. 그는 중국의 역사가 일반이 생각하는 것처럼 정태적(靜態的)인 역사가 아니라 북방의 여러 부족, 또는 그 연합 세력들과의 끊임없는 충돌에서 큰 변화를 계속해온 다. 다이내믹한 역사라고 풀이했다.

신문기자 생활을 하며 일본의 국민작가 시바 료타로(司馬遼太郎)의 소설이나 수필도 더러 읽게 되었는데, 그가 오사카 외국어대학의 몽골어과 출신이라는 게 색달라 관심을 끌었다. 일본은 조선을 침략한 후 잇달아 중국으로 관심을 돌려 그 징검다리로 만몽경영(滿蒙經營) 운운하며 만주를 취하고 몽골까지 욕심을 냈다. 시바 개인의 뜻은 모르겠으나 몽골어과라는 것은 일본의 그런 큰 흐름 속에 있었던 것이라고 본다.

오래전 신문에 보니 『로마인 이야기』의 시오노 나나미(鹽野七生)가 시바는 일본에 국척(跼蹐)하여 국제적 안목이 부족하다고 혹평하였다. 시바는 메이지(明治)의 시대를 대단히 찬미하여 얼마간 국가주의 또는 국수주의적 냄새가 나기도 한다.

이번 여행에서 전 코리아헤럴드 사장 최서영 씨가 여러 앞에서 소감을 말하면서 전한 말도 연관이 지어질 것 같다. 그가 주일 특파원 시절 시바를 인터뷰하였을 때 시바는 여러 이야기 가운데 "몽골의 초원을 바라보면서 아시아의 미래를 생각하자"는 말을 했다는 것이다(관훈저널 2008년 가을호 참조). 일본의 만몽경영(滿蒙經營)과 '대륙웅비에의 꿈'이 연상되는 게 아닌가.

몽골 공부로 우선 브리태니커로 알려진 백과사전을 살펴보는 것이 좋다. 거기에 기본적인 데이터가 망라돼 있다. 조선일보 출판국장을 지낸 김종래 씨는 몽골에 관한 책을 일곱 권쯤 저술한 몽골 통이며 그러한 공로로 최근에 몽골 대통령 고문이 되었다. 그의 『유목민 이야기』를 읽었다. 그는 칭기즈칸이 대제국을 일으킬 수 있었던 능력을 경영능력으로 분석하고 21세기 CEO 운운 선전하여 큰 인기를 끌었다.

일본의 경제평론가 사카야 다이치(堺屋太一)는 필력이 뛰어나고 경제 각료도 지냈는데, 그의 저서 『역사에서의 발상』의 제3장은 칭기즈칸 리더십을 3가지 포인트로 압축하여 분석하고 있다.

① 신속함 : 기마부대는 바람처럼 빠른데다가 그는 정보망을 구축하여 정보 파악도 대단히 기민했다. 스파이 활용에도 능했다 한다. 몽골 말은 다리가 짧은 편이나 지구력이 강하단다.

② 대량 보복정책 : 핵무기가 개발되어 그 말이 널리 통용되고 있지만 칭기즈칸은 그때 이미 그것을 실천하였다. 그 넓은 정복지의 거점 거점에 100명쯤의 몽골 병력밖에 배치할 수 없었는데 그러고도 평온이 유지되었던 것은, 몽골병을 건드렸다가는 그 사실이 정보망을 통해 신속히 연락돼 대군이 몰려와 그 일대 사람들이 몰살된다는 공포 때문이다. 러시아 등 유럽 쪽 사람들은 오래도록 소름 끼치는 공포의 대상으로 기억하였다.

③ 종교에 대한 관용 : 모든 종족이나 민족의 종교와 문화를 그대로 인정하였다. 기독교나 이슬람 쪽과는 대조적이다. 따지고 보면 몽골의 종교나 문화가 낮은 수준인 때문도 있었을 것이다.

여기서 몽골이 원나라 때 일본 정복에 실패한 이야기를 여담으로 해야겠다. 지상전에는 천하에 두려울 게 없는 몽골병도 해전은 전혀 경험이 없어 백지이다. 오죽하면 강화도의 그 좁은 해협도 못 건넜을까. 그래서 일본 정복을 위해 고려의 수군을 이용하였다. 어느 책에 의하면, 일본에 상륙한 몽골병이 진격을 하다가도 고려 수군이 못 미더워 자주 자주 항구 쪽으로 회군하여 수군의 존재를 확인하였다 한다. 대륙의 기병이 섬나라에 갔으니 심리적으로 그럴 법하다. 그래서 계속 진격했으면 상황이 달라졌을 것인데 머뭇머뭇하다가 일본 측이 가미카제(神風)라고 하는 심한 풍랑을 만나 실패했다는 해석이다.

내셔널 지오그래픽의 몇몇 자료를 보니 당시 군대의 편제에 관한 자세한 설명이 나온다. 특히 등자(鐙子)의 중요성이 강조되고 있다. 말을 달리며 활을 쏘는 데 있어서 등자가 좋아야 몸의 안정을 유지할 수 있는 것이다.

김완진 교수의 책 『음운과 문자』를 보면 세종대왕 때 훈민정음을 창제함에 있어서 원나라 세조 때 만든 이른바 팔사파(八思巴) 문자를 참고로 했다는 이야기가 나온다. 몽골족은 전통적으로 위구르 문자를 사용했다. 그러다가 세조 때 그의 명에 따라 라마 승려 팔사파가 문자를 만들었는데, 기존의 티베트 문자를 몽골어의 음절 체계에 합당하도록 약간 개량했다 한다. 방형문자(方形文字)라고도 한다.

이는 훈민정음보다 약 180년 전의 일로 원의 세조가 새로운 문자 제작에 뜻을 두게 만든 요인이 세종대왕이 당면했던 우리나라 사회가 내적으로 가지고 있던 요인과 흡사하다는 이야기이다. 국자(國字) 창제의 가장 가까운 거리에 있어서의 시범이다. 그래서 훈민정음의 몽골자 기원설을 주장하는 이가 없지 않았었다고.

주바이니(Juvaini)라는 사람이 쓴 『세계 정복자의 역사』가 페르시아 말에서 영어로 번역된 게 있어 살펴보았다. 주바이니는 12세기 때의 페르시아 사람으로, 몽골인이 명목상 바그다드 총독을 하고 그가 실질적인 총독을 했던 원나라의 협력자였다. 원나라의 수도였던 카라코룸도 두 번이나 왕래하는 등 사정에 밝았었는데 당시에 서로 간에 모략이 매우 심했음을 보여주고 있다. 서로 간의 거리가 너무나도 떨어져 있어 모략, 음모 등이 무성했을 것이다. 그는 칭기즈칸의 군사전략을 높이 평가하여 알렉산더 대왕은 그 제자 격이라고 말하고 있다. 여담으로 거기서 좋은 구절 하나를 얻었다. '행운이란 마치 새와 같다. 그 새가 어느 가지에 앉을지는 아무도 모른다.'

몽양 여운형 선생의 기행문이 있다는 것을 말해야겠다. 최근에 나온 미국 펜실베이니아대학 이정식 교수의 역저 『여운형—시대와 사상을 초월한 융화주의자』의 부록에 포함되어 있다. 이 책에서 이 교수는 여운형의 암살이 박헌영 계에 의한 것 같다고 종래의 우익 암살설을 뒤집는 주장을 하여 관심도 끌고 논란도 되고 있다.

몽양은 1936년 『몽고 사막 횡단기』를 한 잡지에 기고했다. 몽양은 모스크바에서 열리는 원동(遠東) 피압박민족 대표자 회의에 참석하기 위해 갈 때 일본 관헌의 눈을 피하기 위해 울란바토르까지는 열차를 이용하지 않고 자동차로 갔다. 사막을 횡단하며 추위 속에 노숙도 하는 등 고생을 했는데, 그때 늑대 떼들이 겁나 피스톨을 베고 소총을 끼고 침낭에 들어간 이야기, 밤에 별들이 쏟아지듯 해 장관이었다는 이야기가 나온다. 몽골 사막 이야기에는 역시 늑대와 밤하늘의 별이 단골이다.

칭기즈칸을 '푸른 늑대'라고도 한다. 그의 깃발에 늑대가 두 마리 그려져 있다. 수도 울란바토르만 해도 분지이지만 해발 1천 미터가 훨씬 넘는 고지이다. 그리고 짧은 기간의 우기를 빼고는 연중 건조하고 공기

오염도 안 되어 있다. 그러니 밤에 별들이 "치마폭에 담고 싶을 만큼(우리 일행 중 어느 여성의 표현)" 쏟아질 수밖에. 우리 여행에서는 별 관찰에 실패했다. 날씨 탓인 듯한데, 역시 제대로 별을 보기 위해서는 초원이나 사막에 나가야 할 것 같다.

출발점으로, 8월 29일 인천국제공항으로 향했다. 그때 한국은 늦더위가 심했지만 몽골은 가을 날씨라고 옷을 대비하란다. 몽골의 관광은 역시 추운 나라이기에 기후가 알맞은 3개월간 정도란다. 공항에 도착하니 울란바토르의 기상 조건이 좋지 않아 비행기가 안 뜬단다. 공항도 불충실할 것이니 안전이 제일이다. 허탕을 치기는 했으나 김포공항에서 인천국제공항으로 좋은 전철이 운행되고 있어 기분 좋은 국내 관광을 한 셈이다.

다음 날 세 시간쯤 걸려 밤에 칭기즈칸 국제공항에 도착. 한국인이 경영한다는, 그곳 최고급 호텔 몇 개 가운데 하나인, 선진그랜드호텔에 투숙했다. 식당에서 송월주 전 조계종 총무원장과 마주쳤다. 잘 아는 터라 반가웠다. 몽골은 티베트불교이지만 역시 불교국가이니까 한국불교 측과의 왕래가 잦은 것 같다. 송월주 스님 일행은 몽골을 돕는 사업에 관련하여 와 있다 했다. 우물 파주기라던가….

첫날 오전 우선 세미나. 관훈클럽의 해외여행에는 반드시 학술세미나가 따른다. 언론인의 친목, 연구 단체이기 때문이다. 이번에는 몽골 국립대학교 한국학과장인 성비락(한국명) 교수의 주제 발표를 듣고 토론을 하였다. 그 여 교수는 서울대에서 교육학박사를 획득하는 등 한국에서 5년 정도 머물렀었다. 그리고 자주 왕래했다.

성비락 박사의 한·몽 양국 문화 특징의 비교가 매우 유익한 것으로 생각되어 자세히 소개하고 싶다. 한국 사회 문화의 특징을 먼저 말하고, 괄호 안에 몽골의 그것을 대비시킨다.

① 세계 제일의 단일민족국가. 순수한 민족이라고 볼 수 없지만 오랜 역사를 통하여 완전히 융화됨.(여러 민족이 섞여 사는 나라. 할하몽골 79%, 카자흐 5.9%, 브랴트 등 18개 종족. 그러나 사회주의 영향으로 비교적 평온함을 유지함)

② 세계에서 가장 오래된 독립국가.(중국·러시아 두 강대국 사이에서 근래 80년간 독립 유지. 외교에 있어 최고 수준)

③ 자원이 빈약한 나라. 경쟁이 치열한 사회구조.(석유, 금, 석탄, 구리, 몰리브덴 등 풍부한 자원 보유. 경쟁이 별로 없는 사회)

④ 세계 제일의 유교 국가. 뭐든지 한국에만 오면 지독해진다.(전 세계에 얼마 남지 않은 라마 불교국가)

⑤ 가족관계가 가장 강한 나라.(인간관계를 중요시하는 나라. 사회주의 영향으로 가족관계 많이 파괴)

⑥ 세계 최고의 교육열을 가진 민족.(적극적인 민족. 사회성이 발달한 나라)

⑦ 각종 문화가 복합된 나라. 예를 들어 결혼절차에 잘 나타난다.(동서양이 공존하는 나라. 얼굴은 동양인인데 서양 사람처럼 산다) ※ 여기서 몽골이 러시아 영향 아래 70년 동안 공산주의 국가였음을 참고.

⑧ 종교가 복잡한 나라.(종교가 단순하다. 사회주의 영향으로 종교에 반감도)

⑨ 무조건 균등사상이 강하다.(독립심이 강하다. "안 되면 양이나 치지 뭐." 사회주의 영향으로 균등사상이 강하다.)

⑩ 인간관계, 체면, 현재 중시. 정신노동 중시.(인간관계, 체면, 문화, 현재 중시. 직업 차별이 없다.)

⑪ 농경사회에서 산업사회로 전환.(유목 사회에서 산업사회로 전환 중)

⑫ 자본주의 시장경제에서 시장개방경제로 전환기.(사회주의 계획경제에서 시장경제로 이전)

⑬ 한반도(바다/육지)-사실상 섬나라(대륙적 기질, 바다가 없다. 혹독한 추위, 건조 등 생활환경 열악. 시간관념이 없다.)

성비락 교수의 발표에서도 몽골인들이 한국을 선망하고 있음을 느낄 수 있다. 선망을 지나 친한 무드인 것이다. 그래서 정말 엉뚱하게도 한·몽 국가연합을 운운하는 사람도 돌출한다. 또한 성 교수 이야기의 네 번째에 한국은 가족관계가 강한데 몽골은 인간관계가 중요하다는 부분에 설명이 필요할 것 같다. 한국은 장자상속제였지만 몽골은 말자(末子)상속제다. 아들이 장성하면 양 떼를 나눠주어 독립시켜 유목하게 하니 그럴 것이다. 초원은 자유이고 따로 상속할 농지도 없는 게 아닌가. 유목이 시작되면 가족관계는 소원해지고 인간관계가 중요해진다.

몽골 대통령의 고문인 김종래 씨도 그 점을 강조한다. 가족관계의 연줄을 통해 접근하는 것이 실효가 적다는 주의일 것이다. 그리고 몽골은 70년간 러시아의 영향 하에 있었기에 (미국식이 아닌) 러시아식인 서구화가 대단히 되었다. 따라서 여권(女權)의 신장도 충분할 정도이다. 아마 도시민들은 우리보다, 행태적으로는 더 서구화된 게 아닌가 한다.

인구가 1백만 가까운 울란바토르는 듬성듬성 세워진 저층 아파트가 도시의 반쯤 차지하고 있고 나머지는 허름한 단독주택인데 단독주택의 울안에 대개 텐트씩 이동주택인 겔(Ger)이 눈에 띈다. 전통 유목 생활의 양식인 겔을 버리기가 어려운 것 같다. 그런데 아파트 선호가 대단하다는 것이다. 우선 아파트에는 중앙난방이 되어 있다. 유연탄을 때는 발전소에서 뜨거운 물을 관을 통해 아파트마다 공급하는 중앙난방이다. 관은 지하에 들어가 있지 않고 지상을 통과하는데 단열 처리가 되어 있다. 추운 지대라 지하가 얼어 있는 상태여서 지하가 아닌 지상 파이프라는 설명이다.

아파트 선호는 당연히 건축 붐과도 연결된다. 대학생들 사이에 건축학과가 단연 인기라는 것이며 신흥 부자도 건축업에서 많이 나온다는 것이다. 약 3천 명의 한국인이 거류하고 있는데 그중 큰 부자 두 사람은 건축에서 돈을 벌었다고.

번화가의 중심에 국영백화점이 있다. 지금은 없어졌지만 전날의 서울 화신백화점을 떠올리면 딱 맞는다. 층수도 그렇고 상품 배치도 그렇고 대충 비슷하다. 아마 그 무렵 백화점의 세계적인 표준이었던 게 아닌가 싶다.

나는 책에 관심이 있어 책 코너를 찾았다. 그런데 교과서 수준의 책들만 서너 평의 코너에 있을 뿐 학술서적, 더구나 영어로 된 서적은 찾을 수 없었다. 실망. 백화점 앞에서 드나드는 사람들, 왕래하는 사람들을 한참 동안 관찰했다. 사람 보는 게 진짜 관광이다. 젊은이들은 얼마간 선진국형 패션인데 약간 어색한 느낌이 들기도 했다. 서울의 홍대 근처와 별로 다르지 않은 사람들의 모습 같았다. 길에 자동차도 적당히 붐비고.

나는 내가 5년 동안 대학 강의를 했던 광주광역시를 떠올렸다. 비슷하다는 느낌이다. 그리고 한국의 70년대쯤이라고 판단하고 싶었다. 1인당 GDP도 1천5백 달러 선이란다. 그런데 초원과 사막지대의 생활은 어떻게 하나…. 그래서 한국의 60년대쯤이라고 말해왔다.

몽골은 흔히 초원의 나라라 한다. 더 구체적으로는 초원과 사막(사막이 국토의 40%. 거기에도 어렵게 사람들이 살고 있다)의 나라. 그러나 전체 인구 2백70만쯤의 3분의 1 이상인 1백만 가까이가 수도에 집중되어 있으니 초원의 나라라 하기에도 약간 당혹스럽다. 면적은 한반도의 7.4배.

몽골을 전에는 외몽골이라 했다. 내몽골은 일찍이 분할되어 1915년 중국의 자치구가 되고 한족들이 대거 이주하여 몽골족은 아주 소수가 되어 버렸다 한다. 둘은 완전 딴 나라가 되어 외부인이 멋모르고 입에 올리는 통합 운운은 거의 전혀라 할 정도로 상상하기도 어려운 일이 되었다.

초원 하면 겔과 양 떼가 연상될 것이다. 같은 이동식주택(영어로는 Yurt이다)인 겔도 중국 측 내몽골에서는 파오라고 달리 부른다. 包라고 쓰고 영어 표기는 Pao로 한다. 겔은 양털에 물을 부으며 오래 두드려서 만든 큰 담요 같은 천을 둘러서 만든 것으로, 더울 때는 걷어 내거나 밑 부분을 올리면 시원하다 한다.

실제로 들어가 보니 한 가족이 살 만한 공간이다. 손님 대접으로 내놓는 과자류는 공장에서 만든 사탕과 집에서 만든 치즈 조각(박편) 말린 것, 말 젖을 며칠 두면 빚어진다는 마유주(馬乳酒 몽골의 대표적인 술)는 우리 막걸리 진한 것 같은데 약간 시금털털했다.

통계를 보면 몽골엔 양 1천7백만 마리, 말 2백24만 마리, 그리고 염소, 소, 낙타로 되어 있다. 양 떼들이 계속 풀을 뜯어 마치 골프장 잔디처럼 풀밭이 융단 같다. 초원 어디서나 유목은 소유주 없이 자유란다. 다만 지하자원은 별개.

양 떼들이 이탈하는 것을 막는 개는 사람이 그리웠던지 아는 체하니

온순하게 따른다. 사나울 것이란 선입견은 전혀 잘못이었다. 들으니 개는 아무리 추워도 절대로 겔 안에 들여놓지 않기에 추위에 단련되어 있다 한다. 밖에 있어야 늑대 떼가 습격 올 때 짖어대고 그래야 사람들이 총을 들고 대비할 수 있기 때문이란다.

우선 아들딸 공부는 어떻게 시키느냐가 궁금했다. 여유가 있으면 학교가 있는 집단부락에 하숙을 시키거나 기숙사에 들어간다고 한다. 의료는? 중한 병이면 병원에 가는 일이 큰일일 수밖에 없다. 그러나 웬만한 병은 전래의 민간요법으로 치료한다고. 초원의 생활에서 그런 기본적인 생존 방법을 익혔다 한다. 그리고 참, 초원에는 길이 따로 없다. 양 떼가 뜯어 먹어 융단처럼 된 풀밭 위를 자동차는 쉽게 달릴 수가 있다. 목욕은? 몽골은 건조한 기후라 목욕을 자주 할 필요가 없다. 습하여 매일 목욕을 해야 하는 일본과 아주 대조적이다.

목축의 나라답게 이들의 가축 사랑은 각별한 데가 있다. 나담축제라고 이들의 최대 축제를 관광용으로 축소하여 보여주는 나이람달 캠프라는 데가 있는데 거기서 보니 경마에 우승한 소년 기수가 말 앞에서 노래를 불러주며 말에게 고마움을 표시하는 게 아닌가.

꼭 둘러보아야 할 곳으로 자연사박물관과 그 근처에 있는 역사박물관을 가 보았는데 거기에 재미있는 큰 그림이 걸려 있었다. 낙타가 새끼에게 젖을 안 먹이고 있자 그 낙타를 달래느라고 남편은 마두금(馬頭琴 몽골의 대표 악기)을 타고, 아내는 노래를 부르고 있다. 가축과 사람이 말만 통하는 게 아니라 노래도 통한다(?).

정부종합청사가 있는 수쿠바타르 광장 주변은 제법 짜임새가 있다. 공산권 나라들이 대개 그렇지만 광장이 넓고 동상 등 조형물이 꼭 있다. 종합청사(앞쪽은 의사당이라 한다) 중앙에는 칭기즈칸의 큰 동상이 묵직하게 자리 잡고 있다. 칭기즈칸은 몽골의 대표 브랜드다. 러시아의 영향 아래 있던 공산 치하에서는 내세우지 못했으나 자유화가 된 다음에는 칭기즈칸 선전에 열을 올리고 있다. 수도에서 자동차로 1시간 남짓 떨어진 초원에는 5, 6층 빌딩 높이의 칭기즈칸 기마상이 백동색으로 빛나고 있는데 그곳은 앞으로 관광단지화할 모양이다.

수쿠바타르 광장에서 얼마 떨어지지 않은 곳에 집권 인민혁명당(45 의석)의 당사가 있는데 지난 6월의 국회의원 선거에 부정이 있었다고 야당인 민주당(28 의석)이 주장하여 데모대가 몰려들어 불을 지르는 등 소동이 있었다. 불탄 흔적이 흉하게 남아 있으나 부정 시비는 그 후 유야무야된 듯하다. 정체는 내각의 힘이 약간 강한 2원집정부제(二元執政府制). 인민혁명당은 지난날 공산세력의 후계 세력이다. 거기에서도 몽골이 친 러시아적 분위기임을 짐작할 수 있다.

목축업의 나라이니까 관광객에 내세울 것 가운데 으뜸은 캐시미어 제품이다. 공장의 직매장에 가 보았는데 값은 얼마간 싸겠지만 패션에 있어선 날씬하지는 못하다는 평이다.

몽골 여행에서 라마교의 총본산 간등 사원 방문은 필수이다. 라마교라면 틀린 말로 엄밀히 말하려면 티베트불교라고 해야 한다. 라마는 그 승려를 의미할 뿐이다. 그러나 흔히 라마교, 라마 불교라고 한다. 13세기에 전래되었다고. 간등 사원의 부처는 대단히 크다. 사원 안에는 달라이 라마의 젊었을 적 사진도 진열되어 있다. 붉은 가사의 라마들이 부지런히 오가고 있었다.

몽양은 그 여행기에서 라마교의 해악을 혹독하게 비판하고 있다. 여행자의 비판으로서는 좀 의아스러운데 당시 사회 여론이 그랬던 것 같다. 몽골을 지배한 청나라는 라마교 조직을 이용하여 몽골을 통치했다. 그러니까 라마교는 종교조직이자 통치조직이었으니 부패와 전횡이 없을 수 없고 원성을 많이 샀던 것 같다. 청조 타도가 라마교 타도로 연결될 수도 있는 일이다.

성비락 교수도 "사회주의 영향으로 기본적으로 종교에 반감"이라고 발표했지만, 어느 글에 보면 청나라가 몽골 통치술의 일환으로 라마교를 장려했다고 비난하고 있다. 라마교 원리에 따르면 장남을 제외하고 원칙상 차남 이하는 모두 출가하도록 되어 있는데 그리되면 몽골의 인구가 증가할 수 없고 쇠퇴하게 되기 때문이다. 그 글에는 그밖에 옮기기가 거북한 청나라의 간교한 책략들을 담고 있다.

귀로에 칭기즈칸 국제공항의 조그마한 책장(책방이 아니고)에서 참으로 다행스럽게도 몽골인이 쓴 『몽골 역사 History of Mongolia』를 발견하였다. 국회의원·장관을 지낸 문필가 바발(Baabar 몽골에서는 긴 이름을 간단히 줄여서 쓰기도 한다)의 몽골어책을 영문으로 번역하여 캠브리지 대학 산하 몽골 및 내부 아시아 연구팀의 책으로 나왔는데, 몽골 학자의 책이라 친밀감을 준다.

여행 때 그곳의 대중적 술집(대폿집 등)을 들르면 인정이 느껴지는 공감대가 형성되는데 책방(헌책방이면 더욱 좋고)에서도 묘한 공감대의 형성을 경험한다. 전에 일본 여행을 자주 할 때는 동경 간다(神田)의 헌책방을 순회하는 것을 가급적 일정에 넣고 헌책 뒤지는 것을 재미로 삼았었다. 프랑스 여행 때는, 한국 사람들에게도 잘 알려진, 파리 센 강변의 헌책 노점을 가 보곤 했다. 그리고 여행 기념으로 한두 권 사는 것을 잊지 않았다. 노점이니까 먼지가 묻지 않도록 투명한 비닐로 단정하게 책을 포장한 것이 본받을 만하다고 생각되었다. 서울에서도 헌책방을 마치 '아스팔트의 낚시질' 하듯 다니고 있으니 그 취미는 외국에 가서도 바뀌겠는가.

바발 책의 앞머리에 이런 인용문이 있다.

'이런 장성을 건설할 수 있었던 사람들은 확실히 자랑할 만한 위대한(대단한) 과거를 가졌을 것이다(A people that can build a wall like this certainly have a great past to be proud of).' 〈리처드 닉슨 대통령이 만리장성을 보고〉

'이런 장성을 건설하지 않을 수 없도록 한 사람들은 확실히 적어도 그만큼 자랑할 만한 위대한(대단한) 과거를 가졌을 것이다(The people that forced the building of a wall like this certainly have at least as great a past to be proud of).' 〈책의 저자 바발〉

만리장성이 있는 것은 그 남쪽과 그 북쪽의 부족, 민족들이 끊임없이 길항(拮抗)했다는 이야기이다. 라티모어의 풀이와 통한다. 그 흉노, 선비, 돌궐, 몽골, 여진 등등 북방 종족, 민족들이 그 후 많이 쇠퇴했다. 유목에서 농경정착사회로, 농경에서 산업사회로의 문명 발달의 결과이지만 기후 변화(사막화 등)도 얼마간 관련이 있을 듯싶다.

그런 몽골이지만 풍부한 지하자원이 있어 앞날에 희망을 걸 수 있겠다. 얼핏 들은 이야기로는 그 지하자원을 자력 개발하느냐, 외국 자본에 일부 맡겨 개발하느냐를 두고 여야 간에 정책 대립이 있다 하는데 여당이고 야당이고 모두 집권 경험 있어(따라서 모두 국유재산 불하 등 이권에 개입된 처지여서) 타협은 용이할 것이란 관측도 있다. 그런 이권 관계의 얽힘이 민주정치의 순조로운 시작일 것이라면 너무 어두운 익살인가.

(2008년 《강서문학》 제15호)

착각 속 소홀했던 만주

- 고량(高粱)평야에 지는 크고 붉은 석양은 옛말

牧丹江市의 위성도시 海林 부근에 있는 山市에 김좌진 장군의 거택이 있었다.
거기에 세운 장군의 흉상.(사진작가 曹千勇 촬영)

역사적으로 볼 때 만주는, 지금은 중국의 일부이지만, 중국과 분리시켜 볼 수도 있는 것인데 우리는 그 만주 지역에 대해 너무 소홀히 해온 감이 있다.

근래 일본의 산케이신문의 구로와 가쓰히로(黑田勝弘) 서울 특파원이 쓴 글을 읽고 새삼 다시 생각하는 바가 있었다. 구로다 특파원은 한반도의 북은 만주 항일 빨치산 출신의 김일성 주석이, 남은 만주군 출신의 박정희 대통령이 정치의 주류를 이루었으니 해방 후 한반도 남북 정치의 연원(淵源)은 만주가 아니냐고 한다. 이승만 박사는 미국에서, 김구 선생이 중국본토에서 활약했기에 그쪽만 중시했지 만주 쪽은 소홀히 했구나 하고 다시 생각하게 되었다. 그래서 만주에 관한 이런저런 책이나 글들을 읽어보았다.

이번 언론 연구 친목 단체인 관훈클럽에서 안중근 의사 의거 백 주년 기념을 겸해 만주 여행을 기획했기에 참여했는데 지난 8월 하순 출발에 앞서 떠오르는 만주의 이미지는 넓고 넓은 평야, 고량(高粱, 수수) 밭의 저 끝 편에 크고 붉게 타오르며 지는 석양이었다.

만주에 위만주국(僞滿洲國)이라고 중국인들이 부르는 괴뢰정권을 세워 지배했던 일본인들의 글을 보면 드넓은 원야(原野·평야가 아니고)라는 표현과 고량 밭 끝에 붉게 지는 석양이라는 묘사가 자주 나온다. 그리고 왜정 때 소학교 교과서에 만주에 관한 글이 실렸었는데 "고량을 베고 보니 즐겁구나." 운운하는 구절이 지금도 70대가 넘는 사람들에게는 기억에 남을 줄 안다.

연암 박지원의 『열하일기』에 이런 묘사가 있다. 매우 사실적인 글이다. "동녘 하늘을 돌아보니, 뜨거운 적운(赤雲)이 용솟음치면서 둥그런 붉은 해를 밀어 올린다. 해가 수수밭 가운데서 반쯤은 솟아나고 반쯤은 잠긴 채로, 느릿느릿 차근차근, 요동벌판을 구석구석 채워나가자. 평지 위로 오고 가는 말과 수레며, 조용히 서 있는 나무와 집들, 이처럼 털끝 같이 미세하게 줄지어 늘어선 것들이 모조리 불덩이 같은 해 속에 들게 되었다."(연암의 글에서는 수수가 아니고 옥수수로 되어 있다.)

그러나 일본인들이 너무 자주 고량, 그러니까 수수를 강조했고 중국

술은 고량주가 대부분이며 중국영화(붉은 수수)가 명작으로 떠오르는 등 내 머릿속은 수수밭의 이미지로 찼었다.

그런데 일본이 패망한 지 60년이 넘는 지금의 만주에서는 고량이 거의 자취를 감추다시피 하고 그 자리에 옥수수가 힘차게 자라고 있다. 수수는 영양가에 있어서나 소출에 있어서는 좋은 편이 아니어서 모든 옥수수로 작목변경을 했다는 것이다.

만주에 관해서는 소설가 이태준의 『농군』(1939)에 자세한 묘사가 있고 또 그의 『만주기행』(1938)이 있다는데 일본의 '만주경영'이라는 제국주의의 '새로운 시대적 흐름'에 편승하여 '만주 유토피아니즘'을 내세웠다는 혹평이어서 굳이 찾아 읽지 않았다. 다만 『만주기행』은 만보산 사건의 진상을 기술하고 있다고.

한 가지 더 세세한 이야기를 하면, 우리나라 대부분의 사람은 만두와 물만두가 확연히 다른 종류임을 구별하지 못하는데 물만두는 만두가 아니고 교자(餃子) 가운데 수교자(水餃子)라는 것이다. 군만두도 만두 구운 게 아니고 교자를 구운 것. 만주 도시에 보니 수교자 전문의 대형 체인점이 눈에 띈다. 교자와 관련된 청나라를 건설한 누르하치(愛新覺羅라고도)의 영웅전설이 있다. 실권자가 되기 전 누르하치가 어느 동네에 이르니 사람들이 모두 겁에 질려 있더란다. 괴물이 나타나 사람들을 헤쳐서 그렇단다. 누르하치가 주민을 안심시키고 대기하고 있으니 과연 괴물이 나타났는데 영웅을 알아본 그 괴물은 무릎을 꿇고 항복했단다. 주민들은 보복으로 그 괴물을 잡아 잘게 잘게 다져서 교자를 만들어 먹었다는 전설이다.

이런 이야기도 있다. 오행설(五行說)로 볼 때 명(明)은 태양, 즉 화(火)이니

청(淸), 즉 수(水)로 화를 덮어야 한다고 청으로 국호를 지었다는 것이다.

중국 역사를 북방민족과의 충돌의 연속이었다는 격동의 역사로 보기도 한다. 북방민족에 의한 4대 왕조는 몽골계 거란족에 의한 요(遼), 퉁구스계 여진족에 의한 금(金), 몽골계 몽골족에 의한 원(元), 그리고 여진인 만주족에 의한 청(淸)이다. 이들 민족은 몽골만주라는 지역이 분명한 경계가 있는 것도 아니고 하여 서로 혼재하여 살았으며 근래에는 특히 수준이 높은 한민족에 동화되기도 하여 크게 줄어들거나 거의 사라지다시피 하고도 있다.

만주족은 퉁구스(Tungus)족으로 여진(Jurchen)이라 하다 만주(Manchu)로 이름을 바꾸어 부르는데, 여진에는 건주여진(建州女眞-만주 중부지방), 해서여진(海西여진-송화강 북쪽 일대), 야인여진(野人여진-흑룡강 하류·연해주)의 3대 여진이 있다. 여진족은 한족보다 키가 좀 크고 덜 비대하며 북방민족이 대개 그렇지만 말을 타기에 하체보다 상체가 발달하였고, 거센 바람에 적응하다 보니 눈이 좀 작아졌다는 것이다. 청나라를 건설한 누르하치는 건주여진. 중원을 점령하자 만주족은 대거 그쪽으로 이동하고 만주지방은 인구 과소 지역이 되었는데 청조는 한족의 이입을 막기 위해 봉금(封禁) 하기도 하였다. 그러나 후에 산동지방에서의 대거 유입을 막을 수가 없었다. 또한 만주족의 한족에의 동화도 급속히 일어났다. 하기는 청나라를 건설할 때 유명한 팔기제(八旗制)가 힘이 되었는데 그 팔기 가운데도 몽골족의 기(旗), 한족의 기(旗)가 있었다 한다. 병자호란 때도 여진만 아니라 몽골족이 함께 조선에 침입했었다. 만주지방 인구의 9할 이상이 한족이며 만주족은 1천만 명쯤이라는 게 가이드의 설명이다. 거기에다가 언어와 문자가 급속히 소멸하고 있어 언어와 문자가 없는 민족이 과연 민족으로서의 정체성을 유지할 수 있을지 의문이 생긴다.

북경에 가서 자금성이나 몽화궁을 돌아보면 현관에 한자, 몽골문자, 티베트문자, 만주문자를 병기한 것을 볼 수 있다. 발생사적으로 볼 때 티베트문자가 먼저이고 그것을 참고한 것이 몽골문자, 또다시 그것을 참고한 것이 만주문자라 한다.(한글 창제에도 몽골문자가 참고로 되었다)

한자나 만주문자는 완전히 다르다. 가이드의 설명으로는 만주문자를 아는 사람은 노인층에 몇백 명이 있을 정도라 한다. 만주언어·문자를 교육시키려 해도 젊은 세대가 전혀 관심이 없다는 것. 그래서 한 만주족 문화에의 동화가 가속되는 것이다. 그런 현상을 굳이 나쁘다고 탓할 수만 있을 것인가?

"붕어빵에 붕어가 없다"까지는 아니지만 만주에서 만주족을 찾기가 힘들게 되었다.

해방 한반도의 정치적 연원에 관한 부연 설명이 뒤늦어졌다. 해방 한국에서 만주 인맥은 대단했다. 특히 군에서는 압도적이다. 박정희 정일권 백선엽 등과 만주 건국 대학도 나온 강영훈, 민기식 씨 등 셀 수 없이 많다. 최규하 씨도 동경고사를 나와 만주로 옮겨 학교를 다니는 등 활동을 하였다. 최근 신문에서 다시 관동군 헌병 오장(하사관) 출신인 김창룡 특무 부대장 이야기가 난 것을 읽었다.

일본의 만주 인맥도 탄탄하다. 관동군 출신은 너무 많기에 제외하고 만주국과 만주철도회사 등 출신의 인맥은 전후에 전범(戰犯)으로 몰렸다가 수상을 지낸 기시 노부스케(岸信介)를 필두로 지배층에 많다. 기시는 "만주국은 내가 만든 작품"이라고 했다.

일본은 비록 만주를 침략하여 온갖 만행을 저질렀지만 왕도 낙토(王道

樂土), 오족협화(五族協和-滿·蒙·漢·日·鮮) 운운하며 어떻든 새 국가·새 사회 건설의 이상주의적 구상도 가지고 있었다. 그만치 '서부 개척'과도 같은 분위기 탓도 있었기에 오족협화를 위해 협화회가 조직되었을 때 많은 사람이 나름대로의 희망을 갖고 참여하였다.

새로운 건국 실험이기에 정부와 민간이 적극 협력하는 경제 체제를 모색했다. 어떤 서양 언론인은 한 책에서 일본과 한국을 발전시킨 특수한 경제 체제의 모델이 경제발전의 제3형(型)이라며 만주의 실험에서 그 원형을 찾을 수 있다고 그럴듯하게 쓰고 있다. 만주 개발 5개년 계획도 세웠는데 그것은 인접한 소련의 경제 개발 계획에 자극받은 것이라는 해석도 있다.

여행의 첫 기착지는 대련(大連). 인천에서 1시간 20분 정도의 짧은 비행이다. 중국에서는 만주라고 부르기보다는 요녕성, 길림성, 흑룡강성의 동북삼성(東北三省)이라는 것이 공식표현인데 이 동북삼성에서 가장 번영하는 도시가 대련이고 한국인(남한인)도 5만 명쯤 진출해 있다고 한다. 대련은 일본이 러·일 전쟁 후 바로 할양받아 진출하였기에, 그리고 대륙침략의 거점으로 삼았기에 일찍부터 발전해 왔다. 부산을 연상케 하는 도시이며 해운대와 비슷한 비치가 있다.

대련뿐만 아니라 중국 모든 도시가 지금 건축 붐을 타고 있지만 대련 시가지를 돌아보고도 "과연 건축가들의 전성시대이구나" 하는 말이 나올 정도로 갖가지 건축 양식이 서로 자태를 자랑하고 있다. 그러나 중국에서는 지금 공무원의 부정부패는 심각하여 많은 고급아파트가 고급 공무원들의 부정축재 은닉 수단이 되고 있다는 어두운 이야기도 있다.

러·일 전쟁 때 격전지인 여순(旅順) 군항은 바로 인접해 있다. 군항을 굽어보며 포격을 가할 수 있는 요충인 '203고지'는 관광 명소다. 본래 대련보다 여순이 먼저 있었기에 여대(旅大)라고도 한다.

안중근 의사에 관해서는 너무 많이 알려져 있으니 설명을 줄이겠지만 안 의사가 수감되고 처형된 감옥을 돌아보면서 숙연해지지 않을 수 없었다. 가이드의 설명으로는 여순 감옥은 러시아가 짓다가 일본이 완성한 것이어서 일아(日俄)감옥이라고도 하는데 서대문 형무소와 배치도가 비슷하다고 한다.

죄수를 징치하는 갖가지 가혹한 방법이 있는데 그중 암실 독방은 빛이 전혀 없는 칠흑 같은 방으로 오래 있으면 시력이 상실될 정도라 한다. 물론 안 의사는 잡범이 아닌 당당한 혁명가였기에 징벌은 안 당했을 것이다.

사형집행장에서는 교수형에 처한 죄수를 통(큰 분뇨통과 비슷하다)에 넣도록 되어있는데 안 의사 때는 그래도 관을 사용했다고 한다. 그 관이나 통을 한곳에 모두 산처럼 쌓아 두었기에 안 의사의 유해는 아직 찾을 길이 없다. 여기서 빼놓을 수 없는 일이 단재 신채호 선생이 그곳에서 옥사했다는 사실이다. 감옥에는 단재의 사진과 간단한 설명문이 게시되어 있었다.

대련하면 만주침략의 경제본부였던 만주 철도의 본사가 있던 곳이다.(군사적으로는 관동군이다)

러·일 전쟁 후 일본은 여순·대련 일대의 요동반도와 남만주철도를 할양받았는데, 철도를 할양받을 때 철도 주변의 넓은 부속지도 차지하였다. 만주 철도, 만철(일본어로 만떼스)는 석탄·철광 등 광산도 운영하고 의대 등 각급 학교도 설립하는 등 초대형 기업으로 커 갔다.

그리고 만철의 조사부는 만주 각지뿐만 아니라 세계 여러 곳에 지부를 두는 등 가히 일본 아시아 침략의 초대형 두뇌 집단이었다. 1938년 통계로 요원이 2,125명으로 되어있다.

만철 조사부에 일본의 수많은 인재가 참여했는데 그 가운데는 일본 국내에서 좌절한 마르크시스트들이 새로운 땅을 찾아 적지 않게 모여들었고 조사부는 처음에는 그들에게 매우 관대했다 한다. 연구를 돕기 위해 자유분방한 기풍을 유지했다.

중일 전쟁 당시에는 결국은 모택동의 공산군 쪽에게 상황이 유리하게 전개될 것이라고 분석한 지나항전력조사(支那抗戰力調査)라는 연구회 보고도 나왔다. 그 연구 수준은 세계적인 평가를 받게 되었다. 서울대 교수로 있다가 통일원 장관을 지낸 이용희 씨도 만철조사부에 있었다는 것이 칭찬과 비하가 반반으로 알려져 있다. 조선인으로는 대단한 엘리트거나 특수 인맥이 있어야 들어갈 수 있는 곳이기 때문이다.

지금의 중국 정부는 동북삼성 개발에 힘을 쏟고 있는 것으로 알려져 있다. 일본이 착수했던 중공업 시설이 있고, 석탄 철광이 많이 있는 데다가 일제 패망 후 대경(大慶)의 대규모 유전도 발견되어 전망이 밝다. 일제 패망 때 중국 전체 철도의 반이 만주에 있었다는 것이니 짐작이 간다.

빈부격차는 중국 전역의 문제지만 만주의 빈민 문제도 심각한 듯하다. 2006년 9월호 내셔널 지오그래픽이 커버스토리로 만주 특집을 했는데, 이런 인간애사(人間哀史)를 바탕에 깔았다. 연해주에 가까운 만주의 농촌에 살던 한 젊은 부부가 대련의 통조림공장(한국인 경영)에서 일하고 1년에 한 번 고향의 부모와 어린 두 자녀를 방문한다. 다시 대련으로 떠나며 1년을 버티라고 건네준 돈이 2천 달러, 대련에서는 돈을 아끼려 부부가 따로따로 값싼 합숙소에서 지낸다. 기자가 그들에게 두 자녀의 사진을 보여달라고 하니 "보면 눈물 밖에 나오는 게 없기에 아예 가져오지 않았다."고 했다. 그 아픔이 가슴에 와닿는다. 대련 다음 항공편으로 간 곳이 흑룡강성 성도(省都) 하얼빈. 하얼빈이란 발음이 외래어 같기에 물어보았더니 그곳 송화강 안에 있는 아주 큰 섬을 만주어로 할얼빈이라 불렀단다.

여기서 딴 이야기 하나.

우리 서울의 한자 표기가 한성(漢城)인 것이 부적절하여 서우얼(首爾)로 바꾸었는데, 우리 일행 중 한학에 연구가 있는 사람의 말에 의하여 하얼빈(哈爾濱)처럼 爾(간자로 尔)자가 들어가는 도시는 주로 주변 지대 도시라는 것이다. 만주의 치치얼, 대만의 어얼빈… 하고 대여섯 군데 예를 들었다.

북경 동경하고 잘 나가는데 서우얼하니 좀 벽지 인상이란 이야기다. 대안이 무어냐는 듯 반론이 있을 줄 안다.

흑룡강성의 면적은 일본 전토와 남한을 합친 크기인데, 동북삼성의 중국 북부 일부와 내몽고 일부를 합친 광활한 만주국을 세워놓고, 일본은 얼마나 흐뭇했겠는가. 개척시대의 미국인이 태평양 쪽의 지역을 서부라고 했듯이 일본인에게는 만주가 서부였으며, 그러기에 평야란 표현 대신 원야(原野)란 표현을 자주 썼다.

만주를 침략하고 국제사회의 규탄 속에 국제연맹을 탈퇴하기까지 했는데, 그때 일부 정치인은 침략은 그 정도로 멈추자는 신중론을 폈다 한다. 그런데 독립왕국과 같았던 관동군의 군부는 화북(華北)이라고도 부르는 중국본토 북부까지 침략의 욕심을 내어 중일 전쟁, 태평양전쟁으로 확대된 게 아닌가.

하얼빈역의 백 년 전 10월 26일에 있었던 안 의사 의거 현장을 가보았다. 이미 많이 소개된 대로, 안 의사의 위치에 흰색으로 삼각형 표지, 이등박문(伊藤博文)의 위치에 역시 흰색으로 사각형 표지만 있을 뿐, 주변에 아무런 설명문이 없다.

누가 걸어보니 그 간격이 대충 열 발짝(5m쯤)이라고. 요즘 권총도 격발이 안 되는 게 자주 있는데(김재규 중앙정보부장의 궁정동 사건 때) 백 년 전 수준의 권총(벨기에제 브로우닝식)으로 처음 세 발을 伊藤의 가슴과 흉복부에 명중시키고, 伊藤의 얼굴을 잘 몰랐기에 일본인 중에서 그럴듯해 보이는 자들을 향해 세 발을 더 쏘았으니 안 의사는 과연 명사수였다.

하얼빈 조선족 밀집 지역의 조선족 민속박물관이 있고, 그 안에 안중근 의사 진열실이 있다.

거기서 우리나라에서도 전시회가 열렸던 한낙연 화가·독립 운동가의 사진과 설명문을 볼 수 있어 반가웠다. 그는 중공업 하얼빈특별지구 위원을 지냈으며, 실크로드의 동굴 벽화를 즐겨 그렸는데, 항일활동 중 비행기 추락으로 요절했다.

한반도에서 살기가 어려웠던 농민들은 우선 국경을 넘어 간도 쪽으로 갔다. 일본의 침략 후 남부여대한 만주에의 행렬은 더욱 가속화되었다. 우선 조건이 비교적 좋은 간도는 함경도가 가까우니 그쪽 사람이 많다. 경상도 등 남쪽 사람들은 뒤늦었으니 더 북쪽으로 갈 수밖에 없었다. 그래서 흑룡강성에는 경상도 등 남한 출신이 많다는 이야기다.

만주족은 쌀농사를 안 지었다. 만주나 연해주에서 쌀농사 짓는 것은 거의 모두가 조선족이다. 이용희 교수는 전에 쌀농사를 지을 수 있는 선까지 조선족이 북상한다는 설명을 했었다. 지금은 농사 말고도 다른 분야가 많아 다르지만 농사일이 중요 생업이었던 시절엔 그랬을 것이다. 놀라운 것은 우리가 매우 추워서 쌀농사가 어려울 것이라고 생각하기 쉬운 흑룡강성에서도 쌀농사를 짓고 있다. 흑룡강성에서 두 번째 도시인 목단강을 향해 하얼빈에서 길림성 쪽으로 가는 버스 차창 밖으로 볏논이 자주자주 눈에 띄었다.

하얼빈에서는 잘 알려진 바와 같이 외국인으로는 러시아인들이 먼저 진출했다. 그리고 공산혁명 후에는 적색혁명에 반대한 이른바 백계 러시안들이 대거 몰려들었다. 그래서 양파 모양의 돔을 가진 건축 양식인 희랍정교 성당이나 건물이 많이 생겼고, 지금도 러시아 거리가 관광 코스이다. 대표적인 소피아 성당 주변의 널찍한 가로변을 보노라면 전에 가보았던 시베리아의 이르쿠츠크의 거리가 연상되기도 한다.

해방 후의 대중가요에 "노래하자. 하루삥, 춤추는 하루삥, 아카시야 숲속으로 역마차는 달려간다⋯" 하는 게 있었다. 오랜 국제도시인 하얼빈은 환락의 도시, 정보의 도시, 음모의 도시였다.

(마루타)로 우리에게도 잘 알려진 731부대, 또는 이시이(石井)부대의 소재지를 하얼빈 교외로 방문하면 암울한 기분이 된다. 나치 독일의 아우슈비츠가 있다면, 제국주의 일본엔 731부대가 있다. 그들은 인간이라 하기가 어렵다. 그 참상을 처음 폭로한 책의 제목이 『악마의 포식』인데 과연 악마의 집단 광란극이었다. 3천 명쯤의 무고한 생명이 아프리카의 동물처럼 포획되어 생체실험의 마루타(丸太·통나무란 뜻의 일본어)가

되었고, 30만 명쯤이 세균 폭탄에 의한 전염병에 희생되었다.

　인간을 대상으로 의학적 연구를 위해 실험할 수 있는 모든 것을 상상해보면 된다. 몰모트를 대상으로 하는 게 아니고, 인간을 통나무 그러니까 마루타로 생각해서이다. 인간에게 말의 피를 수혈하면, 한 줄로 세워놓고 소총을 쏘면 몇 명이나 관통할 수 있을까. 거꾸로 오래 매달아 놓으면, 진공상태 속에 넣어두면, 혹독한 추위에 얼리면, 여성의 매독을 옮기면… 악마의 실험, 포식은 상상할 수 있는 모든 방법을 다 썼다. 그리고 쥐와 벼룩을 대상으로 사육하고 벼룩의 콜레라, 티푸스 등 전염병을 감염시켜 도자기로 만든 폭탄에 넣어 중국 각지에 투하하였다. 폭탄은 폭탄인데 쇠가 아닌 도자기로 된 폭탄의 모형이 전시되어 있어 실감 나게 볼 수 있었다. 옆에 중국 지도가 있고, 세균 폭탄 낙하 지점이 표시되어 있다. 이 생체실험을 총지휘한 이시이 시로(石井四郎) 군의 장군은 패전 후 매우 교활하게도 미군 측과 협상하여 실험성과를 넘겨주고 사면을 받았다. 극동 전범 재판에 서야 할 인물이 거기에서 제외된 것이다. 이스라엘이 나치에 유대인 학살범을, 예를 들어 아이히만 사건에서 보듯이 줄기차게 추적하여 인과응보의 정의를 세우려 하는 것과 대조적으로 중국은 대륙 기질이라 그런지 대범하기만 하다. 하기는 제2차 대전이 끝난 뒤 국부군의 장개석 총통은 일본에 대해 배상을 요구하지 않겠다고, 큰 도량(?)을 보이기까지 했으니 말이다.

　3천여 명의 희생된 생령 중 신원이 확인된 사람들은 모두 도판에 이름을 새겨 붙여 놓았는데 그 가운데 조선족의 이름도 몇몇 보였다. 혹시 인신매매로 사는 일은 없었는지 물으니 그런 일은 없었고 체포된 항일 운동가가 포함되었다고 말한다. 도판 앞에 원혼을 달래는 조화가 몇

개 놓여 있다.

731부대 현장을 유네스코 전쟁 유산 문화재로 지정하는 일을 추진하겠다고 현장의 안내공무원이 말한다. 꼭 그리되었으면 한다.

하얼빈에서 버스로 4시간 가까이에 목단강 시에 도착한다. 이름이 같은 강물인 목단강은 흘러서 송화강에 합류한다. 그 지역에 경박호(鏡泊糊)라고 화산이 폭발하여 형성된 호수가 있어 관광했다. 해발 230m쯤에 있는 화산 호수로 제네바호 다음으로 높은 지대의 화산 호수라는 설명이다. 중국의 행정단위도 우리의 도·군·면·리와 비슷하게 성·현·향·진(省·縣·鄕·鎭)의 순서인데, 목단강 시의 위성도시 해림에서 얼마간 시골길을 따라가면 진에 해당하는 산시(山市)가 있다. 거기가 청산리 전투에서 일본군을 대패한 백야 김좌진 장군의 거택이 있던 곳이다.

근래 손녀인 김을동 의원과 외증손자인 탤런트 송일국 씨가 힘을 써서 보존 작업이 알뜰히 되어있고, 마당에는 순백색 대리석의 흉상이 모셔져 있다. 너무 흰색이기에 알아봤더니 중국산의 백옥이란다. 그 앞에서 분향하고 모두 마음에서 우러나는 애국가를 힘껏 합창하였다.

그런데 방앗간을 운영하며 이웃을 도왔다고 작은 규모의 방앗간을 복원해 놓은 것이 비전문가의 눈에 납득이 어려웠다. 청산리 전투의 영웅 김좌진 장군이 산시의 농촌에 숨어있었다면 몰라도 방앗간까지 운영하며 노출되었다면 일제의 마수가 미치는 것은 시간문제였을 것이다. 해방 후 국내에서는 같은 동포인 공산당원이 암살했다는 설이 유포되었는데 서울에서 현장에 온 기념사업회의 이사에게 정설이 무어냐 물었더니, "일본 밀정의 소행이겠지요."라고 답변한다. 봉오동 전투의 영웅 홍범도 장군은 러시아령으로 피했었다.

(귀국 후에 독립운동사 전공인 조동걸 교수에게 문의했더니 김 장군이 아나키즘으로 선회하자 아나키스트와 반복하던 공산 측이 방앗간 자금을 일본 측에서 받았다고 뒤집어씌우며 암살했다고 설명한다.)

목단강 시내에도 기념사업회가 운영하는 기념관이 '한중우의 공원' 안에 제법 크게 자리 잡고 있다. 김좌진 장군이 중심이지만 다른 독립 투사들도 소개되어 있다.

두 곳 시설비도 만만치 않게 들었겠지만, 운영비가 월 600만 원 정도는 든다니 그것도 장기적으로는 어려운 일인 것 같다.

목단강변에 '팔녀투강'(八女投江)이란 기념 조각이 있다. 동북항일연군(東北抗日聯軍)의 목단강 항일전에서 8명의 여성이 일군 유인전을 펴며 끝까지 용감하게 싸우다가 최후에 강에 투신하여 죽었다는 이야기인데 강 쪽에 가보니 뱃놀이를 하고 있는 게 보여 투강이 실감 났다.

8명의 여성 중 2명의 조선족이다. 명패 판에 이름이 적혀있다. 조각도 조선족은 치마저고리를 입은 모습이다. 화강암 조각인데 20년이 지났어도 전혀 변색이 되지 않고 화강암의 본래 색이다. 철분이 거의 없다시피 한 화강암 같다. 가이드의 설명으로는 항일투쟁 당시 목단강 지역의 1만 명의 조선족이 있었고, 지금은 3만 명쯤이 살고 있다는데 8명 중 2명이 조선족이니 조선족도 당당한 중국 사회의 성원임을 자부할 수 있겠다.

전에도 쓴 바 있지만, 강변을 바라보며 탁 트인 광장을 만들고 거기에 기념물을 세우는 것은 좋은 아이디어 같다. 서울은 그러한 도시 조경을 못 하고 그저 아파트만 지어댔으니….

목단강시에서 가까운 곳에 발해(渤海)라는 지명이 있어 신기한 느낌을 주었다. 행정 구역상 진에 해당한다. 거기의 발해 상경(上京)유물 박물관에 꽤나 많은 유물이 전시되어있고, 역대 왕들의 상상으로 그린 초상화가 걸려있다. 발해에 관해서는 중국이나 일본의 기록이 많이 남아 있어 그 복사물도 전시되어있다. 석물에 관심이 있어 살펴보니 정교함에 있어서 좀 떨어진다.

근처에 발해 상경용천부(龍泉府)의 왕궁터가 있고, 성곽이 일부 복원되어 있다. 꽤나 넓은 면적을 차지하고 있다. 복원된 성곽에 올라가 왕궁터를 바라보며 상상의 나래를 펴는 것도 괜찮았다. 중국이 이 발해 유적을 유네스코 문화재로 등재를 추진하고 있다고 설명이 있자 일행 중에는 그러면 또 동북공정대로 발해도 중국 역사가 되느냐고 걱정이 나왔다.

나는 역사학자도 아니고 역사 공부로 별로 하지 않았다. 그러나 우리가 역사를 지나치게 국수주의적으로 접근하는 일은 피하여야 하겠다는 생각은 갖고 있다. 그런 맥락에서 다시 만철조사부에 근무했던 이용희 교수의 설명을 기억을 더듬어 옮겨보면 이렇다. 고구려나 발해가 어느 민족이냐는 따지는 일과는 분리해서 생각해야겠다.

한(韓)민족의 형성기원을 어디로 잡느냐를 생각할 때 아무래도 신라에 의한 삼국통일로 해야 할 것 같다. 그렇다면 만주는 포기하는 셈이고 우리 역사를 쪼그라지고 축소되는 것으로 생각할 우려가 있는데 반드시 그렇게 생각할 것은 아니다. 아시아에는 수십 가지의 민족 또는 종족이 있었고 또 있다. 중국만 해도 공식으로 56개 민족이 있다고 내세운다. 일본에도 아이누와 구마소라는 종족이 있다. 그런데 지금 그 가운데 번창 되고 있는 민족은 한(漢)민족, 한(韓)족민, 야마또(大和·일본)민족 뿐이고 다른 민족은 쇠퇴 일로에 있다.

한(韓)민족은 우선 북으로 현재의 한반도 전역으로 조금이나마 넓어졌다. 그리고 쌀농사가 가능한 만주·연해주 등으로 퍼지고 있다. 일본이나 미국에 있는 대규모의 한민족 사회도 민족의 팽창으로 보아야 한다. 그런 점 우리는 낙관적인 민족관을 가질 수 있다. 자꾸만 지난날엔 만주 운운하고 생각할 때 자칫 오히려 위축되고 있는 민족이란 착각에 빠질 우려가 있을 수도 있는 것이다.

이용희 교수의 관점은 대충 그런 것인데 만주 문제를 이해하는 데 어느 정도 참고가 된다고 하겠다.

관훈클럽의 일정은 항상 그렇듯이 이번에도 하얼빈에서 서명훈 하얼빈시 조선민족사업촉진회 명예회장을 연사로 모시고 세미나를 가졌다. 주제는 안중근 의사 의거 당시의 중국 측 보도를 중심으로 잡았는데 79세의 연세로 많은 자료를 모아 설명해 주었다.

그 가운데 중국의 국부로 추앙되는 손문(孫文) 선생과 유명한 사상가 양계초(梁啓楚)의 당시 글을 소개하고 싶다.

손문의 제사(題詞)
공은 삼한을 덮고 이름은 만국에 떨치나니
백 세의 삶은 아니나 죽어서 천추에 빛나리
약한 나라 죄인이요 강한 나라 재상이라
그래도 처지를 바꿔 놓으니 이등도 죄인 되리

양계초의 추풍단등곡(秋風斷藤曲)

폭풍이 야수마냥 울부짖고

싯누런 흙모래 대지를 휩쓸 때

흑룡강 연안에 눈보라 휘날리고

북국의 엄동설한 살을 에는데

그 사나이 지척에서 발포하니

정계의 거물이 피를 쏟았네

대사가 필하자 웃음소리 터지네

장하다 그 모습 해와 달 마냥 빛나리

나는 이 세상에 살아 있는 한

사마천이 안자를 추모하듯 그대를 경중하고

내가 이 세상을 떠나면

내 무덤 의사의 무덤과 나란히 있으리.

귀로에 나는 이런 감정적 결론을 내렸다. 예를 들어 우리의 TV 연속극 (세종대왕)을 보면 여진족을 마치 미국인이 아메리칸 인디언을 묘사하듯 하고 있다. 그들도 요나라, 금나라 그리고 대제국인 청나라를 이룬 부족 민족인데 우리보다 너무 열등하게 그려 우리를 착각에 빠트리는 게 아닌가. 그들을 열등 종족시하는 착각이다.

또 만주는 사람 살기에 너무 춥다는 착각이다. 겨울은 매섭게 춥고 길다. 그러나 여름에는 짧지만 덥고 곡물도 잘 자란다. 기후에 대한 착각이다.

요즘은 달라졌지만 전에 우리는 농경 사회였고, 그들은 농경도 했고 유목도 하는 사회였다. 또 만주와 몽골은 육속되어 있고 혼재되어 살며 지배층은 혼인 관계로 유대가 맺어져 있다. 그리고 그들은 말을 탄다는 군사적 장점이 있다. 그런데 우리가 모화사상에 젖어 한(漢)족만 중시하고 만주족과 몽골족을 경시한 것은 군사 면에서 대단한 착각이었다.

5일간의 짧은 일정이었지만 만주 여행은 매우 도움이 되는 여행이었다. 흔히 괌이다 발리섬이다를 여행지로 선호하는데 우리의 역사를 이해하는 데는 가까운 만주로 가는 것도 좋으리라 권고하고 싶다.

(2009년 《강서문학》 제16호)

실크로드 여행의 정점 사마르칸드
조우관인鳥羽冠人은 과연 한반도에서 왔을까?

김병화 농장의 기념관 앞에 있는 그의 흉상과 필자(사진작가 조천용 촬영)

일본어를 어릴 때 학교에서 배운 세대이기 때문일까, 실크로드를 향한 일본인들의 열기는 대단한데 그 영향을 받은 것 같다. 이노우에 야스시(井上 靖)의 『돈황』이라는 소설이 불을 지르고 NHK가 실크로드 르포를 대대적으로 하여 열기를 올렸다. 그래서 그 첫째 목적지인 돈황(敦煌)을 우선 가보았다. 그리고 우룸치, 사마르칸드 등 실크로드에의 갈증은 채워지지 않는데, 이번에 드디어 실크로드 여행의 정점이라 할 사마르칸드에 가볼 기회를 얻었다. 역시 언론 연구·친목 단체인 관훈클럽이 마련한 문화탐방계획인데 이번에는 10회 이상의 여행 중 가장 많은 인원이 참가하여 그 관심이 높음을 보여 주었다.

한국에서 우즈베키스탄은 간단히 말하여 중국대륙을 서쪽으로 건너뛰어 있는데 인천공항에서 수도 타슈켄트까지의 비행시간은 7시간 50분, 타슈켄트에서 부하라까지의 비행시간은 1시간 10분이었다.

일본의 기행문을 보면 대개가 중국 신강성의 우룸치, 쿠차 등에서 끝나고 옛 소련 땅이었던 우즈베키스탄까지는 이르지 않는다. 여기서 중앙아시아의 구소련 회교국인 스탄(stan)에 관해 설명을 해야겠다. 카자흐스탄, 우즈베키스탄, 키르키즈스탄, 투르크메니스탄, 타지크스탄이 중앙아시아로 분류되는 스탄(지방 또는 나라라는 뜻)이고 이들은 모두 구소련연방에 속해 있었으며 지금도 러시아를 중심으로 한 CIS(독립국가연합) 소속으로 있다. 그 밖의 스탄은 남쪽의 아프가니스탄, 파키스탄이다. 청나라 때 중국에 편입된 신강성도 회교도 위구르족들이 독립을 하여 위구르스탄을 건설하려 했으나 중국의 탄압과 한(漢)족의 대대적 유입으로 좌절된 상태이다. 중국의 회교도들은 청진(淸眞)이라고 표기하고 있다. 그 밖의 이웃 중동에 이란, 이라크 등 회교국이 있으나 이들은 역사가 오래여서인지 스탄이라고 호칭하지 않는다. 우리 옛 역사에서 '돌궐' 운운하고 배운 바 있는데 그들이 이 스탄의 터키계 종족이다. 그 중앙아시아의 CIS에 속한 스탄 가운데 중심은 우즈베키스탄이다. 인구의 70%가 회교도, 회교를 이슬람(Islam)이라 하고 회교도를 모슬림(Moslim)이라고 부른다. 그런데 다행히 국교가 아니란다.

회교하면 미국 뉴욕의 쌍둥이 빌딩을 비행기로 폭파한 알·카이다를 연상할 것인데 그들은 극소수의 근본주의자들이고 대부분의 신도는 평화적이다. 여기서 종교 싸움에 개입할 생각은 없다. 회교국을 공격한 것이 십자군 전쟁이고, 단테의 유명한 『신곡』에도 무하마드를 지옥에 처넣고 있다.

회교는 유대교와 유사하게 예언자만 나타났을 뿐 메시아(유일신)는 아직 나타나지 않았다는 입장이다. 그 점이 기독교와는 다르다. 교조 무하마드도 예언자일 뿐 신(알라)은 아니다. 그들의 교리를 보면 예수도 그들의 예언자 가운데 한 사람인 이사(Isa)로 나와 있다. 가브리엘 천사도 있다.

회교권의 북방 변방지대이기도 하지만 70년쯤 무신론인 소련의 지배를 받아서인지 그곳에서의 회교의 영향은 매우 희석된 것 같다. 우선 머리에 히잡을 쓴 여인들이 드물 정도이고, 예배 보는 모습을 거의 못 보았으며, 예배를 알리는 아잔 소리를 전혀 못 들었다. 성직자인 이맘도 불과 몇 명 보았을 뿐이다. 가이드인 지식 청년 아참 씨는 스스로를 '사이비 회교도'라면서 일 년에 몇 번 종교행사에 참석할 정도라고 했다. 기독교에서 크리스마스 신자가 있는 것과 비슷하다. 가기 전에 가졌던 회교국이란 생각은 현지에 가서 거의 완전히 사라졌다. 그곳에서 회교 근본주의는 전혀 느낄 수 없었다.

타슈켄트(돌의 도시란 뜻)에 도착하여 첫 순서는 침간산(山)으로의 이동이었는데 휴양지이기도 한 침간산은 해발 3,300m쯤의 높이로 천산산맥(天山山脈)의 끝자락이라 한다. 중국대륙에서 서쪽으로 장장 길게 뻗어온 천산산맥은 키르키즈스탄, 카자흐스탄, 우즈베키스탄에서 끝난다는 것이다.

여기서 지리공부를 좀 할 필요가 있다. 우리는 평면인 종이 위에 지도만 보고 중국대륙을 생각했다. 그러니까 그 옛날 현장법사가 불경을 얻으러 인도(天竺)에 갈 때 왜 바로 남쪽으로 가지 않고 그 멀리 서쪽으로, 서쪽으로 가다가 남쪽으로 방향을 돌렸는지 얼핏 이해가 가지 않는다. 옛날에 소학교 때 점토로 지도를 만들던 생각이 난다. 산맥은 높게, 바다는 낮게 입체적으로 작업을 했었다. 중국의 장안(長安, 지금의 西安)에서 인도로 가려면 바로 남쪽은 티베트 고원과 히말라야산맥이 가로막고 있어 갈 수가 없다. 천산산맥과 타크라마칸 사막 사이의 낮은 지대를 따라 마냥 서쪽으로 가다가 대륙을 거의 횡단한 끝에 힌두쿠시 협곡을 통해 아프가니스탄, 파키스탄으로 내려갈 수밖에 없었던 것이다. 고행길이다. 실크로드도 거의 그랬다. 물론 실크로드는 지금의 우즈베키스탄 쪽으로 계속 서진하여 사마르칸드, 부하라로 가기도 했다. 나중에는 뱃길이 열려 중국에서 배로 인도에 갔으며, 실크로드도 자연 쇠퇴하고 해상무역 시대가 된 것이다.

천산산맥은 "천산은 말 그대로 하늘에 있는 산"이라는 말이 있듯이 높이 평균 3,600~4,000m로 장장 2,000㎞, 폭 400㎞로 중앙아시아의 등골이다. 그곳을 비행기로 시찰한 사람은 끝도 없이 눈이 덮인 높은 산맥의 장관을 말한다. 그 설산에서 흘러내린 물이 실크로드의 젖줄이고, 예를 들어 우즈베키스탄의 일부 지방 농업도 거기서 흘러내린 강물에 의지한다고, 북미대륙의 로키산맥, 남미대륙의 안데스산맥에 비견되는 대단히 큰 산맥이다.

이번 문화탐방의 중요한 목적 가운데 하나는 스탈린 때 연해주에서 중앙아시아로 강제 이주된 고려인(한반도에서 온 사람들을 그렇게 부른다)을 방문하는 일이다. 우선 현지 고려인 2세 교수에게 강의를 듣고 질문·답변 시간을 가졌다. 소련이 일본과의 전쟁이 불가피함을 느끼자 1937년 스탈린은 18만 명쯤의 연해주 고려인을 강제로 중앙아시아로 이주시켰다. 우즈베키스탄 7만여 명, 카자흐스탄 9만여 명이다. 혹시라도 일본에 협력할지도 모른다는 우려에서의 예방 차원 조치이다. 하기는 제2차 대전 때 미국은 미국 안 일본계를 강제수용소에 가두었었는데 그것도 그런 예방 차원이었다.

다만 스탈린의 강제이주는 너무 처참하였다. 우선 지도층의 고려인 2,500명쯤은 연해주에서 처형해 버렸다. 그리고 캄캄한 화물차에 실어 시베리아철도로 오랜 기간 여행을 하고, 중앙아시아에 풀어놓은 것인데, 그러는 과정에서 또 몇천 몇만의 인명이 희생되었다는 것이다. 갈대밭 들판에 먹을거리만 주고 팽개친 경우도 있어 땅굴을 파고 생명을 이어갔다고도 한다. 우리 민족의 온돌 만드는 재주 때문에 그러한 어려움을 견디어 냈다고 다행스러워도 한다. 강제이주 과정에서 2만여 명이 희생되었다는 추측이다.

소련은 고려인만이 아니고 아시아, 유럽 여러 곳에서 폴란드인, 독일인, 유대인 등등 소수민족을 강제이주시켰다.

공산정권이 망하기 전에는 이 강제이주의 공식기록이 공개 안 되었었다. 내가 찾아본 것으로는 그 무렵 철도공사 공무원들의 표창이 유난히 많은 것으로 통계가 나와 있는데 그것은 이 강제이주와 관련된 것으로 추측이 되었었다.

소련이 붕괴된 후 자료가 나오기 시작하여 요즘은 스탈린과 몰로토프 명의로 된 강제이주의 공문「극동지방 국경 지역으로부터의 한인

이주에 대한 결정 안」(1급 비밀)도 나왔다.

불행 중 다행이었던 것은 고려인들이 쌀농사를 잘 지었다는 점이다. 만주나 연해주의 고려인들은 주로 쌀농사를 지었으며, 쌀농사 가능지역이 그들 거주의 북방한계선이었다. 그래서 중앙아시아의 오아시스 지대에서 고려인들이 쌀농사에 주력한 것이다. 그곳 원주민들은 목화나 밀을 주로 경작하기 때문에 마찰도 없었고, 많은 사람이 원주민들이 고려인들을 따뜻이 대해주었다고 증언하고 있다.

집단농장인 콜호즈를 훌륭히 운영하고 농사를 잘 지어 소련 중앙 정부로부터 노력훈장을 두 번이나 받은(이중 사회주의 노력 영웅) 김병화 씨의 농장을 찾아갔다. 그의 기념관이 있고 동상도 세워져 있는데, 김영삼 대통령이 방문한 사진이 있다. 현장에 직접 가보기 전에는 김병화 농장은 고려인들의 농장인 것으로 생각했었는데 그곳에서 집단농장 기록을 보니 우즈베크인, 카자흐인이 많고 고려인은 세 번째로 약 4분의 1 정도였다(주민 수 7,828, 우즈베크인 3,627, 한인 수 1,543). 김병화 씨 외에도 김만삼, 황만금 씨 등이 훈장을 받아 유명했다.

지금은 집단농장이 없어졌다. 토지는 모두 국유이고, 임대만이 가능하다. 임대하여 건물도 짓고 농사도 한다. 소련연방이 해체된 후 고려인들의 연해주 귀환이 허용되어 얼마간은 되돌아갔는데, 연해주에서 재산권 문제 등으로 분쟁이 격화되는 등 순탄치 않다는 소식이다.

세미나에서 주제를 발표한 타슈켄트 국립 니자미 사범대학의 남 빅토르 교수(그는 김병화 농장에서 자랐다고 한다)의 결론 부분을 그대로 중계하는 것이 이해에 도움이 될 것 같다.

「연해주에서 강제 이주당한 고려인들은 중앙아시아로 운송되는 과정에서 많이 사망했고, 중앙아시아에 도착해서도 주거시설이 준비되지 않은 환경에서 많은 고려인이 사망했다. 그러나 카자흐스탄과 우즈베키스탄 민족의 따뜻한 손길 덕분에 피해를 많이 면할 수 있었다. 늘 들어온 것은 초기에 우즈베키 사람들의 도움으로 추운 겨울을 지낼 수 있었다는 것이다.

카자흐스탄 국립대학교 한국학과 김 게르만 교수는 다음과 같이 언급했다. "카자흐인들과 우즈베크인들에게, 그들이 우리를 받아들이고 우리에게 형제와 같은 도움의 손길을 주었으며 우리와 함께 마지막 빵 조각도 나누었다는 것에 감사했던 것은 케케묵은 이야기가 되어버렸다. 한인들의 정착에 대해 무책임한 태도가 있었음에도 불구하고 카자흐인과 우즈베크인들이 자신들도 어려웠던 그 시절에 한인들에게 도움을 주었다는 사실은 인정해야 한다고 생각한다."

그 어려운 시절에 카자흐인과 우즈베크인의 도움으로 1937년 고려인 18만 명이 도착했으나 지금까지 발전하여 구소련 고려인 수는 60만 명에 달한다. 1991년 소련이 붕괴되면서 소련 국민이었던 고려인들은 정체성 혼란을 느끼게 되었다. 한편으로는 우즈베키스탄-한국 간의 국교가 수립돼 한국어에 대한 관심이 높아지면서 실제 한민족으로서의 정체성이 회복되어 간다고 볼 수 있다.」

('케케묵은 이야기' 등 표현이 어색하다.)

역사관광의 첫 도시 부하라(신성한 도시란 뜻)는 부하라 칸국(汗國)이 있던 곳이다. 우리 식으로는 왕국인데 18세기에 완성된 아르크성이 크게 자리 잡고 있다. 흙벽돌로 쌓은 토성이지만 견고하다. 러시아가 점령한 후 왕족들은 해외로 도피했는데 그곳이 금의 명산지로 모아둔 금을 갖고 나가 해외에서 편하게 살았다는 것이다. 아르크성을 보고 나서 통치자란 결국 큰 도둑이 아닌가 하는 생각이 얼핏 스쳐 갔다.

칼란 마드라사(madrasah, 신학교·학원이라 번역할 수 있는데 일종의 대학이다)는 그곳에서 유명하다. 칼란은 크다는 뜻이다. 47m 높이의 미나레트(첨탑)는 그 지방에서 가장 높다. 미나레트(minaret)는 다목적이다. 예배시간을 알리는 아잔을 외치기도 하고(요즘은 확성기 사용), 대상들의 여행에 이정표가 되기도 하며, 적의 접근을 감시하는 초소가 되기도 한다. 한때는 죄인을 자루에 넣어 정상에서 던져 사형을 집행하기도 했단다.

마드라사나 모스크의 건축양식이 특이하다. 우선 이곳 건축은 전면의 문의 구조물이 균형이 안 맞게 거대하고 뒤는 허약하여 기형적이다. 동서양 모두 문은 크게 만든다. 우리의 남대문, 광화문도 있고, 중국의 천안문도 있다. 서양의 개선문도 크다. 그러나 그런 문과 한 건축물의 문은 다르다. 이들은 건축물 자체의 문이 아주 큰 것이다. 물론 몸을 두고 미나레트도 세우고 하지만 어쩐지 정면의 문만 눈에 띈다. 문을 들어서면 장방형의 넓은 중정(中庭)을 회랑이 둘러싸고 있는데 장방형의 변(邊)마다 조그마한 문이 있기도 하다. 회랑에는 많은 방이 있다. 교실 또는 사무실이다.

문을 대단히 크게 만들게 된 데에는 그 나름대로 실용적인 이유가 있다는 것을 뒤늦게 알았다. 사막이 많기에 여행에 낙타가 필수적이다. 그 큰 낙타 떼들이 여행 끝에 들어가서 쉬려면 출입문이 커야만 하고, 출입문이 커지니 비례적으로 문이 있는 건조물도 커진 것이다.

넓은 중정 가운데는 뽕나무가 심어져 있다. 뽕나무는 이곳이 양잠을 중시하기에 소중한 나무이기도 하지만 소금기 있는 땅에서 잘 자란다고 한다. 벌레도 덜 타는 것 같다. 부하라에는 4~5백 년 묵은 뽕나무 거목들이 있다. 이곳의 양잠에 관해서는 우리나라의 목화와 관련된 문익점 이야기와 같은 설화가 있다. 중국의 비단 기술을 도입하려고 누에를 밀수입하려다가 실패를 거듭한 끝에 여인들이 몰래 머리 타래 속에 누에 종자를 숨겨왔다는 것이다.

유럽이나 동남아 같으면 중정이 복개되어 덮여 있을 것이다. 그러나 이 지방은 워낙 비가 오지 않아 덮지 않아도 예배를 보는 데 지장이 없어서 회랑만 복개한 것 같다. 또한 사막지대가 많아 말이나 낙타로 여행을 하는 일도 생각해야 한다. 말, 낙타 등을 중정으로 끌고 들어오고 회랑 그늘에서 쉬게 한단다. 복개하지 않아 중정이 넓고 건평이 넓다. 복개하였으면 당연히 건평이 작아졌을 것이다.

인도의 그 유명한 타지마할도 옛날 이곳의 건축가가 관여하여 건축한 것으로 말하여지는데 타지마할은 돔이 있고 작은 미나레트나 문은 있고 하지만 모두 복개되어 있어 이곳처럼 복개 안 된 빈 중정이 없다.(티무르 박물관에는 자기들의 건축기술과 관련이 있다고 타지마할의 모형을 전시해 놓고 있다.)

칭기즈칸이 부하라를 침공했을 때 첫 번째는 실패하고, 두 번째는 칼란 마드라사에 예배 보러 주민들이 모두 모였을 때 공격하여 학살극을 벌였다는 것이다. 남자 어린이까지 모두 죽였다고 지금도 설명을 자세히 하고 있다.

사마르칸드(청색의 도시란 뜻)는 옛날에 알렉산더 대왕이 그곳까지 정복하여 왔다 한다. 그래서 주화가 발견되기도 한다고. 칭기즈칸이 훨씬 후에 또 정복하여 왔다. 그리고 몽골제국의 말기에 이곳에서 아무르 티무르(Timur)라는 대단한 정복자가 탄생한다. 사마르칸드는 그가 건설한 티무르제국의 수도다.

티무르는 영어로 Tamerlane로 알려졌다. 그는 사마르칸드 부근 출생의 도둑 떼 두목으로 두각을 나타냈는데 칭기즈칸의 명성을 빌리기는 했으나 그 후예는 아니라 한다. 그는 어찌나 전투를 잘했던지 중앙아시아 전체를 정복하고 인도 일부, 페르시아, 바그다드, 터키 일부까지 영토로 삼고 마지막으로는 영락제 때 명을 정복하겠다고 전쟁에 나가다가 병사했다는 것이다.

티무르는 대단히 잔인했다. 이런 이야기도 있다. 오늘날 터키의 한 도시인 시바스에서 티무르는 평화적으로 항복한다면 주민들의 피를 한 방울도 흘리지 않게 하겠다고 약속을 했다. 그러나 이 도시의 방어자들이 성문을 열고 항복했을 때 그는 4천 명의 주민을 생매장시켜 버렸다고 티무르의 궁정 역사가는 자랑스럽게 기록하고 있다. 티무르는 한 방울의 피도 흘리게 하지 않겠다는 약속을 지켰다는 것이다.

사마르칸드 주변에는 당시 천막이 2만 개쯤 있었다는데 그것은 그들 병력의 기동성을 말해주기도 한다.

티무르는 인도 등 수준이 높은 문명국가의 예술가, 기술자들을 데리고 와서 수도 사마르칸드를 건설하는 데도 힘을 쏟았다. 그래서 도시의 규모도 대단하고 건축의 예술성도 높았다. 가히 중앙아시아의 중심도시였다. 그러나 티무르 사후 반세기 만에 그의 제국은 사라져 버렸다.

레기스탄 광장(모래 광장이란 뜻)의 웅장함은 사람을 놀라게 한다. 사마르칸드의 상징이다. 이곳을 보려고 우즈베키스탄에 온 게 아니냐는 느낌이 들 정도다. 마침 우리가 갔을 때 음악제가 열리고 있었는데, 가령 희랍의 아크로폴리스를 배경으로 한 음악제와 비교한다 해도 과히 손색이 없을 것 같다.

광장의 왼쪽은 1420년에 건축한 울르그백 마드라사. 거대한 정문 양쪽에 미나레트가 있다. 밑쪽은 대리석으로, 위쪽은 청, 녹, 황색의 타일과 모자이크 작품으로 장식되어 있다. 신학교이지만 마침 방학 중이어서 학생은 없었다. 대개 4년 동안 아랍어, 회교경전, 천문학, 의학 등을 공부하고 이맘(성직자)이 된다고 한다.

울르그백은 티무르의 손자로 우리의 세종대왕과 비견되는 학문을 숭상한 왕으로 천문학에 열정을 쏟았다고 한다.

광장의 오른쪽은 1936년에 건설된 시르 달 마드라사. 정문 위에 사자와 호랑이의 혼혈인 라이거(Liger)가 그려져 있어 사자라는 이름이 붙었다. 회교에서는 기하학적 문양만 쓰지 어떤 형상을 그리지 않는다. 그리는 것이 금지되어 있다. 그런데 이곳에서는 건축물에 동물의 형상이 그려진 것을 가끔 볼 수 있다. 그 점을 의아하게 생각하여 질문하니 가이드는 "여기는 회교 문화가 아니라 중앙아시아 문화, 우즈베크문화로 생각해야 한다."고 주장했다.

중앙의 건물은 1660년에 건축된 텔라 칼리 마드라사. 황금세공이란 뜻이다. 가장 크고 제일 화려하다. 우즈베크를 통틀어 가장 큰 것 같다. 청색의 돔이 매우 크고 볼만하다. 돔의 내부도 금박의 원형 돔처럼 보이는데 실은 평면이란다.

이곳 건축의 아름다움은 우리의 고려자기와 비슷한 상감도자기 타일을 이용하여 장식한 데 있다. 물론 고려자기에는 어림도 없다. 이곳 자기 수준도 우리보다 떨어진다. 페르시아 쪽에서 갖고 온 감색이나 청색의 좋은 안료를 이용하여 색상이 좋은 도자기 타일로 만든다. 그것으로 돔을 완전히 치장하니 청색 또는 군청색에 가까운 색으로 아름다울 수밖에 없다. 정문의 벽면에도 그 상감도자기 타일을 많이 쓰고 있다.

화제가 많았던 곳은 사마르칸드의 아프락시압 박물관이다. 고구려 또는 신라시대 사신의 벽화가 있다고 선전되는 곳이다. 박물관의 규모는 작고 소장품도 얼마 안 되지만 역시 그곳에 옮겨 놓은 벽화는 관심을 끌만 하다. 왕을 배알하는 여러 외국 사신들의 모습을 그린 듯한 높이 2m의 벽화는 너무 오래되어 변색, 잘 보이지 않는다. 옆에 그려 놓은 설명도에는 오른쪽 아래쪽에 두 명의 조우관(鳥羽冠)을 쓴 사람이 있는데, 그들을 '코리언'이라고 써놓고 있다. 현지의 전문가나 러시아의 고고학자들이 참여하여 감정했을 법하다. 그것을 한국 측에서는 고대 한반도(고구려나 신라)의 사신이 이곳에 온 것이라고 해석하고 있다.

첫째, 옛날부터 우리는 그들을 석국(石國)이라고 했다. 수도 타슈켄트도 돌의 도시란 뜻인데 그것은 사막과 오아시스 지대에 도시를 건설하느라고 돌을 많이 쌓아놓으니 그렇게 이름이 붙여졌을 것이다. 같은 이치로 사막지대에서 돌을 쌓아놓으면 그 돌이 유난히 눈에 띄어 석국(石

사마르칸드의 아프락시압 박물관에 있는 벽화의 설명도 오른쪽 아래의 조우관(鳥羽冠)을 쓴 두 인물이 한반도에서 온 사신이라는 추측이다.

國)이라는 이름이 붙었지 않았을까 하는 혼자 나름의 짐작이다. 아무튼, 사신으로 왔건 아니건 한반도 사람이 그곳에 왔을 가능성이 있다. 중국 양자강 하류에서 한반도로 해상교통이 편리한 것을 증명하기 위해 실제로 옛날 배로 실험을 한 학자도 있다. 조류의 흐름이 그렇게 되어 있어 한반도 남단에 쉽게 도달할 수 있었다. 누가 말이나 낙타를 타고 한반도에서 출발하여 사마르칸드까지 가는 실험을 해보았으면 한다. 불가능을 가능케 하는 여행일 것 같다.

둘째, 한반도에서 그 머나먼 사마르칸드까지 중국대륙을 횡단하여 과연 사신이 갈 수 있겠느냐 하는 의문이 든다. 현장이나 혜초 스님이 천축에 불경을 구하러 간 코스에서도 훨씬 서쪽으로 멀리 벗어나 있는 사마르칸드다. 그래서 이런 해석을 해본다. 그 벽화를 그린 화공은 그 나라 최고급의 화가일 것이 틀림없다. 따라서 이곳저곳 여행을 많이 해서 사람도 많이 만났고 또한 그림본(마치 자수 본처럼)을 많이 갖고 있었을 것이다. 그 그림본에 주변 여러 나라 사람들이 있고 한반도인도 포함되어 있을 것이다. 왕의 위대함을 나타내는 그림에는 많은 나라 사람들이 온 것처럼 하는 게 좋다. 따라서 그 그림에 한반도인의 그림본을 사용했다고 가상할 수도 있겠다. 중국 돈황의 벽화에 한반도인이 나온 것을 놓고도 그런 해석을 한 학자가 있다. 더구나 사마르칸드는 돈황보다도 한반도에서 갑절이나 먼 곳이 아닌가.

우즈베키스탄은 한반도보다 위도가 약간 북쪽이지만 대륙 안의 사막이 많은 지대라 건조하고 덥다. 절후는 대충 우리와 비슷하다 해도 괜찮을 듯하다.

빵이 참 맛있다. 특히 큰 냄비뚜껑 크기로 구워낸 빵을 찢어먹는 맛이 일품이다. 유목민이 휴대하기 좋게 빵을 크게 구웠다는 것이다. 그 밖에 많은 종류의 빵이 나온다. 우리의 빵은 대개 미국서 수입한 밀로 된 것이기에 신선한 맛이 가서 그럴 것이다. 꿀도 많이 나서 벌집 꿀을 식탁에 진열해 놓고도 있다.

우리처럼 흰밥도 먹는데 기름에 튀긴 볶음밥이 맛이 있다. 야채는 오이, 토마토, 고추, 고수… 거의 생으로 썰어 모양새 없게 접시에 담아내고 있다. 가지만 익혀내고, 고기는 다양하다. 소고기, 닭고기, 양고기, 돼지고기, 말고기 순으로 귀하다는데 돼지고기는 회교국이라 돼지를 별로 기르지 않아 희귀하여 귀하게 여기는 것 같다. 가장 귀하다는 말고기는 열량이 높아 한여름에는 잘 먹지 않고 겨울에 주로 먹는단다. 호텔에서 차려진 약간 붉은 말고기 조각을 참 드물게 맛보았다.

술은 더운 지방이라 역시 맥주가 대종이다. 또 러시아의 지배를 받았기에 보드카도 마시는데 날씨가 덥기에 많이 마시지 않는단다. 우즈벡의 대표 술이 무어냐 하니 포도주와 마유주(馬乳酒)란다. 덥고 건조하여 포도가 풍성하고 당도가 아주 높다. 음식점에서 포도주를 한 병 시키니 10달러, 우리 돈 1만 원쯤 생각하면 된다. 마유주는 유목민들이 간단하게 만들 수 있는 술로 몽골에서도 마유주를 맛보았다.

부하라와 타슈켄트에서 시장(바자르라 한다) 순방을 했다. 실크 제품 말고는 별로 살 것이 없다고 모두 말하는데 역시 실크와 카펫이 관광 상품의 주종이다. 그 지방의 악기를 재미있다고 산 사람도 있다. 우리 시장과 비교하면 빈약하다. 내 고향 청주의 시장이 떠오른다. 그래도 그들의 생활상이 우리의 60년대나 70년대 초쯤으로 여겨져 친밀하게 느껴졌다. 서민 생활이 다 그런 것 아닌가. 악착같이 살아야 빠듯이 생활을 유지할 수 있는 게 현실이다. 대우가 전날에 현지에 공장을 세웠기에 대우차가 유난히 많이 돌아다닌다는 것이 이색적.

우즈베키스탄 여행은 보람 있었다. 실크로드의 꽃이라 할 사마르칸드를 가본 것이 흐뭇하다. 그리고 그 멀리 떨어진 중앙아시아에 우리가 친근감을 느낄 사람들이 살고 있다는 것이 반가웠다. 그들도 역시 핸드폰을 많이 쓰고 있어 세계화의 거센 물결을 느꼈다.

끝으로, 단기 해외여행의 성공은 가이드에 달린 것 같다는 이야기를 꼭 하고 싶다. 가이드가 문명교류의 중개자다. 이번 여행의 가이드는 우즈벡인으로 그곳 대학의 한국어과를 나온 후 한국에 유학하여 신문학과에서 공부했다는데 대단히 유식하고 머리 회전도 빨라 여행 내내 훌륭한 설명과 웃음을 선사해 주었다. 이름은 아참(Azamat Akbarov)이다. 우즈벡은 독립 후 러시아어와 Cyrillic이라는 러시아 문자를 버리고 우랄 알타이 계통의 우즈벡어를 공용어로 했으며, 로마 문자를 채택했다. 아참 씨는 그 재주를 인정한 한국의 큰 회사에 스카우트되어 곧 가이드 생활을 마감한다고 했다.

우즈베키스탄은 공산당 지배 때부터 지금까지 20년이 넘게 카리모프 대통령이 계속 통치하고 있다. 유능한 가이드도 그 점에 대해서는 애매하게 모든 것이 비교적 자유롭다고 말하면서 다만 수도 타슈켄트에는 경찰병력이 많기로 유명하다고 덧붙인다. 테러 사건 후 그렇게 되었단다. 그냥 넘어갔는데, 짐작이 갈 만도 하다.

(2011년 《강서문학》 제18호)

공자, 장보고, 청일전쟁의 무대

– 이웃사촌과 같은, 작은 중국, 산동을 가다

적산 법화원에 서 있는 장보고 동상
(사진작가 조천용 촬영)

일제 때나, 해방 후나, 한국에 와 있던 대부분의 중국인은 산동성 출신이었다. 어렸을 때 시골 우리 집 이웃에도 산동성 사람이 살고 있었는데 중국음식점을 경영하는 한편 채마밭(채소밭을 그렇게 말했었다)을 아주 잘 가꾸었다. 서울에서 만난 중국음식점 주인들도 산동성 사람이 많았다. 그 후 중국인 박대로 대부분이 미국으로 떠나고, 지금은 한족(漢族)은 얼마 안 남고 만주의 조선족이 그 자리를 메우고 있지만.

우리 역사를 보면 산동과 밀접히 얽혀있다. 심지어는 그쪽이 아주 옛날 우리 영토였으며 점차 한반도로 이동·축소되어 왔다고 주장하는 좀 엉뚱한 역사학자까지 있을 정도다.

우리가 알고 있는 중국의 유명인들 가운데 산동 사람이 많다. 우선 공자, 맹자, 제갈량, 강태공이 있고, 명필 왕희지도 거기 출신이란다(무협소설 『수호지』의 양산박의 무대도 그곳에 있었으나 그 후 물이 말라 습지가 거의 사라지고 지형이 바뀌었다 한다).

백발이 삼천장 식의 과장법을 써서 흔히들 "인천에서 산둥반도 끝자락에서 닭이 우는 소리가 들린다"고 한다. "군산에서 산둥의 개 짖는 소리가 들린다."는 말도 있단다.

그 산둥에 이번에야 가보았다. 북경, 상해, 소주, 항주, 서안, 돈황, 심양, 하얼빈, 길림 등 중국을 여러 번 여행한 후 거의 마지막 코스로 택한 곳이다. 언론 친목·연구 단체인 관훈클럽의 문화탐방 시리즈 가운데 하나인데, 금년에 관훈클럽은 어디로 갈까로 고민이 많았다. 가까운 아시아에 국한해서 생각할 때 가볼 곳이 사할린, 오끼나와 정도밖에 남지 않은 것 같아 이리저리 궁리했는데, 마지막에 마지못해 산둥을 택한 것이다. 이 '마지못해'가 참 잘못된 표현이다. 오히려 참 잘 택했다는 결론이다. 배울 게 많은 역사기행이었다. 왜 진작에 탐방지에 넣지 않았었는지….

흔히 황하 문명이라고 말하는데 그 황하 문명의 발상지가 바로 산둥반도다. 황하는 그곳을 지나 발해만으로 흘러든다. 우리가 자주 들어왔던 노(魯)나라, 제(齊)나라가 옛날 그곳에 있어 비옥한 땅에서 문화를 꽃피웠다. 산둥은 작은 중국이다. 산둥의 자동차에는 번호판에 노(魯)라는 표지가 있다. 노나라가 자랑스럽단다. 산둥의 인구는 1억, 남한의 두 배다.

여담으로 중국에 인구가 많다는 이야기 하나. 강택민 국가주석이 미국을 방문하였을 때 대학캠퍼스에 가보니 '독재자 강택민' 운운하는 포스터가 나붙어있었다. 강 주석은 클린턴 미국 대통령을 만나 환담하면서 "중국 인구 10%를 미국서 이민으로 받아들일 수 있겠는가?"고 물었다. 클린턴이 "불가능하다."고 하자 강 주석은 "사람들의 이주 자유를 제한하니 그렇다면 당신도 독재자"라고 농을 치며 "만약에 내가 상해로 이주하고 싶은 모든 사람을 이주하도록 허용한다면, 어떻게 중국을 경영할 수 있겠는가?"라고 했단다. 그때 중국 인구는 10억 2천만에서 10억 3천만(지금은 13억쯤). 칠레 라고스 대통령 자서전에 나오는 일화다.

산둥 사람들은 "하나의 산, 하나의 강, 하나의 천재를 갖고 있다."고 자랑스럽게 말한단다. 태산(泰山)과 황하(黃河)와 공자(孔子)다. 한 가지 상식이자 정보. 흔히 유명한 태산이 그곳에 있어 태산의 동쪽이란 뜻으로 산동(山東)이란 이름이 생긴 것으로 여긴다. 나도 이때까지 그렇게 생각해왔다. 그러나 그렇지 않고 산서성(山西省)에 있는 태항(太行)산맥의 동쪽에 있다 해서 붙여진 이름이란다. 태항산맥 동쪽은 거의가 평야 지대다. 중일전쟁 때 양국 군은 태항산맥에서 오랫동안 크게 전투를 하였다. 팔로군이 내세우는 것도 그곳에서의 전투다. 우리의 조선의용군도 그곳에 참전하였다. 간도의 유명한 조선인 소설가 김학철 씨의 『격정시대』를 보면 태항산맥에서 참전한 이야기가 나온다.

인천에서 비행기로 한 시간 채 못 되어 산둥반도 끝자락 북쪽에 있는 연대(烟台)에 도착, 가까운 위해(威海)로 갔다. 본래는 위해위(威海衛)라고 했는데 '위'는 군사기지를 뜻하는 것으로 뒤에 그냥 위해로 부르게 되었다. 거기서 지근거리에 유공도(刘亀島)라는 섬이 있고, 위해와 유공도 일대가 북양(北洋) 함대의 기지였다. 우리가 청일전쟁이라고 하고, 중국 쪽은 갑오(甲午)전쟁이라고 하는 전쟁의 중요 무대다.

청일전쟁은 다 알다시피 우리나라의 동학혁명에 청·일이 출병하고 충돌하여 생긴 전쟁이다. 지상 전투도 중요했지만 해전이 승패를 갈랐다. 그때 양국의 해군력은, 사후의 검토를 통해 보면, 청나라의 북양해군보다 일본 연합함대가 약간 우세했다. 특히 속력에 있어서 일본이 앞섰다. 그러나 북양 함대는 정원(定遠, 7,220t), 진원(鎮遠, 7,220t)이라는 독일에서 건조한, 그때로써는 엄청난 군함을 갖고 있어(우리 천안함은 1,220t) 일본 측이 대단히 두려워했다. 일본의 주력함은 다까치호(高千穂) 함(3,709t), 나니와(浪速) 함(3,709t), 우네비(畝傍) 함(3,615t)으로 기세가 꺾였었다.

그러나 막상 전투에 붙어보니 정원은 위해 앞바다의 마지막 대해전에서 좌초·침몰하고, 진원은 일본에 투항하는 꼴이 되어 청이 항복하게 된 것이다. 일본은 당초 이길 자신이 없었는데 예상밖으로 승리를 거둔 것이다. 그 당시 일본의 군 내부 보고서에서도 육군은 자신 있는데, 해군은 의문이라고 적고 있었다.

그리고 체결된 것이 시모노세키(下関) 조약(중국 측은 馬關조약이라 한다. 馬關은 下關의 옛 이름). 그 조약에 일본이 마치 고양이가 쥐를 보아주듯 조선을 청의 종속국에서 떼어내어 자주독립국 운운하는 조항을 넣는다.

해전에 패한 해군 제독 정여창과 참모 2명은 음독·자결한다. 대단한 무인 정신이라고 놀라워했더니 같이 갔던 중국 전문학자는 어차피 문책을 받아 사형에 처해질 것이니 자결한 게 아니냐고 해석한다. 그러나 그들이 비열한 군인은 아니었던 것은 틀림없다.

왜 졌을까? 간단히 말해보면, 첫째로, 전함 수는 거의 비슷한데 마지막에 포탄이 부족하여 더 싸울 수가 없었다는 것이다. 왜 포탄이 부족했을까? 해군에 예산을 적게 배정해서다. 많은 사람이 북경의 이화원에 가보아서 들었을 것이다. 서태후가 해군 예산을 왕창 빼돌려 환갑기념으로 그 엄청난 별궁 이화원을 건조한 것이다. 그래서 10년 동안 외국에 군함을 발주하지도 못하였다. 일부 항의가 있자 이화원의 호수에 작은 전함을 띄워놓고 그게 해군이라 했다니 기막힌 소극(笑劇)이다. 당시 가장 훌륭한 전함 두 척을 갖고도 포탄이 떨어져 패배하다니 어처구니없는 이야기다.

둘째로, 중국 함선은 성(省)별로 나뉘어 소속되어 있으며, 일본은 해군대신 밑에 일원화되었었다. 북양해군을 말했는데, 그와 별도로 남양(南洋)해군이 있었다. 양자강 하구에 기지를 두고 있던 남양해군은 마침 그에 앞서 있던 프랑스와의 전쟁에서 전력이 많이 소모되어 기대할 것이 없는 약체였다.

셋째로, 북양군은 북양대신이었던 이홍장의 사병 비슷한 성격을 가진 군대이기도 하여, 그 병력을 아껴 과감히 투입하지 못했다는 해석이다. 여러 파벌이 있어 그 파벌 다툼을 고려해야 했다는 이야기다.

넷째로, 정여창 제독은 본래 사병에서 출발한 육군 출신으로 해전의 전략 전술에 능하지 못했다는 평가도 있다. 육군인데 주문한 군함을 인수하러 유럽으로 파견된 것이 인연이 되어 해군이 되었다.

유공도에는 해군의 가장 큰 기지가 있다. 한국의 통영에 가보면 세병관(洗兵館)이라는 훌륭한 건물이 남아있는 것을 볼 수 있다. 조선조 때의 해군기지이다. 그런 해군기지인데, 유공도의 것은 규모가 크고 벽돌과 기와로 된 건물이니 지금까지 그대로 보전되고 있는 것이다. 정여창 기념관이 있고, 정 제독의 조각도 큼직하게 마련되어 있다.

그 옆에 갑오전쟁박물관이 큰 규모로 자리 잡고 있다. 당당한 승전이 아니고 굴욕적인 패전인데도 기념시설을 대규모로 건립한 데에 야릇한 느낌이 든다. 그것은 비록 패전했더라도 중국 사람들의 국방에 대한 각성, 일본에 대한 분노와 애국심의 고취 등을 위해 필요했을 것이다. 와신상담이란 말이 있지 않은가. 특히 그때 여순에서 민간인 이만 명쯤이 일본군에 의해 잔인무도하게 학살된 것을 부각하고 있다.

갑오전쟁의, 특히 해전에서 일본에 패전하여 아시아의 대제국에서 열강의 먹잇감으로 전락한 이후 중국 민족에게는 강력한 해군을 가져야 하겠다는 것이 간절한 염원이 되었다. 그런데 그 일이 돈이 엄청나게 들 뿐만 아니라 그렇게 쉬운 일인가.

그런 중국이 역사상 처음으로 항공모함을 갖게 되었다. 우리 언론에서도 크게 보도되었지만 지난 9월 25일 요녕호(遼寧號)가 실전에 배치된 것이다. 중국인들은 지난날 원자폭탄을 개발한 때만큼 이번 항공모함의 등장에 감격했을 것이다.

미국의 일본 전문학자가 이런 말을 한 게 기억할 만하다. 최근 일본이 반성 없이 오만한 태도를 보이고 있는 것을 볼 때 더욱 그렇다.

"일본의 보수파들은 과거의 잘못을 호도하며, 그들의 제국주의적 과오를 서양의 식민주의에 대항해서의 성전(聖戰)으로 미화하려 한다. 중국은 일본 침략에 대항해서의 그들의 투쟁에서 역사적 정당성을 찾으려 한다."

그러면서 그 학자는 국가에 의한 하향식 국민의식 형성이 문제라며, 시민에 의한 상향적 의식형성이 강화되어야 한다고 강조한다. 한국, 중국, 일본 동북아 3개국 국민 모두가 조용히 생각해 볼 일이다.

유공도의 설화에 흥미로운 게 있다. 옛날 조조에 쫓긴 한(漢) 나라의 후예 유(刘) 씨들이 그 섬으로 도망 와서 살았다. 그러다 매우 덕망 있는 유 씨가 있어 섬사람들이 그를 존경하여 유공(刘公)이라 불렀다. 그래서 유공도란 이름이 생겼단다. 일행 중에 유 씨가 한 분 있었는데 자못 감격하는 모습이었다.

위해에서 반도의 해안을 끼고 남쪽으로 내려가면 해상왕(海上王) 장보고와의 인연으로 우리에게 알려진 적산법화원(赤山法華院)이 있다. 산 위의 많은 바위가 비에 젖으면 붉은빛을 띤다고 하여 적산(赤山)이다. 그 산 아래 신라의 집단거주지였던 적산촌이 있고, 장보고가 절을 건립했으며 거기서 법화경을 강독했다 해서 법화원이다. 지금은 그때의 절터에 표지석만 있고, 옆에 새로 절을 지었다.

한가지 여담으로 이야기해 둘 일이 있다. 신라인 집단거주지를 미국 학자는 colony라고 표현하였다. 그런데 그것을 한국의 어느 분이 번역하면서 잘못 식민지 또는 조차지(租借地)라고 하였다. 신라의 식민지가 산동반도에 있었다는 오해를 불러일으킬 만했다. Colony는 식민지, 집단거주지 등의 뜻을 갖고 있는데 여기서는 집단거주지라고 번역해야 옳았다. TV 드라마 '해신'으로 잘 알려져 있는 장보고 이야기는 생략하자. 한국 측 기념사업회가 거대한 장보고 전신입상을 건립하고 기념관과 기념조형물을 설치해 놓아 마음이 흐뭇하였다. 주변 조경도 아름답게 잘 되어 있다. 나무들이 탐스럽다.

특히 소개하고 싶은 것은 일본의 고승 원인(圓仁, 엔닌이 일본 발음이다)이 당나라에 유학 와서 법화원에 오래 머물렀었고 또 장보고 선단 편으로 귀국한 이야기다.

그는 여행기를 남겼는데 미국의 유명한 라이샤워 교수가 그 연구를 했다. 『엔닌 입당구법순례행기』가 한국어로도 번역되어 나와 나도 오래전에 읽은 일이 있다.

우리 일행 가운데 불교 전문가가 있어 설명을 들으니 다음과 같은 역사가 있다.

적산법화원에는 신라에서 온 스님이 30명쯤 있었고 『법화경』을 강독했었는데 신도는 백여 명이었다. 스님 가운데 상산혜각(常山慧覺)이 있었음이 엔닌 책의 명단에 나온다. 선종(禪宗)의 시조인 달마(達磨)로부터 6대 제자인 육조혜능(六祖慧能)을 선종을 크게 일으킨 스님으로 치는데 그 제자에 중국인인 하택신회(荷澤神會)가 있고 또 그 제자가 신라인 상산혜각이다. 그가 우리나라 선종에 큰 영향을 미쳤다는 것이다. 좀 복잡한 이야기인데 불교 선종에서는 중요한 역사인 것 같다.

다시 남쪽으로 내려가서 방문한 태안(泰安)시와 태산 이야기는 간단히 끝내자. 이제야 태산 이야기를 장황하게 하면 진부하다 할 것이다. 우리나라에서는 "태산이 높다 하되 하늘 아래 뫼이로다…"라는 시조로 인하여 전 국민이 태산을 머릿속에 넣게 되었을 것이다.

한마디로 태산에 관한 신비감이 깨졌다. 1,545m 높이인데 셔틀버스로 반쯤, 케이블카로 또 반쯤 전혀 힘 안 들이고 정상에 도착하니 등산의 중노동 끝의 상쾌함 같은 것을 전혀 느낄 수 없이 오히려 허망하기까지 하다. 정상에는 큰 동네만큼의 집들이 있어 중국식 허장성세로 천가(天街)라는 대단한 이름을 붙였다. 상점들과 도교 사원이 있는데, 열성파는 가장 높은 곳에 있는, 옥황상제를 모셨다는 도교 사원까지 열심히 올라갔다.

중국의 황제들이 봉선(封禪)을 하려 태산에 올랐다. 태안에 있는 대묘(岱廟)에서 산천에 제사 지내고, 태산에서 하늘에 제사를 지내는 것을 봉선이라 한다. 태산은 매우 가파른 산으로 6,660계단을 마련해 놓았는데 그래도 힘들어 요즘은 걸어서 오르는 사람이 아주 드물단다. 걸어서 오르면 중국 역대의 명필 붓글씨가 바위에 조각된 것을 볼 수 있어 서예 공부가 된다 한다.

어느 책에 보니 공자는 정상에 올라 "세상은 작다"고 했으며, 모택동은 1920년경에 등반하여 "동방은 붉다(東方紅)"라고 했다는 것이다. 그곳에서 해돋이를 보면 그런 감탄의 말이 나올 것이다. 청나라의 건륭황제는 11번이나 올랐다고. 중국 사람들에게는 태산과 만리장성을 오르는 것이 평생의 소원이라는 것인데, 우리나라 사람들이 금강산과 백두산에 오르는 것을 염원하는 것과 비슷하다 하겠다.

그곳에서 얻어들은 유식한 말 한마디. 훌륭한 사람을 보고도 못 알아차리고 미안했을 때 '유안불식태산(有眼不識泰山)'이라고 한단다. 눈이 있으되 태산을 알아보지 못했다는 이야기다. 일상생활에서 한번 활용할 만한 어구이다.

산둥반도의 중심부 쪽으로 들어가서 드디어 공자(孔子)의 곡부(曲阜). 이제까지의 해안가 쪽이 제(齊)나라였다면 중심부 쪽은 노(魯)나라였다. 곡부는 노나라 수도. 공묘(孔廟, 공자의 사당), 공부(孔府, 공씨 가문의 주택가), 공림(孔

林, 공씨 가문 공동묘지)의 세 파트로 구성되어 있는데 많은 사람이 갔다 왔기에 간단한 스케치만.

공묘는 북경 자금성의 축소판 같은 느낌이 든다. 역대 왕조가 모두 증축·확대하고 그때마다 큰 문을 세워놓았다. 그러니까 큰 문이 여러 개다. 공자가 위대한 학자임이 틀림없으나 그를 떠받드는 것이 백성을 윤리적으로 교육하고 민심을 수습한다는, 통치의 필요에서 그렇게 성의를 다했을 것이다. 공산정권마저 한때는 비림비공(批林批孔) 운동을 하며 공자를 격하했었는데 오래지 않아 방향을 바꾸어 공자 선양으로 돌아섰다.

공묘 입구 앞에서 "천원, 천원" 하고 한국말로 공자 부채를 팔고, "이천 원, 이천 원"하고 공자 관계 소책자를 파는 사람이 있었다. 한국 돈을 받는다. 한국 사람이 많이 온다는 이야기다.

공부는 대지면적 16만 제곱미터, 공씨 집안 자치제인 동시에 행정단위란다. 거기서 특히 관심을 끈 것은 노벽(魯壁)이다. 벽의 일부가 남아있는데 그 벽 속에 공자의 가르침을 쓴 죽목간(竹木簡, 종이가 발명되기 전이라 대나 나뭇조각에 글을 쓴 것)을 숨겨 놓아 진시황 때 분서갱유의 화를 면했다는 것이다. 그러니까 비밀 서고였던 셈. 짐작건대 그때 것은 아니고 뒤에 다시 세워놓은 것인 것 같다. 음식점의 큰 접시에 노벽의 축소모형이 장식으로 놓이기도 하

공부(孔府)에 있는 노벽(魯壁)

는 것을 보면 귀중하게 여기고 있는 듯하다.

공림. 10만 개의 묘가 있으며 비석이 있는 묘만 3천여 개라고 한다. 80만 평의 광대한 임야이다. 숲속에 묘가 산재한 속을 셔틀 버스로 한참 들어가니까 공자의 묘가 나오는데 그 앞쪽 옆에 아들의 묘, 더 앞쪽에 손자의 묘가 있다. 아들을 옆에 두고 손자를 앞에 안은 형상이다.

그런데 동양 사람들이 대단히 존경하는 공자의 묘를 보고 놀랐다. 전부터 듣기는 하여 왔지만, 묘 바로 옆에 바싹 큰 나무 두 그루가 있는 게 아닌가. 뿌리가 묘 속 깊이 들어가도 엄청나게 들어갔을 것이다. 그렇다면 수목장 비슷한 게 아닌가 하는 생각이다. 우리나라 같으면 묘 주변의 나무를 없애는데 여기는 다르다. 묘와 나무가 온통 뒤섞여 있다. 벌초도 하지 않는단다. 태산에서처럼 공자묘를 보고서도 신비성이랄까 엄숙성이 반쯤 깨졌다. 오히려 그러한 자연스러움이 통 큰 태도라고 반론할 수도 있겠다.

일행 가운데 마침 공자의 77대손이며 공씨 서울종친회 회장이기도 한 언론인이 있었는데, 그의 말에 의하면 공씨가 한국에서 처음에는 창녕 공씨라고 했단다. 그런데 정조(正祖)가 곡부 공씨인데 왜 바꾸었느냐고 원래대로 환원하라 해서 곡부 공씨라 칭하게 되었다는 것이다. 여기서 이 공씨 집안 경우를 굳이 말하는 것은 아니고, 우리나라 족보에서 몇 대 몇 대하는 것은 부정확하다는 점을 지적해두고 싶다. 대개의 경우 공백이 된 기간이 있다는 이야기다. 내친김에 한 가지 더 이야기한다면, 중국에서 유래했다는 우리나라 성씨 가운데는 정말로 그런 것도 많이 있지만, 지난날의 모화(慕華)사상 때문에 중국 성씨를 차용한 경우도 있다고 보아야 할 것 같다.

공자는 세계에서 몇 안 되는, 성인으로까지 추앙받는 인물이다. 아주 건전하고 인간다운 상식을 집대성한 학자인데도 그에게 '위대한'이란 수식어가 붙는다. 예를 들어 제자인 자로(子路)가 공자에게 뜻하는 바를 물으니 "노인들이 안심하고, 친구들이 신뢰하며, 어린 사람들이 따르는 사람이 되었으면 한다(老者安之 朋友信之 少者懷之)"고 하였다. 비범한 지혜가 아니라 평범한 상식이다.

공자의 가르침을 공자교·공교라고도 하고 유교·유학·유가라고도 한다. 유(儒)에는 유약이란 뜻도 있어 다른 학파 쪽에서 경멸하는 칭호로 쓰였다고도 전해온다. 공자의 가르침에는 특별히 창작이라 할 것이 없다. 공자 스스로도 "술(述)이며 작(作)이 아니다."고 말하였다.

학자들은 공자의 가르침에서 ① 전통을 중히 여기는 보수주의, ② 인간의 선의와 힘을 믿는 인간주의, ③ 이성의 지적 향상을 지향하는 주지주의(主知主義), ④ 예(禮) 문화사회의 실현을 목적하는 문화주의 등을 가려내기도 한다.

여기서 꼭 논쟁거리 하나를 짚고 넘어가야 하겠다. "유교는 종교인가?"라는 큰 물음이다. 일반적으로 유교, 도교, 불교를 중국의 3대 종교라고 한다. 그런데 유교는 도교, 불교와 달리 초속적(超俗的)이지 않다. 공자의 '천(天)'은 인격성(人格性)을 갖지 않는다. 그래서 독일의 대학자 막스 웨버는 유교에는 종교의 그림자가 없다고 말한다.

중국의 석학 호적(胡適)은 중국인에게는 종교 감정이 많아 귀신 신앙이 있고, 국가적 종교인 유교와 도교로 결정이 되었다고 했다. 유교는 종교라고 할 수도 있고, 윤리체계 또는 정치철학이라고도 하겠다. 역사적으로 볼 때 한(漢)나라 때부터 유교를 실질적으론 국가종교로 만들려 하기도 했으나 실패했다. 따라서 이렇게 결론지을 수 있을 것 같다. "공자가 신격화는 안 되었으나 그에 대한 숭배에는 종교적 의의도 있다"고.

몇 군데 사적지를 더 둘러보고 귀로에 마지막 도착한 곳이 청도(靑島). 모두 독일이 조차했을 때 발전시킨 청도 맥주를 떠올릴 것이다. 일찍부터 서구화된 해변 도시다. 그리고 근래에 눈부시게 발전하였다. 높은 빌딩이 줄지어 있으며, 한국도 그렇지만 역시 아파트의 숲이다. 그리고 한국기업의 진출이 대단히 활발하다. 시립박물관을 가보니 중국 역사를 한눈에 보는 듯했다. 가본 모든 박물관의 유물들이 풍성하여 부러웠다.

중국의 1919년에 일어난 유명한 5·4운동은 청도 반환 운동으로 시작되었음을 새삼 상기했다. 독일에 조차 되었던 것을 제1차 세계대전 후의 베르사유조약에서 일본으로 넘겨주려 하자 학생들이 들고일어나기 시작한 것이다. 그때의 전시물도 많이 있다.

요즈음 미국의 '아시아 복귀' 운운하면서 미국과 중국 간의 군사적 긴장이 점차 높아지고 있고, 한국과 일본 간에, 중국과 일본 간에 역사적 흔적 때문에 갈등이 끊임없다. 우리로서는 외교적 지혜를 발휘할 때다.

이번 방문에서 얻은 한시 한 수가 새삼 값있게 느껴진다.

반가운 비로 시절을 알게 되네(好雨知時節)

봄이 되어 비가 내리는구나(當春乃發生)

바람을 타고 가만히 밤에 들어와서(隨風潛入夜)

사물을 적시나 가늘어 소리 없구나(潤物細無聲)

갑오전쟁박물관 부원장 왕지허(王記華)의 글 속에 있는데, 민간교류 역시 가늘고 길게 세상을 적시는 봄비처럼 서로 다른 국가의 민중들의 거리를 좁힌다는 해석이 붙어있다. 어찌 민간교류뿐이랴, 국가 간 외교도 그럴 것이다.

귀국 후 알아보았더니 그 한시는 두보(杜甫)의 「춘야희우(春夜喜雨)」의 일부이다. 역시 두보는 대단하다. 시성(詩聖)이란 칭호에 손색없다.

*추기

산둥성 여행을 다녀온 후인 10월 11일에 중국의 모옌(莫言)에게 노벨문학상이 주어졌다는 발표가 있었다. 중국인으로서는 가오싱젠(高行健)이 노벨문학상을 받은 후 두 번째인데, 가오싱젠은 프랑스 국적이라, 중국인으로서는 모옌이 처음인 셈이다. 모옌의 대표작은 「붉은 수수 가족」, '환상적 사실주의(hallucinatory realism)'란 평을 받고 있다. 그 일부가 「붉은 수수(紅高粱)」란 제목으로 영화화되었는데 우리나라에서도 상영되었다. 장이머우(張藝謀) 감독에 공리(巩俐) 주연인데, 모두 중국 최고의 감독이자 여배우다. 그 모옌이 산둥성 가오미(高密)현 출신이다. 작품은 산둥성 농촌이 배경으로 일본 제국주의 군대가 침략한 지역이다. 노벨문학상에는 작품이 영화로 되어 유명해지는 것도 영향을 주는 듯하다. 매년 상이 운위되기만 하는 고은 씨 작품은 그리고 보면 영화로 된 게 없다.

(2012년 《강서문학》 제24호)

제4부

내가 알게 된
문인 10인의
스케치

'중간집단', '청년문화' 등 첫 수입輸入
미국 대학 한 청년의 일기를 들춰보며

보스턴의 외곽 도시 캠브리지(광역보스턴
에 포함된다)에 있는 하버드 대학 정문을
들어서면 설립자 하버드의 동상이 있다.
그 앞에서 포즈를 취한 젊은 날의 필자

여행은 사람들의 의식 계발에 크게 도움이 된다. 더구나 외국, 그러
니까 다른 문화나 문물의 체험은 두말할 나위도 없다. 외국 여행 또는
외국 문화의 체험이 의식에 쇼크를 주고 흔들면서 수준을 한 단계 올
린다. 가령 한국인이 미국이나 프랑스의 문화에 오래 노출되는 두 언어
인, 두 문화인이 될 때 그는 창조적 문화작업에 알맞은 의식상태가 된
다는 연구도 있다.

나는 여행을 하긴 했지만 많이 한 편은 아니다. 외국에서의 장기 체
류는 단 한 번뿐이다. 신문기자 시절에 운이 좋게 니만 언론 펠로쉽이

라는 좋은 기회를 얻어 미국의 하버드 대학에 한 학년을 유학하게 된 것이다. 아시아 재단이 스폰서를 했다.

1967년부터 1968년에 걸친 한 학년인데 그 체험이 나에게는 큰 도움이 되었음은 물론 언론인으로서 내세울 만한 부산물도 얻었다.

우연히 서고를 정리하다가 그때의 일기를 발견하고는 신기한 듯 새삼 읽어보았다. 서술형의 일기라기보다 비망록처럼 간단한 메모들인데 그 짧은 글을 통해서도 그때의 일들이 TV 화면처럼 선명히 떠오른다.

미국에 가게 된 것은 참 운이었다. 조선일보의 정치부장으로 있을 때 중앙정보부에 끌려가 조사를 받는 등 고생을 하다가 정치부장 자리를 내놓고 부국장이라는 한직에 가게 되니 누가 보기에도 언론탄압에 희생된 것으로 비추었을 것이다. 그래서 여러 회사 언론계 간부들로 구성된 위원회에서 투표에 의해 결정되는 선발에 동정표를 얻은 것 같다.

영자 신문 기자들은 괜찮겠지만 우리말 신문의 기자가 영어를 그리 잘할 리가 없다. 떠나기 전에 한두 달 준비랍시고 영어 보충을 했지만 대학에 가서 수강하고 보니 영 말이 아니다. 가령 러시아를 전공하는 멀 페인소드, 중국을 가르치는 존 K 페어뱅크, 일본 대사를 지낸 에드윈 라이샤우어 교수 등의 강의는 듣기가 쉽다. 그들이 평소 영어에 생소한 나라 사람들과 많이 접촉하였기에 발음을 또박또박하는 습관이 되었기 때문이다. 그러나 그 밖의 사람들, 더구나 유럽서 이민 온 교수들의 강의는 참 듣기도 이해하기도 어렵다. 프랑스권에서 온 스탠리 호프만, 독일서 이민해온 헨리 키신저 교수 등이 대표적인 예이다.

여하간 반년쯤은 영어 듣는데 고생하고 그러다가 조금 나아진 듯하니까 한 학년이 정말 아쉽게 가버린다. 그러한 어려움에도 불구하고 강의는 욕심을 내서 많이 들었다. 두 학년 수강분에 해당한다고 할까. 다른 학생들과는 달리 시험 부담이 없으니 마음 놓고 들은 것이다. 니만 펠로는 한 학년에 딱 한 과목만 학점을 따면 된다는 규정이다.

그러한 가운데도 신문사에 신경을 쓰지 않을 수 없었다. 월급을 회사가 계속 지급하고 있기 때문도 있다. 그래서 속보성이 아닌, 해설기사나 책 소개 같은 데에 신경을 쓰고 가끔 우편으로 보냈다(그때는 인터넷의 시대가 아니었다. 또 전화나 전보로 보낼 종류의 기사는 다루지 않았다).

미국에 1년 공부하러 간다니까 친한 선배 교수 한 분은 틈을 내어 미국 국내를 두루 여행해 보라고 권고한다. 신문기자가 무슨 학위를 할 것도 아니고 그럴듯한 조언이었다. 그런데 나는 바보같이 미국 내 여행을 별로 못했고, 책 욕심이 많아 결국은 별로 읽지 못하고 쌓아두기만 할 책들을 엄청나게 사기만 했다. 그래서 그곳 어느 소식지에 "미스터 남은 작은 도서관을 마련하여 간다."고 소개되기도 했다.

근래 신문에 "고종석이 이어 쓴 '최인훈의 독고준' 뒷얘기"라는 제목으로 고종석 소설 『독고준』이 소개되었다. 신문기자이기도 하고 소설가이기도 한 이 문필가는 대단한 필력을 가졌다고 평소에 감탄해 오던 터라 마침 서고에 있던 그의 장편 소설 『기자들』(1993)을 읽기 시작, 재미가 있어 끝까지 읽었다. 소설이라기보다는 그의 실제 경험에 약간 허구를 섞은 것이다.

'유럽의 기자들'이라는 언론 연수 프로그램으로 9개월쯤 파리 생활을 한 것이 기초인데, 나도 만약에 니만 프로그램을 그때그때 자세히 기록해 놓았더라면 그러한 종류의 저술을 낼 수도 있었지 않았을까 하는 생각이 든다. 물론 고종석 씨의 필력에는 턱도 없지만 말이다. 그래도 고종석 씨의 것은 파리를 중심한 유럽 이야기라면 나의 것은 보스턴 (케임브리지)을 중심한 미국 이야기라 좋은 쌍을 이루었으리라 싶다.

정신없는 미국 생활이었지만 그런대로 노력한 결과로 지금 돌이켜 보면 내세울 만한 몇 가지 소득은 있었다. 한국에 '중간집단'이란 개념을 소개하고 그것이 크리스천 아카데미에서 채택되어 중간집단교육이 있었다. '청년문화'란 어설픈 개념을 처음으로 언론에 소개하여 몇 년 동안 그 논의가 심심치 않게 진행되었다. '스튜던트 파워'라는 것은 알고 있는 것이지만 어쩌다가 내가 그 방면의 연구자처럼 인정이 되어 한국에서 첫 『스튜던트 파워』라는 책이 나오는데 촉매가 되었다. '참여 저널리즘'이란 말이 있다. 미국에서 많이 쓰길래 한국에서 그 말을 써보았더니 글을 써달라고 해서 잡지에 기고도 했다.

하나도 독창적인 것은 없다. 중간집단도 그렇고, 청년문화도 그렇고, 뭐 내가 전문가처럼 되었지만 결국은 일개 수입상에 지나지 않을 뿐이다. 신문기자의 감각으로 그것을 수입하여 국내에 소개한 것이다. 그 수입상이란 것도 무시는 못 할 것이지만 말이다.

그러한 문화의 수입상 이야기를 좀 자세히 해보려 한다.

한 학년의 기간이 거의 끝나가던 6월에 하버드 대학에서 한국학을 맡고 있는 에드워드 와그너 교수에게 그레고리 핸드슨이 한국 관계로 저술한 책이 서평용으로 미리 왔다는 정보가 들려왔다. 와그너 교수의 부인은 코리어 타임스의 편집국장을 지낸 최병우 씨의 미망인(잘못된 표현이다. 죽지 않고 남은 사람이 뭔가)이다. 그런 연줄로 와그너 교수의 소식은 하버드의 한인사회에 잘 전파될 수밖에 없다. 그래서 핸드슨의 『Korea : the politics of vortex-한국 : 회오리의 정치』를 며칠만 급하게 빌려

보자 했다. 나는 김남희 여사에게서 빌린 것으로 기억하는데 일기를 보니 하버드 옌칭(燕京)도서관의 김성하 씨로부터 빌렸다고 쓰여 있다.

핸드슨 씨는 주한미국대사관의 문정관을 지낸 사람으로 한국에 그를 아는 사람이 많고, 한국의 옛 도자기를 많이 소장한 일로 하여 비난도 받았었는데, 책이 나올 당시에는 유엔 기구에 근무하고 있었다.

여기서 하버드 대학 출판부의 책 나오는 과정이 신중하다는 것을 말해야겠다. 다른 대학 출판부도 그렇겠지만 출판할 책의 선정과정부터 까다롭다. 책이 가제본 되고 난 다음 몇몇 전문가들에 돌려 서평을 부탁한다. 그리고 서평을 받은 다음 그것을 책 속에 포함시키거나 그 일부를 겉표지에 넣어 책을 정식으로 간행한다. 그 과정이 두세 달은 족히 걸릴 것 같다. 하버드 출판부의 책방에 가서 물으니 핸드슨의 책은 나왔는데 정식 발간까지는 한참 걸릴 것이라는 이야기였다.

핸드슨의 책은, 현대한국에 관해 쓴 책으로 열 권을 추천하라면, 반드시 포함될만한 그런 역작이다. 요즈음 가끔 학술논문에 인용되는 것을 본다.

빌려서 밤늦게까지 이틀에 걸려 읽었다. 참 재미있는 한국 근현대사의 정치, 사회학적 해석이다. 간단히 요약하면, 한국사회의 밑바탕은 모래알처럼 분산되어 결속력이 없으며 그 원자화된 개인들이 중앙의 권력 정상을 향하여 회오리바람을 일으키고 있다는 것이다. 전국의 모든 사람이 서울을 향한다. 서울에서도 권력의 중심인 왕이나 대통령을 향한다. 그리고 권력을 위해, 명예를 위해, 치부를 위해… 마치 회오리바람처럼 무한운동을 하고 있다는 것이다. 그럴듯한 분석이다.

이 회오리를 잠재우고 안정된 사회를 이룩하려면, 그래서 민주화도 하려면, 중간매개집단(intermediary groups)을 가꾸어야만 한다는 처방이다. 우선 지방자치를 실시해야 한다.(그때는 1968년이니까 지방자치의 선거가 없었다.) 그리고 농민이면 농민, 상인이면 상인 등등 각종 동업조합·직능단체들이 충실하게 자리 잡아야 한다는 것이다.(핸드슨은 국무부 관료 출신이라 중요한 노동조합은 소홀히 했다.)

여하간 그러한 이야기를 정리하여 조선일보로 보냈고 그 기사는 책이 정식으로 출간되기도 전에 신문에 게재되었다.

그러한 한국 관계 명저가 일본에서는 즉각 번역되었지만 한국에서는 30년쯤 후에 번역되어 나오는 이상한 일이 벌어졌다. 아마 박정희 정권이 기피하는 책이라고 미리 짐작한 출판사들이 엄두를 안 낸 모양이다. 이 책이 번역 출판되었을 때(공교롭게 김대중 정권 때다) 핸드슨 씨의 부인이 미국에서 출판기념회에 왔다. 독일계의 귀족 집안이란다. 핸드슨 씨는 그 전에 지붕을 고치러 올라갔다가 추락해 요절했다는 전언이다.

그때의 메모식 일기에는 이렇게 되어있다. "1968년 6월 14일. 하버드 대학 출판부 서점에서 그레고리 핸드슨의 책을 보았으나 진열용이지 아직 정식 발간이 안 되었다고. 핸드슨의 책은 재미있을 것 같다. 1930년대의 일본 정국과 비슷하게 되어가고 있다는 대목도 보인다.

6월 17일 그레고리 핸드슨의 책『한국 : 회오리의 정치』를 와그너 교수에게 온 것을 김성하 씨를 통해 빌리다.

6월 18일. 핸드슨의 책을 읽고 기사를 쓰다."

귀국 후 얼마간 지나서 강원용 목사(흔히 강 박사라 호칭한다. 명예박사다)와 이런저런 이야기를 하다가 그 중간매개집단을 소개했다. 나는 1965년께부터 강 목사의 크리스천 아카데미에 관여하였고 오랫동안 운영위원을 맡기도 하였다. 1960년대 말인가 권력의 압박도 심해져 가서 강 목사는 아카데미의 진로로 여러 가지 고민도 하고 모색도 하고 있던 때다. 그는 내 이야기에 귀를 기울이더니 중간 집단교육을 대대적으로 실시한 것이다. 처음에는 '중간매개집단'이라 하다가 나중에 '중간집단'으로 줄였다.

핸드슨의 이론을 바탕으로 한완상 교수(부총리 지냄)로 하여금 한국의 사회운동이론으로 구성토록 한 것인데 강 목사의 평소 지론인 '사이(between)와 넘어(beyond)'를 바탕으로 중간집단의 활동분자들을 의식화시켜 변혁 운동을 꾀하는 다이내믹한 이론으로 전환되었다고 하겠다. 핸드슨이나 강 목사의 지향은 같은 민주화이다.

문정현 신부가 한겨레에 『길 위의 신부』라고 자서전을 연재했는데 22회에 이런 토막이 나온다. "(1979년) 4월 16일 중앙정보부가 이른바 '크리스천 아카데미 사건'을 발표하면서 한명숙 신인령 등 7명을 반공법 위반으로 구속시켰다."

그 후 강 목사의 아드님인 강대인 씨가 원장으로 있는 대화문화아카데미의 헌법개정 관계 심포지엄에 참석하여 신인령 전 이화여대 총장과 옆자리에 앉아 이야기를 나누니 그때 중앙집단교육은 농촌, 여성, 교회, 청년 등 분야로 나눠졌었으며 간사로는 한명숙(전 총리) 신인령 이외에 김세균(서울대) 장상환(경상대) 교수와 이우재(전 국회의원), 강대인 씨 등이 활약했다 한다. 마침 사건이 나던 1979년 당시 나는 국회의원이었는데 강 목사의 급한 연락을 받고 공화당의 당 의장으로 있던 박준규 씨와의 면담을 주선하는 정도의 일밖에 못 했다.

여기서 중앙집단교육의 성과에 관하여 평가할만한 준비는 되어있지 않다. 기초적인 자료는 많다. 관련 인사들도 대부분 생존해 있다. 아마 앞으로 좋은 연구가 나올 줄 안다. 농촌사회에는 가톨릭 농민회와의 관계를 살펴야 할 것 같고, 노동 사회에서는 민주 노동운동과의 연관에서 자료를 찾아야 할 것 같다. 다만 그때 조사를 받았던 간사들이 모두 우리 사회의 지도적 인물로 성장한 것을 보면 그 인물들만 보아도 중간집단교육이 착실했을 것이라고 짐작할 수 있는 것이다. 교육은 서울 수유리 크리스천 아카데미와 수원의 연수원 등에서 진행되었는데 나도 수원 사회교육원에 한두 번 들러리 강사로 나간 일이 있다.

청년문화(youth culture)란 개념의 첫 수입자라고 했는데 그것은 당시 동아일보 문화부 기자로 있던 김병익 씨(《문학과 지성》 잡지를 창간한 저명한 문학평론가)가 동아일보 문화면에 그렇게 기사화한 것을 근거로 한다.

미국에서 보고 느낀 젊은 세대들의 문화 양태에 관하여 몇몇 잡지에 글을 썼다. 그러면서 청춘 문화(adolescent culture)라고 처음에는 번역했다. 곧 번역은 청년문화(youth culture)로 고정이 되고 청춘 문화란 번역은 사라졌다.

쉽게 말하여 통기타와 청바지문화다. 그때 양희은이 '아침이슬'로 혜성처럼 등장했다. 미국에서는 우드스탁(Woodstock)의 음악축제를 대표적인 현상으로 든다. 청년문화를 어렵게 생각할 것이 없다. 일반문화의 하위문화(sub-culture)로 보면 된다. 노인문화, 노동자 문화, 농민문화, 빈민문화, 귀족문화, 강남 부유층 문화 등 얼마든지 말할 수 있다.

다만 미국에서는 흑백분규, 월남전 반대 운동 등 60년대의 격변기를 맞아 학생운동이 고양되었으며 그것과 연관되어 청년문화도 두드러지게 특색을 나타냈던 것이다. 청년문화를 말하다 보면 자연 대학문화를 말하지 않을 수 없다. 대학생들이 청년층의 큰 부분이기 때문이다. 그래서 대학문화도 논하게 되고 대학문화의 주요 매체로 대학신문의 역할을 논하게 되었다. 대학신문의 역할에 관한 글도 많이 쓰고 강연도 두서너 번 했다.

청년문화 연구자들은 참여파(committed)와 비참여파(uncommitted)로 나누어 보기도 한다. 학생운동 등에 나서는 사람들은 참여파다. 그리고 그런 것에는 전혀 관심이 없고 명상에 잠기거나 미적인 것을 추구하고 때로는 환각의 세계에 빠져드는 젊은이들은 비참여파다. 흔히 마리화나나 피우는 히피가 거기에 포함된다.

처음 미국에 도착하여 샌프란시스코에 갔을 때 가이드를 지원하여 나온 노신사분이 유명한 히피들의 집합소인 하이트·애쉬베리 거리로 안내하기도 한다. 길가에 여기저기 히피들이 앉아 담소하는 모습이 눈에 띄었다. 그 후 여러 해 만에 샌프란시스코를 다시 방문했더니 동성애자들인 게이들이 그들의 권리를 주장하며 행진을 하는 등 법석이었다. 아무튼 아름답기로 이름난 그곳은 히피니 게이니로도 유명한데 바로 이웃인 버클리는 대학이 명문일 뿐 아니라 한때 학생운동의 진원지이기도 하여, 참여파 비참여파 모두를 포함하는 청년문화의 요람 같은 곳이었다.

현암사에서 『청년문화』(1974)라는 제목의 책이 나왔는데 거기에는 여러 사람의 논문이 수록되어 있으며 내 글도 두 편 들어 있다. 하나는 「젊은 세대의 문화형성고」(《세대》 게재)라는 제목의 일반론이고, 다른 하나는 「학생참여의 양식」(《문학과 지성》 게재)이라고 특히 참여파에 좁혀서 쓴 것이다. 거기에 한완상 교수의 글도 실려 있는데 우리나라 학자들 가운데는 특히 한 교수가 관심이 많았다.

청년문화론 뿐만 아니라 연관되어 미국의 학생운동에 관해서도 글을 몇 편 썼다. 백영사에서 찾아와 『스튜던트 파워』라는 책을 저술해 달란다. 혼자서는 벅차니 여럿이 쓰자고 하여 합작으로 1969년에 문고 판으로 나왔다.

조가경 서울대 철학 교수(「정신적 배경」), 송건호 언론인(「한국 학생운동의 사상과 역사」), 서동구 언론인(「공산권 학생세력」), 강범석 언론인(「일본의 학생운동」), 남재희(「미국의 스튜던트 파워」) 등의 괜찮은 필진이었다.

프랑스의 68년에 있은 이른바 5월 '혁명'이 유명하다. 일본은 학생운동의 고양기가 매우 오랫동안 계속되었다. 서독에서도 프랑스와 인접해 있어 프랑스만큼은 못해도 대단했다고 한다.

프랑스의 5월 혁명에 관한 발언으로는 대통령이 되기 전의 미테랑(당시 대통령은 드골)의 것이 인용할 만하다.

"분명 젊은이들에게 잘못이 있습니다. 아직은 그들이 행복을 구가할 시절이 아닙니다. 하지만 그들에게 역사의 문을 열어줄 줄 모르고, 그들을 몽둥이로 때리는 사회는 잘못을 저지르는 것입니다."

젊은 세대, 특히 학생들의 반항에 대응하는 데는 최대한의 유연성을 발휘하는 지혜가 필요하다. 강경 대응은 오히려 그들의 '대결 전술(confrontational politics)'에 말려들어 사태를 악화시킨다는 분석도 있다.

내가 미국에 있는 동안에 흑인 지도자 마틴 루터 킹 목사가 암살되었다. SDS(Student for democratic society)라는 학생단체가 하버드 대학의 건물을 점거하여 경찰이 동원되기도 하였다. 그리고 보스턴 코먼이라는 공원에서 반전 집회가 대규모로 있을 것이라고 해서 가보니 유명한 MIT

의 노암 촘스키 교수가 연사로 나왔다. 거기서 아마추어 연극도 하였는데 마지막에는 사무엘 베케트의 『고도를 기다리며』에서 한 구절을 인용, 암송한다. 그때 베케트를 처음 알았다. 에피소드 한 가지. 귀국 후 소설가 이병주 씨에게 내가 사 온 책 구경을 시키고 한 권을 기념으로 골라가라 했더니 가장 얇은 책 쪽인 『고도를 기다리며』를 선택하는 게 아닌가. 반년쯤 후 그 책으로 노벨문학상을 받았으니 우연치고는 놀라운 일이다. 소설가의 감각은 알아줄 일이다.

청년문화, 학생운동, 대학신문의 역할 등을 자주 다루다가 혼쭐도 났다. 조선일보의 논설위원인데도 중앙정보부의 남산분실 지하실로 끌고 가서 행패를 부리는 게 아닌가. 무슨 형사입건 하겠다는 것도 아니고 그냥 폭행만 하고 하룻밤이 지난 후 내보낸다. 군대식 기합 같다.

그 무렵의 미국 일기는 이렇다.

"1968년 4월 3일. 오전 11시 보스턴 코먼에서 열린 반전 집회를 구경 가다. 스토톤 린드(Staughton Lynd), 노암 촘스키(Noam Chomsky) 등이 연사. 7천 명쯤의 젊은이가 참가했는데 존슨 대통령의 후보사퇴 연설 후라 그런지 평화스럽게만 보였다.

4월 4일. 니만 펠로 만찬 도중 비폭력 흑인 지도자 마틴 루터 킹의 피격사건이 알려져 경악. 오후 7시 10분쯤 멤피스에서 피격, 8시 5분쯤 사망. 만찬에 내빈으로 참석했던 유일한 흑인인 아치 에프스(하버드 단과대학) 부학장은 만찬 행사가 그대로 진행되자 "콜드 피시(cold fish, 냉혈동물이란 뜻)"라며 혼자 퇴장. 미국에 중대사가 잇달았다. CBS 뉴스는 11시부터 12시 반까지 킹에 관한 종합보도. 광고 없이. 훌륭한 coverage였다.

4월 27일. 낮에 보스턴 커먼에서 있은 반전 집회를 구경하다. 사람이 얼마 없는데 우선 캐러번 극장이 반전 단막극을 하고 강연에 들어갔다. 소인극과 같은 것이다. 모인 사람 모두 히피에 준하는 학생들로 남녀가 반반이다(여기서 『고도를 기다리며』가 나왔는데 메모는 하지 않았다)."

참여 저널리즘(participatory journalism)의 문제는 좀 까다롭다.《창작과 비평》(1971년 봄호)에 「참여 저널리즘의 잡지」란 제목으로 기고한 적이 있다. 요즘 한겨레에서 그런 스타일을 가끔 본다. 김어준 씨의 집필 방법도 그런 것이라 할 수 있다.

《창작과 비평》에 기고한 글을 인용하는 것이 설명에 편리할 것이다.

"요즘 참여 저널리즘이란 이야기를 하고 있다. '인볼브드 저널리즘(involved journalism)'이라고도 한다. 현대에 있어서는 냉정한 관찰자로 머물기가 어렵고 부지불식간에 참여자가 된다는 것이다.

미국의 문명비평가 폴 굿맨(Paul Goodman)은 참여 저널리즘을 다음과 같이 설명하고 있다.

'참여 저널리즘이란 문학과 정치의 중도에 있는 것이다. 당파적이라고 하기보다는 더욱 개입한 상태이다. 분석적이거나 체계적이기보다는 더욱 실존주의적이다. 선전이라고 말하여 버리기에는 너무나도 성실하다. 단순한 르포르타주라고 하기에는 너무나도 사적이며 정열적이다. 이론적 추구가 있거나 시적 깊이가 있기에는 너무나 저널리스틱하다.'

굿맨은 이어 '그러한 글은 그 자체로서 하나의 정치 행위가 된다'고 한다. 운동 정치(movement politics)의 일부라는 것이다. 참여 저널리즘은 운동 정치와 밀접하게 관련된다. 참여 저널리즘은 운동 정치에 사상, 자세, 경험 그리고 말의 스타일 등의 주형(鑄型)을 제공해 준다. 다만 이 경우 긴요한 것은 참여 저널리즘의 수준이 매우 높은 것이 요구된다는 것이다."

미국 체류 시 여행으로 좋았던 것은 마사스 빈야드(Martha's Vineyard) 섬을 방문하고 거기서 발행되는 주간지 「빈야드 가제트」를 견학한 일이다. 그 섬은 얼핏 들으면 포도밭 이름처럼도 들리는데 보스턴서 가까운 대서양에 있는 작은 섬으로 대단히 유명한 휴양지다. 오바마 대통령이 가족과 함께 들렸다는 보도도 가끔 볼 수 있다. 그리고 「빈야드 가제트」는 미국 언론인들이 부럽게 생각하는, 역사가 오래고 품위가 있는 신문으로 조그마한 지방신문의 전형은 그런 것이 아닌가 하고 생각하게 된다.

거기에 관한 이야기를 1969년 《저널리즘》 가을호에 「빈야드 가제트 방문기」라고 하여 기고했는데 다음 한 토막은 꼭 인용, 소개하고 싶다.

"약 20년 전에 「타임」지가 지방신문들에 관해 '소읍(小邑)들의 평판 인쇄기에서 지저분하게 찍혀 나오는…' 운운하고 비방하여 쓴 일이 있다고 한다. 그때 「빈야드 가제트」는 다음과 같이 반박했다는 것이다. '언어를 빛나게 하고 오래도록 가치 있는 것으로 남아있게 하는 것은 선명한 인쇄가 아니다. 또 미사여구이기 때문도 아니다. 천만의 말씀이다. 평범한 말, 정직하고 직선적이고 그리고 때로는 좀 더럽혀진 말들이 잘 다듬어지고 기계적인 수다스런 말들보다 천당에 있어서나 그리고 더 가까운 곳에 있어서나 더욱 좋은 읽을거리가 될 것이다.'

대단한 긍지인데, 그런 것에서 지방신문의 친밀감 같은 것을 느낄 수 있을 것 같다(물론 지금의 「빈야드 가제트」 인쇄는 매우 선명하다)."

(2010년 《강서문학》 제17호)

내가 만난 현대의 여걸

- 시베리아 유끼꼬 별명의 전옥숙 씨 : 재야, 언론계, 방송계 휘어잡아

그동안 술집 마담들에 관해서는 회고담을 많이 썼다. 술집의 여성들은 관찰할 수도 있고, 대화할 수도 있는데(때로는 실례지만, 희롱도 하고, 정도 느껴보고), 그 밖의 여류명사들을 만난다는 것은, 보통의 남성으로서는 참 어렵기만 하다. 나에게 있어서 그 예외가, 내가 '여왕봉'이라고 높이 평가하는, 전옥숙(全玉淑) 여사다.

술집하고는 전혀 관련이 없다. 그의 주된 직업을 말한다면 영화사와 TV 프로그램 제작회사를 운영한 적이 있는데, 전 여사는 미모와 지성, 그리고 마당발 같은 지식인들 교류 범위를 갖고 있다. 그래서 주당인 나에게는 교류하기가 안성맞춤이다. 뭐랄까, 현대미라는 표현이 성립될지 모르겠다.

전 여사와 함께했던 가장 특별했던 술자리를 먼저 소개해야겠다. 이태원의 크라운 호텔 옆에 있는 중간급 술집에서 전 여사가 주최하는 좌석. 권오기 동아일보 사장, 고바야시(小林慶二) 아사히(朝日) 신문 특파원,

그리고 나 등 몇몇이 있었다. 중간에 전 여사, "김영삼 씨를 부를까?" 했다. 그때 YS는 제2야당인 통일민주당 당수.

얼마 후 YS가 당도했다. 놀랐다. YS가 온 것도 놀라웠지만, 그보다는 전 여사가 YS와 그렇게 흉허물없이 통화할 수 있다는 사실에 더 놀랐다. 그리고 한참 마시다가 전 여사가 "이렇게 만났으니 우리 오늘 YS 대통령 만들기 모임으로 할까?" 하고 농반진반의 제의를 한다. 즉석의 그런 제의에 술자리에서 이의 여부가 있을 수 없다. 거기서 보통 때 같은 논리를 전개하면 영 촌사람이 된다. 또 대통령은 단임제이니 논리상으로는 민정당의 간부인 나도 자유 결정을 할 수는 있는 것이다. YS가 이론에서는 얼마간 떨어지는 듯하지만 사람으로서는 호감이 가는 정치인이기도 하다.

그 후에 YS가 대통령이 되고, 권오기 사장은 부총리 겸 통일원 장관이, 나는 노동부 장관이 되었는데, 그런 것들은 그 술자리와는 전혀 관계가 없는 것이지만 우연치고는 야릇한 우연이다. 고바야시 특파원은 YS 단식 때 아사히신문에 특히 크게 보도한 인연으로, YS와 가장 친한 일본 기자가 되었다.

전 여사를 처음 만난 것은 아주 오래전이다. 조선일보 논설위원으로 있던 1960년대 말인가 70년대 초, 같은 방의 경제담당 논설위원 김성두 씨가 좋은 모임이 있으니 가자고 해서, 사회문제 담당 조덕송 논설위원(조 대감이라 불리던 걸물이다)과 함께 명동의 무용교습소에 갔더니 중년의 여성 몇이 있고, 그 가운데 전 여사가 있었다.

김성두 씨는 일본 발음으로 '가네나리마스(종이 울린다)'가 된다. 마산 근처 시골의 초등학교 때 게으름을 피우다 부모들이 "가네나리마스"

해야 달려갔다는 우스개도 있다. 참 미인이다 싶었다. 얼굴이 좀 긴 편이고 코가 약간 오똑하고, 몸매가 날씬하며, 게다가 아주 수준 높은 지식을 갖고 세상일을 꿰뚫어 본다. 그러니 관심이 안 갈 수 없다.

전 여사는 그때 일본어 잡지 《한국문예》를 월간이 아닌 정기 간행물로 발행하고 있다 하였다. 우리 문학을 일본에 소개하는 것이 주목적인데, 특히 윤흥길의 「장마」를 일역했다고 들었다. 그때 몇 번 술을 함께 했지만 그밖에 전 여사에 관해 별로 아는 게 없었다. 우선 나이를 모른다. 여성에게 나이를 묻는 것이 결례라는 관습이 있다. 나는 그 뒤 항상 나보다 몇 살 위일 것이라고 전 여사에 말하면서 은근히 나이를 알려했으나 밝히지를 않는다.

6·25가 날 때 중학은 6년제였고, 나는 중학 5학년이었다. 나는 전 여사가 그때 중학을 갓 졸업한 정도의 나이였을 것이라고 성급히 단정했었다. 그때 전 여사는 좌익에 기울었었다는 이야기를 주변에서 들었다. 오늘날의 독자들은 놀라워하겠지만, 시대상황의 변화를 고려에 놓고 보면, 아주 크게 놀랄 일은 아니다. 해방 후 남로당은 한때 합법 정당이었기 때문이다. 그때는 한민당(송진우), 한독당(김구)이 우익정당이고, 민족자주연맹(김규식) 등이 중간파이며, 공산당(박헌영), 인민당(여운형), 신민당(백남운) 등이 좌익정당이다가 남로당으로 합쳤었다. 해방공간에서 정치적 자유도 있어 사상을 가진 사람들은 자기 뜻에 맞는 정당을 선택했었다. 그러다가 미구에 냉전이 격화되면서 남로당이 미 군정에 의해 불법화된다.

여기서 정당 노선에 대한 가치판단은 별개로 한 이야기다. 전 여사가 사상적 극복을 하였음은 너무나 당연하다. 내 관찰을 종합해 볼 때 보수는 아니고 리버럴(liberal)이다. 요즘 우리 정치에서 말하는 진보적 자유주의, 진보적 민주주의 같은 흐름이다. 내 생각과도 대부분 리듬이 맞는다. 그래서 가까워졌는지 모른다.

그의 고향은 경남 통영이다(전에 전 여사에 관해 수필을 썼더니 통영에 있는 어느 잡지에서 전재를 허락받아 아주 크게 실었다). 6·25 때 서울에 있었던 모양이다. 그리고 인천상륙작전 후 공산 측이 후퇴하자 엉겁결에 휩쓸리어 북쪽으로 가게 된 모양이다. 미아리 고개를 넘어 의정부 쪽으로 가다가 국군에게 투항을 했는데 다행히 헌병대장의 배려로 무사할 수 있었다는 이야기다. 그 후 그 헌병 대장과 결혼이 성사되고, 그 헌병 대장은 대령으로 예편했다는 전문인데, 헌병 대령이면 헌병으로는 한껏 진급한 것이다.

유명한 예술지향파 영화감독인 홍상수 씨가 전 여사의 3남이다. 세상에 알려진 일이니 홍 감독을 거명했다 해서 프라이버시 침해는 안 될 것이고, 그가 양해를 해줄 것으로 여긴다. '돼지가 물에 빠진 날', '강원도의 힘' 등으로 시작한 그는 최근 15번째 영화 '우리 선희'로 로카르노 국제 영화제에서 최우수 감독상을 받았다. 문화부 부장 출신인 조선일보 김광일 논설위원은 그의 영화를 재치 있게 평하여 "이름난 평양냉면 국물을 처음 맛봤을 때처럼 맹숭맹숭하다" 하였다. 수준급 평론이다. 전 여사와는 그 후 얼마간 인터벌이 있었다. 그리고 다시 활발한 교류가 이루어졌다.

전 여사와의 만남에서 가장 화려했던 것은 패티 김과 술자리를 함께한 것이다. 강남의 살롱으로 나오라기에 갔더니 패티 김과 그의 이태리인 남편, 영화배우 최지희 씨와 자니윤이 있다.

자니윤은 고향이 음성이라고 하며 나와 같은 충북 출신이라고 좋아했다. 최지희 씨는 내가 문화부장을 할 때부터 얼핏 알았고, 동경의 아카사카(赤坂)에 있던 오픈 살롱 '지희네 집' 때부터 잘 아는 사이이고.

영어로는 명사를 셀러브리티(celebrity)라고도 한다. 패티 김은 셀러브리티다. 그런 여류명사와 살롱에서 자리를 함께하고, 술을 마시다니, 시골 출신이 '출세'한 셈이다. 김상현 의원의 과장된 너스레 식으로 말한다면 '가문의 영광'으로 기록해 둘 일이다. 내가 한국일보에 입사한무렵 패티 김도 등장했다. 한국일보의 사내행사에 패티 김이 신인으로나타나고, 연예 담당 임영 기자가 영어로 이상한 소리를 지르며 패티김을 찬미하던 모습을 큰 화면처럼 기억한다.

의미가 컸던 자리는 공화당 정권 말기에 일본 사회당의 서기장 일행이 방한했을 때다. 그때만 해도 일본 제1야당인 사회당이며 그 제2인자 격인 서기장이다. 그런데 당시 공화당의 박준규 당 의장이 일본 사회당은 북한 정권만 정식으로 인정하고 남한의 한국 정권은 인정하지않는 괘씸한 정당이라고 그들과의 면담을 거절했다. 체면을 구긴 셈이다. 그때 아사히신문 특파원이 나섰다. 전 여사를 동원하여 위로 술을같이 하며 한국의 밤을 구경하게 했다. 나도 초청되어 강남의 오픈 살롱에서 함께 마셨는데, 전 여사는 일본 정국에도 정통하여 유창한 일본말로 대화를 이어갔다. 나는 그때 집권당의 초선의원이어서 박준규 당의장은 못 만났으니 '꿩 대신 닭' 역할을 한 셈인가.

마지막 판에 노래 순서가 되어 내가 전 여사에게 그가 가장 기가 막히게 감정을 넣어 잘 부르는 '단장의 미아리 고개'를 부탁했다.

"미아리 눈물고개 님이 넘던 이별고개/ 화약 연기 앞을 가려 눈 못 뜨고헤메일 때/ 당신은 철사줄로 두 손 꽁꽁 묶인 채로/ 뒤돌아보고 또 돌아보고/ 맨발로 절며 절며 끌려가신 이 고개여/ 한 많은 미아리 고개.”

6·25 때 넘어가던 그 고개니 비장, 비통할 수밖에 없다. 그 노래는 전 여사를 위해 있는 노래 같았다. 감정 100%인 절창이다(위에서 나는 '그녀가'라고 하지 않고 '그가'라고 하였다. 나에겐 전 여사가 뛰어난 인물로 각인되어 있어 '그녀가'라는 표현이 잘 안 나온다. 굳이 필요하다면 '그가'이다).

《한국문예》라는 잡지도 냈었지만, 일본 후지 TV의 서울책임도 한 때 맡았었다는 등 전 여사는 일본통이다. 아사히신문, NHK 등의 특파원이 새로 부임하면 대개 그를 찾아본다. 예방이다. 일본대사관 측과도 관계가 깊어 대사관 간부를 불러내어 가끔 술을 마셨다. 나도 동석한 적이 있는데 그때는 일본 자민당에서 오자와(小澤一郞)가 실력자 행세를 할 때라 그와 끈이 닿는가의 여부가 화제가 되었었다.

아사히신문 고바야시(小林慶二)의 전임인 와까미야(若宮啓文) 씨는 서울서 귀국한 후 아사히신문의 주필까지 승진했는데 그는 『신문기자-현대사를 기록하다』라는 책에서 전 여사에 관해 쓰고 있다. 나는 그가 서울에 들렀을 때 한두 번인가 인사동에서 술을 함께 했었다.

“그녀는 술기운으로 일본을 이것저것 비판했다. 반론을 펴다가 큰 소리의 논쟁이 되었지만, 이것은 그녀 나름의 테스트였다. 한국에서 생활하려면 이쯤은 각오하라는 이야기인가.” 와까미야는 전 여사와의 카페에서의 첫 만남을 이렇게 기록하고 있다(나도 경험했지만 전 여사가 가끔 하는 비판은 아주 신랄하다).

전 여사는 와까미야에 부탁하여 '일본정치의 전환점'이라는 TV 프로를 제작할 때 오자와(小沢一郞), 고노(河野洋平), 하다(羽田孜), 호소가와(細川護熙), 도이(土井鷹子) 등 거물급 정치인들을 등장시킬 수 있었다는 것이다.

일본의 최고 문학상인 아쿠타가와(芥川)상을 받은 나카가미(中上健次)와도 친해 나카가미는 전 여사를 70세가 지났지만 "아직도 아름답고 야성미가 넘치는 여인"이라고 묘사하고 있다. 나는 지성미라고 생각했는데 '야성미' 운운은 좀 의외다. 보는 사람에 따라 다르게 비치는 모양이다. 나카가미는 요절했는데 『일렉트라—나카가미 겐지의 생애』라는 전기물에 전 여사 이야기가 나온다.

한 번은 지적 수준이 높고 한국의 국악에도 관심이 많은 오구라 가즈오(小倉和夫) 주한 일본대사가 신라호텔 영빈관에서 주최한 만찬에 간 일이 있다. 오구라 대사는 그 후 한국에 이어 주프랑스 대사로 옮겼는데 역시 그의 지적 수준과 관계있는 것은 아니었던가 여겨진다.

만찬에서 전 여사, 춤꾼 이애주 서울대 교수, '서편제'의 임권택 감독, 그리고 내가 공교롭게 같은 테이블에 앉게 되었다. 잡담 끝에 내가 조선일보 문화부장 때 영화 담당 정영일 기자에 끌려 임 감독의 영화 촬영 현장에 가서 술을 마신 적이 있다고 하자 임 감독, 그때의 프로듀서가 바로 전 여사였다고 말한다. 영화사도 했다는 이야기다.

한겨레신문 창간 부사장을 지낸 임재경 씨도 전 여사와 잘 아는 사이인데, 그가 동경에 갔더니 정경모 씨라고 문익환 목사와 함께 평양 방문을 했던 유명 언론인이 일본에서는 '시베리아 유키코(雪子)'라는 별명으로 통하는 전 여사에 관하여 꼬치꼬치 묻더라는 것이다. 그만큼 재일교포 사회에서도 알려진 인물 같다.

일본의 진보적 월간지 《세까이(世界)》의 주간을 했던 야스에(安江良介) 씨는 매우 까다로워 특히 한국 사람들은 매우 가려서 만난다고 소문이 났었는데, 그 야스에와도 전 여사가 잘 통했다고 여러 사람이 이야기한다. 문인으로 한국일보 논설위원을 지내고 정계에도 발을 들여놓았던 조경희 여사도 전 여사의 일본에서의 활동에 관해 잘 알고 있었다. 조 여사 자신도 전 여사 비슷한 곡절이 있는 인생을 살았다.

참, 한 가지 빠뜨렸다. 술자리에 YS를 불러낸 다음에, 내가 그렇다면 김대중 씨와는 어떠했느냐고 물어보았다. 그랬더니 DJ가 일본에 체류하고 그도 일본에 있을 때는 가끔 만나 식사를 했었다는 답변이다. 나는 그 이야기를 신뢰한다. 여러 가지 정황으로 보아 그렇다. DJ는 술을 잘 안 했으니 식사다.

전 여사는 『지리산』의 소설가 이병주 씨하고도 오랜 교분이 있었고, 이 씨의 둘째 부인과도 친하게 지내는 사이라고 한다. 이병주 씨는 『남로당』이라는 소설을 쓰면서 거기에 전 여사를 등장시키는데 이름을 '김옥숙'이라 했다. 이 씨는 나에게 빙긋이 웃으며 "전 여사, 여장부 아닌 가베. 그래서 이름에 불알 두 개를 집어넣어 '전(全)'을 '김(金)'이라고 바꾸었지." 괜찮은 익살이다. 소설가에게는 그런 특권도 있는 것이구나 싶었다. 전 여사는 재야 소장파 인사들의 대모(갓 파더에 대비되는 갓 마더)다. 와까미야도 책에서 '갓 마더'라고 썼다.

우선 그때 당시 한참 재야 작가들의 중심 격이었던 『오적』의 김지하 시인과 아주 친했다. 보통 친한 게 아니었다. 김 시인은 천재적이었다. 그 후 너무 성급하게 샤머니즘의 세계로 빠지고 말았지만. 일본 특파원들이 그 당시 화제의 중심이던 김 시인을 취재하려면 대개가 전 여사에게 주선을 부탁했었단다.

그리고 『전환시대의 논리』를 쓴, 리영희라고 굳이 호칭하는 이영희 교수와도 아주 가까웠다. 이 교수는 그의 이론에 좀 심한 편향이 있다고 나는 생각하는데, 다만 그가 우상파괴에 보인 용기만은 평가하여야 하겠다. 이 교수는 전 여사를 따랐을 뿐만 아니라, 술 마시다가 돈이 떨어지면 "누님, 돈 좀 꿔 줘"라고 SOS를 했다는 이야기다.

한겨레신문 창간 멤버들인 임재경, 신홍범 씨가 민주화 운동의 원주 지역 거물이자 협동조합 운동가인 장일순 씨의 장례에 참석하러 원주에 갔다가 거기에 전옥숙 씨가 와있어 놀랐다고 말한다. 놀랄 것이 없다. 전 여사는 일속자(一粟子) 장일순 씨와 아주 친했다. 내가 민정당의 정책위의장에 두 번째 되었을 때 전 여사는 장일순 씨가 보내는 그의 난초 그림을 전해 왔다. 장 씨는 김지하 시인에게 난초 치는 법을 가르쳐 주었다. 둘의 난초 치는 기법은 그래서 비슷한 데가 있다.

전 여사에게는 대단한 카리스마가 있다. 일본어에 '겐마꾸(劍幕)'라는 단어가 있는데 서슬이 퍼런 위엄을 뜻한다. 그런 무서운 데가 전 여사에게도 있다. 나는 전 여사와 '골백번' 술자리를 같이했다. 2, 30번이면 '골백번'이라는 표현이 가능할 것인데, 나는 분명 50번은 넘는 술자리와 대화를 가진 것 같다. 그래서 전 여사의 체질이랄까 성깔이라 할까를 대충 짐작한다고 할 수 있다.

TV 프로그램을 제작하여 판매하는 시네텔(cinetel, cinema와 television의 합성어)을 경영한 때문도 있어 전 여사는 방송·TV의 인사들과 특히 친하다. 표재순 씨가 특히 기억에 남는다.

유명한 가수 조용필 씨와도 각별하다. 프라자 호텔에서 있는 그의 행사에 전 여사가 오라해서 갔더니 조용필 씨는 전 여사를 어머니로 대하고 있었다. 직접 만나보니 그는 체구가 아주 작았다. 전 여사는 그를 여러모로 보살펴주었다.

조용필 씨는 전 여사 차녀의 생일에 기타를 갖고 와 노래를 부르기도 하였고, 전 여사에게 골프채를 선물하기도 하였다는데 전 여사는 골프는 안 친다. 그 점은 나와 공통점이다. 전 여사 작사, 조용필 작곡의 노래 '생명', '한강'이 있다는 이야기만 들었고 들어보지는 못했다. 물론 "꿈은 하늘에서 잠자고, 추억은 구름 따라 흐르고…"로 마음을 사로잡는 조용필의 '친구여' 수준은 아닐 것이다.

전 여사는 자신이 직접 취재에도 뛰어들었다. 서강대의 최창섭 교수와 함께 공산국가에서 막 벗어난 캄보디아로 날아가 훈센 총리와 한국 언론으로는 첫 단독 인터뷰를 했다. 그 인터뷰가 국내 TV에 방영되는 것을 보았다. 또 일본에서 과격 학생운동 단체인 '젠가꾸렌(全学連)'의 분파인 '가꾸마루' 등의 학생지도자들을 인터뷰했다고 자랑이다. 그러고 보면 취재력도 신문기자 못지않다. KBS에서 방영한 한일 문화인들의 이른바 '선상토론'은 화제가 되었었다. 거기에서 '빠가야로(이 바보 녀석)'라는 폭언도 나와 더욱 그렇다. 그 아이디어가 전 여사의 것이란다.

가장 이름이 난 것은 전 여사의 송년회다. 매년 연말이면 백 명쯤, 아니 그 이상의 인사를 초청한다. 비용은 각자가 알아서 가져오게 되어있다. 처음에는 자기 집에서 시작한 송년 모임이 확대된 것이다. 홍익대 근처의 맥주홀에서 자주 했다. 그리고 오랫동안 계속된 곳은 홍대 앞 골목에 있던 '동촌'이다. 오래전에 서울시청에서 30곳 쯤 서울 음식점 명소를 골라 발표했을 때 다동의 '남포면옥' 등과 함께 '동촌'이 포함되어 있었다.

나는 10년 훨씬 넘게 그 송년회에 무슨 단골처럼 참석한 듯하다. 그리고 돌이켜 생각하니 그 송년회에는 5단계쯤의 시기가 있었던 것 같다. 그것은 시대의 변천과도 관련이 있다. 거기서 세월의 변화를 사회학적으로 읽을 수 있는 것이다. 거기에 참석했던 사람들의 면면들은 우리나라 정치 변화, 사회 변화의 거울이라 할 수도 있을 것이다.

제1기는 김지하 시인 등 재야측이 주류인 시기. 소설가 박범신 씨와 진보적 경제학자 조용범 교수가 특히 눈에 띄었으며, 월간《정경연구》의 안인학 편집장이 간사 역할을 하였다. 그 끝 무렵에 나도 나가기 시작했다. 간사역은 그 후 MBC 간부 위호인, 조선일보 문화부장 정중헌으로 인계되어 나갔다. 제2기는 원주의 재야민주운동의 대부 격인 장일순 씨, 우리밀운동의 박재일 씨 등이 무게중심이며 정중헌 씨 등 조선일보 사람들과 표재순 씨 등 TV 간부들이다. 제3기는 많이 달라진다. 한번은 좀 일찍 가 있었더니 김근태 의원이 나타난다. "어, 대권 후보감이 왔군" 했다. 좀 있으니 손학규 의원이 온다. "두 번째 대권 후보감이 오는군." 이어 장명국 내일신문 사장이 나타난다. "세 번째 거물이 오는군" 했다.

그 무렵 나와는 마주치지 않았지만 민주당의 한화갑 의원도 자주 나타난 모양이다. 그 모임은 4, 5시간 계속되는데 사람들이 편리한대로 왔다 갔다 하기 때문에 전모를 알기가 어렵다. 다만 김덕수 사물놀이패가 와서 흥을 돋우기도 하고, 춤꾼 이애주 교수가 나타나 분위기를 부드럽게 하는 등 인물구성도 정교한 짜임새가 있다. 이애주 교수는 좀처럼 춤사위를 보여주지 않는다. 딱 한 번 본 일이 있다.

특히 김석원 쌍용그룹 회장이 가끔 나타났다. 그는 전 여사를 '어머니'라고 꼭 호칭하는데 왜 그런지는 물어보지 않았다. 청진동의 옛 동양통신사 건물을 시네텔이 통째로 사용한 적도 있고 보면 김석원 씨 가

문과 전 여사가 특별한 인연이 있는 것 같다. 나는 여하튼 그런 일들을 전혀 캐묻지 않으니까 전 여사가 나를 부담 없이 대하는지도 모르겠다.

제4기에 이르면 분위기가 많이 달라진다. 이명박 씨의 멘토라는 최시중 씨가 등장한다. 이동관 동아일보 정치부장이 나왔는데 그는 MB 청와대의 대변인이 된다. 동아일보의 김순덕 논설위원, 한나라당의 전여옥 의원의 얼굴도 보였다.

제3기에 나는 김종인 의원을 가끔 나가자고 유도했었다. 그리고 제4기가 되면서 은퇴(?)했다. 나이도 있고, 정치상황도 바뀌고, MB패들도 만나기 싫고. 아마 그 후 제4기도 지나고 혹시 제5기쯤이 아닌지 모르겠다.

전 여사는 그의 미모와 지성을 정확하게, 넘치지도 않고 모자라지도 않게, 활용하는 것 같다. 나를 가끔 혹시나 장치나 소품으로 사용하는지도 모를 일이다. 객관적으로 남들이 보기에는 그렇게 비칠지도 모르겠다. 그래도 기분이 좋게 지냈으니 괜찮다. 또 그럴 리도 없을 테고.

내가 김영삼 정권에서 노동부 장관으로 있을 때다. 울산의 현대중공업이 엄청난 대기업인데 거기서 노사분쟁이 장기화하여 걱정이 많았다. 현대중공업의 노조위원장 이갑용 씨와 미리 안면을 터놓았기에 그를 서울에서 만나자고 하여 여의도의 화식집 '이어'에서 김원배 국장과 함께 저녁을 하게 되었다. 그런데 아무래도 분위기가 딱딱하고 어색한 것 같아 전 여사에게 SOS를 보냈다. 전 여사가 분위기를 완전히 장악하였다. 이갑용 씨는 전 여사의 그 세련된 말솜씨에 완전 넋을 잃고…. 안 그렇겠나. 서울의 난다 긴다 하는 언론인들도 감동하는 판에 울산서 올라온 노조위원장이 황홀해 하는 것은 이해할 만하다. 노사분규의 살별한 분위기를 상류사회의 지적 분위기로 부드럽게 한 것 같다.

이갑용 위원장은 전 여사와 아주 가까워졌다. 그 후 울산에서 구청장이 되어 서울에 올 때도 나는 안 찾고 전 여사만 방문하는 것 같다. 힐튼호텔에서 전 여사 집 혼사가 있어 갔더니 이갑용 구청장이 미리 와 앉아있었다.

나는 기자출신이니만큼 더욱 출입기자들을 잘 다루어야 한다. 영어 고본을 사 모으는 취미라 기자들을 만나면 그들에게 알맞은 영어책을 준다. 어느 기자는 그렇게 받은 게 10권이 넘는다고 후일담으로 말했다.

불고기, 소주를 낼 때도 그냥은 재미가 없다. 그래서 우선 동갑 친구인 고은 시인에게 부탁했다. 기자들이 고은 시인과 소주를 마시며 이야기를 듣는 것을 그렇게 좋다고 했다. 고은 시인도 무료 봉사를 아주 잘 해주었다.

그리고 기자들에게 누구를 다음 손님으로 초대하면 좋겠느냐고 했더니 당시 국회의원 정주일인 코미디언 이주일 씨를 희망한다. 나도 이주일 씨를 그 당시 한국 최고의 코미디언으로 여겼었다. 그것은 실제로 송해·구봉서·서영춘·이대성 씨 등 여러 코미디언을 만나보고 얻은 결론이다. 탤런트 출신 홍성우 의원이 마련한 술자리에서다. 역시 즉석에서 엮어내는 재치에는 이주일 씨를 당할 사람이 없는 것 같았다.

정주일 의원에 부탁하니 아주 흔쾌히 응하여 기자들과 소주를 마셔준다. 기자들은 그 이상 즐거울 수가 없다. 그리고 정 의원은 캐피탈호텔에 자기가 경영하는 나이트클럽이 있다며 기자들을 초대했다. 물론 무료서비스다.

그 다음은 전 여사 차례. 이애주 교수와 함께 왔다. 두 여류 명사가 왔으니 기자들은 한껏 고무되었다. 기자들은 전 여사의 식견에 압도되었다. 나는 그동안 전 여사를 제압하는 설득력을 가진 남성을 본 적이 없는 것 같다. 과장같지만 과장이 아닐 것이다. 논쟁을 되도록 피하지만 일단 시작하면 신랄하다.

전 여사, 알아주는 통 큰 여성이어서 기자들을 2차로 자기 아파트로 데리고 갔다. 나중에 시민방송의 사장이 된 김영철 한겨레 기자는 밤새도록 마신 모양이다. 그들은 녹아 떨어졌다. 글도 잘 쓰고 말도 유창한, 난다 긴다 하는 김 기자는 완전히 전 여사 숭배자가 되었다.

그렇다고 전 여사가 음식 사치를 하는 게 아니다. 실 멸치와 잔 고추를 양념간장에 볶은 것을 아주 좋아하고, 우리의 전통적 그런 식성이다. 그래서 일본 특파원들이 그 맛을 더욱 좋아하는 것 같다.

여기서 한 가지 여담으로 덧붙인다면 노동부장관시절 정진우 감독의 신세도 졌다. 그가 프랑스 영화 '제르미날'을 수입했다. 에밀 졸라 원작의 '제르미날'은 노동 문제가 주제인데, 미국이 그 당시 '쥬라기공원'이라는 공상과학영화를 만들어 자랑하는데 대항하여 프랑스가 명예를 걸고 만들었다는 명작이다. 비참한 노사분규의 현장이 나온다. 소설은 손꼽는 명작이지만 영화의 시장성은 약했다. 그것을 정진우 감독이 지난날의 친분을 생각하여 무료로 노동부에 빌려준 것이다. 이런 설명만으로 그 빚은 못 갚을 텐데….

'제르미날'이 프랑스의 노사분규 이야기라면 미국의 노사분규 이야기인 '강철의 혼'도 안볼 수 없다. KBS에서 방영된 것을 보았는데 노사쟁의의 결말은 역시 쓰디 쓴 것이었다. 여하간 프랑스와 미국의 노사문제 영화를 모두 갖다보아 밸런스를 유지한 셈이다. 영화가 끝난 다음

장관의 논평을 요구받았지만, 마음이 언짢고 하여 각자가 생각하라고 함구했다. 너무나도 어려운 문제다. 노동문제는, 더구나 노사쟁의는….

전옥숙 여사라는 거물여성, 내가 '여왕봉'이라고 이름붙인 수준 높은 두뇌의 여걸과의 세월은 여러 가지로 즐거웠고 배울 바도 많았다. 책에 없는 것을 배운 것이다.

MB정권이 별로 탐탁지 않고 싱겁게만 여겨져 그 멘토라는 사람이 중심이 되는 모임은 멀리하게 되고 그 후로는 소원해졌다.

아주 최근에 얼마전까지 중앙일보 부사장 겸 주필을 했던 문창극 씨를 만나서 이야기를 하다보니 그는 2년 전쯤까지 전옥숙 씨를 가끔 만나 둘이 식사를 하곤 했다고 말한다. 그는 20년쯤 후배 언론인이다. 그 교제 범위의 광범함이여! 여자 홍길동이라 할까, 여하튼 수수께끼와 같은 사교력이다.

이제 지난날을 정리해 보면…. 전 여사는 정치적 감각이 탁월하다. 그리고 문화현상 전반에 관한 관찰도 정확한 것 같다. 그러니 수준이 높다는 이야기다. 미인이기에 상류층의 교제가 가능했을 것이다. 정치인, 언론인, 작가, 사업가… 모든 분야의 일급 인사들과의 교류가 있었을 것이다. 그런 교류가 또한 사람의 수준을 높인다. 그리고 중요한 것은 일본통이라는 점이다. 일본의 비교적 상류사회와 교류했다. 일본말도 아주 썩 잘한다. 일본에 오래 머물기도 하였다. 미안한 이야기이지만 일본의 상류층은 한국과 비교하여 수준이 윗길이다. 서양화가 먼저 되었기 때문인 것은 두 말할 필요가 없겠다. 개화 이전에는 우리가 앞서기도 했지만. 그러니 전 여사도 한국 평균보다는 수준이 높을 수밖에.

남성들에게 영감을 주는 여성을 희랍 신화에서 용어를 빌려와 '뮤즈

(詩神)'라 한다. 마침 『20세기 뮤즈』라는 영역된 프랑스 책이 있어 살펴보니 루이스 살로메(루 살로메)가 첫 번에 나온다. 러시아 태생으로 나치 시대 독일에서 사망한 루는 철학자 프리드리히 니체, 시인 라이너 마리아 릴케, 정신분석학과 지그문트 프로이트 등과 사귀며 그들에게 "섬광처럼 자극을 주는 뮤즈"가 되었다 한다.

요즘 같으면 존 레논의 부인이었던 요코 오노가 떠오르는데, 굳이 한국에서 찾는다면, 내가 아는 한정된 범위에서는, 전옥숙 여사가 그럴듯하게 부각된다.

그 주변에는 김지하 시인, 이병주 소설가, 조용필 가수, 장일순 민주화 운동 대부 등이 맴돈다. 열거하자면 각계각층 부지기수다. 전 여사는 그들의 '뮤즈'가 아닐까.

마이크를 잡고 중년이 지난, 약간 길쭉한 얼굴의 미녀가 눈물이 나올듯한 표정으로 애절하게, 안타깝게 부르는 '단장의 미아리 고개'가 귓전에 들려오는 듯하다.

"아빠를 그리다가 어린 것은 잠이 들고/ 동지섣달 기나긴 밤 북풍한설 몰아칠 때/ 당신은 감옥살이 그 얼마나 고생하오/ 십년이 가도 백년이 가도/ 살아만 돌아오소 울고 넘던 그 고개여/ 한 많은 미아리 고개."

그 강한 인상을 잊기 어렵다

(전 여사는 자기에 관해 글을 쓰는 것을 절대 반대한다고 단호한데, 그 시대의 정치·사회 풍속사를 알리기 위해 쓰는 일이니 양해해주기 바란다.)

(2013년 《강서문학》 제25호)

그는 매우 끈질겼다

- 혁신정객 김철 씨를 회고한다

혁신 정객 김철(1926~1994) 씨를 자주 만나게 된 것은 그가 4·19 후 통일사회당의 국제국장을 할 때이며 그 후로도 단속적으로 사귀어 왔으니 30여 년의 세월이다. 정확히 말하면 50년대 중반 대학 때 그와 만난 일이 있다. 같은 동아리의 학생들이 장건상, 전진한, 고정훈, 김철 씨 등을 순차로 만났던 것이다.

4·19 후 나는 민국일보의 정치부 기자로 국회 팀으로 일하는 한편 혁신정당을 담당하였다. 여러 혁신정당 가운데 국회의원(그때는 민의원·참의원 양원제) 5명쯤을 포용하고 있던, 그래도 그럴듯한 통일사회당(통사당)에 더욱 관심을 가졌었다. 소속 국회의원의 수는 유동적이었다. 예를 들어 민의원의 박환생 의원은 소속은 통사당인 것처럼 되어있으나 사실상 독립적인 행동을 하고 있었다. 당시 혁신계는 사회대중당(사대당) 혁신동지총연맹 등으로 출발했다가 이합집산을 거쳐 5·16전까지는 통사당, 사회당, 혁신당, 사대당(고수파)으로 정리되어 있었다.

통사당에는 실무 3국장으로 고정훈 선전국장, 김철 국제국장, 박권희(민의원) 조직국장이 있었는데, 기자들과의 빈번한 접촉은 역시 고정훈 씨이고 그다음이 김철 씨였다.

먼저 박권희 씨 이야기를 간단히 해두겠다. 경남 밀양의 부잣집 아들인 박 씨는 일본에 유학하여 의사가 된다. 그러다 4·19가 나자 명망가인 부친의 기반도 활용하여 고향서 민의원에 출마, 당선된다. 일본의 자유로운 정치 환경, 당시는 분위기에 있어서는 보수와 진보가 비슷한 세를 이루어 경쟁하던 그 일본의 정치 상황에 영향을 받아서인지 그는 혁신계에 기울어지고, 통사당의 멤버가 된다. 일본에 체류한 사람으로서는 있을 수 있는 자연스러운 선택이라고 본다. 그러나 이론 무장을 한 것도 아니고 투사로서의 면모가 있었던 것도 아니다. 거듭 말해둘 것은 그는 집안의 기반으로 당선된 것이지 혁신의 주장으로 당선된 것은 아니었다.

나는 출입 기자로 그와 친하게 지냈는데, 친형이 서울서 유명한 의사로 활약하고 있고 동생이 교수로 있으며 자형이 햄릿 전공인 유명한 영문학자 여석기 교수다. 성품이 온화한 신사로 혁신정당보다는 보수정당에 어울릴 타입이었다. 일화 하나를 소개하면, 그가 국방위에 소속해 있었는데 그때 야당인 신민당 소속 예비역 장성 출신 의원이 통사당 의원은 사상을 믿을 수 없으니 군사기밀을 다룰 때는 제외하여야 한다고 하여 문제가 생겼다. 영어로 security-risk라는 이야기다. 그래서 박 의원이 본회의에서 신상 발언을 하여 항의하기도 하였다. 포수가 흰 토끼를 붉은 토끼라고 쫓아오니 흰 토끼는 자기가 흰 토끼임을 어떻게 증명하여야 할까 답답하다는 이야기였다.

그러던 중 5·16이 났다. 그는 마침 일본에 여행 중이어서 혁신계 일제 검거를 피할 수 있었다. 국내에 있었더라면 대개가 그랬듯 5년쯤의 억울한 형무소살이를 하였을 것이다. 그 후 그는 정치에서 아예 손을 떼고, 일본에서 의사로서만 활동했다. 나중에 가끔 귀국할 때는 야당의 김영삼 씨를 만나는 등 그쪽을 지지하는 태도를 보였다. 혁신계와는 완전 담을 쌓은 셈이다.

고정훈 씨는 모든 언행이 화려하다. 일본에서 어학으로는 첫째 손가락을 꼽는 아오야마(靑山)학원을 나왔으며, 해방 후 북에서 러시아군 측 통역을 하다가 월남하여 국군의 정보부대에서 영관급 대우를 받으며 활약했기에 흔히들 그를 '커늘·고'라고 불렀다. 그 후 조선일보 논설위원으로 국제문제를 다루었으며 'K생'이라는 이니셜로 나오는 해설은 지식인·대학생 사회에 인기가 있었다. 4·19가 나자 정치에 뛰어들어 한때 구국청년당이란 정당을 만들어 독불장군 당수 노릇도 하였다. 고 씨는 유창한 영어를 구사하며 지식인사회에서 인기를 끌었으며, 돈 만드는 재주 또한 대단하여 화려한 사교활동을 하였다. 여성 편력은 더 말할 것도 없고.

거기에 비하면 김철 씨는 약간 따분한 느낌이다. 물론 영어를 어지간히 하는 편으로 천천히 하는 영어로 그래도 외국인들과 의사소통을 잘했었다. 그러나 유창하다고는 할 수 없어 그런 면에서 고정훈 씨에 쳐졌다. 또 역할 자체가 고 씨가 언론 담당의 선전국장이고, 김 씨는 국제담당의 국제국장이니 그렇기도 하였다. 김철 씨는 단구인 셈이다. 아주 작은 키는 아니지만 큰 키는 전혀 아니라는 이야기다. 얼굴이 다부지고, 체격도 튼실하게 생겼다. 젊었을 때 권투선수 지망생이었다는 설도 있다. 그렇게 듣고 보니 권투선수다운 다부지고 확실한 체구가 느껴진다. 나의 대학 동창이고 역시 김철 씨와 가까웠던 동화통신 기자 최상징 씨에 의하면 함경북도 경성 출신인 그는 신상옥 영화감독과 경성중학 동기라고 한다. 정치하며 고생할 때 신 감독의 도움은 전혀 없었다고.

김철 씨의 정치경력은 해방 후 철기 이범석 장군이 이끌던 조선민족청년단(족청)에서 시작한다. 이범석 장군은 그 유명한 청산리 전투를 대승으로 이끌고, 광복군 제2 지대장을 역임한 혁혁한 독립투사이다. 부산정치파동을 주동적으로 이끌었던(그러니까 '저질렀던') 족청은 그때까지 이승만 대통령 정권의 첫째가는 담당 정치세력이었다. 백두진 총리, 안호상, 박병권, 이재형… 등등의 장관도 족청계였다. 가히 '족청의 시대'라고 할 수 있었다. 그 족청에서 서영훈, 김철, 김정례 씨 등은 중견간부 정도였다. 그러나 이들은 굳건한 동지적 유대를 평생토록 유지한다. 대단하다. 전두환 정권이 만든 민정당은 애써 '평생동지' 운운하고 강조했으나 쉽게 와해해 버렸는데 해방 후 바로 조직된 철기의 족청은 그렇지 않으니 새삼 연구해 볼 만하다고 생각한다. 근래에 일본 학자가 한국 학자에 앞서 족청 연구서를 냈다.

철기 이범석 씨는 초대 국무총리 겸 국방 장관을 하다가 부산정치파동 때는 내무장관이 되고 족청세력도 '땃벌떼' 등 행동대를 조직하여 대통령 직선제 개헌을 강압으로 통과시켰다. 나는 그때 부산서 대학을 다녔기에 당시의 살벌한 분위기를 안다. 개헌 후 철기는 이승만·이범석의 러닝메이트로 부통령이 되어 앞날을 도모하려 하였으나, 1인 장기집권을 생각한 듯한 이승만 대통령에 의하여 숙청이 된 것이다. 구체적으로는, 정부통령 선거의 자유당 선거 벽보에서 어느 날 갑자기 이범석 부통령후보의 벽보가 전국에서 일제히 찢겨 나간 것이다. 그리고 무소속으로 등록한 무명의 함태영 목사가 이 대통령의 지지를 받아 부통령에 당선되는 이변이 일어났다.

그 후 족청계의 일대 숙청이 진행된다. 김철 씨는 일본으로 건너가 대학에 청강도 하다가 재일거류민단의 사무국장을 지냈다. 어느 기록에는 부산정치파동 전에 일본으로 간 것으로도 나온다. 그러나 부산정치파동 당시 김철 씨가 족청의 정책부장을 맡았었다는 증언이 있다. 그때 한국전력의 노조위원장도 했고 박정희 공화당의 비례대표 국회의원도 했던 최용수 씨는 노동부장이었다 한다.

여기서 김철 씨와 관계가 없는 일이지만 민단 이야기가 나온 김에 한 가지 요즘 읽어 알게 된 새로운 사실을 소개하고 싶다. 일본 만주 침략의 지략가 가운데 핵심인물을 흔히 이시하라 간지(石原莞爾)라 한다. 그는 관동군의 실세로 5족협화(滿·漢·蒙·韓·日)의 그럴듯한 이상을 내걸고 만주 건국을 주도했었는데, 얼마 후 대동아전쟁이라고 일본이 말하는 세계 2차 대전 때 일본의 총리가 되는 도조 히데끼(東條英機) 장군과 의견이 맞지 않아 본국의 사단장으로 밀리게 되었다. 그리고 불우한 생애를 마치게 된다. 그 이시하라가 나중에 민단의 중앙단장이 되는 조영주 씨를 양자로 삼았다는 사실을 일본의 정치 서적에서 읽었다. 5족협화를 내걸었던 이시하라이니 한국인인 조 씨를 그 명분에 따라 양자로 삼았을 것이다. 의형제 맺듯 하는 의(義)부자 관계 비슷한 게 아닌가 한다. 그 조 씨가 민단 단장으로 서울에 왔을 때 회식 자리에서 한번 만나보았는데 무술 고단자인 다부진 몸매의 인물로 여하간 주관이 뚜렷한 거물로 보였다.

민단에서 활약하다가 귀국한 김철 씨는 혁신정당 운동에 뛰어들게 된다. 일본에서의 견문의 영향도 분명 있을 것 같다. 박권희 씨를 말하며 분석한 그런 영향 말이다. 요즘은 '진보'라고 호칭하지만 그때는 '혁신'이라고 했다. 그래서 기자들은 농담으로 '가죽신'이라고 말했다. 한자로 가죽 혁(革)이기 때문. 김철 씨의 이름은 서상일 씨가 주도하던 민주혁신당(민혁당) 간부 명단부터 볼 수 있다. 조봉암 씨와 서상일 씨는 처음에는 함께 진보당을 만들려 했으나 의견이 갈려 진보당과 민혁당으로 나뉘게 된다. 분파가 된 민혁당은 진보당에 비해 그 세가 작았다.

그 후 4·19가 나고 김철 씨를 통사당에서 만나게 된 것이다. 정치의 봄은 짧았고 5·16의 혹한이 몰아닥쳐 혁신계의 간부들은 거의 모두 감옥살이 신세가 되었다. 4개 중요 혁신정당 가운데 사회당이 가장 혹독하게 당하고 통사당이 비교적 덜 혹독하게 처벌된 것 같다는 판단이다. 나는 그 까닭을 사회당 혁신당 사대당(고수파)은 그때 남북협상을 적극 주장한 민족자주통일중앙협의회(민자통)에 소속해 있고, 통사당은 거기서 탈퇴하여 중립화를 내세운 중립화 통일연맹을 조직한 때문인 것으로 본다. 5·16 쿠데타 세력이 볼 때 남북협상파가 두려운 것이지 중립화론자들은 가볍게 보아도 될 존재였을 것이다. 운동의 다이너미즘이 거의 없기 때문이다. 그밖에 사회당에는 지난날의 근로인민당계가 많이 남아있었다는 해석도 있다.

5·16 후 몇 년 동안은 소식을 몰랐다. 그 후 김철 씨가 1960년대 후반에 통일사회당을 재건하겠다고 나섰다. 재건하겠다는 것은 좋은데, 지난날의 통사당에서 자기보다 서열이 높은 사람들을 여러 차례에 걸쳐 제명한 게 구설에 올랐다. 혁신계의 원로들은 비난을 퍼부었는데 나

도 그런 성토를 자주 들었다. 5·16전 통사당의 형식상 일인자였던 이동화(실질적 지도자는 동암 서상일 씨), 이인자였던 송남헌… 거의 모든 간부가 배제되었다.

정치학의 고전인 미헬스(Robert Michels)의 『정당론』을 보면 '과두체제의 철의 법칙'(The Iron Law of Oligarchy)이라는 게 있다. 유럽의 사민주의 정당을 연구해 보니 과두화 경향, 1인 체제화 경향이 있다는 것이다. 공산당에서는 그 법칙이 여실히 증명되었다. 북한도 그렇다. 불행한 일이다. 김철 씨도 완전 1인 체제를 확립해 버리고 말았다. 지나치게 과속인 것 같다. 좀 심했다. 왕년의 이름 있는 인사들은 모두 사라지고 김철 씨만이 남았다. 거기에 그래도 좀 알 만한 사람으로는 안필수 대변인이 있었다. 내가 어디다가 그때를 묘사하는 글을 쓰면서 안필수 씨를 방자 또는 '산초 판사'라 했더니 자손 측에서 항의가 들어왔다. 악의는 전혀 아니고 재미있게 묘사하려다가 그렇게 된 것이다.

먼저 거명한 바 있는 최상징 씨는 이색적인 진보 청년이다. 학생 때 서울법대의 유명한 '사회법학회'를 주도하기도 하였다. 매우 크고 의미 있는 동아리로 거기에는 황건, 심재택, 조영래, 장기표 씨 등 이름 있는 운동가 다수가 참여했었다. 그는 김철 씨와 뜻이 맞아 계속 가까이 사귀었다. 그가 동화통신 기자로 있다가 영국 유학을 가서 옥스퍼드대학 부설의 러스킨(Ruskin) 칼리지에 다니고 있던 1969년 런던 근교의 이스트본(Eastborne)에서 '사회주의 인터내셔널(SI)' 대회가 열렸다. 김철 씨는 여권이 나오지 않아 참석 못 한다고 최 씨에 연락을 했다. 최 씨는 영국 노동당의 친한 사람을 통해 한국의 통사당을 SI 옵서버에서 정식 회원으로 가입시키는 데 성공하고, 그 대회에서 한국 대표로 연설까지

했다. 대단한 능력이다. 자세히 물어보니 영국의 막강한 노조 조직인 TUC(Trade Union Congress:노동조합회의)의 중요 간부가 한국에 왔을 때 사귈 기회가 있어 그 간부를 통해 작용했다는 것이다. TUC는 영국 노동당의 아주 중요한 기둥이다.

김철 씨는 외국에 갈 때마다 거의 매번 여권 때문에 애를 먹었다. 같은 족청 출신으로 둘이 오누이 같이 지낸, 마당발인 김정례 여사가 자주 중앙정보부에 교섭하여 여권을 받아내기도 하였다. 나중에 알고 보니 중정의 판단기획국장이었던, 그리고 나중에 국회의원도 여러 번 지낸 김영광 씨가 창구였던 것 같다.

나는 임종철 교수의 김철 정당 참여를 테마로 칼럼을 쓴 일이 있다. '어떤 지식인의 정당 참여'란 제목이다.

"최근 세칭 일류대학의 L 교수가 혁신정당 가운데 하나인 사회민주당의 연구기관에 적극 참여하고 있는 것을 발견하고 신선한 감동을 느꼈다. 혁신정당에의 참여는 법률적으로 하등 문제가 없으나 분위기에 있어서는 매우 꺼려지는 일인 데다가 그 교수는 매우 고명하여 속된 말로 그런 데서 '썩을' 그런 사람이 아니기 때문이다…. L 교수를 만났을 때 '그래도 괜찮은 거요?'라는 말이 입 밖으로 튀어나올 뻔하였다. 법률적으로는 너무나 자명한 것이지만 우리 사회는 분위기에 눌리어 살아왔기에 그런 걱정이 머리를 스친 것이다. 그런 물음을 했더라면 고집스러우리만큼 소신이 있고 영악스러우리만큼 똑똑한 교수에게 보기 좋게 당했을 것이다…"

《정우》 1985년 8월호 '정우칼럼'(《정우》는 나중에 《헌정》으로 제호가 바뀐다.)

종로3가 쪽의 사회민주당사로 김철 씨를 방문하니 근처의 '농원'이란 음식점으로 가잔다. 지하 1층인데 주인인 여성이 농민운동을 한, 말하자면 운동권 출신이다. 용모는 보통이었지만 지능은 높고 의지가 강한 것 같았다. 몇 번 가보았는데 김철 씨를 대단한 우국지사로 떠받든다.

그 시절 당사 근처의 다방에서 모금전이 있었다. 가보니 마침 유명한 신학자 장공(長空) 김재준 목사가 오랜 시간 동안 머물고 계셨다. 둘 사이는 각별히 가까웠던 것 같은데 같은 함경도 출신이란 인연도 있을 것이다. 장공은 기독교 장로교(기장)의 창시자라 할 수 있다. 예장 쪽과 비교하여 세는 약하나 사회문제에 적극 참여하는 활발한 교파다. 장공 다음의 인물은 강원룡 목사이고 박형규, 조향록, 김경재 목사 등이 거기에 속한다. 장공이 찬조 출품한 세필(細筆) 붓글씨는 욕심이 날 만했다. 그래서 나보다 좀 여유가 있는 김종인 의원에 권유하여 수장하게 하였다. 장공이 타계한 지금 김 의원은 그 세필 붓글씨를 가보처럼 소장해도 좋을 것이다.

나는 신문사 간부 때 아무래도 김철 씨보다는 주머니 사정이 나아 가끔 술을 샀다. 그리고 드물게는 차로 흑석동 중앙대학 뒤의 높은 지대에 있던 그의 집까지 바래다주기도 하였다. 집에 들어가 보지는 않았다. 내가 국회의원이 된 다음 서초동(서래마을)에 있던 집으로 초대하니 일본 여행 때 가져온 청주 작은 병을 들고 온다. 궁핍한 그로서는 그게 성의 표시가 아닌가.

신군부의 쿠데타가 있고 비상대책위에 이어 입법 회의가 구성되었다. 그때 김철 씨가 그 입법 회의에 참여한 것이다. 김정례 여사가 역할을 했다는 뒷소문이다. 추리해 볼 때, 신군부는 정당 구성을 생각하며 명목상의 것이지만 혁신정당도 필요하다고 판단했을 것이다. 그 경우 김철 씨는 창피하기는 하지만 신군부에 일단 굽혀서라도 혁신정당을 만들어야 하겠다고 생각하였을 것이다. 한신이 저자 바닥에서 무뢰배의 가랑이 밑을 기었다는 중국의 고사도 있지 않은가. 나는 그 심정을 충분히 이해한다. 전략 전술의 차원에서 생각할 때 채택할 수 있는 편법이라고도 생각한다. 독일에서 비스마르크가 사회민주당을 탄압했을 때 사회민주당 측은 "일단 법을 준수하라"고 지시하며 유연한 전략을 택했다는 이야기를 들은 적이 있다. 준법투쟁이다. 여담 한 가지. 독일 사민당 전당대회가 어느 작은 도시에서 열렸을 때 일부 대의원들이 늦게 와서 대회가 지연되었다. 알고 보니 그 대의원들이 역에 도착하니 차표를 받는 역무원이 자리를 비워 기다리느라고 그리되었다는 것이다. 독일 사람들의 철저한 준법정신이다. 사민당원까지도.

그런데 예상치 않았던 경쟁자가 나타난 것이다. 4·19 후의 공간에서 통사당을 함께 했던 고정훈 씨가 시골에 은거하다가 그때 서울에 나타났다. 고 씨는 5·16 후 군부의 탄압으로 5년쯤 형무소 생활을 했다. 내가 조선일보 정치부 차장으로 형무소에 가서 석방된 그를 회사 차에 태워 청량리 쪽의 집까지 데려다주고 가족을 만난 기억이 새롭다. 물론 기사도 크게 썼다. 석방된 뒤 그 자신 수완도 있고 지난날의 인맥도 넓고 하여 사업에, 저술에 맹활약을 하였다. 특히 정일권 총리의 덕을 보았다는 소문이다. 인도에서 철강을 수입하는 사업에 손을 댄 것이다. 당시 인도는 소련의 대규모 원조를 받아 훌륭한 철강 산업을 이룩했었다.

그런데 고정훈 씨는 사업을 크게 하였을 뿐만 아니라 예의 호기를 발휘하여 친구들에게 술도 계속 통 크게 사고, 여성 교제도 화려하게 했다. 가히 당대의 호남아며 쾌남아였다. 여러 외국어를 구사하는 언변하고, 러시아어로 '카츄샤의 노래'를 그렇게 잘 부르는 실력하고, 감히 겨룰 사람이 드물 정도였다. "카츄샤 가련한 모습, 유랑의 슬픔이여" 러시아어 모르는 나는 일본어 번역에서의 중역으로 겨우 그 뜻을 알겠는데 그래도 그 느낌이 애처롭다. 러시아어를 잘하는 일본 외교관과 합창하는 것은 그럴듯했다.

나도 청진동 요정에서 대접을 받은 일이 있다. 선우휘(조선일보 편집국장), 양호민(조선일보 논설위원), 와그너(하버드대 교수), 브래드너(미8군 사령관 정치고문, 박신자 선수 남편) 등이 모였었다. 그러한 호기의 결과는 사업의 파탄, 자기 사업뿐만 아니라 외상을 준 단골 요정마저 거덜을 내고, 그는 빈털터리가 되어 시골의 잘 아는 농장으로 은거하고 말았다. 농장 생활은 오래 계속되었다는 것이다. 나도 정치할 때 요정은 아니었더라도 책에, 그림에, 술에, 선거운동에…. 낭비벽이 있어 폭삭했는데 그의 호기는 더했던 것 같다.

그 호걸 고정훈 씨가 신군부 시대에 나타나 혁신정당을 하겠다고 '입찰'을 한 것이다. 결국 김철 씨와의 라이벌의 재판이 된 셈인데 결과는 고정훈 씨의 승리로 끝났다. 신군부 측은 그들이 입법 회의에 참여시킨 김철 씨를 무시하고 밖에 있던 고정훈 씨를 그들이 이용할 혁신정당의 당수로 선택한 것이다. 그리하여 고정훈 씨는 민주사회당(신정사회당 등 당명은 여러 번 바뀐다)을 만들고 서울 강남구에서 11대 선거 때 국회의원에 당선된 것이다. 물론 그것은 신군부의 트릭에 의한 것. 한 선거구 2인 당선인데 고 씨가 출마한 강남에서는 그때 야당이 공천을 못 하게 하여

고 씨가 여당 후보와 나란히 당선되게 유도하였다.

이미 말했듯이 고 씨는 대단한 어학 실력으로 여러 나라를 돌아다니며 한국에도 혁신정당이 있다고, 즉 정당의 자유가 있다고 선전하는 '구실'을 아주 잘 수행하였다. 특히 IPU(국제의원연맹) 등이 그 무대이다. 사회주의 인터내셔널(SI)에도 작용했는데, 김철 씨가 깔아놓은 축적이 있어 정식 회원은 못되었다. 아무튼 신군부로서는 고정훈 씨를 십분 활용한 셈이다.

그러면 여기서 의문을 풀어보았으면 한다. 신군부 측은 왜 어용 혁신정당 창당에 입법 회의까지 참여한 김철 씨를 택하지 않고, 입법회의 밖에 있던 고정훈 씨를 선정했느냐는 것이다. 아마 신군부 고위층의 생각이 있었을 것이다. 나는 그쪽을 취재하지 못했다. 따라서 풍문으로 들은 것과 나의 추리가 있을 뿐이다.

풍문으로 정보에 관계했던 사람한테 들은 이야기는 그들로서는 김철 씨를 믿을 수가 없었다는 것이다. 지난날 SI에 참가하겠다고 여권을 신청하였을 때 해외에 나가서는 심한 말을 하지 않겠다고 해서 여권을 내주면, 참가해서는 당시의 정권을 모질게 비판했다는 것이다. 아마 김철 씨의 소신이고 고집이었을 것이다. 여하간 그래서 또다시 그런 일을 되풀이해서는 안 되겠다는 정보기관의 경각심이 생겼다는 것이다. 처음에 입법 회의에 넣어줄 때와 나중에 관제 혁신정당을 만들게 될 때와 생각이 바뀌었다는 이야기이다. 거기에 아마 외국어 능력도 고려되지 않았나 하는 추측도 있다.

나의 추리를 보태자면 이렇다. 고 씨는 평안도 인맥이고, 김 씨는 함경도 인맥이다. 그리고 평안도 인맥이 강하다. 물론 김재준, 강원룡 목사 등 함경도 인맥도 만만치 않지만 말이다. 구체적으로 한 가지 예를 들면 고 씨는 조선일보 논설위원을 지냈고 역시 같은 평안도 출신에 조선일보 간부로 있던 선우휘 씨와 막역한 사이이다. 그리고 선우 씨는 그 당시 안기부장으로 있던 유학성 장군과 정훈장교 동기생으로 친하다(유 씨는 정훈병과에서 뒤에 보병 병과로 전과했다). 유 장군은 신군부가 쿠데타를 모의할 때 가장 고위의 선임 장군이었다. 그러니 혹시라도…. 하는 것이 나의 추리이다. 단순한 추리일 뿐 증거는 없다.

여기서 같은 혁신계이면서도 항상 경쟁 관계에 있던, 어쩌면 대표적이라 할 라이벌 고정훈·김철의 관계를 다시 살펴보는 것도 의미가 없지 않을 것이다. 둘의 지연이 다를 뿐만 아니라 성장·활동 배경이 아주다르다. 군의 정보장교 출신과 족청 간부 출신이라는 차이가 우선 두드러진다. 그러나 그 이야기는 접어두고, 아주 오래전에 내가 둘 관계에대하여 쓴 칼럼을 소개하겠다.

'한 민주사회주의자의 생애-고정훈'

"5·17 신군부 쿠데타 후, 5·17 세력이 국제정치의 필요에 의해 혁신정당을 돌보게 된 가운데서 생긴 고 씨와 김철 씨 간의 반목은 너무 유명한 이야기다. 민사당의 당수가 되고 11대 국회의원이 되고 IPU(국제의원연맹) 등을 중심으로 화려한 외교도 하게 되었지만 고 씨에 대한 불신은 계속 남게 되었다.

대단한 재사이기에 인간적 신뢰를 얻는 데는 어려웠던 그가 68세로타계하기까지의 말년 몇 년 동안은 너무나도 인간적인 진면목을 보였다. 민주사회주의연구회의 이사장으로 두산(斗山) 이동화 선생을 의장,

경심(耕心) 송남헌 선생을 부의장으로 각각 모시고 일해 온 그의 참을성 있는 노력은 평가할 만하다….

참 오랜 경쟁자이자 원한이 맺혔을 숙적인 김철 전 사민당수도 고 선생을 병상으로 찾았다. 그리고 많은 민주사회주의자가 그런 것처럼 기독교 신자로도 충실하였다."

《정우》 1980년 12월호 '정우칼럼'

시간을 거슬러 올라가 1979년의 에피소드 두 가지를 소개한다.

박준규 씨는 본인 스스로도 자유주의자, 리버럴리스트라고 자처하지만 교육수준도 높고, 옆에서 보기에도 비교적 개방적이고 너그러운 정치관을 가지고 있었다. 대학에서 정치학 강의도 하였기에 혁신진영에 대해서도 이해심이 있는 것 같다. 그 박준규 씨가 1979년 당시 집권당인 공화당의 당의장이 되었을 때다. 그가 나를 부르더니 자기가 당의장이 되었는데 제1야당의 축하 화분은 물론 혁신정당의 축하 화분도 있는 게 모양이 좋겠다고 "당신이 김철 씨와 가까운 것 같으니 한번 말해 보라"고 나에게 부탁한다.

당시 김철 씨의 정당은 아마 통사당이었을 것이다. 당명이 여러 번 바뀌어 "였을 것이다"는 표현이다. 서울역에서 남영동 사이의 어느 작은 빌딩 2층에 당사가 초라하게 있었다. 거기에 가끔 들리면 선전부장인 안필수 씨가 대개 있었고, 다른 간부는 거의 보이지 않는다. 그리고 사무당원이 두, 세 명쯤.

김철 씨를 만나 박준규 씨의 뜻을 전하니 거부반응을 먼저 보인다. 독재정권의 '하수 정당'의 당의장 취임에 그가 축하할 뜻이 전혀 없다는 것이다. 사실 그 당시 김철 씨는 김대중 씨 등과 손잡고 활발한 반독재 반유신 투쟁을 하고 있을 때다. 김철 씨와 김대중 씨는 동지적 유대가 튼튼했던 것 같다. 김철 씨의 아들 김한길 씨가 나중에 김대중 씨 발탁으로 국회의원도 되고, 장관도 한 데에는 그런 둘 사이의 인간관계가 작용하였을 것이라고 나는 본다.

여하간 그는 찜찜한 태도로 한참을 망설였다. 그러나 나하고 친하니 모처럼의 부탁을 박절하게 뿌리치기도 난감한 일이었을 것이다. 그래서 그는 일종의 절충안 비슷한 것을 내놓았다. 자기는 모른 체할 터이니 내가 내 돈으로 화분을 사서 자기 이름의 띠를 써서 놓으라는 이야기다. 나의 추측은 만약에 그 화분이 야권이나 혁신진영에서 말썽이 나면 자기는 모르는 일이고 내가 임의로 한 일이라고 하면 될 것이 아닌가. 농담이지만 궁한 처지에 돈도 아끼고….

박준규 씨의 김철 씨에 대한 관심은 매우 각별한 것 같았다. 김철 씨의 정당은 이미 말했던 것처럼 SI의 옵서버였다가 정식 회원이 된 상태이다. 79년 SI의 칼슨 사무총장이 방한한 때다. 국제정치사회에 있어서의 거물이다. 비단 진보진영에서 뿐만이 아니다. 명동성당 건너편에 있는 YWCA 건물의 바로 앞 건물의 지하 1층 홀에서 그의 방한을 환영하는 큰 행사가 있었다. 나도 관심이 있어 가보았더니 거의가 재야인사 일색이다. 거기에 박준규 공화당 의장이 신형식 사무총장을 거느리고 참석하였다. 여러 사람의 축사가 계속되었다. 아마 5~6명쯤 되지 않았나 생각된다. 몽땅 재야인사들이다. 그중에 윤반웅 목사는 그 이름이 약간 특이하여 지금도 내 기억에 남아있다. 그런데 아무리 기다려도 집권당의 당의장인 박준규 씨 차례가 오지 않는 게 아닌가. 짐작건대 김철 씨에게 넌지시 귀띔했을 것도 같다. 그런데도 여하간 김철 씨는 완전히 박준규 씨를 무시해 버렸다. 철저하다. 고집이 대단하다.

나도 좀 잘못된 게 아닌가 하고 여겼다. SI 사무총장이 왔는데 집권당의 당 대표가 온 것을 소개하면 좋고, 또한 강압 정치 아래지만 그래도 김철 씨 정당에 관심을 보이고 있는 박준규 씨의 체면을 살려주어도 좋을 것이며, 혹시라도 앞으로 박준규 씨에게 부탁할 거(여권 등)도 있지 않겠는가. 큰 체구에 걱실걱실한 성격의 신형식 사무총장은 드러내 놓고 "김철 씨, 너무한 것 아니여!"라고 주변 사람들에게 들리게 항의 조의 말을 하였다. 김철 씨의 고집, 좋게 말해서 소신, 폄하해서는 고집통을 말해주는 좋은 일화이다.

앞서 말한 신군부의 선택에도 관련이 없지 않았을 것 같다. 일단 입법 회의에는 설득해 참여시키고는 혁신정당 창당에서는 배제한 그 과정 말이다.

'원외 정치세력들의 의미는'

"우리나라에 있어서는 아직 이 원외(院外)들이 정치세력으로 혜성처럼 급상승하는 경우는 거의 없으나 외국에서는 불란서의 지난날의 쁘자디스트나, 서독의 오늘날의 녹색당과 같이 청신한 돌풍 현상을 일으키는 예도 있다. 아마 우리나라도 비례대표제를 확충하거나 또는 사회 발전이 더 된다 하면 원외들도 각광을 받으리라고 본다.

원외의 중요인물인 전 총사당 당수 김철 씨가 '원내에 못 들어가더라도 나의 노선을 지켜나가겠다. 원외에서 활동하는 것도 우리나라에서는 의의가 있는 것이다'라고 심경을 토로하는 것을 듣고 머릿속에 오래

걸리는 것이 있었다."

《정우》 1984년 4월호 '정우 칼럼'

그가 외로운 혁신정당 활동을 할 때 나는 그를 생각하는 위와 같은
글을 썼었다. 한국에서는 잘 알아주지 않는 그의 활동에도 외국에서의
격려는 있었다. 예를 들면 독일의 프리드리히 에버트 재단에서의 음양
으로의 지원 같은 것이다. 독일에서는 국가가 각 정당에 예산을 주어
국민을 정치교육 하도록 하고 있다. 나치즘의 여독을 해독하려는 민주
시민 교육을 위해서다. 그 돈으로 기민당은 아데나워재단, 사민당은 에
버트 재단을 만들어 활동하고 있는데 한국에는 초기에 에버트 재단의
홀체라는 대표가 와서 아주 오래 체류했었다. 나도 그와 친해 술도 가
끔 하였으며 그 후원으로 일본에서의 세미나에 권두영 교수와 참석했
었다. 에버트 재단에서 김철 씨의 정당을 지원했음은 물론이다. 홀체
대표는 한국 다음으로 아프리카로 갔다.

1994년 김철 씨가 68세로 별세하였을 때의 이야기는 내가 김정례
여사에 관해서 글을 쓰면서 설명한 적이 있다. 빈소는 여의도 성모병
원에 차려졌다. 문상을 가니 발인 때 추도사를 해달라는 부탁이다. 응
당 수락해야 마땅했다. 그러나 그 무렵 현직 노동부 장관이 죽산 조봉
암 씨의 기일에 망우리의 묘소에서 있는 추도식에 참석했다 해서 말쟁
이들이 약간 말을 했다는 정보를 들었다. 그런데 근무시간에 다시 김철
씨 영결식에 가서 추도사를 한다면 또다시 말썽을 일으키려 할지 모를
일이다. 김영삼 정권은 비록 민주화 후라 하더라도 보수 정권이 아닌
가. 그래서 미안한 일이지만 사양한 것이다.

오랜 시일이 지난 후 아들인 김한길 씨가 김대중 대통령의 신임을 받아 국회의원도 하고 장관도 할 때다. 태평로의 프레스 센터에서 당산(堂山) 전집 출판기념 겸 김철 씨 업적에 관한 세미나가 열렸다. 당산은 김철 씨의 아호. 김한길 씨와 부인인 탤런트 최명길 씨가 나서서 손님을 맞는 등 행사는 매우 화려했다. 고생고생 평생을 마친 김철 씨로서는 사후에 크게 호강을 한 셈이다.

그런데 기념세미나에서 비끄러져 나갔다. 발표자의 한사람인 경상대의 장상환 교수가 발표에서 김철 씨의 업적을 아주 객관적으로 엄격하고 냉혹하게 평가해 버린 것이다. 추모 행사는 고인을 좋게좋게 평가하는 마당인데, 그리고 그러는 것이 관례인데…. 주최 측이 인선에서 그런 점을 고려 않은 것 같았다. 장 교수는 학자의 입장에서 엄격하게 학술세미나처럼 발표한 것이다. 장 교수는 진보적인 학자로 이름이 나 있다. 민주노동당의 정책위원장을 맡은 적도 있고, 처남들이 유명한 진보학자였던 김진균 교수와 그리고 역시 진보파인 김세균 교수다.

장 교수의 평가를 요약하면 이렇다. ① 부산정치파동 때 족청의 간부로 그 책임에서 자유로울 수가 없다. ② 혁신정당 운동을 계속했다고 하지만 간판만 유지한 게 아닌가. 그것도 의미는 있을지 모르겠지만 여하간 실질적인 활동은 거의 없었다. ③ 신군부 쿠데타 후 입법 회의에 참여한 것을 어떻게 설명할 것인가. ④ 다만 박정희 정권의 유신 후 김대중 씨 등 재야와 손을 잡고 반유신 투쟁을 적극적으로 한 것은 높이 평가할 만하다.

좀 가혹한가. 거듭 말하지만 장 교수는 객관적이었고, 주최 측이 일종의 축하 행사에 인선을 잘못한 것으로 보아야 할 것 같다. 나는 장 교수의 평가에 이의를 제기할 뜻은 없다. 다만 장 교수는 김철 씨를 직접 알지 못했고, 기록에 의지하여 평가한 것이라면, 김철 씨와 30여 년에 걸쳐 가끔 만나고 지냈던 나의 평가는 약간 다를 수밖에 없다.

이미 묘사한 바와 같이 김철 씨는 고집이 센 사람이었다. 권투선수였을 정도로 의지도 강했다고도 할 수 있다. 족청을 한 것을 반드시 나무랄 것은 아니라고 본다. 중국에서 광복군 사령관으로 활약했던 이범석 장군이 해방 후 조직한 족청이 아닌가. 나라 만들기에 기여한 그 나름의 공을 인정해야 할 줄 안다. 물론 '민족지상·국가지상'이란 장개석 중국 국민당 총통에 영향받은 후진국 파시즘의 냄새는 강하게 났지만 말이다. 그리고 나의 중학 시절에 보고 들은 견문으로는, 족청이 그래도 첨예한 좌우익의 대립에서 얼마간의 완충 역할은 하였다고 평가하는 것이다. 물론 부산정치파동을 정당화하거나 변명하려는 것은 아니다.

혁신정당의 간판만 걸고 내실이 없었다는 것은 맞는 지적이다. 그렇지만 당시의 엄혹한 정치 상황을 고려에 넣어야 할 줄 안다. 나와 서울대 동기로 가까이 지내던 서울상대의 임종철 교수가 한때 김철 씨 사회민주당의 정책위원장으로 일했었다고 소개했다. 아마 임 교수의 눈으로도 그때는 그 정도의 정치 활동밖에 못 하는 것으로 판단했을 것이다. 장상환 교수가 선배인 임종철 교수의 위치에 있었다고 가정해 본다면 어떻게 했을 것인가 한번 상상을 해보았으면 한다.

우리나라가 민주화가 되고, 진보정당이 그래도 몇 석이나마 국회 의석을 차지하게 된 요즘이다. 그 이전은 말하자면 전사(前史) 시대라고 할 수도 있다. 그 전사 시대에 외롭게 고생스러운 일생을 투쟁하며 살다 간 김철 씨를 새삼 떠올리며 추모한다. 그는 그래도 혁신정치 운동에

생을 바친 외로운 투사다. 고인에게 술 한 잔을 바치고 싶다.

김철 씨에 대한 회고담을 쓰는 기회에 혁신정당(요즘 표현으론 진보정당)에 관한 나의 지난날의 관찰을 종합하여 소개해 두는 것도 도움이 될지 모르겠다.

1950년대와 1960년대 초에 혁신계라고 할 때 대충 세 부류의 사람들이 있었다.

첫째로 일제 때 사회주의(공산주의 포함)의 영향을 받은 사람들이다. 일본에서는 '다이쇼(大正) 데모크라시'라고 하는데 그 당시 일본 사회에 마르크시즘의 물결은 대단했다. 당시 일본에 유학했던 한국 학생들이 그 물이 들었다. 학자들 가운데서는 동경제국대학 정치과에서 공부한 이동화·신도성 씨 등이 대표적이다. 그들은 온건한 사회민주주의 노선을 따랐다. 또한 한반도 지근 거리에 소련이 있었기에 그 영향이 컸다. 소련도 손을 뻗었을 뿐만 아니라 그 도움을 기대하는 독립운동가가 많았다.

둘째로, 첫째 항목과 연관되기도 하는 것이지만 주로 중국에서의 우리 독립운동은 크게 보아 세 가닥이었다고 한다. 첫째 가닥은 김구 선생 등과 같은 요즘 표현으로는 우익적 민족주의 가닥. 둘째 가닥은 사회주의 또는 공산주의 가닥. 셋째 가닥은, 요즘 같아서는 이해하기가 어렵겠지만 무정부주의 가닥. 당시 아나키즘의 사조는 대단한 것이어서 예를 들어 김좌진 장군도 후기에는 그 가닥이었다 한다. 독립운동의 가문으로서는 최대의 가문인 이회영 씨조차도 아나키스트로 분류된다. 그리고 모두 아는 바와 같이 신채호 선생도 아나키스트였다. 임정 요인으로 귀국 후 독립노농당이란 아나키스트 정당을 만든 유림 씨를 빼놓을 수 없다.

마르크스와 바쿠닌은 혁명이론의 양대 산맥이었다. 우리나라에서는 자칫 경시되기도 하였던 그 바쿠닌이 당시는 대단했던 것 같다(E. H. Carr 의 바쿠닌 전기 참고). 한국에도 그 영향은 은연중 미쳐 아나키스트가 실제로는 많았다고 한다. 아나키즘을 '무정부주의'라고 번역하는 것이 일반을 오도하는 결과가 되었다. 아나키즘은 국가권력을 최소화하고 주민의 자치를 최대화하자는 것이지, 무정부주의는 아니다. 번역어가 마땅치 않아 '무정부주의'로 번역한 것이 뒤에 여러 가지로 오도하는 결과를 가져왔다. 여하간 그 아나키스트 세력이 대단하였기에 스탈린이 국제적으로 그 숙청을 명령하여 스페인 내전에서 공화파 안의 아나키스트 숙청이 있었고, 우리의 독립운동에서도 예를 들어 김좌진 장군의 희생이 있었던 것이다.

여하간 이 세 가닥 세력의 대립은 줄기차게 진행되었는데 임시정부 후반에 가서 조소앙 선생이 내세운 삼균주의(三均主義) 노선에 따라 가까스로 타협을 본 것이다. 그러한 독립운동 세력 가운데서 보수적 민족주의자를 제외한 세력이 귀국 후 점차 혁신계에 합류한 것이다.

셋째로, 별로 의미가 없는 세력이지만 수적으로는 많았던 것이 이승만 정권에서의 소외세력이다. 통칭 혁신계 안에는 혁신계와 전혀 관계없는, 이승만 쪽에서 찬밥 먹다 온 사람들이 많았다. 아니 상당수였다(요즘도 여당에서 한자리하려다가 여의치 않으니까 야당을 하는 사람들이 있지 않은가). 그 점을 간과해서는 안 될 것이다.

그다음 생각할 것이 혁신세력의 운동방식이다. 그 당시의 혁신정당들은 간판을 내걸고 가끔 성명서만 발표했지 별다른 활동을 하지 않았다고 말할 수 있겠다(물론 4·19 후 공간의 민족자주통일중앙협의회의 군중대회나 행진은 예외적이다). 간행물도 별로 없었다. 아니, 기억이 나지 않는다. 죽산 조봉암의 진보당이 그래도 가장 컸었는데 그 당도 잡지 형태의《중앙정치》를 서너 호 낸 것을 본 기억밖에 없다.

호랑이 담배 피우던 시절인가. 당 간판만 내걸고 가끔 성명만 내면 혁신정당이니…. 그러니 혁신정당이 난립할 수밖에 없다. 혁신정당 만들기가 식은 죽 먹듯 쉽기 때문이다. 1인 1당의 파편 정당이 있었고, 유명무실한 것들이 적지 않았다. 따라서 거명되던 혁신정당들 모두에 관심을 가질 필요는 없다. 아주 줄여서는, 해방공간 말고는, 진보당과 통일사회당 정도가 그나마 제 모습이었다 할 것이다.

그때는 혁신정당의 외곽단체나 손발이 되는 산하단체가 거의 없었다. 그 점이 매우 중요하다. 그 당시 시민운동은 형성되지 않았었다. 요즘은 시민운동이 활발하여 때로는 시민운동 단체가 거의 작은 정당에 버금하기도 하지만 그때는 시민운동 탄생의 전야(前夜)였다. 농촌이 아직 큰 몫이었기에 농민운동이 얼마간 의미가 있을 정도였다 할까. 노동운동도 있기는 했으나 대부분 어용노조여서 별로 의미가 없었다. 자주적이고 민주적인 노조가 탄생하는 것은 훨씬 후이다.

다만 학생운동은 약간 기대를 걸만 했다. 진보당이 학생층 중심으로 여명회(黎明會)를 만들었었는데, 그것도 초보적이라 할 것이었다. 나도 잘 아는 친구 권대복 군이 회장이었는데 그는 영등포학우회(그때만 해도 영등포는 서울과 동떨어진 별개 지역이었다)와 그가 다니던 국학대학 학생 중심으로, 말하자면 일종의 친구들 조직으로 여명회를 만들었다. 그래도 그 무렵 학생운동이 싹텄던 것을 무시할 수는 없다. 서울대 문리대의 신진회(新進會)는 50년대 중반에 무시할 수 없는 크기의 진보적 학생조직으로 뭉쳐진 것이다.

4·19 공간에서 민족자주통일중앙협의회(민자통)는 각별히 관심을 가져야 할 조직이었다. 통사당을 제외하고 사회당 혁신당 사대당(고수파) 등 여타 혁신정당이 모두 뭉쳤을 뿐만 아니라, 민족민주청년동맹(민민청) 등 청년 학생조직을 산하에 포용하고 있었으며, 특히 피학살유족회라고 아주 열성적인 조직을 끌어안고 있었다. 천도교의 큰 덩어리도 포용했던 것 같다. 3·1운동 때의 대표 서명자인 손병희 선생의 부인 주각경 여사가 그때 민자통의 한 상징적 존재로 거명되었었다. 내가 겪은 경험으로는 큰 규모는 아니지만 그나마 천도교 측이 재정적 부담도 했던 것 같다.

그때 신문기자로 관찰했었기에 얼마간 겉핥기식일 것이다. 철저히 연구하지는 못했다. 그러나 이상에 말한 것들이 그 당시 혁신정당들을 관찰한 대체적인 인상평이다. 문자 그대로 인상평이라는 한계 안에서의 이야기다.

(2014년 《강서문학》 제26호)

내가 알게 된 문인 10인의 스케치

신문사 생활을 20년쯤 하고 더구나 문화부장을 맡아 보았으니 전공 분야가 아니지만 문단 사람들도 많이 사귈 기회가 있었다. 그러나 문학 쪽에 소질이 없어 그 좋은 기회를 선용하지 못했다. 그냥 흘려보낸 것이 지금에 와서는 아쉽기만 하다.

발자크가 되려 한 이병주

내가 가장 친하고 밀접하게 접촉했던 문인으로는 소설가 이병주 씨를 꼽겠다. 오래 사귀었고, 그를 잘 알게 되고, 그리고 그에게서 알게 모르게 영향도 받았다. 조선일보 문화부장으로 있을 때다. 공교롭게 그때 그가 『소설 알렉산드리아』로 중앙 문단에 데뷔한 것이다. 그전에도 지방 신문에 소설을 연재하기도 하였지만 그 스스로도 그렇고 문단에서도 그의 데뷔작을 『소설 알렉산드리아』로 친다. 나는 그 중편소설에 감동하여 한껏 크게 지면에 소개하였다. 그리고 그와 자주 접촉하게 되고 매우 가까워진 것이다. 계속 그의 원고를 부탁하기도 하였고 술자리도 자주 갖게 되었다.

이병주 씨는 아호가 나림(那林)이다. 나림은 우선 정규교육을 충분히 받았다. 경남 하동의 부잣집 출신인 그는 일제 때 일본의 메이지대학과 와세다대학에서 불문학을 공부하다가 학병으로 끌려가 중국 대륙의 중부지방에 배치되었다. 그리고 귀국 후 잠깐 지방대학에서 강의를 하다가 부산의 국제신보에서 편집국장·주필을 역임하였다. 5·16 후는 그가 혁신계 성향을 보이고 중립화 통일에 앞장섰다고 하여 2년 반쯤의 감옥생활을 하였다. 그때 감옥에서 구상하여 발표한 것이 『소설 알렉산드리아』이고 그 작품을 가장 호의적으로 맞아준 것이 조선일보 문화부장이니 둘은 친해지지 않을 수가 없었던 것이다.

나림은 박학하다. 일본 유학이니 일어는 물론이고 영어와 프랑스어에 막힘이 없다. 일본, 영미, 프랑스의 문학을 십분 흡수했다는 이야기가 된다. 그뿐 아니다. 1920년대 초 태생이니까 한학에도 뛰어나 사기니 당시니 중국 문학에도 이해가 깊다. 거기에다가 한국의 작가들이 부족하기 마련인 체험의 축적과 깊이가 있다. 일본 유학, 학병, 중국 대륙에서의 경험, 해방 후 좌우대립, 하동이 지리산 자락이니 빨치산에 관한 견문, 신문사 간부, 형무소 생활…. 작가로서 필요한 것은 다 체험한 셈이다.

그는 일반 세상의 도덕관을 초월한 것 같았다. 영어에 moral(도덕적)과 immoral(부도덕)이 있고 amoral(도덕 이전, 또는 도덕 초월)이 있는데 그는 amoral의 세계이다. 그러니 일부에서는 그를 '이나시스'(이병주+오나시스)

라고 호칭하며 패덕한 취급하기도 한다. 그러나 그는 세속적 도덕에 얽매이지 않고 거기서 초월하여 매우 자유롭다. 생전에 부인이 셋인 것으로 알고 있었는데 사후의 이야기로는 넷이란 설도 있다. 여인을 버리지는 않으니 호인이라 할까.

엄청난 다작이다. 어느 호사가가 계산해 보았더니 하루 200자 원고지 30장의 집필 속도라고 한다. 하청작업이 있는 게 아니냐는 소문도 있었다. 원고료나 인세 말고도 큰돈을 잘도 마련하였다. 그는 당대의 실세인 김현옥 서울시장이나 이후락 정보부장과도 아주 친해서 가끔은 이권도 따낸 것으로 알려져 있다. 전두환 대통령의 백담사행 성명을 대필해 주었다는 것은 널리 알려진 일이다. 그러니 기사 딸린 고급자가용을 굴리며 화식집, 룸살롱 등 최고의 사치다. 술도 청주가 아니면 코냑. 소주는 거의 안 마신다. 나는 이 '돈 후안'에게 사치가 너무하지 않느냐고 나무란 적이 있다. 그는 형무소 생활 2년 반에 나가면 최고의 사치를 하며 살겠다고 맹서한 바 있다고 털어놓는다.

그는 『지리산』, 『관부연락선』, 『산하』, 『행복어사전』, 『실록 남로당』 등등 엄청난 수의 작품을 남겼다. 심지어는 『에로스 문화사』까지. 다작보다는 문학사에 남을 작품을 공들여 써보라고 했더니 "환갑을 지나면 그러하지…" 하는 답변이었다. 그리고 프랑스의 발자크가 모델이라 쓸 것이 많았던지 계속 작품을 양산하다가 70을 넘기자 병으로 숨을 거두었다. 발자크가 세상의 모든 면을 묘사하려 했다면 나림은 우리가 살아온 시대의 모든 단면을 소설로 서술해 보겠다고 한 것 같다. 문학적 평가는 전문가에게 맡기고 보류한다. '이나시스'는 한평생을 자기 하고 싶은 대로 한껏 사치하게 즐기며 쓰고 싶은 대로 쓰고 끝냈다.

그는 '잡놈'이기도 했지만 '천재적'이기도 했다. 내가 사귄 모든 사람 가운데 가장 생생하게 와닿는 '인간'이기도 하다.

한 달에 한 번 만취하는 선우휘

일제 때 한반도에서 서울 사범, 대구사범, 평양 사범의 세 사범학교 는 특출했던 것 같다. 학비 면제이니 우수한 학생들이 모여들었다. 교 사도 당시에는 한반도에서 최고인 경성제국대학 출신들이 적지않이 있 었다. 대구사범에서는 박정희 대통령, 평양 사범은 백선엽 대장, 서울 사범에선 조병화 시인을 대표적 인물로 친다는데 선우휘 씨는 그 서울 사범을 나왔다. 그리고 정훈 대령으로 예편하여 신문사에서 편집국장·주필을 지냈다.

그는 평북 정주 출신인데 재미있는 일화가 있다. 해방 후 북쪽에는 소련군이, 남쪽에는 미군이 진주하자 정주 지방에서는 매우 똑똑하다 고 알려진 부친은 여러 형제를 반씩 나누어 북과 남에 배치했다는 것이 다. 어느 한쪽이 잘못되어도 다른 쪽은 괜찮을 것이니까 양쪽에 걸어두 자는 심산이다. 그런 이야기를 선우휘 씨는 스스럼없이 털어놓는다.

선우휘 씨의 문단에 알려진 첫 작품은 『불꽃』이다. 나는 대학에서 강 의할 때 해방 후의 상황을 이해하는 데는 소설을 읽는 것도 좋은 방법 이라며 우측 것으로는 『불꽃』, 중간 것으로는 이병주의 『지리산』, 약간 왼쪽 것으로는 조정래의 『태백산맥』을 추천했다.

선우 씨는 소설을 술술 쓰는 것 같다. 물론 오랜 구상의 시간이 있었겠지만, 한번 쓰기 시작하면 대단히 빠른 속도로 쓴다. 그러니 문장에 기교를 부린다거나 문장에다 무슨 깊은 뜻을 담는다거나 하는 일이 없다. 그저 슬슬 쓸 뿐이다. 편집국장석에 앉아서 연재소설 다음날 치를 재촉받아 쓰는 것을 보니 힘 안 들이고 뚝딱 써서 건넨다.

그의 작품이 영화화된 것도 몇 편 있다. 대령 출신답게 전쟁을 소재로 한 것들이다. 그는 TV의 연속극을 즐겨 본다. 쉬는 날은 하루 종일 본다는 이야기이다. 그 이야기는 그의 소설 구상은 영화나 연속극의 플롯을 생각해서 깔고 한다는 이야기다. 역시 그의 문학적 평가는 전문가에 미루고 일화 하나를 소개하는 데 그치겠다.

그는 한 달에 한 번은 의식 불명일 정도로 만취한단다. 그게 그의 '두뇌 청소'란다. 그래야 새로운 기분으로 새로운 차원의 생각을 전개할 수 있다는 이야기다. 그 두뇌 청소 음주 날에 걸리는 사람은 역시 만취할 수밖에 없다. 나는 여러 번 걸리는 행운을 가졌었다.

문화부장 장수의 기록 최일남

법과대학의 초급 학년 때 낙산 밑 동숭동에서 하숙집을 찾으니 둘이 한방을 쓰는 게 나았다. 들어가 보니 룸메이트는 문리대 국문과의 최일남. 전주 출신으로 체구가 작은 최형은 그때 백영사라는 출판사에서 아르바이트를 하며 공부하고 있었다. 돈 벌어 공부하는 아주 성실한 최형에 마음이 끌리고 친밀한 사이가 되었다. 그러다 보니 전주 출신의 공동의 친구들도 많이 나타났다. 한번은 최형이 아주 겸손하고 약간은 수

줍게 나에게 자기의 작품을 읽어보라고 내민다. 단편 「쑥 이야기」다. 문외한이지만 괜찮게 느꼈다. 착실한 작품 같았다.

　그 후 둘은 신문사에서 만났다. 최형은 여러 회사의 문화부장을 하도 오래도록 연임하여 최장기 문화부장의 기록을 남겼을 것이다. 그러면서 틈틈이 소설도 썼는데, 장편도 있지만 주로 단편이다. 우리 생활 주변의 이야기를 잡아 아주 야무지게 정리한 착실한 작품이라는 인상이다. 최형의 마지막 근무처는 동아일보. 그는 소신 있는 글을 많이 썼다. 특히 강성인 인터뷰 기사들이 기억에 남는다. 동아일보 사장이었던 일석 이희승 씨는 체구가 작다. 한번 최형을 만나니 이희승 사장과 몰래 키 잰 이야기를 하며 "그래도 나보다 작은 사람도 있더군" 한다. 그의 소설을 몇 편 읽어보았는데 특별히 대단한 이야기를 쓴 것이 아니라 일상생활에서의 일들을 착실하게 묘사하고 있다는 느낌이었다. 그가 아주 잘 찍힌 그의 사진 하나를 기념으로 나에게 주었는데, 뒤에 '獨步子'인가 무엇이라 쓴 것 같은 기억인데 아무튼 '獨'자가 든 것은 틀림없다. 혼자서라도 자신 있게 간다는 이야기였던가.

파계 직후 진통기의 고은

　큰 출판사인 민음사의 박맹호 회장이 팔순을 맞아 거창한 기념 파티를 열 때였다. 박 회장, 고은 씨, 이어령 씨, 그리고 나의 넷은 닭띠 동갑이다. 그리고 오랜 친구들이다. 그래서 자연히 고은, 이어령, 그리고 내가 축사를 하게 되었다. 나만 자신 없이 원고를 준비하여 간 것 같다.

고은, 이어령 등 우리나라의 알아주는 문재(文才)들은 즉흥 연설이다.

1960년대 중반부터 나는 박 사장이 하는 민음사에서 고은 시인을 아주 자주 만났다. 술도 어지간히 했다. 내가 "고 선사(禪師)"라고 부르면 그는 나를 "대덕(大德)"이라고 추켜올린다. 그때의 고 선사는 불문에서 파계하여 속세에 나온 지 얼마 되지 않아서인지 일반인의 예의범절과는 동떨어진 거칠기 이를 데 없는 정말 '파계승'이었다. 술도 그렇게 좋아해 많이 마시고 여자도…. 이제 와 생각하니 불문에서 파계하여 어렵게 속세에서의 정상을 찾기 전의 시기였던 것 같다.

그 고 선사가 시에 점점 비범함을 발휘하기 시작하였다. 민음사의 박 사장과 의형제처럼 가깝고, 자주 만났다. 만나면 맥줏집에서 술이고 하여 나도 박 사장이 고교 동문이고 해서 자연히 가끔 합류하게 되었는데 그가 문단의 거물이 되어가는 과정이 눈에 보이는 듯하다. 마침 《문학사상》에 그 시절 그의 일기를 연재하였는데 거기에는 민음사, 비어홀 '사슴', 호스티스 미스 리 이야기가 빈도 있게 나온다. 내 이름도 비치고.

고은 시인은 시인으로도 유명했지만 반독재 민주투사로도 이름을 날렸다. 그 시절 한때 강서구의 화곡동에 살았다. 형사들이 가끔 동태를 살피러 그의 집에 들렀었는데, 여름에 가니 완전 나체로 일을 하고 있어 민망해서 나왔다는 이야기도 전한다.

그는 군산에서 중학교(요즘의 고교 포함)를 나오고 사정이 있어 불문에 들어간 모양이다. 그런데 그 불문에서의 공부가 대단했던 것 같다. 불교 자체가 무위 사상도 있고 변증법도 있는 거대한 철학 체계이기도 한데 그는 그 불교 철학을 공부하고 아울러 한문 공부까지 마치고 산을 내려온 셈이다. 그러니 웬만한 대학 공부는 비교가 안 된다. 그 불문에서의 공부가 그의 시인으로서의 대성에 바탕이 된 것이다. 그의 언행을 음미해 보면 거기에는 알게 모르게 불교의 철리가 깔려 있음을 감지할 수 있다.

노벨문학상 발표 시기가 되면 그의 집 앞은 기자들로 북적인다. 그러나 나는 큰 기대를 걸지 않고 있다. 우선 상을 주는 쪽도 정치적 고려를 하고 있는데, 남북 분단 케이스인 한국의 경우는 김대중 대통령이 이미 평화상을 받은 게 아닌가. 그리고 그는 소설도 썼지만 주로 시인으로 부각되어 있는데 수상에는 언어 사용인구가 많은 것이 도움이 된다는 문제가 있다. 아무리 영어, 프랑스어로 번역을 한다고 해도 당초 한글로 된 시가 국제사회에서 평가를 받기가 어찌 쉬운 일이겠는가. 여하간 나는 운이 좋게 천재 시인 고 선사의 파계 직후의 진통기·전환기를 직접 목격하는 운을 가졌다(천재라고? 친구한테 돈도 안 드는 일이니 그렇게 불러 인심이라도 쓰자). 대성한 다음보다 그때가 더욱 중요했던 게 아닌가 한다.

4·19 감격 읊은 신동문

《강서문학》에 쓰는 글이니 먼저 작고한 신동문 시인의 부인 남기정 여사가 강서구청 근처에 아주 오래 살고 있었다는 이야기부터 해야겠다. 고려대학교 국문과 출신이다. 중간에 동네가 아파트로 개조되었는데 그 후는 미확인이다.

6·25 후 충북 청주에도 문단이라는 것이 점차 형성되어 가고 있었다. 도심의 다방에 10명 가까운 문인들이 가끔 모이는 것이 초기 형태

이다. 그 중심인물이 신동문 시인과 가두철학자 민병산 씨다. 가두철학자라는 것은 강단의 정규 철학이 아닌 독학으로 철학을 공부하여 잡지에 철학적 에세이를 쓰는 것을 말한다. 신동문·민병산 씨는 오래지 않아 서울로 올라와 서울서도 관심을 끌었다. 특히 민 씨는 그의 독특한 붓글씨로 이름을 알려 전시회가 열리게까지 되었다.

신동문 씨는 시집 『풍선기』를 내놓았는데 그가 특히 관심을 끈 것은 4·19 때의 감격적인 시를 통해서였다. 르포문학이라는 말이 있는데 그의 그 시는 말하자면 '르포시'라 할 수 있다. 4·19의 감격을 되살리기 위해 일부를 길게 인용한다.

아! 신화같이 다비데群들
　－ 4·19의 한낮에

고리아테 아닌
거인
殺人 專制 바리케이트
그 간악한 조직의 橋頭堡
무차별 총구 앞에
빈 몸에 맨주먹
돌알로써 대결하는
아! 신화 같이
기이한 다비데群들

빗살치는

총알 총알

총알 총알 총알 앞에

돌 돌

돌돌돌

주먹 맨주먹 주먹으로

피비린 정오의

鋪道에 匍腹하며

아! 신화같이

육박하는 다비데群들

제마다의

가슴

젊은 염통을

전체의 방패삼아

貫革으로 내밀며

쓰러지고

쌓이면서

한발씩 다가가는

아! 신화같이

용맹한 다비데群들

신 시인은 신구문화사에서 기획일을 하다가 《창작과 비평》 초기에 그 편집을 책임지기도 하였다. 그러다 경향신문으로 옮겨 기획부장으로 활동하였는데, 그 기획물 일부가 당시 정권의 비위를 거스른 모양이다. 중앙정보부에 끌려가 크게 당하고 난 후는 붓을 꺾었다. 충북 단양으로 내려가 포도밭을 가꾸며 지냈는데 그 사이 침술을 익혀 그 효험이 소문이 널리 난 모양이다. 사람들이 침을 맞으러 찾기 시작했는데, 그의 침은 여벌의 재주이니까 무료. 다만 침을 맞기 전 반드시 노래를 두 자루(곡이라는 뜻) 해야 한다는 조건이 붙었다는 이야기다.

그는 그 단양에서 요절했는데 단양에 갔을 때 보니 시내에 그의 시비가 서 있다. 두 곳에 있단다. 신동문의 동문은 그의 본명이 아니고 필명인 셈인데 그 유래가 재미있다. 젊어서 폐병을 앓아(그때는 중병이다) 충북 도립병원에 장기 입원했는데, 그의 병실에서 바로 보이는 문으로 항상 시체가 나갔단다. 그게 동쪽문. 조선일보 신춘문예 시 부분에 당선되니 필명이 없느냐고 묻더란다. 신문사 측의 필명 권고도 있고 하여 시체가 나가던 동쪽문을 떠올려 바로 동문(東門)으로 이름지었다는 이야기다.

그의 사후 오래 지나 고향 후배인 소설가 김문수 씨가 그의 원고를 모아 시 한 권, 산문 한 권, 두 권의 유고집을 냈는데, 신문에 났던 글들은 시일이 지나니 마모된 부분이 많아 만족스럽게 내지 못했다는 것이다. 잡지에 난 것은 시일이 지나도 인쇄된 것이 보호되지만 신문에 난 것은 계속 노출되어 훼손되기 쉬운 것이다.

청주에서는 잊지 않고 신동문 문학제가 열린다. 2015년의 문학제에는 문학평론가인 염무웅 씨의 강연이 있었다.

술에 끈질긴 『농무』의 신경림

신경림 시인의 시집 『농무』가 유명하다. 그 가운데 시 「농무」의 다음 부분이 특히 마음에 들었다.

비료 값도 안 나오는 농사 따위야
아예 여편네에게나 맡겨 두고
쇠전을 거쳐 도수장 앞에 와 돌 때
우리는 점점 신명이 난다
한 다리를 들고 날나리를 불거나
고갯짓을 하고 어깨를 흔들거나

신 시인은 나보다 2, 3세 아래인데 나는 청주, 그는 충주 출신으로 공통의 친구가 있어 일찍부터 그를 알고 지냈다.

고은 시인의 시가 무언가 철학적이고 거창한 끼가 있다면 신경림 시인의 시는 일상에서 느끼는 조용한 이야기를 담담하게 담고 있다. 더 서민적이라고 할까.

신 시인도 고 시인 못지않게 반독재 민주투쟁을 했다. 그런 모임의 대표도 했다. 그의 초청으로 뒤늦게 그가 대표로 있는 문인들 모임에 가본 일도 있다.

조그마한 체구의 신 시인은 참 술을 좋아한다. 폭음을 하는 게 아니고 조금씩 마시는데 끈질기고 줄기차게 마신다. 술을 시작하면 시간 가는 것을 잊는다. 인사동에서 몇몇이 술을 마신 일이 있다. 그때 누군가가 2차를 가자고 하더니 몰트 위스키를 한 병 시킨다. 모두 좋은 술이라고 마셨다. 밤 11시 반 가까이 되어 이제 끝내자는 공론이 되었다. 그러나 신 시인은 반병쯤 남은 몰트 위스키를 가리키며 아직 술이 많이 남았는데 왜 그러냐다. 다 마시고 가자는 이야기다. 나는 서둘러 자리를 떴는데 아마 그는 12시가 훨씬 지나서까지 그 술을 다 마셨을 것이다.

강서문인협회 행사인가에 온 일이 있다. 1차를 마시고 2차는 강민숙 시인과 내가 강서에 온 신 시인을 대접하기 위해 나섰다. 신 시인은 정말 시간 가는 줄 모르고 마신다. 소나기가 아니라 가랑비처럼 마신다.

『서울은 만원이다』의 이호철 씨

이호철 씨가 소설은 많이 썼지만 1960년대 말인가 동아일보에 「서울은 만원이다」를 연재할 때 가장 화제가 된 것같다.

원산 출신의 이호철 씨가 이북에서 군대로 끌려 나왔다가 대한민국을 택한 것은 잘 알려진 일이다. 1950년대 중반인가 신춘문예에 당선되어 소설가가 된 이호철 씨는 청주에 와서 그곳의 문인들을 만났다. 매우 의욕적인 모습이었다. 민음사 사장이 되는 박맹호 씨가 불러 나도 그 자리에 끼었다. 그게 이호철 씨와의 첫 만남이다. 그 후 그 청주의 인연으로 만날 기회마다 친밀하게 이야기를 나누며 지냈다. 지방 산업시찰을 함께 간 일이 있고, 중국 관광도 아주 초기에 함께 간 일이 있는데, 그가 한 살쯤 위여서, 나이가 비슷한 둘은 자리를 함께 하며 여행 내내 이야기를 나누었다.

이호철 씨의 소설은 남북관계를 소재로 한 것이 많은 것 같다. 그는 나에게 특히 간도에 있는 김학철 작가의 작품을 주목하여 읽으라고 권한다. 김학철 씨의 활동무대가 간도였지만 그는 본래 원산 출신이라 고향이 같다는 정도 느껴서인 것 같다. 김학철 씨의 모택동시대 경험담이 좋다고 했다.

최인훈 씨의 대표작 『광장』에서 6·25 때 포로가 된 이북 출신의 병사는 중립국감시단에서 자유선택을 할 기회를 부여받자 남도 북도 마다하고 중립국인 인도를 선택한다. 인도는 당시 제3의 길로 여겨졌었다. 최근에 실제로 인도를 선택했다 브라질로 간 전쟁포로는 북에 가면 포로가 되었다고 당할 것 같고 남에 있으면 빨갱이라고 차별을 받을 것 같아 중립국을 택했다고 말했다. 이호철 씨는 처음부터 아예 남을 택했다. 분명히 대한민국을 택한 것이다. 남북관계를 다루는 그의 소설에서 그런 분위기가 느껴진다.

감각이 뛰어난 마포권 출신 박종화 씨

조선일보 문화부장을 하면서 많은 작가를 만날 수 있었는데 그 가운데 조선일보에 연재소설을 쓰던 박종화, 박경리, 정연희 씨 이야기를 해야겠다.

월탄 박종화 씨는 역사소설의 대가다. 그때 「자고 가는 저 구름아」를 연재하고 있었다. 노대가는 예의를 차려 편집국장과 문화부장을 집으로 초대한다. 그때 월탄은 종로5가와 동대문 사이 충신동 골목 안에 살고 있었다. 재래 양반가의 상차림으로 푸짐하게 차렸다. 한복을 귀티나게 차려입고…. 특히 파주게를 간장에 담근 것을 권하며 설명이 길다. 게는 역시 파주게라는 이야기다. 월탄 문학에 관해 내가 보탤 이야기는 없고 여담을 한 가지 해 두겠다.

언론계의 원로 석선 오종식 씨는 개화 때까지의 서울에 다섯 부류의 사람들이 있었다고 설명한다.

첫째, 북촌 양반이다. 벼슬을 하던 이른바 재조(在朝) 양반들은 북촌에 많이 거주했었다.

둘째, 남산골 딸깍발이 양반. 재야(在野) 양반이 주로 살았다.

셋째, 마포권 인물. 마포는 서울에 어물이 유입되는 나루다. 흔히 새우젓과 소금을 말한다. 어물은 신선도가 중요하다. 따라서 마포권 사람들은 감각적이 되었다는 이야기다.

넷째, 말죽거리권 사람. 지금의 강남을 포함한 한강가는 삼남에서 오는 곡물의 루트다. 곡물을 다루는 일에는 계량이 중요하다. 셈에 밝다.

다섯째, 서울의 중앙부에 아전 등 중인들이 살았다. 그들은 싹싹하게 말도 썩 잘한다. 시골 사람들이 오면 가끔 속여먹는다는 이른바 서울깍쟁이가 이들이란다.

오종식 씨는 이와 같이 분류하고, 첫째 부류에 조용만 교수(고려대, 영문학), 둘째 부류에 이희승 교수(서울대, 국문학), 셋째 부류에 박종화 씨, 넷째 부류에 장기영 한국일보 사장, 다섯째 부류에 조풍연 씨(언론인, 방송인)를 들었다. 월탄 박종화 씨는 그만큼 문학적 감각이 뛰어나다는 이야기다. 장기영 씨는 경제부총리도 했으니 셈이 밝고.

이름도 좋고 용모도 단아한 박경리 씨

마침 박경리 여사가 「신교수의 부인」이라는 소설을 연재하고 있었다. 아마 별로였던지 그 후 그 소설을 내세우는 것을 보지 못했다. 아무튼 편집국장인 선우휘 씨와 문화부장인 나는 정릉에 있는 박경리 씨 댁에 초대받은 일이 있다.

짧은 결혼 생활에 딸 하나를 낳고 이혼하여 평생을 혼자 사는 박 여사다. 그때 나중에 김지하 씨의 부인이 되는 따님은 대학에 다니고 있었다.

박경리 씨는 경리(景利)라는 이름도 특별하여 호감이 갔지만 용모도 매우 단아하였다. 『김약국의 딸들』이 훌륭했다. 그리고 내 취향에는 『시장과 전장』이 마음에 들었다. 『토지』는 대작이지만 나에겐 좀 부담스럽고.

그 후 세월이 많이 흘렀다. 내가 전두환 대통령을 첫 대면한 자리에서 김지하 시인의 석방을 말했다는 이야기가 뒤늦게 기사화된 것을 읽은 모양이다. 어느 칵테일 모임에서 만나니 "진작 고맙다는 인사를 드려야 했는데 늦었습니다"라고 인사한다.

박경리 씨가 작고한 후 김지하 시인을 만난 자리에서 "요즘 통영의 박 여사 묘소를 방문하는 사람이 많다더라"고 했더니 "위치가 참 잘 잡혔지요" 한다.

홍성유 씨와 커플이었던 정연희 씨

조선일보에 「불타는 신전」을 연재하고 있던 정연희 씨는 젊은 나이에 작고 예쁘장한 용모였다. 정 씨는 동아일보 신춘문예에 당선하고, 홍성유 씨는 한국일보에 「비극은 없다」로 당선하여, 두 신진소설가는 커플이 되었다. 정연희 씨의 남동생은 중앙일보 문화부 기자가 되어 능력을 인정받았다. 마침 홍성유 씨의 자형이 조동건 씨라고 신문사 여러 곳의 편집국장을 하여 나도 모신 일이 있었다. 그런 저런 관계로 정연희 씨를 잘 알 수밖에 없다.

정연희 씨와 홍성유 씨는 오래지 않아 이혼한다. 내가 아는 여류작가들 가운데는 초혼을 이혼으로 끝내고 재혼한 경우가 많다. 아마 개성이 강하다 보니 그렇게 되는 모양이다. 억지로 초혼을 유지하는 것이 부자연스럽다면 나무랄 것도 아니라고 본다. 소설가의 길은 참 어려운 것 같다. 첫 등단은 화려한데 그것이 대작으로 유종의 미를 거두기가 참 지난한 일 같다. 홍성유 씨도 소설보다는 맛집 순례기로 더 유명해진 것 같았다. 정연희 씨도 계속 작품을 내놓고 있고 요즘에 그의 작품을 읽은 일도 있지만 아직 대작은 앞으로의 기대에 미룰 수밖에 없는 것 같다.

(2015년 《강서문학》 제27호)

부부 공동주례를 모신 이야기

– 사회적 배경과 함께 말한다

　서울대 의예과 2년을 다니고 서울법과대학에 신규 입학한 나는 집안에서 기대하던 대로 고등고시 공부는 하지 않고 학생운동에 빠져들었다. 요즈음은 동아리라고 하지만 그때는 써클이라고 하였다. 신조회, 사회법학회 등 써클운동을 활발히 하여 후배 학년에까지 그 범위를 확대하였다(15대 국회의원 선거에 강서 을구에서 당선된 이신범 의원도 그 멤버이다). 그러다가 학생위원장 선거에 출마하기로 마음먹고 선거운동을 전개하였다. 학생위원장이 되려면 우선 한 학년에 4명씩인 운영위원이 되어야 했으며 운영위원은 학생들이 직접 선거하였다. 그런데 250명이 얼마간 넘는 한 학년에서 경기고등학교 출신이 50명쯤으로 압도적으로 많고 그다음이 경복고, 서울고 순으로 되어 있다. 지방 고등학교로는 경북고등학교 출신이 약간 많은 정도고 수가 많은 학교는 별로 없었다. 내가 나온 청주고등학교는 그해 따라 가장 많은 5명이 진출했다. 그러니 우선 한 학년 4명을 선출하는 운영위원 되기가 쉬운 일이 아니다. 요행히 운영위원은 되었는데 경기고, 경복고, 서울고, 청주고 출신 4명이 몽땅 학생위원장에 출마하였다. 부위원장에 출마한 사람은 없었다. 그래서 치열한 4파전이 전개되고 결국 압도적 다수인 경기고 출신이 위원장에 당선되고 나는 차점으로 부위원장이 되었다.

그때가 1957년이다. 그해 육군사관학교를 다니던 집권자유당의 2인자 이기붕 국회의장의 아들이며 이승만 대통령의 양자인 이강석 군이 서울법대에 뒷구멍으로 편입학을 했다. 그리고 서울법대 교수회의에서 그 부당함을 놓고 논란이 있었다. 그 사실은 당시 야당지로 명성이 높던 동아일보가 지면에 1단으로나마 보도하여 학생들도 알 수 있었다. 나는 그때 마침 고향인 청주에 내려가 있었는데 급 상경하라는 학생위원장의 전보가 날라 왔다. 그때는 가정에 전화가 매우 드물 때라 전보가 연락수단이었던 것이다. 무슨 이야기인지 알아차리고 급히 서울로 올라와 학교로 달려가 보니 어둑어둑 밤이 되어 가는데 학생운영위원 모두가 구내식당 방에 모여 회의 중이었다. 운영위원은 각 학년에서 4명씩 선출된 운영위원과 학생위원장이 임명한 몇몇 부장으로 구성된다. 내가 방에 들어서니 학생위원장이 "지금 부정편입학에 반대하여 동맹휴학을 하자는 측과 동맹휴학은 하지 말자는 측이 반반으로 갈려 결정을 못 하고 있다."고 말하며 나의 의견을 묻는다. 나의 의견에 따라 동맹휴학이냐 아니냐를 결정하겠다는 것이다. 매우 중요한 순간인데 시골 출신으로 약간 저돌적인 데가 남아있는 나는 서슴없이 동맹휴학에 손을 들어주었다. 당시 4사 5입에 의한 3선 개헌으로 대통령이 된 이승만 정권의 전횡과 독재 경향이 점차 노골화된 배경도 있다.

그런데 일이 약간 공교롭게 되었다. 학생위원장인 이강혁 군은 이강석 군과 동성동본, 동 항렬이다. 그는 나에게 처지가 그러니 차마 그가 동맹휴학을 주도할 수 없고 나에게 전권을 맡기겠으니 나보고 동맹휴학을 이끌어 달란다. 학생위원장 대행이 된 셈이다(그 후 이강혁 군은 충실히 나를 뒷받침해 주었다). 촌각을 지체할 수 없었다. 서울법대는 동대문경찰서 관할인데 사찰계의 정보망이 감시하고 있었을 것이다. 나는 운영위원 중 적극적인 사람들을 즉각 학교에서 가까운 종로3가의 접선지대로 데리고 갔다. 그곳이 감시망을 피하는데 가장 적합한 곳인 것 같아서이다. 행동의 주역은 나와 3학년의 김종호(후에 내무부장관, 국회부의장), 2학년의 박양식(후에 영남대 교수)의 3명으로 압축되었다.

다음 날이 화요일이다. 아침 일찍 그날 나온 대학신문을 사무실 창구에서 학생들에게 배포하며 김종호 군이 학생총회의 시간과 장소를 귓속말로 알려주었다. 곧 강의 동 2층의 대 강의실에서 임시학생총회가 열렸는데 참석 학생은 한 300명쯤 되었던 것 같다. 이강석 군의 부정편입학에 반대하는 동맹휴학은 즉각 만장일치로 가결되었다. 스트라이크는 화, 수, 목, 금 4일 동안 완벽하게 성공적으로 진행되었다. 등교하는 학생은 단 한 사람도 없었다. 교정에는 학생 간부 몇 사람과 정보 형사들만이 나타났을 뿐이다. 동대문서 외에 경무대 경찰서, 종로서 등에서도 정보 형사들이 나왔다는 소문이었다. 그때의 정보 형사 말이 지금도 기억에 남는다. "당신네들이 서울법대라 선배 잘 둔 줄 알아. 판사, 검사, 변호사의 대부분이 서울법대 출신이 아닌가. 만약에 다른 대학이었으면 주모자들을 후미진 데서 요절낼 수 있었는데, 서울법대라 그럴 수도 없고…" 사실 그때만 해도 법조인의 압도적인 다수는 서울법대 출신이었다.

금요일 날 서울대학 총장 윤일선 박사와 내가 대학교 본부에서 만나 협상을 했다. 윤일선 총장은 당시 야당 지도자 중 한 사람이었으며 제2공화국의 대통령이 된 윤보선 씨의 멀지 않은 친척이었음을 나중에 알았다. 협상 끝에 윤 총장이 "이번은 스페셜 케이스(특별한 경우)이니 양해해 달라"고 사실상 사과를 하여 그것을 받아들이는 대신에 토요일 문리과대학 대강당에서 학생총회를 개최하는 것을 대학 측에서 허용한다는 조건을 달았다(당시 법과대학에는 강당이 없었다). 몇몇 신문에 급히 학생총회 소집공고도 냈다.

문리과대학 대강당은 서울대학교에서 가장 큰 대강당이다. 법과대학생 1,000여 명을 전원 수용할 수 있는 규모다. 토요일 오전 학생총회가 열리자 나는 대학 측과의 합의사항을 설명하였다. 그러자 잇따라 등단하여 발언한 학생들은 모두 이강석 군이 퇴교할 때까지 동맹휴학을 강행하자고 열변이다. 대단한 웅변가들이 그렇게 많을 줄 몰랐다. 특히 김덕 군(나중에 김영삼 정권에서 안기부장, 통일원장관), 최광율 군(나중에 헌법재판관) 등은 뛰어난 논리와 웅변 실력을 보였다. 나는 발언 요구자 모두에게 발언 기회를 주어 시간을 끌대로 끄는 사실상 일종의 김 빼기 작전을 쓴 셈이다. 날이 어둑어둑해질 무렵 모두가 피로해지기 시작했다. 나는 그때를 기다려 "학생회의 타협안을 받아들이지 않으면 현 학생회 간부들은 책임을 지고 일괄사퇴를 하겠다."고 선언했다. 그러니 학생들은 어떻게 하겠는가. 총회는 유야무야 끝나고 결국 타협안을 받아들이는 셈이 되었다. 나중에 후배인 최동규 군(후에 동력자원부장관)은 나에게 꼼수를 썼다고 따지기도 했는데 그때 그 방법밖에 달리 무슨 방법이 있었겠는가. 1,000명쯤의 법대생이 총장의 허락하에 대강당에 모여 하루 종일

부정편입학을 성토할 수 있었으니 그것만으로 대성공이 아니겠는가. 그때는 '의식화'라는 개념이 등장하지 않았다. 그 후 학생운동이 심화되면서 의식화라는 용어가 사용되기 시작했는데 1,000명쯤의 학생이 하루 종일 강당에 모여 부정편입학을 성토했으니 그야말로 학생들의 대단한 의식화가 아니었겠는가. 그때 내가 4학년으로 1958년 졸업인데 당시의 1, 2학년은 4·19 세대에 해당한다. 그들 중 황건(황산덕 교수 동생), 심재택(졸업 후 동아일보 기자)은 4·19 공간의 맹렬한 투사로 활약했다. 이강석 군은 그 후 하루 잠깐 권총을 옷 속에 찬 경호원과 학교에 나타났다가 모습을 보이지 않았다.

법대 졸업식 다음 날 황산덕, 정인흥, 한태연 세 교수가 이강혁 군과 나에게 한턱 내겠다고 만나잖다. 동맹휴학에 대한 지지 격려와 위로 차원이다. 이강석 군이 부정 편입학하였을 때 교수회의에서 이들 세 교수가 이의를 제기하였음이 틀림없을 것이다. 화식집에서 1차를 잘 먹고 마셨다. 그 후 정인흥 교수는 빠지고 황산덕, 한태연 교수 둘이 우리 둘을 명동의 바로 데리고 갔다. 그때부터 오랫동안 명동의 대표적인 바로 유명했던 '갈릴레오'는 졸업생에게 바 출입의 창문을 열어준 셈이다.

황산덕 교수는 법철학 담당이다. 평안도 출신으로 경성제대를 나온 그는 우리나라의 대표적인 법철학 학자이며 동시에 불교 철학에도 조예가 깊어 『여래장』 등 몇 권의 훌륭한 불교 서적을 냈다.

정인흥 교수는 정치학을 강의했는데 경상도 출신인 그는 경도제대를 나왔으며 매우 깐깐한 성격으로 아주 성실하게 강의에 임했다. 나는 그에게 졸업 후의 진로를 상의하기도 했다. 그는 독일의 유명한 정치학자이기도 했던 막스베버가 현실정치에 참여해서는 성공하지 못했다는 점을 특히 강조해 말하기도 했다. 한태연 교수는 헌법학 담당인데 함경도 출신으로 와세다 대학을 나왔다. 우리나라의 헌법학의 대부격인데 후에 헌법 기능공처럼 되어 유신헌법을 만드는 데도 주도적인 역할을 했으며 비례대표로 국회의원도 세 번 지냈다.

법대를 졸업한 후 나는 광야에 던져진 것처럼 갈 곳이 막연하였다. 그때의 서울법대생에게는 고등고시가 주요 관문이며 그 밖의 졸업생들은 관청, 은행, 신문사가 주요 취직처였다. 그 무렵 큰 기업체가 별로 없었다. 내 친구 중 한 사람은 럭키 화학에 취직했는데 그때의 럭키 화학은 치약을 만드는 곳으로 이름이 난 소규모 기업체였다. 그래서 나는 대통령의 양자를 동맹휴학으로 쫓아낸 나의 신변보호도 할 겸 신문사에 들어가기로 마음먹고 마침 채용공고가 난 한국일보의 7기생으로 입사했다. 신문사의 월급은 참 박했다. 최소한의 생활을 겨우 유지할 수 있는 선이다. 그래서 처음에는 시골의 집에 매달 손을 벌려야 했다. 신문사 입사 1년쯤 법대 동기생인 여학생과 결혼하게 되었는데 우선 주례를 택하는 일을 결정해야 했다. 둘이 상의한 결과 모두가 존경하는 인격자인 황산덕 교수를 주례로 모시되 황 교수 부부가 아주 모범적인 부부상이어서 이왕이면 파격적으로 부부를 공동으로 주례석에 모시기로 했다. 주례는 말하자면 신혼부부의 모범이 되어야 할 부부상의 인물이어야 할 것이 아닌가. 그렇다면 주례 한 분을 모시는 것보다 주례부부를 신혼부부의 본보기로 모시는 것이 바람직할 것이다. 여하간 그런 이치로 황 교수 부부에게 부탁을 드렸더니 두 분은 흔쾌히 수락하여 주례석에 서셨다. 물론 주례사는 황 교수 한 분이 하였고 사모님은 옆에 서셨을 뿐이다. 이런 부부주례는 내가 아는 한 아마 전무한 일일 것이다. 가난한 초년 신문기자였기 때문에 주례 답례는 아주 빈약하게밖에 못해 오래도록 죄스러운 생각이 떠나지 않았다.

내가 서울신문 편집국장으로 있을 때다. 황산덕 교수가 법무부 장관으로 발탁되었다. 그래서 나는 좀 색다른 기획을 하였다. 우리나라의 대표적인 두 분 법철학자인 황 박사와 홍익대학 총장인 이항녕 박사의 대담을 크게 신문에 싣는 일이다. 이 대담은 아주 내용이 좋았다. 그것을 신문에 크게 지면을 내어 게재하였더니 반응도 매우 좋았다. 황 박사는 그 후 얼마 안 있어 문교부 장관으로 전보되었는데 법무부 장관으로 재직 시 많은 사형집행서류가 대기하고 있었음에도 불구하고 단 한 명의 사형집행도 장관결제를 하지 않은 것으로 이름이 나 있다. 독실한 불교도다운 그의 처신이며 사형집행을 반대하는 법철학자다운 그의 신념에 따른 것이라 하겠다.

13대 국회의원 선거 때다. 12대까지는 1선거구 2인제였지만 13대부터는 1선거구 1인제로 바뀌고 강서구는 강서구와 양천구로 나뉨과 동시에 각각 구가 갑을로 분할되고 선거구마다 1인의 국회의원을 선출하게 되었다. 그래서 나는 부위원장으로 있던 주식회사 신안건설산업 우경선 사장을 그의 기반이 탄탄한 강서 갑구에 공천을 추천하기로 하고, 부위원장인 양창중 강서 성모병원장을 그의 거주지가 있는 양천 을구에 공천 추천하기로 하였으며, 나는 강서 을구로 정했다. 나머지 양천 갑구에는 박병진 씨를 공천키로 했는데 조선일보 정치부 시절 함께 일했던 그를 법대 동기동창인 심명보 사무총장이 나에게 서울 어디라도 배치해 주었으면 하여 양천 갑구로 끌어당긴 것이다. 그런데 각 시도조직책이 공천 작업을 위해 비밀장소로 옮기려고 중앙당에 모였을 때 우경선 씨가 급히 달려왔다. 그는 집안 회의를 여는 등 여러모로 숙고해 보았으나 이번에 출마를 안 하는 것이 좋겠다는 결론이라며 단념 의사를 말했다. 이왕에 공천윤곽을 다 정해놨는데 좀 당황스러웠다. 우경선 씨는 전남 신안군의 섬 출신으로 적수공권으로 상경하여 사업가로 크게 성공한 사람인데 모든 일을 심사숙고하고 돌다리도 두드려보며 건너는 신중한 인물이다. 그래서 공천 작업을 하며 호남지역에 출마하겠다는 모든 사람의 인사카드를 보았다. 강서 갑구는 그때 호남 세가 매우 강했다. 따라서 호남 출신을 공천하는 것이 유리할 듯했다. 또한 이왕이면 학력이 좋아야 한다고 보았다. 그래서 전남 여수에 공천신청을 한 유영 씨가 미국에서 박사학위를 취득하기도 하여 그를 선택했다.

공천자가 결정되면 지구당마다 지구당 개편대회를 연다. 강서 갑 지구당 개편대회도 열렸는데 유영 씨가 정책위의장을 지낸 나의 위급인 사무총장이 와주었으면 하고 강청하여, 심명보 사무총장이 오고 나는 다른 지구당의 개편대회에 참석하였다. 그런데 며칠 지나 알려진 일이지만 황산덕 박사가 유영 씨의 장인이어서 그 개편대회에 참석했다는 것이 아닌가. 참 오래간만에 존경하는 은사이며 주례를 맡아주셨던 분을 만날 기회를 놓친 것이다. 유영 박사는 국회의원 선거에는 실패했으나 그 후 강서구청장 선거에는 성공하여 강서지역에서는 낯익은 얼굴이 되었다. 강서지역에서는 황산덕 박사의 따님이자 유영 박사의 부인인 황남채 여사의 인품에 대한 평판이 훨씬 더 높다. 그 사실을 부인할 사람은 아마 거의 없을 것이다. 매우 훌륭한 부부 아래서 훈육을 받은 따님이니 당연히 그럴 것이 아닌가.

(2018년《강서문학》제30호)

돼지 새끼는 돼지울에,
호랑이 새끼는 호랑이굴에

– 독설가 임종철 교수와 나와

1952년 피난 수도 부산에서 서울대학교에 입학했을 때다. 서울상대에 입학한 임종철 군이 전체 1등이고 의예과에 입학한 내가 1점 차로 2등이었다. 서울대의 《대학신문》이 1, 2등 합격자를 보도하여 그 사실이 널리 알려졌다. 자랑이 앞선다고 나무라지 말기를 바란다. 나는 중학교 때부터 시험이 있으면 학급에서 답안지 제출 경쟁이나 하듯 가장 먼저 제출하고 나오는 버릇이 있었다. 대학입시에서도 그 버릇을 못 버리고 먼저 답안지를 덮어놓고 나오는 경쟁을 한 것이다. 만약에 시간 끝까지 답안지 검토를 하였더라면…

세상에는 호사가가 있게 마련이다. 어느 동료가 1, 2등이 만나 친구가 되도록 맺어주었다. 보성고등학교를 나온 임 군은 과연 대단한 수재였다. 공부도 잘했을 뿐만 아니라 개성도 강하고 독설도 뛰어났다. 그는 서울상대에서 석사학위를 하고 강사를 거쳐 교수로 평생 그 대학에 머물렀으며 후에는 서울대학의 사회대학장도 했는데 고집스럽게 박사학위를 취득하지는 않았다. 전날에 일본학자들 중 일부는 박사학위를 안 받는 것을 박사학위를 받는 것보다 더 자랑스럽게 생각한다는 풍조가 있었다는데 그도 그런 거물 학자연하며 박사학위 취득을 끝내 거부한 것이다.

일본의 명치, 대정 시기 신문의 중요 스크랩을 종합하여 여러 권으로 만든 책자가 있어 이것저것을 살펴보니 재미있는 에피소드가 많았다. 역사학의 연구감이 될 줄 아는데 한일합병의 선두에 섰던 일진회의 이용구가 합병 후 일제가 주는 작위와 하사금을 거부하고 일본에서 은거하다가 몇 년 후 쓸쓸히 병사했다는 기사도 있다. 어느 한국의 언론인은 이용구가 한일합병에 앞장선 것은 영연방과 같은 연방제가 될 것으로 알고 한 것이지 식민지화될 줄은 몰라 심한 배반감에서 그렇게 생을 마감했다고 설명하기도 한다. 아무튼 연구 테마다. 거기에 또한 일본의 개화초기 제일가는 문인인 나쓰메 소세키(夏目漱石)의 박사학위 사양 기사도 실려있다. 그는『나는 고양이로소이다』,『도련님』등 소설을 써 우리나라의 일본어를 배운 노년층 대부분에게도 잘 알려진 작가다. 일본 동경제대를 나오고 영국 유학을 하여 영국 상층 수준의 실력을 갖춘 문인이다. 아마 당시는 대학에서 박사학위를 주지 않고 문부성에서 박사학위를 준 모양이다. 그것을 사양하였으니 아마 일급 학자나 문인들 사이에는 한때 그런 풍조가 있었던 모양이다. 여하튼 임종철 군은 평생을 서울대학 교수로 마치면서 끝내 박사학위를 취득하지도 않았으며 수여한다는 것도 사양하였다. 그의 친형이『친일문학론』이라는 저서로 유명한 임종국 씨이니 개성이 강하기는 닮은 데가 있지 않을까.

그는 독설가로도 유명하다. 새마을운동이 고조되었을 때 교수회의에서 교수들의 새마을연수원 입소 문제가 논의되었단다. 그는 그때 "연수원에 가서 교육을 시켜도 될 판에 우리가 무슨 학생처럼 새마을교육을 받느냐."고 맹렬히 반대했다고 한다.

또한 교수 자녀들의 해당 대학 입학 우대 관행의 존폐문제가 교수회의에서 논의되었을 때 그가 퍼부은 독설이 일품이다. 그는 강직한 그의 성품대로 교수 자녀의 특혜입학을 맹렬히 반대하는 논지를 편 끝에 흥분이 좀 지나쳐 "돼지 새끼는 돼지울에 보내야지"라는 심한 표현까지 썼단다. 그랬더니 한 교수가 던진 재떨이가 그에게 날아왔다. 그때는 테이블에 재떨이가 있었던 모양이다. 재떨이의 습격을 받고 난 다음 그는 가까운 사람에게 "내가 말을 잘못하기는 했지."라고 했다는데 교수 자녀 우대 반대가 잘못됐다는 것이 아니고 "돼지 새끼는 돼지울에"라고 하지 않고 "호랑이 새끼는 호랑이굴에 보내야지."라고 할 것을 그랬다는 것이다.

그의 독설은 노년에까지 변함없이 계속되었다. 서울대 철학과를 나오고 럭키그룹에 취직하여 금성사 사장을 지낸 이헌조 씨, 철학과를 나오고 서울대 철학과 과장과 인문대학장을 지낸 소광희 씨, 9대 만석꾼을 유지했다는 유명한 경주 최부자 집 종손 최염 씨 등 7, 8명이 친목 모임을 가졌었는데 임종철 군은 "친구들이란 욕설도 하며 지내는 것이 아닌가."라며 계속 독설을 퍼부어댔다.

대학교수 자녀 입학 우대문제가 논란이 되었던 12대 국회 때 나는 문공위원회 소속이었다. 문공위는 문교부와 문화공보부를 관할한다. 국회의원에는 두 부류가 있다. 한 국회상임위원회만 머물면서 전문성을 키우는 의원도 있고 매 국회마다 상임위원회를 이동하여 국정의 이 모저모를 파악하려는 의원도 있다. 어느 쪽이 좋은지는 잘 모르겠으나 전문성을 키우려는 의원들이 얼마간 더 많은 것 같다. 그런데 나는 10 대 때는 보사부와 노동청을 다루는 보사위에 있었으며 11대 때는 문공 위, 12대 때는 국방위, 13대 때는 노동위에 소속했었다.

대학교수 자녀 우대입학 문제가 심의되었을 때 나는 물론 그 부당성 을 지적하며 반대했었다. 그런데 당시 문교부를 맡고 있던 이규호 장관 과 내가 특히 친밀하여 그러한 소식이 대학사회에 크게 부각되어 전해 진 모양이다. 이규호 장관과 내가 친해진 것은 그의 문교정책 때문이 아니라 그가 독일의 튀빙겐대학에 유학하여 전통적인 독일철학을 전공 하였기에 학생 때부터 철학에 관심이 있던 나와 철학에 대한 대화가 가 능했기 때문이다. 나는 의예과 때 철학 서적을 많이 읽었고 《대학신문》 에 철학 에세이를 투고하여 게재되기도 했었다. 대학교수 자녀 우대 관 행이 폐지된 후 어느 날 우연히 맥주홀에 들렀다가 연세대의 김달중, 정진위 두 교수와 마주쳤다. 그랬더니 두 교수는 성난 사자처럼 나를 공격해댄다. 교수 자녀 입학 우대가 왜 그리 못마땅하고 배가 아프냐는 것이다. 김달중 교수는 내가 신문사 간부로서 하버드대학에 '니만 언론 펠로우'로 1년간 연수를 갔을 때 보스턴 지역의 한국 유학생의 한 집회 에서 만난 일이 있는 구면이다. 나는 임종철 교수처럼 독설이 못되어 "돼지 새끼는 돼지울에"라는 표현을 쓰지는 못하고 논리적으로 따지기 만 했었다.

이규호 장관과 친했던 일에 관해 한 가지 이야기를 추가하겠다. 일 본 동경에 약간 의심스러운 학자인 최서면 씨가 운영하는 한국연구원이 있었다. 박정희 대통령 때 그 연구원에 엄청난 예산을 지원했었는데 거기에는 박 대통령의 처남인 육인수 의원이 문공위원으로서 영향력을 행사했다는 소문이 파다했다. 또한 소문에는 육 의원이 일본에 자주 여행을 가고 최서면 씨와 진탕 돈을 썼다는 것이다. 많은 국회 예산이 그렇게 낭비되고 있었던 것 같다. 그런데 전두환 정권이 들어서자 그 연구원에 특별감사가 행해졌단다. 이규호 장관이 나에게 대외비 감사보고서를 보여주었는데 거기 보면 신문스크랩 한 건이 연구 한 건으로 둔갑되어 있었다.

그 최서면 씨가 재주가 여간하지 않았다. 서울과 동경의 헌책방에서 각종 자료를 싸게 엄청나게 사들였다. 그리고 가끔가다가 신문기사가 될만한 문건들을 무슨 특종기사나 되는 것처럼 흘렸다. 그래서 최 씨의 정체를 아는 한국 동경특파원들 사이에서는 그가 불가근불가원의 존재였다. 가까이하기에는 냄새가 나고, 멀리하기에는 가끔 있는 문화재에 관한 뉴스를 놓치고… 딜레마였다.

내가 서울신문 편집국장을 5년 동안 할 때 주일 특파원으로 이우세, 신우식 씨를 차례로 보냈었다. 내가 최서면 씨의 불가근불가원 적 존재에 대해 말했더니 이우세 특파원은 적당한 거리를 두고 지내며 임기를 마쳤다. 그러나 신우식 특파원은 "자주 만나다 보니 인정에 끌려 어쩔 수 없었다."며 그와의 밀착을 고백한다.

최서면 씨는 박정희 대통령 시대에 황금기를 누렸으나 전두환 대통령 때 몰락의 길을 걸으며 점차 망각되어갔다.

다시 임종철 교수의 독설로 돌아가서… 칼을 잘못 너무 갈다가 날이 너무 선다. 임 교수의 독설도 노년에 들어 점차 밸런스를 잃고 날이 너무 서 욕설이 되기도 한다. 그래서 친구들의 마음에 상처를 주기도 했었는데 그런 이야기는 여기서 접어둘까 한다. 그 이야기를 했다가는 임교수 욕설의 유머가 깨질까 두려워서다.

그의 독설을 수집하여 책으로 펴내면 흥미진진한 소책자가 될 것인데 여기서 우선 두 가지만 추가해 둔다면…

박정희 정권 때 강원룡 목사가 주재하는 크리스챤 아카데미에서 박정권 시책에 대한 평가토론회가 있었다. 임종철 교수가 주제발표를 했는데 예상했던 대로 그의 비판은 매우 혹독했다. 그러자 서울대학 교수에서 청와대의 정치특별보좌관이 된 장위돈 박사가 "이 정부가 잘한 것도 있는데 그렇게 잘못한 것만 지적하면 어떻게 합니까?"라고 이의를 제기했다. 임 교수의 즉각 반박이 재미있다. "의사가 환자를 진찰할 적에 당신은 눈도 좋고, 귀나 코나 인후도 좋으며, 폐와 심장도 좋고, 위도 아주 좋고… 이렇게 열거하며, 그런데 간장암이 아주 위험하게 진전되었습니다 라고 말하느냐, 맨 먼저 간장암이 위험 수준이라는 것을 말하는 것이 당연하지 않느냐?"고 반박했다.

전두환 정권 때 민주정의당(민정당) 창당 초기에 중앙당 강당에서 '정의'에 관한 세미나를 가졌다. 주제발표자로 초청된 임종철 교수의 "개구일성이 도발적, '견적필살(見敵必殺)'이 군인의 본분인데 그런 군인이 주동이 되어 만든 당에서 '정의'를 내세우고 있으니 참 가상스럽습니다." 그리고 계속 독설이다. 앞줄에 앉아있던 군 출신 고위당직자들이 당혹스러움을 느끼다가 점차 노여워했음은 분명하다. 임 교수를 초청한 당의 이념연구실장 김영작 박사는 곤욕을 치렀다.

잘하는 독설도 계속하다 보면 자칫 욕설이 되거나 악담이 되기도 한다. 그러면 독설의 유머는 사라지고 듣는 사람에게 불쾌감만 남긴다. 임 교수도 나이가 들수록 가끔 그러한 악담과 욕설의 함정에 빠져 주변 사람들을 당혹하게 하기도 하였다.

한가지 추가할 이야기가 있다. 언론계에서 가장 유명했던 독설가는 아마 동아일보의 논설위원을 오래 했던 신상초 씨일 것이다. 특히 박정희 시대에 유명했다. 그의 정부를 공격하는 논설이나 일상의 비평은 짜릿짜릿했다. 그런데 그가 말년에 털어놓은 독설의 비법이 재미있다. 논설의 서두에 무조건 북한체제를 맹공격해 둔다는 것이다. 그리고서 그 필봉을 국내문제로 향한다는 것인데 그렇게 하면 수사당국에서도 그를 건드리기가 난처해진다는 것이다. 유명한 독설 논객의 묘책이다.

(2019년 《강서문학》 제31호)

파도야 어쩌란 말이냐,
파도야 어쩌란 말이냐

아주 오래된 1952년 내가 서울대학교 의과대학 예과에 입학하였을 때다. 바다가 없는 충청북도 청주의 내륙 사람이 처음으로 항구도시인 피난 수도 부산으로 유학을 간 셈이다. 당시 의예과는 영도다리 옆에 있는 부산시청 뒤편 바다 쪽의 4층 빌딩인가에 있었다. 입학하여 얼마 되지 않았을 때 체구가 매우 크고 사람 좋게 생긴 정순일 군이 나에게 호감을 갖고 접근하여 여러 가지 이야기를 한다. 특히 그는 그의 고향인 통영 자랑이 대단했다. 통영은 흔히 '한국의 나폴리'라고 불릴 정도로 아름다운 항구도시이다. 도시의 배후가 약간의 언덕으로 되어있고 좁은 바다를 격하여 큰 섬이 있는데 그것을 짧은 다리로 연결하고 있으며 한쪽은 넓은 바다로 확 트인 아늑한 항구이기도 하다. 정 군의 통영 자랑은 할 만한 것이었다. 사람들은 흔히 통영을 '토영'이라고 말하기도 한다. 정 군은 아울러 통영 출신 문화인들의 자랑도 대단했다. 우선 음악인 윤이상 씨의 자랑이다. 그리고 시인 유치환 씨의 칭찬도 뒤따른다. 통영에서는 참 많은 문화예술인이 나왔다. 그 후 예를 들어 박경리 씨의 소설 『토지』가 아주 유명한데 나는 오히려 『김약국의 딸들』 『시장과 전장』을 더 좋아한다. 박경리 여사는 별세한 후 바다가 내려다보이는 통영의 언덕에 묘가 마련된 것으로 TV에서 보았는데 참 그 주변 구도가 아름답게 보였다.

여담으로 통영의 명물 충무김밥 이야기를 해야겠다. 통영은 한때 충무로 도시명이 바뀌기도 했었다. 바다를 항해하는 뱃사람들이 김밥을 갖고 갈 때 김밥 속에 재료를 넣어 말면 김밥이 변질되기에 김밥 따로 속 재료 따로다. 그런데 그 속 재료에 해산물이 들어가 있어 충무김밥이 참 맛이 일품이다.

정순일 군은 내 노트에 청마 유치환 씨의 시를 두 편 적어준다.

"파도야 어쩌란 말이냐/ 파도야 어쩌란 말이냐/ 임은 뭍같이 까딱 않는데/ 파도야 어쩌란 말이냐/ 날 어쩌란 말이냐"

"쉬 잊으리라/ 그러나 잊히지 않으리라/ 가다 오다 돌아보는 어깨너머로/ 그날 밤보다 남은 연정의 조각/ 지워도 지지 않는 마음의 어룽"

아주 짧은 청마의 두 편의 시인데 참 좋은 시여서 나는 60년이 지난 지금까지도 계속 그 시 두 편을 기억하며 마음속으로 읊고 있는 것이다.

나는 솔직히 고백하면 시와 같은 문학에는 절벽이다. 시는 얼마간 읽어보기는 했다. 그러나 평생 단 한 편의 시도 쓰지를 못했다. 도무지 시상이 떠오르지 않는 것이다. 머리 구조가 운문이 아니라 논리를 따지는 산문의 구조로 되어서일까.

중학교 때 우연히 유치환 시인의 형인 유치진 씨의 희곡을 일부 읽은 일이 있다.

거기서 한 화자가 시에 대해서 말을 하니 다른 화자가 "나는 시루떡 이야기인 줄 알았지" 하고 반응하는 대사가 나오는 것을 기억한다. 그리고 그 익살스러운 대사를 오래도록 기억하는 것이다.

중학교 5학년을 마치자 학제가 바뀌어 고등학교 3학년이 되었는데 나는 중고등학교 때부터 철학 서적과 함께 영문소설을 읽기 시작했다. 예를 들어 미국의 유명한 작가 토마스 울프의 『시간과 강에 관하여』(Of Time and the River)를 영문으로 완독하기도 했다. 그리고 대학 때는 톨스토이의 방대한 소설 『전쟁과 평화』를 영문으로 반쯤 읽다 말기도 하였고 제임스 조이스, 잭 런던, 조셉 콘라드 등의 소설을 영문으로 읽기도 했다. 잭 런던의 소설들이 참 마음에 들었다. 제임스 조이스의 경우는 『더블린 사람들』이란 단편집이 아주 좋았다. 시집도 얼마간 읽었다. 많은 사람이 그러하듯 괴테나 하이네도 손을 댔다. 그리고 칠레 시인 파블로 네루다의 영문 번역시도 읽어보았다. 국내 시인으로는 청록파 3인을 비롯하여 몇 사람의 시를 읽었는데 그중에 오장환의 시구절 "진종일/ 나룻가에 서성거리다/ 행인의 손을 쥐면 따뜻하리라"라는 시구가 지금까지도 생생히 머리에 떠오른다. 신문사에서 20년 동안 근무할 때 동료인 소설가, 시인도 많이 사귀었다. 소설가 최일남, 서기원, 시인 김후란, 박성룡, 극작가 한운사 씨 등이다. 한운사 씨는 그의 작사 「빨간 마후라」가 엄청 불리어 노년에 저작권법 개정에 따른 저작료 수입이 대단히 많았다 한다. 특히 내 고향 청주 출신의 시인 신동문의 시를 좋아했다. 신동문의 동문이라는 이름은 아호인데 이름처럼 되어버렸고 본명을 아는 사람이 별로 없다. 신 시인이 폐병으로 청주의 도립병원에 입원했을 때 병실에서 바라보이는 동쪽 문으로 병사자들의 시신이 자주 운반되어 나갔다는 것이다. 그래서 그는 필명을 동문으로 정했고 그것이 아주 이름처럼 되어버린 것이다. 신동문의 4·19를 노래한 시 「아! 신화같이 다비데群들—4·19의 한낮에」 아주 훌륭한 서사시다.

서울도/ 해 솟는 곳/ 동쪽에서부터/ 이어서 서 남 북/ 거리 거리 길마다/ 손아귀에/ 돌 벽돌알 부릅쥔 채/ 떼지어 나온 젊은 대열/ 아! 신화같이/ 나타난 다비데群들

혼자서만/ 야망 태우는/ 목동이 아니었다/ 열씩/ 백씩/ 천씩 만씩/ 어깨 맞잡고/ 팔짱 맞끼고/ 공동의 희망을/ 태양처럼 불태우는/ 아! 새로운 신화 같은/ 젊은 다비데群들

고리아테 아닌/ 거인/ 살인 전제 바리케이트/ 그 간악한 조직의 교두보/ 무차별 총구 앞에/ 빈 몸에 맨주먹/ 돌알로서 대결하는/ 아! 신화같이/ 기이한 다비데群들

빗살 치는/ 총알 총알/ 총알 총알 총알 앞에/ 돌 돌/ 돌 돌 돌/ 주먹 맨주먹 주먹으로/ 피비린 정오의/ 포도에 포복하며/ 아! 신화같이/ 육박하는 다비데群들

저마다의/ 가슴/ 젊은 염통을/ 전체의 방패 삼아/ 貫革으로 내밀며/ 쓰러

지고/ 쌓이면서/ 한 발씩 다가가는/ 아! 신화같이/ 용맹한 다비데群들

충전하는/ 아우성/ 혀를 깨문/ 안간힘의/ 요동치는 근육/ 뒤틀리는 사지/ 약동하는 육체/ 조형의 극치를 이루며/ 아! 신화같이/ 싸우는 다비데群들

마지막 발악하는/ 총구의 몸부림/ 광무하는 칼날에도/ 일사불란/ 해일처럼 해일처럼/ 밀고 가는 스크램/ 승리의 기를 꽂을/ 악의 심장 위소를 향하여/ 아! 신화같이/ 전진하는 다비데群들

내흔드는/ 깃발은/ 쓰러진 전우의/ 피 묻은 옷자락/ 허영도 멋도 아닌/ 목숨의 대가를/ 절규로 내흔들며/ 아! 신화같이/ 승리할 다비데群들

멍든 가슴을 풀라/ 피맺힌 마음을 풀라/ 막혔던 숨통을 풀라/ 짓눌린 몸뚱일 풀라/ 포박한 정신을 풀라고/ 싸우라/ 싸우라/ 싸우라고/ 이기라/ 이기라/ 이기라고

아! 다비데여 다비데들이여/ 승리하는 다비데여/ 싸우는 다비데여/ 쓰러진 다비데여/ 누가 우는가/ 너희들을 너희들을/ 누가 우는가/ 눈물 아닌 핏방울로/ 누가 우는가/ 역사가 우는가/ 세계가 우는가/ 신이 우는가/ 우리도/ 아! 신화같이/ 우리도/ 운다.

신동문 시인의 인생사는 작품 감이다. 그는 '신구문화사'에서 편집 책임을 맡았다가 한때 《창작과 비평》의 책임도 졌었는데 그 후 경향신문으로 옮겨 특집부장으로 있을 때 중앙정보부에 끌려가 심한 고문을 당

했다 한다. 그래서 언론 생활을 단념하고 가족은 강서구 화곡동에 남겨 둔 채 홀로 충북 단양으로 내려가 포도밭을 돌보며 살았는데 그가 익힌 침술이 인기가 있어 농민들이 많이 찾아왔다 한다.

그의 침술은 무료. 단, 조건은 침을 맞기 전에 노래를 두 곡 불러야 한다는 것이었다 한다. 그는 수를 누리지 못했는데 단양에 가보면 그의 시비가 두 곳쯤에 있는 것을 볼 수 있다.

서울 강서구에 시인 이은승 씨를 사귀게 되었다. 이은성은 나보다 연하이고 미안한 이야기지만 시인으로서도 그때까지 아직 아마추어의 단계 같았다. 그러나 그의 조직력은 대단하여 그는 강서문인협회를 창립하고 오랫동안 회장으로서 그 조직을 이끌며 《강서문학》을 연간으로 계속 발간하여왔다. 거기서 나는 시인 김종상 선생을 만나게 되고 오동춘 박사와 늦깎이로 시인이 된 지현경 씨, 그리고 김병희 문화원장, 김

김기철 전 서울시의원님의 부친이신 김경성 선생님께서 1978년 남재희 민정당 후보가 강서구 10대 국회의원으로 처음 출마를 하실 때 거금(500만 원, 당시 일반 단독주택 2채 값)을 지원해주셨다.(시계방향으로 김기철 전 서울시의원, 권순택 강서대학교 총장직무대행, 지현경 박사, 남재희 전 장관-강서구 강서로 287번지 호경빌딩 옥상 하늘정원 2018. 10. 20.)

성열 문인협회장 등을 사귀게 되었다. 그렇게 문인들의 틈에 끼어 지내면서 나도 얼마간 시를 쓰려고 시도해 보았으나 허사였다. 그리고 변변치 않은 수필만을《강서문학》에 기고하여 온 것이다. 내가 아주 오래전에 조선일보 문화부장을 지냈고《현대문학》의 청탁을 받아 두 번 수필을 기고한 적이 있기에《강서문학》에 수필을 기고하는 것이 자격 없는 것이라고 할 수는 없을 것이다.《현대문학》에 기고한 두 번째 수필의 제목은 지금도 기억한다.「원고지칸 인생」이다.

김재현 구청장, 원로 문인, 김병희 문화원장, 남재희 전 장관, 지현경 의원, 김영권 강서구한의사협회 회장(2009년 강서문인협회 시낭송회)

그리 오래지 않은 얼마 전에 지현경 시인의 주선으로 그의 건물 옥상에 있는 정원에서 강서 문인 중심의 모임이 있었다. "오동추야 달이 밝아 오동동이냐"라고 농담을 하는 오동춘 박사가 그의 현학 취미를 발동하였다. 그는 위당 정인보 선생을 연구하여 박사학위를 받은 바 있기도

지현경 박사와 남재희 전 장관(강서구 강서로 287번지 호경빌딩 옥상 하늘정원 2015년 여름)

하다. 모임이 끝나고 지 시인의 집에서 여럿이 나오면서 나는 "파도야 어쩌란 말이냐"라고 나직이 읊었다. 그랬더니 옆에서 따라오던 오동춘 박사가 "임은 뭍같이 까딱 않는데 파도야 어쩌란 말이냐, 날 어쩌란 말이냐" 하고 나와 어울려 암송해준다. 그때 나는 청마 유치환 시인의 시가 좋다는 것을 새삼 느꼈을 뿐 아니라 시의 위력도 생각하게 되었다.

유명한 고은 시인은 박맹호 민음사 사장과 함께 나와 동갑이어서 친하게 지냈었다. 고 시인은 10여 년쯤 불교 승려 생활을 하였기에 철학적 깊이도 있는 것 같았는데 나에게 기억에 남는 시는 별로 없다. 근래 어느 언론인과 술을 마시는 중 그가 "내려갈 때 보았네/ 올라갈 때 못 본/ 그 꽃"이라고 고 시인의 시구를 읊는 것을 들었다.

이 짧은 시구는 백담사의 몇 개 돌에 새겨진 명구 가운데 하나라 한다. 신경림 시인과도 친하게 지냈는데 그의 시집 『농무』 가운데 시 「농무」가 특히 기억에 남는다.

(전략)

비료값도 안 나오는 농사 따위야

아예 여편네에게나 맡겨두고

쇠전을 거쳐 도수장 앞에 와 돌 때

우리는 점점 신명이 난다

한 다리를 들고 날라리를 불거나

고갯짓을 하고 어깨를 흔들거나

비록 농사는 잘 안되었으나 농악을 즐기는 춤을 추는 것이 좋아 머리를 이리저리 흔드는 모습을 묘사한 대목이 인상적이다. 당시 농촌 현실의 고발이기도 하다.

나는 해방 때까지 일본말을 교육받은 세대이기 때문에 일본소설과 시도 읽었다.

일본의 '하이쿠'는 아주 짤막한 것인데 이시가와 다쿠보쿠의 하이쿠가 가장 유명했다.

"일을 해도 일을 해도 내 생활은 편해지지 않는다. 지긋이 손을 바라본다"라는 하이쿠가 가장 널리 알려져 있는데 그것을 정치적으로 패러디하여 "일을 해도 일을 해도 내 생활은 편해지지 않는다. 지긋이(선거) 공약을 바라본다"라고 바꾼 것이 많은 일본 유권자들의 입에 오를 정도로 유포되었다. 이사가와 다쿠보쿠의 하이쿠 가운데 또 하나 유명한 것은 "어머니를 업고서 그 너무나 가벼움에 눈물이 나 세 발자국을 못 걸었다"도 있다.

(2020년 《강서문학》 제32호)

밤의 세계서 활약한 『지리산』의 이병주

- 나의 문단 교류 이야기

　서울대학교 문리과대학에는 문과, 이과, 의예과의 3개 학부가 있었다. 내가 1952년 의예과에 들어갔을 때 문과의 불문학과에는 나중에 민음사의 사장이 된 박맹호, 국문학과에는 유명한 에세이스트가 된 이어령, 소설가가 된 최일남이 있었고, 철학과에는 역시 에세이스트라 할 최종호가 있었다. 최일남과 나는 대학 때 우연히 한 방에서 반년쯤 하숙 생활을 함께하기도 했었다. 최일남은 대학에 다니면서 출판사의 월급 생활도 하는 등 고학을 한 셈이다. 그래서 그런지 그의 소설은 현실에 차분히 가라앉아 있는 것이고 엉뚱한 환상적인 데가 없다. 같이 하숙했을 때 그는 「쑥 이야기」라는 단편을 써서 나에게 보여주었는데 그 단편은 현실 생활에 밀착한 매우 리얼한 것이었다. 박맹호는 학생 때 훌륭한 정치풍자소설을 써서 한국일보 현상모집에 사실상 당선되기도 하였다. 그러나 그 풍자가 너무 자극적인 것이어서 발표가 취소되었다. 그리고 부친이 계속 국회의원에 출마하는 바람에 그 뒷바라지를 하느라고 글 쓰는 일을 중단하였다. 이어령은 글재주가 타고난 것 같다. 가볍고 속도감 있는 글이 매력이다. 그의 초기작 『흙 속에 저 바람 속에－이것이 한국이다』가 오히려 그의 대표작인 셈이다. 어느 후배 평론 가는 그를 "평단의 유쾌한 경기병"이라고 평하기도 했다. 최종호는 철학과를 나왔지만 독일 유학에서 언론학으로 방향을 틀었다. 그리고 귀국하여 많은 문화비평, 특히 예술비평의 글을 썼다. 그러나 그의 생리적인 오만과 월남파병을 적극 지지하는 보수성은 나를 포함한 여러 친구가 그를 멀리하게도 만들었다.

지나놓고 보니 그때 전북 출신 사람들과 많이 만나게 된 것 같다. 최일남과 최종호가 전북인 데다가 뒤이어 만나는 이규태도 전북이다. 이규태는 연세대를 나오고 조선일보에 입사하여 칼럼니스트로 명성을 날렸는데 계속 칼럼을 쓰게 되다 보니 뻥튀기도 적지않이 있었다.

내가 조선일보 기자 시절 박맹호가 청진동에서 '민음사'라는 출판사를 개업하게 되어 거기서 많은 문인을 만났다. 전북 군산 출신으로 승려 생활을 10여 년쯤 하다가 환속한 고은 시인은 민음사에 개근하다시피 하며 점심은 짜장면, 저녁에는 소주를 했는데 그 소주 모임에는 나도 끼어 어지간히 대폿집을 돌아다녔다. 고은 시인은 나와 동갑인데 소문에 의하면 6·25 때 약간의 부역을 하여 국군이 진주하자 군산에 있는 절에 숨어들어 간 것이 불문에 들어간 사연이었다 한다. 20세가 채 안 된 고은이 부역을 했다고 해도 하찮은 것이었을 것인데 여하간 그는 엉겁결에 절에 들어가 상좌승이 된 것이다. 그 후 훌륭한 스님을 만나 불경 공부를 철저히 하고 10여 년 만에 환속하였는데 본명은 고은태인데 태자를 떼어버리고 고은이라 하였다는 것이다.

불교 공부를 많이 한 고은은 시도 잘 썼고 에세이도 잘 썼다. 다만 같이 술을 마시다 보면 사회생활의 훈련이 안되어서인지 술버릇은 험했다. 특히 여자가 있는 자리에서는 더욱 거칠었다. 아무튼, 그의 경력이 특이했고 시도 좋았기에 프랑스 문학을 공부한 사람들은 그의 이름에 성(聖)을 붙여 '성 고은'이라고 부르기도 하였다. 프랑스의 작가 장 주네는 도둑 출신으로 훌륭한 문인이 되었는데 프랑스 문단에서는 그에게 성(聖)자를 붙여 '성·주네'라고 불렀었다. 그것을 모방한 것이다.

민음사의 출판사업이 번성하게 되고 번듯한 사옥도 마련하게 되자 문인들이 모여들었고 민음사는 김우창, 유종호 두 교수를 편집인으로 하여 《세계의 문학》이라는 계간지를 발행하였었다.

당시 문단에는 백낙청 서울대 교수가 주간하는 《창작과 비평》이 있었고 김현, 김병익, 김주연 등 이른바 3K가 주간하는 《문학과 지성》이 있었다.

민음사는 이문열의 『삼국지』로 떼돈을 벌었다. 열 권 한 질인 『삼국지』는 몇십만 질이 팔려 민음사와 이문열에 몇십억씩을 벌게 하였다. 그 뒤에 '창작과 비평'에서도 황석영의 『삼국지』를 발행하였으나 이문열의 것에 압도되어 별로 재미를 못 보았다.

서울대학교의 김학준 교수는 삼국지의 광이라고 할 정도인데 그는 국내에서 발행된 모든 종류의 삼국지를 다 읽었으며 이문열의 『삼국지』는 거듭거듭 읽었다 한다. 김 교수의 평가로는 황석영의 『삼국지』는 중국화가가 그린 삽화는 볼만한데 무협 소설의 그 웅장하고도 호걸풍의 문투는 이문열의 것을 감히 따라가지 못한다고 했다. 이문열을 만났을 때 그 이야기를 했더니 이문열은 자기 것과 황석영 것은 아예 중국의 판본부터 다르다고 했다.

나는 청주에서 중학교를 다닐 때 서점에 나온 일본 신조사(新朝社)의 40권에 가까운 세계문학 전집에 눈독을 들였었다. 부모님께 특청을 하여 그것을 살까 말까 망설이고 있다 보니 그 전집이 팔려버렸다. 그것을 사 간 사람이 충주에서 중학을 다니던 유종호이다. 유종호는 나중에 문학평론가로 대성하여 여러 대학교수를 지냈으며 박근혜 정권 때는 예술원 원장을 맡기도 했다. 그가 매우 보수적인 논조를 유지해 온 것이 박근혜 정권의 마음에 들었던 것 같다.

아주 황당한 가정이지만 만약에 신조사의 문학 전집을 유종호가 아니고 내가 샀더라면 혹시라도 나의 인생경로가 달라졌을지도 모를 일이다. 물론 유종호에 비교해서는 완전한 실패작으로 끝났을 것이고.

유종호의 충주에서의 친구로 신경림이 있다. 신경림은 새삼 소개할 필요가 없을 만큼 우리나라의 대표적 시인인데 나는 그의 시집 『농무(農舞)』를 특히 좋아한다. 신 시인은 여러 민주화 문인단체의 지도자로도 활약했었는데 흥미로운 것은 그가 지독한 애주가라는 것이다. 한 번은 어느 호사가가 2차로 인사동의 양주 대폿집에 그와 나를 데리고 가서 몰트위스키 한 병을 내놓았다. 그랬더니 신경림은 밤 12시가 가까워지도록 그 양주를 마시느라고 자리를 뜨지 않는다. 할 수 없이 전철 시간을 걱정한 내가 먼저 자리를 뜨고 말았다. 그가 강서구에 와서 문인들과 술을 마셨을 때다. 신 시인과 강민숙 시인, 그리고 나는 2차, 3차를 마시다가 밤 12시가 가까워져서 억지로 그를 집에 보낸 적이 있다. 강민숙 시인은 신경림의 시를 연구 테마로 삼고 있다고 했다.

시인 이야기로는 신동문 시인을 빼놓을 수 없다. 신 시인은 부잣집 출신으로 고은 시인과도 아주 친했으며 출판사와 신문사에서도 활약했었다. 소설가 이병주는 부산 《국제신보》의 편집국장과 주필로 활약하는 등 부산지역에서만 알려진 인물이었다. 그를 중앙 문단에 소개한 사람이 신동문 시인이다. 5·16 쿠데타가 났을 때 이병주는 중립화 통일을 찬동하고 교원노조를 지지했다는 등의 이유로 2년 반쯤의 옥살이를 했다. 그가 출옥하여 내놓은 것이 중편소설 『알렉산드리아』이다. 이병주는 서울 문단에 아는 사람이 없고 오직 신동문 정도만 인연이 있기에 그에게 그의 중편소설 발표를 부탁했다. 그래서 신동문이 그 중편을 월간 《세대》의 이광훈 주간에게 보여주었다. 이 주간은 그냥 『알렉산드리아』라고만 하면 관광 안내로 착각할지 모른다 하여 거기다가 '소설'을 붙여 『소설 알렉산드리아』로 하여 그의 잡지에 게재하였다.

신동문은 그 잡지를 갖고 마침 조선일보 문화부장인 나를 찾아왔다. 그리고 "작품이 아주 훌륭하니 읽어보고 신문에 소개해달라"고 부탁하였다. 읽어보니 썩 마음에 들었다. 그래서 그때 공주사대의 교수로 있던 유종호에게 좀 길게 소설평을 써달라고 했다. 그는 아주 호의적인 논평을 보내왔다. 그래서 『소설 알렉산드리아』는 조선일보 문화면의 3분의 2 정도를 차지하는 파격적인 발표가 된 것이다. 그 소설이 일약 화제가 된 것은 물론이다.

이병주가 중앙 문단에서 각광을 받게 된 데 있어 유공자는 따라서 신동문, 이광훈, 그리고 나 세 사람이라고 할 수 있겠다. 이병주는 나에게 아주 자주 화식집에서 술을 샀다. 그는 오후 여섯 시쯤 단골 화식집에 나타난다. 그리고 거기서 초밥으로 요기를 하고 술을 한참 마신다. 그리고는 가끔 살롱으로 행차한다. 저녁 늦게 집에 들어간 그는 새벽까지 집필을 한다. 그는 몽블랑이라는 아주 굵직한 외국제 고급 만년필을 상용했다. 힘을 안 들여도 잉크가 줄줄 나와 속도감 있게 글을 쓸 수 있는 만년필이다. 그리고 그 집필은 새벽까지 계속된단다.

『소설 알렉산드리아』에 이어 그는 『지리산』이라는 장편소설을 《세대》 잡지에 연재하여 계속 히트하였다. 그리고 이어 『관부연락선』 등 장편소설을 연달아 냈다. 소설가로서의 그의 술자리는 취재 인터뷰의 현장이었던 셈이다. 술자리에서 들은 경험담들이 메모로 남아 언젠가는 그의 소설에 등장한다. 예를 들어 그는 김규식 박사를 따라서 남북 협상에 다녀온 송남헌이나, 남로당을 했다가 전향하여 그 후 미군의 도움으로 북한으로 넘어가 거물 이승엽을 만나고 온 박진목 등을 자주 만났다. 그리고 그때 들은 얘기를 기록해둔 것이 나중에 그의 소설에 인용되게 마련이다.

그는 문인으로서는 파격적으로 외제 승용차를 기사를 두고 타고 다녔다. 그의 돈 만드는 실력도 대단하다. 김현옥 서울시장과는 진주 시절로부터의 지인이다. 그래서 김 시장을 통해서 여러 가지 이권을 따냈다. 또 이후락 중앙정보부장과도 어떻게 친분을 맺어 엄청난 돈을 끌어냈다. 말년에는 퇴임한 전두환 대통령의 연설문과 회고록 집필을 도와주고 많은 돈을 얻어냈다는 소문이다. 그러니 그의 씀씀이가 통이 클 수밖에 없다. 그에게 부인이 세 명 있는 것은 거의 모든 사람이 알고 있었다. 첫째 부인은 고향 하동에서의 조강지처이고 둘째 부인은 부산 언론인 생활 때 사귄 부인이며 셋째 부인은 그가 소설가로서 이름을 날린 후 그의 팬이 된 고등학교 여교사이다. 거기까지는 나도 알고 있었다. 그런데 《세대》 잡지의 이광훈은 그에게 네 번째 부인이 있다고 나에게 귀띔한다. 소설가로서의 명성이 있고 고급외제차를 타고 다니며 씀씀이가 풍성한 그에게 있을 수 있는 일이겠다.

그런데 그의 말년에 동아일보의 한 논설위원이 신문에 칼럼을 쓰면서 이병주가 빨치산이었다고 밝혔다. 내가 이병주에게 직접 물어보니 그는 인민군이 진주를 점령하였을 때 그 속에 지인들도 있고 하여 북측의 문화공작대원이 되었다는 것이다. 그는 하동의 아주 부유한 집에서 자라 일본 유학을 하다가 학병으로 끌려가 사병으로 중국본토에서 종군하였다. 그리고 귀국하여 진주에 있는 해인대학에서 교편을 잡았으며 후에 부산으로 옮겼다. 그가 일체 밝히지 않았던 사실이지만 그는 국회의원에도 두 번 출마했었단다. 그런데 상대방 후보가 "이병주는 빨갱이"라는 삐라를 살포하는 등으로 하여 두 번 다 낙선했다는 것이다. 그는 그 사실을 일체 비밀에 부치고 있었다.

문화공작대원이라면 거물급이다. 그런데 그가 어떻게 무사하게 되었는가가 궁금한 일이다. 일설에 의하면 이병주의 부친이 상경하여 김종삼 시인을 찾았다는 것이다. 김종삼 시인은 김종문 지리산지구 토벌대장과 형제간이다. 진상은 알 수 없는 것이지만 그 김종삼 커넥션에 신빙성이 있는 것 같다.

내가 근무하던 조선일보 근처에 '아리스'라는 문인들이 주로 모이는 다방이 있었다. 그 다방에 원고나 원고료를 맡기기도 한다. 이병주는 가끔 그 다방에 들러 김수영 시인을 만났다. 술도 더러 같이했다. '아리스'에서 나와 마주쳤을 때 김수영은 "당신 괜찮다는 소문이더군" 하고 신문사 문화부장에게 거친 말투로 말한다. 그는 키가 큰 편이며 눈이 아주 컸다는 기억이다. 술자리가 파한 후 이병주는 김수영 시인을 자기

차로 마포 버스 종점에 있는 김수영 집에 데려다주겠다고 제의한 모양이다. 김수영은 나중에 서강대교가 들어선 쪽의 마포 버스 종점에서 양계장을 운영하고 있었단다. 그런데 차편을 주겠다는 이병주의 제의를 아니꼽게 생각한 김수영은 버스를 타고 가려다가 그만 아깝게도 참변을 당해 사망한 것이다. 우리 시대의 뛰어난 시인을 잃은 것이다. 김수영의 대표적인 시라고 할 「풀」을 소개하면 다음과 같다.

> "풀이 눕는다
> 비를 몰아오는 동풍에 나부껴
> 풀은 눕고
> 드디어 울었다
> 날이 흐려서 더 울다가
> 다시 누웠다
>
> 풀이 눕는다
> 바람보다도 더 빨리 눕는다
> 바람보다도 더 빨리 울고
> 바람보다 먼저 일어난다
>
> 날이 흐리고 풀이 눕는다
> 발목까지
> 발밑까지 눕는다
> 바람보다 늦게 누워도

바람보다 먼저 일어나고

바람보다 늦게 울어도

바람보다 먼저 웃는다

날이 흐리고 풀뿌리가 눕는다"

나는 이 시를 중요하다고 생각한다. 권력과 민중 사이의 관계를 비유적으로 묘사한 것이라고도 생각한다. 그리고 가끔 그 시를 떠올린다.

이병주는 엄청 많은 돈을 갖고 애인과 함께 미국에서 몇 년 동안 살다가 폐암 환자가 되어 돌아왔다. 그가 미국 담배 윈스턴의 맛에 빠져 너무 지나치게 피어대서 암에 걸린 것이다. 그의 영결식이 열린 서울대병원 영안실에 달려갔더니 추도사를 할 문인이 한 사람도 없었다. 그는 문단 교제는 거의 하지 않은 것이다. 그래서 내가 요청을 받고 즉석 추도사를 하게 된 것이다.

이병주가 《국제신보》의 주필로 있을 때 박정희 대통령의 대구사범 동기인 황용주는 부산일보 주필로 있었으며 박 대통령은 군수기지 사령관으로 있었다. 그래서 세 사람은 자주 술자리를 한 모양이다. 그런데 5·16이 나자 이병주는 2년 반 동안 감옥살이를 하였으며 황용주는 문화방송 서울 본사 사장에 임명되기도 하였다. 박 대통령이 죽자 이병주는 『그를 버린 여인』이라는 소설을 써서 박 대통령을 몹시 나쁘게 묘사하였다.

나는 이호철, 최인훈과도 만났었다. 이호철은 나보다 한두 살쯤 위였는데 원산 태생으로 6·25 후 남한으로 넘어왔다. 그리고 동아일보에 『서울은 만원이다』란 연재소설을 써서 인기를 끌었다. 그는 나에게 김학철이라는 독립운동가이자 소설가의 책을 읽어보라고 추천하였는데 『마지막 분대장』이라는 김학철의 자전적 소설은 중국에서의 독립투쟁의 한 측면을 이해하는 데 많은 도움이 되었다.

최인훈은 서울법대를 중퇴한 것으로 되어있는데 나는 재학시절 그를 알지 못했다(나는 의예과 2년 후 서울법대로 옮겼었다). 그가 《새벽》 잡지에 발표한 중편소설 『광장』은 단연 그 당시 문단에 중심화제가 되었다. 북한 포로로 붙잡혀 휴전협정에 따라 북으로도 남으로도 갈 수 있는 선택권을 갖게 된 청년이 남과 북을 모두 거부하고 중립국인 인도행을 선택하여 배를 타고 인도로 가는 도중 비극적인 결정을 하게 된다는 내용인데 그 당시 시대 분위기의 한 단면을 고민스럽게 묘사한 것이라 할 것이다. 그는 다른 소설도 썼지만, 이 『광장』을 거듭거듭 개작하고 개작하고 하면서 오랜 세월을 보냈다. 그는 독선적인 데가 있었다. 한 잡지사가 좌담회를 마련하여 나도 참석했었는데 종합정리를 맡은 최인훈이 제출한 원고는 좌담회는 일체 무시하고 자기의 의견만을 서술한 것이었다. 매우 거만한 것이다. 잡지사는 나에게 좌담회의 정리원고를 부탁하여 내가 단시일 내에 원고를 정리하느라고 애를 먹었다.

마지막으로 한 사람, 언론인이자 소설가인 선우휘의 이야기를 해야겠다. 평북 정주 태생인 그의 집안에는 가슴 아픈 이야기가 있다. 해방이 되고 3·8선으로 남북이 분단되자 그의 부친은 형제들을 반분하여 반은 북한에 남아있고 반은 남한으로 가게 했다는 것이다. 그래서 어느 쪽이 잘 되든 반타작은 하자는 계산이었다. 선우휘는 그 동생과 함께 남한으로의 배정을 받았다.

선우휘는 경성사범 출신이다. 일제는 한반도에 경성사범, 대구사범,

평양사범의 세 학교를 집중적으로 지원하고 발전시켰단다. 박정희 대통령은 대구사범 출신이고 백선엽 대장은 평양사범 출신이라는 것도 흥미롭다.

선우휘는 육군 정훈 대령으로 예편한 후 신문사 논설위원이 되었으며 조선일보 편집국장, 주필 등을 역임했다. 그는 중편소설 『불꽃』으로 동인문학상을 받고 문단에 등단했는데 주로 전쟁을 소재로 삼은 소설을 썼다. 재미있는 일화가 있다. 박정희 대통령이 선우휘 주필에게 감사원장을 제의했을 때 선우 주필은 다음과 같은 일본의 하이쿠(俳句)를 인용하면서 사양했다는 것이다. "들에 핀 아름다운 야생화를 집안에 옮겨 심으면 시들해 보인다." 그가 『물결은 메콩강까지』라는 우리 군의 월남파병을 찬양하는 신문연재소설을 쓰려 할 때 그를 좋아했던 후배 언론인 여럿은 강력히 월남파병 찬양을 하지 말라고 말렸었다.

월남파병을 놓고서는 이런 일화가 있다. 김영삼 정부 때 교육부 장관이던 김숙희는 도올 김용옥 교수의 누님이기도 한데 국방대학원에 강연을 갔을 때 월남파병에 관한 의견을 묻자 한마디로 "그것은 용병이죠"라고 해버렸다. 그 말이 신문에 보도되어 논란이 일자 대통령은 김 장관을 해임할 수밖에 없었다. 아무튼, 월남파병에 관한 지식인사회의 반대는 치열했는데 월맹의 전쟁은 공산주의를 위한 것이기도 했지만 오랜 강대국에 의한 식민지배에 대항하는 반식민지 투쟁이라는 측면이 보다 강했기 때문이다. 그러한 상황에서 선우휘가 파병을 찬양하는 소설을 쓰겠다고 해서 기자들이 적극 말린 것이다. 선우휘는 조선일보를 정년퇴직하고 얼마 안 있어 갑작스레 타계하였다.

이렇게 문단 얘기를 회고하다 보니 그동안의 시대 상황의 변천을 회

상한 결과가 되기도 하였다. 소설이나 시도 역시 시대의 산물이 아니겠
는가.

(2021년 《강서문학》 제33호)

노래와 대중의 힘

– 감상적인 '부용산'이 운동권 학생들의 노래가 되기도

"빨간 마후라는 하늘의 사나이/ 하늘의 사나이는 빨간 마후라/ 빨간 마후라를 목에 두르고/ 구름 따라 흐른다 나도 흐른다/ 아가씨야 내 마음 믿지 말아라/ 번개처럼 지나갈 청춘이란다"

이 노래는 공군 조종사들을 주인공으로 한 영화의 주제가이다. 작사자인 한운사는 일제 말 학병으로 끌려갔었는데 그 체험을 바탕으로 『현해탄은 알고 있다 – 아로운전』이라는 방송극을 써서 히트했었다. '아로운'은 영어의 얼론(alone)의 음을 살려 지은 이름 같다. 그는 학병에서 대학으로 복귀하여 학업을 마치고 신문사 문화부장을 지내는 등 활약하여 나와도 친하게 되었는데, '빨간 마후라'의 노래가 히트하여 방송이나 TV에서 자주 그 곡을 내보내자 거기에서 생기는 자기의 인세 수입도 늘어 노후의 생활에 크게 보탬이 되었다고 말했다. 운사는 그의 아호이고 본명은 한간남인데 본명을 아는 사람은 거의 없고 그냥 한운사

로만 통했다.

　나는 '부용산' 노래를 1960년대 말인가 전남 순천 출신의 조덕송 조선일보 논설위원한테서 배웠다. 일반 사람들은 거의 모르던 때이다. '부용산'의 노랫말과 곡은 목포의 학교 선생님들이 만들었고 그 노래는 주로 전남의 해안가 지역에 유포되었다는 이야기다. 그러다 보니 여순반란사건에 실패하여 지리산 자락으로 도망쳐 빨치산이 된 사람들이 산에서 부르기도 했다는 것이다. 또 오랜 후 민주화운동에 참여하거나 투옥된 학생들이 부르기도 했다. 노랫말이나 곡이 약간 감상적이어서 딱 그런 분위기에 맞는 듯하다.

　　"부용산 오리길에 잔디만 푸르러 푸르러/ 솔밭 사이사이로 회오리 바람 타고/ 간다는 말 한마디 없이 너는 가고 말았구나/ 피어나지 못한 채 병든 장미는 시들어지고/ 부용산 봉우리에 하늘만 푸르러 푸르러"

　1980년대인가 한국일보의 김성우 주필이 '부용산'을 주제로 유려한 필치의 긴 칼럼을 두 번이나 써서 세상에 '부용산'의 존재가 널리 알려지게 되었다. 그때는 한국일보가 발행 부수도 많고 인기가 있었던 때다. 부용산은 벌교 근처에 있단다. 그래서 벌교 출신의 호남대 총장이던 이대순이 친구인 김성우에게 자세한 이야기를 해주어 칼럼에 참고로 삼게 했다는 것이다. 목포 출신의 연극인 김성옥이 목포에서 '부용산'을 알리는 행사도 하고. '부용산'이 다시 유명해지자 호주에 이민 가 있던 원작사자 박기동 시인이 그 2절의 노랫말을 지어 보내왔다(작곡을 한 안성현은 월북했다는 이야기다).

"그리움 강이 되어 내 가슴 맴돌아 흐르고/ 재를 넘는 석양은 저만치 홀로 섰네/ 백합일시 그 향기롭던 너의 꿈은 간데없고/ 돌아오지 못한 채 나 외로이 예 서 있으니/ 부용산 저 멀리엔 하늘만 푸르러 푸르러"

그러나 2절은 1절에 비해 좀 처지는 데가 있어 일반이 거의 부르지 않는다.

강서구의 구청장에 당선되었다가 얼마 후에 선거소송으로 당선무효가 된 김도현은 그 후 김영삼 정부 때 문공부 차관을 지냈다. 그는 한일협정이 체결되었을 때 그것이 굴욕적이라고 반대하여 학생 데모를 주도한 몇 사람의 지도급 학생 가운데 한 명이었다. 그가 서울 낙원동에 있는 널찍한 대폿집 '낭만'에서 '부용산' 부르기 모임을 주최한 적이 있다. '부용산'은 그 악보가 없어져 부르는 사람마다 곡조가 일정치 않게 되었다. 그 모임에는 한 사십 명쯤이 참석하여 각기 제 나름대로 '부용산'을 불렀는데, 나도 참여했다. 김지하 시인은 참석하지 않았지만 김 시인에게 '부용산'을 배운 사람의 노래가 가장 그럴듯하다는 평가를 받았다. 마침 그 자리에 한겨레신문 기자가 참석하여 그 모임에 관해서 비교적 긴 기사가 한겨레신문에 났다.

몇 달 후 다산 정약용 연구로 이름이 난 박석무 전 국회의원이 다시 그 '낭만' 대폿집에서 전액 자비 부담으로 '부용산' 부르기 대회를 열었으나 아무래도 첫 번째만은 못했다. 한 십 년쯤 지냈을까. TV조선의 김민배 사장이 인사동의 한정식집 '향정'에서 고려대학교 출신들을 중심으로 이십 명쯤을 모아 '부용산'에 관한 이야기를 나누었다. '부용산'을 잘 부르는 여인도 초청을 받았고, 나도 '부용산'에 관한 이런저런 이야기를 해달라고 초대를 받았다. 이러한 여러 가지 일들로 미루어볼 때 '부용산'에 관한 대중의 관심은 대단히 컸던 것으로 짐작할 수 있다.

명동 어린이공원 동쪽에 우리나라의 일급 탤런트 최불암의 모친이 경영하는 '은성'이라는 대폿집이 있었다. 거기에는 주로 문인, 예술가, 언론인들이 드나들었다. 박인환 시인이 음악평론가 이진섭과 약주를 마시다가 시상이 떠올라 담뱃갑을 펼쳐 그 뒤에 써 내려갔다.

"지금 그 사람 이름은 잊었지만/ 그 눈동자 입술은 내 가슴에 있네/ 바람이 불고 비가 올 때도/ 나는 저 유리창 밖 가로등 그늘의 밤을/ 잊지 못하지/ 사랑은 가도 옛날은 남는 것/ 여름날의 호숫가 가을의 공원/ 그 벤치 위에 나뭇잎은 떨어지고/ 나뭇잎은 흙이 되고/ 나뭇잎에 덮여서/ 우리들 사랑이 사라진다 해도/ 내 서늘한 가슴에 있네"

이진섭이 그것을 갖고 가 며칠 만에 곡을 붙였다. 그리고 영화 '백치 아다다'의 주연 여배우 나애심이 취입해서 음반으로 나오게 되었다.

나는 박인환 시인을 만나본 적이 없지만 그의 친동생인 박신일 신문 기자와는 알고 지냈었는데, 박 기자는 미남 축에 속했다. 그로 미루어 박인환 시인도 미남형으로 염문도 많이 뿌렸을 것으로 짐작을 한다.

어느 정치인들의 술자리에서 각각 출신 지역을 대표하는 노래를 하기로 되었었다. 부산 출신은 예상했던 대로 조용필의 '돌아와요 부산항에'를 불렀다. 그다음 목포 출신은 이난영의 '목포의 눈물'을 부를 것으로 예상했는데, 그는 그 노래는 너무 소극적이라고 그 대신 '영산강아 잘 있거라'를 불렀다. 마지막에 서울의 내 차례가 되었을 때 사람들은 아마도 패티킴의 '서울 찬가'를 부를 것으로 예상했을 것이다. 그러나 나는 박인환 시인의 '세월이 가면'을 부르고 얼마간의 해설을 덧붙였다. 그 모임에서 단연 '세월이 가면'이 관심을 끌었던 것은 물론이다.

소설가이자 언론인인 나의 친구 최일남이 나에게 동학 농민전쟁에 관련된 노래 한 곡을 가르쳐주었다.

"새야 새야 파랑새야/ 우리 논에 앉지 마라/ 윗논에는 차 나락 심고/ 아랫논에는 메나락 심어/ 울 오라비 장가들 때/ 찰떡치고 메떡 칠 걸/ 네가 왜 다 까먹느냐/ 네가 왜 다 까먹느냐/ 우여 우여 우여 우우여어 우우여어"

여기서 새는 농민들을 수탈하고 괴롭힌 탐관오리들을 뜻하는 것은 물론이다. 나는 국제뉴스를 듣기 위해 밤늦게 일본의 NHK방송을 듣는다. 그런데 거기서 아주 자주 다음과 같은 짤막한 노래가 흘러나왔다. 직역하면 다음과 같다.

"위를 보고 걷자/ 눈물이 넘쳐흐르지 않게/ 어두운 밤길을 다만 혼자서/ 소망하는 것은 구름 위에/ 행복은 하늘 위에/ 위를 보고 걷자/ 어두운 밤길을 다만 혼자서"

아주 짤막한 노래지만 가슴에 와닿는 데가 있고 생각을 하도록 만드는 데가 있다. 인생이란 세계 어디서나 그런 측면이 있는 것이 아니겠는가.

이와 같이 지난날의 좋아했고 애창했던 여러 노래를 생각할 때 그 노래들을 좋아했고 부르던 많은 사람의 심정도 헤아리게 되고 생각하게 된다. 노래의 유행에는 역시 대중의 이해와 뒷받침이 있게 마련인 것이 아니겠는가.

　*덧붙이는 말…. '부용산' 노랫말 중에 "병든 장미는 시들어지고"를 "병든 동백은 시들어지고"로 바꾸어 썼으면 싶었다. 우리나라에도 들장미 등 장미는 있었으나 꽃잎이 큰 장미는 외래종이다. 동백은 한반도의 남해안 일대에 많이 자라는 것이 아닌가. 따라서 '동백 아가씨'란 노래가 유행했던 것처럼 '동백'으로 하는 것이 보다 친밀감을 주었을 것이다.

(2022년 《강서문학》 제34호)

종교에 대한 나의 의견

"크리스마스를 믿는다"라는 엡스 하버드대 부학장

1967년 크리스마스철에 대학교의 중심부인 야드를 지나다가 마침 아치 엡스(Archie Epps) 하버드대학 부학장과 마주쳐 서로 "메리 크리스마스"라고 인사를 교환했다. 그런데 엡스 부학장은 멈춰서더니 동양인인 나의 종교가 궁금했던지 "기독교인인가?" 하고 묻는다. "아니요." "그러면 불교도인가?" "아니요." "공자를 믿는가?" "아니요." "그러면 무슨 종교를 갖고 있는가?" "구태여 말하자면 불가지론자(不可知論者)라고 하겠지요." 그러자 엡스 부학장은 매우 놀라는 기색으로 다음과 같이 말한다. "여기 미국의 동부지방은 관용이 있는 지역이니까 괜찮지만 만약에 당신이 중서부나 남부로 가서 그렇게 말한다면 위험한 사람이 왔다고 수사당국에 신고를 당할 것이오." 그래서 "신앙의 자유가 있는 미국에서 그게 무슨 이야기냐"고 반문했더니 그는 주머니에서 동전을 꺼내 보여주며 "여기에 'IN GOD WE TRUST'라고 쓰여 있지 않으냐, 미국은 그런 나라다"고 말한다. 내가 그의 종교를 묻자 그는 "I believe in Christmas"라고 웃으며 대답한다. 그러니까 아마 기독교의 사회 풍습을 따른다는 이야기 같다.

엡스는, 우리는 흑인이라고 말하지만, 미국에서는 아프리카계 미국인(Afro-American)이라고 하는 사람이다. 그는 중동문제가 전공이었다. 중동지방은 주로 이슬람 국가들이다. 북부 아프리카 주민들 사이에는 회교도가 대단히 많다. 따라서 그도 혹시 회교도였을 가능성이 있다. 그는 그 후 하버드 대학(칼리지)의 학장이 됐으며 말년에는 신학에 관한 연구를 한 것으로 알려졌다(관훈저널 2022년 봄호 「나만 언론 펠로 하버드대 유학기」에서 전재).

강원용 목사와 크리스천 아카데미

오래전에 법정 스님과 김수환 추기경 그리고 강원용 목사 세 사람이 언론에 부각되어 여러 번의 대화가 실린 적이 있었다. 강원용 목사는 함경도 출신으로 간도에서 오랫동안 활동하기도 했으며 미국 유학을 마친 후 돌아와 신선한 설교로 젊은이들을 감동시키기도 했다. 그리고 참신한 건축미가 있는 경동교회를 건축하고 비교적 지식수준이 높은 신자들을 모았다.

그 강 목사가 서독 교회의 지원을 받아 수유리 산자락에 크리스천 아카데미라는 시설을 마련했다. 널찍한 대화의 방을 주로 하고 식당과 회의실, 그리고 작은 대화의 방을 부속 건물로 세웠다. 대화의 방에서는 빈번히 각계의 지식인들을 초청하여 당면한 시사 문제에 관한 1박 2일의 토론을 했다. 마침 조선일보 문화부장이던 나도 자주 초청되었는데 그것은 아마도 홍보 효과를 노려서였을 것이다. 대화 모임을 기획하는 운영위원회도 있었는데 거기에는 여류 변호사인 이태영, 나중에 국무총리도 되는 이홍구 교수, 예비역 장군 김점곤 등이 포함되었다. 오랜 후에는 나도 운영위원회에 참가시켜 주었다.

크리스천 아카데미의 토론은 언론에 아주 잘 보도되었다. 한번은 서울대의 임종철 경제학 교수가 박정희 정권의 여러 가지 경제 실책을 열거하며 비판하자 청와대 정치자문위원인 장위돈 박사가 "잘한 것도 있는데 그것은 말하지 않고 잘못한 것만 그렇게 열거하느냐"고 반박했다. 그러자 임 교수는 "가령 폐암 환자가 병원에 가면 의사가 당신은 눈도 좋고, 위도 좋고, 간도 좋고, 운운하며 열거하고 그런데 당신은 폐암이요 라고 말하는가"하고 반박했다.

그 후 크리스천 아카데미의 가장 큰 사업은 중간집단교육이 되었다. 종교, 여성, 농촌, 노동 등 네 분야에 걸쳐 대대적인 중간집단 강화를 위한 교육을 실시했는데 그 간사에는 나중에 국무총리가 되는 한명숙, 이화여자대학교 총장이 되는 신인영, 국회의원이 되는 이우재, 그리고 서울대 교수가 되는 김세균 씨 등이 포함되었다. 이 중간집단교육은 한국 주재 외교관을 지낸 미국의 그레고리 헨더슨이 『소용돌이의 한국정치』(Korea : The politics of the vortex)에서 한국은 군중만 있을 뿐 그들을 중간집단들로 결속시켜 사회를 안정시키는 측면이 허약하다고 분석한 것에 자극을 받기도 한 것이다. 헨더슨의 이야기를 들은 서울대의 이만갑 사회학과 교수는 즉각 이견을 말했다. 한국에는, 예를 들어 종친회 조직이 엄청나게 강하고 수많은 계 조직이 있지 않으냐는 것이었다. 이 중간집단교육이 활발하게 진행되자 그것을 우려한 박정희 정권은 그 간사들을 모두 구속하는 등 탄압에 나섰다. 강 목사도 연행되어 수난을 당했다.

강 목사에 관해 특히 기억에 남는 것은 그가 85세가 되었을 때 힐튼 호텔에서 열렸던 축하연에서의 일이다. 강 목사는 "하나님, 나의 신심이 흔들립니다. 나에게 굳건한 믿음을 갖게 해주십시오." 하고 기도하여 나를 놀라게 했다.

강 목사가 87세가 되었을 때 그가 주간하는 경동교회에서 축하 행사가 있었는데, 강변교회의 목사라고 기억되는 유명한 목사가 축사를 하면서 "강 목사는 이단이 아닙니다."라는 놀라운 말을 하기도 했다. 강 목사의 설교가 매우 신선하고 너무나 대담하여 일부에서는 아마 이단으로 공격하기도 했던 것 같다. 크리스천 아카데미에서의 대화 등 그가 주최하는 많은 행사에 참여하여 보았지만 나는 그가 예수를 중심으로 내세우는 종교적인 발언을 하는 것을 들은 적이 없는 것 같다. 그는 오로지 아주 수준 높은 대화에만 노력했을 뿐이다. 서독 교회의 원조를 받았기 때문인지 몰라도 그는 'Tagung'이라는 말을 자주 썼다. 독일어로 '모임'이라는 뜻이다.

강 목사의 아드님인 강대인 씨는 목사가 되지 않았다. 그러나 그는 대화문화아카데미를 조직하여 각계인사를 초청, 계속 대화 운동을 했다.

서양철학의 원조인 소크라테스는 모여든 지식인들과 대화만을 계속한 것으로 알려졌다. 대화가 진실이나 진리에 접근하는 첩경인 것으로 생각한 것 같다. 너무 거창한 이야기가 되는 것인지 모르지만 강 목사는 그런 전통을 이어받은 것 같다.

강 목사의 아호는 그의 선배가 지어준 것으로 여해(如海)이다. 용이 바다를 만나야 한다는 뜻일 것이다. 나는 종교문제를 생각할 때 아치 엡스 하버드대학 부학장과 강원용 목사에 관한 생각이 자주 머리에 떠오른다.

박재봉 '막걸리 목사' 이야기

나의 중학 동창 가운데 목사가 3명이 나왔다. 그중 박재봉 목사는 막걸리 목사로 통했다. 내가 그에게 그 연유를 물으니 "불량청년들에게 설교를 하는 것이 중요한데 그들은 교회에 나오지 않지 않는가. 그래서 내가 그들을 찾아 나서 대폿집에서 만나게 되었고, 그래서 막걸리를 마셔가며 설교를 하게 된 것이다." 박 목사는 기독교장로회(기장)의 총무가 되기도 했다. 장로회에는 예수교장로회와 기독교장로회가 있는데 예수교장로회가 신자가 훨씬 더 많았다.

4, 50년 전에 '희랍인 조르바'라는 영화가 상영되어 인기가 있었다. 지중해에 있는 그리스 섬인 크레타섬에 사는 작가 니코스 카잔차키스가 쓴 소설을 영화화한 것이다. 그 작품은 노벨문학상 수상이 유력시되었다. 카잔차키스는 이어 『예수의 마지막 유혹』이라는 작품을 써서 관심을 끌었다. 자신이 신이라고 주장하여 그 죄로 십자가를 메고 골고다 언덕에 오르던 예수가 자신이 신이 아니라 인간이라고 선언하고 용서를 받아 사랑하는 막달라 마리아와 결혼하여 행복한 여생을 살 생각을

하게 되었다. 그러나 자신을 따르는 많은 신도를 생각하여 마음을 고쳐
먹고 골고다 언덕에서 십자가에 매달려 죽게 된 것이다. 이 『예수의 마
지막 유혹』이라는 소설도 영화화되어 한국에도 수입되었는데 당시 기
독교계의 맹렬한 항의로 영화관에 걸리지 못했다. 그는 이런 소란으로
노벨상을 받지 못한 것 같다.

법흥 스님과 금강저

나의 중학 동창 가운데 불교의 스님이 된 사람도 하나 있었다. 윤주
흥은 법흥이라는 이름의 스님이 되었는데 그는 전남에 있는 송광사에
속했다. 한번은 그가 서울에 올라와 동창들을 만났을 때 친구들이 그에
게 간단히 불교의 교리를 설명해 달라고 부탁했다. 그는 2, 30분 동안
설명을 했으나 신심의 바탕이 없는 나에게는 이해가 되지 않았다.

나에게 금강저(金剛杵)라는 불교용품이 있었다. 손바닥보다 약간 큰 쇠
붙이 위에 여러 가지 조형물을 부착해 놓았는데 보기에도 아주 좋다.
스님들이 심심할 때 만지며 지낸다는 설명이 있었다. 그리고 그럴 리
는 거의 없겠지만 동물이 승방에 들어올 경우는 그 금강저로 제압한다
는 것이다. 나는 50만 원쯤의 비싼 돈을 주고 그 금강저를 사두었었다.
법흥 스님을 만나니 그 금강저는 법흥 스님에게 가야 알맞다는 생각이
들었다. 그래서 아낌없이 선물로 주었는데 스님은 매우 좋아했다. 법흥
스님은 그 후 송광사의 주지가 되고 부방장이 되기도 했다는데 그 후에
는 소식이 끊겼다.

내가 뭣을 안다고

초판인쇄 | 2024년 1월 2일
초판발행 | 2024년 1월 9일

지은이 | 남재희
발행인 | 지현경
펴낸이 | 서영애
펴낸곳 | 대양미디어
책임교정 | 홍재숙

04559 서울시 중구 퇴계로45길 22-6(일호빌딩) 602호
전화 | (02)2276-0078
팩스 | (02)2267-7888

ISBN 979-11-6072-122-5 03810

값 20,000원